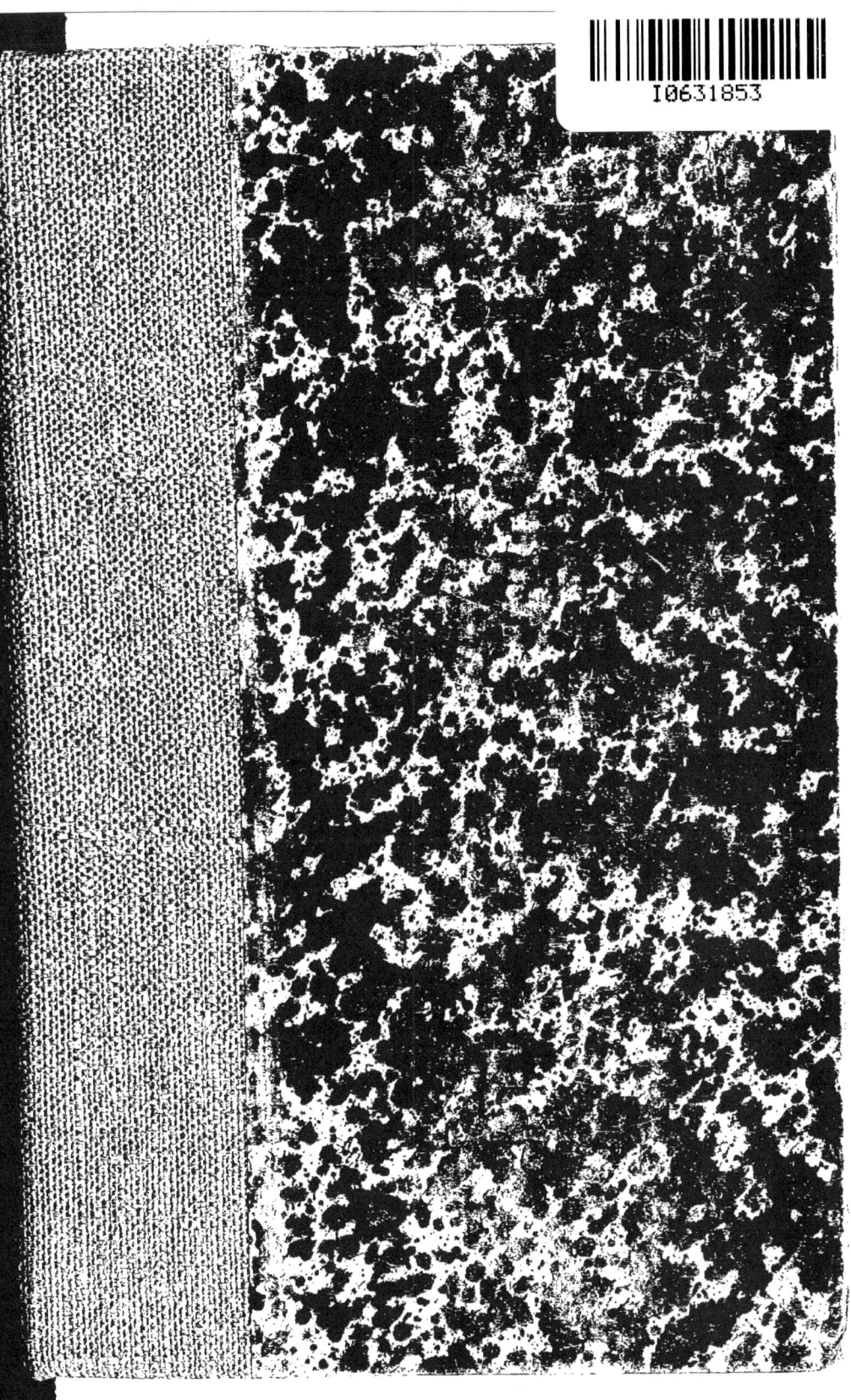

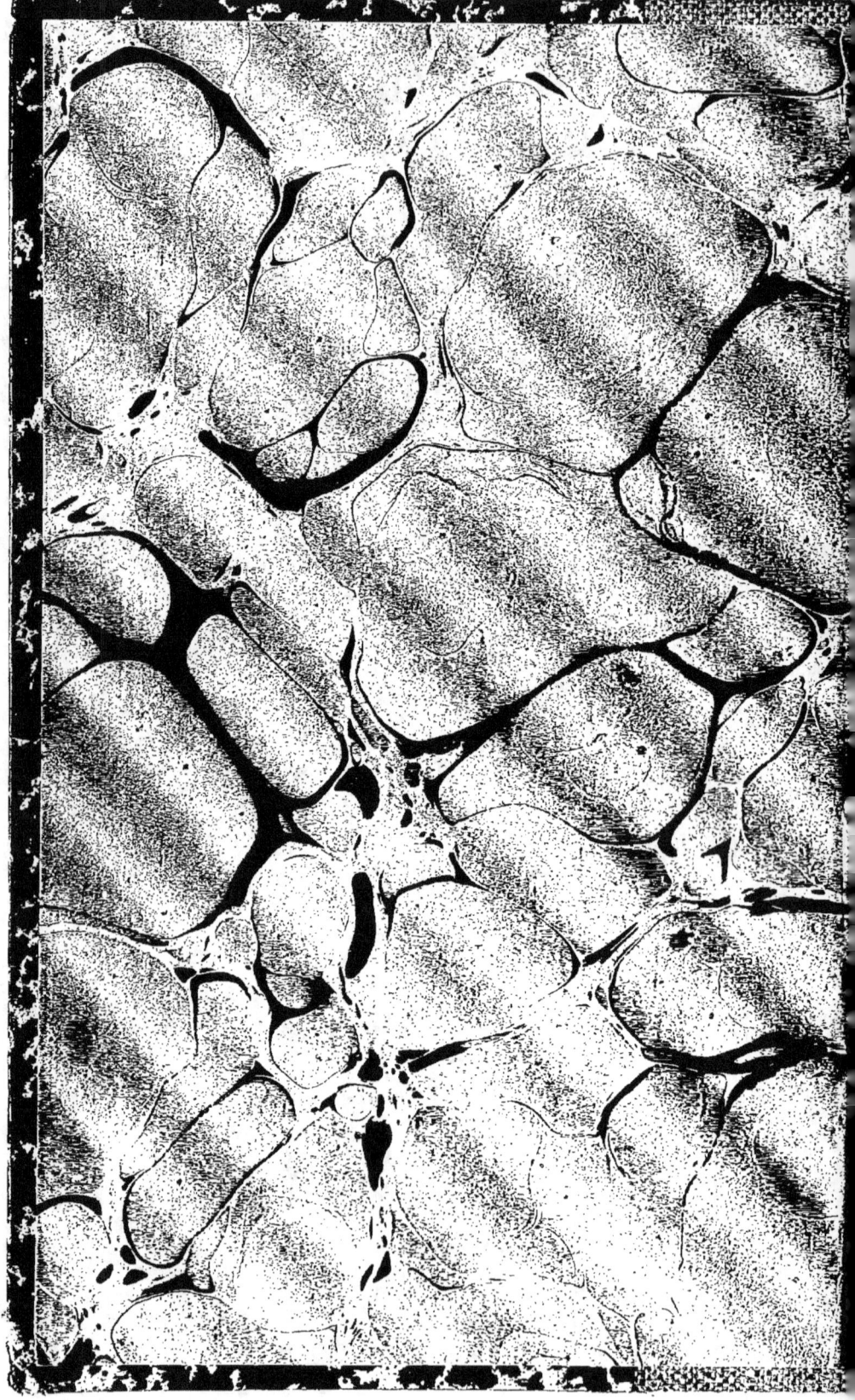

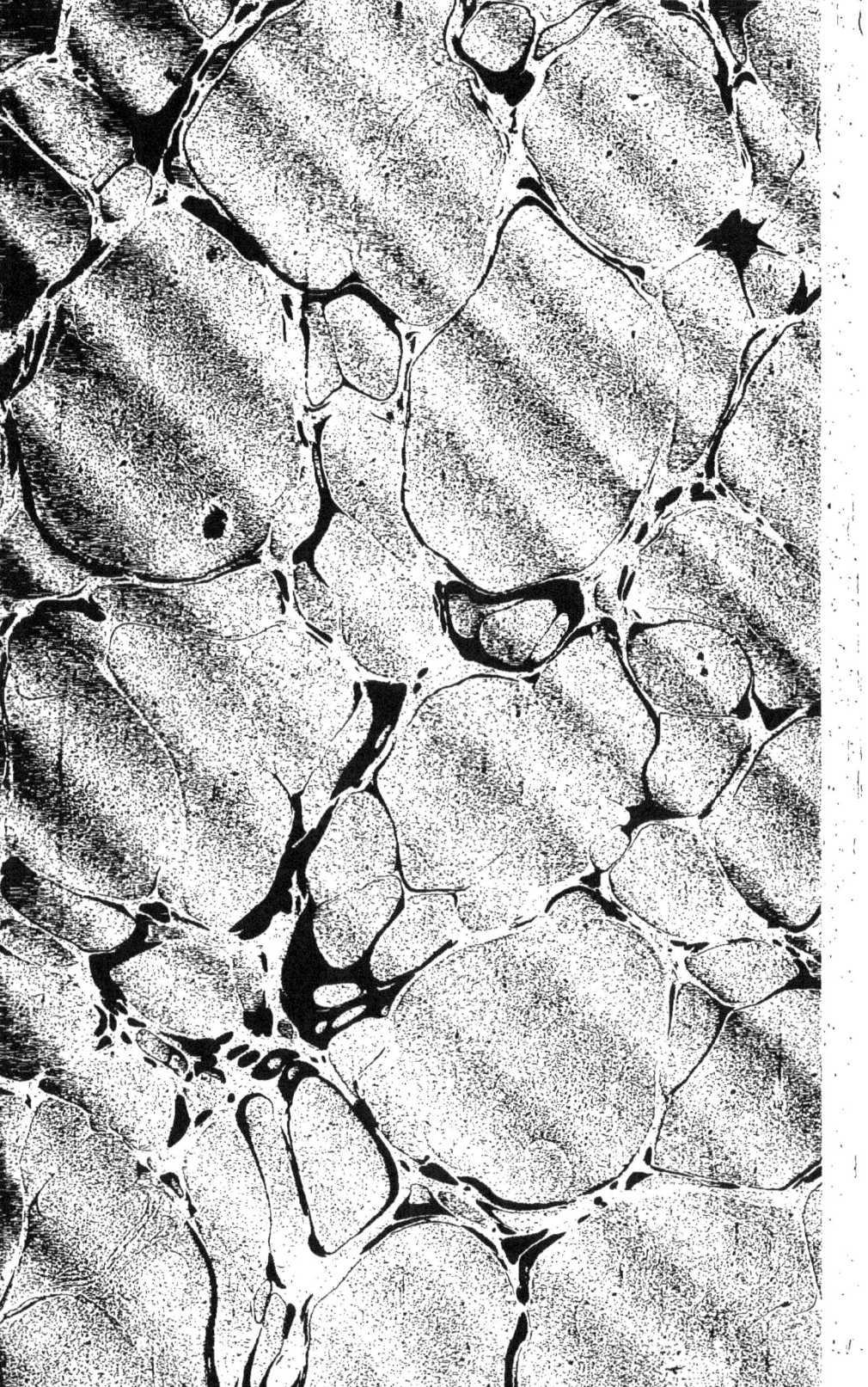

BARAST.REL.

LE DÉCAMÉRON

I

IL A ÉTÉ TIRÉ

cinquante exemplaires numérotés sur papier de Hollande.

Prix : 7 fr.

Paris. — Imp. E. Capiomont et V. Renault, rue des Poitevins, 6.

BOCCACE

LE DÉCAMÉRON

TRADUCTION NOUVELLE

PAR

FRANCISQUE REYNARD

TOME PREMIER

TRADUCTION COMPLÈTE

PARIS

G. CHARPENTIER, ÉDITEUR

13, RUE DE GRENELLE-SAINT-GERMAIN, 13

1879

PRÉFACE DU TRADUCTEUR

En France, on s'imagine que Boccace est un auteur de contes plus licencieux les uns que les autres, et l'on dit en souriant d'un air malin : les contes de Boccace, comme on dirait : les contes de La Fontaine. Or, si rien n'est moins exact, rien ne saurait mieux donner la mesure de notre superbe indifférence en fait de littérature étrangère.

Quelqu'un qui nous avait observés de près a dit, avec autant d'à-propos hélas! que d'esprit, que ce qui distingue les Français des autres peuples, c'est leur ignorance profonde en géographie; il aurait pu aussi justement ajouter : leur ignorance à peu près complète des littératures étrangères. Les œuvres des écrivains étrangers sont quasi inconnues en France. Les lettrés — encore est-ce l'exception — savent le nom des plus illustres, connaissent le titre de leurs principaux ouvrages, au besoin peuvent en citer une phrase ou deux, et, grâce à ce mince bagage, acquièrent une facile réputation d'érudit. Mais combien y en a-t-il parmi nous qui se soient donné la peine d'étudier les chefs-d'œuvre que la renommée consacre au delà de nos frontières? Combien y en a-t-il qui soient assez familiers avec la *Divine Comédie* de Dante, par exemple, pour parler avec quelque autorité de cet incomparable poème qui a tracé en pleine obscurité du moyen âge un si éclatant sillon de lumière? On nous apprend au collège, quand on veut bien nous l'apprendre, que la *Divine Comédie* est une conception de génie, mais on se garde de nous en mettre une ligne sous les yeux, et nous allons toute notre vie d'homme instruit, ou prétendu tel, parlant avec un enthousiasme banal d'une chose que nous n'avons jamais vue et que nous n'avons nulle envie de voir. Nous citons à tout propos, avec l'aplomb ordinaire des gens qui ne savent rien, le fameux *Lasciate ogni speranza*, pour faire voir que nous possédons notre texte, mais il ne faut pas nous demander plus. Nous serions même fort embarrassés de dire à quel endroit du poème se trouve ce passage que tout le monde cite par ouï-dire, et à quoi il a trait.

Ce que je dis de la *Divine Comédie* peut s'appliquer à n'importe quel chef-d'œuvre étranger. Pétrarque et Arioste sont encore moins lus chez nous que Dante. Nous avons, pendant cent cinquante ans, repoussé Shakespeare, et quand nous avons consenti à le laisser pénétrer jusqu'à nous, c'est à la condition qu'il nous arriverait émondé, mutilé, châtré par un Ducis. Je ne suis pas bien sûr qu'il n'existe pas encore des gens disposés, sur la foi de Voltaire, à traiter de « barbare » le poète d'*Hamlet* et d'*Othello*. Quelques-uns d'entre nous, les moins ignares, savent que Camoëns a fait les *Lusiades*, Milton le *Paradis perdu*, Klopstock la *Messiade*, mais c'est tout. Il n'est pas vingt Français qui puissent se vanter d'avoir lu d'un bout à l'autre ces poèmes qui ont immortalisé leurs auteurs. Si nous connaissons l'épisode de Marguerite, du *Faust* de Gœthe, c'est grâce surtout à la peinture d'Ary Schœffer et à la musique de Gounod. Quant au reste, nous n'en soupçonnons pas un traître mot, et nous n'en avons cure.

Voilà pour les plus grands, pour ceux dont il n'est pas permis de ne pas savoir le nom. Pour les autres, quel que soit le degré de célébrité dont ils jouissent dans leur pays, nous ignorons la plupart du temps jusqu'à leur existence.

Boccace a subi le sort commun chez nous aux écrivains étrangers, et bien que son nom soit presque aussi populaire en France qu'au delà des Alpes, nous ne le connaissons pas mieux que Dante et Shakespeare. Que dis-je? Son cas est plus particulier encore. Si nous ne connaissons ni Dante ni Shakespeare, ou si nous ne les connaissons que très imparfaitement, nous ne nous en faisons pas du moins une idée par trop fausse. Nous savons, d'une manière générale, que Dante a écrit un poème où il raconte ses pérégrinations imaginaires à travers l'enfer, le purgatoire et le paradis, et que Shakespeare a composé de nombreux drames dont les plus célèbres nous sont connus, ne fût-ce que par leur titre; tandis que nous avons de Boccace et de son œuvre une idée absolument erronée.

Boccace n'a point écrit de contes, dans le sens du moins que nous attachons à ce mot. Il a laissé, entre autres ouvrages en prose et en vers, dénotant tous un écrivain de premier ordre[1], un livre intitulé *le Dé-*

---

1. Voici la liste des principaux ouvrages de Boccace :

Le *Filocopo*, 1339 — roman en prose, dont le sujet est tiré du roman français de *Floire et Blancheflor.*

La *Teseïde*, 1340 — poème écrit sur la demande et en l'honneur de Marie, sa maîtresse, fille de Robert, roi de Naples, et qu'il a immortalisée sous le nom de Fiammetta. C'est encore une imitation d'un de nos romans du moyen âge, et dont le héros est Thésée, « duc d'Athènes ».

L'*Ameto*, 1342 — composition mêlée de vers et de prose, où Boccace nous apprend qu'il est né à Paris, ce qu'il ne faut point prendre à la lettre. Il naquit, en réalité, à Certaldo, d'une femme que son père avait connue à Paris.

Le *Filostrato*, 1345 — poème où il décrit les amours de Troïle, le plus jeune fils de Priam, avec Chryséis, fille du grand-prêtre Calchas, qu'il appelle « l'évêque de Troie. »

L'*Amorosa Visione*, 1345 — poème où l'on trouve de nombreuses imitations de la *Divine comédie* et des autres ouvrages de Dante.

L'*Elegia di madama Fiammetta*, 1346 — roman en prose où il décrit son amour pour Marie, fille de Robert de Naples.

Le *Ninfale Fiesolane*, le poème des nymphes de Fiésole, 1347 — où la Fiammetta joue un rôle. Elle est une des sept nymphes que le poète met en scène.

Le *Décaméron*, 1348-1353. — C'est l'œuvre capitale de Boccace.

La *Vita di Dante*, 1351. — On trouvera la traduction de cet ouvrage,

caméron, d'un mot grec qui veut dire les dix journées. Dans ce livre, son chef-d'œuvre et son vrai titre
de gloire, Boccace nous dit comment, pour fuir la
peste de 1348, sept jeunes dames et trois jeunes gens
de Florence formèrent joyeuse compagnie et s'en allèrent vivre aux champs, au sein des plaisirs et des
amusements de toutes sortes, dans l'oubli le plus complet des horreurs qui désolaient leur malheureuse cité.
Il nous décrit leurs ébats à travers les campagnes en-
chanteresses de l'Arno; puis, quand ils sont las des
plaisirs de la table, du chant ou de la danse, de la
promenade ou de la pêche, il nous les montre se ras-
semblant autour de quelque belle source d'eau mur-
murante, sous les grands arbres de quelque parc om-
breux, pour raconter, chacun à son tour, à la mode
florentine, des nouvelles sur les sujets les plus divers,
mais dont le fond à peu près invariable est une histoire d'amour gaie ou triste, lamentable ou folle, suivant l'humeur de celui qui raconte, ou suivant le sujet
imposé par le roi ou la reine de la journée. Si, dans
quelques-unes de ces nouvelles, le narrateur dépasse
parfois les bornes du bon goût ou de la décence, ce
n'est qu'accidentellement, et le ton général de l'œuvre

très court mais fort intéressant, en tête de notre traduction de la
Divine comédie, publiée dans la collection elzévirienne d'Alphonse
Lemerre.

Il Corbaccio, 1355 — recueil de chansons, œuvre de vengeance
contre une femme pour laquelle il avait commencé par faire mille
folies.

La *Genealogia degli Dei*, 1363.

est sérieux sans jamais être pédant, et très souvent
dramatique sans cesser d'être simple.

Tel est le sujet du livre; mais il a une portée autrement grande que celle de simples récits destinés à distraire ou à émouvoir les belles lectrices auxquelles Boccace l'a spécialement dédié. C'est la peinture vivante
de toute une époque, de la société telle qu'elle était au
quatorzième siècle; depuis le serf courbé sur la glèbe,
jusqu'au très haut et très puissant baron qui n'a qu'un
mot à dire, un signe à faire, pour envoyer impunément
à la mort femme, enfants, vassaux; depuis la courtisane
qui se vend, jusqu'à la grande dame qui se donne, en
passant par l'humble fille qui gagne sa vie en travaillant,
et chez laquelle la passion souveraine, l'amour, n'agit
pas avec moins d'empire que chez les princesses de sang
royal; depuis le pauvre palefrenier épris de la reine et
parvenant, à force d'intelligence et de volonté, à satisfaire sa passion, jusqu'au roi bon enfant et paterne,
qui se laisse cocufier comme un simple bourgeois de
Florence; depuis le moine fainéant et goinfre, coureur
de femmes et montreur de reliques fantastiques, telles
que les charbons du gril de saint Laurent ou les
plumes de l'ange Gabriel, jusqu'au sinistre inquisiteur,
« investigateur de quiconque avait la bourse pleine »;
jusqu'à l'abbé mitré et crossé, détenteur de biens
immenses et tenant nuit et jour table ouverte à tous
venants. Et tous ces personnages ont une allure si naturelle, ils se meuvent dans un cadre si vrai, si bien
ajusté à leur taille, que nous les voyons aller et venir

comme si nous avions vécu au milieu d'eux en plein quatorzième siècle.

Dans un ordre d'idées non moins élevé, le *Décaméron* est une éloquente et courageuse protestation du bon sens et de l'esprit de libre examen contre l'abêtissement organisé en système par la scolastique de l'école et la superstition monacale. On a peine à croire que Boccace ait pu écrire sur le clergé de son temps les virulentes satires que son livre contient presque à chaque page, et qu'on dirait échappées de la plume d'un écrivain contemporain, tellement elles sont empreintes du sentiment de la liberté de conscience et de la dignité humaine. Il est allé plus loin; non content de fustiger à tour de bras moines et prélats, il s'est attaqué au dogme lui-même. Il n'a pas craint de mettre sur le même rang les trois religions : juive, mahométane, chrétienne; de leur donner une commune origine et de laisser entendre fort clairement qu'elles se valaient toutes les trois; audace grande en face des bûchers de l'inquisition. Les distinctions sociales, toutes de convention, n'imposent pas davantage à Boccace, et il y a tel passage de son œuvre où il n'hésite pas à déclarer que tous les hommes naissent égaux, et que la seule noblesse est celle de l'intelligence et de la vertu, non de la naissance et du hasard.

L'auteur du *Décaméron* est donc plus qu'un agréable et ingénieux faiseur de contes égrillards; c'est un des maîtres peintres de l'humanité, et, après avoir écrit le dernier mot de son livre, il aurait pu s'écrier avec tout autant de fierté qu'Horace : *exegi monumentum*. C'est en outre un des plus grands écrivains de l'Italie; il a fait de l'autre côté des Alpes, pour la prose, ce que Dante et Pétrarque ont fait, presque à la même époque, pour la poésie. De ces trois génies dérive tout ce qu'il y a de beau, de vrai et de grand dans les lettres italiennes. A ces titres, Boccace méritait d'être connu chez nous autrement que par les récits grave-leux dont La Fontaine a pris le sujet dans son livre, ou par la grotesque parodie qui a servi de prétexte à Mirabeau pour donner carrière aux fougues de son imagination, sous le nom de *traduction libre*.

Car c'est à ses imitateurs plus ou moins scrupuleux, que Boccace doit tout à la fois d'avoir un nom popu-laire en France et d'y être pris pour ce qu'il n'est pas. Il a eu la chance heureuse et malheureuse d'être ou-trageusement pillé par La Fontaine qui prenait son bien où il le trouvait. La Fontaine est allé choisir dans le *Décaméron* les anecdotes les plus grivoises, les plus propres à aiguiser l'esprit des amateurs de gravelures, et avec sa malice, sa verve toute gauloise, son prodi-gieux talent de conteur, il les a habillées à sa façon. Mais s'il a pris à Boccace son rire et sa belle humeur, il s'est donné de garde de lui emprunter l'émotion profonde et sincère qui, chez le grand Florentin, fait tou-jours pardonner la légèreté du sujet. La Fontaine est un épicurien; le sentimentalisme est son moindre dé-faut. Ses héroïnes n'ont d'autre objectif que le plaisir;

elles se donnent parce qu'elles éprouvent à se donner une jouissance matérielle à laquelle elles obéis-
sent presque uniquement. Les belles amoureuses du
Décaméron se livrent parce qu'elles aiment; elles se
donnent simplement, naïvement, et au besoin elles savent mourir naïvement et simplement aussi, quand
leur amour est trahi ou méconnu. Quelles figures plus
adorables que celles de la Griselda, ce type ravissant
de résignation et de tendresse conjugale; de la Salvestra expirant de douleur sur le corps de son amant;
de la Simone, de Ghismonda, et de tant d'autres, qui
placent les femmes de Boccace à la hauteur idéale des
femmes de Shakespeare! Ces créations charmantes,
d'une conception si suave, si poétiques et pourtant si
vraies, La Fontaine les a vues passer sans en être touché, sans les avoir comprises, ou peut-être sans vouloir les comprendre. Combien Alfred de Musset s'en
est mieux inspiré! Il a pris, lui aussi, à Boccace le
sujet de deux de ses nouvelles, et il en a fait deux
chefs-d'œuvre de grâce émue, de finesse et d'exquise
poésie. C'est que Musset n'était pas seulement un grand
artiste; c'était un grand poète, et quelque paradoxal
que cela puisse paraître de prime abord, son génie se
rapproche infiniment plus de celui de Boccace que le
génie de La Fontaine.

Si les emprunts de La Fontaine au *Décaméron*
n'ont servi qu'à nous donner le change sur Boccace,
on peut dire également que les traductions qui en
ont été faites en français sont insuffisantes pour

nous faire connaître le chef-d'œuvre du grand prosa-
teur Italien. Il n'en existe que deux ayant une certaine
notoriété; l'une et l'autre sont fort anciennes. La première a été écrite en 1545 et publiée, à Lyon, en 1548;
elle a pour auteur Antoine Le Maçon, secrétaire de la
reine de Navarre. Elle est exacte, faite avec beaucoup
de goût et une parfaite connaissance de la langue italienne; mais elle a deux inconvénients graves : elle est
devenue très rare, malgré les deux éditions qui en ont
été récemment publiées[1], et elle est d'une lecture peu
facile pour les gens qui ne sont point familiers avec
la langue du seizième siècle. Aussi n'est-elle connue
que des érudits, et elle ne saurait satisfaire la juste
curiosité de la masse des lecteurs.

La seconde traduction est de Sabatier de Castres;
elle date de la fin du siècle dernier. C'est la plus
répandue; c'est la seule à vrai dire que le public ait
à sa disposition, et on peut affirmer qu'elle n'a pas
peu contribué à donner de l'œuvre capitale de Boccace une idée absolument fausse. C'est pour Sabatier de Castres qu'aurait dû être inventé le fameux
proverbe : *Traduttore, traditore*, traducteur, traître.
Il n'est pas possible, en effet, de tronquer, de défi-
gurer plus effrontément l'œuvre qu'on a la prétention
de faire connaître. Sabatier de Castres taille, rogne,
ajoute, change dans la prose de Boccace avec le sans-
gêne le plus complet. Un passage lui semble-t-il diffi-

1. Jouaust, 1874 ; Liseux, 1878.

cile à rendre, il le raccourcit, il l'allonge, il le para-
phrase à son gré, à moins qu'il ne le supprime tout à
fait, comme, pour ne citer qu'un exemple, la fameuse
description de la peste de Florence. Qu'on juge par là
du reste. Quant aux endroits scabreux, là où la finesse
de touche de Boccace voile la crudité du fond, Sabatier appuie comme à plaisir; il explique, il souligne, il
commente, et réussit la plupart du temps à faire une
insupportable grossièreté de ce qui, dans le texte,
n'était qu'une inoffensive plaisanterie.

Une simple observation fera du reste voir sur-le-
champ le crédit que mérite la soi-disant traduction de
Sabatier de Castres. Chaque nouvelle du *Décaméron* est
précédée de réflexions ingénieuses et plaisantes, d'un
ordre parfois très élevé, et toujours fort intéressantes,
que Boccace place dans la bouche du personnage qui
raconte. C'est ce qui forme la liaison de son œuvre, en
fait un tout, la rend intelligible, en donne le véritable
sens. Eh bien! Sabatier de Castres, dans une note
placée en tête de la première journée, déclare à ses
lecteurs qu'il a cru devoir « ôter, au commencement de
chaque nouvelle, les réflexions de chacun des audi-
teurs, afin de rendre le récit plus vif et plus agréable. »
Cela ne rappelle-t-il pas ce directeur de théâtre de
province annonçant sur ses affiches qu'il avait sup-
primé la musique de la *Dame Blanche* comme entra-
vant l'action? Un habile homme que ce Sabatier de
Castres! il a tout le long du chemin des lanternes allu-
mées pour éclairer ses pas, et son premier soin est de

souffler dessus. Il n'a pas manqué au surplus d'intituler
sa traduction : les *Contes de Boccace*. De *Décaméron*, il
n'est pas plus question que si le *Décaméron* n'existait pas.

Donc, ni la version de Le Maçon, complète et fidèle,
mais d'une lecture difficile sinon impossible, rare d'ailleurs et fort chère, ni celle de Sabatier de Castres qui,
elle, est une véritable tromperie, ne sont de nature à
donner de Boccace et de son œuvre capitale une idée
vraie. C'est pourquoi j'ai cru qu'il serait intéressant de
présenter aux lecteurs français l'auteur du *Décaméron*
sous son véritable aspect. Aussi bien le public, venu
enfin à des idées plus justes, ne veut plus de ces
traductions par à peu près, avec lesquelles les Dacier,
les Lebrun, les Tressan et tant d'autres depuis, l'ont si
longtemps berné. Il veut connaître les chefs-d'œuvre
étrangers tels qu'ils sont ; il veut savoir ce que l'auteur
a dit, tout ce qu'il a dit, rien que ce qu'il a dit, comme
il l'a dit. C'est à cette formule que doit dorénavant se
conformer tout traducteur qui a le sentiment de sa
responsabilité, et c'est ce que je me suis efforcé de
faire dans la traduction qu'on va lire. A défaut d'autre
mérite, elle a celui de reproduire, aussi exactement
que possible, l'œuvre de Boccace et sa physionomie
propre. Elle n'a rien emprunté aux traductions qui
l'ont précédée; elle a été faite directement sur l'excellente édition classique de Le Monnier, édition colla-
tionnée sur les meilleurs textes. C'est, pour employer
l'expression de Montaigne, une œuvre de bonne foi,
avant tout.

En entreprenant ce travail, je ne m'en suis nullement dissimulé les difficultés. Boccace est, en effet, un
des écrivains les plus difficiles à traduire; non pas que
chez lui le sens soit obscur, mais la contexture même de
sa phrase en rend la traduction, — j'entends la traduction exacte, la seule que j'admette, — pleine de difficultés. Dans son admiration exclusive des anciens, Boccace a pris pour modèle Cicéron et sa longue période
académique, dans laquelle les incidences se greffent
sur les incidences, poursuivant l'idée jusqu'au bout et
ne la laissant que lorsqu'elle est épuisée, comme le
souffle ou l'attention de celui qui lit. Dans la langue
latine, souple, flexible, aux inversions naturelles, ce
système peut être la source de grandes beautés; il
n'en est pas tout à fait de même pour la langue de
Boccace, déjà plus sèche, plus précise, moins apte par
conséquent aux inversions et qui s'accommode assez
mal de la période cicéronienne. Aussi le plus souvent
sa phraséologie est-elle fort complexe, et, pour suivre
le fil de l'idée première, faut-il apporter une attention
soutenue. Ce qui est déjà une difficulté de lecture dans
le texte italien, devient un obstacle très sérieux quand
on a à traduire ces interminables phrases en français
moderne, prototype de précision, de clarté, de logique
grammaticale. La langue française, au point de perfec-
tion où elle est arrivée, exprime la pensée avec autant
d'exactitude mathématique que le chiffre exprime le
nombre. Quelle que soit son affinité avec notre idiome,
l'italien n'a pas le même rigorisme de la forme. Il

permet à l'écrivain des escapades hors de la syntaxe, des licences grammaticales que le français ne saurait tolérer. On conçoit donc qu'il est parfois très difficile de rendre exactement en français, instrument rigide par excellence, ce qu'un auteur italien a écrit avec toute la latitude que lui laisse le peu de sévérité de la langue italienne. Cette difficulté est plus spéciale à Boccace. Je sais bien qu'il y a un moyen commode de l'éluder, et que ce moyen, mes prédécesseurs ne se sont point fait faute de l'employer : c'est de couper les phrases et d'en faire, d'une seule, deux, trois, quatre, autant qu'il est besoin. Mais à ce jeu, on change notablement la physionomie de l'original, et c'est ce que je ne puis admettre.

J'ai donc pris le taureau par les cornes et j'ai accepté la phrase de Boccace comme elle est, à moins, et le cas est rare, qu'il y eût impossibilité matérielle à la transporter dans une phrase qui restât française tout en conservant la physionomie italienne. Si cette méthode a augmenté dans de sérieuses proportions les difficultés du traducteur, elle offre au lecteur l'immense avantage de mettre sous ses yeux le calque on ne peut plus fidèle de l'original. Je dois ajouter que la tournure légèrement archaïque que la phrase acquiert par ce procédé, lui donne une saveur qui n'est point sans charme, tout en offrant une nouvelle garantie d'exactitude. Voilà, je ne puis trop le redire, ce qui fait tout le mérite de la présente traduction, ce qui constitue sa raison d'être et doit la recommander aux lecteurs.

Cette traduction n'est, du reste, qu'une faible partie d'un travail considérable conçu d'après le même plan, et qui comprendra, si mes forces me le permettent, tous les grands classiques italiens. Déjà la *Divine comédie*, de Dante, a paru [1]; le *Roland furieux*, d'Arioste, est sous presse. Puis viendront successivement Pétrarque, Tasse, Machiavel, Goldoni, Foscolo, Manzoni, etc. En me vouant à ce labeur de longue haleine, mon but n'a pas été seulement de faire une œuvre utile ou agréable à mes compatriotes; j'ai voulu, tout en donnant un témoignage particulier d'estime à la généreuse nation dont la littérature a eu tant d'influence sur la nôtre, contribuer à resserrer les liens qui unissent deux peuples faits pour se connaître et s'aimer, et destinés à marcher désormais côte à côte et du même pas dans la voie du progrès et de la liberté.

1. Alphonse Lemerre, 2 vol., édition elzévirienne.

FRANCISQUE REYNARD.

Paris, 28 mars 1879.

LE
DÉCAMÉRON

Ici commence le livre appelé Décaméron, et surnommé Prince Galeotto, dans lequel sont contenues cent Nouvelles, dites en dix jours par sept dames et trois jeunes hommes.

AVANT-PROPOS

C'est chose humaine que d'avoir compassion des affligés; et bien que cela soit un devoir pour chacun, ceux-là surtout y sont le plus obligés, qui ont eu jadis besoin de confort et l'ont trouvé chez quelques-uns. Parmi ces derniers, s'il en fut qui en eurent jamais besoin, le tinrent pour cher, ou en éprouvèrent du plaisir, je suis un de ceux-là. Dès ma première jeunesse, en effet, jusqu'au temps présent, ayant été embrasé outre mesure d'un très haut et noble amour, plus peut-être qu'en le racontant il ne semblerait convenir à ma basse condition, et bien que par les gens discrets

I.   1

à qui la connaissance en parvint j'en aie été loué et estimé davantage, néanmoins cet amour me fut très dur à supporter, non certes par la cruauté de la dame aimée, mais à cause du feu excessif allumé en mon cœur par un appétit peu réglé; lequel feu, pour ce qu'il ne me laissait satisfait d'aucun résultat convenable, m'avait fait sentir souvent plus d'ennui qu'il n'était besoin. En cet ennui, les plaisants récits d'un ami et ses louables consolations m'apportèrent tant de soulagement, que j'ai la très ferme opinion que c'est à cela que je dois de n'être point mort. Mais, comme il plut à Celui qui, étant lui-même infini, donna pour loi immuable à toutes les choses mondaines d'avoir une fin, mon amour, fervent par-dessus tous les autres, et que ni force de raisonnement, ni conseil, ni vergogne apparente ou péril imminent n'avaient pu rompre ni ployer, de soi-même, avec le temps, diminua de telle façon, qu'il m'a seulement laissé en la mémoire ce plaisir qu'il fait éprouver d'ordinaire à quiconque ne se hasarde pas à naviguer trop avant parmi ses plus profonds abîmes. Pour quoi, là où il était d'habitude pénible, tout souci étant écarté, je sens qu'il est resté délectable. Mais bien que la peine ait cessé, je n'ai point perdu pour cela le souvenir des bienfaits que j'ai reçus autrefois de ceux que leur bienveillance pour moi portait à prendre part à mes peines; et je ne crois pas que ce souvenir s'efface jamais, sinon par la mort. Et pour ce que la reconnaissance, comme je crois, est entre toutes les autres vertus celle qu'il faut louer, et

que le défaut contraire est à blâmer, pour ne point paraître ingrat, je me suis proposé, selon le peu que je
puis par moi-même, en échange de ce que j'ai reçu,
maintenant que je peux me dire libre, d'apporter
quelque allègement sinon à ceux qui m'ont aidé et qui,
grâce à leur bonne étoile ou à leur intelligence, n'en
ont pas besoin, du moins à ceux à qui cela est nécessaire. Et bien que mon appui, je veux dire mon confort, doive être et soit peu de chose aux besoigneux,
néanmoins il me semble qu'il doit se porter de préférence là où le besoin apparaît plus grand, non-seulement parce qu'il y sera plus utile, mais aussi parce
qu'il y sera tenu pour plus cher. Et qui niera que, de
quelque valeur qu'il soit, ce confort ne doive être donné
bien plus aux dames amoureuses qu'aux hommes? Au
fond de leurs délicates poitrines, tremblant et rougissant, elles tiennent cachées les amoureuses flammes,
lesquelles ont bien plus de forces que celles qui sont
apparentes, comme le savent ceux qui ont éprouvé
leurs atteintes. En outre, restreintes dans leurs volontés et dans leurs plaisirs par les ordres des pères, des
mères, des frères et des maris, elles restent la plupart
du temps renfermées dans l'étroite enceinte de leurs
chambres, et, s'y tenant quasi oisives, voulant et ne
voulant pas en une même heure, roulent des pensers
divers qui ne peuvent être toujours gais. Et si quelque
mélancolie, mue par un désir de feu, survient en leur
esprit, il faut qu'elles l'y gardent à leur grand ennui,
à moins qu'elle n'en soit chassée par des propos nou-

veaux; sans compter qu'elles sont beaucoup moins fortes que les hommes pour supporter les peines. Il n'en est pas de même des hommes amoureux, comme nous pouvons apertement le voir. Eux, si quelque mélancolie, ou si quelque pensée pénible les afflige, ils ont mille moyens de l'alléger ou de s'en distraire, pour ce que, s'ils le veulent, ils ont loisir d'aller et venir, d'entendre et de voir de nombreuses choses, d'oiseler, chasser, pêcher, chevaucher, jouer ou marchander. Chacun de ces moyens a assez de force pour tirer, en tout ou en partie, l'esprit à soi, et le détourner des ennuyeuses pensées, au moins pour quelque temps; après quoi, par un moyen ou par un autre, la consolation survient ou bien l'ennui diminue. Donc, afin que par moi soit en partie corrigée la faute de la fortune, laquelle, là où il y a le moins de forces, comme nous voyons pour les femmes délicates, fut plus avare d'aide, j'entends, pour le secours et le refuge de celles qui aiment — car aux autres c'est assez de l'aiguille, du fuseau et du dévidoir — raconter cent nouvelles, fables, paraboles ou histoires, comme on voudra les appeler, dites en dix jours par une honnête compagnie de sept dames et de trois jeunes hommes, compagnie formée au temps pestilencieux de la mortalité dernière, ainsi que quelques légères chansons chantées par lesdites dames pour leur plaisir. Dans ces nouvelles, se verront plaisants et âpres cas d'amour et autres événements de fortune, advenus aussi bien dans les temps modernes que dans les temps antiques. Les susdites dames qui

les liront, pourront aussi tirer plaisir des choses plaisantes qui y sont montrées et en prendre d'utiles
conseils, en tant qu'elles pourront y reconnaître ce qui
est à fuir et pareillement ce qui est à suivre ; lesquelles
choses je ne crois pas qu'on puisse entendre, sans que
l'ennui en soit dissipé. Si cela arrive — et Dieu veuille
qu'il en soit ainsi — elles devront en rendre grâce à
l'Amour, lequel, me libérant de ses liens, m'a rendu le
pouvoir de m'appliquer à leurs plaisirs.

1.

PREMIÈRE JOURNÉE

Ici commence la première Journée du DÉCAMÉRON, dans laquelle, après que l'auteur a expliqué pour quelle cause il advint que différentes personnes dont il est parlé ci-après se réunirent pour causer entre elles, on devise, sous le commandement de Pampinea, de ce qui plaît le plus à chacun.

Chaque fois, très gracieuses dames, que je considère en moi-même combien vous êtes toutes naturellement compatissantes, je reconnais que le présent ouvrage vous paraîtra avoir un commencement pénible et ennuyeux, car il porte au front le douloureux souvenir de la mortalité causée par la peste que nous venons de traverser, souvenir généralement importun à tous ceux qui ont vu cette peste ou qui en ont eu autrement connaissance. Ce n'est pas que je veuille, pour cela, vous effrayer et vous empêcher de lire plus avant, comme si vous deviez, en lisant, trépasser vous-mêmes au milieu des soupirs et des larmes. Cet horrible commencement ne vous causera pas plus d'ennui qu'aux voyageurs une montagne raide et élevée, après laquelle vient une belle et agréable plaine qui paraît d'autant plus séduisante, que la fatigue de la montée et de la descente a été plus grande. Et de même

que l'allégresse succède à la douleur, ainsi les misères sont
effacées par la joie qui les suit. A ce court ennui — je dis
court, parce qu'il ne dure que quelques pages — succèderont
vite la douceur et le plaisir que je vous ai'promis précédemment, et que, si je ne vous le disais, vous n'auriez peut-être
pas attendus d'un pareil début. Et de vrai, si j'avais pu honnêtement vous mener vers ce que je désire par un chemin
autre que cet âpre sentier, je l'aurais volontiers fait. Mais,
quelle qu'ait été la cause des événements dont on lira ci-après
le récit, comme il n'était pas possible d'en démontrer l'exactitude sans rappeler ce souvenir, j'ai été quasi contraint par
la nécessité à en parler.

Je dis donc que les années de la fructueuse Incarnation du
Fils de Dieu atteignaient déjà le nombre de mille trois cent
quarante-huit, lorsque, dans la remarquable cité de Florence,
belle au-dessus de toutes les autres cités d'Italie, parvint la
mortifère pestilence qui, par l'opération des corps célestes,
ou à cause de nos œuvres iniques, avait été déchaînée sur les
mortels par la juste colère de Dieu et pour notre châtiment.
Quelques années auparavant, elle s'était déclarée dans les
pays orientaux, où elle avait enlevé une innombrable quantité
de vivants; puis, poursuivant sa marche d'un lieu à un
autre, sans jamais s'arrêter, elle s'était malheureusement
étendue vers l'Occident. La science, ni aucune précaution
humaine, ne prévalait contre elle. C'est en vain que, par
l'ordre de magistrats institués pour cela, la cité fut purgée
d'une multitude d'immondices; qu'on défendit l'entrée à tout
malade, et que de nombreux conseils furent donnés pour la
conservation de la santé. C'est en vain qu'on organisa, non
pas une fois, mais à diverses reprises, d'humbles prières publiques et des processions, et que d'autres supplications
furent adressées à Dieu par les dévotes personnes; quasi au

commencement du printemps de ladite année, le fléau déploya ses douloureux effets dans toute leur horreur et s'affirma d'une prodigieuse façon. Il ne procédait pas comme en Orient où, à quiconque sortait du sang par le nez, c'était signe d'une mort inévitable ; mais, au commencement de la maladie, aux hommes comme aux femmes, naissaient à l'aine et sous les aisselles certaines enflures dont les unes devenaient grosses comme une pomme ordinaire, les autres comme un œuf, et d'autres moins, et que le vulgaire nommait bubons pestilentiels. Et des deux parties susdites, dans un court espace de temps, ce bubon mortifère gagnait indifféremment tout le reste du corps. Plus tard, la nature de la contagion vint à changer, et se manifesta par des taches noires ou livides qui apparaissaient sur les bras et sur les cuisses, ainsi que sur les autres parties du corps, chez les uns larges et rares, chez les autres petites et nombreuses. Et comme en premier lieu le bubon avait été et était encore indice certain de mort prochaine, ainsi l'étaient ces taches pour tous ceux à qui elles venaient. Pour en guérir, il n'y avait ni conseil de médecin, ni vertu de médecine qui parût valoir, ou qui portât profit. Au contraire, soit que la nature du mal ne le permît pas, soit que l'ignorance des médecins — parmi lesquels, outre les vrais savants, on comptait un très grand nombre de femmes et d'hommes qui n'avaient jamais eu aucune notion de médecine — ne sût pas reconnaître de quelle cause il provenait et, par conséquent, n'appliquât point le remède convenable, non-seulement peu de gens guérissaient, mais presque tous mouraient dans les trois jours de l'apparition des signes susdits, qui plus tôt, qui plus tard, et sans éprouver de fièvre, ou sans qu'il survînt d'autre complication.

Ce qui donna encore plus de force à cette peste, ce fut qu'elle se communiquait des malades aux personnes saines, de la même façon que le feu quand on l'approche d'une grande quantité de matières sèches ou ointes. Et le mal s'accrut encore non-seulement de ce que la fréquentation des malades donnait aux gens bien portants la maladie ou les germes d'une mort commune, mais de ce qu'il suffisait de toucher les vêtements ou quelque autre objet ayant appartenu aux malades, pour que la maladie fût communiquée à qui les avait touchés. C'est chose merveilleuse à entendre, ce que j'ai à dire ; et si cela n'avait pas été vu par les yeux d'un grand nombre de personnes et par les miens, loin d'oser l'écrire, à peine pourrais-je le croire, même si je l'avais entendu de la bouche d'un homme digne de foi. Je dis que l'énergie de cette pestilence fut telle à se communiquer de l'un à l'autre, que non-seulement elle se transmettait de l'homme à l'homme, mais, chose plus étonnante encore, qu'il arriva très souvent qu'un animal étranger à l'espèce humaine, pour avoir touché un objet ayant appartenu à une personne malade ou morte de cette maladie, tombait lui-même malade et périssait dans un très court espace de temps. De quoi mes yeux — comme j'ai dit plus haut — eurent un jour, entre autres faits du même genre, la preuve suivante : les haillons d'un pauvre homme mort de la peste ayant été jetés sur la voie publique, deux porcs étaient survenus et, selon leur habitude, avaient pris ces haillons dans leur gueule et les avaient déchirés du groin et des dents. Au bout d'une heure à peine, après avoir tourné sur eux-mêmes comme s'ils avaient pris du poison, ils tombèrent morts tous les deux sur les haillons qu'ils avaient si malencontreusement mis en pièces.

De ces choses et de beaucoup d'autres semblables, naquirent diverses peurs et imaginations parmi ceux qui survivaient, et presque tous en arrivaient à ce degré de cruauté d'abandonner et de fuir les malades et tout ce qui leur avait appartenu ; et, ce faisant, chacun croyait garantir son propre salut. D'aucuns pensaient que vivre avec modération et se garder de tout excès, était la meilleure manière de résister à un tel fléau. S'étant formés en sociétés, ils vivaient séparés de tous les autres groupes. Réunis et renfermés dans les maisons où il n'y avait point de malades et où ils pouvaient vivre le mieux ; usant avec une extrême tempérance des mets les plus délicats et des meilleurs vins ; fuyant toute luxure, sans se permettre de parler à personne, et sans vouloir écouter aucune nouvelle du dehors au sujet de la mortalité ou des malades, ils passaient leur temps à faire de la musique et à se livrer aux divertissements qu'ils pouvaient se procurer. D'autres, d'une opinion contraire, affirmaient que boire beaucoup, jouir, aller d'un côté et d'autre en chantant et en se satisfaisant en toute chose, selon son appétit, et rire et se moquer de ce qui pouvait advenir, était le remède le plus certain à si grand mal. Et, comme ils le disaient, ils mettaient de leur mieux leur théorie en pratique, courant jour et nuit d'une taverne à une autre, buvant sans mode et sans mesure, et faisant tout cela le plus souvent dans les maisons d'autrui, pour peu qu'ils y trouvassent choses qui leur fissent envie ou plaisir. Et ils pouvaient agir ainsi en toute facilité, pour ce que chacun, comme s'il ne devait plus vivre davantage, avait, de même que sa propre personne, mis toutes ses affaires à l'abandon. Sur quoi, la plupart des maisons étaient devenues communes, et les étrangers s'en servaient, lorsqu'ils les trouvaient sur leur passage, comme l'aurait fait le propriétaire lui-même. Au milieu de toutes ces préoccupations bestiales, on fuyait toujours les malades le plus qu'on pouvait. En une telle affliction, au sein d'une si grande misère de notre cité, l'autorité révérée des lois, tant divines qu'humaines, était comme tombée et abandonnée par les ministres et les propres exécuteurs de ces lois, lesquels, comme les autres citoyens, étaient tous, ou morts, ou malades, ou si privés de famille, qu'ils ne pouvaient remplir aucun office; pour quoi, il était licite à chacun de faire tout ce qui lui plaisait. Beaucoup d'autres, entre les deux manières de vivre susdites, en observaient une moyenne, ne se restreignant point sur leur nourriture comme les premiers, et ne se livrant pas, comme les seconds, à des excès de boisson ou à d'autres excès, mais usant de toutes choses d'une façon suffisante, selon leur besoin. Sans se tenir renfermés, ils allaient et venaient, portant à la main qui des fleurs, qui des herbes odoriférantes, qui diverses sortes d'aromates qu'ils se plaçaient souvent sous le nez, pensant que c'était le meilleur préservatif que de réconforter le cerveau avec de semblables parfums, attendu que l'air semblait tout empoisonné et comprimé par la puanteur des corps morts, des malades et des médicaments. Quelques-uns, d'un avis plus cruel, comme étant par aventure le plus sûr, disaient qu'il n'y avait pas de remède meilleur, ni même aussi bon, contre les pestes, que de fuir devant elles. Poussés par cette idée, n'ayant souci de rien autre que d'eux-mêmes, beaucoup d'hommes et de femmes abandonnèrent la cité, leurs maisons, leurs demeures, leurs parents et leurs biens, et cherchèrent un refuge dans leurs maisons de campagne ou dans celles de leurs voisins, comme si la colère de Dieu, voulant punir par cette peste l'iniquité des hommes, n'eût pas dû les frapper partout où ils seraient, mais s'abattre seulement sur ceux qui se trouvaient au dedans des murs de la ville, ou comme s'ils avaient pensé qu'il ne devait plus rester personne dans une ville dont la dernière heure était venue.

Et bien que, de ceux qui émettaient ces opinions diverses, tous ne mourussent pas, il ne s'ensuivait pas que tous échappassent. Au contraire, beaucoup d'entre eux tombant malades et de tous côtés, ils languissaient abandonnés, ainsi qu'eux-mêmes, quand ils étaient bien portants, en avaient donné l'exemple à ceux qui restaient sains et saufs. Outre que les citadins s'évitaient les uns les autres, que les voisins n'avaient aucun soin de leur voisin, les parents ne se visitaient jamais, ou ne se voyaient que rarement et seulement de loin. Par suite de ce deuil public, une telle épouvante était entrée dans les cœurs, aussi bien chez les hommes que chez les femmes, que le frère abandonnait son frère, l'oncle son neveu, la sœur son frère, et souvent la femme son mari. Et, chose plus forte et presque incroyable, les pères et les mères refusaient de voir et de soigner leurs enfants, comme si ceux-ci ne leur eussent point appartenu. Pour cette raison, à ceux qui, et la foule en était innombrable, tombaient malades, il ne restait d'autre secours que la charité des amis — et de ceux-ci il y en eut peu — ou l'avarice des serviteurs qui, alléchés par de gros salaires, continuaient à servir leurs maîtres. Toutefois, malgré ces gros salaires, le nombre des serviteurs n'avait pas augmenté, et ils étaient tous, hommes et femmes, d'un esprit tout à fait grossier. La plupart des services qu'ils rendaient, ne consistaient guère qu'à porter les choses demandées par les malades, ou à voir quand ils mouraient; et souvent à un tel service, ils se perdaient eux-mêmes avec le gain acquis. De cet abandon des malades par les voisins, les parents et les amis, ainsi que de la rareté des serviteurs, provint une habitude jusque-là à peu près inconnue, à savoir que toute femme, quelque agréable, quelque belle, quelque noble qu'elle pût être, une fois tombée malade, n'avait nul souci d'avoir pour la servir un homme quel qu'il fût, jeune ou non, et de lui montrer sans aucune vergogne toutes les parties de son corps, absolument comme elle aurait fait à une femme, pour peu que la nécessité de la maladie l'exigeât; ce qui, chez celles qui guérirent, fut sans doute cause, par la suite, d'une honnêteté moindre. Il s'ensuivit aussi la mort de beaucoup de gens qui, par aventure, s'ils avaient été secourus, s'en seraient échappés. Sur quoi, tant par le manque de services opportuns que les malades ne pouvaient avoir, que par la force de la peste, la multitude de ceux qui de jour et de nuit mouraient, était si grande dans la cité, que c'était une stupeur non pas seulement de le voir, mais de l'entendre dire. Aussi, la nécessité fit-elle naître entre ceux qui survivaient des mœurs complètement différentes des anciennes.

Il était alors d'usage, comme nous le voyons encore faire aujourd'hui, que les parentes et les voisines se réunissent dans la maison du mort, et là, pleurassent avec celles qui lui appartenaient de plus près. D'un autre côté, devant la maison mortuaire, les voisins et un grand nombre d'autres citoyens se réunissaient aux proches parents; puis, suivant la qualité du mort, les prêtres arrivaient, et il était porté sur les épaules de ses égaux, avec une grande pompe de cierges allumés et de chants, jusqu'à l'église choisie par lui avant de mourir. Ces usages, dès que la fureur de la peste vint à s'accroître, cessèrent en tout ou en partie, et des usages nouveaux les remplacèrent. C'est ainsi que les gens mouraient, non-seulement sans avoir autour de leur cercueil un nombreux cortège de femmes, mais il y en avait beaucoup qui s'en allaient de cette vie sans témoins; et bien rares étaient ceux à qui les larmes pieuses ou amères de leurs parents étaient accordées. Au contraire, ces larmes étaient la plupart du temps remplacées par des rires, de joyeux propos et des fêtes, et les femmes, ayant en grande partie dépouillé la pitié qui leur est naturelle, avaient, en vue de leur propre salut, complètement adopté cet usage. Ils étaient peu nombreux, ceux dont les corps étaient accompagnés à l'église de plus de dix ou douze de leurs voisins ; encore ces voisins n'étaient-ils pas des citoyens honorables et estimés, mais une manière de croquemorts, provenant du bas peuple, et qui se faisaient appeler fossoyeurs. Payés pour de pareils services, ils s'emparaient du cercueil, et, à pas pressés, le portaient non pas à l'église que le défunt avait choisie avant sa mort, mais à la plus voisine, le plus souvent derrière quatre ou cinq prêtres et quelquefois sans aucun. Ceux-ci, avec l'aide des fossoyeurs, sans se fatiguer à trop long ou trop solennel office, mettaient le corps dans la première sépulture inoccupée qu'ils trouvaient. La basse classe, et peut-être une grande partie de la moyenne, était beaucoup plus malheureuse encore, pour ce que les gens, retenus la plupart du temps dans leurs maisons par l'espoir ou la pauvreté, ou restant dans le voisinage, tombaient chaque jour malades par milliers, et, n'étant servis ni aidés en rien, mouraient presque tous sans secours. Il y en avait beaucoup qui finissaient sur la voie publique, soit de jour, soit de nuit. Beaucoup d'autres, bien qu'ils fussent morts dans leurs demeures, faisaient connaître à leurs voisins qu'ils étaient morts, par la seule puanteur qui s'exhalait de leurs corps en putréfaction. Et de ceux-ci et des autres qui mouraient partout, toute la cité était pleine. Les voisins, mus non moins par la crainte de la corruption des morts que par la charité envers les défunts, avaient adopté la méthode suivante : soit eux-mêmes, soit avec l'aide de quelques porteurs quand ils pouvaient s'en procurer, ils transportaient hors de leurs demeures les corps des trépassés et les plaçaient devant le seuil des maisons où, principalement pendant la matinée, les pas-

sants pouvaient en voir un grand nombre. Alors, on faisait
venir des cercueils, et il arriva souvent que, faute de cercueils, on plaça les cadavres sur une table. Parfois une seule
bière contenait deux ou trois cadavres, et il n'arriva pas seulement une fois, mais bien souvent, que la femme et le
mari, les deux frères, le père et le fils, furent ainsi emportés
ensemble. Il advint aussi un nombre infini de fois, que
deux prêtres allant avec une croix enterrer un mort, trois
ou quatre cercueils, portés par des croquemorts, se mirent
derrière le cortège, et que les prêtres qui croyaient n'avoir
qu'un mort à ensevelir, en avaient sept ou huit et quelquefois davantage. Les morts n'en étaient pas pour cela hono-
rés de plus de larmes, de plus de pompe, ou d'une escorte
plus nombreuse; au contraire, les choses en étaient venues
à ce point qu'on ne se souciait pas plus des hommes qu'on
ne se soucierait à cette heure d'humbles chèvres. Par quoi
il apparut très manifestement que ce que le cours naturel
des choses n'avait pu montrer aux sages à supporter avec
patience, au prix de petits et rares dommages, la grandeur
des maux avait appris aux gens simples à le prévoir ou à ne
point s'en soucier. La terre sainte étant insuffisante pour ensevelir la multitude des corps qui étaient portés aux diverses
églises chaque jour et quasi à toute heure, et comme on
tenait surtout à enterrer chacun en un lieu convenable suivant
l'ancien usage, on faisait dans les cimetières des églises, tant
les autres endroits étaient pleins, de très larges fosses, dans
lesquelles on mettait les survenants par centaines. Entassés
dans ces fosses, comme les marchandises dans les navires,
par couches superposées, ils étaient recouverts d'un peu de
terre, jusqu'à ce qu'on fût arrivé au sommet de la fosse.

Et pour ne pas nous arrêter davantage sur chaque parti-
cularité de nos misères passées, advenues dans la cité, je

dis qu'en cette époque si funeste, la campagne environnante ne fut pas plus épargnée. Sans parler des châteaux qui, dans leurs étroites limites, ressemblaient à la ville, dans les villages écartés, les misérables et pauvres cultivateurs, ainsi que leur famille, sans aucun secours de médecin, sans l'assistance d'aucun serviteur, par les chemins, sur les champs mêmes qu'ils labouraient, ou dans leurs chaumières, de jour et de nuit, mouraient non comme des hommes, mais comme des bêtes. Pour quoi, devenus aussi relâchés dans leurs mœurs que les citadins, eux aussi ne se souciaient plus de rien qui leur appartînt, ni d'aucune affaire. Tous, au contraire, comme s'ils attendaient la mort dans le jour même où ils se voyaient arrivés, appliquaient uniquement leur esprit non à cultiver, en prévision de l'avenir, les fruits de la terre, mais à consommer ceux qui s'offraient à eux. C'est pourquoi il advint que les bœufs, les ânes, les brebis, les chèvres, les porcs, les poules et les chiens mêmes, si fidèles à l'homme, chassés de leurs habitations, erraient par les champs — où les blés étaient laissés à l'abandon sans être récoltés, ni même fauchés — et s'en allaient où et comme il leur plaisait. Et beaucoup, comme des êtres raisonnables, après avoir pâturé tout le jour, la nuit venue, s'en retournaient repus à leurs étables, sans être conduits par aucun berger.

Mais laissons la campagne et revenons à la ville. Que pourrait-on dire de plus? Si longue et si grande fut la cruauté du ciel, et peut-être en partie celle des hommes, qu'entre le mois de mars et le mois de juillet suivant, tant par la force de la peste, que par le nombre des malades mal servis ou abandonnés grâce à la peur éprouvée par les gens bien portants, plus de cent mille créatures humaines perdirent certainement la vie dans les murs de la cité de Flo-

2.

rence. Peut-être, avant cette mortalité accidentelle, on n'aurait jamais pensé qu'il y en eût tant dans notre ville. Oh! que de grands palais, que de belles maisons, que de nobles demeures où vivaient auparavant des familles entières, et qui étaient pleines de seigneurs et de dames, demeurèrent vides jusqu'au moindre serviteur! Que de races illustres, que d'héritages considérables, que de richesses fameuses, l'on vit rester sans héritiers naturels! Que de vaillants hommes, que de belles dames, que de beaux jeunes gens, que Gallien, Hippocrate ou Esculape eux-mêmes auraient jugés pleins de santé, dînèrent le matin avec leurs parents, leurs compagnons, leurs amis, qui, le soir venu, soupèrent dans l'autre monde avec leurs ancêtres!

Il m'est très pénible à moi aussi, d'aller si longuement à travers tant de misères. Pour quoi, je veux désormais laisser cette partie de mon sujet, pouvant aisément le faire. Je dis donc que notre cité étant dans cette triste situation et quasi vide d'habitants, il advint — comme je l'appris depuis d'une personne digne de foi — que, dans la vénérable église de Santa-Maria-Novella, un mardi matin qu'il ne s'y trouvait presque pas d'autres personnes, sept jeunes dames, en habits de deuil, comme il convenait en un tel lieu, se rencontrèrent après les offices divins. Elles étaient toutes unies par l'amitié, le voisinage ou la parenté. Aucune n'avait dépassé la vingt-huitième année, et la plus jeune n'avait pas moins de dix-huit ans. Chacune d'elles était sage et de sang noble, belle de corps, distinguée de manières et d'une honnêteté parfaite. Je citerais en propres termes leurs noms, si une juste raison ne me défendait de les dire, à savoir que je ne veux pas, à cause des choses suivantes qui furent racontées ou écoutées par elles, qu'aucune d'elles puisse tirer vergogne, les lois du plaisir étant aujourd'hui sévères, tandis qu'alors, pour les raisons ci-dessus déduites, elles étaient des plus larges. Je ne veux pas non plus donner prétexte aux envieux, prêts à mordre toute vie louable, de diminuer en rien la réputation de ces généreuses dames, à propos des récits susdits. Pour quoi, afin de pouvoir faire connaître ce qu'elles racontèrent sans éprouver la moindre confusion, j'entends les désigner en tout ou en partie par des noms appropriés à la qualité de chacune. La première et la plus âgée, nous l'appellerons Pampinea; la seconde, Fiammetta; la troisième, Philomène, et la quatrième, Emilia. Nous donnerons ensuite le nom de Lauretta à la cinquième, celui de Néiphile à la sixième, et nous nommerons la dernière Élisa, non sans motif. N'ayant été, les unes et les autres, amenées là par aucun projet, mais se trouvant par hasard réunies en un coin de l'église, elles s'assirent en cercle, et après de nombreux soupirs, laissant de côté les patenôtres, elles se mirent à causer entre elles sur la misère du temps. Au bout de quelques instants, les autres s'étant tues, Pampinea commença à parler ainsi :

« — Mes chères dames, vous pouvez, ainsi que moi, avoir souvent ouï dire que celui qui use honnêtement de son droit n'a jamais fait tort à personne. Or, c'est un droit naturel à quiconque naît ici-bas, que de conserver et défendre sa vie tant qu'il peut. Ce droit est si bien reconnu, qu'il est déjà advenu plus d'une fois que, pour le sauvegarder, des hommes ont été tués sans qu'il y eût crime aucun. Et si cela est permis par les lois à la protection desquelles tout mortel doit de vivre en sécurité, combien plus nous est-il permis, à nous et à tous autres, de prendre pour la conservation de notre vie les précautions que nous pouvons? Quand je viens à songer à ce que nous avons fait ce matin et les jours passés; quand je pense à l'entretien que nous avons en ce moment, je com-

prends, et vous pouvez semblablement comprendre, que chacune de nous doit être remplie de crainte pour elle-même.
De cela, je ne m'étonne point ; mais je m'étonne fort de ce
que, avec notre jugement de femme, nous ne prenions aucune
précaution contre ce que chacune de nous craint justement.
Nous restons ici, à mon avis, non autrement que si nous voulions ou devions constater combien de corps morts ont été
ensevelis, ou bien écouter si les moines de là dedans, dont
le nombre est réduit à presque rien, chantent leurs offices à
l'heure voulue, ou bien encore montrer par nos vêtements,
à tous ceux qui nous voient, la nature et l'étendue de nos
misères. Si nous sortons d'ici, nous voyons les morts ou les
malades transportés de toutes parts ; nous voyons ceux que,
pour leurs méfaits, l'autorité des lois publiques a jadis condamnés à l'exil, se rire de ces lois, pour ce qu'ils sentent que
les exécuteurs sont morts ou malades, et courir par la ville où
ils commettent toutes sortes de violences et de crimes ; nous
voyons la lie de notre cité, engraissée de notre sang, et, sous
le nom de fossoyeurs, s'en aller, à notre grand dommage,
chevauchant et courant de tous côtés et nous reprochant nos
malheurs dans des chants déshonnêtes. Nous n'entendons
que ceci : tels sont morts et tels autres vont mourir ! Et s'il
y avait encore des gens pour les pousser, nous entendrions
s'élever de partout de douloureuses plaintes. Je ne sais s'il
vous advient à vous comme à moi ; mais quand je rentre dans
ma demeure, et que je ne retrouve, de toute ma nombreuse
famille, que ma servante, j'ai peur et je sens comme si tous
mes cheveux se dressaient sur ma tête. Il me semble, en
quelque endroit de ma maison que j'aille ou que je m'arrête,
voir les ombres de ceux qui sont trépassés, non avec les vi-
sages que j'avais coutume de leur voir, mais sous un aspect
horrible qui leur est venu tout nouvellement je ne sais d'où

et qui m'épouvante. Toutes ces choses font qu'ici, hors d'ici
et dans ma propre maison, il me semble être mal, d'autant
plus que je crois que de tous ceux qui avaient comme nous
la possibilité d'aller quelque part, nous sommes les seules
qui soyons restées. Et s'il en est resté quelques-uns, j'ai entendu dire que, sans faire aucune distinction entre les choses
honnêtes et celles qui ne le sont pas, poussés seulement par
l'instinct, seuls ou en compagnie, ils faisaient ce qui leur
plaisait le plus. Et ce n'est pas seulement les personnes libres
qui agissent ainsi ; celles qui sont enfermées dans les monas-
tères, s'imaginant que cela leur est permis et n'est défendu
qu'aux autres, rompant les lois de l'obéissance, s'adonnent
aux plaisirs charnels, croyant ainsi échapper à la contagion,
et sont devenues lascives et dissolues. S'il en est ainsi — ce
qui se voit manifestement — que faisons-nous ici ? Qu'atten-
dons-nous ? A quoi songeons-nous ? Pourquoi sommes-nous
plus paresseuses, plus lentes pour notre salut que le reste
des habitants de la cité ? Nous estimons-nous moins précieuses que les autres, ou croyons-nous que notre vie est liée à
notre corps par une chaîne plus forte que chez les autres, et
qu'ainsi nous ne devions rien redouter qui soit capable de la
briser ? Combien nous nous trompons ! Combien nous sommes trompées ! quelle sottise est la nôtre si nous pensons
ainsi ! Toutes les fois que nous voudrons nous rappeler le
nombre et la qualité des jeunes hommes et des femmes vaincues par cette cruelle pestilence, nous en verrons ouvertement les raisons. C'est pourquoi, afin que, par délicatesse ou
par indolence, nous ne tombions pas dans ce péril auquel
nous pourrions échapper si nous le voulions, — je ne sais s'il
vous semble comme il me semble à moi-même — je pense
qu'il serait très bon, ainsi que beaucoup d'autres ont fait
avant nous et font encore, que nous sortions de cette cité, et,

fuyant comme la mort les exemples déshonnêtes des autres, nous allions nous retirer honnêtement dans nos maisons de campagne, dont chacune de nous possède un grand nombre, pour nous y livrer à toute l'allégresse, à tout le plaisir que nous pourrons prendre, sans dépasser en rien les bornes de la raison. Là, on entend les petits oiseaux chanter ; on voit verdoyer les collines et les plaines, et ondoyer les champs de blés non autrement que la mer ; on voit plus de mille espèces d'arbres, et l'on aperçoit plus librement le ciel qui, tout courroucé qu'il soit, ne nous refuse pas ses beautés éternelles, bien plus belles à contempler que les murs vides de notre cité.Là aussi, outre l'air qui est beaucoup plus pur, nous trouverons en bien plus grand nombre les choses qui sont nécessaires à la vie en ces temps malsains, tandis que les ennuis y seront bien moindres. Bien que les laboureurs y meurent comme font ici les citadins, le fléau y est d'autant moins fort, que les maisons et les habitants sont plus rares que dans la cité. D'un autre côté, si je vois bien, nous n'abandonnons ici personne. Nous pouvons dire, au contraire, que nous sommes plutôt abandonnées, puisque les nôtres, en mourant ou en fuyant la mort, comme si nous ne leur appartenions pas, nous ont laissées au milieu d'une telle affliction. Aucun reproche ne peut donc nous atteindre, pour avoir suivi un semblable conseil ; douleur et ennui, peut-être la mort, pourraient, si nous ne le suivions pas, nous advenir. C'est pourquoi, s'il vous en semble, je crois que nous ferons bien de prendre nos servantes, et, nous faisant suivre d'elles avec tout ce qui est nécessaire, aujourd'hui dans un endroit, demain dans un autre, nous nous livrerons aux plaisirs que la saison peut donner. Nous resterons ainsi jusqu'à ce que nous voyions — si auparavant nous ne sommes pas atteintes par la mort — que le ciel ait mis fin à ces tristes choses. Et souvenez-vous qu'il ne s'oppose pas plus à ce départ honnête de notre part, qu'il ne s'oppose à ce que la plupart des autres restent pour vivre malhonnêtement. — »

Les autres dames, ayant écouté Pampinea, non-seulement louèrent son conseil, mais, désireuses de le suivre, avaient déjà commencé à se concerter sur la façon dont elles s'y prendraient, comme si, en se levant de là, elles devaient se mettre sur-le-champ en route. Mais Philomène, qui était la plus avisée, dit : « — Mesdames, bien que ce qu'a exposé Pampinea soit très bien dit, ce n'est pas une raison pour courir, comme je m'aperçois que vous voulez faire. Souvenez-vous que nous sommes toutes femmes, et il n'en est pas une de nous qui soit assez enfant pour ne pas bien savoir comment les femmes s'accommodent ensemble et savent se régler sans le secours d'un homme. Nous sommes mobiles, contredisantes, soupçonneuses, pusillanimes et peureuses. Pour quoi, je crains fort, si nous ne prenons pas d'autre guide que nous, que notre société ne se dissolve beaucoup trop tôt et avec moins d'honneur pour nous qu'il ne faudrait. Et, pour ce, il est bon de réfléchir avant que nous commencions. — » Élisa dit alors : « — De vrai, les hommes sont les chefs des femmes, et sans leur autorité, rarement il arrive qu'une œuvre de nous parvienne à une fin louable. Mais comment pourrions-nous avoir ces hommes ? Chacune de nous sait que, des siens, la majeure partie est morte. Quant à ceux qui ont survécu, les uns ici, les autres là, réunis en divers groupes, sans que nous sachions où, il s'en vont fuyant ce que nous cherchons nous-mêmes à fuir. Prier des étrangers de nous rendre ce service, ne serait pas convenable. Pour quoi, si nous voulons pourvoir à notre salut, il faut trouver à nous arranger de façon que, où que nous allions pour nous divertir ou pour nous reposer, ennui ni scandale ne s'ensuive. — »

Pendant que les dames raisonnaient ainsi, voici qu'entrèrent dans l'église trois jeunes gens dont le moins âgé n'avait cependant pas moins de vingt-cinq ans, et chez lesquels, ni la perversité du temps, ni la perte d'amis ou de parents, ni la peur pour eux-mêmes, n'avaient pu, je ne dis pas éteindre, mais refroidir l'ardeur amoureuse. Le premier s'appelait Pamphile, le second Philostrate, et le troisième Dioneo. Chacun d'eux était d'humeur plaisante et de belles manières ; et ils s'en allaient cherchant pour leur suprême consolation, dans une telle perturbation de toutes choses, à voir leurs dames, lesquelles, par aventure, étaient toutes trois parmi les sept susdites, de même que quelques-unes des autres étaient parentes ou alliées de certains d'entre eux. Elles les aperçurent les premières, avant qu'elles n'en eussent été vues ; pour quoi, Pampinea commença en souriant : « — Voici que la fortune nous est dès le début favorable ; elle met à notre disposition des jeunes gens discrets, pleins de valeur, et qui volontiers nous serviront de guides et de serviteurs, si nous ne refusons pas de les prendre pour cet office. — » Néiphile, dont le visage était devenu tout vermeil de vergogne, pour ce qu'elle était une de celles qu'aimait un des trois jeunes gens, dit : « — Par Dieu, Pampinea, prends garde à ce que tu dis. Je reconnais parfaitement qu'on ne pourrait rien dire que de très bon sur n'importe lequel d'entre eux, et je les crois très aptes à remplir une mission encore plus difficile que celle-là. Je pense également qu'ils tiendraient bonne et honnête compagnie, non pas seulement à nous, mais à de bien plus belles et de bien plus dignes que nous ne sommes. Mais, comme c'est chose très connue qu'ils sont amoureux de quelques-unes de nous, je crains qu'il ne s'ensuive infamie ou blâme, sans qu'il y eût de notre faute ou de la leur, si nous les emmenons avec nous. — » Philomène dit alors : « — Cela

importe peu ; là où je vis honnêtement, et alors que je
ne me sens la conscience mordue d'aucune façon, je
laisse, à qui veut, dire le contraire ; Dieu et la vérité pren-
dront les armes pour moi. Or, si ces jeunes gens sont disposés à venir avec nous, nous pouvons dire, comme Pampinea,
que la fortune est favorable à notre projet. — » Les autres,
l'entendant parler si résolûment, non-seulement n'objectèrent
rien, mais, d'un commun accord, estimèrent qu'il fallait appeler les trois jeunes gens pour leur faire connaître leur intention, et les prier de vouloir bien leur tenir compagnie en un
tel voyage. Pour quoi, sans plus de pourparlers, Pampinea,
qui était parente de l'un d'eux, s'étant levée, s'avança à la
rencontre des jeunes gens qui s'étaient arrêtés pour les regarder, et les saluant d'un air joyeux, leur communiqua leur
projet, en les priant, de la part de toutes ses compagnes, de
consentir à leur tenir compagnie, d'un pur et fraternel esprit. Les jeunes gens crurent tout d'abord qu'on voulait rire
d'eux. Mais quand ils eurent vu que la dame parlait sérieusement, ils répondirent d'un air joyeux qu'ils étaient prêts.
Et sans mettre de retard, avant même de quitter cet endroit,
ils combinèrent ce qu'ils auraient à faire au moment du
départ.

Après avoir fait préparer toute chose opportune, et être
convenus de l'endroit où ils entendaient aller, le matin suivant, c'est-à-dire le mercredi, au lever du jour, les dames
avec leurs servantes et les trois jeunes gens avec leurs domestiques, étant sortis de la ville, se mirent en route. Ils ne
dépassèrent pas deux milles sans être parvenus à l'endroit
primitivement choisi par eux. Cet endroit était situé sur une
petite montagne, éloignée de toutes nos routes, et couverte
d'arbustes variés et de plantes au vert feuillage. Au somme
était un palais avec une belle et vaste cour au milieu, des ap-

partements, des salles, des chambres toutes plus belles les
unes que les autres, avec des prés tout autour et de merveilleux jardins. Il y avait des puits aux eaux fraîches ; des caves
pleines de vins de prix, chose mieux disposée pour des buveurs intrépides que pour des dames sobres et honnêtes.
Le palais était soigneusement nettoyé ; dans les chambres, les
lits étaient faits, et la joyeuse compagnie, à son arrivée,
trouva non sans plaisir tous les appartements garnis et jon-
chés d'herbes odoriférantes et de toutes les fleurs que la saison pouvait produire. A peine arrivés, ils s'assirent, et
Dioneo qui, entre tous, était un jeune homme plaisant et
plein d'esprit, dit : « — Mesdames, votre instinct, bien plus
que notre sagacité, nous a conduits ici. Je ne sais ce que,
dans votre pensée, vous entendez y faire ; pour moi, j'ai
laissé toutes mes idées au dedans des portes de la ville, alors
que j'en suis sorti il n'y a qu'un instant avec vous. C'est pourquoi, ou bien disposez-vous à vous divertir, à rire ou à chanter avec moi — je dis tout autant qu'il convient à votre dignité — ou bien permettez que j'aille retrouver mes idées et
que je rentre dans la cité si éprouvée. — » A quoi Pampinea,
comme si elle avait également chassé tous ses soucis, répondit joyeusement : « — Dioneo, tu parles très bien ; il faut
vivre en une fête continuelle ; ce n'est pas un autre motif qui
nous a fait fuir ces tristesses. Mais pour ce que les choses
faites sans mesure ne peuvent durer longtemps, moi qui ai eu
la première l'idée de former une si belle société, je songe au
moyen de nous entretenir en joie. Je pense qu'il est nécessaire de choisir parmi nous un chef que nous honorerons, et
auquel nous obéirons comme étant notre supérieur, et dont
l'unique pensée sera de nous disposer à vivre joyeusement.
Et afin que chacun éprouve le poids de cette sollicitude, ainsi
que le plaisir de la souveraineté, et, étant choisi d'un côté et

de l'autre, ne puisse inspirer aucune jalousie, je dis que ce fardeau et cet honneur doivent être confiés à chacun de nous pour une journée. Le premier sera nommé à l'élection par nous tous. Pour ceux qui suivront, lorsque l'heure de vesprée s'approchera, ils seront élus au bon plaisir de celui qui, ce jour-là, aura possédé le pouvoir souverain. Et celui ou celle que nous aurons reconnu pour chef, pendant tout le temps que durera son pouvoir, ordonnera et disposera toute chose, le lieu où nous nous tiendrons, et la façon dont nous aurons à vivre. — »

Ces paroles plurent beaucoup, et, d'une seule voix, ils l'élurent reine pour le premier jour. Philomène ayant aussitôt couru vers un laurier, pour ce qu'elle avait entendu dire en quelle grande estime étaient les feuilles de cet arbre, et combien elles honoraient quiconque méritait d'en être couronné, cueillit quelques-uns de ses rameaux dont elle fit une belle couronne. Cette couronne, mise sur la tête du roi ou de la reine, fut, pendant tout le temps que dura la compagnie, le signe manifeste pour tous de la souveraineté royale.

Pampinea, faite reine, ordonna à tous de se taire. Puis, ayant fait venir devant elle les domestiques des trois jeunes gens et les servantes qui étaient au nombre de quatre, et comme chacun se taisait, elle dit : « — Afin que, la première, je vous donne à tous l'exemple de l'ordre, grâce auquel, allant toujours de mieux en mieux, notre société, à notre grand plaisir et sans nulle honte, pourra vivre et durer tant que cela nous conviendra, j'institue Parmenon, domestique de Dioneo, mon sénéchal, et je lui commets le soin et la direction de toute notre maison, ainsi que le service qui regarde la salle à manger. J'entends que Sirisco, domestique de Pamphile, soit notre pourvoyeur et trésorier et qu'il suive les ordres de Parmenon. Pour Tindaro, il sera au service de Philostrate et

des deux autres hommes ; il prendra soin de leurs chambres,
lorsque ses camarades, empêchés par leur service, ne pourront le faire. Misia, ma servante, et Lisisca, servante de Philomène, se tiendront constamment à la cuisine et apprêteront
avec diligence les provisions qui leur seront fournies par
Parmenon. Chimera, servante de Lauretta, et Stratilia, servante de Fiammetta, auront soin des chambres des dames et
entretiendront en état de propreté les endroits où nous nous
tiendrons. Mandons et ordonnons en outre à chacun, s'il
veut avoir notre faveur pour chère, de se donner de garde,
où qu'il aille, d'où qu'il revienne, quoi qu'il entende ou qu'il
voie, de nous apporter aucune nouvelle du dehors, autre que
nouvelle joyeuse. — » Ces ordres donnés sommairement et
approuvés par tous, elle se leva gaîment et dit : « — Là
sont les jardins, là sont les prés ; ici nombre d'endroits char-
mants où chacun est libre d'aller selon son plaisir ; mais
quand trois heures sonneront, que tous soient ici, pour manger à la fraîche. — »

Licence lui ayant été donnée par la nouvelle reine, la
joyeuse compagnie des jeunes gens mêlés aux belles dames
s'engagea à pas lents dans un jardin, s'entretenant de choses
agréables, tressant des guirlandes de feuillage de toutes
sortes, et chantant des refrains amoureux. Quand ils furent
restés le temps que la reine leur avait accordé, ils revinrent à
la maison. Là, ils virent que Parmenon avait soigneusement
commencé son office, car, entrés dans une salle du rez-de-
chaussée, ils trouvèrent les tables mises, avec des nappes
éblouissantes de blancheur et des verres qui brillaient comme
de l'argent, le tout couvert de fleurs de genêt. Pour quoi, après
s'être lavé les mains, ils allèrent tous, avec l'assentiment de la
reine, s'asseoir chacun à la place que Parmenon avait marquée.
Puis vinrent les mets délicats et les vins les plus fins, et, sans

plus attendre, les trois serviteurs se mirent à servir les tables. Toutes ces choses si belles et si bien ordonnées réjouirent les convives, et tous mangèrent au milieu de joyeux propos et d'un air de fête. Les tables levées, comme il se trouvait que toutes les dames, ainsi que les jeunes gens, savaient danser, et que plusieurs d'entre eux savaient sonner excellemment du luth et chanter, la reine ordonna d'apporter les instruments et, sur son commandement, Dioneo ayant pris un luth et la Fiammetta une viole, tous deux commencèrent doucement à jouer un air de danse. Alors, la reine avec les autres dames et les deux jeunes gens, ayant envoyé les serviteurs prendre leur repas, formèrent une ronde, et les danses commencèrent. La ronde finie, on se mit à chanter de joyeuses chansons d'amour, et ils continuèrent de cette façon jusqu'à ce qu'il parut temps à la reine d'aller dormir. Sur quoi, congé ayant été donné à tous, les trois jeunes gens gagnèrent leurs chambres séparées de celles des dames, et ils les trouvèrent avec des lits bien faits et toutes garnies de fleurs comme le salon. Les dames trouvèrent également les leurs préparées et ornées de semblable façon; pour quoi, s'étant dépouillés de leurs vêtements, ils se livrèrent tous au repos.

L'heure de none était sonnée depuis peu, lorsque la reine, s'étant levée, fit lever toutes ses autres compagnes ainsi que les jeunes gens, affirmant que trop dormir le jour était nuisible. Puis, ils s'en allèrent en un pré où l'herbe était verte et haute et qui était partout abrité du soleil. Là, un doux zéphir s'étant mis à souffler, ils s'assirent tous en rond sur l'herbe, suivant l'ordre de la reine qui leur parla ainsi : « — Comme vous voyez, le soleil est haut et la chaleur est grande, et l'on n'entend d'autre bruit que le cri de la cigale, là haut, parmi les oliviers. Aller en quelque autre lieu serait, pour le moment, certainement une folie. Ici, l'endroit est

3.

beau, et nous sommes au frais. Il y a, comme vous voyez, des échiquiers et des échecs, et chacun peut, selon qu'il lui fera plaisir, prendre son amusement. Mais si en cela mon avis est suivi, ce n'est pas en jouant — car au jeu, l'esprit d'un des partenaires est mécontent, sans que l'autre partenaire ou ceux qui regardent jouer éprouvent beaucoup de plaisir — mais en racontant des nouvelles, ce qui peut donner du plaisir à tous, que nous passerons cette chaude partie de la journée. Chacun de vous n'aura pas achevé de dire sa petite nouvelle, que le soleil sera sur son déclin et, la chaleur étant tombée, nous pourrons, là où il nous sera le plus agréable, aller prendre divertissement. Pour quoi, si ce que je dis vous plaît — et je suis disposée à suivre à cet égard votre bon plaisir — faisons ainsi. Si cela ne vous plaît pas, que chacun, jusqu'à l'heure de vesprée, fasse ce qui lui conviendra le mieux. — » Les dames, ainsi que les hommes, approuvèrent la proposition de raconter des nouvelles. « — Or, donc — dit la reine — si cela vous plaît, pour cette première journée, j'ordonne que chacun soit libre de parler sur le sujet qu'il voudra. — » Et, s'étant tournée vers Pamphile qui était assis à sa droite, elle lui dit, d'un air aimable, de donner l'exemple aux autres, en racontant le premier une de ses nouvelles. Pamphile, dès qu'il eût entendu cet ordre, tous l'écoutant, commença aussitôt ainsi.

NOUVELLE I

Ser Ciappelletto trompe un saint moine par une fausse confession, et meurt.
Après avoir été un très méchant homme pendant sa vie, il passe pour un saint
après sa mort, et est appelé San Ciappelletto.

« — Il convient, très chères dames, que l'homme donne pour
principe à tout ce qu'il fait l'admirable et saint nom de Celui
qui est auteur de toutes choses. Pour quoi, devant le
premier entamer nos récits, j'entends commencer par une
de ses plus étonnantes merveilles, afin que, celle-là entendue,
notre espoir en lui soit affermi d'une façon immuable, et que
son nom soit à jamais loué par nous. Il est manifeste que les
choses temporelles, de même qu'elles sont transitoires et
mortelles, sont également en soi et hors de soi pleines d'ennui,
d'angoisse et de peine, et sujettes à des périls infinis, auxquels sans aucun doute nous ne pourrions, nous qui vivons
mêlés à elles et qui faisons partie d'elles, résister ni remédier,
si la grâce spéciale de Dieu ne nous prêtait force et prévoyance.
Cette grâce, il ne faut pas croire qu'elle descende à nous et en
nous à cause de notre mérite ; mais elle est mue par sa propre
bonté et par les prières de ceûx qui furent mortels comme
nous le sommes actuellement, et qui, ayant suivi pendant leur
vie les volontés de Dieu, jouissent maintenant avec lui de
l'éternelle béatitude. C'est à eux que, comme à des représen-
tants qui connaissent par expérience notre fragilité, et n'osant
peut-être pas présenter nous-mêmes nos prières devant un tel
juge, nous nous adressons pour les choses que nous estimons
nous être opportunes. Mais si Dieu est plein de miséricorde
pour nous, nous voyons aussi que, parfois, l'œil des
mortels ne pouvant pénétrer en aucune façon dans sa pensée,
il arrive que, trompés par l'opinion, nous choisissons pour

nous représenter auprès de la majesté divine un intermédiaire éloigné d'elle par un éternel exil. Néanmoins Dieu
à qui rien n'est caché, regardant davantage à la pureté
d'intention de celui qui prie qu'à son ignorance ou qu'à l'exil
de celui par qui l'on prie, exauce ceux qui l'implorent,
comme si leur intercesseur jouissait de sa vue bienheureuse.
C'est ce qui pourra manifestement ressortir de la nouvelle
que j'entends raconter ; je dis manifestement, non pas suivant
le jugement de Dieu, mais suivant le jugement des hommes.

« On raconte donc que Musciatto Franzesi, étant de richissime et grand marchand devenu chevalier, dut aller en
Toscane avec messire Charles-sans-terre, frère du roi de
France, qui avait été mandé et sollicité par le pape Boniface.
Sentant que ses affaires, comme le sont la plupart du temps
celles des marchands, étaient de toute façon fort embrouillées,
et qu'il ne pourrait les remettre en ordre ni facilement, ni
promptement, il se décida à confier cette tâche à plusieurs
personnes, ce qu'il réussit à faire pour toutes, sauf pour une,
étant fort en peine de trouver un homme assez capable pour
recouvrer les crédits qu'il avait faits à plusieurs Bourguignons. Le motif de son embarras provenait de ce qu'il
connaissait les Bourguignons pour des gens chicaneurs, de
mauvaise condition et déloyaux ; et il ne lui revenait à la
mémoire personne qui fut assez retors pour qu'il pût l'opposer
avec confiance à leur mauvaise foi. Après avoir longuement
cherché, il se souvint d'un certain ser Ciapperello da Prato
qui venait souvent en sa maison à Paris et que, à cause de sa
petite stature et de la recherche de sa mise, les Français,
qui ne savaient ce que voulait dire Cepparello et qui croyaient
que cela était synonime de Cappello, c'est-à-dire guirlande en
leur langage familier, appelaient non Cappello, mais Ciappelletto. Il était donc connu de tous sous le nom de Ciappelletto,

tandis que peu de personnes connaissaient son vrai nom de ser Ciapperello.

« Voici quel était le genre de vie de ce Ciappelletto : étant notaire, il éprouvait grande vergogne quand un de ses actes — et il faut dire qu'il en faisait peu — était tenu pour autrement que pour faux. Il en aurait fait de ce genre autant qu'il lui en eût été demandé, et plus volontiers gratis que d'autres pour un gros salaire. Il rendait un faux témoignage avec un souverain plaisir, qu'il en fût ou non requis. A cette époque, les serments avaient en France une grande autorité, et comme il ne regardait en aucune façon à en faire de faux, il gagnait toutes les affaires mauvaises dans lesquelles il était appelé à jurer sur sa foi de dire la vérité. Il éprouvait aussi du plaisir et s'appliquait beaucoup à susciter entre amis, parents ou autres personnes, des inimitiés et des scandales, et il en prenait d'autant plus de joie, qu'il en voyait résulter plus de mal. Invité à commettre un homicide ou quelque autre action coupable, loin de refuser jamais, il acceptait volontiers, et il lui arriva plus d'une fois de blesser ou de tuer des gens de ses propres mains. Il était grand blasphémateur de Dieu et des saints, et pour la moindre petite chose, il était plus colère que qui que ce soit. Il n'allait jamais à l'église ; quant aux sacrements qu'elle ordonne, il en parlait en termes abominables, comme d'une chose vile. Au contraire, il fréquentait volontiers et visitait les tavernes et autres lieux déshonnêtes. Il fuyait les femmes comme les chiens les coups de bâton, et il se complaisait dans le vice contraire, à l'instar du plus débauché des hommes. Il aurait volé et pillé avec la même conscience qu'un saint homme aurait fait l'aumône. Il était glouton et grand buveur, au point de s'en rendre parfois honteusement malade, et joueur, et pipeur de dés. Pourquoi m'étendre en tant de paroles ? Il était le plus méchant homme

qui fût peut-être jamais né. Ses méfaits furent longtemps
protégés par la puissance et la haute situation de messer
Musciatto qui le mettait à l'abri des poursuites de ceux auxquels il faisait trop souvent du tort, et même de la cour à
laquelle il s'attaquait aussi.

« Messer Musciatto s'étant donc rappelé ce ser Cepparello
dont il connaissait parfaitement la vie, pensa que c'était là
l'homme qu'il lui fallait pour opposer à la mauvaise foi des
Bourguignons. Pour ce, il le fit appeler, et lui parla ainsi :
« — Ser Ciappelletto, comme tu sais, je suis sur le point
« de partir d'ici, et ayant entre autres clients à faire à
« des Bourguignons, hommes pleins de tromperies, je ne
« sais à qui je pourrais plus convenablement qu'à toi confier
« le soin de leur réclamer ce qu'ils me doivent. C'est pour-
« quoi, comme tu ne fais rien pour le moment, si tu veux te
« consacrer à cela, j'entends te faire avoir les faveurs de la
« cour et te donner une large part sur ce que tu recouvre-
« ras. — » Ser Ciappelletto qui était oisif et mal partagé
quant aux biens de ce monde, et qui voyait s'éloigner celui
qui avait été longtemps son soutien et son refuge, réfléchit
promptement et, contraint pour ainsi dire par la nécessité,
répondit qu'il le voulait volontiers. Pour quoi, ayant pris ensemble leurs arrangements, et messer Musciatto étant parti, ser
Ciappelletto, muni de sa procuration et de lettres de recommandation du roi, s'en alla en Bourgogne où il ne connaissait presque personne. Là, dissimulant sa nature emportée,
il commença avec des façons douces et bénignes, à faire des
recouvrements et ce pour quoi il était venu, comme s'il ré-
servait les moyens violents pour les derniers.

« Ainsi faisant, comme il s'était logé dans la maison de deux
frères florentins qui prêtaient à usure, et qui le tenaient en
grande considération par respect pour messer Musciatto, il ad-

vint qu'il tomba malade. Sur quoi, les deux frères firent promptement venir des médecins et des domestiques pour le servir,
et firent tout ce qu'il était nécessaire pour le remettre en bonne
santé. Mais tout secours était inutile, et le bonhomme qui
était déjà vieux et qui avait vécu dans le désordre, au dire des
médecins allait chaque jour de mal en pis, comme un homme
atteint du mal de la mort ; de quoi les deux frères se lamen-
taient fort. Et un jour qu'ils étaient dans une chambre voisine de celle où ser Ciappelletto gisait malade, ils commencèrent à s'entretenir tous deux à son sujet. « — Qu'en
« ferons-nous? disait l'un ; nous voici fortement embarrassés
« de lui. Chasser un homme si malade, serait une source de
« grand blâme et l'on pourrait nous accuser de peu de cœur
« si, après nous avoir vus le recevoir tout d'abord et puis le
« faire servir et soigner avec tant de sollicitude, on nous
« voyait, sans qu'il ait rien fait qui ait pu nous déplaire, le
« mettre hors de chez nous aussi subitement et alors qu'il
« est malade à mourir. D'autre part, il a été un si méchant
« homme, qu'il ne voudra point se confesser ni recevoir
« aucun des sacrements de l'Eglise. Mourant sans confession,
« aucune église ne voudra recevoir son corps ; il sera bien
« plutôt jeté dans une fosse, comme un chien. Et s'il se
« confesse, ses péchés sont si nombreux et si horribles, que
« le résultat sera le même, pour ce que moine ni prêtre ne
« se trouvera qui veuille ou qui puisse l'absoudre. S'il en
« advient ainsi, le peuple de cette ville, tant à cause de notre
« métier qui lui paraît inique et dont on dit tout le long du
« jour du mal, que par envie de voler, voyant cela, se soulè-
« vera en grande rumeur, et criera : ces chiens de Lombards
« qu'on refuse de recevoir à l'église, nous ne voulons plus
« les supporter ! et l'on courra sus à nos maisons et, d'aven-
« ture, non-seulement on nous ravira notre avoir, mais

« on s'attaquera peut-être aussi à nos personnes. De quo[
« de toute manière, il en tournera mal pour nous si celui-[
« meurt. — »

« Ser Ciappelletto qui, comme nous l'avons dit, gisait pr[è
de l'endroit où les deux frères parlaient de la sorte, ayan[
l'ouïe subtile comme nous voyons le plus souvent les malade[
l'avoir, entendit ce qu'ils disaient de lui. Il les fit appeler [e
leur dit : « — Je ne veux pas que vous puissiez craindre qu[
« que ce soit à cause de moi, ni que vous ayez peur de rece[
« voir à mon sujet aucun dommage. J'ai entendu ce que vou[
« avez dit de moi, et je suis certain qu'il en adviendra[i
« comme vous dites, si les choses se passaient comme vou[
« le prévoyez; mais elles se passeront autrement. J'ai, d[e
« mon vivant, assez fait d'injures à Dieu, pour lui en fair[e
« encore une maintenant que je suis près de ma mort; il n[e
« m'en adviendra ni plus ni moins. Pour ce, occupez-vou[s
« de me faire venir un saint et bon moine, le plus saint et l[e
« meilleur que vous pourrez trouver, s'il en est un, et lais-
« sez-moi faire; j'arrangerai certainement vos affaires et le[s
« miennes de façon que tout ira bien et que vous aurez lieu[
« d'être satisfaits. — » Les deux frères, bien qu'ils ne fon-
dassent pas grand espoir sur cela, allèrent néanmoins à un[
couvent de moines, et demandèrent un saint et digne homme[
pour entendre la confession d'un Lombard qui était malade[
chez eux. On leur donna un vieux moine de bonne et sainte[
vie, grand maître en Écriture, homme très vénérable et dans[
lequel tous les habitants de la ville avaient une grande et spéciale dévotion, et ils l'emmenèrent.

« Le moine, arrivé dans la chambre où gisait ser Ciappelletto, et s'étant assis à son côté, commença par le réconforter[
doucement, puis il lui demanda combien de temps il y avait[
qu'il s'était confessé pour la dernière fois. A quoi ser Ciap-

pelletto, qui ne s'était jamais confessé, répondit : « — Mon
« père, j'ai pour habitude de me confesser au moins une fois
« chaque semaine, sans compter qu'il y a beaucoup de se-
« maines où je me confesse davantage. Il est vrai que depuis
« que je suis malade, huit jours se sont passés sans que je
« me sois confessé, tant a été grand l'abattement que la ma-
« ladie m'a occasionné. — » Le moine lui dit alors : « — Mon
« fils, tu as bien fait, et c'est ainsi qu'il faut faire toujours.
« Je vois que, puisque tu t'es confessé si souvent, j'aurai peu
« à te demander et peu à entendre. — » Ser Ciappelletto
dit : « — Messire moine, ne parlez point ainsi. Je ne me
« suis jamais confessé si souvent que je n'aie voulu me con-
« fesser généralement de tous les péchés dont je me souve-
« nais depuis le jour où je naquis, jusqu'au jour de la
« confession. Pour quoi, je vous prie, mon bon père, de
« m'interroger aussi minutieusement sur chaque chose que
« si je ne m'étais jamais confessé. Ne vous arrêtez pas à mon
« état de maladie, car j'aime mieux déplaire à ma chair que,
« faisant ce qui lui plaît, commettre un acte qui puisse être
« une cause de perdition pour mon âme que mon sauveur a
« rachetée de son sang précieux. — »

« Ces paroles plurent fort au saint homme et lui parurent
un signe de bonne disposition d'esprit. Après avoir vivement
loué ser Ciappelletto de cette pratique, il commença par lui
demander s'il n'avait jamais commis le péché de luxure avec
une femme. A quoi ser Ciappelletto répondit en soupirant :
« — Mon père, sur ce point je rougis de vous dire la vérité,
« craignant de pécher par vaine gloire. — » A quoi le saint
moine dit : « — Parle en toute sûreté, car en disant la vérité,
« en confession ou autrement, on ne pèche jamais. — »
Alors ser Ciappelletto dit : « — Puisque vous m'assurez de
« cela, je vous la dirai : je suis aussi vierge que lorsque je

1.   4

« sortis du corps de ma mère. — » « — O béni sois-tu de
« Dieu — dit le moine — comme tu as bien fait! et, ce fai-
« sant, tu as d'autant plus de mérite que, le voulant, tu avais
« plus le loisir de faire le contraire que nous ne l'avons, nous
« et tous les autres qui sont soumis à une règle quelcon-
« que. — » Puis il lui demanda s'il avait offensé Dieu par
le péché de la gourmandise. A quoi, soupirant fortement, ser
Ciappelletto répondit que oui, et plusieurs fois ; pour ce que,
comme outre les jeûnes de carême que font dans l'année les
personnes dévotes, il avait l'habitude de jeûner au pain et à
l'eau au moins trois fois par semaine, il lui était arrivé de
boire cette eau avec le même plaisir et la même avidité qu'é-
prouvent les buveurs à boire le vin, et spécialement quand
il avait supporté quelque fatigue en priant ou en allant en
pèlerinage ; et souvent il avait désiré avoir certaine salade
d'herbes comme celles que les femmes cueillent quand elles
vont dans la campagne. Et une fois son manger lui avait paru
meilleur qu'il n'aurait dû paraître à quelqu'un qui jeûnait
par dévotion, comme il le faisait. A quoi le moine dit :
« — Mon fils, ces péchés sont naturels et sont fort légers ;
« et c'est pourquoi je désire que tu ne t'en charges pas plus
« la conscience qu'il n'est besoin. Il arrive à tout homme,
« quelque saint qu'il soit, qu'après un long jeûne le manger
« lui paraît bon, ainsi que le boire après la fatigue. — »
« — Oh ! — dit ser Ciappelletto — mon père, vous me dites
« cela pour me réconforter. Vous pensez bien que je sais
« que les choses qui se font au service de Dieu se doi-
« vent toutes faire nettement et sans aucune souillure
« d'esprit, et que quiconque agit autrement commet un
« péché. — » Le moine, très satisfait, dit : « — Et moi, je
« suis content que tu penses ainsi dans ton âme, et ta pure
« et bonne conscience me plaît fort en cela. Mais dis-moi :

« as-tu péché par avarice, désirant plus qu'il n'est conve-
« nable, ou détenant ce que tu n'aurais pas dû garder? — »
A quoi ser Ciappelletto dit : « — Mon père, je ne voudrais
« pas que vous le croyiez parce que je suis dans la maison de
« ces usuriers. Je n'ai rien à faire avec eux ; au contraire,
« j'étais venu pour les admonester et les châtier, et les arra-
« cher à cet abominable gain ; et je crois que j'en serais venu
« à bout, si Dieu ne m'avait ainsi visité. Mais il faut que vous
« sachiez que mon père a fait de moi un homme riche et
« que j'ai donné, à sa mort, la plus grande partie de sa for-
« tune à Dieu. Puis, pour soutenir mon existence et pouvoir
« aider les pauvres de Jésus-Christ, je me suis livré à mes
« modestes opérations commerciales, et si j'ai désiré gagner
« sur elles, j'ai toujours partagé par moitié avec les pauvres
« de Dieu ce que j'ai gagné, employant une moitié pour mes
« besoins, leur donnant l'autre moitié. Et en cela mon créateur
« m'a si bien aidé, que j'ai toujours fait mes affaires de mieux
« en mieux.— » « — Tu as bien fait — dit le moine — mais
« combien de fois t'es-tu mis en colère?—» «—Oh!— dit ser
« Ciappelletto, — cela, je dois dire que je l'ai fait souvent. Et
« qui pourrait s'en empêcher en voyant tout le long du jour les
« hommes faire des choses viles, ne pas observer les comman-
« dements de Dieu, ne pas craindre ses jugements? Ils ont
« été nombreux les jours où j'aurais voulu être plutôt mort
« que vivant, en voyant les jeunes gens pleins de vanité, jurer
« et se parjurer, aller aux tavernes, ne pas visiter les églises,
« et suivre plutôt les voies du monde que celle de Dieu.—»
Le moine dit alors : « — Mon fils, c'est là une bonne colère,
« et pour moi je ne saurais t'imposer d'en faire pénitence.
« Mais peut-être parfois la colère a pu te pousser à com-
« mettre quelque homicide, ou à dire des injures à quelqu'un,
« ou à lui faire quelque autre offense? — » A quoi ser Ciap-

pelletto répondit : « — Hélas ! messire, vous qui me paraissez
« un homme de Dieu, comment me parlez-vous ainsi? Si
« j'avais eu la moindre pensée de faire la plus petite des
« choses que vous dites, croyez-vous que je me persuaderais
« que Dieu m'ait si longtemps supporté? Ces choses sont
« bonnes pour des bandits, des méchants hommes, et pour
« mon compte je n'en ai jamais vu un sans que je n'aie dit :
« Dieu te convertisse! — » Alors le moine dit : « — Or, mon
« cher fils, sois béni de Dieu. As-tu jamais porté faux témoi-
« gnage contre quelqu'un, ou dit du mal d'autrui, ou pris à un
« autre contre son gré ce qui lui appartenait? — » « — Mais
« oui, messire — répondit ser Ciappelletto, — j'ai dit du mal
« d'autrui. J'ai eu un voisin qui, fort à tort, ne faisait que
« battre sa femme, de sorte qu'une fois je dis du mal de
« lui aux parents de celle-ci, tellement j'eus pitié de cette
« malheureuse qu'il brutalisait comme Dieu seul pourrait le
« dire, chaque fois qu'il avait bu outre mesure. — » Le moine
dit alors : « — Très bien. Tu me dis que tu as été marchand ;
« n'as-tu jamais trompé personne, comme font d'habitude
« tes confrères? — » « — Par ma foi, oui, messsire — dit ser
« Ciappelletto — j'ai trompé quelqu'un, mais je ne sais pas
« qui il était ; je sais seulement qu'une fois un homme m'ayant
« payé de l'argent qu'il me devait pour des vêtements que je
« lui avais vendus, je mis cet argent dans un tiroir sans le
« compter. Un mois après, je trouvai qu'il y avait quatre
« deniers de plus que ce qu'il me devait ; pour quoi, ne
« l'ayant plus revu, et les ayant conservés une année pour
« les lui rendre, je les donnai en aumône. — » Le moine
dit : « — C'est peu de chose, et tu fis bien en agissant comme
« tu l'as fait. — »

« Le saint moine demanda ensuite beaucoup d'autres
choses, et à toutes il fut répondu de cette façon. Comme il vou-

lait déjà donner l'absolution, ser Ciappelletto dit : « — Mes-
« sire, il y a encore un péché que je ne vous ai pas dit. — »
Le moine demanda lequel, et Ciappelletto dit : « — Je me
« souviens qu'un samedi, après none, je fis balayer ma maison
« par mon domestique, et que je n'eus pas pour le saint jour
« du dimanche le respect que je devais. — » « — Oh ! mon
« fils — dit le moine — ceci est chose légère. — » « — Non,
« — dit ser Ciappelletto — ne dites pas que c'est chose légère,
« car le dimanche ne saurait être trop honoré, pour ce que
« c'est en un tel jour que Notre-Seigneur ressuscita de la
« mort à la vie. — » Le moine dit alors : « — N'as-tu pas
« fait d'autres choses ? — » « — Oui, messire — répondit ser
« Ciappelletto — car sans m'en apercevoir, je crachai une
« fois dans l'église de Dieu. — » Le moine se mit à sourire,
et dit : « — Mon fils, c'est chose dont il ne faut point s'in-
« quiéter. Nous qui sommes des religieux, nous y crachons
« tout le long du jour. — » Alors ser Ciappelletto dit :
« — Et vous faites une grande vilenie, pour ce que nulle chose
« ne doit être tenue plus propre que le saint temple dans
« lequel on offre des sacrifices à Dieu. — » Et il lui dit beaucoup de choses de ce genre ; puis il se mit à soupirer et à
pleurer fortement, ce qu'il savait trop bien faire quand il
voulait. Le saint moine dit : « — Mon fils, qu'as-tu ? — »
Ser Ciappelletto répondit : « — Hélas ! messire, il me reste à
« dire un péché dont je ne me suis jamais confessé, telle-
« ment j'ai honte de le dire, et chaque fois que je me le
« rappelle, je pleure comme vous voyez, et il me semble
« que jamais Dieu ne me pardonnera à cause de ce péché. — »
Alors le saint moine dit : « — Allons, allons, mon fils, que
« dis-tu là ? Si tous les péchés qui ont été jusqu'ici commis
« par tous les hommes et qui se doivent commettre par eux
« tant que le monde durera, étaient réunis sur la tête d'un

4.

« seul individu, et que cet individu s'en montrât repentant
« et contrit comme je te vois, la bonté et la miséricorde de
« Dieu sont si grandes, qu'en les lui confessant, il les par-
« donnerait libéralement. Pour ce, dis-le en toute assu-
« rance. — » Alors ser Ciappelleto dit, pleurant toujours
très fort : «—Hélas! mon père, mon péché est trop grand, et
« à peine puis-je croire, si vos prières ne me viennent en
« aide, qu'il me soit jamais pardonné par Dieu. — » A quoi
le moine dit : «—Dis le moi en toute sécurité, car je te promets
« de prier Dieu pour toi. — » Cependant ser Ciappelletto
pleurait toujours et ne parlait pas, et le moine l'exhortait à
parler. Mais après que ser Ciappelletto, pleurant, eût tenu
longtemps le moine en suspens, il poussa un grand soupir
et dit : « —Mon père, puisque vous me promettez de prier
« Dieu pour moi, je vous le dirai. Sachez donc que, lorsque
« j'étais tout petit, je maudis une fois ma mère. — » Et cela
dit, il recommença à pleurer fortement. Le moine dit : «—O
« mon fils, est-ce là ce qui te paraît un si grand péché! Les
« hommes blasphèment Dieu tout le jour, et il pardonne vo-
« lontiers à qui se repent de l'avoir blasphémé; et tu ne
« crois pas qu'il puisse te pardonner cela! Ne pleure pas;
« console-toi, car certainement, quand même tu aurais été
« un de ceux qui le mirent en croix, il te pardonnerait en
« faveur de la contrition que je te vois. — » Ser Ciappelletto dit alors : « — Hélas! mon père, que dites-vous? Ma
« douce mère qui me porta dans son sein pendant neuf
« mois, le jour et la nuit, et me tint suspendu plus de cent
« fois à son cou, j'ai trop mal fait en blasphémant contre
« elle, et c'est un trop grand péché; et si vous ne priez pas
« Dieu pour moi, il ne me sera point pardonné. — »

« Le moine voyant qu'il ne restait plus rien autre à dire
à ser Ciappelletto, lui donna l'absolution ainsi que sa béné-

diction, le tenant pour un très saint homme, car il croyait pleinement que tout ce qu'il lui avait dit était vrai. Et qui ne l'aurait cru, voyant un homme en danger de mort parler ainsi ! Après quoi, il lui dit : « — Ser Ciappelletto, avec l'aide « de Dieu, vous serez bientôt guéri ; mais s'il arrivait ce- « pendant que Dieu rappelât à lui votre âme bénie et bien « disposée, vous plairait-il que votre corps fût enseveli dans « notre couvent? — » A quoi ser Ciappelletto répondit : « — Oui, messire, et même je ne voudrais pas être enseveli « ailleurs, puisque vous m'avez promis de prier Dieu pour « moi, sans que j'aie jamais eu une dévotion spéciale pour « votre ordre. C'est pourquoi je vous prie, lorsque vous se- « rez rentré dans votre couvent, de faire en sorte que l'on « m'apporte le corps très véritable du Christ que vous con- « sacrez le matin sur l'autel, car, bien que je n'en sois pas « digne, je désire avec votre licence le prendre et puis rece- « voir la sainte et extrême-onction, afin que, si j'ai vécu « comme un pécheur, je meure au moins comme un chré- « tien. — » Le saint homme dit que cela lui plaisait fort et qu'il parlait bien, et qu'il ferait en sorte que le viatique lui fût apporté sans retard ; ce qui fut fait.

« Les deux frères qui craignaient que ser Ciappelletto ne les trompât, s'étaient placés contre une cloison qui séparait la chambre où gisait le malade d'une autre chambre voisine, et là, écoutant, ils entendirent facilement ce qu'il disait au moine. Il leur était arrivé par moment d'avoir si grande envie de rire, en entendant les choses qu'il se confessait d'avoir faites, qu'ils étaient sur le point d'éclater, et ils se disaient entre eux : « — Quel homme est celui-ci, que ni la vieillesse, « ni la maladie, ni la peur de la mort dont il se voit si « proche, ni même Dieu devant le jugement duquel il s'at- « tend à comparaître d'ici à peu d'heures, n'ont pu l'arra-

« cher à sa scélératesse, et n'ont pu faire qu'il ne voulût
« pas mourir comme il a vécu ? — » Mais cependant, voyant
qu'on lui avait dit qu'il serait enseveli dans l'église, ils ne
se préoccupèrent pas du reste.

« Peu après, ser Ciappelletto communia, et comme son état
s'aggravait considérablement, il reçut l'extrême-onction ;
puis, un peu après vêpres, le jour même où il avait fait une
si bonne confession, il mourut. Pour quoi, les deux frères
ayant tout ordonné à ses frais pour qu'il fût honorablement
enseveli, et ayant envoyé dire au couvent des moines qu'ils
vinssent le soir veiller, et le matin emporter le corps, pré-
parèrent tout ce qu'il fallait pour les funérailles. Le saint
moine qui l'avait confessé, apprenant qu'il était trépassé,
alla trouver le prieur du couvent, et ayant fait sonner au
chapitre, démontra aux moines assemblés que ser Ciappelletto avait été un saint homme, selon qu'il avait pu s'en
convaincre par sa confession ; et, dans l'espoir que par lui
Dieu ferait de nombreux miracles, il leur persuada de recevoir son corps avec un grand respect et une grande dévotion.
A quoi, croyant que c'était la vérité, le prieur et les autres
moines consentirent. Et le soir, étant tous allés là où gisait le corps de ser Ciappelletto, ils firent autour de lui une
grande et solennelle veille, et, le matin, revêtus tous de che-
mises et de chapes, le livre à la main et la croix portée devant eux, ils allèrent chercher le corps en grande pompe et
solennité et le portèrent en leur église, suivis de presque
toute la population de la ville, hommes et femmes. Quand
Ciappelletto fut dans l'église, le saint moine qui l'avait confessé monta en chaire et se mit à prêcher de merveilleuses
choses sur lui, sur sa vie, ses jeûnes, sa virginité, sa simplicité, son innocence, sa sainteté, racontant entre autres
choses ce que ser Ciappelletto lui avait confessé en pleurant

comme son plus grand péché, et comment il avait pu à grand peine lui mettre dans l'idée que Dieu dût lui pardonner. Prenant occasion de cela pour réprimander le peuple qui l'écoutait, il dit : « — Et vous, maudits de Dieu, pour « le moindre fétu de paille que vous trouvez sous vos « pieds, vous blasphémez Dieu, sa mère et toute la cour « du paradis. — » Il parla aussi beaucoup de sa loyauté et de sa pureté, et bientôt, par ses paroles auxquelles les gens de la ville ajoutaient entièrement foi, il excita tellement en faveur du défunt la dévotion de tous les assistants, que lorsque l'office fut terminé, la foule vint lui baiser les pieds et les mains, et qu'on lui arracha tous ses vêtements, chacun se tenant fort heureux s'il pouvait en avoir un morceau. Il fallut qu'on le laissât exposé là tout le jour, afin qu'il pût être vu et visité par tous. Puis, la nuit venue, il fut honorablement enseveli sous un tombeau de marbre, dans une chapelle, et sans plus tarder, le jour suivant, les gens commencèrent à la visiter, à allumer des cierges, à l'adorer, à lui adresser des vœux et à suspendre des images de cire autour de son tombeau, selon la promesse faite. Le bruit de sa renommée et de sa sainteté s'accrut tellement, ainsi que la dévotion qu'on lui rendit, à lui qui était quasi inconnu, que, en quelque adversité qu'on se trouvât, on ne s'adressait pas à d'autre saint qu'à lui, et qu'on l'appela, qu'on l'appelle encore, san Ciappelletto. On affirme que Dieu a opéré par lui de nombreux miracles et en opère chaque jour en faveur de qui se recommande dévotement de lui.

« Donc, c'est ainsi que vécut et mourut ser Ciappelleto da Prato, et qu'il passa à l'état de saint, comme vous l'avez entendu. Non que je veuille nier qu'il soit possible qu'il jouisse de la béatitude en présence de Dieu ; car bien que sa vie ait été scélérate et perverse, il put à sa dernière heure

avoir une telle contrition que, par aventure, Dieu l'ait eu en
miséricorde et l'ait reçu dans son royaume. Mais comme
cela nous est caché, je raisonne selon ce qui peut nous paraître vraisemblable, et je dis que celui-ci doit plutôt être
en perdition entre les mains du diable, qu'au paradis. Et,
s'il en est ainsi, la bonté de Dieu peut se manifester grandement à nous, car elle a égard non à notre erreur, mais à
la pureté de la foi ; car elle nous excuse alors que nous prenons pour intermédiaire un de ses ennemis, le croyant son
ami, tout comme si nous avions eu recours pour obtenir
sa faveur, à un saint véritable. Pour quoi, afin que par sa
grâce, en cette présente adversité et en si joyeuse compagnie, nous soyons gardés sains et saufs, louant son nom
sous la protection duquel nous nous sommes réunis, ayons-
le en respect, et recommandons-lui nos besoins, sûrs d'être
exaucés. — » Et ici, Pamphile se tut.

NOUVELLE II

Le juif Abraham, poussé par Jeannot de Chevigné, va à la cour de Rome, et
voyant la dépravation des gens d'église, il retourne à Paris et se fait chrétien.

La nouvelle de Pamphile fit en partie rire les dames qui
l'approuvèrent dans son ensemble. Elle fut attentivement
écoutée, et lorsqu'elle fut finie, la reine ordonna à Néiphile,
qui était assise près de Pamphile, d'en dire une afin de
suivre l'ordre dans lequel on avait commencé. Celle-ci, non
moins courtoise de manières qu'elle était belle, répondit
joyeusement : oui, et commença de cette façon : « — Pam-

-phile nous a montré dans sa nouvelle la bonté que Dieu avait
de ne point regarder à nos erreurs, lorsque nous nous ap-
puyons sur des choses que nous ne pouvons pas voir par
nous-mêmes ; et moi, j'entends, par mon récit, démontrer
combien cette même bonté, supportant patiemment les péchés de ceux qui devraient lui rendre un témoignage éclatant
par leurs actes et par leurs paroles, et qui font tout le contraire, nous donne la preuve de son infaillible vérité, afin
que nous poursuivions d'un esprit plus ferme ce que nous
croyons être vrai.

« J'ai entendu dire, gracieuses dames, qu'il fut autrefois
dans Paris un grand marchand, bon homme, lequel fut appelé Jeannot de Chevigné, très loyal et très droit, et qui faisait un grand commerce de draperie. Il était particulièrement
lié d'amitié avec un juif très riche, nommé Abraham, qui
était aussi marchand, et, comme lui, très droit et très loyal.
Jeannot, voyant la droiture et la loyauté de son ami, se mit
à regretter vivement que l'âme d'un homme si bon, si sage
et d'une telle valeur, fût en voie de perdition par manque de
Foi. C'est pourquoi il entreprit amicalement de lui faire
abandonner les erreurs de la croyance judaïque, et le supplia
de se convertir à la religion chrétienne qu'il pouvait voir,
étant sainte et bonne, prospérer et augmenter sans cesse,
tandis qu'au contraire la sienne diminuait et se mourait,
ainsi que cela était manifeste. Le juif répondit qu'il ne voyait
aucune religion sainte et bonne hors la religion juive ; qu'il
y était né et qu'il entendait y vivre et y mourir. Jeannot ne
se tint point pour cela de lui renouveler au bout de quelque
temps les mêmes exhortations, lui démontrant, aussi gros-
sièrement que les marchands savent le faire, pour quelles raisons notre religion est meilleure que la religion juive.

« Bien que le juif fût un grand maître dans la loi juive,

néanmoins, soit que la grande amitié qu'il avait pour Jeannot
l'ébranlât, soit que les paroles que l'Esprit-Saint plaçait sur
la langue de l'homme simple eussent produit de l'effet, il
commença à se plaire beaucoup aux démonstrations de Jeannot. Cependant, obstiné dans sa croyance, il ne se laissait
pas convertir. De même qu'il se montrait tenace, de même
Jeannot ne se lassait pas de le solliciter, à tel point que le
juif, vaincu par une telle insistance, dit : « — Voici, Jean-
« not, qu'il te plaît que je devienne chrétien, et je suis dis-
« posé à le devenir, à la condition que j'irai d'abord à Rome,
« et que là je verrai celui que tu dis être le vicaire de Dieu
« sur la terre, et que je serai témoin de ses mœurs et de ses
« actes, ainsi que de ceux de ses moines-cardinaux. Et s'ils
« me paraissent tels que je puisse, grâce à tes paroles et à
« eux, comprendre que votre foi est meilleure que la mienne,
« comme tu t'es efforcé de me le démontrer, je ferai ce que
« je t'ai dit. Dans le cas contraire, je resterai juif, comme
« je suis. — »

« Quand Jeannot entendit cela, il fut chagrin outre mesure,
se disant tout bas : « — J'ai perdu ma peine; je croyais
« cependant l'avoir utilement employée en m'imaginant avoir
« converti celui-ci. En effet, s'il va à la cour de Rome, et
« s'il voit la vie scélérate et mauvaise des clercs, non-seule-
« ment de juif il ne se fera pas chrétien, mais s'il était chré-
« tien, sans aucun doute il se ferait juif. — » Et s'étant
retourné vers Abraham, il dit : « — Eh ! mon ami, pourquoi
« veux-tu affronter une telle fatigue et une telle dépense que
« d'aller d'ici à Rome? sans compter que par mer ou par
« terre, pour un homme riche comme tu l'es, tout est plein
« de périls. Ne crois-tu donc pas trouver ici quelqu'un qui
« puisse te donner le baptême? Et si par hasard tu as quel-
« ques doutes au sujet de la Foi que je t'ai expliquée, où

« trouveras-tu de meilleurs maîtres, de plus savants hommes
« que ceux qui sont ici, pour t'éclairer sur ce que tu voudras
« ou demanderas? C'est pourquoi, à mon avis, ce voyage
« est chose superflue. Imagine-toi que là-bas les prélats sont
« comme tu as pu les voir ici, et qu'ils sont d'autant meil-
« leurs, qu'ils sont plus près du Pasteur souverain. Pour
« ce, si tu m'en crois, tu remettras cette fatigue à une autre
« fois, à l'occasion de quelque jubilé, où, par aventure, je
« t'accompagnerai. — » A quoi le juif répondit : « — Je
« crois, Jeannot, que les choses sont comme tu me dis; mais,
« me résumant en un mot, si tu veux que je fasse ce dont tu
« m'as tant prié, je suis tout à fait résolu à aller à Rome;
« autrement, je n'en ferai jamais rien. — » Jeannot voyant
sa résolution, dit: « —Va donc à la bonne aventure ! — » Et,
à part lui, il pensait qu'il ne se ferait jamais chrétien, quand
il aurait vu la cour de Rome; mais pourtant, n'y pouvant
plus rien, il n'insista pas.

« Le juif monta à cheval, et le plus rapidement qu'il put,
il alla à la cour de Rome, où, étant arrivé, il fut honorablement reçu par ses coreligionnaires juifs. Il y demeura sans
dire à personne pourquoi il y était venu, et se mit à observer
avec soin la façon de vivre du Pape, des cardinaux, des autres prélats et de tous les courtisans. Et tant par ce dont il
s'aperçut lui-même, en homme fort avisé qu'il était, que par
ce qu'il sut d'autrui, il trouva que, du plus grand au plus
petit, tous péchaient généralement par une luxure déshonnête, non-seulement d'une manière naturelle, mais encore à
la mode de Sodome, sans aucun frein de remords ou de vergogne, tellement que, pour obtenir les plus grandes faveurs,
la protection des courtisanes ou des jeunes garçons était
toute-puissante. En outre, il reconnut qu'ils étaient univer-
sellement gloutons, buveurs, ivrognes, serviteurs de leur

ventre, à l'instar des brutes, plus que de toute autre chose.
Et, regardant plus avant, il les vit tous avares, si cupides
d'argent qu'ils vendaient et achetaient à beaux deniers le
sang humain, même chrétien, et les choses divines quelles
qu'elles fussent, appartenant aux sacrifices et aux bénéfices,
les transformant en marchandises pour lesquelles il y avait
plus de courtiers qu'il y en avait à Paris pour les draperies
ou autres choses. A la simonie là plus évidente, ils avaient
donné le nom de *procuratie*, et à la gloutonnerie celui de
sustentation, comme si Dieu ne connaissait pas, je ne dirai
point la signification des mots, mais les intentions des esprits
pervers, et se laissait, à la façon des hommes, tromper par
le nom des choses. Tout cela, et bien d'autres choses encore
qu'il faut taire, déplut souverainement au juif, comme à un
homme sobre et modeste qu'il était, et, pensant en avoir
assez vu, il se décida à retourner à Paris ; ce qu'il fit.

« Dès que Jeannot sut qu'il était revenu, il accourut,
n'ayant pas le moindre espoir de le voir devenir chrétien,
et ils se firent l'un à l'autre grande fête. Puis, lorsque le
juif se fut reposé quelques jours, Jeannot lui demanda ce
qu'il pensait du Saint-Père, des cardinaux et des autres courtisans. A quoi le juif répondit sans hésiter : « —Je pense que
« Dieu doit les punir tous tant qu'ils sont. Et je te dis, si
« j'ai su bien regarder, que je n'y ai vu ni sainteté, ni dé-
« votion, ni bonnes œuvres, ni bon exemple. Par contre,
« l'avarice et la gloutonnerie et choses semblables ou pires,
« si toutefois il peut en être de pires, m'ont paru tellement
« dans les mœurs de tous, que j'ai pris ce lieu plutôt pour
« une officine d'œuvres diaboliques que d'œuvres divines.
« Aussi, après y avoir réfléchi avec beaucoup de sollicitude,
« en toute liberté d'esprit, et avec prudence, il me paraît
« que votre Pasteur, et par conséquent tous les autres, s'ef-

« forcent de réduire à néant et de chasser du monde la re-
« ligion chrétienne, alors qu'ils devraient en être le fonde-
« ment et le soutien. Et pour ce que je vois qu'il en résulte
« le contraire de ce qu'ils semblent chercher, c'est-à-dire
« que votre religion s'étend sans cesse et devient plus flo-
« rissante et plus éclatante, il me paraît clairement que
« l'Esprit-Saint en est le soutien et le fondement, comme
« étant plus vraie et plus sainte que les autres. Pour quoi,
« là où je restais insensible et rebelle à tes exhortations et
« refusais de me faire chrétien, je te dis maintenant très
« sincèrement que, pour rien au monde, je n'abandonnerais
« l'idée de me faire chrétien. Allons donc à l'église, et là,
« suivant le rite de votre sainte Foi, je me ferai baptiser. — »
Jeannot, qui s'attendait à une conclusion toute contraire, en
l'entendant parler ainsi, fut l'homme le plus content qui fut
jamais. Étant allé avec lui à Notre-Dame de Paris, il requit
les clercs de cette église de donner le baptême à Abraham.
Ceux-ci, voyant que ce dernier le demandait aussi, le firent
aussitôt, et Jeannot le tint sur les fonts baptismaux et le
nomma Jean. Puis il le fit complètement instruire par de
savants hommes dans notre Foi qu'il apprit rapidement; et
depuis il fut un bon et digne homme, et de sainte vie. — »

NOUVELLE III

Le juif Melchissedech, avec une histoire de trois anneaux, évite un piège
dangereux que le Saladin lui avait tendu.

Sa nouvelle ayant été louée par tous, Néiphile se tut.
Aussitôt Philomène, suivant le bon plaisir de la reine,

commença à parler ainsi : « — La nouvelle dite par Néiphile me remet en mémoire le cas difficile advenu jadis à un juif. Comme il a déjà été très bien parlé sur Dieu et sur notre religion, on ne pourra désormais refuser de descendre aux événements et aux actes qui concernent les hommes. Je vais vous en parler tout à l'heure, et quand vous aurez entendu ma nouvelle, peut-être deviendrez-vous plus prudentes dans vos réponses aux questions qui vous auront été faites. Vous devez savoir, ô mes amoureuses compagnes, que, de même que la bêtise fait souvent sortir les gens d'une situation heureuse pour les mener dans une grande misère, ainsi la prévoyance tire le sage des plus grands périls et le met en sûreté. Que la bêtise conduise d'un état satisfaisant à un état contraire, cela se voit par de nombreux exemples que nous n'avons pas à relater pour le moment, considérant que tout le long du jour nous en voyons manifestement plus de mille ; mais que le bon sens soit une occasion de se tirer d'affaire, c'est ce que je montrerai brièvement par ma petite nouvelle, comme je l'ai promis.

« Le Saladin, dont la valeur fut telle que non-seulement elle le fit, de rien qu'il était, sultan de Babylone, mais qu'elle lui fit remporter de nombreuses victoires sur les rois sarrasins et chrétiens, avait en diverses guerres, et par ses grandissimes largesses, dépensé tout son trésor, et se trouvait, par suite de quelque accident imprévu, avoir besoin d'une bonne somme d'argent. Ne voyant pas où il pourrait se la procurer aussi rapidement que besoin était, il se souvint d'un juif d'Alexandrie, nommé Melchissedech, qui prêtait à usure, et pensa que cet homme pourrait le débarrasser s'il le voulait ; mais le juif en question était si avare, qu'il n'aurait jamais consenti de lui-même à le faire, et cependant le sultan ne voulait pas employer la force pour l'y contraindre. Poussé par la nécessité, Saladin, tout occupé à trouver un moyen d'obtenir ce service du juif, résolut de lui faire une violence qui eût quelque apparence de raison. L'ayant fait appeler, et l'ayant reçu familièrement, il le fit asseoir près de lui, puis il lui dit : « — Brave homme, j'ai entendu dire par plusieurs « que tu es fort sage et fort instruit dans les choses de Dieu. « Pour ce, je voudrais volontiers savoir de toi laquelle des « trois religions tu tiens pour la vraie, la juive, la sarrasine « ou la chrétienne. — » Le juif qui était en effet un homme très sage, s'aperçut fort bien que le Saladin cherchait à le prendre par ses propres paroles en lui adressant cette question, et pensa qu'il ne devait pas louer une des trois religions plus que les deux autres, de façon que le Saladin ne connût pas sa pensée. Pour quoi, sentant qu'il lui fallait faire une réponse par laquelle il ne pût être pris, et son esprit étant vivement aiguisé, il lui vint aussitôt la réponse qu'il devait faire, et il dit :

« — Mon seigneur, la question que vous me faites est « belle, et pour vous dire ce que j'en pense, il me faut vous « conter une petite nouvelle que vous comprendrez. Si je ne « fais erreur, je me rappelle avoir entendu dire souvent qu'il « fut autrefois un homme grand et riche, lequel, parmi les « autres joyaux qu'il possédait dans son trésor, avait un « anneau très beau et très précieux. Voulant, à cause de sa « valeur et de sa beauté, lui faire honneur et le transmettre « perpétuellement à ses descendants, il ordonna que celui « de ses fils sur qui cet anneau serait trouvé, comme le lui « ayant remis lui-même, fût reconnu pour son héritier, et « fût honoré et respecté par tous les autres comme le chef « de la famille. Celui à qui l'anneau fut laissé transmit cet « ordre à ses descendants et fit comme avait fait son prédé- « cesseur. En peu de temps, cet anneau passa de main en

5.

« main à de nombreux maîtres et parvint ainsi à un homme
« qui avait trois fils beaux et vertueux, et très obéissants à
« leur père; pour quoi, il les aimait également tous les
« trois. Les jeunes gens connaissaient la tradition de l'anneau,
« et comme chacun d'eux désirait être le plus honoré parmi
« ses frères, ils priaient, chacun pour soi et du mieux qu'ils
« savaient, le père qui était déjà vieux, pour avoir l'anneau
« quand il mourrait. Le brave homme qui les aimait tous
« les trois également, ne savait lui-même choisir celui à qui
« il laisserait l'anneau. L'ayant promis à chacun d'eux en
« particulier, il songea à les satisfaire tous les trois. Il en fit
« faire secrètement par un habile ouvrier deux autres si
« semblables au premier, que lui-même qui les avait fait
« faire, pouvait à peine distinguer le vrai. Quand il vint à
« mourrir, il en donna secrètement un à chacun de ses
« enfants qui, après la mort de leur père, voulant chacun
« occuper sa succession et sa dignité, et se les déniant l'un
« à l'autre, produisirent leur anneau aux yeux de tous, en
« témoignage de leur prétention. Les anneaux furent trouvés
« tellement pareils, que l'on ne savait reconnaître le vrai, et
« que la question de savoir quel était le véritable héritier du
« père resta pendante et l'est encore. Et j'en dis de même,
« mon seigneur, des trois religions données aux trois peuples
« par Dieu le Père, et sur lesquelles vous me questionnez.
« Chacun d'eux croit être son héritier et avoir sa vraie loi et
« ses vrais commandements; mais la question de savoir qui
« les a est encore pendante, comme celle des anneaux. — »

« Le Saladin reconnut que le juif avait su échapper très
adroitement au lacet qu'il lui avait jeté dans les jambes;
c'est pourquoi il se décida à lui exposer son besoin d'argent,
et à lui demander s'il voulait lui rendre service; et ainsi il fit,
lui avouant ce qu'il avait eu l'intention de faire s'il ne lui

avait pas répondu aussi discrètement qu'il l'avait fait. Le juif, de son propre chef, prêta au Saladin tout ce que ce dernier lui demanda et, par la suite, le Saladin le remboursa entièrement. Il lui fit en outre de grands dons, le tint toujours pour son ami, et le garda près de lui, dans une grande et honorable situation. — »

NOUVELLE IV

Un moine ayant commis un péché digne d'une très grave punition, échappe à la peine qu'il avait méritée en reprochant adroitement la même faute à son abbé.

Déjà Philomène, débarrassée de sa nouvelle, avait fait silence, quand Dioneo qui était assis près d'elle, sans attendre le commandement de la reine, et voyant par l'ordre adopté que c'était à lui à conter, se mit à parler de la façon suivante. « — Amoureuses dames, si j'ai bien compris l'intention de vous toutes, nous sommes ici pour nous divertir nous-mêmes en contant des nouvelles. Et pour ce, afin qu'il ne soit point contrevenu à cela, j'estime qu'il doit être permis à chacun — et c'est ce que notre reine elle-même a dit il y a un moment — de conter la nouvelle qu'il croit devoir le plus amuser. Pour quoi, venant d'entendre qu'Abraham avait eu l'âme sauvée par les bons conseils de Jeannot de Chevigné, et que Melchissédec par sa présence d'esprit avait défendu ses richesses des embûches de Saladin, je veux, sans m'exposer à des reproches de votre part, conter brièvement par quelle ruse un moine échappa à une grave punition corporelle.

« Il était autrefois dans la Lunigiane, pays qui n'est pas très loin de celui-ci, un monastère plus renommé pour sa sainteté et plus fourni de moines qu'il ne l'est aujourd'hui.

Parmi les religieux de ce monastère, se trouvait un jeune moine dont la vigueur et la jeunesse n'avaient pu être domptées par le jeûne et les veilles. Un jour que, par aventure, sur le coup de midi, alors que tous les autres moines dormaient, il se promenait tout seul autour du monastère, lequel était situé dans un lieu fort solitaire, il aperçut une jeune fille très belle, qui était probablement la fille de quelque laboureur de la contrée, et qui s'en allait par les champs cueillant certaines herbes. A peine l'eût-il vue, qu'il fut assailli par une ardente concupiscence charnelle. Pour quoi, s'étant approché, il entra en conversation et, d'un propos à un autre, il fit si bien qu'il s'entendit parfaitement avec elle, et qu'il l'emmena avec lui dans sa cellule, ce dont personne ne s'aperçut.

« Pendant que, emporté par un trop grand désir, il se divertissait avec elle moins prudemment qu'il n'eût fallu, il advint que l'abbé, ayant achevé sa sieste, et passant tout doucement devant sa cellule, entendit le bruit qu'ils faisaient tous les deux. Afin de mieux reconnaître les voix, il s'approcha doucement de la porte pour écouter, et il reconnut qu'il y avait une femme dans la cellule. Son premier mouvement fut de se faire ouvrir; puis il pensa qu'il valait mieux agir autrement. Il retourna dans sa chambre et attendit que le jeune moine sortît de la sienne. Ce dernier, bien qu'il fût fort occupé par l'extrême plaisir qu'il prenait avec la jeune fille, se tenait cependant sur ses gardes. Ayant cru entendre un bruit de pas dans le couloir, il mit l'œil au trou de la serrure; il vit parfaitement l'abbé en train d'écouter, et il comprit bien que ce dernier avait pu s'apercevoir qu'une femme était dans sa cellule. De quoi, sachant qu'il devait lui advenir une grande punition, il fut fort chagrin. Pourtant, sans rien montrer de son ennui à la jeune fille, il se mit à chercher en toute hâte s'il ne pourrait trouver aucun moyen de salut. C'est alors qu'il lui vint à l'esprit une nouvelle ruse qui le fit parvenir à ses fins. Feignant d'être assez demeuré avec la jeune fille, il lui dit : « — Je vais chercher un moyen « de te faire sortir d'ici sans que tu sois vue; pour cela, « attends-moi tranquillement jusqu'à ce que je revienne. — » Puis il sortit, ferma la cellule à clef et s'en alla droit à la chambre de l'abbé lui présenter la clef, ainsi que chaque moine faisait quand il sortait, et il lui dit d'un air calme : « — Messire, je n'ai pu ce matin faire rentrer tout le bois que « j'avais fait couper; en conséquence, avec votre permission, « je vais aller à la forêt et le faire transporter. — »

« L'abbé, afin de mieux constater la faute commise, et voyant que le moine ne s'était point aperçu qu'il l'avait vu, se réjouit de cet incident, prit la clef et lui donna la permission demandée. Dès qu'il l'eut vu partir, il se mit à réfléchir sur ce qu'il valait mieux faire, ou bien ouvrir la cellule en présence de tous et leur montrer la faute, pour qu'ensuite ils n'eussent pas occasion de murmurer contre lui quand il punirait le moine, ou bien apprendre par la jeune fille même comment la chose s'était passée. Et songeant à part lui que celle-ci pouvait être la femme ou la fille d'un homme auquel il n'aurait pas voulu faire cette honte de la montrer à tous les moines, il résolut de voir d'abord qui elle était, et de prendre ensuite un parti. Il s'en alla doucement à la cellule, l'ouvrit, entra et referma la porte. La jeune fille, voyant entrer l'abbé, toute éperdue et tremblant de honte, se mit à pleurer. Messire l'abbé ayant jeté l'œil sur elle et la voyant belle et fraîche, sentit, quelque vieux qu'il fût, l'aiguillon de la chair non moins vif que ne l'avait senti son jeune moine, et il se mit à dire en lui-même : « — Eh ! pourquoi ne prendrais-je pas du plaisir quand je « puis en avoir? Avec cela que les privations et les ennuis

« seront toujours prêts tant que j'en voudrai ! Voilà une
« belle jeune fille, et personne au monde ne sait qu'elle est
« ici. Si je puis la décider à satisfaire mes désirs, je ne vois
« pas pourquoi je ne le ferais pas. Qui le saura ? Personne ne
« le saura jamais, et péché caché est à moitié pardonné. Cette
« occasion ne se représentera peut-être jamais plus. J'es-
« time qu'il est grandement sage de prendre le bien quand
« Dieu vous l'envoie. — » Ce disant, et ayant du tout au
tout changé le projet pour lequel il était venu, il s'approcha
de la jeune fille, se mit à la consoler doucement et à lui dire
de ne pas pleurer, et, de parole en parole, il finit par lui exprimer son désir. La jeune fille, qui n'était de fer ni de dia-
mant, se plia très complaisamment au désir de l'abbé, lequel
l'ayant saisie dans ses bras et embrassée à plusieurs reprises,
monta avec elle sur le lit du moine. Mais songeant au poids
considérable de sa dignité et à l'âge tendre de la jeune fille,
craignant peut-être de la blesser sous sa corpulence, il ne se
mit pas sur elle ; il la fit mettre sur lui, et, dans cette
posture, se divertit longtemps avec elle.

« Le moine qui avait fait semblant d'aller au bois, s'était
caché dans le dortoir. Dès qu'il vit l'abbé entrer dans sa chambre, il fut tout de suite rassuré, comprenant que sa ruse devait réussir, et quand il vit fermer la porte en dedans, il en
fut certain. Sortant de l'endroit où il était, il s'en vint doucement regarder par une fente, et il vit et entendit tout ce que
l'abbé faisait et disait. Lorsqu'il parut à l'abbé être assez demeuré avec la jeune fille, il l'enferma dans la cellule et retourna à sa chambre. Peu après, entendant venir le moine,
et croyant qu'il revenait du bois, il s'apprêta à le réprimander fortement et à le faire mettre au cachot, afin de posséder
à lui seul la proie si bien gagnée. L'ayant fait appeler, il l'ad-
monesta gravement et d'un ton sévère, et ordonna qu'il fût

conduit au cachot. Le moine répondit prestement : « — Mes-
« sire, je ne suis pas encore assez resté dans l'ordre de Saint-
« Benoît, pour pouvoir en connaître toutes les règles. Vous
« ne m'aviez pas encore montré que les moines dussent s'hu-
« milier sous les femmes comme dans les jeûnes et dans les
« veilles. Mais maintenant que vous me l'avez montré, je
« vous promets, si vous me pardonnez pour cette fois, de
« ne plus jamais pécher en cela, mais de faire toujours
« comme je vous ai vu faire. — » L'abbé qui était un homme
avisé, comprit sur-le-champ que non-seulement le moine
avait plus d'esprit que lui, mais qu'il avait vu ce qu'il avait
fait. Pour quoi, se reprochant sa propre faute, il eut honte
d'infliger au moine une punition qu'il avait méritée aussi bien
que lui. Il lui pardonna, et après lui avoir recommandé le silence sur ce qu'il avait vu, ils firent sortir sans bruit la
jeune fille, et il est à croire qu'ils durent la faire rentrer plus
d'une fois depuis. — »

NOUVELLE V

La marquise de Montferrat, au moyen d'un repas uniquement composé de poules,
et avec quelques paroles gracieuses, réprime le fol amour du roi de France.

La nouvelle contée par Dioneo amena tout d'abord quelque vergogne au cœur des dames qui l'écoutaient, vergogne
qui se manifesta par une honnête rougeur sur leur visage.
Puis, se regardant les unes les autres, et pouvant à peine tenir leur sérieux, elles écoutèrent en riant sous cape. Mais
quand la nouvelle fut finie, la reine, après avoir gourmandé
Dioneo, et lui avoir fait comprendre que de semblables récits ne devaient pas être faits devant des dames, se retourna

vers la Fiammetta qui était assise sur l'herbe auprès de lui,
et lui ordonna de suivre l'ordre adopté. Celle-ci commença
gracieusement et d'un air joyeux : « — De même que je vois
avec plaisir que nous ayons entrepris de prouver par nos récits la force des belles et promptes réponses, et combien les
hommes ont raison de chercher à aimer toujours une dame
de plus haut lignage qu'eux, je crois aussi que c'est chez les
dames une grande prévoyance que de savoir se garder de
prendre de l'amour pour un homme de plus haute condition
qu'elles. Il m'est donc venu à l'esprit, mes belles dames, de
vous démontrer, dans la nouvelle que j'ai à vous dire, comment, par ses actes et ses paroles, une gente dame se garda
de ce péril et en écarta autrui.

« Le marquis de Montferrat, homme d'une grande vaillance et gonfalonier de l'Église, avait passé les mers pour
suivre une croisade générale faite à main armée par les
Chrétiens. Comme on parlait de sa valeur à la cour du roi
Philippe le Borgne, lequel s'apprêtait lui aussi à partir de
France pour la même croisade, un chevalier prétendit qu'il n'y
avait pas sous les étoiles un couple pareil au marquis et à sa
femme, attendu que, autant le marquis l'emportait en tout
sur les autres chevaliers, autant la dame l'emportait sur les
autres femmes du monde par sa beauté et sa vertu. Ces paroles entrèrent de telle façon dans l'esprit du roi de France,
que sans avoir jamais vu cette dame, il se mit soudain à l'aimer avec passion, et résolut, pour faire le voyage qu'il proje-
tait, de ne pas prendre la mer ailleurs qu'à Gènes, pour ce que,
allant jusque-là par terre, il aurait une occasion favorable
d'aller voir la marquise, songeant aussi que, si le marquis était
absent, il pourrait mener son désir à bonne fin. Et, comme
il l'avait résolu, il fit; c'est pourquoi, ayant envoyé en avant le
gros de ses gens, il se mit lui-même en route avec peu de ser-

viteurs et quelqnes gentilhommes. Arrivé près des terres du
marquis, il envoya un jour à l'avance prévenir la dame qu'elle
l'attendît pour déjeuner le matin suivant. La dame, sage et
avisée, répondit gracieusement que c'était pour elle une faveur
au-dessus de toute autre, et qu'il serait le bienvenu. Puis elle
se mit à réfléchir sur ce que voulait dire la visite d'un pareil
roi, alors que son mari était absent, et elle ne se trompa point
en pensant que c'était sa réputation de beauté qui l'amenait ;
néanmoins, en vaillante dame, elle se disposa à lui faire honneur. Elle fit prévenir ceux de ses gentilhommes qui étaient
restés auprès d'elle, et préparer, après avoir pris leurs conseils, tout ce qu'il fallait, mais elle voulut ordonner elle seule
le festin et les mets. Ayant fait rassembler sans retard autant
de poules qu'il y en avait dans le pays, elle ordonna à ses
cuisiniers de préparer uniquement ce genre de mets pour le
royal convive.

« Au jour dit, le roi arriva et fut reçu par la dame avec
grande fête et grand honneur. Comme il la regardait, elle lui
parut belle et avenante bien au delà de ce qu'il avait pu en juger
par les paroles du chevalier ; il s'en émerveilla beaucoup et
lui fit force compliments, son désir s'allumant d'autant plus
qu'il trouvait que la dame surpassait l'idée qu'il s'en était
faite auparavant. Après qu'il eût pris quelque repos dans des
appartements richement décorés de tout ce qui convenait
pour recevoir un tel personnage, et l'heure du dîner étant
venue, le roi et la marquise s'assirent à la même table, tandis que les autres convives, selon leur qualité, prirent place
aux autres tables. On servit alors successivement au roi des
plats nombreux, des vins excellents et rares, et comme en
outre il ne cessait de regarder complaisamment la belle marquise, il éprouvait un grand plaisir. Pourtant, les plats se
succédant les uns aux autres, le roi commença à s'étonner un

peu en voyant que les mets, très variés comme assaisonne-
ment, se composaient uniquement de poules. Bien qu'il connût le pays où il était comme étant très copieux en gibier de
diverses espèces, et qu'il eût annoncé son arrivée à la dame
assez tôt pour qu'elle pût faire chasser, cependant, quel que
fût son étonnement, il ne voulut pas en prendre occasion
pour le lui témoigner, si ce n'est au sujet de ses poules ; et
s'étant tourné vers elle d'un air joyeux, il lui dit : « — Ma-
« dame, est-ce qu'en ce pays il ne naît que des poules, sans
« aucun coq ? — » La marquise comprit très bien la question, et il lui sembla que, suivant son désir, Dieu l'avait envoyée en temps opportun pour faire connaître ses dispositions.
A la demande du roi, elle se tourna vers lui et lui répondit
avec franchise : « — Monseigneur, non ; mais les femmes,
« bien qu'elles diffèrent entre elles par les vêtements et les
« dignités, sont toutes faites ici comme ailleurs. — » Le roi,
à ces paroles, comprit très bien la raison pour laquelle on lui
avait servi un repas tout en poules, ainsi que la sagesse cachée sous cette réponse. Il s'aperçut qu'il perdrait son élo-
quence avec une pareille femme et que ce n'était point le lieu
d'employer la force. Pour quoi, de même qu'il s'était enflammé inconsidérément pour elle, il conçut qu'il fallait
sagement pour son honneur éteindre le feu si malencontreusement allumé. Sans plus dire un mot, craignant ses réponses, il renonça à tout espoir et, le dîner fini, afin de couvrir
par un prompt départ le motif de sa visite déshonnête, il la
remercia de l'honneur qu'il avait reçu d'elle, la recommanda
à Dieu, et partit pour Gênes. — »

NOUVELLE VI

Un brave homme confond par un bon mot la méchante hypocrisie
des gens de religion.

Après que toutes les dames eurent approuvé la courageuse
et spirituelle leçon donnée par la marquise au roi de France,
Émilia, qui était assise près de la Fiammetta, commença, sur
le bon plaisir de la reine, à parler ainsi : « — Moi non plus
je ne vous cacherai pas la leçon donnée par un courageux séculier à un religieux avare, au moyen d'un mot non moins
plaisant que recommandable.

« Donc, ô chères jeunes dames, il y avait, dans notre cité, il
n'y a pas encore grand temps de cela, un frère mineur, inquisiteur de l'hérésie perverse, lequel, bien qu'il s'efforçât de
paraître un saint et zélé partisan de la religion chrétienne,
comme ils font tous, n'était pas moins bon investigateur de qui
avait la bourse pleine, que de quiconque se sentait du refroidis-
sement pour la foi. Comme il se donnait beaucoup de mal pour
cela, il lui tomba par aventure entre les mains un bonhomme
beaucoup plus riche d'argent que de sens, et qui, non par
irréligion, mais par bêtise et peut-être échauffé par le vin ou
par un excès de joie, en était venu à dire un jour, dans une
réunion d'amis, qu'il avait un vin si bon que le Christ lui-
même en boirait. Ce propos ayant été rapporté à l'inquisiteur, celui-ci, sachant que les richesses du bonhomme étaient
grandes et sa bourse bien gonflée, courut impétueusement,
cum gladiis et fustibus, lui intenter un bon procès, prévoyant bien qu'il en résulterait sinon une amélioration dans
la croyance de l'inculpé, du moins une abondance de florins
soutirés de sa poche, comme il advint, du reste. L'ayant fait

appeler, il lui demanda si ce qui avait été dénoncé sur son
compte était vrai. Le bonhomme répondit que oui. A quoi
le très saint inquisiteur, qui était un dévot de saint Jean-
Barbe-d'Or, dit : « — Donc, tu as fait du Christ un buveur,
« un amateur de vins exquis, comme s'il était Cinciglione,
« ou quelque autre de vos ivrognes, piliers de taverne ; et
« maintenant, d'un air humble, tu veux nous faire croire que
« c'est là une faute tout à fait légère ! elle n'est pas comme
« elle te paraît ; tu aurais mérité le feu, si nous voulions
« agir envers toi comme nous le devrions. — » C'est en ces
termes, suivis de beaucoup d'autres semblables, et d'un ton
menaçant, comme si le pauvre diable eût été Épicure niant
l'immortalité des âmes, qu'il lui parla. Il ne tarda pas à lui
faire une telle peur, que le bonhomme, au moyen de personnes intermédiaires, lui fit graisser la main avec une bonne
quantité de graisse de saint Jean-Bouche-d'Or — laquelle
guérit souverainement la maladie d'avarice des clercs et spécialement des frères mineurs qui n'osent toucher de l'argent —
afin qu'il agit miséricordieusement à son égard. Ce baume
dont — bien qu'il soit très actif — Galien ne parle dans aucune
partie de son livre sur la médecine, opéra si bien, que le feu
dont il avait été menacé se changea en une simple croix.
Comme s'il eût dû traverser la mer pour aller en croisade, on
lui mit sur le dos, afin de lui faire une plus belle bannière,
une croix jaune sur un fond noir. En outre, l'argent promis
ayant été payé, on le retint pendant plusieurs jours encore, lui
donnant pour pénitence d'entendre chaque matin la messe à
Sainte-Croix, et de se présenter devant l'inquisiteur un peu
avant l'heure du repas ; pour le reste du jour, on le laissa
libre de faire ce qui lui plairait.

« Le bonhomme accomplissant régulièrement sa pénitence,
il advint qu'un matin, à la messe, il entendit un évangile dans le-

quel on chantait : *vous recevrez cent pour un et vous possèderez la vie éternelle*, paroles qu'il retint très exactement dans sa mémoire. Suivant l'ordre qui lui avait.été donné, s'étant ensuite présenté à l'heure du repas devant l'inquisiteur, il le trouva en train de dîner. L'inquisiteur lui ayant demandé s'il avait entendu la messe le matin, il lui répondit aussitôt : « — Oui, « messire. — » A quoi l'inquisiteur dit : « — Y as-tu entendu « quelque chose dont tu puisses douter, ou sur laquelle tu aies « à m'interroger ?— » « — Certes — répondit le bonhomme — « je n'ai de doute sur aucune des choses que j'ai entendues ; « je les tiens toutes au contraire pour vraies. J'en ai même « entendu une qui m'a fait avoir de vous et de vos autres « confrères très grande compassion, pensant à la mauvaise si- « tuation que vous devez avoir dans l'autre vie ?— » L'inqui- siteur dit alors : « — Et quelle est cette parole qui t'a ému de « compassion pour nous ?— » Le bonhomme reprit : « — Mes- « sire, c'est cette parole de l'Évangile qui dit : *vous recevrez* « *cent pour un.* — » L'inquisiteur dit : « — Cette parole est « vraie ; mais pourquoi t'a-t-elle ému ? — » « — Messire — « répondit le bonhomme — je vais vous le dire. Depuis que je « viens ici, j'ai vu chaque jour donner au dehors à une foule « de pauvres gens, tantôt un, tantôt deux grandissimes chau- « drons de bouillon que l'on prend aux moines de ce cou- « vent et à vous, comme superflu. Pour quoi, si l'on vous « rend là-bas cent pour un, vous en aurez tant, que vous de- « vrez tous vous y noyer.— » Tous les convives assis à la table de l'inquisiteur se mirent à rire ; mais l'inquisiteur, compre- nant que ceci était une satire de leur hypocrisie en fait d'au- mônes, se troubla tout à fait. Et n'eût été qu'il avait déjà été blâmé de ce qu'il avait fait, il aurait suscité au bonhomme un nouveau procès, pour avoir mordu par un bon mot lui et les autres moines fainéants. Dans son dépit, il lui or-

6.

donna de faire désormais ce qu'il voudrait, sans plus se présenter devant lui. — »

NOUVELLE VII

Bergamino, en contant une nouvelle concernant Primasso et l'abbé de Cluny, critique honnêtement un trait inaccoutumé d'avarice chez messer Can della Scala.

La gentillesse d'Émilia et sa plaisante nouvelle excitèrent le rire de la reine et des autres assistants, qui louèrent beaucoup la présence d'esprit de ce nouveau croisé. Mais quand les rires furent apaisés et que chacun eût fait silence, Philostrate, dont le tour était venu de conter, se mit à parler de la façon suivante : « — C'est une belle chose, valeureuses dames, que d'atteindre un but qui ne bouge pas ; mais ce qui est presque merveilleux, c'est lorsqu'un archer frappe à l'improviste un objet qui vient à se montrer tout à coup. La vie lourde et vicieuse des clercs, qui se signale par une perversité constante en tant de choses, donne sans trop de difficultés matière à parler, à mordre et à reprendre à tous ceux qui veulent le faire. C'est pourquoi, quelque bien que fît le bonhomme en blâmant l'inquisiteur sur l'hypocrite charité des moines, qui donnent aux pauvres ce qu'ils devraient donner aux porcs ou jeter à la rue, j'estime qu'il faut encore plus louer celui dont je vais parler et dont la précédente nouvelle me fait souvenir. S'adressant à messer Can della Scala, magnifique seigneur, il le critiqua sur une subite et inusitée avarice apparue en lui, au moyen d'une ingénieuse nouvelle, où il fit figurer, sous le couvert d'autrui, ce que de lui et de Can della Scala il voulait dire. Voici cette nouvelle :

« Comme l'éclatante renommée le proclame quasi par le
monde entier, messer Can della Scala, à qui la fortune fut
favorable en beaucoup de choses, fut un des plus notables
et des plus magnifiques seigneurs que l'on ait connus en
Italie depuis l'empereur Frédéric II jusqu'alors. Ayant résolu
de donner à Vérone une grande et merveilleuse fête, à laquelle devaient venir de toute part nombre de gens et principalement des artistes de toute sorte, messer Can changea
subitement d'idée, quelle qu'en fût la raison, et après avoir
richement gratifié ceux qui étaient venus, il les congédia.
Un seul, nommé Bergamino, habile et beau parleur au point
que ceux-là seuls pouvaient le croire qui l'avaient entendu,
ne reçut aucun cadeau, et comme il n'avait pas été congédié,
il était resté, espérant qu'il finirait par obtenir satisfaction.
Mais messer Can avait pensé que, quoi qu'il pût lui donner,
ce serait chose plus perdue que s'il l'avait jetée au feu ; c'est
pourquoi il ne lui avait rien dit ni rien fait dire. Bergamino,
au bout de quelques jours, voyant qu'on ne l'appelait en aucune façon pour ce qui concernait son métier, et dépensant
beaucoup à l'auberge avec ses chevaux et ses domestiques,
commença à s'inquiéter. Cependant, il attendait toujours,
car il ne lui paraissait pas convenable de partir ainsi. Il avait
apporté avec lui trois beaux et riches vêtements qui lui
avaient été donnés par d'autres seigneurs pour paraître honorablement à la fête. Comme son hôte voulait être payé, il
lui en donna d'abord un ; puis, son séjour se prolongeant, il
se décida, pour pouvoir rester plus longtemps à l'auberge,
à lui donner le second. Enfin, il se mit à vivre sur le troisième, résolu à rester tant qu'il durerait, puis à partir.

« Or, pendant qu'il mangeait sur son troisième habit, il
advint qu'un jour, messer Can étant à dîner, il se présenta
devant lui avec un visage fort mélancolique. Ce que voyant,

messer Can, plus pour se gausser de lui que pour jouir de
sa réponse, lui dit : « — Bergamino, qu'as-tu pour être si mé-
« lancolique? Dis-nous-en la raison. — » Alors Bergamino,
sans avoir l'air de réfléchir, bien qu'il y eût longtemps réfléchi, se mit à débiter sur-le-champ cette nouvelle, fort à
point pour son propre cas : « — Monseigneur, vous saurez que
« Primasso fut un grammairien fort expert, et en outre
« grand et habile versificateur parmi tous les autres. Ces
« talents le rendirent si estimable et si célèbre, que, bien
« qu'il ne fût pas connu de vue partout, personne, grâce à
« son nom et à sa renommée, n'ignorait ce que c'était que
« Primasso. Or, il advint que, se trouvant un jour à Paris,
« dans un état misérable, comme cela lui arrivait la plupart
« du temps, car son savoir était peu apprécié des gens
« riches, il ouit parler de l'abbé de Cluny, qui passe pour
« le prélat le plus riche en revenus que possède l'Église
« après le Pape. Il entendit raconter de lui de merveilleuses
« et magnifiques choses, entre autres qu'il tenait cour ou-
« verte, et que jamais personne, se présentant là où il était,
« ne s'était vu refuser le manger ni le boire, pourvu qu'il
« allât le réclamer quand l'abbé était à table. Ce qu'enten-
« dant Primasso, qui aimait à fréquenter les hommes géné-
« reux et les grands seigneurs, il résolut d'y aller pour voir
« la munificence de cet abbé, et s'informa à quelle distance
« de Paris il demeurait. Il lui fut répondu que l'abbé pos-
« sédait une maison à six milles environ ; sur quoi Primasso
« pensa qu'il pourrait, en partant le matin de bonne heure,
« s'y trouver à l'heure du repas. Il se fit donc enseigner le
« chemin ; mais n'ayant trouvé personne qui y allât, il crai-
« gnit par aventure de se tromper et d'aller à un endroit où
« il ne trouverait rien à manger ; pour quoi, dans cette pré-
« vision et afin de ne pas souffrir du manque de nourriture,

« il songea à emporter avec lui trois pains, se disant que,
« quant à l'eau, bien qu'elle fût peu de son goût, il en trou-
« verait partout. Après avoir serré ses pains sur sa poitrine,
« il se mit en route et marcha si bien, qu'il arriva, avant
« l'heure du repas, là où se trouvait l'abbé. Étant entré dans la
« maison, il regarda de tous côtés, et voyant le grand nom
« bre de tables mises, les grands apprêts de la cuisine et
« tout ce qui avait été préparé pour le dîner, il se dit à lui-
« même : vraiment, c'est aussi magnifique qu'on le dit. Il
« était depuis un moment à regarder toutes ces choses, lors-
« que le sénéchal de l'abbé, l'heure de manger étant venue,
« ordonna de donner l'eau pour les mains, et cela ayant été
« fait, fit asseoir chaque convive à table. Il advint par hasard
« que Primasso fut assis juste en face de la porte de la
« chambre d'où l'abbé devait sortir pour venir dans la salle
« à manger. Il était d'usage dans cette maison, que ni vin,
« ni eau, ni rien qui se pût manger ou boire, fût posé sur
« les tables avant que l'abbé ne se fût assis. Le sénéchal
« ayant donc fait placer tout le monde, fit dire à l'abbé que,
« quand il lui plairait, le repas était prêt. L'abbé fit ouvrir
« sa chambre pour passer dans la salle du festin, et, tout en
« venant, regarda machinalement devant lui. Par aventure,
« la première personne qui frappa ses regards fut Primasso,
« dont les habits étaient fort délabrés et qu'il ne connaissait
« pas de vue. A peine l'eût-il aperçu, qu'il lui vint à l'es-
« prit une pensée mauvaise, comme il n'en avait jusque-là
« jamais eu, et il se dit: « —Voyez à qui je donne mon bien à
« manger !—» Et, revenant sur ses pas, il ordonna de refermer
« la porte, et demanda à ceux qui étaient près de lui si quel-
« qu'un connaissait ce ribaud qui était assis à table en face
« de la porte de sa chambre. Chacun répondit que non.
« Primasso qui avait envie de manger, comme quelqu'un

« qui avait marché et qui n'avait pas déjeuné à son heure
« habituelle, après avoir attendu un peu, et voyant que
« l'abbé ne venait pas, tira de son sein un des pains qu'il
« avait apportés et se mit à manger. L'abbé, après quelques
« minutes d'attente, ordonna à un de ses valets de voir si
« Primasso était parti. Le valet répondit : « — Non, messire ;
« au contraire, il mange du pain, ce qui prouve qu'il en a
« apporté avec lui. — » L'abbé dit alors : « — Eh bien ! qu'il
« mange le sien, s'il en a, car il ne mangera pas du nôtre
« aujourd'hui. — » L'abbé aurait désiré que Primasso s'en
« allât de lui-même, car il ne lui semblait pas bien de le
« renvoyer. Primasso, ayant mangé un de ses pains, et l'abbé
« ne venant pas encore, se mit à manger le second, ce qui
« fut également rapporté à l'abbé, qui avait encore envoyé
« voir s'il était parti. Enfin, l'abbé ne venant toujours pas,
« Primasso, son second pain mangé, se mit à entamer le
« troisième, ce qui fut encore dit à l'abbé, lequel commença
« à réfléchir et à se dire : — Eh ! quelle nouvelle idée m'est
« aujourd'hui venue ! quelle avarice, quel dédain, et pour
« qui ! voilà des années que je donne mon bien à manger à
« qui en a voulu, sans regarder s'il est gentilhomme ou
« vilain, pauvre ou riche, marchand ou pirate ; je l'ai vu
« dévorer sous mes yeux par une infinité de ribauds, et ja-
« mais il ne m'est entré dans l'esprit cette pensée qui m'est
« venue pour celui-ci. Certainement l'avarice ne doit point
« m'avoir assailli pour un homme de peu ; ce doit être un
« homme de grande valeur, celui qui m'a paru être un ri-
« baud, puisque mon esprit s'est ainsi ravisé de lui faire
« honneur. — Ainsi dit, il voulut savoir qui il était, et ayant
« appris que c'était Primasso qui était venu voir par lui-
« même la munificence dont il avait entendu parler, et le
« connaissant déjà de réputation pour un homme de valeur,

« il eut honte, et, décidé à réparer sa faute, il s'empressa de
« lui faire honneur de toute façon. Après le dîner, selon
« qu'il convenait à la qualité de Primasso, il le fit vêtir no-
« blement, lui donna de l'argent et un palefroi, et lui permit
« de rester ou de s'en aller selon son plaisir. De quoi Pri-
« masso, satisfait, lui rendit les meilleures grâces qu'il put,
« et s'en retourna à cheval vers Paris, d'où il était venu
« à pied. — »

« Messer Can, qui était un seigneur intelligent, n'eut pas
besoin d'autre démonstration pour comprendre ce que voulait dire Bergamino et lui dit en souriant : « — Bergamino,
« tu m'as très adroitement montré mes torts, ton mérite et
« mon avarice, et ce que tu désires de moi. Et vraiment, je
« n'ai jamais été, comme aujourd'hui pour toi, assailli par
« l'avarice. Mais je la chasserai avec le bâton que toi-même
« m'as indiqué. — » Et ayant fait payer l'hôtelier de Bergamino, il lui donna un de ses plus beaux habits, de l'argent,
un cheval, et lui laissa la liberté de rester ou de s'en aller,
selon son plaisir. — »

NOUVELLE VIII

Guiglielmo Borsiere, avec quelques mots polis, perce jusqu'au vif messer
Ermino de' Grimaldi sur son avarice.

Après Philostrate venait Lauretta. Quand elle eut entendu
bien louer l'ingéniosité de Bergamino, sentant que c'était
à elle à dire quelque chose, sans en attendre l'ordre, elle
commença ainsi : « — Chères compagnes, la précédente
nouvelle m'amène à vous dire de quelle façon également un

vaillant homme de cour flagella, non sans avantage pour lui, la cupidité d'un riche marchand ; et bien que cette cupidité ressemble à celle qui a été décrite dans la dernière nouvelle, elle ne devra pas moins vous intéresser, si vous songez au bien qui en advint en définitive.

« Il fut donc à Gênes, il y a déjà bon temps, un gentilhomme nommé messire Ermino de' Grimaldi, lequel, suivant la croyance générale, était, par ses immenses domaines et par son argent comptant, de beaucoup le plus riche de tous les plus riches citoyens qu'on connût alors en Italie. Mais, de même qu'il surpassait en richesse tous ses compatriotes, il surpassait en avarice et en ladrerie tous les ladres et tous les avares du monde ; car non-seulement il tenait la bourse serrée quand il s'agissait de recevoir honorablement quelqu'un, mais il s'imposait les plus grandes privations pour ce qui concernait sa personne, dans la crainte de dépenser, à l'encontre des Génois, qui ont l'habitude de se vêtir somptueusement ; et il en agissait de même pour le boire et le manger. Pour quoi, on lui avait très justement enlevé son nom de Grimaldi, et chacun se contentait de l'appeler messer Ermino Avarizia. Or, pendant qu'à ne rien dépenser il accumulait trésors sur trésors, il arriva à Gênes un vaillant homme de cour aux belles manières et beau parleur, appelé Guiglielmo Borsiere, fort différent des courtisans d'aujourd'hui, lesquels, à leur grande vergogne, imitent les mœurs corrompues et blâmables de ceux qui veulent être appelés gentilshommes et seigneurs de renom, et ne sont que des ânes, ayant été élevés dans la grossièreté naturelle aux hommes les plus vils, plutôt que dans les cours. Oui, là où jadis les gentilshommes faisaient consister leur métier à ramener la paix parmi les princes entre lesquels étaient nées des guerres ou des querelles ; à s'occuper de mariages, de

parentés, d'alliances ; à récréer par de bons mots les esprits
des gens fatigués ; à faire l'amusement des cours, ou bien,
par de sévères et paternelles réprimandes, à flétrir les vices des
méchants — et tout cela pour de très légères récompenses —
on les voit aujourd'hui s'ingénier à passer leur temps à dire
du mal les uns des autres ; à semer la zizanie ; à dire de
tristes méchancetés et, ce qui est pis, à en commettre en
vue de tous ; à divulguer, faussement ou non, les malheurs,
les hontes et les sujets de tristesse de chacun ; enfin à pousser, à l'aide de fausses promesses, les gens de bien aux
choses viles et scélérates. Et celui-là est estimé le plus, celui-là est le plus honoré et le plus comblé de faveurs parmi
ces seigneurs misérables et déhontés, qui dit les paroles les
plus abominables ou qui fait les actes les plus vils : grande
honte et grand blâme pour le monde actuel, et preuve trop
évidente que la vertu, dont ils se sont depuis longtemps
écartés, a été délaissée par les malheureux vivants pour se
vautrer dans la tourbe des vices.

« Mais, revenant à ce que j'avais commencé et dont une
juste indignation m'a détourné plus que je ne croyais, je
dis que le susdit Guiglielmo fut honoré par tous les gentilshommes de Gênes et fréquenté volontiers par eux. Étant
demeuré quelques jours dans la ville, et ayant entendu raconter beaucoup de choses touchant la ladrerie et l'avarice
de messer Ermino, il voulut le voir. Messer Ermino avait
déjà entendu dire combien ce Guiglielmo Borsiere était
homme de valeur, et ayant en soi, quelque avare qu'il fût,
un reste de gentilhommerie, il le reçut avec des paroles très
amicales et d'un visage joyeux, et se mit à causer longuement avec lui sur des sujets nombreux et variés. Tout en
causant de la sorte, il le conduisit, ainsi que les autres Génois qui étaient en sa compagnie, dans une maison neuve

I.   7

et très belle qu'il venait de faire construire, et après la lui
avoir montrée tout entière, il lui dit : « — Eh! messire Gui-
« glielmo, vous qui avez vu et entendu nombre de choses,
« pourriez-vous m'en indiquer une qui n'ait jamais été vue
« et que je pourrais faire peindre dans le salon de cette
« maison? — » A quoi Guiglielmo, entendant cette demande
inconvenante, répondit : « — Messire, je ne me croirais
« pas capable de vous indiquer quelque chose qui n'ait jamais
« été vu, si ce n'est peut-être des éternuements ou choses
« semblables, mais si cela vous plaît, je vous indiquerai
« bien une chose que je ne crois pas que vous ayez jamais
« vue. — » Messer Ermino, ne s'attendant pas à ce qu'il devait lui répondre, dit : « — Eh! je vous prie, dites-moi quelle
« est cette chose. — » Sur quoi Guiglielmo lui dit alors sans
hésiter : « — Faites-y peindre la Libéralité. — » Dès que
messer Ermino eût entendu ces mots, il fut pris subitement
d'une vergogne telle, qu'elle eut la force de lui inspirer un
esprit tout opposé à celui qu'il avait eu jusqu'alors, et il dit :
« — Messire Guiglielmo, je l'y ferai peindre de façon que
« jamais ni vous, ni d'autres, ne pourrez me dire avec raison
« que je ne l'ai ni vue ni connue. — » Et telle fut la vertu de
la parole dite par Guiglielmo, qu'à partir de ce moment, il
fut le plus libéral et le plus généreux de tous les gentilshommes de son temps, celui qui honora le plus les étrangers et ses compatriotes. — »

NOUVELLE IX

Le roi de Chypre, piqué au vif par une dame de Gascogne, devient homme
d'énergie, de pusillanime qu'il était.

Il ne restait plus qu'Élisa à recevoir l'ordre de la reine.
Sans l'attendre, elle commença toute joyeuse : « — Jeunes
dames, il est advenu déjà souvent que ce que des réprimandes nombreuses et de fréquentes punitions n'ont pu
faire sur un homme, un mot, dit par hasard bien plus
qu'avec intention, l'a opéré. C'est ce qui est fort bien apparu dans la nouvelle contée par la Lauretta, et je pré-
tends vous le démontrer encore par une autre nouvelle
très courte. Pour quoi, comme les bonnes choses peuvent
toujours être utiles, on doit les écouter avec attention, quel
que soit le narrateur.

« Je dis donc qu'au temps du premier roi de Chypre,
après la conquête de la Terre-Sainte par Godefroi de Bouillon, il advint qu'une gente dame de Gascogne alla en pèlerinage au Saint-Sépulcre. A son retour, elle passa à Chypre,
où elle fut cruellement outragée par quelques scélérats. De
quoi ne pouvant se consoler, elle pensa à aller se réclamer
du roi. Mais on lui dit qu'elle perdrait sa peine, pour ce que
le roi était de nature si pusillanime et tellement bon à rien,
que loin de venger les injures faites aux autres, il suppor-
tait avec une lâcheté blâmable celles qu'on lui faisait ; à tel
point, que quiconque avait quelque sujet de courroux contre
lui pouvait se soulager en l'insultant. Ce qu'entendant la
dame, et désespérant d'obtenir vengeance ni soulagement à
son chagrin, elle résolut de flétrir la lâcheté du susdit roi.
S'étant présentée tout en pleurs devant lui, elle dit : « — Mon

« Seigneur, je ne viens pas en ta présence parce que j'at-
« tends de toi vengeance de l'injure qui m'a été faite ;
« mais puisque tu ne peux me donner cette satisfaction,
« je te prie de m'enseigner comment tu fais pour souffrir
« les injures que j'entends dire que l'on te fait, afin que,
« me modelant sur toi, je puisse supporter patiemment la
« mienne que, Dieu le sait, je te donnerais volontiers si je
« le pouvais, attendu que tu les supportes si bien. — » Le
roi, qui avait été jusqu'alors insouciant et nonchalant, comme
s'il se réveillait d'un long sommeil, commença par venger
sévèrement l'injure faite à la dame, et se montra rigide
punisseur de quiconque porta depuis atteinte à l'honneur de
sa couronne ou commit quelque chose contre lui. — »

NOUVELLE X

Maître Albert de Bologne fait honnêtement rougir une dame qui avait voulu lui
faire honte de ce qu'il était amoureux d'elle.

Élisa s'étant tue, la reine restait la dernière à conter sa
nouvelle. Elle se mit gracieusement à parler, et dit : «—Valeureuses jeunes femmes, comme dans les nuits sereines les
étoiles sont l'ornement du ciel, et comme, au printemps, les
fleurs sont l'ornement des prés verts, ainsi les bons mots sont
l'ornement des belles manières et des entretiens agréables. Ces
bons mots, pour ce qu'ils sont brefs, conviennent beaucoup
mieux aux dames qu'aux hommes, quoique aujourd'hui il
existe peu ou pas de femme qui comprenne un bon mot ou
qui, si elle l'avait compris, sût y répondre ; je le dis à la

honte générale et de nous et de toutes celles qui vivent. La raison en est que la supériorité qui était dans l'esprit des femmes d'autrefois, les femmes actuelles l'ont reportée sur les ornements du corps ; de sorte que celle à qui l'on voit sur le dos les vêtements les plus voyants, les plus bigarrés, les plus ornés, tout le monde croit devoir la priser et l'honorer plus que les autres, sans songer que si l'on posait toutes ces choses sur l'échine ou sur le dos d'un âne, cet âne en porterait encore plus qu'aucune d'elles, et qu'ainsi elle ne doit pas en être plus honorée qu'un âne. J'ai vergogne de l'avouer, parce que je ne puis rien dire contre les autres que je ne dise contre moi-même : ces femmes si parées, si fardées, si bigarrées, sont comme des statues de marbre muettes et insensibles, ou bien, si elles répondent quand on les interroge, feraient beaucoup mieux de se taire. Elles donnent à entendre que c'est de la pureté d'âme que provient leur impuissance à soutenir la conversation avec les hommes de valeur, et, à leur bêtise, elles donnent le nom d'honnêteté, comme s'il n'y avait de femme honnête que celle qui cause avec sa servante, sa lavandière ou sa boulangère. Mais si la nature l'avait voulu ainsi, comme elles essaient de le faire croire, elle leur aurait limité bien plus qu'elle ne l'a fait la faculté de babiller. Il est vrai que, comme en toute autre chose, il faut en celle-ci considérer et le temps, et le lieu, et la personne avec qui l'on parle ; car parfois il advient que celui, homme ou femme, qui croyait avec un bon mot en faire rougir un autre, et qui n'avait pas bien mesuré ses forces avec celles de son interlocuteur, a vu se retourner contre lui-même l'embarras où il croyait jeter autrui. Pour quoi, afin que vous sachiez prendre garde à vous, et pour qu'en outre vous ne donniez pas prétexte à répéter ce proverbe qui se dit communément

7.

partout, qu'en toutes choses les femmes vont toujours au
pire, je veux que la dernière nouvelle d'aujourd'hui, celle
qu'il m'appartient de vous dire, vous fasse bien comprendre
que, puisque vous êtes au-dessus des autres par la noblesse
de l'esprit, vous devez vous montrer également supérieures
par l'excellence des manières.

« Il n'y a pas encore beaucoup d'années, vivait à Bologne un très grand médecin, dont la réputation, répandue
dans le monde entier, survit peut-être encore, et qui s'appelait maître Albert. Il était déjà vieux et approchait de
soixante ans; mais il avait une telle élévation d'esprit que,
bien que la chaleur naturelle eût à peu près abandonné son
corps, il ne put éviter les atteintes des amoureuses flammes,
ayant vu à une fête une très belle dame, veuve et appelée,
selon ce que disent quelques-uns, madame Malgherida de'
Ghisolieri. Elle lui plut souverainement, tout comme s'il
eût été jeune homme, et dans son cœur mûr, il ressentit
une si vive ardeur, qu'il lui était impossible de bien reposer
la nuit, si, la veille, il n'avait pas vu le charmant visage de
la dame, objet de ses désirs. Aussi, passait-il continuellement, tantôt à pied, tantôt à cheval, selon que cela lui était
le plus commode, devant la maison de sa belle. Celle-ci, et
plusieurs autres dames, ne tardèrent pas à deviner le motif de ces allées et venues, et, à plusieurs reprises, elles
rirent fort entre elles de voir un homme si vieux d'ans et de
sens, pris d'amour, comme si elles avaient cru que cette
passion si agréable naissait uniquement dans les cervelles
vides des jeunes gens, et ne pouvait entrer ni rester dans
d'autres. Pour quoi, les promenades de maître Albert continuant, il advint qu'un jour de fête, cette dame étant avec
plusieurs de ses amies assise sur le devant de sa porte, elles
le virent de loin venir vers elles. Aussitôt, elles résolurent

de l'appeler et de le bien accueillir, puis de le railler sur son amour; et ainsi firent-elles. S'étant donc toutes levées, et l'ayant invité à s'arrêter, elles le menèrent dans une cour pleine de fraîcheur, où elles firent apporter des vins fins et des confetti. Enfin, avec de belles et avenantes paroles, elles lui demandèrent comment il pouvait se faire qu'il se fût énamouré de cette belle dame qu'il savait bien être aimée par un grand nombre de beaux et jeunes gentilshommes.

« Le maître se sentant très courtoisement attaqué, fit joyeux visage et dit : « — Madame, que j'aime, cela ne doit être « sujet d'étonnement pour aucune personne sage et spécia- « lement pour vous, pour ce que vous méritez d'être aimée ; « mais si les forces que réclament les amoureux exercices « sont naturellement ravies aux hommes âgés, la bonne « volonté ne leur est point ravie pour cela, ni le discerne- « ment de ce qu'il faut aimer, ce qui est d'autant plus prisé « par eux qu'ils ont là-dessus plus d'expérience que les jeunes « gens. L'espoir qui me pousse, moi vieillard, à vous aimer, « vous qui êtes aimée de tant de jeunes hommes, est celui-ci : « plusieurs fois déjà j'ai vu des dames collationner avec des « lupins et des porreaux. Et bien que dans le porreau rien « ne soit bon, cependant la partie la moins fade et la moins « désagréable est la tête; pourtant, vous toutes, excitées « par un appétit à rebours, vous le tenez par la tête et man- « gez les feuilles, qui non-seulement ne sont bonnes à rien, « mais ont un mauvais goût. Que sais-je, Madame, si dans « le choix de vos amants vous ne faites pas de même! Et si « vous faisiez ainsi, je serais celui que vous choisiriez, tandis « que vous repousseriez les autres. — » La gente dame ainsi que ses compagnes rougirent quelque peu, et elle dit : « — Maître vous nous avez très bien et très courtoisement « punies de notre présomption ; toutefois votre amour m'est

« cher, comme celui d'un sage et vaillant homme. Pour ce,
« mon honneur sauf, disposez sûrement de moi selon votre
« plaisir, comme de votre chose. — » Le maître s'étant levé
avec ses compagnons, remercia la dame, et, riant et d'un
air de fête, prit congé d'elle et partit. Ainsi la dame, ne
s'avisant pas qui elle raillait, croyant vaincre, fut vaincue. De
quoi, vous-mêmes, si vous êtes sages, vous vous garderez
expressément. — »

  Déjà le soleil inclinait à l'heure de vesprée, et la chaleur
avait en grande partie diminué, quand les nouvelles des
jeunes dames et des trois jeunes gens se trouvèrent être finies.
Pour quoi, leur reine dit très gracieusement : « — Désormais, chères compagnes, il ne reste plus autre chose à
faire sous mon commandement, pour la présente journée,
que de vous donner une nouvelle reine qui, suivant sa fantaisie, disposera de son temps et du nôtre dans un honnête
plaisir ; et quant à ce qu'il reste de jour d'ici à la nuit, comme
il arrive parfois que celui qui ne prend pas ses précautions à
temps peut se trouver embarrassé plus tard, et afin que ce
que la nouvelle reine décidera pour demain matin se puisse
préparer en temps opportun, je pense qu'il faut commencer
dès maintenant les journées suivantes. C'est pourquoi, en
considération de Celui par qui tout vit et qui est notre unique
consolation, Philomène, jeune dame très discrète, guidera
notre royaume en qualité de reine pendant la journée de
demain. — » Ayant ainsi parlé, elle se leva, ôta la guirlande
de laurier de sa tête et la mit respectueusement sur celle de
Philomène que tous, elle la première, et après elle les autres
dames et les jeunes gens, saluèrent comme reine, et dont
chacun s'empressa gaiement de reconnaître la souveraineté.

  Philomène, après avoir un peu rougi de vergogne en se
voyant couronnée du signe de la royauté, et se rappelant les

paroles dites peu auparavant par Pampinea, afin de ne point paraître sotte, reprit son assurance habituelle, et tout d'abord confirma tous les offices donnés par Pampinea et disposa ce qu'il y avait à faire pour la matinée suivante et pour le futur dîner, disant qu'on demeurerait là où l'on était. Puis elle se mit à parler ainsi : « — Très chères compagnes, quoique Pampinea, par sa courtoisie bien plus que pour mon propre mérite, m'ait fait votre reine à toutes, je ne suis pas pour cela disposée, dans notre manière de vivre, à suivre seulement mon avis, mais à consulter aussi le vôtre. Et afin que vous sachiez ce qu'il me paraît bon de faire, et que vous puissiez par conséquent y ajouter ou en retrancher à votre fantaisie, j'entends vous l'expliquer en peu de mots. Si j'ai bien pris garde aujourd'hui aux façons d'agir de Pampinea, elles m'ont semblé aussi louables que pleines d'agrément, et pour ce, jusqu'à ce que, par une trop longue continuation ou par un autre motif, elles vous deviennent ennuyeuses, je ne pense pas qu'il faille les changer. Donc, après être convenus de ce que nous aurons à faire en commençant, nous nous lèverons d'ici, nous irons nous reposer un peu, et dès que le soleil sera près de se coucher, nous souperons à la fraîche. Puis, après quelques chansons et autres passe-temps, il sera bon d'aller dormir. Demain matin, levés à la fraîcheur, nous irons nous divertir quelque part, selon qu'il sera à chacun le plus agréable, et, comme aujourd'hui nous avons fait, nous reviendrons manger à l'heure voulue ; nous danserons, puis, ayant achevé notre sieste ainsi que nous l'avons fait aujourd'hui, nous reviendrons ici conter des nouvelles, ce qui, à mon avis, constitue une grande part de notre plaisir et nous est fort utile. Il est vrai que ce que Pampinea n'a pu faire à cause de l'heure tardive de son élection à la royauté, je veux commencer de le faire, c'est-à-dire, imposer à tous la limite

dans laquelle se restreindront nos nouvelles, et vous le bien
expliquer d'avance, afin que chacun ait le temps de songer à
quelque belle nouvelle sur la donnée proposée, laquelle, si
cela vous plaît sera celle-ci : attendu que, dès le commencement du monde, les hommes dans maints cas différents ont
été le jouet de la fortune, et qu'ils le seront jusqu'à la fin,
chacun devra parler sur ceux qui, après avoir été molestés
par diverses choses, sont, au-delà de leur espérance, arrivés
à joyeux résultat. — »

Les dames ainsi que les hommes approuvèrent cet ordre et
dirent qu'ils le suivraient. Seul, Dioneo, tous les autres se
taisant, dit : « — Madame, comme tous les autres, je déclare
agréable et recommandable l'ordre donné par vous ; mais je
vous requiers un don de grâce spéciale, lequel don je désire
qu'on me le concède pour tout le temps que notre société
durera, et c'est celui-ci, à savoir que je ne sois pas contraint
à cette loi de dire ma nouvelle selon la donnée proposée, si je
ne le veux pas, mais que je puisse conter celle qui me plaira.
Et pour que personne ne croie que je requiers cette faveur en
homme qui n'a point de nouvelles en mains, je désire être
jusqu'à nouvel ordre le dernier à conter. — » La reine qui le
connaissait pour un homme gai et de joyeuse humeur, comprit très bien qu'il ne demandait cela que pour reposer la
société par quelque nouvelle joyeuse, quand elle serait fatiguée, et, avec le consentement des autres, elle lui accorda gracieusement cette faveur. Alors, s'étant levés, ils se dirigèrent
à pas lents vers un ruisseau limpide qui descendait d'une
montagne en une vallée ombragée d'arbres nombreux, à travers des rochers et de verts herbages. Là, s'étant déchaussés
et les bras nus, ils entrèrent dans l'eau et se livrèrent à des
ébats variés ; puis, l'heure du repas approchant, ils s'en
revinrent au palais et soupèrent avec un vif plaisir. Après le

souper, ayant fait apporter les instruments, la reine ordonna qu'une danse fut organisée, et la Lauretta la conduisant, elle dit à Émilia de chanter une chanson accompagnée par le luth de Dioneo. Pour obéir à cet ordre, Lauretta organisa prestement une danse et la conduisit, pendant qu'Emilia chantait amoureusement la canzone suivante :

> Je suis si amoureuse de ma beauté,
>   Que d'un autre amour jamais
>   N'aurai, je crois, souci ni désir.
>
> J'y vois, chaque fois que je me regarde en un miroir,
>   Ce bien qui rend l'esprit content,
>   Et aucun accident nouveau ou pensée ancienne
>   Ne peut me priver de ce cher plaisir.
>   Pourrai-je voir jamais
>   Quelqu'un qui me mette au cœur un nouveau désir ?
>
> Ce bien ne fuit pas quand je veux
>   Le contempler encore pour ma satisfaction ;
>   Au contraire, il accourt au-devant de mes yeux,
>   Si suave à ressentir, qu'aucune parole
>   Ne le pourrait dire, ni être comprise
>   D'aucun mortel jamais
>   Qui ne brûlerait pas d'un semblable désir.
>
> Et moi, qui m'enflamme de plus en plus à chaque heure,
>   Plus je tiens les yeux fixés sur lui,
>   Plus je m'y donne, plus je m'y livre toute,
>   Goûtant déjà un peu de ce qu'il m'a promis ;
>   Et j'en espère encore par la suite plus grande joie,
>   Ainsi faite que jamais
>   On ne sente ici-bas pareil désir.

Cette petite ballade finie, et tous y ayant joyeusement répondu, bien que ses paroles eussent donné fort à penser à

quelques-uns, on se livra à d'autres danses ; puis, une partie
de la nuit étant déjà passée, il plut à la reine de mettre fin
à la première journée. Ayant fait allumer les torches, elle
ordonna que tous allassent se reposer jusqu'au lendemain
matin ; ce que chacun, ayant regagné sa chambre, s'empressa de faire.

DEUXIÈME JOURNÉE

La première Journée du Décaméron finie, commence la deuxième, dans laquelle, sous le commandement de Philomène, on devise de ceux qui, après avoir été molestés par diverses choses, sont, au delà de leur espérance, arrivés à joyeux résultat.

Déjà, avec sa lumière, le soleil avait porté partout le jour nouveau, et les oiseaux, éparpillés sur les vertes branches, en rendaient par leurs chants joyeux témoignage aux oreilles, lorsque les dames et les trois jeunes gens s'étant levés, pénétrèrent dans les jardins. Là, foulant à pas lents les herbes humides de rosée, faisant de belles guirlandes, ils se promenèrent longtemps de côté et d'autre. Et comme ils avaient fait le jour précédent, ainsi ils firent en ce présent jour : après avoir mangé au frais et s'être livrés à quelques danses, ils allèrent se reposer; puis s'étant levés après none, ainsi qu'il plut à leur reine, et s'étant réunis dans le pré rempli de fraîcheur, ils s'assirent autour de Philomène. Celle-ci, qui était belle et d'aspect fort agréable, resta un instant sans rien dire, couronnée de sa guirlande de lauriers. Quand elle eut bien inspecté de l'œil toute la compagnie, elle ordonna à Néiphile de donner le signal des nouvelles en en contant une. Néiphile, sans chercher à s'excuser, se mit d'un air joyeux à parler ainsi :

NOUVELLE I

Martellino feint d'être perclus et de recouvrer la santé sur le corps de saint Arrigo. Sa fourberie ayant été reconnue, il est battu, mis en prison, et en grand danger d'être pendu. Finalement, il en échappe.

« — Souventes fois, très chères dames, il est advenu que celui qui s'était ingénié à rire d'autrui, et notamment à propos des choses que l'on doit respecter, s'est retrouvé seul avec ses mauvaises plaisanteries et le blâme qu'elles lui ont attiré. Donc, pour obéir au commandement de la reine, et pour entrer par ma nouvelle dans le sujet proposé, j'entends vous conter ce qui, d'abord malencontreusement, puis, hors de toute prévision, arriva très heureusement à un de nos concitoyens.

« Il n'y a pas encore longtemps, il y avait à Trévise un Allemand nommé Arrigo, lequel, étant pauvre, servait pour de l'argent de portefaix à qui réclamait ses services ; toutefois, il était tenu par tous pour un homme de sainte et bonne vie. Que ce fût vrai ou faux, il arriva qu'à l'heure de sa mort, selon ce que les Trévisans affirment, toutes les cloches de la principale église de Trévise se mirent à sonner sans être tirées par personne. Cela ayant passé pour un miracle, chacun soutenait que cet Arrigo était un saint : aussi la population de la cité accourut-elle à la maison où gisait le corps, et on le transporta comme on eût fait de celui d'un saint à l'église principale, suivi des boiteux, des paralytiques, des aveugles, et de tous les gens atteints d'une infirmité quelconque, comme si tous, en touchant le corbillard, devaient recouvrer la santé.

« Au milieu d'un tel tumulte et concours de peuple, arrivèrent à Trévise trois de nos concitoyens, dont l'un était
nommé Stecchi, l'autre Martellino et le troisième Marchese,
et qui, visitant les cours des princes, amusaient par leurs
bouffonneries et les bons tours qu'ils jouaient. N'étant jamais
venus à Trévise, et voyant courir tout le monde, ils s'étonnèrent, et ayant appris le motif de ce tumulte, il leur vint
envie d'y aller et de voir. Après qu'ils eurent fait déposer leurs
bagages dans une auberge, Marchese dit : « — Nous voulons
« aller voir ce saint ; mais pour mon compte je ne vois pas
« comment nous pourrons y parvenir, car j'ai entendu dire
« que la place est remplie d'Allemands et d'autres gens
« d'armes que le gouverneur de cette ville y fait stationner
« afin qu'on ne commette pas de désordres. En outre,
« l'église, à ce qu'on dit, est tellement pleine de monde, que
« personne ne peut plus y entrer. — » Alors, Martellino, qui
désirait voir le spectacle, dit : « — Je ne m'arrête point à cela,
« car je trouverai bien un moyen d'arriver jusqu'au corps du
« saint. — » Marchese dit : « — Comment ? — » Martellino
répondit : « — Je vais te le dire. Je ferai comme si j'étais para-
« lytique ; toi, d'un côté, et Stecchi de l'autre, vous me sou-
« tiendrez comme si je ne pouvais marcher seul, et vous ferez
« semblant de vouloir me mener là, afin que le saint me gué-
« risse ; il n'y aura personne qui, voyant cela, ne nous fasse
« place et ne nous laisse passer. — » Le moyen plut à Marchese
et à Stecchi, et sans plus de retard ils sortirent de l'auberge.

« Arrivés en un endroit où ils étaient seuls, Martellino se
tordit les mains, les doigts, les bras, les jambes, ainsi que
la bouche, les yeux et tout le visage, de si merveilleuse façon,
qu'aucun de ceux qui l'auraient vu, n'aurait pu dire qu'il
n'était pas vraiment perclus et paralysé de toute sa personne.
Ainsi contrefait et soutenu par Marchese et Stecchi, ils se

dirigèrent tous trois vers l'église, d'un air plein de piété, et demandant humblement pour l'amour de Dieu, à tous ceux qui se trouvaient devant eux, de leur faire place, ce qu'ils obtenaient tout de suite. En peu de temps, tout le monde les regardant et criant : faites place, faites place! ils parvinrent à l'endroit où était déposé le corps de saint Arrigo. Aussitôt, quelques galants hommes qui étaient autour prirent Martellino et le placèrent sur le corps, pour qu'à ce contact il revînt à la santé. Martellino, tout le monde étant attentif à ce qu'il adviendrait de lui, après être resté quelque temps dans cette position, se mit, comme quelqu'un qui savait parfaitement jouer ce rôle, à faire semblant d'étendre l'un de ses doigts, puis la main, puis le bras, et tout le reste du corps. Ce que voyant la foule, une si grande rumeur s'éleva en faveur de saint Arrigo, que le tonnerre n'aurait pu se faire entendre.

« Par aventure, se trouvait près de là un Florentin qui connaissait bien Martellino, mais qui ne l'avait pas reconnu quand on l'avait amené, à cause de son déguisement. Le voyant redressé, et l'ayant reconnu, il se mit sur-le-champ à rire et à dire : « — Dieu le punisse! qui n'aurait cru, en « le voyant venir, qu'il était véritablement paralysé? — » Ces paroles furent entendues de quelques habitants de Trévise qui demandèrent aussitôt : « — Comment, il n'était point « paralysé? — » A quoi le Florentin répondit : « — Non pas, « grâce à Dieu; il a toujours été aussi droit que n'importe « lequel de nous; mais, comme vous avez pu le voir, il sait « mieux que personne faire des contorsions et se contrefaire « comme il veut. — » A peine ces gens eurent-ils entendu cela, qu'ils n'en demendèrent pas davantage; se frayant de force un passage, ils se mirent à crier : « — Qu'on s'empare de ce traître, « ce contempteur de Dieu et des saints, qui n'étant nulle-

« ment paralysé, pour se moquer de notre saint et de nous,
« est venu ici comme s'il l'était. — » Et ce disant, ils le saisirent, et l'ayant entraîné loin de là, ils le prirent par les cheveux, lui arrachèrent tous les vêtements qu'il avait sur le dos,
et se mirent à lui donner force coups de poing et coups de
pied. Il n'y avait pas un seul des assistants qui ne se ruât à
cette besogne. Martellino criait : pour Dieu ! grâce ! et se
défendait tant qu'il pouvait ; mais cela ne lui servait à rien,
la foule qui l'entourait devenant de plus en plus épaisse.

« Ce que voyant, Stecchi et Marchese commencèrent à se
dire entre eux que la chose allait mal, et craignant pour eux-
mêmes, ils hésitaient à le secourir. Bien plus, ils criaient
avec les autres qu'il fallait le mettre à mort, songeant néanmoins comment ils pourraient le tirer des mains du peuple qui
l'aurait certainement tué, si une idée n'était venue subitement à Marchese. Tous les familiers de la Seigneurie étant
dehors, Marchese, le plus vite qu'il put s'en alla trouver celui
qui remplaçait le podestat et dit : « — Justice, au nom de
« Dieu ! il y a là-bas un méchant homme qui m'a volé ma bourse
« avec cent florins d'or. Je vous prie de le faire prendre, afin
« que je retrouve mon bien. — » Dès qu'on eût entendu sa
plainte, une douzaine de sergents coururent à l'endroit où le
malheureux Martellino était peigné sans peigne ; avec la plus
grande peine du monde pour percer la foule, ils l'arrachèrent
de ses mains, tout rompu et tout moulu, et le conduisirent
au palais. Un grand nombre de gens l'y suivirent, préten-
tendant qu'il s'était joué d'eux, et ayant appris qu'il avait été
arrêté comme coupeur de bourses, il leur parut qu'il n'y avait
pas de meilleure occasion pour se venger de lui, de sorte
que chacun se mit à dire aussi qu'il lui avait enlevé sa bourse.
Ce qu'entendant, le juge du podestat, qui était un homme
brutal, le fit prestement mener en un lieu sûr et se mit à l'in-

8.

terroger. Mais Martellino répondit en plaisantant, tenant
cette accusation pour peu sérieuse ; de quoi le juge courroucé
le fit lier à l'estrapade où il le fit traiter de la bonne manière,
afin de lui faire avouer ce qu'on lui reprochait et le faire
ensuite pendre par la gorge. Quand on l'eût reposé par
terre, le juge, lui demandant de nouveau si ce qu'on avait dit
contre lui était vrai, Martellino, voyant qu'il ne lui servait à
rien de dire non, dit : « — Monseïgneur, je suis prêt à confes-
« ser la vérité, mais faites dire d'abord à chacun de ceux qui
« m'accusent quand et où je lui ai coupé sa bourse, et je vous
« dirai ce que j'ai fait et ce que je n'ai pas fait. — » Le juge
dit : « — Ceci me plaît. — » Et en ayant fait appeler quelques-uns, l'un dit que sa bourse lui avait été coupée huit jours
auparavant, l'autre six, un autre quatre, et quelques-uns le
jour même. Ce qu'entendant, Martellino dit : « — Monsei-
« gneur, ils mentent tous par la gorge. Mais la preuve que
« moi je vous ai dit la vérité, c'est que je ne suis jamais venu
« en cette ville, sinon depuis peu d'heures. Et à peine y ai-je
« été arrivé, que je suis allé, pour ma mésaventure, voir le
« corps du saint, où j'ai été coiffé comme vous pouvez voir.
« Et vous pouvez vous assurer de la vérité de ce que je dis, par
« l'officier de la Seigneurie qui préside à l'arrivée des étran-
« gers, ainsi que par son livre, et enfin par mon hôtelier.
« Pour quoi, si vous trouvez que tout s'est passé comme je
« vous dis, vous ne voudrez pas, sur les instances de ces
« méchants hommes, me torturer et me mettre à mort. — »
    « Pendant que les choses en étaient à ce point, Marchese et
Stecchi, qui avaient appris que le juge du podestat procédait
sérieusement contre lui et l'avait déjà mis à l'estrapade,
furent pris de grande peur et se dirent : « — Nous avons mal
« fait ; nous l'avons tiré de la poêle, pour le jeter dans le
« feu. — » Pour quoi, ayant cherché avec sollicitude partout,

et ayant réussi à retrouver leur hôtelier, ils lui contèrent l'aventure. De quoi celui-ci riant beaucoup, les mena à un certain Sandro Agolanti qui habitait Trévise et avait grand crédit auprès du gouverneur, et lui ayant dit en détail tout ce qu'il en était, il se joignit à eux pour le prier de s'occuper des intérêts de Martellino. Sandro, après avoir bien ri, s'en alla trouver le gouverneur et demanda qu'on fît venir Martellino, ce qui fut fait. Ceux qui allèrent le chercher, le trouvèrent encore en chemise devant le juge, fort ému et ayant grand peur, pour ce que le juge ne voulait entendre aucune raison. Au contraire, ayant par aventure les Florentins en haine, il était tout disposé à le faire pendre, et ne voulait pas, tout d'abord, le céder au gouverneur ; il ne le fit que contraint et à contre-cœur. Lorsque Martellino fut devant le gouverneur, et après qu'il lui eût tout dit, il le pria pour grande grâce de le laisser aller, car avant qu'il ne fût de retour à Florence, il lui semblerait toujours avoir la corde au cou. Le gouverneur rit beaucoup de cette aventure, et fit donner un vêtement à chacun des trois compagnons ; après quoi ils s'en retournèrent chez eux sains et saufs, sortis, contre toute espérance, d'un si grand péril. — »

NOUVELLE II

Renauld d'Asti ayant été dévalisé, arrive à Castel-Guiglielmo où il reçoit l'hospitalité d'une dame veuve. Après avoir été dédommagé de toutes ses pertes, il retourne chez lui sain et sauf.

Les dames rirent sans mesure des infortunes de Martellino racontées par Néiphile, et, parmi les jeune gens, ce fut Philostrate qui rit le plus. Comme il était assis près de Néiphile, la reine lui ordonna de conter après elle. Sans aucun retard, il commença ainsi : « — Belles dames, il faut que je vous conte une nouvelle où les choses de la religion seront en partie mêlées à des mésaventures ainsi qu'à des scènes d'amour, et qui certainement ne pourra qu'être avantageuse à entendre, spécialement par ceux qui voyagent à travers les pays peu sûrs de l'amour, où quiconque n'a pas dit la patenôtre de saint Julien est bien souvent mal logé, encore qu'il ait bon lit.

« Donc, au temps du marquis Azzo de Ferrare, un marchand nommé Renauld d'Asti était venu à Bologne pour ses affaires. Après les avoir terminées, et comme il s'en revenait chez lui, il advint qu'au sortir de Ferrare, et chevauchant du côté de Vérone, il rencontra des gens qui paraissaient être des voyageurs et qui étaient en réalité des brigands et des hommes de méchante vie et condition, avec lesquels il fit route en causant imprudemment. Ces gens, voyant qu'il était marchand, et pensant qu'il devait porter de l'argent sur lui, formèrent le projet de le voler au premier moment qu'ils verraient propice. Pour ce, afin qu'il ne prît aucun soupçon, ils s'en allaient avec lui, parlant, en gens modestes et de condition paisible, de choses honnêtes et loyales, et se faisant, autant qu'ils pouvaient et savaient, humbles et doux envers lui ; pour quoi Renauld s'estimait très heureux de les avoir rencontrés, pour ce qu'il était seul avec un de ses domestiques qui l'accompagnait à cheval. Ainsi cheminant, et passant, comme il advient dans les conversations, d'une chose à une autre, ils en vinrent à parler des prières que les hommes adressent à Dieu, et l'un des brigands — ils étaient trois — dit à Renauld : « — Et vous, mon gentilhomme, quelle oraison avez-vous l'ha- « bitude de dire en voyageant ? — » A quoi Renauld répondit : « — De vrai, je suis un homme matériel et grossier, et j'ai

« peu d'oraisons en mains ; je vis à l'antique et je laisse cou-
« rir deux sols pour vingt-quatre deniers. Mais néanmoins,
« j'ai toujours eu l'habitude en voyageant de dire, le matin
« quand je quitte l'auberge, une patenôtre et un ave Maria
« pour l'âme du père et de la mère de saint Julien ; après
« quoi, je prie Dieu et saint Julien de me donner bon logis
« pour la nuit suivante. Et très souvent déjà, pendant ma vie,
« je me suis trouvé dans mes voyages en de grands périls ; non-
« seulement j'en ai toujours échappé, mais la nuit d'après
« j'ai trouvé bon gîte et bonne auberge. Pour quoi, j'ai la
« ferme croyance que saint Julien, en l'honneur de qui je
« dis cette oraison, m'a obtenu cette grâce de Dieu. Et il ne
« me semblerait pas que la journée pût se bien passer, ni qu'il
« pût m'advenir heureusement pour la nuit d'après, si je ne
« l'avais pas dite le matin. — » A quoi celui qui avait fait la
demande dit : « — Et ce matin, l'avez-vous dite ? — » A quoi
Renauld répondit : « — Oui bien. — » Alors son interlocuteur qui savait ce qui devait s'en suivre, dit en lui-même :
« — Tu en auras besoin, car si aucun empêchement ne sur-
« vient, à mon avis, tu seras cependant mal logé. — » Puis il
lui dit : « — Moi aussi, j'ai déjà bien voyagé et je n'ai jamais dit
« cette oraison, quoique je l'aie entendu recommander par bon
« nombre de gens, et malgré cela, il ne m'est jamais arrivé
« d'être logé autrement que très bien. Il est vrai qu'à la place
« de cette oraison, j'ai l'habitude de réciter le *dirupesti*, ou la
« *intemerata,* ou le *de profundis*, dont la vertu est grande,
« comme avait coutume de me le dire ma grand'mère. — »

« Ainsi parlant de choses et d'autres et poursuivant leur
route, en attendant le lieu et le moment propices à leur mauvais dessein, il advint qu'un soir, au delà de Castel-Guiglielmo, au passage d'une rivière, les trois compagnons voyant
l'heure avancée, l'endroit solitaire et sombre, se jetèrent sur

Renauld, le volèrent et l'ayant laissé à pied et en chemise, s'en allèrent en lui disant : « — Va, et vois si ton saint Julien « te donnera bon logis cette nuit, car le nôtre nous en don- « nera un excellent. — » Et ayant passé la rivière, ils conti- nuèrent leur chemin. Quant au domestique de Renauld, le voyant attaqué, comme un poltron qu'il était, il n'essaya pas la moindre tentative pour le défendre, mais faisant faire volte face au cheval qu'il montait, il ne cessa de courir jusqu'à ce qu'il fut à Castel-Guiglielmo où, le soir étant déjà venu, il se logea sans prendre plus de souci.

« Renauld, resté en chemise et à pied, le froid étant très grand et la neige tombant avec force, ne savait que faire ; voyant la nuit venir, transis et claquant des dents, il se mit à regarder s'il n'apercevrait pas autour de lui quelque refuge où il pût passer la nuit, afin de ne pas mourir de froid. Mais n'en voyant aucun — la contrée avait été un peu auparavant en guerre et tout avait été brûlé — et saisi par le froid, il se dirigea en courant vers Castel-Guiglielmo, ne sachant pas si son domestique s'était réfugié là ou ailleurs, et pensant que, s'il pouvait y entrer, Dieu lui enverrait du secours. Mais la nuit obscure le surprit à plus d'un mille encore de la ville, de sorte qu'il y arriva si tard qu'il trouva les portes fermées et les ponts levés, et qu'il ne put y entrer. Désolé, inconsola- ble, se lamentant, il regardait autour de lui s'il ne pourrait du moins trouver un endroit où il ne recevrait pas la neige sur le dos, lorsqu'il vit par hasard une maison qui avançait un peu en dehors des remparts, et sous la saillie de laquelle il résolut de se mettre pour attendre le jour. Y étant allé, il y trouva une porte ; malheureusement, elle était fermée. De- vant la porte, se trouvait amassée un peu de paille ; triste et dolent, il s'y coucha, ne cessant de se plaindre à saint Julien, et disant que ce n'était pas là ce qu'avait mérité la foi qu'il

avait en lui. Mais saint Julien, ayant jeté les yeux sur le pauvre diable, lui prépara sans retard un bon gîte.

« Il y avait alors dans Castel-Guiglielmo une dame veuve et
plus belle de corps que n'importe qui ; le marquis Azzo qui
l'aimait plus que sa propre vie, la tenait là à sa disposition.
La susdite veuve habitait justement dans la maison sous laquelle Renauld s'était décidé à rester. Par aventure, le marquis avait fait dire la veille à sa maitresse qu'il viendrait
passer la nuit chez elle, où il avait ordonné de préparer en
secret un bain et un excellent souper. Tout étant prêt, et la
dame n'attendant plus que la venue du marquis, il advint
qu'un messager se présenta aux portes de la ville, portant au
marquis des nouvelles qui le firent subitement monter à
cheval. Pour quoi, ayant envoyé dire à la dame qu'elle ne
l'attendît pas, il se mit sur-le-champ en route. La dame,
quelque peu désappointée, ne sachant que faire, se décida à
entrer dans le bain préparé pour le marquis, puis à souper
et à se mettre au lit.

« Etant donc entrée dans le bain qui se trouvait tout à côté
de la porte où le malheureux Renauld s'était tapis hors de la
ville, la dame entendit les gémissements et le claquement de
dents de Renauld qui semblait changé en cigogne. Ayant appelé sa servante, elle lui dit : « — Va là-haut, et regarde hors
« des remparts qui est au pied de cette porte et ce qu'on y
« fait. — » La servante y alla, et la transparence de l'atmo-
sphère aidant, elle vit Renauld en chemise et nu, assis en cet
endroit comme je vous l'ai dit, et tremblant de toutes ses
forces ; pour quoi elle lui demanda qui il était. Renauld, tremblant si fort qu'il pouvait à peine prononcer une parole, lui
dit le plus brièvement qu'il put qui il était, comment et pourquoi il était là ; puis il se mit à la supplier, si cela se pouvait,
de ne pas le laisser mourir de froid pendant la nuit. La ser-

vante, apitoyée, revint trouver la dame et lui conta tout. Celle-
ci, émue aussi de pitié, se rappela qu'elle avait la clef de cette
porte qui servait parfois aux entrées clandestines du marquis,
et dit : « — Va vite lui ouvrir. Le souper est prêt et personne
« ne le mangerait, et nous avons de quoi le loger. — » La
servante ayant vivement approuvé la dame de son humanité,
retourna vers Renauld, lui ouvrit et le fit entrer. La dame le
voyant presque raide de froid, lui dit : « — Et vite, brave
« homme, entrez dans ce bain qui est encore chaud. — » Et
lui, sans attendre plus longue invitation, le fit volontiers, et
tout réconforté par la chaleur, il lui sembla ressusciter. Pendant ce temps, la dame lui fit tenir prêts des vêtements que
son mari portait peu avant sa mort. Lorsqu'il les eut revêtus, ils semblaient qu'ils eussent été faits pour lui. Alors,
attendant les ordres de la dame, il se mit à remercier saint
Julien qui l'avait délivré de la mauvaise nuit à laquelle il
s'attendait, et l'avait conduit à bonne auberge à ce qu'il lui
semblait.

« La dame, après s'être reposée un peu, fit faire un grand
feu dans une de ses chambres, s'y installa et demanda des
nouvelles du brave homme. A quoi la servante répondit :
« — Madame, il s'est habillé ; c'est un bel homme, et il a
« tout l'air d'être une personne de bien et de bonnes ma-
« nières. — » « — Va donc — dit la dame — appelle-le et
« dis-lui qu'il vienne ici près du feu où il soupera, car je sais
« qu'il n'a pas soupé. — » Renauld entré dans la chambre
et voyant la dame, la salua respectueusement et lui rendit
grâces de son mieux pour sa bonne action. La dame, l'ayant
vu et entendu, et le trouvant tel que la servante avait dit,
l'accueillit d'un air joyeux. Elle le fit asseoir familièrement
devant le feu à coté d'elle et l'interrogea sur l'accident qui
l'avait amené là. Sur quoi, Renauld lui conta tout par ordre.

La dame avait, par suite de l'arrivée à Castel-Guiglielmo du domestique de Renauld, entendu parler de cette affaire, ce qui fit qu'elle ajouta foi à ce qu'il lui disait ; elle lui apprit à son tour ce qu'elle savait au sujet de son domestique, et où il pourrait facilement le retrouver le lendemain matin. Puis, la table mise, Renauld, sur les instances de la dame, et après qu'ils se furent tous deux lavé les mains, se mit à souper. Il était grand de sa personne, beau et agréable de figure, et de manières gracieuses et avenantes ; c'était un homme d'âge moyen. La veuve l'ayant regardé à plusieurs reprises, le trouva fort à son goût, et l'appétit de la concupiscence se trouvant réveillé en elle par l'idée que le marquis devait venir coucher avec elle, elle se mit en tête d'en devenir amoureuse.

« Donc, après le souper, s'étant levée de table, elle prit conseil de sa servante pour savoir s'il ne lui semblerait pas juste que, puisque le marquis s'était moqué d'elle, elle usât du bien que la fortune lui envoyait. La servante, voyant le désir de la dame, l'engagea le plus qu'elle put et qu'elle sut à contenter ce désir. Quant à la dame, retournée près du feu où elle avait laissé Renauld seul, elle se mit à le regarder amoureusement et lui dit : « — Eh ! Renauld, pourquoi êtes-« vous si pensif ? Ne croyez-vous pas que vous pourrez être « dédommagé d'un cheval et de quelques vêtements que « vous avez perdus ? Rassurez-vous et tenez-vous en joie ; « vous êtes chez vous ; même, je veux vous dire davantage, « car vous voyant sur le dos ces habits qui appartiennent à « mon défunt mari, il m'a semblé que c'était lui, et il m'est « venu ce soir cent fois le désir de vous accoler et baiser ; et « si je n'avais craint de vous déplaire, je l'eusse certaine-« ment fait. — » Renauld, entendant ces paroles et voyant le feu des regards de la dame, en homme qui n'est point sot

s'avança vers elle les bras ouverts et lui dit : « — Madame,
« quand je songe que c'est grâce à vous que je puis dire
« désormais que je suis en vie, et d'où vous m'avez tiré, je
« crois que ce serait grande injure de ma part si je ne m'em-
« pressais de faire tout ce qui peut vous être agréable. Donc,
« contentez votre désir de m'accoler et me baiser, car moi, je
« vous accolerai et baiserai plus que volontiers. — » Après
cela, plus n'était besoin de paroles. La dame toute allumée
d'amoureux désir, se jeta prestement dans ses bras, et après que
mille fois, la serrant étroitement, il l'eût embrassée et eût été
embrassé par elle, ils se levèrent de là, s'en allèrent dans la
chambre et sans plus de retard, s'étant déshabillés, pleinement et à de nombreuses reprises, avant que le jour vînt, ils
satisfirent leurs désirs.

« Mais dès que l'aurore vint à paraître, selon le bon plaisir
de la dame, ils se levèrent, afin que cette aventure ne pût
être soupçonnée par personne ; elle lui donna des vêtements
en assez mauvais état et ayant rempli sa bourse d'argent, elle
le pria de tenir tout ceci caché ; enfin, après lui avoir montré
le chemin qu'il devait prendre pour retrouver son domestique,
elle le fit sortir par la porte où il était entré. Le jour étant
tout à fait revenu et les portes ayant été ouvertes, il entra
dans Castel-Guiglielmo comme s'il arrivait de loin et retrouva
son domestique. Pour quoi, ayant revêtu les habits qu'il
avait dans sa valise, il se disposait à monter sur le cheval de
son domestique, lorsqu'il advint, comme par miracle, que les
trois brigands qui l'avaient volé la veille furent pris à la suite
d'un nouveau méfait et conduits en cette ville. Sur leurs
aveux, on lui restitua son cheval, ses vêtements et son argent.
Il ne perdit pas autre chose qu'une paire de jarretières dont
les brigands ne se rappelèrent pas ce qu'ils avaient fait.
Pour quoi Renauld, rendant grâce à Dieu et à saint Julien,

monta à cheval et retourna sain et sauf chez lui. Quant aux
trois brigands, ils allèrent, dès le lendemain, battre l'air
de leurs talons. — »

NOUVELLE III

Trois jeunes gens ayant dissipé leur avoir, tombent dans la misère. Leur neveu,
revenant désespéré chez lui, fait la rencontre d'un abbé qui se trouve être la
fille du roi d'Angleterre, laquelle l'épouse, répare les pertes de ses oncles et les
rétablit dans leur premier état.

Les dames écoutèrent avec admiration le récit des aventures de Renauld d'Asti, louèrent sa dévotion, et rendirent
grâces à Dieu et à saint Julien, qui, au moment où il en avait
le plus besoin, lui avaient porté secours. On n'en n'accusa
pas plus pour cela de sottise — bien que ceci fût dit tout
bas — la dame qui avait su prendre le bien que Dieu lui avait
envoyé chez elle. Pendant que l'on discourait en riant sur la
bonne nuit qu'elle avait passée, Pampinea, qui était assise à
côté de Philostrate, voyant que c'était à son tour de conter,
se mit à songer à ce qu'elle avait à dire, puis, après avoir reçu
l'ordre de la reine, non moins résolue que joyeuse, elle
commença à parler ainsi : « — Valeureuses dames, plus
on parle des agissements de la Fortune, et plus, à qui veut
y bien regarder, il reste à dire. Et de cela personne ne doit
s'étonner si l'on pense discrètement que toutes les choses que
nous appelons sottement nôtres sont dans ses mains, et par
conséquent sont continuellement transmises par elle des uns
aux autres et réciproquement, selon son jugement secret et
sans ordre connu de nous. C'est ce que l'on voit en toute
circonstance et tout le long du jour, et ce qui a été démontré
par quelques-unes des nouvelles précédentes. Néanmoins,

puisqu'il plaît à notre reine qu'on parle encore sur ce sujet, j'ajouterai aux récits déjà faits une nouvelle de moi qui ne sera peut-être pas sans utilité pour ceux qui l'écouteront, et qui, je crois, devra plaire.

« Il fut jadis dans notre cité un chevalier qui avait nom messer Tedaldo, lequel, selon que quelques-uns le veulent, appartenait à la famille des Lamberti. D'autres affirment qu'il était de celle des Agolanti, se fondant surtout sur la profession exercée dans la suite par ses fils, profession que les Agolanti ont toujours exercée et exercent encore. Mais, laissant de côté la question de savoir à laquelle des deux maisons il appartenait, je dis qu'il fut dans son temps un richissime chevalier, et qu'il eut trois fils, dont le premier s'appela Lambert, le second Tedaldo et le troisième Agolante, tous trois beaux et aimables jeunes gens. Le plus âgé n'avait pas encore accompli ses dix-huit ans, quand le richissime messer Tedaldo vint à mourir, leur laissant, comme à ses héritiers légitimes, tout son bien, meubles et immeubles. Se voyant très riches en argent comptant et en domaines, ils se mirent à dépenser sans aucun autre mobile que leur bon plaisir, sans frein ni retenue, entretenant un nombreux domestique, force chevaux de prix, des chiens, des oiseaux ; prodiguant les largesses ; courant les joutes ; faisant non-seulement ce qui convient à des gentilshommes, mais encore ce qui prenait fantaisie à leur juvénile appétit de faire. Cette vie ne dura pas longtemps, car le trésor que leur avait laissé leur père vint à s'épuiser, et leurs revenus ne suffisant pas à leurs dépenses accoutumées, ils se mirent à vendre et à engager leurs biens. Vendant aujourd'hui l'un, le lendemain l'autre, ils s'aperçurent à peine qu'ils en étaient venus à ne posséder presque plus rien. La pauvreté ouvrit alors leurs yeux que la richesse avait tenus fermés. C'est pourquoi Lambert, ayant un jour mandé les deux autres, leur représenta quelle avait été la magnificence de leur père et la leur, quelles avaient été leurs richesses, et la pauvreté à laquelle ils en étaient arrivés par leurs dépenses désordonnées. Du mieux qu'il sut, il les engagea, avant que leur misère fût plus connue, à vendre le peu qui leur restait et à partir avec lui ; ce qu'ils firent. Sans prendre congé de personne, sans aucune cérémonie, ils sortirent de Florence, et ne s'arrêtèrent que lorsqu'ils furent arrivés en Angleterre. Là, ayant loué une petite maison, près de Londres, faisant mince dépense, ils se mirent avec âpreté à prêter à usure ; et la fortune leur fut en cela si favorable, qu'en peu d'années ils amassèrent de grandes sommes d'argent. Avec cet argent, retournant successivement tantôt l'un, tantôt l'autre, à Florence, ils rachetèrent une grande partie de leurs anciennes propriétés, en achetèrent de nouvelles et prirent femme. Continuant à faire l'usure en Angleterre, ils y firent venir un de leurs neveux, jeune homme qui avait nom Alexandre, et tous les trois revinrent à Florence, ayant oublié à quoi les avaient réduits une première fois leurs dépenses extravagantes. Bien que tous eussent de la famille, ils se remirent à dépenser plus étourdiment que jamais, jouissant d'un grand crédit auprès de tous les marchands, et empruntant de grosses sommes. Pendant quelques années, leur train fut soutenu par l'argent que leur envoyait Alexandre qui s'était mis à prêter aux barons sur le produit de leurs places fortes et de leurs autres charges, ce qui lui rapportait de gros bénéfices.

« Tandis que les trois frères dépensaient ainsi largement et empruntaient quand ils manquaient d'argent, comptant toujours fermement sur l'Angleterre, il advint que, contre toutes les prévisions, une guerre s'éleva en Angleterre entre le roi et l'un de ses fils, par laquelle toute l'île se divisa, qui tenant pour l'un, qui pour l'autre. Cela fut cause que la ressource des places fortes où commandaient les barons, fut enlevée à Alexandre qui n'avait plus rien pour garantir ses créances. Espérant que d'un jour à l'autre la paix se ferait entre le père et le fils et que, par conséquent, tout lui serait remboursé, intérêts et capital, Alexandre ne quittait pas l'île, et les trois frères qui étaient à Florence ne diminuaient en rien leurs énormes dépenses, empruntant chaque jour davantage. Mais lorsque après plusieurs années on ne vit aucun effet suivre les espérances, les trois frères non-seulement perdirent tout crédit, mais furent poursuivis, ceux à qui ils devaient voulant être payés. Leurs propriétés n'ayant pas suffi à solder toutes leurs dettes, ils furent mis en prison pour le reste, et leurs femmes ainsi que leurs enfants s'enfuirent de côté et d'autre, en assez pauvre équipage, ne sachant plus qu'attendre sinon une existence à jamais misérable. Alexandre, qui pendant plusieurs années, avait attendu en Angleterre que la paix se fît, voyant qu'elle n'arrivait pas, et craignant non-seulement d'attendre en vain, mais que sa vie fût en danger, se décida à retourner en Italie et se mit tout seul en chemin.

« Comme il sortait de Bruges, il vit, par aventure, qu'en sortait aussi un abbé blanc, accompagné de beaucoup de moines, de nombreux domestiques et précédé d'un grand équipage. Près de lui, venaient deux vieux chevaliers, parents du roi, avec lesquels Alexandre s'aboucha comme avec des connaissances, et qui l'admirent volontiers en leur compagnie. Chemin faisant, Alexandre leur demanda discrètement qui étaient ces moines qui les précédaient avec une si grande suite, et où ils allaient. A quoi l'un des chevaliers répondit :
« — Celui qui marche à la tête, est un jeune homme, notre
« parent, récemment élu abbé d'une des plus grandes
« abbayes d'Angleterre; et pour ce qu'il n'a pas l'âge exigé

« par les lois pour une telle dignité, nous allons avec lui à
« Rome pour prier le saint père de lui accorder une dispense
« d'âge et de le confirmer dans sa dignité. Mais il ne faut
« parler de cela à personne. — »

« En chemin, le nouvel abbé, marchant tantôt devant,
tantôt derrière ses gens, ainsi que nous voyons faire chaque
jour aux seigneurs qui voyagent, aperçut près de lui Alexandre
lequel était fort jeune, beau de personne et de visage, d'aussi
bon ton et d'aussi belles manières que quiconque. A la
première vue, il plut infiniment à l'abbé qui le fit appeler
près de lui, se mit à lui causer et lui demanda qui il était,
d'où il venait et où il allait. A quoi Alexandre répondit en
exposant franchement sa situation, et après avoir satisfait à
sa demande, lui offrit ses services dans le peu qu'il pourrait.
L'abbé entendant sa belle façon de parler, frappé surtout de
ses belles manières, le tint — bien que la profession qu'il
exerçait fût assez servile — pour un gentilhomme, et s'éprit
tout à fait de lui. Plein de compassion pour ses mésaventures, il le réconforta familièrement et lui dit d'avoir bonne
espérance, pour ce que, s'il était homme de bien, Dieu le repla-
cerait dans la situation d'où la fortune l'avait fait tomber et
plus haut encore. Il le pria, puisqu'il allait en Toscane, de
lui faire le plaisir de rester en sa compagnie, attendu qu'il y
allait aussi. Alexandre le remercia de ses bonnes paroles et
ajouta qu'il était entièrement à ses ordres.

« L'abbé cheminant donc avec Alexandre, dont la vue lui
avait inspiré au cœur des sentiments tout nouveaux, il advint qu'après plusieurs jours, ils arrivèrent dans une petite ville qui n'était pas trop richement pourvue en auberges.
L'abbé voulant y loger, Alexandre le fit descendre chez un
hôtelier qui avait été longtemps son domestique, et lui fit
préparer la moins mauvaise chambre de la maison. Comme

il était déjà devenu en quelque sorte le sénéchal de l'abbé, étant homme fort pratique, il logea du mieux qu'il put toute la suite de l'abbé, qui çà, qui là. Après que l'abbé eut soupé, la nuit étant déjà fort avancée et chacun ayant été dormir, Alexandre demanda à l'hôtelier où il pourrait reposer à son tour. A quoi l'hôte répondit : « — En vérité, je ne sais pas. « Tu vois que tout est plein, et que moi et les miens « sommes forcés de dormir sur le plancher. Cependant, « dans la chambre de l'abbé, il y a un cabinet où je peux « te conduire et te dresser un petit lit où tu pourras, si cela « te va, passer la nuit de ton mieux. » — A quoi Alexandre « dit : « — Comment veux-tu que j'aille dans la chambre « de l'abbé, puisque tu sais qu'elle est si petite, que l'on n'a « pu y faire coucher aucun de ses moines ? Si je m'étais aperçu « qu'il y eût un cabinet quand on préparait son lit, j'y aurais « placé ses moines, et j'aurais pris pour moi la chambre ou « ceux-ci dorment. — » A quoi l'hôtelier dit : « — La chose « est faite, et tu peux, si tu veux, reposer en cet endroit le « mieux du monde. L'abbé dort, ses courtines sont tirées ; « je te porterai, sans bruit, un petit lit de plume, et tu y « dormiras. — » Alexandre voyant que tout cela pouvait se faire sans déranger l'abbé, y consentit, et s'y arrangea le plus doucement possible.

« L'abbé qui ne dormait pas, et qui, au contraire, était tout entier à ses nouveaux désirs, avait entendu ce que l'hôtelier et Alexandre s'étaient dit, et avait vu où Alexandre s'était allé coucher. Fort content de cela, il se mit à dire en lui-même : « — Dieu a envoyé l'occasion favorable à mes désirs ; « si je ne la saisis pas, il est probable qu'elle ne se repré- « sentera plus. — » Et il résolut de la saisir. Tout faisant silence dans l'auberge, il appela à voix basse Alexandre, et lui dit de venir se coucher auprès de lui. Alexandre, après beau-

coup d'excuses, s'étant déshabillé, se mit à ses côtés. Alors
l'abbé lui ayant mis la main sur la poitrine, se mit à le caresser de la même façon que les jeunes filles font avec leur
amant. De quoi Alexandre s'étonna fort et crut que l'abbé
était pris d'un amour déshonnête, pour le toucher de la
sorte. Soit que l'abbé se doutât de sa crainte, soit
qu'Alexandre eût fait quelque geste de dégoût, il se mit
tout à coup à sourire, et ayant prestement écarté sa chemise, il prit la main d'Alexandre et la posa sur sa poitrine,
disant : « — Alexandre, chasse ta mauvaise pensée, cherche,
« et reconnais ce que je cache à tous. — » Alexandre ayant
posé la main sur le sein de l'abbé, trouva deux petits té-
tons ronds, fermes et délicats, qui semblaient faits d'ivoire.
A cette découverte, voyant que c'était une femme, sans attendre une nouvelle invitation, il l'entoura lestement de ses
bras, et se disposait à l'embrasser, quand elle lui dit :
« — Comme tu peux le voir, je suis femme et non homme.
« Je suis partie pucelle de chez moi, et j'allais trouver le pape
« pour qu'il me marie. Par un effet de ta bonne fortune ou
« de mon malheur, dès que je t'ai vu l'autre jour, je me suis
« tellement éprise d'amour pour toi, que jamais femme n'a
« aimé un homme à ce point. Pour quoi, j'ai résolu de te
« prendre pour mari de préférence à tout autre. Aussi, si
« tu ne veux pas de moi pour femme, sors sur-le-champ
« d'ici et regagne ton lit. — » Alexandre, bien qu'il ne la
connût pas, considérant quelle suite elle avait, estima qu'elle
devait être noble et riche, et de plus il la voyait très belle.
Pour quoi, sans réfléchir trop longtemps, il répondit que si cela
lui plaisait à elle, cela lui était à lui très agréable. S'étant
alors assise sur le lit, devant un tableau qui représentait
l'effigie de Notre-Seigneur, elle lui mit au doigt un anneau
et se fit épouser. Puis, s'étant embrassés, au grand plaisir

de tous deux, ils se satisfirent tout le reste de la nuit. Ils
prirent ensuite leurs mesures pour leurs plaisirs futurs et,
le jour venu, Alexandre se leva, sortit de la chambre par où
il y était entré, sans que personne sût où il avait couché
pendant la nuit, et joyeux outre mesure. Il se remit en route
avec l'abbé et son escorte, et plusieurs jours après, ils arrivèrent à Rome.

« Là, après s'être reposés quelques jours, l'abbé, les deux
chevaliers et Alexandre, sans autre suite, allèrent trouver le
pape et, leurs révérences faites, l'abbé se mit à parler
ainsi : « — Saint-Père, vous devez mieux que personne savoir
« que tous ceux qui veulent vivre bien et honnêtement
« doivent autant que possible fuir les occasions qui pour-
« raient les entraîner à faire le contraire. C'est pour cela
« que moi, qui ai le désir de vivre honnêtement, je me suis
« enfuie secrètement sous l'habit que vous me voyez, avec
« une grande partie du trésor du roi d'Angleterre, mon
« père, lequel voulait me marier au vieux roi d'Écosse, moi,
« jeune comme vous voyez, et que je me suis mise en route
« pour venir ici, afin que Votre Sainteté me mariât. Ce n'est
« pas tant la vieillesse du roi d'Écosse qui m'a fait fuir, que
« la peur de faire, à cause de la fragilité de ma jeunesse,
« quelque chose contre les lois divines et contre l'honneur
« du sang royal, si j'étais mariée à lui. Ainsi résolue, je
« venais, lorsque Dieu, qui seul connaît parfaitement ce
« qui convient à chacun, a placé devant mes yeux, par sa
« miséricorde je crois, celui qu'il lui plaît que j'aie pour
« mari. C'est ce jeune homme — et elle montra Alexandre
« — que vous voyez ici près de moi, et dont les manières,
« la vaillance sont dignes des plus grandes dames du monde,
« bien que peut-être la noblesse de son sang ne soit pas aussi
« illustre que celle du sang royal. C'est donc lui que j'ai

« pris et que je veux pour époux ; et je n'en aurai jamais
« d'autre, quoi qu'en puisse penser mon père ou qui que ce
« soit. Le principal motif pour lequel je me suis mise en
« route n'existe donc plus ; mais il m'a plu d'achever mon
« voyage, autant pour visiter et adorer les lieux saints dont
« cette cité est remplie, et pour m'agenouiller aux pieds de
« Votre Sainteté, que pour déclarer ouvertement devant
« vous, et par conséquent devant tous les hommes, le ma-
« riage contracté entre Alexandre et moi en présence de
« Dieu. Pour quoi, je vous prie humblement que ce qui a
« plu à Dieu et à moi vous soit agréable, et que vous nous
« donniez votre bénédiction, afin qu'avec elle nous soyons
« plus sûrs que notre union plaira à Celui dont vous êtes le
« vicaire, et que nous puissions vivre et mourir ensemble à
« l'honneur de Dieu et de vous. — »

« Alexandre fut fort étonné en apprenant que sa femme
était fille du roi d'Angleterre, et son cœur s'emplit d'une
grande allégresse. Mais les deux chevaliers furent plus
étonnés encore, et ils furent tellement courroucés, que s'ils
avaient été ailleurs que devant le pape, ils auraient fait un
mauvais parti à Alexandre et peut-être à la dame. D'un
autre côté, le pape s'étonna beaucoup de l'habit porté par la
dame et du choix qu'elle avait fait ; mais voyant qu'il n'y
avait pas moyen de revenir sur ce qui était fait, il se rendit
à sa prière. Tout d'abord il apaisa les chevaliers qu'il voyait
si courroucés, et les ayant remis en paix avec la dame et avec
Alexandre, il donna des ordres pour ce qui restait à faire.

« Le jour fixé par lui étant venu, en présence de tous les
cardinaux et d'un grand nombre de personnages de haut
rang qu'il avait invités et qui étaient venus pour assister à
la magnifique fête qu'il avait fait préparer, il fit venir la
dame revêtue d'habits royaux et qui était si belle et si

plaisante à voir, qu'elle était justement louée par tous. Alexandre vint également revêtu d'habits splendides, ressemblant beaucoup moins, dans son maintien et dans son air, à un jeune usurier qu'à un prince de sang royal, et recevant les hommages des deux chevaliers. Puis le pape fit de nouveau célébrer solennellement les épousailles, et après avoir fait de belles et somptueuses noces, il leur donna congé avec sa bénédiction.

« Il plut à la dame et à Alexandre, en quittant Rome, d'aller à Florence où la renommée avait déjà porté la nouvelle. Ils y furent reçus par les Florentins avec de grands honneurs. La dame fit mettre en liberté les trois frères, après avoir fait payer tous leurs créanciers, et les remit, eux et leurs femmes, en possession de leurs biens. Fort approuvés de tous pour cela, Alexandre et sa femme, emmenant avec eux Agolante, quittèrent Florence et vinrent à Paris, où ils furent reçus avec beaucoup d'honneurs par le roi. De là, les deux chevaliers allèrent en Angleterre, et ils firent si bien auprès du roi, que celui-ci rendit ses bonnes grâces à sa fille et l'accueillit en grande fête, ainsi que son gendre, qu'il fit peu de temps après chevalier, en lui donnant la comté de Cornouailles. Alexandre déploya tant d'habileté, tant de savoir faire, qu'il raccommoda le fils avec le père, dont il s'ensuivit un grand bien pour toute l'île, et ce qui lui conquit l'affection et l'estime de tous les habitants du pays. Quant à Agolante, il recouvra en totalité ce qui lui était dû, et il s'en revint à Florence, riche outre mesure, après avoir été fait chevalier par le comte Alexandre. Le comte vécut très glorieusement avec sa femme et, suivant l'affirmation d'aucuns, grâce à sa prudence, à sa valeur, et avec l'aide de son beau-père, il conquit par la suite l'Écosse et en fut couronné roi. — »

NOUVELLE IV

Landolfo Ruffolo ruiné se fait corsaire. Pris par des Génois, il fait naufrage et se sauve sur une caisse pleine de pierreries. Il est recueilli à Gulfe par une brave femme et retourne chez lui plus riche qu'avant.

La Lauretta était assise auprès de Pampinea; voyant cette dernière arrivée à la fin de sa glorieuse nouvelle, sans plus attendre elle se mit à parler de la sorte : « — Très gracieuses dames, aucun acte de la fortune, à mon avis, ne se peut voir de plus grand, que lorsque quelqu'un, d'une infime misère s'élève à l'état royal, comme la nouvelle de Pampinea nous a montré qu'il était advenu à son Alexandre. Et puisque à quiconque racontera désormais sur le sujet imposé, il faudra parler dans ces limites, je ne rougirai point de dire une nouvelle qui ne présente pas un aussi splendide dénouement, bien qu'elle traite d'infortunes encore plus grandes. Je sais bien que, vu la beauté de la précédente, ma nouvelle sera écoutée avec moins d'intérêt, mais comme je ne peux pas davantage, ce sera mon excuse.

« On croit généralement que le rivage qui s'étend de Reggio à Gaëte est la partie la plus agréable de l'Italie. C'est là que, tout près de Salerne, est une côte dominant la mer et que les habitants appellent la côte d'Amalfi. Elle est parsemée de petites cités, de jardins et de ruisseaux; peuplée de citoyens riches et se livrant au commerce aussi activement que qui que ce soit. Parmi les cités susdites, il en est une appelée Ravello, dans laquelle, de même qu'on y compte aujourd'hui des gens riches, il y eut autrefois un homme richissime, nommé Landolfo Ruffolo. Sa fortune ne lui suffisant pas, il voulut la doubler, et il faillit la perdre presque tout entière et se perdre lui-même avec. Cet homme donc, suivant l'habitude des marchands, après s'être tracé un plan, acheta un très grand navire, consacra toute sa fortune à le charger de marchandises variées, et partit avec lui pour l'île de Chypre. Il y trouva plusieurs autres vaisseaux chargés des mêmes marchandises que celles qu'il avait apportées; pour quoi, non-seulement il dut vendre les siennes à vil prix, mais les jeter à l'eau pour s'en débarrasser, ce qui le mena à une ruine presque complète. Fort ennuyé de ce résultat, ne sachant que faire et se voyant, d'homme très riche, devenu en si peu de temps presque pauvre, il pensa à se tuer ou à voler pour restaurer ses affaires, afin de ne pas s'en revenir pauvre dans son pays d'où il était parti riche. Ayant trouvé acheteur pour son grand navire, avec l'argent de cette vente et celui qu'il avait retiré de ses marchandises, il acheta un navire léger, propre à faire métier de corsaire, et l'arma de tout ce qu'il fallait pour un tel service; puis il se mit à piller les autres pour se refaire, et principalement les Turcs.

« A ce métier, la fortune lui fut beaucoup plus favorable qu'elle ne lui avait été pour la vente de ses marchandises. Au bout d'un an à peine, il avait pillé et pris tant de navires turcs, qu'il se trouva avoir non-seulement rattrapé ce qu'il avait perdu en marchandises, mais l'avoir grandement doublé. Pour quoi, consolé de sa première perte, jugeant qu'il était assez riche pour ne pas en risquer une seconde, il se dit que ce qu'il avait devait lui suffire, sans en chercher davantage. En conséquence, il se disposa à retourner chez lui. Mais craignant les hasards du commerce, il ne prit pas la peine de convertir son argent en marchandises ou en valeurs; il l'emporta sur le navire avec lequel il l'avait gagné, et fit force de rames pour s'en revenir. Il était déjà parvenu dans l'Archipel, lorsqu'un soir un vent de sirocco s'étant élevé — qui non-seulement contrariait sa marche, mais fit

devenir la mer très grosse, à ce point que son léger navire
n'aurait pu le supporter — il se réfugia dans un port
formé par une petite île où, à l'abri de ce vent, il se proposa
d'en attendre un meilleur. Peu d'instants après, deux grosses
caraques génoises, venant de Constantinople, entrèrent à
grand peine dans le port, pour fuir la tempête devant laquelle
Landolfo avait fui lui-même. Ceux qui les montaient, ayant
aperçu le navire, et voyant que la voie pour partir lui était
fermée ; apprenant à qui il appartenait, et sachant par la
renommée que c'était à un homme très riche, se disposèrent à
s'en emparer, en gens naturellement très avides de rapines
et de gains. Ils mirent à terre une partie des leurs armés
d'arbalètes, et les firent placer de façon que personne ne pût
descendre du navire sans s'exposer à être criblé de traits.
Puis se faisant remorquer par des chaloupes, et aidés par le
courant, ils accostèrent le petit navire de Landolfo dont ils
s'emparèrent en un clin d'œil sans beaucoup de peine et sans
perdre un homme. Ayant fait descendre Landolfo sur une
de leurs caraques, et ayant fait transborder tout ce qui se
trouvait sur le navire, ils le coulèrent bas, retenant Landolfo
prisonnier et ne lui laissant sur le dos que de méchants
haillons.

« Le jour suivant, le vent ayant changé, les caraques firent
voile vers le levant et voguèrent heureusement tout ce jour-là.
Mais, vers le soir, un vent de tempête se mit à souffler,
lequel, soulevant d'immenses vagues, sépara les deux
caraques. La force du vent fut telle, que la caraque sur
laquelle était le pauvre Landolfo fut poussée violemment sur
l'île de Céphalonie, et vint frapper contre un rocher où elle
s'ouvrit et se brisa comme un morceau de verre qui rencon-
trerait un mur. Les malheureux qui la montaient — la mer
étant déjà toute couverte de marchandises qui surnageaient,

de caisses, de tables, comme d'ordinaire en ces sortes d'accidents — bien que la nuit fut très obscure, la mer grosse et
houleuse, se mirent à nager, ceux du moins qui savaient, et
s'accrochèrent à tous les objets que le hasard faisait passer à
leur portée. Parmi eux, le malheureux Landolfo, bien qu'il
eût auparavant souvent appelé la mort, préférant mourir
plutôt que de retourner chez lui pauvre comme il se voyait,
la voyant si près, en eut peur. Comme les autres, une table
s'étant trouvée à portée de sa main, il s'y attacha, espérant
que Dieu, ne voulant pas le noyer, lui enverrait quelque secours. S'étant mis à cheval sur la table, ballotté d'un côté et
d'autre par la mer et par le vent, il s'y soutint de son mieux
jusqu'au jour. Alors, regardant autour de lui, il ne vit rien
que les nuages et la mer, et une caisse qui surnageait et
s'approchait parfois de lui à sa grande peur, car il craignait
d'en être heurté de façon à se noyer. Chaque fois qu'elle
s'approchait de lui, il l'éloignait avec la main autant qu'il
pouvait, bien qu'il eût peu de forces. Sur ces entrefaites, il
advint qu'un coup de vent et un coup de lame s'abattirent si
fort sur cette caisse, qu'elle heurta violemment la table où
était Landolfo. La table fut renversée et Landolfo précipité
dans les flots. Revenu à la surface, il se mit à nager, poussé
plus par la peur que par ses propres forces, et aperçut la
table loin de lui; pour quoi, craignant de ne pouvoir parvenir jusqu'à elle, il s'approcha de la caisse qui était tout
près de lui, et, se plaçant à plat ventre sur le couvercle, il se
mit à la diriger avec les bras.

« Dans cette situation, poussé çà et là par les vagues,
n'ayant rien à manger et buvant plus qu'il n'aurait voulu,
sans savoir où il était et sans voir autre chose que la mer, il
passa tout le jour et toute la nuit suivante. Le lendemain,
réduit à l'état d'éponge, et s'accrochant fortement des deux

mains aux rebords de la caisse, à la façon de ceux qui sont près de se noyer et qui saisissent un objet quelconque, il parvint, soit par la volonté de Dieu, soit par la force du vent, près du rivage de l'île de Gulfe, où, par aventure, une pauvre femme nettoyait avec du sable mêlé à l'eau salée les vases de sa cuisine. Dès qu'elle vit s'approcher cette masse informe, elle prit peur et se mit à fuir en criant. Landolfo ne pouvait parler et y voyait à peine ; c'est pourquoi il ne lui dit rien. Cependant, comme le flux le poussait vers la terre, la femme finit par reconnaître la forme d'une caisse, et regardant avec plus d'attention, elle vit les bras qui pendaient en dehors, puis la figure du naufragé, et comprit ce que c'était. Pour quoi, mue de compassion, elle entra dans la mer qui s'était enfin calmée, le saisit par les cheveux, et le tira à terre avec la caisse dont elle eut beaucoup de peine à lui détacher les mains. Après avoir placé la caisse sur la tête de sa petite fille qui était avec elle, elle emporta Landolfo, comme elle eût fait d'un petit enfant, jusque dans sa cabane, où, après l'avoir mis dans un bain chaud, elle le frotta et le lava jusqu'à ce que la chaleur lui revînt avec une partie de ses forces. Quand elle crut le moment venu, elle le sortit du bain et le réconforta avec du bon vin et des confitures ; enfin, du mieux qu'elle put, elle le soigna, si bien que ses forces étant revenues, il reconnut où il était. C'est pourquoi la bonne femme crut devoir lui rendre la caisse qu'elle avait sauvée, et lui dit d'oublier désormais sa mésaventure ; ce qu'il fit.

« Landolfo, qui ne se souvenait pas de la caisse, la prit néanmoins quand la bonne femme la lui présenta, pensant qu'elle ne pouvait avoir si peu de valeur qu'il ne la vendît un jour. Comme il la trouva fort légère, son espérance fut très amoindrie ; néanmoins, la bonne femme n'étant pas à la maison, il l'ouvrit pour voir ce qu'il y avait dedans, et il y

10.

trouva un grand nombre de pierreries, les unes travaillées, les autres brutes. Ce voyant, et reconnaissant qu'elles avaient une grande valeur, car il s'y entendait un peu, il loua Dieu qui n'avait pas voulu l'abandonner encore, et il se sentit tout réconforté. Mais, en homme qui ayant été deux fois en peu de temps le jouet de la fortune devient méfiant une troisième, il pensa qu'il lui faudrait beaucoup de prudence pour emporter ces richesses jusque chez lui. Pour quoi, il les enveloppa du mieux qu'il put dans quelques chiffons, et dit à la bonne femme qu'il n'avait plus besoin de la caisse et qu'il la priait de lui donner un sac en échange. La bonne femme le fit volontiers, et après l'avoir remerciée le plus qu'il put du service qu'il en avait reçu, il partit, son sac sur l'épaule, et, étant monté sur un bateau, il passa à Brindisi ; de là, sans s'éloigner de la côte, il arriva enfin à Trani où il retrouva quelques-uns de ses compatriotes qui étaient drapiers. Il fut habillé par eux quasi pour l'amour de Dieu, après qu'il leur eût raconté tous ses malheurs, hormis l'incident de la caisse. On lui prêta en outre un cheval, et, après lui avoir fourni une escorte pour le conduire jusqu'à Ravello où il disait vouloir retourner, on le fit partir. Là, se sentant enfin en sûreté, et remerciant Dieu qui l'avait conduit, il délia son sac, examina avec plus d'attention qu'il ne l'avait fait auparavant toutes ses pierreries, et trouva qu'il en avait tant et de si belles, qu'en les vendant à un prix convenable et même à prix réduit, il serait du double plus riche que quand il était parti. Ayant trouvé à s'en défaire, il envoya une grosse somme d'argent en récompense du service reçu à la bonne femme de Gulfe qui l'avait tiré de la mer, et il fit un don pareil à ceux de Trani qui l'avaient habillé. Il garda pour lui le reste, sans plus vouloir se livrer au commerce, et en vécut honorablement jusqu'à la fin. — »

NOUVELLE V

Andreuccio de Pérouse, venu à Naples pour acheter des chevaux, éprouve dans une même nuit trois graves accidents; il se tire de tous les trois et retourne chez lui avec un riche rubis.

« — Les pierreries trouvées par Landolfo — commença la Fiammetta, à qui c'était le tour de conter — m'ont remis en mémoire une nouvelle où il n'est guère moins question de périls que dans celle narrée par Lauretta, mais qui en diffère en ce que ces périls, au lieu de se dérouler en l'espace de plusieurs années peut-être, survinrent en une seule nuit, comme vous allez l'entendre.

« Suivant ce que j'ai appris, il y eut autrefois à Pérouse, un jeune homme nommé Andreuccio di Pietro, et qui était marchand de chevaux. Ayant appris qu'à Naples on les avait à bon marché, il mit dans sa bourse cinq cents florins en or, et comme il n'était jamais sorti de chez lui, il partit en compagnie d'autres marchands, et arriva à Naples un dimanche soir sur la fin du jour. S'étant informé auprès de son hôtelier, il s'en alla dès le lendemain matin au marché où il vit beaucoup de chevaux dont bon nombre lui plurent. Il en marchanda plusieurs; mais comme il ne put s'accorder sur aucun, afin de montrer qu'il était bien venu dans l'intention d'acheter, il tira à plusieurs reprises de sa bourse les florins qu'elle contenait, et les étala, comme un sot et un imprudent, aux yeux des allants et venants. Dans un de ces moments où il était en train de montrer sa bourse, il advint qu'une jeune Sicilienne très belle, mais disposée à se livrer au premier venu pour un prix modique, passa près de lui sans qu'il s'en aperçût et vit la bourse. Aussitôt elle se dit : « — Ne vaudrait-il « pas mieux que cet argent fût à moi? — » Et elle continua son

chemin. Elle avait avec elle une vieille femme, sicilienne aussi,
et qui, en apercevant Andreuccio, la laissa et courut affectueusement vers lui, pour l'embrasser ; ce que voyant la jeune
femme, elle se tint sans rien dire à l'écart et attendit. Andreuccio s'étant retourné et ayant reconnu la vieille, lui fit
grande fête ; puis, quand elle lui eut promis d'aller le voir à
son auberge, elle le quitta sans poursuivre davantage l'entretien et Andreuccio se remit à marchander ; mais il n'acheta
rien de cette matinée.

« La jeune femme qui avait vu d'abord la bourse d'Andreuccio, puis sa rencontre avec la vieille, désireuse de trouver un
moyen d'avoir tout ou partie de l'argent, se mit à interroger
adroitement sa compagne et lui demanda qui était ce jeune
homme et d'où il venait, ce qu'il faisait là et comment elle
le connaissait. La vieille l'informa de tout ce qui concernait
Andreuccio, et lui raconta ce qu'il lui avait dit lui-même
en quelques mots ; elle lui apprit qu'elle était restée longtemps
chez son père en Sicile, puis à Pérouse ; elle lui dit aussi où
il logeait et pourquoi il était venu. La jeune femme pleinement renseignée sur sa famille, sur lui-même et sur le nom
de ses parents, se basa là-dessus avec une perfide malice pour
arriver à ses fins. De retour chez elle, elle donna de l'ouvrage
à la vieille pour toute la journée, afin de l'empêcher d'aller
revoir Andreuccio ; puis elle prit à part une jeune servante
qu'elle avait dressée à de pareils services, et l'envoya à la
tombée de la nuit, à l'auberge où Andreuccio venait de rentrer. La servante en y arrivant, le trouva par hasard sur le
seuil de la porte et s'adressa justement à lui pour le demander. Quand elle sut par sa réponse que c'était bien lui à qui
elle avait affaire, elle le tira à l'écart et lui dit : « — Messire,
« une gente dame de cette ville aurait volontiers, si cela vous
« plaisait, un entretien avec vous. — » En entendant cette

confidence, Andreuccio regarda la jeune fille des pieds à la tête, et comme elle lui fit l'effet d'être la servante de la dame en question, il pensa que cette dame était devenue amoureuse de lui, comme du plus beau garçon qui fût alors à Naples. Il se hâta de répondre qu'il était prêt et demanda où et quand la dame voulait le voir. A quoi la suivante répondit : « — Messire, quand il vous plaira de venir, elle vous attend chez elle. — » Andreuccio, sans prévenir personne dans l'auberge, lui répondit vivement : « — Eh bien ! va devant et je te suivrai. — » Sur quoi, la jeune suivante le conduisit chez sa maîtresse dans une rue appelée Maupertuis, dont le nom même indique quelle honnête rue c'était. Mais comme il n'en savait rien et qu'il ne s'en doutait même pas, il crut aller en un lieu fort honnête, près d'une dame estimable. La jeune servante le précédant toujours, il entra dans la maison sans hésiter, et pendant qu'il montait l'escalier, la suivante ayant appelé sa dame en lui disant : « — Voici Andreuccio — » il la vit qui l'attendait en haut de l'escalier.

« Elle était encore très jeune, grande de sa personne et fort belle de visage, vêtue et parée très élégamment. Dès qu'elle aperçut Andreuccio, elle descendit trois marches à sa rencontre, les bras ouverts, et lui sautant au cou, elle resta ainsi quelques instants sans rien dire, comme empêchée par un excès de tendresse. Enfin, tout en pleurs, elle le baisa au front, et d'une voix émue, elle lui dit : « — O mon Andreuccio, sois le bienvenu. — » Étonné, stupéfait de caresses si tendres, il répondit : « — Madame, soyez la bien trouvée. — » Alors l'ayant pris par la main, elle le conduisit dans son salon, d'où, sans lui dire un seul mot, elle le fit entrer dans sa chambre qui était toute parfumée de senteurs de roses, de fleurs d'oranger et d'autres odeurs, et où il vit un très beau lit tout encourtiné, de nombreuses robes sur les porte-man-

teaux, suivant la coutume du pays, et beaucoup d'autres
vêtements très riches et très beaux. Étant encore tout neuf,
il crut fermement en voyant toutes ces choses, qu'il était pour
le moins chez une très grande dame.

« Après qu'ils se furent assis tous deux sur un siège qui
était au pied du lit, la dame commença à parler de la sorte :
« — Andreuccio, je suis certaine que tu t'étonnes des ca-
« resses que je te fais et de mes larmes, attendu que tu ne
« me connais pas, et que certainement tu ne te rappelles pas
« m'avoir jamais vue ; mais tu vas entendre une chose qui
« t'étonnera plus encore peut-être, c'est que je suis ta sœur.
« Et je puis te dire que, puisque Dieu m'a fait une telle
« grâce qu'avant de mourir j'aie vu un de mes frères — et
« je souhaite les voir tous — je mourrai maintenant con-
« tente. Et si tu n'as jamais entendu parler de cela, je vais
« te le dire. Pietro, mon père et le tien, comme tu as pu
« le savoir, je crois, habita longtemps à Palerme où, par sa
« bonté et ses manières agréables il fut et est encore très
« aimé de ceux qui l'ont connu. Parmi les personnes qui
« eurent de l'affection pour lui, ma mère, qui était une noble
« dame et qui se trouvait veuve alors, l'aima plus que tous,
« à tel point que, bravant la crainte de son père, de ses
« frères, bravant l'honneur même, elle se donna à lui, si bien
« que je naquis de cette liaison, comme tu vois. Par la suite,
« Pietro ayant été obligé de quitter Palerme et de retourner
« à Pérouse, il me laissa toute petite avec ma mère, et ja-
« mais, à ce que j'ai appris, il ne se souvint ni de moi ni
« d'elle ; de quoi, s'il n'était mon père, je le blâmerais for-
« tement — laissant de côté l'affection qu'il aurait dû me por-
« ter à moi, sa fille, née non d'une servante ou d'une femme
« méprisable — à cause de l'ingratitude qu'il a montrée envers
« ma mère qui, sans savoir qui il était, mue par un amour

« fidèle, lui avait donné ses biens et sa personne. Mais quoi !
« les mauvaises actions accomplies depuis longtemps, sont
« plus faciles à blâmer qu'à réparer. La chose se passa donc
« ainsi ; il m'abandonna toute petite à Palerme où, quand je
« fus devenue grande, ma mère qui était riche, me donna
« pour femme à un gentilhomme de bien de Girgenti, lequel
« par amour pour ma mère et pour moi, revint habiter à
« Palerme. Là, en sa qualité de Guelfe, il noua des intelli-
« gences avec notre roi Charles ; intelligences qui furent
« connues du roi Frédéric avant qu'elles eussent pu produire
« leur effet, ce qui nous obligea à fuir de Sicile, alors que je
« m'attendais à être la plus grande dame qui eût jamais été
« en cette île. Ayant pris le peu que nous pûmes prendre —
« je dis peu, par rapport aux biens immenses que nous pos-
« sédions — ayant abandonné nos terres et nos palais, nous
« nous réfugiâmes dans cette ville, où le roi Charles se montra
« si généreux envers nous, que nous fûmes dédommagées en
« grande partie des pertes que nous avions supportées pour
« lui. Il nous donna des domaines et des châteaux, et accorda
« à mon mari, qui est ton beau-frère, une pension régulière,
« comme tu pourras encore le voir. C'est ainsi que je me
« trouve à Naples, où, grâce à Dieu et non à toi, mon cher
« frère, j'ai pu te voir. — » Ayant ainsi parlé, elle l'étrei-
gnit de nouveau dans ses bras, et, tout en pleurs, elle le
baisa tendrement au front.

« A cette fable si bien ordonnée, débitée si naturellement par
elle qu'aucune hésitation n'était venue arrêter la parole entre
ses dents, que sa langue n'avait pas un seul instant balbutié,
Andreuccio, se rappelant qu'il était vrai que son père avait
été à Palerme, connaissant par lui-même les mœurs des jeunes
gens qui s'amourachent volontiers dans leur jeunesse, et
voyant ces larmes si tendres, ces embrassements et ces bai-

sers si honnêtes, tint pour plus que vrai ce qu'elle lui disait.
Aussi, quand elle se tut, il lui répondit : « — Madame, vous
« ne devez pas être surprise si je m'étonne de ce qui m'ar-
« rive, car il est vrai que mon père n'a jamais parlé de votre
« mère ni de vous, ou s'il en a parlé, cela n'est point venu
« à ma connaissance ; de sorte que je ne vous connaissais pas
« plus que si vous n'aviez pas existé, et il m'est d'autant plus
« cher d'avoir trouvé ici une sœur, que je suis seul au monde
« et que j'étais loin d'espérer pareille aubaine. Et de vrai,
« je ne connais personne de si haute condition que vous ne
« dussiez lui être chère ; à plus forte raison m'êtes-vous chère
« à moi qui ne suis qu'un pauvre petit marchand. Mais je
« vous prie de m'éclairer sur un point ; comment avez-vous
« su que j'étais ici? — » A quoi elle répondit : « — Ce
« matin je l'ai su par une pauvre femme qui reste sou-
« vent avec moi, et qui, à ce qu'elle m'a dit, a habité
« longtemps avec notre père à Palerme et à Pérouse ; et
« s'il ne m'avait pas semblé plus honnête que tu vinsses
« me voir dans cette maison qui est comme tienne, plu-
« tôt que d'aller te voir, moi, dans la maison d'un autre,
« il y a grand temps que je serais allée à toi. — » Puis
elle se mit à demander des nouvelles de tous ses parents,
en les nommant les uns après les autres ; à quoi Andreuccio
répondit, plus convaincu par cette dernière preuve qu'il n'était
besoin.

« L'entretien ayant été fort long et la chaleur étant grande,
elle fit venir du vin de Grèce et des confetti, et versa à
boire à Andreuccio. Après quoi celui-ci voulut partir, l'heure
du dîner étant venue, mais elle ne le souffrit en aucune façon,
fit semblant de se fâcher très fort, et, l'embrassant, elle dit :
« — Hélas ! je vois bien que je te suis peu chère ; croirait-on
« que tu es auprès d'une sœur que tu n'as jamais vue, dans

« sa maison, où, venant à Naples, tu aurais dû descendre,
« et que tu veux la quitter pour aller dîner à l'auberge ! de
« vrai, tu dîneras avec moi, et bien que mon mari soit absent,
« ce qui me chagrine beaucoup, je saurai bien en ma qualité
« de dame te faire honneur. — » A quoi Andreuccio, ne
sachant que répondre, dit : « — Vous m'êtes aussi chère
« qu'une sœur doit l'être, mais si je ne vais pas à mon au-
« berge, on m'y attendra toute la soirée pour dîner, et je
« ferai une malhonnêteté. — » Elle dit alors : « — Loué
« soit Dieu! n'ai-je pas chez moi assez de gens pour envoyer
« dire qu'on ne t'attende pas! mais tu montrerais encore
« plus de courtoisie, tu ne ferais même que ton devoir, en
« envoyant dire à tes compagnons de venir dîner ici ce soir ;
« après quoi, si tu voulais toujours t'en aller, vous pourriez
« partir tous ensemble. — » Andreuccio répondit qu'il ne
voulait pas de ses compagnons pour ce soir, mais que, puisque
cela lui faisait plaisir qu'il restât, cela lui était à lui très
agréable. Alors elle fit semblant d'envoyer dire à son auberge
qu'on ne l'attendît pas pour dîner ; et, après bon nombre
d'autres propos, ils se mirent à table où ils furent splendi-
dement servis de mets nombreux, et où elle fit durer adroitement le repas jusqu'à la nuit obscure. Quand ils furent
levés de table, et comme Andreuccio voulait partir, elle dit
qu'elle ne le souffrirait point, pour ce que Naples n'était pas
une ville où on pouvait aller sûrement la nuit, surtout un
étranger ; qu'en envoyant dire qu'on ne l'attendît pas pour
dîner, elle avait fait également prévenir qu'il ne viendrait pas
coucher. Andreuccio la crut, toujours dupe de sa bonne foi,
et comme il lui était agréable d'être près d'elle, il resta. Après
le dîner, ils causèrent longuement, et une bonne partie de la
nuit s'étant écoulée, elle laissa enfin Andreuccio reposer dans
sa chambre, avec un jeune garçon pour lui indiquer ce dont

I.   11

il aurait besoin, et elle se retira avec ses femmes dans une autre chambre.

« La chaleur était grande ; aussi Andreuccio, se voyant seul, se mit sur-le-champ en bras de chemise, ôta ses chausses et les jeta sur le lit. Sollicité par un besoin naturel d'expulser le superflu de son ventre, il demanda au petit garçon où cela se pourrait faire, et celui-ci le conduisit dans un angle de la chambre et lui montra une porte en disant : « — Entrez là. — » Andreuccio y entra en toute confiance, mais ayant mis le pied par aventure sur une planche dont le bout opposé était détaché de la solive, il tomba avec elle au fond de la fosse. Dieu le protégea assez pour qu'il ne se fît aucun mal dans sa chute, bien qu'il fût tombé de haut ; mais il fut tout embrenné de l'ordure dont l'endroit était rempli. Afin que vous entendiez mieux ce que je viens de dire et ce qui suit, il faut que je vous décrive cet endroit. Dans une petite rue étroite — comme nous en voyons souvent entre deux corps de bâtiments — on avait établi, entre les deux maisons voisines, deux solives sur lesquelles on avait cloué quelques planches, en ménageant une place pour s'asseoir. C'était avec une de ces planches qu'il était tombé.

« Se trouvant donc au fond de la fosse, Andreuccio, fort marri de l'aventure, se mit à appeler le jeune garçon ; mais celui-ci, dès qu'il l'eut entendu tomber, s'était empressé d'aller le dire à la dame, qui courut promptement à sa chambre voir si ses vêtements y étaient. Les ayant trouvés, ainsi que l'argent qu'Andreuccio, peu confiant, portait toujours imprudemment sur lui et pour lequel, feignant d'être de Palerme et se faisant passer pour fille d'un Pérousin, elle avait ourdi cette ruse, sans plus se soucier de lui, elle s'empressa de fermer la porte par laquelle il était sorti. Andreuccio, voyant que le jeune garçon ne lui répondait pas, se mit à crier plus fort, mais inutilement. Déjà soupçonneux, et commençant, mais trop tard, à s'apercevoir qu'on l'avait trompé, il grimpa sur un petit mur qui séparait la fosse de la voie publique et, ayant sauté dans la rue, il s'en alla à la porte de la maison qu'il reconnut très bien, et là il appela longtemps en vain, frappa et se démena comme un diable.

« Comprenant alors clairement sa mésaventure, il se mit à se lamenter, et à dire : hélas ! comme en peu de temps j'ai perdu cinq cents florins et une sœur ! Après plusieurs plaintes de ce genre, il se mit de nouveau à frapper à la porte et à crier, tant et si bien que plusieurs voisins qu'il avait réveillés, se levèrent, ne pouvant supporter cet ennuyeux tapage. Une des servantes de la dame, d'un air à moitié endormie, s'étant mise à la fenêtre, cria de mauvaise humeur : « — Qui frappe là-bas ? — » « — Oh ! — dit Andreuccio — « ne me connais-tu pas ? je suis Andreuccio, frère de madame Fleur de Lys. — » A quoi elle répondit : « — Brave « homme, si tu as trop bu, va dormir et tu reviendras demain. Je ne sais ce que signifie cet Andreuccio dont tu « parles et les sornettes que tu débites ; va-t-en, et laisse-« nous dormir, s'il te plaît. — » « — Comment ! — dit Andreuccio —tu ne sais pas ce que je dis ? Certes, oui, tu le « sais ; mais si les parentés de Sicile sont ainsi faites « qu'elles s'oublient en si peu de temps, rends-moi aux « moins mes vêtements que j'ai laissés là-haut, et je m'en « irai volontiers à la garde de Dieu. — » A quoi elle dit en riant : « — Brave homme, je crois que tu rêves. — » A ces mots, rentrer et fermer la fenêtre fut pour elle l'affaire d'une seconde. Sur quoi Andreuccio, déjà certain de son malheur, fut près de changer en rage sa grande colère, et il résolut d'obtenir par les injures ce qu'il n'avait pu ravoir par les prières. Pour quoi, ayant pris une grosse pierre, il re-

commença à cogner furieusement à la porte à coups répétés
et bien plus fort que la première fois.

« A ce bruit, les voisins qu'il avait déjà réveillés, croyant
avoir affaire à quelque fou qui criait ainsi pour être désagréable à cette bonne dame, se mirent à la fenêtre et, de
même que tous les chiens d'une rue aboyent contre un chien
étranger, crièrent : « — C'est une grande infamie de venir à
« cette heure débiter de pareilles injures sous les fenêtres des
« dames de qualité. Pour Dieu, brave homme, va-t-en ; laisse-
« nous dormir, s'il te plaît. Si tu as affaire avec cette dame,
« tu reviendras demain ; mais ne nous ennuie pas ainsi cette
« nuit. — » Enhardi probablement par ces paroles, un ruffian
de la dame, qui était dans la maison et qu'Andreuccio n'avait
ni vu, ni entendu, se mit à la fenêtre, et d'une voix forte et
terrible, dit : « — Qui est là-bas ? — » A cette voix, Andreuccio
leva la tête et vit un individu qui lui parut devoir être un
homme d'importance, à la barbe noire et touffue et qui bâil-
lait et se frottait les yeux comme s'il sortait du lit. Non sans
trembler, il lui répondit : « — Je suis un frère de la dame qui
« habite là-dedans. — » Mais celui-ci, sans attendre qu'Andreuccio eût terminé sa réponse, et plus farouche qu'avant,
dit : « — Je ne sais qui me tient de descendre et de te donner
tant de coups de bâtons que je t'aie vu décamper, assassin,
fâcheux ivrogne que tu es, qui ne veux pas nous laisser dormir de cette nuit. — » A ces mots, ayant rentré la tête, il ferma
la fenêtre. Quelques-uns des voisins qui connaissaient fort
bien son honnête profession, dirent doucement à Andreuccio : « — Pour Dieu, brave homme, va-t-en, si tu ne veux pas
« te faire tuer ici cette nuit ; va-t-en, ce sera meilleur pour
« toi. — » Andreuccio, qu'avaient épouvanté l'apparition et la
grosse voix du ruffian, crut prudent de suivre les conseils
qui lui semblaient dictés par pure charité pour lui. Plus cha-

grin que jamais, désespéré à l'idée de son argent perdu, il reprit, pour s'en retourner à son auberge, le chemin que lui avait fait suivre la veille la jeune servante, sans trop savoir où il allait. La puanteur qu'il exhalait l'incommodant fort, et voulant se diriger vers la mer pour s'y laver, il prit à main gauche et s'engagea dans une rue appelée rue Catalana.

« Il gagnait ainsi le haut de la ville, lorsque, par aventure, il aperçut deux individus qui se dirigeaient vers lui, une lanterne à la main. Craignant qu'ils ne fussent de la police, ou des gens mal intentionnés, il se réfugia, pour les éviter, dans une masure qu'il vit près de lui. Mais ces individus, comme s'ils avaient projeté de se rendre au même endroit, entrèrent aussi dans la masure, et l'un d'eux ayant déposé à terre certains instruments en fer qu'il portait sur l'épaule, ils se mirent à les examiner et à causer sur la façon dont ils s'en serviraient. Pendant qu'ils parlaient, l'un d'eux dit : « — Que veut dire ceci? Je sens une puanteur telle que je n'en « ai jamais senti de pareille. — » Ce disant, il leva un peu la lanterne, et ils virent le malheureux Andreuccio. Stupéfaits, ils demandèrent : « — Qui est là? — » Andreuccio se taisait ; mais s'approchant tout près de lui avec leur lumière, ils lui demandèrent ce qu'il faisait là en un si malpropre état. Alors Andreuccio leur conta tout ce qui lui était arrivé. Ceux-ci cherchant dans leur esprit où cette aventure pouvait bien lui être advenue, se dirent entre eux : C'est certainement dans la maison de Scarabone Buttafuoco, que le coup a été fait. Et s'étant retourné vers lui, l'un d'eux lui dit : « — Brave « homme, bien que tu aies perdu ton argent, tu as fort à « remercier Dieu d'être tombé dans la fosse et de n'avoir « pu rentrer dans la maison, car si tu n'étais pas tombé, il « est sûr que, dans ton premier sommeil, tu aurais été as- « sassiné, et tu aurais perdu la vie en même temps que ton

11.

« argent. Mais que te sers désormais de gémir? Tu ne pour-
« rais pas plus ravoir un denier de cet argent, qu'une des
« étoiles du ciel; tu pourras même fort bien être assassiné
« si l'on apprend jamais que tu as dit un mot de tout
« cela. — » Ceci dit, ils se consultèrent un moment, et lui
dirent : « — Vois, nous avons compassion de toi; c'est pour-
« quoi si tu veux nous aider dans ce que nous allons faire,
« nous pouvons te certifier que tu toucheras pour ta part
« beaucoup plus que ce que tu as perdu. — »

« On avait le jour même enterré un archevêque de Naples,
nommé messer Philippe Minutolo, lequel avait été enseveli
avec de très riches ornements et un rubis au doigt qui valait
à lui seul, disait-on, plus de cinq cents florins d'or. Les deux
compères avaient projeté de dépouiller l'archevêque, et ils
déclarèrent leur projet à Andreuccio. Celui-ci, plus intéressé
qu'avisé, consentit à les suivre. Ils se dirigeaient vers la
cathédrale, lorsque, Andreuccio sentant toujours très mauvais,
l'un d'eux dit : « — Ne pourrions-nous trouver moyen de le
« laver un peu, afin qu'il ne sente pas si fort? — » L'autre
« dit : — Oui ; nous sommes près d'un puits où il y a d'habi-
« tude une corde et un grand seau ; allons-y et nous l'y la-
« verons promptement. — » Arrivés au puits, ils trouvèrent
bien la corde, mais le seau avait été enlevé; pour quoi, ils
convinrent d'attacher Andreuccio à la corde, de le descendre
dans le puits où il se laverait, puis, une fois lavé, de le remonter, toujours au moyen de la corde; ce qu'ils firent.

« A peine l'eurent-ils descendu, qu'il survint plusieurs
familiers de la Seigneurie auxquels la chaleur extrême et la
poursuite de quelque malfaiteur avaient donné soif, et qui
venaient au puits pour y boire. Les deux compagnons les apercevant, se mirent incontinent à fuir, sans que les familiers
eussent le temps de les voir. Cependant, Andreuccio qui s'était

lavé au fond du puits, agita la corde pour qu'on le remontât.
Les familiers, après avoir déposé leurs boucliers de bois, leurs
armes et leurs casques, se mirent à tirer la corde, croyant
ramener au bout le seau plein d'eau. Dès qu'Andreuccio se vit
arrivé au bord du puits, il lâcha la corde et saisit la margelle
à pleines mains. Ce que voyant, les familiers pris de peur
soudaine, sans dire une parole, lâchèrent à leur tour la corde
et se mirent à fuir le plus vite qu'ils purent. De quoi Andreuccio s'étonna fort, et s'il ne se fût pas bien tenu, il serait
retombé au fond du puits, non sans grand danger de se tuer.
Mais, ayant réussi à sortir, et ayant vu les armes qu'il savait
que ses compagnons n'avaient pas apportées, ils s'étonna encore davantage.

« Ne sachant ce que cela voulait dire, et craignant quelque
méchant tour de sa mauvaise fortune, il se décida à s'en aller sans toucher à rien, et partit sans savoir où il allait.
Chemin faisant, il rencontra ses deux compagnons qui revenaient pour le tirer du puits. En le voyant, ils furent très
étonnés et lui demandèrent qui l'en avait retiré. Andreuccio répondit qu'il ne le savait pas, et leur raconta comment
cela s'était fait et ce qu'il avait trouvé à sa sortie. Ceux-ci,
comprenant tout, lui dirent en riant pourquoi ils s'étaient
enfuis et quels étaient ceux qui l'avaient tiré du puits.
Comme il était près de minuit, sans discourir davantage, ils
se dirigèrent vers la cathédrale. Y étant entrés sans bruit, ils
allèrent droit au tombeau qui était de marbre et fort grand,
et, au moyen de leurs instruments de fer, ils soulevèrent le
couvercle de façon qu'un homme pût s'y introduire. Ceci
fait, l'un d'eux se mit à dire : « — Qui entrera là-dedans ? — »
A quoi l'autre répondit : « — Ce ne sera pas moi. — » « — Ni
moi — dit le premier — mais qu'Andreuccio y entre. — »
« — Je n'en ferai rien — dit Andreuccio. — » Alors les deux

autres s'étant retournés vers lui, dirent : « — Comment, tu n'y
« entreras pas ! Par Dieu, si tu n'y entres pas, nous te don-
« nerons tant de coups de cette barre de fer sur la tête, que
« nous te laisserons pour mort. — » Andreuccio tremblant
de peur, entra, disant en lui-même : « — Ceux-ci me font
« entrer pour mieux me tromper. Quand je leur aurai donné
« tout ce qui est là-dedans, et pendant que je sortirai à grand
« peine de ce caveau, ils s'en iront et je resterai sans
rien. — » Pour quoi, il résolut de se faire d'abord sa part ; se
rappelant l'anneau précieux dont ils lui avaient parlé, ainsi
qu'il a été dit plus haut, il le tira du doigt de l'archevêque
et le mit au sien ; puis il leur passa la crosse, la mître et les
gants, et, dépouillant le cadavre jusqu'à la chemise, il leur
donna tout, disant qu'il n'y avait plus rien. Les autres affirmant que l'anneau devait y être, lui dirent de chercher partout ; mais lui, répondant qu'il ne le trouvait pas, et faisant
semblant de chercher, les amusa quelque temps. De leur
côté, les deux compères qui n'étaient pas moins rusés que
lui, tout en lui disant de bien chercher, retirèrent vivement
la barre de fer qui soutenait le couvercle, et s'enfuirent, le
laissant enfermé dans le tombeau.

« Chacun peut s'imaginer ce que devint Andreuccio en se
voyant ainsi enfermé. A plusieurs reprises il essaya, de la
tête et des épaules, de soulever le couvercle, mais il y perdit sa peine ; enfin, vaincu par la douleur, il s'évanouit et
tomba sur le cadavre de l'archevêque. Qui eût pu alors le
voir, aurait eu de la peine à dire qui, de l'archevêque ou de
lui, était le plus mort. Revenu à lui, il se mit à gémir lamen-
tablement, se voyant dans l'alternative de mourir de faim au
milieu de la puanteur et de la vermine d'un corps mort, si
personne ne venait ouvrir le sépulcre, ou, si quelqu'un venait l'ouvrir, et l'y trouvait, d'être pendu comme voleur.

« Au beau milieu de ses réflexions, de plus en plus chagrin,
il entendit marcher dans l'église, et parler plusieurs personnes. C'était, comme il ne tarda pas à s'en apercevoir, des
gens qui venaient faire précisément ce que lui et ses compagnons avaient déjà fait ; de quoi sa peur s'augmenta fort.
Quand les nouveaux venus eurent soulevé le couvercle, ils
en vinrent à savoir qui entrerait, ce que nul ne voulait faire.
Cependant, après une longue discussion, un prêtre dit :
« — De quoi avez-vous peur ? Croyez-vous qu'il va vous man-
« ger ? Les morts ne mangent pas les vivants. J'y entrerai,
« moi. — » Et ayant ainsi parlé, il se mit à plat ventre sur le
bord du tombeau, tournant la tête au dehors, et y introduisit ses jambes pour y entrer plus facilement. Ce que voyant,
Andreuccio se leva, saisit le prêtre par une jambe et fit mine
de vouloir le tirer à lui. Le prêtre se sentant saisi, poussa
un cri strident et se jeta précipitamment hors du tombeau.
Ses compagnons épouvantés se mirent à fuir comme s'ils
étaient poursuivis par cent mille diables, et laissant le tombeau ouvert. Andreuccio, joyeux au delà de tout espoir, se
précipita au dehors, et sortit en toute hâte de l'église par
l'endroit où il y était entré. Après avoir marché à l'aventure, ayant au doigt le susdit anneau, il se trouva à la pointe
du jour sur la plage, et de là se rabattit sur son auberge, où
ses compagnons et son hôtelier avaient été toute la nuit fort
en peine de lui. Quand il leur eut raconté ce qui lui était
arrivé, l'hôtelier lui donna le conseil de partir sur-le-champ
de Naples, ce qu'il fit aussitôt ; et il s'en revint à Pérouse,
ayant échangé son argent contre une bague, alors qu'il était
allé pour acheter des chevaux. — »

NOUVELLE VI

Madame Beritola, ayant perdu ses deux fils, est trouvée sur une île déserte avec deux chevreaux. Elle va en Lunigiane où l'un de ses fils, entré au service de son seigneur, est surpris avec la fille de celui-ci et mis en prison. Reconnu par sa mère, il épouse la fille du seigneur, et son frère ayant été retrouvé, ils reviennent tous en leur premier état.

Les dames, ainsi que les jeunes gens, avaient ri beaucoup des infortunes d'Andreuccio narrées par la Fiammetta, quand Émilia, voyant que la nouvelle était terminée, et sur l'ordre de la Reine, commença ainsi : « — Ce sont choses graves et ennuyeuses que les variations de la fortune, et comme toutes les fois qu'on en parle, c'est une occasion de réveil pour notre esprit légèrement disposé à s'endormir sous ses caresses trompeuses, je pense qu'heureux et malheureux ne doivent jamais refuser de les entendre, car les premiers y puisent un avertissement et les seconds une consolation. C'est pour quoi, bien qu'on ait déjà dit beaucoup de choses là-dessus, j'entends vous conter une nouvelle non moins vraie qu'émouvante, laquelle, encore qu'elle eut fin joyeuse, parle d'une peine si grande et si longue, que je peux à peine croire qu'elle ait pu être adoucie par la joie qui la suivit.

« Très chères dames, vous devez savoir qu'après la mort de l'empereur Frédéric II, Manfred fut couronné roi de Sicile. Auprès de ce dernier, était dans une très grande situation un gentilhomme de Naples, nommé Arrighetto Capece, lequel avait pour femme une belle et gente dame également napolitaine, appelée madame Beritola Caracciola. Cet Arrighetto avait en mains le gouvernement de l'île, quand il apprit que le roi Charles Ier avait vaincu et tué Manfred à Bénévent, et que tout le royaume se soumettait à lui. Se fiant peu à la courte fidélité des Siciliens, et ne voulant pas devenir le sujet de l'ennemi de son seigneur, il s'apprêtait à fuir. Mais ce projet ayant été connu par les Siciliens, lui et plusieurs autres amis et serviteurs du roi Manfred furent aussitôt remis prisonniers au roi Charles, qui prit ensuite possession de l'île. Madame Beritola, en un tel changement de choses, ne sachant ce qu'il était advenu d'Arrighetto, et soupçonnant toutefois ce qui était arrivé, eut peur de recevoir quelque outrage et, ayant abandonné tout ce qu'elle avait, elle monta sur une barque avec son jeune fils à peine âgé de huit ans, appelé Giusfredi et s'enfuit, enceinte et pauvre, à Lipari, où elle accoucha d'un autre enfant mâle, qu'elle appela le Chassé ; elle prit ensuite une nourrice, et monta avec cette dernière et ses enfants sur un navire, pour s'en retourner chez ses parents, à Naples. Mais il arriva tout autrement que ce qu'elle avait prévu, attendu que le navire, qui devait aller à Naples, fut poussé par la force du vent vers l'île de Ponza, où, l'ayant fait entrer dans un petit bras de mer, l'équipage attendit le moment propice pour continuer le voyage.

« Madame Beritola étant, comme les autres, descendue sur l'île, et ayant trouvé un lieu solitaire et reculé, se mit à se lamenter sur son Arrighetto. Comme elle faisait ainsi chaque jour, il advint qu'une fois qu'elle était occupée à gémir, sans que personne, mariniers ou autres, s'en fût aperçu, une galère de corsaires survint, qui fit main basse sur tout l'équipage et s'enfuit avec sa prise. Madame Beritola, sa lamentation quotidienne finie, retourna au rivage pour rejoindre ses enfants, comme elle avait coutume de faire, et ne trouva personne. De quoi elle s'étonna tout d'abord, puis soudain, se doutant de ce qui était arrivé, elle jeta les yeux sur la mer et vit la galère qui n'était pas encore fort éloignée et qui emmenait le navire derrière elle. Par quoi elle comprit que,

de même que son mari, elle avait perdu ses fils. Et se voyant
pauvre, et seule, et abandonnée, sans savoir si elle devait jamais
retrouver aucun des siens, elle tomba évanouie sur le rivage
en appelant son mari et ses enfants. Il n'y avait là personne
pour rappeler par de l'eau fraîche ou autrement ses forces
perdues ; pour quoi, ses esprits purent aller à la débandade
tant qu'il leur plut ; mais après qu'en son misérable corps
ses forces furent revenues avec les larmes et les gémissements, elle appela longuement ses enfants, et s'en alla longtemps les cherchant dans toutes les cavernes environnantes.
Quand elle vit que sa peine était vaine et que la nuit arrivait, espérant et ne sachant quoi, elle se préoccupa de son
propre sort, et, s'éloignant du rivage, elle se réfugia dans
cette même caverne où elle avait accoutumé de pleurer et de
se lamenter. Après une nuit passée dans une frayeur mortelle
et une douleur indescriptible, le jour vint, et l'heure de tierce
étant passée, comme elle n'avait pas soupé la veille, elle se
mit, poussée par la faim, à manger de l'herbe comme elle
put, pleurant et vivement préoccupée de la façon dont elle
allait vivre. Pendant qu'elle songeait ainsi, elle vit venir une
chèvre qui, après être entrée tout près de là dans une caverne,
en sortit peu d'instants après et s'en alla dans la forêt. Pour
quoi, s'étant levée, elle entra dans la caverne d'où la chèvre
était sortie, et vit deux petits chevreaux, nés sans doute le
jour même, et qui lui parurent la chose la plus douce et la
plus charmante du monde. Comme depuis son nouvel accou-
chement son lait n'était pas encore passé, elle les prit tendrement, et les mit sur son sein. Ceux-ci ne refusant point le
service offert, se mirent à la téter comme ils auraient fait
avec leur mère, et depuis ce moment ne firent aucune distinction entre leur mère et elle. Pour quoi, la gente dame, estimant avoir trouvé en ce lieu désert une compagnie, et devenue

l'amie de la chèvre non moins que de ses petits, résolut de vivre et de mourir là, paissant l'herbe et buvant de l'eau, et pleurant chaque fois qu'elle se rappelait son mari, ses fils et sa vie passée.

« La gente dame demeurant en cet état et devenue sauvage, il advint, après plusieurs mois, que poussé aussi par une tempête, un navire de Pisans vint à l'endroit où elle était arrivée elle-même longtemps avant, et qu'il y demeura plusieurs jours. Sur ce navire était un gentilhomme nommé Conrad, des marquis Malespini, avec une sienne dame vertueuse et sainte; ils revenaient en pèlerinage de tous les lieux saints qui sont dans le royaume de Pouille, et s'en retournaient chez eux. Un jour Conrad pour se désennuyer se mit à parcourir l'île avec sa femme, quelques-uns de ses familiers et ses chiens. Arrivés non loin de l'endroit où était madame Beritola, les chiens de Conrad commencèrent à poursuivre les deux chevreaux qui, déjà grands, s'en allaient paître. Les chevreaux, chassés par les chiens, ne cherchèrent pas d'autre refuge que la caverne où était madame Beritola. Ce que voyant, celle-ci se leva, prit un bâton et fit reculer les chiens. A ce moment, Conrad et sa femme, qui suivaient leurs chiens, étant survenus, et voyant cette femme qui était devenue noire, maigre et poilue, ils furent très surpris, et madame Beritola s'étonna encore plus de les voir. Mais après que, sur ses instances, Conrad eût fait retirer ses chiens, ils l'amenèrent après force prières à dire qui elle était et ce qu'elle faisait là; et elle leur fit connaître entière-ment sa condition, ses malheurs et sa sauvage résolution. Ce qu'entendant, Conrad, qui avait beaucoup connu Arrighetto Capece, pleura de compassion, et par de douces paroles s'efforça de la détourner de sa sauvage résolution, lui offrant de la ramener chez elle, ou de la garder auprès de lui, avec

autant de respect que si elle eût été sa propre sœur, jusqu'à
ce que Dieu lui envoyât fortune plus joyeuse. La dame ne se
pliant pas à ses offres, Conrad la laissa avec sa femme à qui il
dit de faire venir de quoi manger, de revêtir la pauvre dégue-
nillée d'une de ses robes, et de faire tout son possible pour la
ramener avec elle. La gente dame, restée avec madame Beritola pleura tout d'abord beaucoup avec elle sur ses infortunes,
et ayant fait venir des vêtements et de la nourriture, l'amena
avec la plus grande peine du monde à les prendre et à manger ;
enfin après beaucoup de prières, et madame Beritola lui
affirmant qu'elle ne consentirait jamais à aller là où elle
serait connue, elle lui persuada de s'en venir avec elle en
Lunigiane avec les deux chevreaux et la chèvre, laquelle entre
temps était rentrée, et, non sans grande surprise de la gente
dame, lui avait fait une très grande fête. Sur ces entrefaites,
le beau temps étant revenu, madame Beritola monta avec
Conrad et sa femme sur leur navire, ainsi que la chèvre et les
deux chevreaux, à cause desquels — comme la plupart ne
savaient pas son nom — elle fut surnommée la Chevrière, et
poussés par un bon vent jusqu'à la baie de la Magra, ils y
mirent pied à terre et montèrent à leur château. Là,
madame Beritola, en habit de veuve, se tint auprès de la
femme de Conrad, humble et obéissante, comme si elle était
sa damoiselle, et portant toujours grande tendresse à ses
chevreaux qu'elle faisait amplement nourrir.

« Les Corsaires qui s'étaient emparés à Ponza du navire
sur lequel madame Beritola était venue, s'en allèrent avec
tous ses compagnons à Gênes après l'avoir laissée, ne l'ayant
pas vue. Là, le butin ayant été partagé entre les patrons de
la galère, la nourrice de madame Beritola et les deux enfants
échurent entr'autres choses à un messer Guasparrino d'Oria,
qui l'envoya avec les deux enfants à sa demeure pour y

servir tous trois en qualité de serfs. La nourrice affligée
outre mesure de la perte de sa dame et de la malheureuse
fortune où elle se voyait tombée, elle et les deux enfants, pleura
longtemps ; mais quand elle vit que les larmes ne servaient
à rien, et qu'elle était esclave comme eux — encore qu'elle
fût une pauvre femme elle était cependant sage et avisée —
elle se consola d'abord du mieux qu'elle put ; puis voyant où
ils étaient arrivés, elle s'avisa que si les deux enfants étaient
reconnus, ils pourraient d'aventure recevoir de mauvais
traitements. En outre, espérant qu'un jour ou l'autre la fortune pourrait changer, et qu'eux-mêmes, s'ils étaient encore
vivants, pourraient revenir à leur situation perdue, elle pensa
qu'il ne fallait découvrir à personne qui ils étaient avant
qu'elle ne vit qu'il en fût temps ; de sorte que, à tous ceux qui
l'interrogeaient là-dessus, elle disait qu'ils étaient ses fils.
Elle n'appelait pas l'aîné Giusfredi, mais Jeannot de Procida ;
quant au plus jeune, elle ne prit pas la peine de changer son
nom ; et elle eût grand soin d'expliquer à Giusfredi pourquoi
elle avait changé le sien, et à quel danger il pouvait être
exposé s'il était reconnu. Et elle lui rappelait cela non une
fois, mais très souvent ; sur quoi l'enfant, qui était fort intelligent, se conduisait avec beaucoup de prudence, suivant la
recommandation de la sage nourrice.

« Les deux garçons et la nourrice, mal vêtus et plus mal
chaussés, employés aux plus vils offices, vécurent donc
ensemble patiemment pendant plusieurs années dans la
demeure de messer Guasparrino. Mais Jeannot, âgé déjà de
seize ans, ayant plus de cœur qu'il ne convenait à un serf,
et dédaignant la bassesse de sa condition servile, monta un
jour sur les galères qui allaient à Alexandrie, et quittant le
service de messer Guasparrino, s'en alla en plusieurs endroits,
mais sans pouvoir réussir en rien. A la fin, trois ou quatre

ans après son départ de chez messer Guasparrino, étant devenu un beau et grand jeune homme, et ayant appris que son père qu'il croyait mort était encore vivant, mais retenu en captivité et en prison par le roi Charles, il parvint, quasi désespérant de la fortune et allant à l'aventure, en Lunigiane, où il devint par hasard un des familiers de Conrad Malespina, qu'il servit très fidèlement et qui en fut très satisfait. Et bien que quelquefois il vît sa mère qui était avec la femme de Conrad, il ne la reconnut pas, ni elle non plus, tellement l'âge les avait changés l'un et l'autre de ce qu'ils étaient quand ils s'étaient vus pour la dernière fois.

« Jeannot étant donc au service de Conrad, il advint qu'une fille de celui-ci, dont le nom était Spina, restée veuve d'un Niccolo da Grignano, revint à la maison de son père. Elle était fort belle et très agréable, et avait à peine dépassé seize ans. Par aventure elle jeta les yeux sur Jeannot et Jeannot sur elle, et ils s'énamourèrent l'un de l'autre. Cet amour ne resta pas longtemps sans effet, et il se passa plusieurs mois avant que personne s'en aperçut. Pour quoi, se croyant trop assurés du secret, ils commencèrent à agir d'une manière moins discrète que n'en demandaient de pareilles relations; et un jour qu'ils allaient le long d'un bois agréable et très touffu, la jeune fille et Jeannot ayant laissé tout le reste de la compagnie, y entrèrent; croyant avoir beaucoup d'avance sur ceux qui les suivaient, ils s'assirent en un endroit agréable, plein d'herbe et de fleurs et entièrement entouré par les arbres, et se mirent à prendre l'un de l'autre un amoureux plaisir. Ils étaient depuis longtemps ensemble, bien que le grand plaisir qu'ils avaient éprouvé leur eût fait paraître le temps court, lorsqu'ils furent surpris en cet endroit, d'abord par la mère de la jeune fille, puis par Conrad. Celui-ci, affligé outre mesure de ce qu'il

voyait, les fit saisir sans en dire le motif par trois de ses
serviteurs, les fit conduire enchaînés dans un de ses châteaux, et frémissant de colère et de courroux, il se disposait à les faire honteusement mourir. La mère de la jeune
fille ayant compris par quelques paroles échappées à Conrad, quelle était son intention à l'égard des coupables, et
ne pouvant supporter cette idée, bien qu'elle fût très courroucée et qu'elle pensât que sa fille avait mérité les plus
cruels châtiments pour la faute qu'elle avait commise, s'en
vint trouver son époux irrité et se mit à le supplier de ne
pas se laisser aller à devenir dans sa vieillesse le meurtrier
de sa fille, ni à se souiller les mains du sang d'un de ses
serviteurs, le conjurant de trouver une autre manière de
satisfaire sa colère, comme par exemple de les faire emprisonner et de leur faire pleurer en prison la faute commise.
La bonne dame insista tant par ces paroles et par beaucoup
d'autres, qu'elle détourna Conrad de la pensée de les faire
mourir; il ordonna donc que chacun des deux amants fût
emprisonné en un lieu séparé, et là, bien gardé ; qu'on ne
leur donnât que peu de nourriture, et qu'on leur fît subir de
durs traitements, jusqu'à ce qu'il disposât autrement d'eux;
et ainsi fut fait. Ce que fut leur vie dans la captivité et dans
les larmes continuelles, au milieu de plus de privations qu'il
n'aurait été besoin, chacun peut le penser.

« Jeannot et la Spina étaient depuis un an déjà dans une si
poignante situation, sans que Conrad se fût souvenu d'eux,
quand il advint que le roi Pierre d'Aragon, par la connivence
de messire Jean de Procida, souleva l'île de Sicile et l'enleva
au roi Charles; de quoi Conrad, comme Gibelin, fit grande
fête. Jeannot, ayant appris cette nouvelle par un de ceux qui
le gardaient, poussa un grand soupir et dit : « — Hélas!
« voilà quatorze ans passés que je vais errant misérablement

12.

« par le monde, n'attendant rien autre que cela, et mainte-
« nant que la chose est arrivée, afin que jamais plus je n'aie
« à espérer de bonheur, elle me trouve en prison, d'où je
« n'espère jamais sortir, si ce n'est mort. — » « — Et com-
« ment ! — dit le geôlier — que t'importe à toi ce que les
« plus grands rois se font entre eux ? Qu'avais-tu à faire en Si-
« cile ? — » A quoi Jeannot dit : « — Il me semble que mon
« cœur se brise lorsque je me rappelle ce que jadis eut à y
« faire mon père, que je me souviens, encore que je fusse
« petit enfant quand je m'enfuis, avoir vu grand seigneur
« du vivant du roi Manfred. — » Le geôlier poursuivit :
« — Et qui fut ton père ? — » « — Je puis désormais — dit
« Jeannot — nommer mon père en toute sûreté, puisque je
« me vois tombé dans le même danger où je craignais de le
« trouver lui-même. Il fut appelé et s'appelle encore, s'il
« vit, Arrighetto Capece, et moi je ne me nomme pas Jean-
« not, mais Giusfredi ; et je ne doute point que, si j'étais
« hors d'ici et que je retournasse en Sicile, je n'y eusse en-
« core une grande situation. — »

« Le brave gardien, sans pousser la conversation plus avant,
à la première occasion qu'il eut, raconta tout cela à Conrad.
Ce qu'oyant Conrad, bien qu'il se montrât disposé à ne
pas s'en rapporter au prisonnier, il s'en alla vers madame
Beritola, et lui demanda affectueusement si elle n'avait pas
eu un enfant qui avait nom Giusfredi. La dame répondit en
pleurant que si l'aîné des deux enfants qu'elle avait eus était
vivant, il s'appellerait ainsi et serait âgé de vingt-deux ans.
En entendant cela, Conrad comprit que c'était bien lui, et
il lui vint à la pensée, s'il en était ainsi, qu'il pouvait d'un
même coup faire une grande miséricorde, et effacer sa honte
ainsi que celle de sa fille, en la donnant pour femme à ce
jeune homme ; et pour ce, ayant fait venir secrètement Jean-

not, il l'interrogea minutieusement sur toute sa vie passée. Voyant par des indices manifestes qu'il était vraiment Gius-fredi, fils d'Arrighetto Capece, il lui dit : « — Jeannot, tu « sais de quelle nature et combien grande est l'injure que tu « m'as faite en la personne de ma propre fille, alors que je « te traitais bien et amicalement, et que tu devais, comme « tout serviteur doit faire, toujours t'efforcer d'agir en vue « de mon honneur et de mes intérêts ; bien des gens, si tu « leur avais fait ce que tu m'as fait, t'auraient fait honteu-« sement mourir, ce que ma pitié n'a pas voulu. Maintenant, « puisqu'il en est comme tu me dis, et que tu es fils de « gentilhomme et de gente dame, je veux, si tu le veux toi-« même, mettre fin à tes angoisses et te tirer de la misère et « de la captivité où tu es, et d'un même coup remettre ton « honneur et le mien en leur place voulue. Comme tu le sais, « la Spina, que tu as prise par un amour indigne de toi et « d'elle, est veuve, et sa dot est grande et bonne. Quelles « sont ses mœurs et son père et sa mère, tu le sais. De ton « état présent, je ne dis rien. Pour quoi, dès que tu le vou-« dras, je consens, puisqu'elle fut ton amante d'une façon « déshonnête, qu'elle devienne honnêtement ta femme, et « que tu restes ici près de moi et près d'elle tant qu'il te « plaira, comme mon fils. — »

« La prison avait abattu les forces physiques de Jeannot, mais son âme généreuse, digne de son origine, n'avait en aucune façon été diminuée, non plus que l'amour qu'il avait pour sa dame. Et bien qu'il désirât ardemment ce que Conrad lui offrait, et qu'il se vît en son pouvoir, il n'abaissa en rien la réponse que sa grandeur d'âme lui indiquait qu'il devait faire, et il répondit : « — Conrad, ce n'est ni la cupidité de « devenir seigneur, ni le désir d'acquérir de l'argent, ni « autre motif semblable qui me firent jamais attenter, comme

« un traître, à tes intérêts. J'aimais ta fille, et je l'aime et
« l'aimerai toujours, pour ce que je la tiens digne de mon
« amour. Et si j'ai agi vis-à-vis d'elle moins qu'honnêtement,
« selon l'opinion des gens vulgaires, j'ai commis la faute à
« laquelle est toujours exposée la jeunesse, laquelle faute,
« si l'on voulait qu'elle ne se produisît pas, il faudrait sup-
« primer la jeunesse ; de même, si les vieux voulaient se rap-
« peler avoir été jeunes et mesurer les fautes des autres aux
« leurs, et les leurs à celles des autres, elle ne serait pas si
« grave que toi et beaucoup d'autres la font ; je l'ai commise
« comme ami, non comme ennemi. Ce que tu m'offres, je
« l'ai toujours désiré, et si j'avais cru que cette faveur eût
« dû m'être accordée, il y a longtemps que je l'aurais de-
« mandée ; et elle me sera maintenant d'autant plus chère,
« que mon espérance de l'avoir était moindre. Si tu n'as
« point véritablement l'intention que tes paroles me font
« entrevoir, ne me repais point d'une espérance vaine ; fais-
« moi ramener en prison, et là, fais-moi souffrir tout ce qu'il
« te plaira ; pour moi, tant que j'aimerai la Spina, je t'aimerai
« toujours par amour d'elle, quoi que tu me fasses, et je
« t'aurai en respect. — »

« Conrad, oyant cela, s'étonna ; il eut Jeannot en grande
estime, et, tenant son amour pour fervent, le jeune homme ne
lui en fut que plus cher. Pour ce, s'étant levé, il l'accola et le
baisa, et sans plus de retard, ordonna que la Spina fut secrètement amenée. Celle-ci était devenue dans sa prison, maigre,
pâle et débile, et presqu'une autre femme que celle qu'elle
paraissait d'ordinaire, de même que Jeannot était devenu un
autre homme ; tous deux, en présence de Conrad, et d'un
consentement mutuel, contractèrent mariage suivant nos
usages. Et lorsque après quelques jours, pendant lesquels,
sans rien dire à personne de ce qui s'était fait, il leur fit

donner tout ce dont ils avaient besoin et ce qui leur plaisait, il lui parut temps de rendre leurs mères heureuses, ayant fait appeler sa femme et la Chevrière, il leur parla ainsi : « — Que diriez-vous, Madame, si je vous faisais retrouver « votre fils aîné, et s'il était le mari d'une de mes filles? — » A quoi la Chevrière répondit : « -- Je ne pourrais rien vous « dire, sinon que si je pouvais vous être plus attachée que « je le suis, je le serais d'autant plus que vous m'auriez « rendu une chose plus chère que je ne me suis chère à moi- « même, et en me la rendant de la façon que vous dites, « vous me feriez retrouver un peu de mon espérance per- « due, — » et, pleurant, elle se tut. Alors Conrad dit à sa femme : « — Et à toi, femme, que t'en semblerait, si je te « donnais un tel gendre? — » A quoi la dame répondit : « — Non pas seulement l'un d'eux, qui sont gentilshommes, « mais un ribaud, s'il vous plaisait, me plairait. — » Alors Conrad dit : « — Femmes, j'espère avant peu de jours vous « rendre en cela joyeuses. — » Et voyant déjà les deux jeunes gens revenus en leur premier état, il les fit vêtir hono- rablement et demanda à Giusfredi : « — Ne goûterais-tu pas « une allégresse encore plus grande que celle dont tu jouis, « si tu voyais ici ta mère? — » A quoi Giusfredi répondit : « — Je ne saurais croire que les chagrins que lui ont causé « ses malheurs l'aient laissée vivre si longtemps; mais pour- « tant si cela était, cela me serait souverainement cher, d'au- « tant que, par ses avis, je croirais pouvoir recouvrer une « grande partie de mes biens en Sicile. — » Alors Conrad fit venir l'une et l'autre dames. Elles firent toutes deux une merveilleuse fête à la nouvelle épouse, ne s'étonnant pas peu de l'inspiration qui avait pu pousser Conrad à une clémence telle qu'il l'eût unie à Jeannot. Madame Beritola, à quel- ques mots de Conrad, se mit à regarder Jeannot, et une vertu occulte réveillant en elle le souvenir des traits enfantins du visage de son fils, sans attendre d'autre explication, les bras ouverts, elle lui sauta au col. Son émotion surabondante et l'allégresse maternelle ne lui permirent pas de prononcer une parole; au contraire, elle sentit ses forces tellement l'abandonner, qu'elle tomba quasi morte dans les bras de son fils. Celui-ci, bien qu'il s'étonnât beaucoup, se rappelant l'avoir vue souventes fois auparavant en ce même castel sans la reconnaître, reconnut cependant sur-le-champ la douce odeur maternelle, et se blâmant lui-même de son aveuglement passé, il la reçut en pleurant dans ses bras et la baisa tendrement. Et quand madame Beritola, grâce aux soins de la dame de Conrad et de la Spina qui lui prodiguaient l'eau fraîche et tous les autres soins, eût rappelé ses forces perdues, elle embrassa de nouveau son fils avec force larmes et douces paroles, et, pleine de tendresse maternelle, elle le baisa plus de mille fois; et lui, de son côté, l'accueillit très respectueusement.

« Mais après que les embrassements honnêtes et joyeux eurent été renouvelés à trois ou quatre reprises, non sans grande joie des assistants, et que l'un et l'autre eurent narré leurs aventures, Conrad, ayant déjà signifié à ses amis le plaisir qu'il éprouvait dans sa nouvelle alliance, et ordonné une belle et magnifique fête, Giusfredi lui dit : « — Conrad,
« vous m'avez réjoui en bien des choses, et vous avez long-
« temps honoré ma mère; maintenant, pour que rien de ce
« qui peut se faire par vous ne nous manque, je vous prie
« de nous donner, à ma mère et à moi, le plaisir de faire
« venir à la fête mon frère qui, à l'état de serf, habite la
« maison de messer Guasparrino d'Oria, lequel, comme je
« vous l'ai dit déjà, nous prit, lui et moi, dans une de ses
« courses; et puis d'envoyer en Sicile quelqu'un qui s'in-

« forme exactement de l'état du pays et se mette en quête de
« savoir ce qu'il est advenu de mon père Arrighetto, s'il est
« vivant ou mort, et, s'il est vivant, en quelle situation il
« se trouve; et qui, une fois pleinement renseigné sur toutes
« ces choses, s'en revienne vers nous. — » La demande de
Giusfredi plut à Conrad, et, sans aucun retard, il envoya
secrètement des émissaires à Gênes et en Sicile.

« Celui qui alla à Gênes, après avoir trouvé messer Guasparrino, le pria vivement de la part de Conrad de lui envoyer
le Chassé et sa nourrice, et lui expliqua en détail ce qui avait
été fait par Conrad au sujet de Giusfredi et de sa mère.
Messer Guasparrino s'étonna fort en entendant cela, et dit :
« — Il est vrai que je ferais pour Conrad tout ce que je
« pourrais, pourvu que cela lui plût. J'ai bien chez moi,
« voilà quatorze ans déjà, le garçon que tu réclames et sa
« mère, et je les lui enverrai volontiers ; mais tu lui diras
« de ma part qu'il prenne garde d'avoir été trop crédule en
« ajoutant foi aux paroles de Jeannot que tu dis se faire ap-
« peler aujourd'hui Giusfredi, pour ce qu'il est plus malin
« qu'il ne croit. — » Ayant ainsi dit, et après avoir fait
honneur au brave messager, il se fit amener en secret la
nourrice, et l'interrogea prudemment sur ce fait. Celle-ci,
ayant su la révolte de Sicile, et apprenant qu'Arrighetto était
vivant, la peur qu'elle avait eue jadis fut entièrement dissipée,
et elle lui dit de point en point tout ce qui était arrivé, ainsi
que les raisons qui l'avaient fait agir comme elle avait agi.
Messer Guasparrino, voyant que le récit de la nourrice était
parfaitement conforme à celui de l'envoyé de Conrad, commença à y ajouter foi, et, d'une manière ou d'une autre, en
homme très fin qu'il était, s'étant informé de cette aventure,
et trouvant que ses recherches lui donnaient de plus en plus
la certitude du fait, il eut honte du vil traitement fait au

jeune garçon. Sur quoi, pour racheter sa faute, comme il
avait une belle fillette âgée de onze ans, et qu'il connaissait
ce qu'Arrighetto avait été et était, il la lui donna pour femme
avec une grosse dot; puis, après une grande fête donnée à
cette occasion, il monta sur une galère bien armée, accompagné
du garçon, de sa fille, de l'ambassadeur de Conrad et de la
nourrice, et s'en vint à Lerici, où il fut reçu par Conrad qui
le mena, avec toute sa suite en un sien château, situé non
loin de là et où était préparée la grande fête.

« Quelle fut la joie de la mère en revoyant son fils; quel
fut l'accueil que se firent les deux frères; celui que tous les
trois firent à la fidèle nourrice; quelle fut la fête que tous
firent à messer Guasparrino et à sa fille, et celle qu'il fit à
tous; celle enfin à laquelle se livrèrent ensemble Conrad et
sa femme, ses fils et ses amis, tout cela ne pourrait se dé-
crire par des mots, et pour ce, Mesdames, je vous laisse le
soin de l'imaginer. Afin que la fête fut complète, Dieu, qui
comble de ses dons quand il a une fois commencé, voulut
qu'arrivât la joyeuse nouvelle qu'Arrighetto était en vie et
en bonne situation. En effet, au plus fort de la fête, les convives, hommes et femmes, étant encore assis à table, revint
le messager qui était allé en Sicile et qui, entre autres
choses, raconta, au sujet d'Arrighetto, qu'il était gardé en
captivité par le roi Charles, quand la révolte contre le roi
éclata dans la ville; le peuple en fureur courut à la prison,
tua les gardiens, et fit sortir le prisonnier. Puis, comme il
était le principal ennemi du roi Charles, les révoltés le firent
leur capitaine et se mirent, à sa suite, à chasser et à tuer
les Français. Pour quoi, il s'était attiré à un haut point la
faveur du roi Pierre, lequel l'avait rétabli dans tous ses
biens et dans tous ses titres, ce qui faisait qu'il était en
grande et bonne situation. Le messager ajouta qu'il l'avait

reçu avec de grands honneurs, et qu'il avait montré une
grande joie au sujet de sa femme et de son fils, dont il n'a-
vait jamais rien su depuis ses malheurs. En outre, il leur
envoyait une frégate montée par de nombreux gentilshommes
que précédait le messager. Celui-ci fut accueilli et écouté
avec une grande joie; et aussitôt, Conrad et quelques-uns
de ses amis, allèrent à la rencontre des gentilshommes qui
venaient pour madame Beritola et pour Giusfredi, et leur
firent un joyeux accueil; puis Conrad les introduisit au banquet qui n'était pas encore à moitié achevé. Là, la dame et
Giusfredi, et tous les autres, leur témoignèrent une telle
joie, que jamais on n'en vit de pareille. Quant à eux, avant
de se mettre à manger, ils saluèrent Conrad et sa femme de
la part d'Arrighetto, et les remercièrent du mieux qu'ils
surent et qu'ils purent de l'honneur fait à la femme et au
fils d'Arrighetto, mettant ce dernier à leur disposition pour
tout ce qui dépendrait de lui. S'étant ensuite tournés vers
messire Guasparrino, dont le service était inattendu, ils lui
dirent qu'ils étaient certains que, lorsque Arrighetto saurait ce qu'il avait fait pour le Chassé, il lui rendrait de semblables grâces et plus grandes encore. Après quoi ils prirent
part à la fête et mangèrent joyeusement en compagnie des
deux nouvelles épousées et des deux nouveaux époux. Conrad fêta son gendre et ses autres parents et amis, non-seulement ce jour-là, mais pendant un bon nombre d'autres.
Quand la fête fut un peu calmée, il parut temps à madame
Beritola, à Giusfredi et aux autres de partir, et, au milieu
des pleurs de Conrad, de sa dame et de messer Guasparrino, ils montèrent sur la frégate, emmenant la Spina. Poussés par un vent prospère, ils arrivèrent promptement en Sicile, où tous, les fils et les femmes, furent reçus à Palerme
par Arrighetto, avec une telle fête que jamais on ne pour-

rait le dire. On croit qu'ils y vécurent tous longtemps et très heureux, et, en gens reconnaissants des bienfaits reçus, très amis de messire Dieu. — »

NOUVELLE VII

Le Soudan de Babylonie envoie sa fille en mariage au roi de Garbe. Celle-ci, par suite de nombreux accidents, tombe dans l'espace de quatre années aux mains de neuf hommes qui l'emmènent en divers pays. En dernier lieu, rendue à son père comme pucelle, elle est de nouveau envoyée au roi de Garbe.

Si la nouvelle d'Émilia avait duré quelques instants de plus, il est probable que la compassion que les jeunes dames éprouvèrent pour les malheurs de madame Beritola, leur aurait arraché des larmes. Mais quand la nouvelle fut finie, il plut à la reine que Pamphile continuât en contant la sienne; pour quoi, Pamphile qui était le plus obéissant des hommes, commença : « — Plaisantes dames, il est malaisé de connaître ce qui nous convient. C'est ainsi qu'on a pu voir bien souvent que bon nombre de gens, persuadés qu'en devenant riches ils pourraient vivre sans souci et tranquilles, non-seulement ont demandé à Dieu dans leurs prières de leur envoyer la fortune, mais n'ont reculé devant aucune fatigue, aucun péril, pour tâcher de l'acquérir; et qu'à peine la fortune leur est venue, il s'est trouvé quelqu'un, avide de recueillir un si gros héritage, qui les a assassinés; lesquels gens, avant d'être devenus riches, aimaient leur manière de vivre. D'autres, parvenus d'une basse extraction au rang royal, à travers mille périlleuses batailles, en répandant à flots le sang de leurs frères et de leurs amis, et croyant goûter alors le bonheur suprême, ont reconnu qu'indépendamment des soucis infinis, des terreurs dont ils virent leur nouvelle situation remplie, qu'indépendamment de la mort qui les atteignit, aux tables royales on buvait le poison dans les coupes d'or. Beaucoup, après avoir avidement souhaité la force corporelle, la beauté, ou les riches parures, ne se sont aperçu qu'ils avaient mal placé leurs désirs qu'en voyant que ces biens mêmes avaient causé leur mort, ou leur avaient attiré une existence malheureuse. Et pour ne point m'appesantir sur tous les humains désirs, j'affirme qu'il n'en est aucun qui puisse être formé par les vivants avec la pleine certitude qu'il mettra à l'abri de la fortune adverse. Pour quoi, si nous voulons agir sagement, nous devrons nous en tenir à ce que nous a donné et peut seul nous donner Celui qui, seul aussi, sait ce qu'il fait. Mais attendu que, si les hommes se trompent souvent dans la plupart de leurs désirs, vous, gracieuses dames, vous péchez surtout en un seul, à savoir en celui d'être belles, tellement que, non contentes des beautés que vous a accordées la nature, vous cherchez à les accroître par un art merveilleux, il me plaît de vous conter combien, à son grand dommage, fut belle une dame sarrazine, à laquelle il advint, en moins de quatre ans, à cause de sa beauté, de célébrer par neuf fois de nouvelles noces.

« Il y a bon temps déjà, vivait en Babylonie, un soudan nommé Beminedab, et à qui, pendant sa vie, tout réussit à souhait. Parmi ses autres nombreux enfants, mâles et femelles, il avait une fille appelée Alaciel, laquelle, au dire de quiconque l'avait vue, était la plus belle femme qui se vît au monde en ces temps-là ; et pour ce que, dans une grande défaite qu'il avait fait essuyer à une multitude d'arabes qui l'avaient attaqué, le roi de Garbe l'avait merveilleusement aidé, il lui avait, sur la demande que celui-ci lui

en avait faite comme d'une grâce spéciale, donné sa fille
pour épouse, et après l'avoir fait monter sur un navire
bien armé et bon marcheur, avec une escorte d'honneur
composée d'hommes et de femmes, et lui avoir donné de
nombreux et riches vêtements, il la lui envoya, en la recommandant à Dieu. Les marins, voyant le temps bien disposé,
livrèrent les voiles au vent, et après être sortis du port
d'Alexandrie, naviguèrent plusieurs jours très heureusement.
Ils avaient déjà dépassé la Sardaigne, et le terme de leur
course leur paraissait proche, quand un jour des vents divers s'élevèrent soudain, lesquels étant impétueux outre mesure, fatiguèrent tellement le navire où était la dame et les
marins, qu'ils se crurent tous plus d'une fois perdus. Pourtant, agissant en vaillants hommes, de tout leur art et de
toutes leurs forces, quoique battus par la mer immense, ils
se maintinrent pendant deux jours. La troisième nuit survenant depuis que la tempête était commencée, et celle-ci
ne cessant pas mais croissant au contraire de plus en plus,
ils ne savaient où ils étaient, et ne pouvaient le savoir par
calculs marins, ni le reconnaître par la vue, attendu que le
ciel était entièrement obscurci par les nuages et la nuit
noire; quand soudain, se trouvant à peu près à la hauteur
de Mayorque, ils sentirent le navire s'entrouvir. Pour quoi,
ne voyant aucun moyen de salut, et chacun ayant à l'esprit
soi-même et non les autres, ils jetèrent à la mer une chaloupe, et résolus de se fier à celle-ci plutôt qu'au navire détruit, les patrons s'y précipitèrent, suivis un à un de tous
les hommes qui étaient sur le navire, bien que ceux qui
étaient descendus les premiers sur la chaloupe voulussent
les en empêcher le couteau à la main; et croyant ainsi fuir
la mort, ils s'éloignèrent avec la chaloupe. Mais contrariés
par le temps, ils ne purent manœuvrer l'embarcation qui s'a-

bîma, et ils périrent tous tant qu'ils étaient. Quant au navire qui était poussé par un vent impétueux, bien qu'il fût
entr'ouvert et déjà presque plein d'eau — il n'y était resté
personne que la dame et ses femmes, qui toutes, vaincues
par la violence de la mer et par la peur, gisaient sur le pont
quasi-mortes — il vint en courant très vite heurter contre
une plage de l'île de Mayorque ; le choc fut si violent, qu'il
s'engrava tout entier dans le sable, loin du rivage, à peu près
à la distance d'une jetée de pierre. Là, combattu par la mer,
il se tint toute la nuit, sans que le vent pût le faire bouger.

« Le jour venu, et la tempête étant un peu apaisée, la dame
qui était à moitié morte, leva la tête, et faible comme elle
était se mit à appeler tantôt l'un, tantôt l'autre de ses compagnons ; pour quoi, voyant qu'aucun d'eux ne lui répondait et n'en apercevant aucun, elle s'étonna beaucoup et
commença à avoir une grandissime peur. Alors s'étant levée
du mieux qu'elle put, elle vit les dames qui l'accompagnaient
ainsi que les autres femmes étendues autour d'elle. Après
les avoir longtemps appelées, tantôt l'une, tantôt l'autre,
elle en trouva peu qui eussent conscience d'elles-mêmes,
étant toutes comme mortes de peur ou en proie aux angoisses de l'estomac ; de quoi la peur de la dame devint plus
grande encore. Mais néanmoins, la nécessité de prendre une
décision la poussant, attendu qu'elle se voyait là toute seule,
et sans savoir où elle était, elle stimula celles de ses compagnes qui étaient encore vivantes et les fit lever ; celles-ci
ne sachant où les hommes s'en étaient allés et voyant le
navire lutter contre le rivage et plein d'eau, se mirent à
se lamenter avec elle. L'heure de none était déjà proche
qu'elles n'avaient encore vu personne sur le rivage ou autre
part, à qui elles pussent inspirer quelque pitié et qui les
secourût. Sur l'heure de none, revenant par aventure de

13.

chez lui, passa par là un gentilhomme dont le nom était Pericon da Visalgo, suivi de plusieurs de ses familiers à cheval, lequel voyant le navire, comprit aussitôt de quoi il s'agissait, et ordonna à un des familiers de monter sans retard sur le navire et de lui dire ce qu'il y aurait trouvé. Le familier, encore qu'il éprouvât quelque difficulté à ce faire, parvint cependant à y monter, et trouva la gente jeune fille avec les quelques compagnes qui lui restaient, et qui se tenait timidement cachée sous le bec de la proue du navire. Dès qu'elles le virent, pleurant, elles implorèrent à plusieurs reprises sa miséricorde; mais voyant qu'elles n'étaient pas comprises de lui, et qu'elles ne le comprenaient pas, elles s'efforcèrent de lui expliquer par gestes leur mésaventure. Le familier ayant tout regardé de son mieux, raconta à Pericon ce qu'il y avait sur le navire; sur quoi Pericon, ayant promptement fait descendre à terre les femmes et les choses les plus précieuses qui s'y trouvaient, s'en fut avec elles dans son château; et là, les femmes s'étant reconfortées par la nourriture et le repos, il comprit à ses riches vêtements, que la dame qu'il avait trouvée devait être une grande et gente dame, ce qu'il reconnut aussi au respect que toutes les autres avaient pour elle seule. Et bien que la dame fut toute pâle et très fatiguée, à cause de la mer, cependant ses beautés n'échappèrent point à Pericon; pour quoi il résolut soudain en lui-même, si elle n'avait point de mari, de la prendre pour femme, et s'il ne la pouvait avoir pour femme, d'obtenir ses faveurs.

« Pericon était homme de fière prestance et très robuste; ayant pendant quelques jours fait servir abondamment la dame, cette dernière s'était de la sorte entièrement rétablie. Pour quoi, voyant qu'elle était belle au delà de toute imagination, et fort ennuyé de ne pouvoir la comprendre et de n'être point compris d'elle, et de ne pouvoir ainsi savoir qui elle était, démesurément enflammé cependant par sa beauté, il s'efforça, par gestes plaisants et amoureux, de l'amener à satisfaire ses désirs; mais cela ne servait à rien; elle repoussait complètement ses offres de service, et l'ardeur de Pericon s'en allumait d'autant plus. Ce que voyant la dame, comme elle était déjà demeurée parmi ces gens pendant plusieurs jours, elle comprit à leurs façons d'agir qu'elle était chez des chrétiens, et en un lieu où, même si elle l'avait su, il lui aurait peu réussi de se faire connaître. Sentant également qu'à la longue, par force ou par amour, il lui faudrait en venir à satisfaire Pericon, elle résolut de dominer par sa force d'âme la situation malheureuse où elle se trouvait. Elle recommanda donc à ses femmes — il ne lui en était plus resté que trois — de ne révéler à personne qui elles étaient, à moins qu'elles ne se trouvassent en un endroit où elles verraient moyen d'être secourues et délivrées. En outre, elle les engagea fortement à conserver leur chasteté, affirmant que pour elle, elle était bien résolue à ce que personne, si ce n'est son mari, pût jouir d'elle. Ses femmes la louèrent beaucoup de cela, et promirent de suivre ses ordres selon leur pouvoir.

« Pericon s'enflammant chaque jour davantage — d'autant plus qu'il voyait à sa portée la chose désirée et qu'elle lui était refusée — et voyant que ses frais n'aboutissaient à rien, résolut d'agir par ruse et artifice, réservant la force pour la fin. S'étant aperçu plusieurs fois que le vin plaisait à la dame comme à une personne qui n'avait pas été habituée à en boire, sa religion le lui défendant, il pensa qu'il la pourrait prendre à l'aide du vin, ministre ordinaire de Vénus. Feignant de ne plus avoir envie de ce dont elle se montrait si avare, il fit servir un soir, en manière de fête solennelle, un beau souper, auquel la dame vint assister. A ce souper égayé par toutes sortes de bonnes choses, il ordonna à celui qui la servait de lui donner à boire des vins variés mêlés ensemble, ce que le serviteur fit très bien ; et elle qui ne se méfiait pas de cela, entraînée par l'agrément du breuvage, en prit plus qu'il n'aurait été honnête. De quoi, toute infortune passée étant oubliée, elle devint joyeuse, et voyant quelques femmes danser à la mode de Mayorque, elle dansa à la mode d'Alexandrie. Ce que voyant Pericon, il lui sembla qu'il était près d'obtenir ce qu'il désirait, et continuant à lui faire servir plus abondamment des mets et des vins, il prolongea le souper une grande partie de la nuit. Enfin, les convives partis, il entra dans la chambre de la dame seul avec elle. Celle-ci, plus chaude de vin que retenue par l'honnêteté, entra dans le lit, après s'être dépouillée de ses vêtements en présence de Pericon, comme s'il avait été une de ses femmes, et sans être retenue par la moindre vergogne. Pericon l'imita sans retard, et ayant éteint toute lumière, il se glissa prestement à ses côtés, la saisit dans ses bras, et sans qu'elle lui opposât la moindre résistance, il se mit à se satisfaire amoureusement avec elle. Ce qu'ayant senti la dame, elle qui n'avait jamais su auparavant avec quelle corne cossaient les hommes, quasi-repentante de n'avoir pas consenti aux avances de Pericon, et sans attendre d'être invitée par lui à de si douces noces, elle l'y invita plusieurs fois elle-même, non par des paroles, car elle ne savait pas se faire entendre, mais par gestes.

« Pendant qu'elle goûtait ce grand plaisir avec Pericon, la fortune mécontente de l'avoir, de femme de roi qu'elle était, fait devenir l'amie d'un simple châtelain, lui prépara bientôt une plus rude amitié. Pericon avait un frère âgé de vingt-cinq ans, beau et frais comme une rose, dont le nom était

Marato ; ayant vu Alaciel, et celle-ci lui ayant souverainement plu, il crut s'apercevoir, selon qu'il pouvait en juger
par ses gestes, qu'il en était bien accueilli ; et estimant que
rien ne l'empêchait d'obtenir ce qu'il désirait d'elle, si non
la garde vigilante que Pericon en faisait, il tomba dans une
pensée cruelle, pensée qui fut suivie sans retard d'un criminel effet. Il y avait alors par hasard dans le port de la ville
un navire chargé de marchandises pour Chiarenza en Romagne
et dont deux jeunes Génois étaient les patrons ; déjà la voile
était levée pour partir au premier bon vent. Marato s'étant
entendu avec eux prépara tout pour qu'ils le reçussent la nuit
suivante avec la dame. Cela fait, la nuit étant venue, et ayant
tout disposé pour ce qu'il avait à faire, il s'en alla dans la
maison de Pericon qui ne se défiait nullement de lui, accompagné de quelques fidèles compagnons, qu'il avait requis
pour l'aider dans ses projets, et suivant le plan arrêté entre
eux, il se cacha dans la maison. Quand une partie de la nuit
fut écoulée, il ouvrit à ses compagnons, alla avec eux à l'endroit où Pericon dormait avec la dame, et étant entrés, ils
tuèrent Pericon endormi et s'emparèrent de la dame qui
s'était réveillée et se lamentait, la menaçant de mort si elle
faisait du bruit. Puis, avec la plus grande partie des choses
précieuses appartenant à Pericon, sans avoir été entendus,
ils s'en allèrent promptement au port où, sans plus de retard,
Marato monta avec la dame sur le navire, laissant ses compagnons s'en retourner.

« Les marins ayant bonne et fraîche brise, levèrent les
voiles et se mirent en voyage. La dame se lamenta amèrement
sur sa première mésaventure ainsi que sur la seconde ; mais
Marato, ayant en main le Saint-Croissant que Dieu nous
donna, se mit à la consoler de telle façon que bientôt, appri-
voisée avec lui, elle eut oublié Pericon ; et déjà elle s'esti-

mait heureuse, quand la fortune, non satisfaite des tristesses passées, lui en prépara une nouvelle. Comme elle était très belle de forme, ainsi que nous l'avons déjà dit souvent, et de manières fort gracieuses, les deux jeunes patrons du navire s'énamourèrent si fort d'elle, qu'oubliant toute autre chose, ils ne s'occupaient qu'à la servir et qu'à lui être agréable, prenant bien garde que Marato ne le soupçonnât. S'étant aperçus l'un l'autre de leur amour, ils eurent à ce sujet un entretien secret où ils convinrent de faire en commun l'acquisition de la dame, comme si l'amour devait se traiter de la même façon que les marchandises ou les profits du commerce. La voyant parfaitement gardée par Marato, et pour ce étant empêchés dans leur projet, un jour que le navire marchait à pleines voiles et que Marato se tenait sur la poupe à regarder la mer sans se méfier en rien d'eux, ils s'approchèrent de lui d'un commun accord, le saisirent prestement par derrière et le jetèrent à la mer ; et le navire alla plus d'un mille avant que personne se fut aperçu que Marato était tombé à l'eau. Ce qu'apprenant la dame, et ne voyant aucune possibilité de le retrouver, elle se mit à recommencer sur le navire ses premières plaintes. Sur quoi, les deux amants vinrent incontinent pour la consoler et par de douces paroles, par de grandes promesses, bien qu'elle les comprît peu, ils s'efforçaient de calmer la dame qui pleurait bien moins le mari perdu que sur sa propre mésaventure. Après lui avoir tenu une ou deux fois de longs discours, il leur sembla qu'ils l'avaient quasi consolée, et ils en vinrent à discuter pour savoir celui qui le premier la mènerait coucher avec lui. Voulant chacun être le premier, et ne pouvant s'accorder entre eux à ce sujet, ils commencèrent d'abord à échanger de graves injures ; leur colère s'en augmentant, ils mirent la main aux couteaux, et s'attaquant avec fureur,

ils s'en portèrent plusieurs coups avant que ceux qui étaient
sur le navire pussent les séparer; sur quoi l'un d'eux tomba
mort, et l'autre, gravement blessé en plusieurs endroits, eut
la vie sauve. Cette aventure contraria beaucoup la dame,
qui se voyait seule et sans l'appui de personne et craignait
fort que la colère des parents et des amis des deux patrons
se tournât contre elle; mais les prières du blessé, et une
prompte arrivée à Chiarenza, la sauvèrent de ce danger de mort.

« Étant descendue à terre avec le blessé, et demeurant avec
lui dans une auberge, le bruit de sa grande beauté courut
soudain par la ville, et ce bruit parvint aux oreilles du prince
de la Morée qui était alors à Chiarenza. Ce dernier voulut
la voir, et l'ayant vue, elle lui parut plus belle que la renommée la faisait; c'est pourquoi il s'énamoura si fortement d'elle, qu'il ne pouvait penser à autre chose; et ayant
entendu de quelle façon elle était venue là, il résolut d'essayer de l'avoir. Comme il cherchait les moyens pour y parvenir, les parents du blessé l'ayant appris, sans attendre
davantage, ils la lui envoyèrent, ce qui fut très agréable au
prince et aussi à la dame, pour ce qu'il lui sembla que cela
la tirait d'un grand péril. Le prince la voyant, outre sa
beauté, ornée d'habits royaux, ne pouvant autrement savoir
qui elle était, pensa qu'elle devait être une noble dame, et
son amour en redoubla. La tenant en grand honneur, il la
traitait non comme sa maîtresse, mais comme sa propre
femme. Pour quoi, la dame se rappelant ses malheurs passés, et se trouvant en comparaison fort bien et surtout toute
réconfortée, était redevenue joyeuse, et ses beautés fleuri-
rent tellement, qu'il semblait que toute la Romagne n'eût
point à parler d'autre chose. Cela fit que le duc d'Athènes,
jeune homme beau et vaillant de sa personne, ami et parent
du prince, eut le désir de la voir, et sous prétexte d'aller

visiter celui-ci, comme il avait l'habitude de le faire parfois, il s'en vint avec une belle et honorable suite à Chiarenza où il fut reçu avec honneur et en grande fête. Au
bout de quelques jours étant venus à causer ensemble des
beautés de cette dame, le duc demanda si c'était chose aussi
belle qu'on le prétendait. A quoi le prince répondit :
« — Beaucoup plus, mais de cela ce ne sont pas mes pa-
« roles mais tes yeux que je veux prendre pour garants. — »
Alors, sur les instances du duc, ils s'en allèrent ensemble là
où elle était. La dame, informée d'avance de leur visite, les
reçut en riches atours et d'un air joyeux ; et l'ayant fait asseoir entre eux, ils ne purent avoir le plaisir de causer avec
elle, pour ce qu'elle n'entendait rien ou que bien peu de leur
langage. Pour quoi chacun la regardait comme une merveilleuse chose, et surtout le duc qui pouvait à peine croire
qu'elle fût créature mortelle ; et croyant, grâce à l'amoureux
venin qu'il buvait par les yeux, pouvoir satisfaire son désir
en la regardant, il prépara son propre malheur, en s'énamou-
rant ardemment d'elle. Quand il eut pris congé d'elle avec
le prince, et qu'il put penser à son aise, il estima le prince
heureux entre tous, pouvant disposer à son plaisir d'une si
belle chose. Après y avoir longuement et diversement songé,
son feu amoureux pesant plus que son honnêteté, il résolut, quoi
qu'il en dût arriver, d'enlever cette félicité au prince, et de
s'en rendre seul possesseur par quelque moyen que ce fût ; et
dans sa hâte, laissant de côté toute raison et toute justice,
il concentra sa pensée tout entière vers les embûches.

« Un jour donc, suivant l'exécrable projet arrêté par lui de
concert avec un camérier secret du prince, lequel avait nom
Ciuriaci, il fit préparer très secrètement tous ses chevaux et
tous ses bagages afin de pouvoir partir ; et, la nuit venue,
le susdit Ciuriaci l'introduisit en cachette, avec un sien com-

pagnon armé comme lui, dans la chambre du prince, qu'il
vit, à cause de la grande chaleur, la dame dormant, debout tout nu à une fenêtre donnant sur la mer, pour respirer
une petite brise qui s'en élevait. Pour quoi, après avoir informé d'avance son compagnon de ce qu'il avait à faire, il alla
sans bruit par la chambre jusqu'à la fenêtre, et là il frappa
le prince dans les reins d'un coup de couteau qui le trans-
perça de part en part, puis il le saisit promptement et le jeta
par la fenêtre. Le palais qui donnait sur la mer était très
élevé, et la fenêtre à laquelle était le prince avait vue sur
quelques masures effondrées par l'impétuosité de la mer, et
dans lesquelles personne n'allait sinon très rarement. Il advint donc, comme le duc l'avait prévu, que la chute du corps
du prince ne fut entendue et ne put l'être de personne. Le
compagnon du duc, voyant cette action accomplie et faisant
semblant de vouloir embrasser Ciuriaci, lui jeta prestement
autour du col un lacet qu'il avait apporté tout exprès, et le
tira si violemment que Ciuriaci ne put pousser un seul cri.
Le duc étant venu à son aide, ils l'étranglèrent et le jetèrent par la même fenêtre qu'ils avaient jeté le prince. Cela
fait, voyant qu'ils n'avaient été entendus ni par la dame, ni
par d'autres, le duc prit en main une lumière, la porta vers
le lit, et découvrit en silence la dame qui dormait profondément. La regardant des pieds à la tête, il l'admira beaucoup,
et si, vêtue, elle lui avait plu, elle lui plut au delà de toute
comparaison étant nue. Pour quoi, embrasé d'un plus chaud
désir, et nullement épouvanté du crime qu'il venait de commettre les mains encore ensanglantées, il se glissa à ses
côtés et se coucha près d'elle qui était tout assoupie et
croyait que c'était le prince. Après qu'il fut demeuré avec
elle en grandissime plaisir, il se leva et ayant fait venir
quelques-uns de ses compagnons, il fit enlever la dame

14

de façon qu'elle ne pût crier, et la fit emporter par une fausse porte par laquelle il était entré ; puis, l'ayant placée sur un cheval, il se mit en route avec tous ses gens, faisant le moins de bruit qu'il pouvait, et s'en retourna vers Athènes. Mais comme il était marié, il n'alla point jusque là, et s'arrêta en un très bel endroit à lui, qu'il avait sur le bord de la mer ; là, il la tint cachée et lui fit servir tout ce dont elle avait besoin.

« Les courtisans du prince avaient, le lendemain matin, attendu jusqu'à l'heure de none qu'il se levât ; mais n'entendant rien, et ayant poussé les portes des chambres qui n'étaient point fermées, sans voir non plus personne, ils pensèrent qu'il était allé incognito quelque part passer quelques jours en compagnie de sa belle dame, et ils n'en prirent plus de souci. Les choses étant en cet état, il advint que, le jour suivant, un fou étant entré dans les ruines où gisaient le corps du prince et celui de Ciuriaci, saisit Ciuriaci par le lacet, et s'en alla en le traînant derrière lui. Ciuriaci fut, non sans grand étonnement, reconnu par un grand nombre de gens, lesquels, au moyen de promesses, s'étant fait mener par le fou à l'endroit d'où il l'avait traîné, y trouvèrent, au grand désespoir de toute la ville, le corps du prince qu'ils ensevelirent avec honneur. Et comme on cherchait les auteurs d'un si grand forfait, et qu'on vit que le duc d'Athènes n'était plus là, mais qu'il était parti furtivement, ils estimèrent, comme cela était vrai, que c'était lui qui avait fait le coup et emmené la dame. Pour quoi, mettant à la place du prince mort un de ses frères, ils l'élurent pour leur prince, et l'excitèrent de tout leur pouvoir à se venger. Ce dernier, ayant par la suite eu la preuve que la chose s'était passée comme on l'avait imaginé tout d'abord, rassembla de tous côtés ses amis, ses parents et ses serviteurs, en forma rapidement une belle, grande et puissante armée, et se dirigea contre le duc d'Athènes pour lui faire la guerre. Le duc, apprenant cela, apprêta également ses forces pour se défendre, et de nombreux seigneurs accoururent à son aide, parmi lesquels, envoyés par l'empereur de Constantinople, se trouvaient son fils Constantin et Manovello, son neveu, avec une belle et nombreuse suite. Ces princes furent reçus très honorablement par le duc et encore plus par la duchesse, pour ce qu'elle était leur sœur.

« Les choses tournant de jour en jour davantage à la guerre, la duchesse, le moment venu, les fit venir tous les deux en sa chambre, et là, avec force larmes et force paroles, elle leur conta toute l'histoire, les motifs de la guerre, et leur montra l'affront que lui faisait le duc avec cette femme qu'il croyait tenir si bien cachée ; et se plaignant fort de tout cela, elle les pria d'y apporter de leur mieux remède, pour l'honneur du duc et pour sa consolation à elle. Les jeunes gens savaient le fait tel qu'il était, et pour ce, sans trop l'interroger, ils réconfortèrent la duchesse du mieux qu'ils surent, et la remplirent de bonne espérance. Ayant été informés par elle de l'endroit où était la dame, ils partirent ; et comme ils avaient souvent entendu vanter la merveilleuse beauté de celle-ci, ils désirèrent la voir et prièrent le duc de la leur montrer. Celui-ci, ne se souvenant plus de ce qui était advenu au prince pour la lui avoir montrée à lui-même, promit de le faire. Et ayant fait préparer un magnifique déjeuner, dans un très beau jardin où demeurait la dame, il les conduisit, le lendemain matin, avec quelques autres compagnons, manger avec elle. Constantin étant assis à côté de la dame, se mit à la regarder plein d'étonnement, affirmant en lui-même qu'il n'avait jamais vu chose si belle, et que certainement le duc devait être excusé si, pour posséder une si belle chose, il

avait trahi son ami et avait commis un crime ; et comme il
la regardait à plusieurs reprises, l'admirant chaque fois de
plus en plus, il ne lui en advint pas autrement à lui qu'il
n'en était advenu au duc. Pour quoi, il partit énamouré
d'elle, et ayant abandonné toute pensée de guerre, il se
mit à songer comment il pourrait l'enlever au duc, cachant
soigneusement son amour à tout le monde.

« Pendant qu'il brûlait de ce feu, le moment vint de sortir
pour aller contre le prince qui déjà s'approchait des domaines du duc ; pour quoi, le duc et Constantin, et tous
leurs autres compagnons, suivant l'ordre adopté, étant sortis d'Athènes, s'en allèrent s'établir aux frontières, afin que
le prince n'avançât pas davantage. Ils y étaient depuis plusieurs jours, lorsque Constantin, ayant toujours l'esprit et
la pensée tournés vers la dame, et s'imaginant que, maintenant que le duc n'était plus près d'elle, il pourrait très bien
en venir à satisfaire son désir, pour avoir un motif de retourner à Athènes, feignit d'être tombé gravement malade ;
pour quoi, avec la permission du duc, ayant remis son commandement à Manovello, il s'en vint à Athènes vers sa sœur.
Là, après un jour de repos, l'ayant amenée à causer de l'injure qu'elle avait reçue du duc à propos de la dame qu'il
entretenait, il lui dit que, si elle voulait, il l'aiderait en cette
circonstance, en l'enlevant de l'endroit où elle était, et l'em-
mènerait au loin. La duchesse, croyant que Constantin lui
faisait cette proposition par affection pour elle et non par
amour pour la dame, dit que cela lui plairait fort s'il s'arrangeait de façon que le duc ne pût jamais savoir qu'elle y
avait prêté la main, ce que Constantin lui promit pleinement ; pour quoi, la duchesse consentit à ce qu'il fît du
mieux qu'il lui semblerait.

« Constantin, ayant fait armer en secret une barque légère,

la fit amener un soir tout près du jardin où demeurait la dame, et informa ceux des siens qui la montaient de ce qu'ils auraient à faire ; puis, avec les autres, il alla au palais où était la dame. Là, par ceux qui étaient au service de cette dernière, et par la dame elle-même, il fut joyeusement reçu, et elle l'accompagna au jardin, selon qu'il lui plut, avec ses serviteurs et les compagnons de Constantin. Celui-ci, sous prétexte d'avoir à lui parler de la part du duc, alla seul avec elle vers une porte qui donnait sur la mer, et qui avait été à l'avance ouverte par un de ses compagnons ; et là, ayant par le signal convenu, appelé la barque, il fit prestement saisir la dame, et la fit porter sur la barque ; puis, étant revenu vers les serviteurs, il leur dit : « — Que personne ne bouge ou « ne dise mot, s'il ne veut mourir, pour ce que je n'entends « pas ravir la dame du duc, mais effacer la honte qu'il fait « à ma sœur. — » A cela, nul n'osa répondre ; pour quoi Constantin, monté avec les siens sur la barque, et s'étant approché de la dame qui pleurait, ordonna qu'on mît les rames à l'eau et qu'on partît. Volant plutôt que voguant, ils parvinrent à Egine un peu avant le point du jour, et étant descendus à terre pour se reposer, Constantin se satisfit avec la dame qui pleurait sur sa malheureuse beauté. De là, remontés sur la barque, ils parvinrent en peu de jours à Chios, où, par crainte de la colère de son père, et redoutant aussi de se voir enlever la dame qu'il avait ravie, il plut à Constantin de rester comme en un lieu sûr. Pendant plusieurs jours, la dame pleura sa mésaventure ; mais, à la fin, consolée par Constantin, elle se mit, comme elle avait fait les autres fois, à prendre plaisir de ce que la fortune lui apportait.

« Pendant que les choses allaient ainsi, Osbech, alors roi des turcs, et qui était en guerre continuelle avec l'empereur,

14.

vint en ce temps par hasard à Smyrne ; et là, ayant entendu
dire que Constantin se tenait à Chios sans prendre la
moindre précaution, et y menait une existence lascive avec
une dame qu'il avait volée, il s'y rendit une nuit avec quelques petits navires de guerre ; et étant entré sans bruit dans
la ville avec ses gens, il en surprit beaucoup dans leur lit
avant que ceux-ci s'aperçussent que les ennemis étaient survenus ; quant au petit nombre de ceux qui s'étaient réveillés
à la rumeur et avaient pris les armes, ils furent occis. La
ville tout entière étant brûlée, et le butin et les prisonniers
portés sur les navires, ils retournèrent vers Smyrne. Là,
Osbech, qui était jeune, trouva, en passant son butin en re-
vue, la belle dame qui avait été prise endormie dans son
lit ; pour quoi, très content de la voir, il en fit sur-le-champ
sa femme, célébra les noces et coucha joyeusement avec elle
plusieurs mois. L'empereur qui, avant que ces choses arrivassent, avait fait un traité avec Basan, roi de Cappadoce,
afin qu'il assaillît d'un côté Osbech avec ses forces, pendant
qu'il l'attaquerait d'un autre côté avec les siennes, et qui ne
l'avait pas encore pu mettre à exécution pour ce qu'il ne
voulait pas faire, comme n'étant pas convenable, une des
choses que lui demandait Basan, apprenant ce qui était arrivé à son fils, et dolent outre mesure de cela, fit sans plus
attendre ce que lui demandait le roi de Cappadoce, et le pressa
tant qu'il put de fondre sur Osbech, s'apprêtant de son côté
à lui tomber sus. Osbech, apprenant cela, rassembla une armée
avant d'être cerné par les deux puissants souverains, et alla à
la rencontre du roi de Cappadoce, laissant à Smyrne sa belle
dame sous la garde d'un de ses familiers qui était en même
temps son ami ; et après qu'il eut combattu quelque temps
contre le roi de Cappadoce, il fut tué dans la bataille, et
son armée déconfite et dispersée ; pour quoi, Basan, victo-

rieux, marcha librement vers Smyrne, et, sur son passage, tous lui obéissaient comme au vainqueur.

« Le familier d'Osbech, nommé Antiochus, à qui la belle dame avait été donnée en garde, la voyant si belle, s'en amouracha, bien qu'il fût vieux, sans garder le moins du monde fidélité à son ami et seigneur ; et sachant sa langue — ce qui était très agréable à la dame qui, depuis plusieurs années, avait dû se résoudre à vivre comme si elle était sourde et muette, n'ayant personne qu'elle pût comprendre ou dont elle pût être comprise — poussé par l'amour, il prit en peu de jours tant de familiarité avec elle, que bientôt, sans nul égard pour leur seigneur qui était sous les armes et en guerre, ils devinrent non-seulement amis, mais amants, prenant l'un avec l'autre, sous les draps, un merveilleux plaisir. Mais apprenant qu'Osbech avait été vaincu et tué, et que Basan venait, pillant tout sur son passage, ils se disposèrent à partir ensemble sans l'attendre, mais toutefois après avoir pris la plus grande partie des choses appartenant à Osbech. Ils s'en allèrent donc tous les deux secrètement à Rhodes, où, au bout de peu de temps, Antiochus tomba malade à mourir.

« Il était logé par hasard avec un marchand de Chypre qu'il aimait beaucoup, et qui était son meilleur ami ; sentant sa fin venir, il pensa à lui laisser ce qu'il possédait ainsi que sa chère dame. Près de la mort, il les appela tous les deux et leur dit : « — Je vois, sans que je puisse en douter, que « je m'en vais, ce qui me chagrine, pour ce que je ne me suis « jamais plus réjoui de vivre que je le faisais. Il est vrai que « je meurs très content d'une chose, à savoir que, puisque « je dois mourir, je me vois mourir dans les bras des deux « personnes que j'ai plus aimées que qui que ce soit au monde, « c'est-à-dire dans les tiens, très cher ami, et dans ceux de

« cette dame que j'ai aimée plus que moi-même du moment
« que je l'ai connue. Il est vrai qu'il m'est dur de la voir res-
« ter ici, étrangère, sans aide et sans conseil, moi mourant ;
« et cela me serait plus dur encore, si je ne te sentais pas
« ici, car j'espère que, par amitié pour moi, tu auras d'elle
« le même soin que tu aurais eu de moi. Et pour ce, je te
« prie tant que je peux, s'il arrive que je meure, que mes
« affaires et elle-même te soient confiées, et que tu fasses de
« l'une et des autres ce que tu croiras devoir faire pour la
« consolation de mon âme. Et toi, très chère dame, je te
« prie de ne pas m'oublier après ma mort, afin que là-bas
« je puisse me vanter que, sur cette terre, j'ai été aimé de
« la plus belle dame que la nature ait jamais formée. Si vous
« me donnez entière espérance sur ces deux choses, sans
« nul doute je m'en irai consolé. — » Son ami le marchand,
ainsi que la dame, pleuraient en entendant ces paroles ; et
quand il eut fini, ils le réconfortèrent et lui promirent sur
leur foi de faire ce dont il les priait, s'il arrivait qu'il mou-
rût. Il ne tarda guère à trépasser, et il fut enseveli avec
honneur par eux. Puis, quelques jours après, le marchand
de Chypre, ayant terminé tout ce qu'il avait à faire à Rhodes,
et voulant s'en retourner à Chypre sur un coche de catalans
qui se trouvait dans le port, demanda à la belle dame ce
qu'elle voulait faire, car pour lui, il lui fallait retourner à
Chypre. La dame répondit que, si cela lui plaisait, elle irait
volontiers avec lui, espérant que, par amitié pour Antiochus,
elle serait traitée et regardée par lui comme une sœur. Le
marchand répondit que son désir serait satisfait ; et afin de
la soustraire à toute injure qui pourrait survenir avant qu'ils
fussent arrivés à Chypre, il la fit passer pour sa femme. Une
fois montés sur le navire, on leur donna une chambre à la
poupe, et afin que le fait ne parût pas contraire aux paroles,

ils dormirent tous deux en un même petit lit. Pour quoi, il advint ce que ni l'un ni l'autre n'avait prévu en partant de Rhodes, c'est-à-dire que l'obscurité, jointe à la commodité, à la chaleur du lit dont les forces ne sont pas petites, leur firent oublier l'amitié et l'amour qu'ils avaient pour Antiochus mort, et qu'attirés par un égal appétit, ils commencèrent à se caresser mutuellement, si bien qu'avant d'avoir gagné Baffa, où habitait le chyprien, ils s'étaient déjà apparentés. Arrivés à Baffa, la dame resta longtemps avec le marchand.

« Sur ces entrefaites, arriva à Baffa, pour une affaire, un gentilhomme nommé Antigone, de grand âge et de grand sens mais de peu de fortune, pour ce que, s'étant entremis pour de nombreuses choses au service du roi de Chypre, le sort lui avait été contraire. Passant un jour devant la maison où la belle dame demeurait — le marchand étant allé en Arménie avec sa marchandise — Antigone la vit à une fenêtre. Comme elle était très belle, il se mit à la regarder, et il lui sembla l'avoir vue une autre fois, mais sans pouvoir dire en aucune façon où. De son côté, la belle dame, qui avait été longtemps le jouet de la fortune, mais dont les malheurs touchaient à leur fin, dès qu'elle vit Antigone, se rappela l'avoir vu à Alexandrie au service de son père. Pour quoi, prise d'une subite espérance de pouvoir encore par son aide revenir à son état royal, et voyant que son marchand était absent, elle fit appeler Antigone, dès qu'elle put. Celui-ci étant venu, elle lui demanda en rougissant s'il était Antigone de Famagosta, ainsi qu'elle le croyait. Antigone répondit que oui, et lui dit en outre : « — Madame, il me « semble vous reconnaître, mais je ne puis en aucune façon « me rappeler où je vous ai connue; pour quoi je vous prie, « si cela ne vous fâche point, de me remettre en mémoire « qui vous êtes. — »

La dame, entendant qui il était, lui jeta les bras au col en pleurant fortement, et après quelques instants, comme il était très étonné, elle lui demanda s'il ne l'avait jamais vue à Alexandrie. A cette question, Antigone reconnut aussitôt qu'elle était Alaciel, fille du Soudan, qu'on croyait morte en mer, et voulut s'incliner devant elle; mais elle ne le souffrit point, et le pria de s'asseoir à ses côtés. Ce qu'ayant fait Antigone, il lui demanda respectueusement comment, quand et d'où elle était venue en ces lieux, alors que par toute l'Égypte on avait pour certain qu'elle s'était noyée en mer, il y avait déjà plusieurs années. A quoi la dame dit : « — Je voudrais bien qu'il en eût été « ainsi, plutôt que d'avoir mené la vie que j'ai menée, et je « crois que mon père le voudrait aussi, si jamais il la con- « naît. — » Et cela dit, elle se remit à pleurer abondam- ment. Pour quoi Antigone lui dit : « — Madame, ne vous « découragez pas avant qu'il n'en soit besoin. S'il vous plaît, « narrez-moi vos malheurs, et quelle vie a été la vôtre. « Peut-être, avec l'aide de Dieu, pourrons-nous arranger les « choses convenablement. — » « — Antigone — dit la belle « dame — il m'a semblé, quand je t'ai vu, voir mon père, « et mue par cet amour et cette tendresse que je suis tenue « de lui porter, pouvant me cacher de toi, je me suis « fait connaître; et il y a peu de personnes dont la vue « m'eût fait autant de plaisir que celui que j'ai éprouvé en « te voyant et en te reconnaissant avant tout autre. Et pour « ce, ce que j'ai toujours tenu caché dans ma mauvaise « fortune, je te le dirai à toi comme à mon père. Si tu vois, « après que tu l'auras entendu, quelque moyen de me pou- « voir remettre en ma première condition, je te prie de le « saisir; si tu n'en vois pas, je te prie de ne dire jamais à « personne que tu m'as vue, ni que tu as entendu parler

« de moi. — » Cela dit, toujours pleurant, elle lui conta
ce qui lui était arrivé, du jour où elle fut jetée sur l'île de
Mayorque, jusqu'au moment présent. De quoi Antigone se
mit à la plaindre avec compassion ; puis, quand il eût réfléchi
un peu, il dit : « — Madame, puisque dans vos infortunes
« on n'a pas su qui vous étiez, sans nul doute je vous ren-
« drai à votre père plus chère que jamais, puis pour femme
« au roi de Garbe. — » Et la dame lui ayant demandé comment, il lui indiqua minutieusement ce qu'elle devait faire,
et afin qu'un autre incident ne pût déranger leur projet,
Antigone retourna le jour même à Famagosta et alla trouver
le roi, auquel il dit : « — Mon seigneur, si cela vous agrée,
« vous pouvez d'un même coup vous faire grand honneur,
« et m'être très utile à moi qui suis pauvre à cause de vous,
« sans qu'il vous en coûte grand chose.— » Le roi demanda
comment. Antigone dit alors : « — Il est arrivé à Baffa la
« belle jeune fille du Soudan qu'on a cru longtemps noyée ;
« pour sauver son honneur, elle a souffert de longues et
« cruelles épreuves ; elle se trouve à présent en un pauvre
« état, et désire retourner chez son père. S'il vous plaît de
« la lui mander sous ma garde, ce serait grand honneur
« pour vous et grand bien pour moi ; je crois que le Soudan
« n'oublierait jamais un pareil service.— » Le roi, mu par une
royale générosité d'âme, répondit aussitôt que cela lui plaisait ; et l'ayant envoyé chercher la dame, il la fit venir à
Famagosta où elle fut reçue par la reine et par lui avec une
fête inexprimable et de magnifiques honneurs. Interrogée
par le roi et par la reine sur ses aventures, Alaciel leur fit
un récit selon la leçon que lui avait faite Antigone. Peu de
jours après, sur sa demande, le roi, lui ayant donné une
belle et honorable suite composée d'hommes et de femmes,
la renvoya, sous la conduite d'Antigone, au Soudan ; et il

n'est pas besoin de demander si elle fut reçue par celui-ci avec joie, ainsi qu'Antigone et toute sa suite.

« Quand elle fut un peu reposée, le Soudan voulut savoir comment il se faisait qu'elle vivait encore, et qu'elle fût restée si longtemps sans lui avoir jamais rien fait savoir de l'état où elle se trouvait. La dame, qui avait parfaitement retenu les conseils d'Antigone, se mit à parler ainsi après son père : « — Mon père, le vingtième jour environ après
« que je vous eus quitté, notre navire, assailli par une
« cruelle tempête, alla pendant une nuit heurter contre
« certaine plage vers le ponant, voisin d'un lieu appelé
« Aigues-Mortes. Ce qu'il advint des hommes qui étaient
« sur notre navire, je ne l'ai jamais su et ne le sais pas. Je
« me souviens seulement que, le jour venu, et revenant à la
« vie de quasi-morte que j'étais, le navire naufragé ayant
« déjà été vu par des paysans qui étaient accourus de toute
« la contrée pour le piller, nous fûmes, moi et deux de mes
« femmes, portées sur le rivage, et prises aussitôt par des
« jeunes gens qui se mirent à fuir, entraînant qui l'une qui
« l'autre de nos compagnes. Qu'est-il advenu d'elles ? je ne
« le sus jamais ; mais deux jeunes gens m'ayant prise, et se
« disputant entre eux pour m'avoir, et me traînant par les
« cheveux, tandis que je pleurais abondamment, il advint que
« ceux qui m'entraînaient ainsi passant en un chemin pour
« entrer dans un grand bois, quatre hommes à cheval sur-
« vinrent et aussitôt que ceux qui m'entraînaient les virent,
« ils me lâchèrent soudain et se mirent à fuir. Les quatre
« hommes qui me parurent d'un aspect plein d'autorité,
« voyant cela, coururent à l'endroit où j'étais et m'adres-
« sèrent de nombreuses demandes auxquelles je fis de nom-
« breuses réponses, mais je ne fus pas comprise par eux et
« je ne les compris pas non plus. Après avoir tenu long-

« temps conseil, ils me mirent sur un de leurs chevaux et
« me menèrent à un monastère de femmes de leur religion ;
« là je ne sais ce qu'ils dirent, mais je fus reçue par toutes
« les femmes avec douceur, et toujours respectée par elles,
« et en grande dévotion, j'ai ensuite servi avec elles saint
« Croissant en Val-Creux, à qui les femmes de ce pays por-
« tent une grande vénération. Mais après être demeurée
« quelque temps avec elles, et avoir un peu appris leur
« langue, comme elles me demandaient qui et d'où j'étais,
« connaissant le pays où je me trouvais et craignant, si je
« disais la vérité, d'être chassée par elles comme ennemie
« de leur loi, je répondis que j'étais fille d'un grand gen-
« tilhomme de Chypre, et que mon père m'ayant envoyée à
« mon mari en Crète, nous avions par hasard fait naufrage.
« Et souvent, en bien des choses, par crainte qu'il m'arrivât
« pis, j'observai leurs usages ; enfin la principale de ces
« dames, qu'elles nomment abbesse, m'ayant demandé si je
« voulais m'en retourner en Chypre, je répondis que je ne dé-
« sirais rien de plus ; mais elle, craignant pour mon honneur,
« ne voulut jamais me confier aux gens qui allaient à Chypre.
« Cependant il y a à peu près deux mois, certains gentils-
« hommes de France étant arrivés avec leurs femmes, dont
« l'une était parente de l'abbesse, et celle-ci apprenant qu'ils
« allaient à Jérusalem visiter le tombeau où celui qu'ils
« tiennent pour Dieu fut enseveli après avoir été mis à mort
« par les Juifs, elle me recommanda à eux, et les pria de
« me rendre à mon père. Combien ces gentilshommes me
« respectèrent, et avec quelle joie ils m'admirent parmi
« leurs dames, serait une longue histoire à raconter. Étant
« donc montés sur un navire, nous parvînmes après plu-
« sieurs jours à Baffa ; me voyant arrivée là, où je ne con-
« naissais personne, et comme je ne savais ce que je devais

.I   15

« dire aux gentilshommes qui voulaient me présenter à mon
« père selon ce qui leur avait été recommandé par la véné-
« rable dame, Dieu qui sans doute s'occupait de moi, amena
« sur le rivage Antigone, à l'heure même où nous descen-
« dions à Baffa. Je m'empressai de l'appeler, et je lui dis
« dans notre langue, pour ne pas être comprise des gen-
« tilshommes ni de leurs dames, qu'il m'accueillît comme
« sa fille. Il me comprit sur-le champ, et après m'avoir fait
« une grande fête, il fit honneur, selon que sa pauvreté le
« lui permettait, à ces gentilshommes et à ces dames, et me
« mena au roi de Chypre qui me reçut avec des honneurs
« que je ne pourrais jamais vous raconter, et qui m'a ren-
« voyée vers vous. S'il reste autre chose à dire, qu'Antigone,
« qui m'a plusieurs fois entendue conter mes aventures,
« vous le raconte. — »

« Antigone s'étant alors tourné vers le Soudan dit : «—Mon
« seigneur, comme elle me l'a dit à plusieurs reprises, et
« comme me l'ont dit les gentilshommes et les dames avec
« lesquelles elle vint, ainsi elle vous l'a raconté. Elle a
« oublié seulement de vous dire une chose, et je crois qu'elle
« l'a fait parce qu'il ne lui appartenait pas de vous la dire,
« c'est-à-dire combien ces gentilshommes et ces dames avec
« lesquelles elle est venue, ont parlé de l'honnêteté de la
« vie qu'elle avait tenue avec les religieuses dames, et de
« sa vertu, et de ses mœurs pures, et des larmes et des gé-
« missements que firent les dames et les gentilshommes,
« quand après l'avoir remise entre mes mains, ils se sépa-
« rèrent d'elle. Pour lesquelles choses, si je voulais redire
« pleinement ce qu'ils m'ont dit, non-seulement le jour
« actuel, mais la nuit ne suffirait pas; sachez seulement
« que, selon qu'en témoignaient leurs paroles et aussi selon
« ce que j'ai pu voir, vous pouvez vous vanter d'avoir la

« fille la plus belle, la plus honnête, la plus vaillante, qu'au-
« cun autre seigneur qui porte aujourd'hui la couronne.—»

« Le Soudan fit de tout cela une merveilleuse fête, et pria
plusieurs fois Dieu de lui faire la grâce de pouvoir récompenser dignement tous ceux qui avaient honoré sa fille, et
principalement le roi de Chypre qui la lui avait renvoyée
avec tant d'honneur. Et au bout de quelques jours, ayant
fait de grandes largesses à Antigone, il lui donna licence de
retourner à Chypre, rendant grâce au roi, par lettre et par
ambassadeurs spéciaux, de ce qu'il avait fait pour sa fille.
Après quoi, voulant achever ce qui avait été commencé, à
savoir que sa fille fût la femme du roi de Garbe, il le fit savoir à celui-ci, et lui écrivit en outre que, s'il lui plaisait de
la recevoir, il l'envoyât chercher. Le roi de Garbe fit de cela
grande fête, et ayant envoyé une escorte d'honneur pour la
chercher, il la reçut avec joie. Et elle qui avait couché avec
huit hommes peut-être dix mille fois, se coucha à ses côtés
comme pucelle et lui fit accroire qu'elle l'était. Elle vécut en
reine auprès de lui, très heureuse, pendant longtemps. Et
pour ce, on dit : bouche baisée ne perd pas sa vente ; au contraire, elle se renouvelle comme la lune. — »

NOUVELLE VIII

Le comte d'Angers, faussement accusé, s'enfuit en exil et laisse ses deux enfants
en Angleterre. Revenu incognito, il les trouve en bonne situation, va comme
palefrenier à l'armée du roi de France, et, reconnu innocent, est rétabli dans
son premier état.

Les aventures diverses de la belle Alaciel firent souvent
soupirer les dames ; mais qui sait quel motif leur faisait

pousser ces soupirs? Peut-être y en avait-il parmi elles qui
soupiraient non moins par désir de semblables noces, que
par compassion pour Alaciel. Mais laissons cela pour le moment. Les dernières paroles dites par Pamphile les ayant fait
rire, et la reine voyant par elles que la nouvelle était finie,
se tourna vers Élisa et lui ordonna de continuer par une des
siennes. Celle-ci, le faisant d'un air joyeux, commença :
« — C'est un champ très vaste que celui par lequel nous
nous promenons aujourd'hui, et il n'est personne qui ne
pourrait y fournir, non pas une course, mais dix assez facilement, tellement la fortune l'a rempli de ses cas étranges et
pénibles ; et pour venir à conter un de ceux-ci qui sont
infinis, je dis que :

« L'empire romain étant passé des Français aux Allemands,
une grandissime inimitié naquit entre les deux nations, et
par suite une guerre acerbe et continuelle, à l'occasion de
laquelle, tant pour la défense de son pays que pour l'offense
reçue, le roi de France et l'un de ses fils, avec toutes les
forces de leur royaume, et suivis d'autant de parents et d'a-
mis qu'ils purent en rassembler, levèrent une très grande
armée pour marcher contre les ennemis. Avant de partir,
afin de ne point laisser leur royaume sans gouvernement, et
comme ils tenaient le comte Gaultier d'Angers pour un gentilhomme sage et pour leur fidèle et dévoué serviteur, et
qu'il leur paraissait, bien qu'ils le sussent très versé en
l'art de la guerre, plus apte aux choses délicates qu'aux fatigues, ils lui laissèrent en leur lieu et place tout le gouvernement du royaume de France, avec le titre de vicaire-géné-
ral ; puis ils se mirent en route. Gaultier se mit donc avec
soin et grand ordre à l'office qui lui était confié, conférant
toujours sur toutes choses avec la reine et la belle-fille de
celle-ci ; et bien que ces dernières eussent été laissées sous

sa juridiction, néanmoins, il les honorait comme ses Dames et comme ses supérieures.

« Ledit Gaultier, âgé d'environ quarante ans, était très beau de corps et aussi plaisant de manières qu'aucun autre gentilhomme. Il était en outre le plus charmant et le plus distingué chevalier qu'on connût à cette époque, et un de ceux qui prenaient le plus de soin de sa personne. Or, il advint que le roi de France et son fils étant à la guerre dont j'ai déjà parlée et la dame de Gaultier étant morte lui laissant un fils et une fille tout enfants, comme il fréquentait la cour des dames susdites et parlait souvent avec elles des besoins du royaume, la dame du fils du roi jeta les yeux sur lui, et voyant avec une grandissime affection sa personne et ses belles manières, s'enflamma vivement pour lui d'un amour secret. Se sentant jeune et fraîche, et le voyant, lui, sans femme, elle pensa qu'elle pourrait facilement satisfaire son désir ; et, songeant que la honte seule pourrait l'en empêcher, elle résolut de chasser cette honte et de lui manifester son amour. Un jour donc qu'elle était seule et que le moment lui parut propice, elle l'envoya chercher comme si elle avait à lui parler d'autres choses. Le comte dont la pensée était très loin de celle de la dame, vint à elle, sans aucun retard, et, selon son désir, s'assit sur un siège à côté d'elle dans une chambre où ils étaient seuls. Déjà le comte lui avait deux fois demandé le motif pour lequel elle l'avait fait venir, et elle se taisait, lorsqu'enfin poussée par l'amour, devenue toute rouge de honte, quasi pleurant et toute tremblante, elle se mit à parler ainsi avec des paroles brisées :

« — Très cher et doux ami, et mon seigneur, vous pou-
« vez, en homme sage, connaître facilement combien grande
« est la fragilité des hommes et des femmes, et, pour divers
« motifs, combien plus grande elle est chez les unes que

15.

« chez les autres ; pour quoi, devant un juge impartial, une
« même faute ne doit pas recevoir une même peine à cause
« de la qualité diverse des personnes. Et qui pourrait dire
« qu'on ne devrait pas beaucoup plus blâmer un pauvre
« homme ou une pauvre femme qui auraient besoin de ga-
« gner leur vie avec leur travail, s'ils étaient stimulés par
« l'amour, et s'ils agissaient comme une dame qui serait
« riche et oisive et à qui ne manquerait rien de ce qui pour-
« rait lui plaire ? Certes, je crois qu'il n'y a personne qui
« le pourrait dire. Par cette raison j'estime que lesdites
« choses doivent être un grand motif d'excuse en faveur de
« celle qui les possède, si d'aventure elle se laisse aller à
« aimer ; pour le reste, ce qui doit lui faire pardonner, c'est
« d'avoir choisi un sage et valeureux amant, si celle qui
« aime a fait ainsi. Ces choses, qui sont toutes les deux en
« moi selon ce qu'il me semble et plusieurs autres encore
« qui me doivent induire à aimer, comme par exemple ma
« jeunesse et l'éloignement de mon mari, doivent mainte-
« nant s'élever pour le service de ma défense, dans le brû-
« lant amour que j'ai conçu à votre aspect. Et si elles
« peuvent sur vous ce qu'elles peuvent sur les hommes
« sages, je vous prie de me donner aide et conseil dans ce
« que je vous demanderai. Il est vrai que, par suite de l'é-
« loignement de mon mari, ne pouvant résister aux aiguil-
« lons de la chair, ni à la force de l'amour, qui ont tant de
« puissance qu'ils ont déjà vaincu et qu'ils vainquent
« chaque jour, non pas seulement les tendres femmes, mais
« les hommes les plus forts ; me trouvant au milieu du bien-
« être et de l'oisiveté dans lesquels vous me voyez, je me
« suis laissée aller à suivre les plaisirs de l'amour et à de-
« venir amoureuse. Et comme je reconnais qu'une pareille
« chose, si elle était sue, ne serait pas honnête, néanmoins

« si elle est et si elle reste cachée, je ne la juge quasi en rien
« déshonnête. Amour m'a été si gracieux, que non-seule-
« ment il ne m'a pas laissé choisir mon amant en pleine
« connaissance, mais qu'il m'a aidé en cela, en vous mon-
« trant à moi digne d'être aimé par une dame faite comme
« je suis. Car, si mon sentiment ne me trompe pas, je vous
« tiens pour le plus beau, le plus plaisant, le plus prisé
« et le plus sage chevalier qui se puisse trouver dans le
« royaume de France ; et je puis également dire que, de
« même que je me trouve sans mari, je vous vois aussi sans
« femme. Pour quoi, je vous prie, au nom d'un amour aussi
« grand que celui que je vous porte, que vous ne me refu-
« siez pas de me donner le vôtre, et que vous ayez pitié de
« ma jeunesse, laquelle vraiment, comme la glace au feu,
« se consume pour vous. — » A ces paroles, les larmes
survinrent en telle abondance que, bien qu'elle eût l'intention
de lui adresser encore ses prières, elle n'eut pas la force de
parler plus avant ; mais le visage baissé, et quasi vaincue,
elle laissa tomber en pleurant sa tête sur la poitrine du
comte.

« Le comte qui était un très loyal chevalier, se mit à la reprendre avec de très graves reproches d'un si fol amour, et à
la repousser — car déjà elle voulait se jeter à son col — et à
affirmer avec serment qu'il aimerait mieux être écartelé avant
de consentir qu'une pareille chose arrivât contre l'honneur
de son seigneur, soit par lui, soit par tout autre. Ce qu'entendant la dame, oubliant soudain son amour et allumée
d'une colère féroce, elle dit : « — Donc, vilain chevalier, je
« serai de la sorte dédaignée par vous dans mon désir ? Mais
« ne plaise à Dieu, puisque vous voulez me faire mourir,
« qu'à mon tour je ne vous fasse pas mourir ou chasser du
« monde. — » Et ayant ainsi dit, elle se porta à l'instant les

mains aux cheveux, les brouillant et se les arrachant tous,
et après avoir déchiré ses vêtements sur sa poitrine elle se
mit à crier d'une voix forte : « — A l'aide, à l'aide, voici
« que le comte d'Angers veut me faire violence. — » Le
comte voyant cela, et doutant beaucoup plus de la jalousie
des courtisans que de sa conscience ; craignant, à cause de
cela, qu'on n'ajoutât plus de foi à la malignité de la dame
qu'à son innocence, se redressa sur pied le plus tôt qu'il
put, sortit de la chambre et du palais, et s'enfuit à sa demeure, où sans prendre conseil de personne, ayant mis ses
deux enfants à cheval, il monta lui-même sur un autre et
se dirigea le plus rapidement possible vers Calais.

« A la rumeur de la dame, beaucoup de gens accoururent,
lesquels, l'ayant vue, et ayant entendu les motifs de ses cris,
non-seulement crurent à ses paroles, mais ajoutèrent que la
beauté et les manières galantes du comte avaient été longuement mises en œuvre par lui pour en venir à cette fin. On courut
donc en fureur à la maison du comte pour l'arrêter ; mais ne
le trouvant pas, on commença par voler tout ce qu'elle contenait, puis on la jeta par terre jusqu'aux fondements. La
nouvelle répandue en ce sens odieux, parvint à l'armée au
roi et à son fils, lesquels, très courroucés, le condamnèrent
lui et ses descendants à un perpétuel exil, promettant de
riches récompenses à qui le leur ramènerait vif ou mort.

« Le comte très peiné de ce que, en s'enfuyant, il était devenu coupable, d'innocent qu'il était, parvint sans se faire
connaître et sans avoir été reconnu, lui ni ses fils, à Calais,
d'où il passa promptement en Angleterre, et s'en alla à Londres sous de pauvres habits. Avant d'y entrer, il fit de longues
recommandations à ses deux jeunes enfants, et principalement
sur deux choses : d'abord, qu'ils devaient patiemment supporter l'état de pauvreté où la fortune les avait réduits

ainsi que lui-même sans qu'il y eût de leur faute, puis
qu'ils se gardassent avec le plus grand soin de jamais faire
connaître à personne d'où ils étaient, ni de qui ils étaient
fils, si la vie leur était chère. Le fils appelé Louis était âgé
d'environ neuf ans, et la fille qui avait nom Violante, en
avait à peu près sept. Selon que le comportait leur âge
tendre, ils comprirent tous deux parfaitement la leçon de
leur père, et ils le montrèrent bien dans la suite par leurs
actes. Afin de mieux pouvoir les cacher, le comte crut devoir changer leurs noms, ce qu'il fit ; il appela le fils Perot et la fille Jeannette ; et étant arrivés tous trois à
Londres, pauvrement vêtus, à la façon dont nous voyons faire
ces vagabonds français, ils se mirent à demander l'aumône.

« Et étant d'aventure un matin pour cela en une église, il
advint qu'une grande dame, qui était la femme d'un des
maréchaux du roi d'Angleterre, vit en descendant de l'église,
ce comte et ses deux petits enfants qui imploraient l'aumône, et lui demanda d'où il était et si c'était là ses enfants.
A quoi il répondit qu'il était de Picardie, et que par suite
des méfaits de son ribaud de fils aîné, il lui avait fallu partir avec ces deux-là qui étaient aussi ses enfants. La dame,
qui était compatissante, jeta les yeux sur la petite fille, et
celle-ci lui ayant plu beaucoup, pour ce qu'elle était belle et
avenante, elle dit : « — Brave homme, si tu veux laisser
« venir avec moi ta petite fille, je la prendrai volontiers,
« pour ce qu'elle a bonne mine. Et si elle fait une brave
« femme, je la marierai en temps convenable de façon
« qu'elle sera bien. — » Cette demande plut fort au comte,
et il répondit sur-le-champ que oui ; et il la lui donna avec
force larmes et en la lui recommandant beaucoup. Ayant
ainsi casé la fille, et sachant bien à qui, il résolut de ne pas
rester davantage en ces lieux ; mais continuant à demander

l'aumône, il traversa l'île et parvint, avec Perot, au pays de
Galles, non sans éprouver une grande fatigue, comme un
homme qui n'avait pas l'habitude d'aller à pied.

« Là était un autre maréchal du roi qui tenait grand état
et avait un nombreux domestique, et dans la cour duquel le
comte et son fils se réfugiaient souvent pour avoir à manger.
Dans cette cour, un fils dudit maréchal et d'autres enfants
de gentilshommes se livrant parfois à des jeux enfantins, par
exemple à courir et à sauter, Perot commença à se mêler
à eux, et à exécuter aussi adroitement ou même mieux qu'aucun d'eux, tous les jeux auxquels ils se livraient. Ce que le
maréchal ayant vu une fois, et la tournure et les manières
de l'enfant lui plaisant beaucoup, il demanda qui il était.
On lui dit qu'il était le fils d'un pauvre homme qui venait là
quelquefois pour demander la charité. Sur quoi, le maréchal le lui fit demander, et le comte, qui ne demandait pas
autre chose à Dieu, le lui donna volontiers, quelque chagrin
qu'il eût à se séparer de lui. Le comte ayant donc placé
son fils et sa fille, résolut de ne pas rester plus longtemps
en Angleterre, mais du mieux qu'il put, il passa en Irlande, et parvenu à Stanforde, s'engagea comme serviteur à la solde d'un chevalier d'un comte du pays, faisant
tout ce qui appartient au métier de serviteur ou de garçon d'écurie; et là, sans être jamais reconnu de personne,
avec beaucoup de peines et de fatigues, il séjourna longtemps.

« Violante, appelée Jeannette, et qui était restée à Londres
avec la gente dame, croissait chaque année en force et en
beauté, et s'était tellement acquis la faveur de la dame, du
mari de celle-ci, et de tous les gens de la maison ainsi que
de tous ceux qui la connaissaient, que c'était chose merveilleuse à voir; et il n'y avait personne qui, voyant ses

manières et son maintien, ne dît qu'elle était digne de grand
bien et de grandissime honneur. Pour quoi, la gente dame
qui l'avait reçue de son père, sans avoir pu jamais savoir qui
il était autrement que ce qu'elle avait entendu de lui, s'était
proposée de la marier honorablement, suivant la condition
dont elle estimait qu'elle était. Mais Dieu, juste juge des
mérites, la connaissait pour femme noble, et sachant qu'elle
portait, sans faute de sa part, la peine de la faute d'autrui,
en disposa autrement. Et afin que la gente fille ne tombât
point aux mains d'un vilain, on doit croire que ce qui advint
fut permis par sa bonté.

« La gente dame avec laquelle Jeannette demeurait, avait
de son mari un fils unique que son père et sa mère aimaient
beaucoup, tant pour ce qu'il était leur fils, que pour ce qu'il le
méritait par sa valeur et ses qualités, étant plus qu'un autre
bien élevé, et vaillant et beau de sa personne. Ce fils avait
environ six ans de plus que la Jeannette, et la voyant très
belle et gracieuse, il s'énamoura si fortement d'elle, qu'il
ne voyait rien au-dessus. Et pour ce qu'il croyait qu'elle
devait être de basse condition, non-seulement il n'osait pas
la demander pour femme à son père et à sa mère, mais
craignant qu'on ne le blâmât de s'être mis à aimer si bas, il
tenait son amour caché le plus qu'il pouvait ; ce qui le
stimulait beaucoup plus que s'il l'avait découvert. De quoi il
advint que, par surcroît de chagrin, il tomba malade et d'une
manière grave. Plusieurs médecins furent appelés à le soigner,
et ayant examiné tous les symptômes, et ne pouvant connaître
sa maladie, ils désespéraient tous communément de sa guérison. De quoi le père et la mère du jeune homme éprou-
vaient une si grande douleur et mélancolie, qu'une plus
grande n'aurait pu se supporter ; et souventes fois, avec de
douces prières, ils lui demandaient la cause de son mal ; à

quoi il ne donnait que des soupirs pour réponse, ou bien
disait qu'il se sentait consumer tout entier.

« Il advint un jour qu'un médecin très jeune, mais de science
profonde, étant près de lui et le tenant par le bras à l'endroit
où l'on cherche d'habitude le pouls, la Jeannette qui, par déférence pour sa mère, le servait avec sollicitude, entra pour
une cause quelconque dans la chambre où gisait le jeune
homme. Dès que celui-ci la vit, sans dire une parole ou sans
faire un geste, il ressentit avec plus de violence en son cœur
l'ardeur amoureuse ; pour quoi le pouls se mit à lui battre
plus fort que d'ordinaire, ce que le médecin ayant immédia-
tement senti il s'en étonna, et resta muet pour voir le temps
que durerait le battement du pouls. Dès que la Jeannette
sortit de la chambre, le battement s'arrêta ; pour quoi, il
parut au médecin avoir deviné une partie de la cause de la
maladie du jeune homme, et au bout d'un moment, comme
s'il voulait demander quelque chose à la Jeannette, il la fit
appeler, tenant toujours le malade par le bras. La jeune fille
étant venue aussitôt, dès qu'elle entra dans la chambre, le
battement du pouls reprit le jeune homme, et, elle partie,
le battement cessa. Sur quoi le médecin, estimant avoir une
suffisante certitude, se leva et ayant pris à part le père et
la mère du jeune homme, il leur dit : « — La guérison de
« de votre fils n'est pas au pouvoir des médecins, mais elle
« est entre les mains de la Jeannette, que le jeune homme,
« comme je l'ai reconnu à des signes certains, aime ardem-
« ment, bien qu'elle ne s'en aperçoive pas, à ce que j'ai cru
« voir. Vous savez désormais ce que vous avez à faire, si sa
« vie vous est chère. — »

« Le gentilhomme et sa dame, entendant cela, furent
contents, puisqu'aucun remède ne s'était trouvé pour sa
guérison, bien que cela les fâchât beaucoup, s'il fallait en

venir, ce qu'ils craignaient, à devoir donner la Jeannette
pour épouse à leur fils. Le médecin parti, ils s'en allèrent
donc vers le malade, et la dame lui dit ainsi : « — Mon
« fils, je n'aurais jamais cru, que tu m'aurais caché aucun
« de tes désirs, et surtout que je te verrais mourir pour ne
« point avoir obtenu ce que tu désirais; pour ce que tu
« devais être certain et que tu dois l'être, qu'il n'y a nulle
« chose que je puisse faire pour te contenter, même quand
« elle serait moins qu'honnête, que je ne la fasse par moi-
« même. Mais puisque tu as fait ainsi, il est advenu que
« Dieu a eu plus de pitié de toi que toi-même, et afin que
« tu ne meures pas de cette maladie, il m'a montré la cause
« de ton mal, laquelle n'est autre qu'un très grand amour
« que tu portes à quelque jeune fille, quelle qu'elle soit. Et
« en vérité, tu n'aurais pas dû avoir honte de le déclarer,
« pour ce que ton âge le requiert, et si tu n'étais point
« amoureux, je t'estimerais moins. Donc, mon fils, ne te
« cache pas de moi, mais découvre-moi sans crainte tout
« ton désir, et dépouille la mélancolie et la pensée que tu
« as et dont vient cette maladie; reprends courage et sois
« bien certain qu'il n'y aura rien de ce que tu m'imposeras
« pour te satisfaire, que je ne fasse selon mon pouvoir, en
« femme qui t'aime plus que ma vie. Chasse la honte et la
« peur, et dis-moi si je puis aider ton amour en quelque
« chose, et si tu ne trouves pas que je mette tout mon soin
« à cela, et que je le mène à bonne fin, aie moi pour la
« plus cruelle mère qui aura jamais enfanté un fils. — »

« En entendant les paroles de sa mère, le jeune homme
rougit tout d'abord, puis pensant en lui-même que personne
autre ne pourrait mieux qu'elle satisfaire son plaisir, ayant
chassé toute vergogne, il lui dit ainsi : « — Madame, nulle
« autre chose ne m'a fait tenir mon amour caché, que de

« m'être aperçu, à propos d'un grand nombre de gens, que,
« devenus vieux, ils ne veulent plus se souvenir d'avoir été
« jeunes. Mais puisque je vous vois bien disposée en cela,
« non-seulement je ne nierai pas ce dont vous vous êtes
« aperçue, mais encore je vous dirai de qui je suis amou-
« reux, à la condition que l'effet suivra votre promesse selon
« ce que vous pourrez, et ainsi vous pourrez m'avoir bien
« portant. — » A quoi la dame — se fiant trop à ce qui ne
devait pas arriver en la forme qu'elle arrangeait déjà en
elle-même — répondit généreusement qu'il lui découvrît
sans crainte tout son désir, car sans aucun retard elle ferait
de façon qu'il eût ce qu'il souhaitait : « — Madame — dit
« alors le jeune homme — la haute beauté et les louables
« manières de notre Jeannette et l'impossibilité de la faire
« s'apercevoir de mon amour, bien qu'elle soit compatis-
« sante, comme aussi n'avoir pas eu le courage de mani-
« fester cet amour à personne, voilà ce qui m'a conduit où
« vous me voyez ; et si ce que vous m'avez promis ne s'en
« suit pas d'une façon ou d'une autre, soyez sûre que ma
« vie sera courte. — » La dame, à qui il paraissait plus à
propos de le réconforter que de le réprimander, dit en
souriant : « — Ah ! mon fils, c'est donc pour cela que tu
« t'es laissé tomber malade ? Rassure-toi, et laisse-moi faire
« une fois que tu seras guéri. — »

« Le jeune homme, plein de bonne espérance, donna en peu
de temps des signes d'un grand mieux ; de quoi la dame
étant très contente, elle se disposa à voir comment elle pourrait tenir ce qu'elle avait promis. Ayant un jour appelé la
Jeannette, elle lui demanda fort courtoisement en manière
de plaisanterie, si elle avait quelque amoureux. La Jeannette,
devenue toute rougissante, répondit : « — Madame, à une
« pauvre demoiselle chassée, comme je le suis, de chez elle,

« et qui demeure au service des autres comme je le fais, on
« ne lui demande pas et il n'est pas bien à elle d'espérer
« d'aimer. — » A quoi la dame dit : « — Et si vous n'en
« avez pas, nous voulons vous en donner un dont vous serez
« toute joyeuse, et pour lequel vous priserez davantage votre
« beauté; pour ce qu'il ne convient point qu'une aussi belle
« demoiselle que vous êtes reste sans amant. — » A quoi la
Jeannette répondit : « — Madame, en m'enlevant à la
« pauvreté où j'étais avec mon père, vous m'avez élevée
« comme votre fille, et pour ce je devrais faire tout pour
« vous plaire; mais en cela je ne vous complairai point,
« croyant faire bien. S'il vous plaît de me donner un mari,
« j'entends aimer celui-là, mais un autre, non : pour ce que
« de l'héritage de mes aïeux, nulle chose ne m'est restée si
« ce n'est l'honneur, que j'entends garder et conserver tant
« que ma vie durera. — » Ces paroles parurent à la dame
fort contraires à ce qu'elle entendait obtenir pour remplir la
promesse faite à son fils, bien que, en femme sage, elle louât
beaucoup en soi-même la demoiselle; et elle dit : « — Com-
« ment, Jeannette, si monseigneur le roi, qui est jeune
« chevalier, comme tu es très belle demoiselle, voulait avoir
« plaisir de ton amour, tu le lui refuserais? — » A quoi
elle répondit sur-le-champ : « — Le roi pourrait peut-être
« me faire violence, mais il ne pourrait rien avoir de mon
« consentement, sinon chose honnête. — » La dame comprenant quelle était sa résolution, laissa de côté les paroles,
et songea à la mettre à l'épreuve. Elle dit en conséquence à
son fils de faire en sorte, dès qu'il serait guéri, de l'emmener
avec lui dans une chambre, et là, de s'efforcer d'obtenir
d'elle à son plaisir, disant que cela lui paraissait déshonnête
qu'elle prêchât pour son fils, comme une ruffianne, et priât
la demoiselle. De quoi le jeune homme ne fut d'aucune façon

satisfait, et retomba soudain plus malade; ce que la dame voyant, elle découvrit pleinement son intention à la Jeannette. Mais la trouvant plus résolue que jamais, elle raconta à son mari ce qu'elle avait fait, et, bien que cela leur parût pénible, ils se décidèrent d'un mutuel consentement, à la lui donner pour épouse, aimant mieux voir leur fils vivant, avec une femme non digne de lui, que mort faute d'aucune; et ainsi ils firent après de nombreux pourparlers. De quoi la Jeannette fut très contente, et, d'un cœur reconnaissant, rendit grâces à Dieu de ce qu'il ne l'avait pas oubliée; mais pourtant, malgré cela, elle ne dit jamais qu'elle était autre chose que la fille d'un Picard. Le jeune homme étant guéri, célébra les noces, plus joyeux que tout autre homme, et se mit à se donner du bon temps avec elle.

« Perot qui était resté dans le pays de Galles avec le maréchal d'Angleterre, grandissant de son côté, gagna la faveur de son maître et devint très beau de sa personne et fort supérieur à tous les autres habitants de l'île, en cela que, ni dans les tournois, ni dans les joutes, ni en aucune autre passe d'armes, il n'y avait personne dans le pays qui valût autant que lui; pour quoi, chacun l'appelant Perot le Picard, il était connu de tous et célèbre. Et de même que Dieu n'avait point oublié sa sœur, de même il montra bien qu'il se souvenait de lui, pour ce qu'une pestilence mortelle étant venue en cette contrée, elle emporta quasi la moitié des gens, sans compter que la plus grande partie du reste s'enfuit de peur en d'autres lieux: de quoi le pays paraissait entièrement abandonné. Dans cette mortalité, le maréchal son seigneur, sa dame et un sien fils, ainsi que bon nombre d'autres frères, neveux et parents, moururent, et il ne resta de toute sa maison qu'une demoiselle déjà en âge d'être mariée, ainsi que Perot et quelques familiers. La pestilence ayant un peu cessé, la demoiselle, pour ce que Perot était prud'homme et vaillant, le prit pour mari, au grand plaisir et sur le conseil des quelques vassaux qui étaient restés dans le pays, et le fit seigneur de tout ce qui lui était échu par héritage. Et il ne se passa guère de temps, sans que le roi d'Angleterre, ayant appris que le maréchal était mort, et connaissant la valeur de Perot le Picard, le mît à la place de celui qui était mort, et le fît son maréchal. Et ainsi il advint en peu de temps des deux enfants innocents du comte d'Angers, laissés par lui comme perdus.

« Il y avait déjà dix-huit ans passés que le comte d'Angers était parti en s'enfuyant de Paris, et qu'il demeurait en Irlande où il avait beaucoup souffert, menant une existence très misérable, quand, se voyant déjà vieux, il lui vint le désir de savoir, s'il le pouvait, ce qu'il était advenu de ses enfants. Pour quoi, se voyant entièrement changé de ce qu'il était autrefois, et se sentant, par suite d'un long travail, plus fort de sa personne que quand il demeurait oisif en son jeune âge, il quitta, très pauvre et fort mal vêtu, celui chez lequel il était longtemps resté, et s'en vint en Angleterre. Là, étant allé à l'endroit où il avait laissé Perot, il le trouva maréchal et grand seigneur, et le vit bien portant et robuste et beau de sa personne; ce qui lui agréa fort; mais il ne voulut point se faire connaître, jusqu'à ce qu'il eût su des nouvelles de la Jeannette. Pour quoi s'étant mis en chemin, il ne s'arrêta pas avant d'être arrivé à Londres; là, s'étant secrètement informé de la dame à laquelle il avait laissé sa fille et de l'état de celle-ci, il trouva la Jeannette femme du fils de cette dame, ce qui lui plut beaucoup, et il estima petite son adversité passée, puisqu'il avait trouvé ses enfants vivants et en bonne situation; et, désireux de voir sa fille, il se mit, comme un pauvre homme, à rôder autour de sa demeure.

16.

Sur quoi, Jaquet Lamiens — c'est ainsi que s'appelait le
mari de la Jeannette — l'ayant un jour aperçu, et ayant
compassion de lui pour ce qu'il le vit pauvre et vieux, ordonna à l'un.de ses familiers de le mener à sa maison et de
lui faire donner à manger pour l'amour de Dieu ; ce que le
familier fit volontiers. La Jeannette avait déjà eu de Jaquet
plusieurs fils, dont l'aîné n'avait pas plus de huit ans, et
qui étaient les plus beaux et les plus gracieux enfants du
monde. Dès qu'ils virent le comte manger, ils se mirent à
l'entourer et à lui faire fête, comme si, poussés par une force
occulte, ils avaient compris que celui-ci était leur aïeul. Le
comte reconnaissant ses petits-enfants, se mit à leur témoigner sa tendresse et à leur faire des caresses ; aussi, les
enfants ne voulaient plus le quitter, bien que celui qui était
commis à leur garde les appelât. Sur quoi, la Jeannette,
apprenant cela, sortit d'une chambre et s'en vint là où était
le comte, et menaça vivement les enfants de les battre, s'ils
ne faisaient pas ce que leur maître voulait. Les enfants se
mirent à pleurer et à dire qu'ils voulaient rester auprès de
ce brave homme qui les aimait plus que leur maître, de
quoi la dame et le comte rirent. Le comte s'était levé, non
à la façon d'un père, mais comme un pauvre homme, pour
faire honneur à sa fille, comme à une dame, et avait éprouvé
en la voyant un merveilleux plaisir dans l'âme. Mais elle,
ni en ce moment ni après, ne le reconnut, pour ce qu'il était
outre mesure changé de ce qu'il était d'ordinaire, étant
vieux, chauve et barbu, et maigre et bruni, et qu'il paraissait être un tout autre homme que le comte. La dame voyant
que les enfants ne voulaient pas se séparer de lui, et pleuraient quand elle voulait les faire partir, dit au maître qu'il
les laissât rester un peu.

« Les enfants étant donc avec le prud'homme, il advint que

le père de Jacquet revint et apprit le fait du maître des enfants ; pour quoi, comme il tenait en mépris la Jeannette, il dit : « —Laissez-les à la mâle aventure que Dieu leur donne ; « car ils retournent d'eux-mêmes à ce dont ils sont sortis. « Ils sont, par leur mère, issus de mendiants ; et pour ce, « il n'y a point à s'étonner si volontiers ils demeurent avec « les mendiants. — » Le comte entendit ces paroles, et il en fut fort marri ; mais pourtant, courbant les épaules, il supporta cette injure comme il en avait supporté beaucoup d'autres. Jaquet avait appris la fête que les enfants avaient faite au prud'homme, et bien que cela lui déplût, néanmoins, il les aimait tant, que pour ne point les voir pleurer, il ordonna que, si le prud'homme voulait entrer chez lui pour quelque service, il y fût reçu. Ce dernier répondit qu'il y resterait volontiers, mais qu'il ne savait pas faire autre chose que soigner les chevaux, à quoi il avait été employé toute sa vie. On lui confia donc un cheval, et dès qu'il en avait terminé le pansement, il se mettait à jouer avec les enfants.

« Pendant que la fortune menait en cette guise le comte d'Angers et ses enfants, il advint que le roi de France, après avoir conclu plusieurs trèves avec les Allemands, mourut, et que son fils, dont la femme était celle à cause de laquelle le comte avait été chassé, fut couronné en son lieu et place. Le nouveau roi, la dernière trève avec les Tudesques étant expirée, recommença une très rude guerre, et, pour l'y aider, le roi d'Angleterre lui envoya, comme à son nouveau parent, un grand nombre de gens d'armes sous les ordres de son maréchal Perot et de Jaquet Lamiens, fils de l'autre maréchal, et avec lequel le prud'homme — c'est-à-dire le comte — alla, et, sans être reconnu de personne, resta au camp un bon temps comme garçon d'écurie ; là, se conduisant en vaillant homme, il fit par ses bons avis et par ses actes, plus qu'on ne requérait de lui. Or, il advint que, pendant la guerre, la reine de France tomba gravement malade. Reconnaissant elle-même qu'elle était proche de la mort, contrite de tous ses péchés, elle se confessa dévotement à l'archevêque de Rouen qui était tenu par tous pour un très saint et bon homme, et, entre autres péchés, elle lui raconta ce que, à grand tort, le comte d'Angers avait éprouvé à cause d'elle. Non-seulement elle voulut le lui dire à lui, mais elle le raconta, tout comme cela s'était passé, devant un grand nombre d'autres gentilshommes, les priant de faire de telle sorte avec le roi que le comte, s'il était vivant, ou, au cas contraire, quelqu'un de ses enfants, fussent rétablis en leur position; et peu de temps après, étant passée de cette vie, elle fut ensevelie honorablement. Cette confession ayant été rapportée au roi, celui-ci, après avoir douloureusement gémi sur les injustices faites à tort à ce vaillant homme fit publier un ban par toute l'armée et en bon nombre d'autres lieux, où il était dit que quiconque le renseignerait sur le comte d'Angers ou sur quelqu'un de ses enfants, serait merveilleusement récompensé par lui, pour ce qu'il le tenait innocent du crime pour lequel il avait été exilé, d'après la confession faite par la reine, et qu'il entendait le remettre en son premier état et plus haut encore.

« Le comte, sous son habit de palefrenier, ayant ouï ces choses, et voyant qu'elles étaient vraies, alla soudain trouver Jaquet et le pria de se réunir avec Perot, pour ce qu'il voulait leur montrer ce que le roi cherchait. Tous trois étant donc réunis, le comte dit à Perot qui pensait déjà à se faire reconnaître : « — Perot, Jaquet que voici a ta sœur pour « femme, et n'en eut jamais de dot; et pour ce, afin que ta « sœur ne soit point sans dot, j'entends que lui et non un

« autre, en te faisant connaître comme fils du comte d'An-
« gers, ait la récompense que le roi promet pour la Vio-
« lante, ta sœur et son épouse, et pour moi, qui suis le
« comte d'Angers et votre père. — » Perot entendant cela
et le regardant fixement, le reconnut aussitôt, et se jeta en
pleurant à ses pieds et lui dit en l'embrassant : « — Mon
« père, soyez le bienvenu. — » Jaquet, en entendant d'a-
bord ce que le comte avait dit, puis en voyant ce que Perot
faisait, fut en un même instant saisi d'un tel étonnement et
d'une telle allégresse, qu'il savait à peine ce qu'il devait
faire ; mais pourtant, ajoutant foi à ces paroles, et tout hon-
teux des mots injurieux qu'il avait parfois adressés au comte
qu'il croyait un palefrenier, il se laissa tomber à ses pieds
en pleurant, et lui demanda humblement pardon de tous les
outrages passés, ce que le comte lui accorda très bénigne-
ment après l'avoir relevé. Et après avoir tous trois longuement parlé des aventures de chacun d'eux, et beaucoup pleuré et s'être aussi bien réjoui ensemble, Perot et
Jaquet voulant revêtir le comte, celui-ci ne le souffrit en
aucune façon, mais il voulut qu'auparavant Jaquet fût assuré
d'avoir la récompense promise et que, cela fait, il le présentât au roi sous son habit de palefrenier pour faire plus
de honte à ce dernier. Jaquet donc, accompagné du comte
et de Perot, vint devant le roi et offrit de lui présenter le
comte et ses enfants, à condition qu'il lui donnerait, suivant
le ban publié, la récompense promise. Le roi fit promptement apporter pour tous la récompense qui parut merveilleuse aux yeux de Jaquet, et ordonna qu'il pourrait
l'emporter avec lui s'il présentait vraiment le comte et ses
enfants, comme il le promettait. Alors Jaquet s'étant retourné, et ayant fait mettre devant lui le comte, son palefrenier, ainsi que Perot, dit : « — Monseigneur, voici le père

« et le fils ; la fille, qui est ma femme, n'est point ici, mais
« avec l'aide de Dieu, vous la verrez bientôt. — »

Le roi, oyant cela, regarda le comte, et bien que celui-ci
fût grandement changé de ce qu'il était auparavant, il le
reconnut et les yeux quasi pleins de larmes il le releva
comme il s'était mis à genoux devant lui, l'accola et le baisa ;
puis il accueillit amicalement Perot, et ordonna que le
comte fût incontinent pourvu de vêtements, de domestiques,
de chevaux et de harnais, selon qu'il convenait à sa noblesse ;
ce qui fut fait aussitôt. En outre, le roi fit grand honneur à
Jaquet et voulut connaître toutes ses aventures passées ; et
quand Jaquet eut reçu les hautes récompenses qu'on lui
donna pour avoir découvert le comte et ses enfants, le comte
lui dit: « — Prends-les de la munificence de Monseigneur
« le roi, et souviens-toi de dire à ton père que tes fils, ses
« petits-enfants et les miens, ne sont point issus par leur
« mère d'un mendiant. — » Jaquet prit les présents, et fit
venir à Paris sa femme et sa belle-mère ; la femme de Perot
y vint aussi ; et là, ils firent une grandissime fête avec le
comte que le roi avait rétabli dans tous ses biens, et qu'il
avait fait plus puissant qu'il n'avait jamais été. Puis, avec
sa permission chacun retourna chez soi, et le comte vécut à
Paris jusqu'à sa mort plus glorieusement que jamais. — »

NOUVELLE IX

Bernabo de Gênes, induit en erreur, perd son argent et ordonne de tuer sa femme innocente. Celle-ci se sauve et entre, sous des habits d'homme, au service du Soudan. Elle retrouve celui qui a trompé son mari, le fait punir, et ayant repris ses habits de femme, elle revient avec son mari à Gênes.

Élisa ayant fourni sa tâche en contant sa touchante nouvelle, la reine Philomène qui était belle et grande de sa personne, et qui, plus que toute autre, était d'un visage riant et agréable, se recueillit un instant et dit : « — La convention faite avec Dioneo doit être observée ; pour quoi, comme il ne reste plus que lui et moi à dire des nouvelles, je dirai d'abord la mienne, et lui, qui a requis cela comme une faveur, parlera le dernier. — » Et ayant dit cela, elle commença ainsi : « — Parmi le vulgaire, on a coutume d'émettre souvent ce proverbe, à savoir que le trompeur reste au pied du trompé ; ce dont il ne semble pas qu'on pourrait démontrer la vérité, si les accidents qui arrivent ne la démontraient d'eux-mêmes. Et pour ce, poursuivant le sujet proposé, il m'est venu l'envie de vous démontrer, très chères dames, que cela est vrai comme on le dit ; et il ne devra point vous être désagréable de l'avoir entendu, afin que vous sachiez vous garder des trompeurs.

« Il y avait en une auberge à Paris, plusieurs gros marchands italiens, venus là, qui pour une affaire, qui pour une autre, suivant leur coutume. Ayant un soir joyeusement soupé, ils se mirent à causer entre eux de diverses choses, et, d'un propos à un autre, ils en vinrent à parler de leurs femmes qu'ils avaient laissées chez eux, et l'un d'eux commença par dire en plaisantant : « — Je ne sais comment « fait la mienne, mais ce que je sais bien, c'est que, quand

« il me tombe entre les mains une jeunesse qui me plaît, je
« mets de côté l'amour que je porte à ma femme, et je
« prends avec celle-ci tout le plaisir que je peux. — » Un
autre répondit : « — Et moi, je fais de même, pour ce que
« si je crois que ma femme pourchasse de son côté les aven-
« tures, elle le fait ; et si je ne le crois pas, elle ne le fait
« pas moins ; et ainsi nous nous rendons la pareille ; pour
« un âne donné on en reçoit un autre. — » Le troisième,
prenant la parole, en arriva à la même conclusion ; et bientôt
tous semblèrent s'accorder en ceci que les femmes laissées à
elles-mêmes n'entendaient point perdre leur temps. Un seul,
qui avait nom Bernabo Lomellin de Gènes, dit le contraire,
affirmant que, par faveur spéciale de Dieu, il avait pour
femme la dame la mieux douée de toutes les vertus que doit
avoir dame, chevalier ou écuyer, et qu'il n'y en avait peut-
être pas une autre comme elle en Italie ou ailleurs ; pour ce
qu'elle était belle de corps et encore très jeune, adroite et
robuste de sa personne, et qu'il n'y avait rien de ce qui
concernait les dames, comme par exemple les ouvrages de
soie et semblables choses, qu'elle ne fît mieux qu'aucune
autre. En outre, il disait qu'il n'y avait aucun écuyer ou
serviteur, comme on voudra dire, qui servît à la table d'un
seigneur mieux et d'une façon plus accorte qu'elle, attendu
qu'elle était très bien élevée, sage et discrète. Il la vanta
ensuite encore plus de ce qu'elle montait à cheval, portait un
oiseau, lisait, écrivait et calculait mieux que si elle eût été un
marchand ; et de là, après beaucoup d'autres éloges, il en
arriva au sujet sur lequel on raisonnait en ce moment, affirmant avec serment, qu'on ne pouvait en trouver une plus
honnête et plus chaste qu'elle ; pour quoi, il avait la certitude que, quand bien même il resterait hors de chez
lui dix ans et même toujours, elle ne prêterait jamais

la moindre attention à ces sornettes avec un autre homme.

« Parmi les marchands qui devisaient ainsi, il y avait un jeune homme appelé Ambrogiuolo de Plaisance, qui se mit à faire la plus grande risée du monde du dernier éloge que Bernabo avait donné à sa femme, et qui lui demanda, en le raillant, si l'empereur lui avait concédé un tel privilège plus qu'à tous les autres hommes. Bernabo quelque peu irrité, dit que ce n'était pas l'empereur mais Dieu, lequel pouvait un peu plus que l'empereur, qui lui avait concédé cette faveur. Alors Ambrogiuolo dit : « — Bernabo, je ne doute
« pas que tu croies dire vrai ; mais à ce qu'il me paraît, tu
« as peu regardé à la nature des choses ; pour ce que si tu
« y avais regardé, je sais que tu n'es point d'esprit assez
« grossier pour que tu n'eusses pas observé à ce sujet
« certaines choses qui te feraient parler avec plus de modé-
« ration sur cette matière. Et pour que tu ne croies pas que
« nous, qui avons parlé très librement de nos femmes, nous
« nous imaginions avoir d'autres femmes que toi ou autre-
« ment faites que la tienne, mais que nous avons parlé ainsi
« d'après une expérience naturelle, je veux un peu raisonner
« avec toi sur ce sujet. J'ai toujours entendu dire que
« l'homme est le plus noble animal que Dieu ait créé parmi
« les êtres mortels, et qu'après lui vient la femme ; mais
« l'homme, comme on le croit généralement et comme on le
« voit par ses œuvres, est plus parfait ; et ayant une perfec-
« tion plus grande, il doit sans aucun doute avoir plus de
« fermeté et de constance, pour ce que les femmes sont en
« général plus mobiles ; et la raison s'en pourrait démontrer
« par bon nombre d'arguments naturels que, pour le
« moment, j'entends laisser de côté. Donc, si l'homme qui
« est d'une plus grande fermeté, ne peut se défendre non
« pas seulement de céder aux prières d'une femme, mais

« de désirer celle qui lui plaît, et outre ce désir de faire
« tout ce qu'il peut pour se trouver avec elle, et cela non
« pas une fois par mois, mais mille fois par jour, qu'espères-
« tu qu'une femme naturellement mobile puisse faire aux
« prières, aux flatteries, aux présents, aux mille autres
« moyens dont usera un homme habile qui l'aime? Crois-tu
« qu'elle pourra y résister? Certes, quand bien même tu
« l'affirmerais, je ne crois pas que tu le crois; et toi-même
« tu dis que ton épouse est femme et qu'elle est de chair et
« d'os, comme le sont les autres. Pour quoi, s'il est ainsi,
« elle doit avoir les mêmes désirs et les mêmes forces qu'ont
« les autres pour résister à ces appétits naturels; il est donc
« possible, quoiqu'elle soit très honnête, qu'elle fasse ce que
« les autres font; et il n'y a point de chose qu'on puisse
« ainsi nier rigoureusement ou dont on puisse affirmer le
« contraire, comme tu fais. — » A quoi Bernabo répondit
et dit : « — Je suis marchand et non philosophe, et je
« répondrai comme marchand ; et je dis que je reconnais que
« ce que tu dis peut arriver aux sottes chez lesquelles il n'y
« a nulle vergogne ; mais celles qui sont sages ont un tel
« soin de leur honneur, qu'elles deviennent pour le garder
« plus fortes que les hommes qui de ce n'ont souci ; et ma
« femme est de celles qui sont ainsi faites. — » Ambrogiuolo dit : « — Vraiment, si chaque fois qu'elles se laissent
« aller à ces sortes d'aventures il leur poussait au front une
« corne qui serait une preuve de ce qu'elles auraient fait, je
« crois qu'il y en aurait peu qui s'y laisseraient aller ; mais
« loin qu'il leur pousse une corne, il n'en reste à celles qui
« sont sages ni traces, ni empreinte : et la honte et le
« déshonneur ne consistent que dans les choses ébruitées ;
« pour quoi, quand elles peuvent le faire en secret, elles le
« font, ou bien elles perdent l'occasion par bêtise. Et crois

« ceci pour certain, que celle-là seule est chaste qui n'a
« jamais été sollicitée de personne, ou qui ayant elle-même
« sollicité, n'a point été écoutée. Et encore que je sache
« par des raisons naturelles et vraies qu'il en doive être
« ainsi, je n'en parlerais pas avec autant de certitude que je
« le fais, si je n'en avais fait souvent l'épreuve avec bon
« nombre d'entre elles. Et je te dis ceci, à savoir que si
« j'étais auprès de ta femme si sage, je me ferais fort de
« l'amener en peu de temps à faire ce que j'ai déjà obtenu
« de bien d'autres. — » Bernabo, courroucé, répondit :
« — Notre discussion pourrait s'éterniser en paroles ; tu
« dirais ceci et moi cela, et finalement il n'en résulterait
« rien. Mais puisque tu dis qu'elles sont toutes aussi faciles,
« et que ton talent de séduction est si puissant, je consens —
« afin de te rendre certain de l'honnêteté de ma femme —
« à ce qu'on me coupe la tête si tu peux jamais l'amener
« à faire en ceci selon ton plaisir ; et si tu ne le peux pas, je
« ne veux pas que tu perdes moins que mille florins d'or. — »
Ambrogiuolo déjà échauffé par la discussion, répondit :
« — Je ne sais trop ce que je ferais de ton sang si j'étais vic-
« torieux ; mais si tu as envie de voir la preuve de ce que je
« t'ai dit, mets cinq mille florins d'or, lesquels doivent t'être
« moins chers que ta tête, contre mille des miens ; et tandis
« que tu n'as fixé aucun terme, je consens à m'engager à
« aller à Gènes et, dans trois mois, à dater du jour où je
« partirai d'ici, à faire de ta femme à ma volonté, et à rap-
« porter en témoignage une de ses choses les plus précieuses,
« et à te donner de telles et de si grandes preuves, que tu
« confesseras toi-même que c'est vrai, à condition que tu
« me promettras sur ta foi de ne point aller avant le terme
« fixé à Gènes, ni d'écrire à ta femme quoi que ce soit sur
« ce sujet. — » Bernabo dit que cela lui plaisait beaucoup,

et bien que les autres marchands qui étaient là s'efforçassent de le détourner de ce faire, prévoyant quel grand mal en pouvait naître, les esprits des deux marchands étaient si échauffés, que, passant outre aux observations de leurs autres compagnons, ils s'engagèrent vis-à-vis l'un de l'autre par un bel écrit de leur propre main.

« L'obligation signée, Bernabo resta à Paris et Ambrogiuolo, le plus tôt qu'il put, s'en vint à Gênes. Après y être demeuré quelques jours et s'être informé avec beaucoup de précautions du nom de la rue où demeurait la dame et de sa manière de vivre, il en entendit dire tout ce qu'il en avait entendu déjà de Bernabo et bien plus encore; pour quoi il lui parut qu'il avait fait une entreprise folle. Mais cependant, s'étant abouché avec une pauvre femme, laquelle fréquentait beaucoup la maison de la dame qui lui voulait grand bien, et ne pouvant arriver à autre chose, il la corrompit à force d'argent, et se fit porter par elle dans une caisse artistement construite selon ses indications, non-seulement dans la maison, mais dans la chambre de la gente dame. Là, comme si la bonne femme s'en voulait aller quelque part, elle pria, suivant la leçon que lui avait faite Ambrogiuolo, qu'on lui gardât la caisse pendant quelques jours. La caisse étant donc restée dans la chambre, et la nuit étant venue, Ambrogiuolo, à l'heure où il pensait que la dame dormait, ouvrit la caisse au moyen de certains engins, et se trouva sans avoir fait de bruit dans la chambre où il y avait une lumière allumée. Pour quoi, il se mit à examiner l'aspect de la chambre, les peintures et toutes les autres choses remarquables qui s'y trouvaient, afin de les retenir en sa mémoire. Puis, s'étant approché du lit et voyant que la dame ainsi qu'une petite fille qui était avec elle dormaient profondément, il la découvrit tout entière et reconnut qu'elle était aussi belle nue

que sous ses vêtements, mais il ne vit aucun signe qu'il
pût rappeler, hors un qu'elle avait sous le sein gauche et
qui consistait en une petite excroissance autour de laquelle
étaient quelques poils blonds comme l'or; cela vu, il la
recouvrit doucement, bien que, la voyant si belle, il lui fût
venu le désir de risquer sa vie et de se coucher près d'elle.
Mais cependant, ayant ouï dire qu'elle était dure et rebelle
à ces sortes de jeux, il ne s'y hasarda point; et étant resté
tout à son aise dans la chambre pendant la plus grande
partie de la nuit, il s'empara d'une bourse, d'une soubre-
veste qu'il prit dans un coffre, d'un anneau, d'une ceinture,
et mit le tout dans sa caisse qu'il ferma comme elle était
auparavant, après y être rentré; et, dans cette situation, il
passa deux nuits, sans que la dame s'aperçût de rien. Le
troisième jour, la bonne femme, suivant l'ordre qui lui avait
été donné, revint chercher sa caisse et la reporta à l'endroit
où elle l'avait prise. Ambrogiuolo en sortit, et ayant, selon
la promesse faite, payé la bonne femme, il retourna le plus
tôt qu'il put à Paris avec les objets en question, et avant le
terme fixé.

« Là, ayant réuni en présence de Bernabo les marchands
qui avaient assisté à la discussion et au pari, il dit qu'il
avait gagné l'enjeu déposé entre leurs mains, pour ce qu'il
avait fait ce dont il s'était vanté; et pour montrer que c'était
vrai, il décrivit d'abord la forme de la chambre et les peintures qui y étaient; puis il montra les objets qu'il avait
apportés avec lui, affirmant les avoir reçus de la dame.
Bernabo avoua que la chambre était faite comme il le disait,
et reconnut également que les objets avaient appartenus à
sa femme, mais il dit qu'Ambrogiuolo pouvait avoir su par
quelque domestique comment la chambre était faite, et avoir
eu de même lesdits objets; pour quoi, s'il n'avait pas autre

17.

chose à dire, cela ne lui semblait pas suffisant pour se
déclarer vainqueur. A quoi, Ambrogiuolo dit : « — De
« vrai, cela devrait suffire ; mais puisque tu veux que j'en
« dise davantage, je le dirai. Je te dirai donc que madame
« Ginevra, ta femme, a sous le sein gauche un petit signe, au-
« tour duquel sont cinq ou six poils blonds comme l'or. — »

Quand Bernabo entendit cela, il sentit une telle douleur,
qu'il lui sembla qu'on lui avait donné d'un couteau au cœur ;
et le visage tout bouleversé, bien qu'il n'eût pas encore dit
une parole, il donna assez manifestement à voir que ce
qu'Ambrogiuolo disait était vrai, et après un moment, il dit :
« — Seigneurs, ce que dit Ambrogiuolo est vrai ; et pour
« ce, puisqu'il a gagné, qu'il vienne quand il lui plaira, et
« il sera payé. — » Et, comme il avait dit, le jour suivant
Ambrogiuolo fut entièrement payé.

« Bernabo, ayant quitté Paris, s'en vint à Gênes, l'esprit
fortement courroucé contre la dame. Comme il était déjà
proche de la ville, il ne voulut point y entrer, mais il s'arrêta
à une vingtaine de milles, dans un de ses domaines, d'où il
envoya à Gênes un de ses familiers en qui il avait grande confiance, avec deux chevaux et des lettres où il disait à la dame
qu'il était de retour, et qu'elle vînt le rejoindre. Il ordonna
en outre secrètement au familier lorsqu'il serait arrivé avec
la dame dans un endroit qui lui paraîtrait propice, de la
tuer sans miséricorde, et de revenir vers lui. Le familier
arrivé à Gênes, ayant remis les lettres et rempli son message, fut accueilli par la dame avec une grande joie, et le
lendemain matin, montée à cheval avec le familier, elle
s'achemina vers sa maison de campagne. Tout en cheminant ensemble, et causant de choses et d'autres, ils parvinrent en un vallon profond et solitaire, couvert d'arbres
et de rochers énormes. L'endroit paraissant favorable au

familier pour accomplir sans danger pour lui l'ordre de son maître, il tira son coutelas, et saississant la dame par le bras, il dit : « — Madame, recommandez votre âme à Dieu, « car sans pousser plus avant, il vous faut mourir. — » La dame, voyant le coutelas et entendant ces paroles, dit tout épouvantée : « — Grâce, de par Dieu ; avant que de me « tuer, dis-moi en quoi je t'ai offensé, que tu doives me « tuer. — » « — Madame — dit le familier — vous ne m'avez « offensé en rien, mais je ne sais en quoi vous avez offensé « votre mari, si ce n'est qu'il m'a ordonné de vous tuer en « chemin sans avoir aucune pitié de vous ; et il m'a menacé « si je ne le faisais pas, de me faire pendre par la gorge. « Vous savez combien je lui suis soumis, et si je puis dire : « non, quand il m'impose de faire quelque chose. Dieu sait « que votre sort me fait de la peine, mais je ne puis pas « autre chose. — » A quoi la dame dit en pleurant : « — Ah ! Dieu merci, tu ne voudrais pas, pour un autre, « devenir le meurtrier de qui ne t'a point offensé. Dieu qui « connaît tout, sait que jamais je n'ai rien fait qui me doive « faire recevoir une telle récompense de mon mari. Mais « laissons cela ; tu peux, si tu le veux, complaire en même « temps à Dieu, à ton maître et à moi de la façon suivante : « prends mes vêtements, après m'avoir donné seulement ta « veste et un capuchon, et retournes avec eux vers celui qui « est ton maître et le mien, et dis-lui que tu m'as tuée ; et « je te jure, par mon salut que je te devrai, que je m'éloi- « gnerai, et que j'irai si loin que jamais ni lui, ni toi, ni « personne en ces contrées n'aura de mes nouvelles. — » Le familier qui se disposait à contre-cœur à la tuer, se laissa facilement apitoyer ; pour quoi, ayant pris ses vêtements, il lui donna sa mauvaise veste et un capuchon, lui laissa le peu d'argent qu'elle avait, et après l'avoir priée de s'éloi-

gner de ces contrées, il la laissa à pied dans le vallon et s'en
alla vers son maître auquel il dit que non-seulement son
ordre avait été exécuté, mais qu'il avait abandonné aux loups
le corps de sa femme après l'avoir tuée. Bernabo, quelque
temps après retourna à Gênes, où le fait ayant été su, on le
blàma fortement.

« La dame, restée seule et désolée, s'en alla, dès que la
nuit fut venue et en se contrefaisant le plus qu'elle pouvait,
vers un petit village qui était près de là, où, ayant acheté à
une vieille femme ce dont elle avait besoin, elle rajusta la veste
à son dos en la raccourcissant, fit de sa chemise une paire de
chausses, et se coupa les cheveux ; après quoi ayant tout à
fait l'allure d'un marinier, elle s'en alla vers la mer. Elle y
trouva par aventure un gentilhomme catalan, nommé segnor
Encararch, lequel était descendu d'un navire à lui qui était
non loin de là, à Albe, pour se rafraîchir à une fontaine.
Étant entrée en pourparlers avec ce gentilhomme, elle s'engagea avec lui comme serviteur, et monta sur le navire, se
faisant appeler Sicuran da Finale. Là, son maître lui ayant
donné des vêtements moins misérables, elle se mit à le servir
si bien et avec tant de dévouement, qu'elle gagna complètement sa faveur.

« Peu de temps après, il arriva que ce gentilhomme catalan
navigua avec un de ses chargements jusqu'à Alexandrie où
il apportait certains faucons voyageurs au soudan, auquel il
alla les présenter. Le soudan l'ayant quelquefois invité à sa
table, et ayant remarqué les façons de Sicuran qui le suivait
partout pour le servir, et ses façons lui ayant plu, il le demanda au catalan ; celui-ci, bien que cela le contrariât
beaucoup, le lui donna. En peu de temps, Sicuran, par son
savoir-faire, ne gagna pas moins la faveur et l'amitié du
soudan, qu'il ne l'avait fait pour le catalan. Pour quoi, il

advint par la suite qu'une grande réunion de marchands chrétiens et sarrazins devant se tenir à une certaine époque sous la forme d'une foire de l'année, dans la ville d'Acre soumise à l'autorité du soudan, celui-ci, qui avait coutume d'y envoyer chaque année, en outre de quelques officiers, un de ses grands dignitaires, afin de veiller à la garde et à la sûreté des marchands et de leurs marchandises, résolut, le moment venu, d'y envoyer Sicuran, lequel savait déjà très très bien la langue du pays ; et ainsi fut fait. Sicuran étant donc venu à Acre en qualité de seigneur et capitaine de la garde des marchands et des marchandises, il s'acquitta avec soin et promptitude de ce qui était de son office, et en allant et examinant tout autour de lui, il vit un grand nombre de marchands siciliens, pisans, génois, vénitiens et d'autres contrées d'Italie, avec lesquels il se lia volontiers en souvenir de son pays. Or, il advint, une fois entre autres, qu'étant descendu en une boutique de marchands vénitiens, il vit parmi les autres joyaux une bourse et une ceinture qu'il reconnut sur-le-champ lui avoir appartenu, ce dont il s'étonna ; mais, sans témoigner autrement son étonnement, il demanda gracieusement à qui elles appartenaient et si on voulait les vendre. Ambrogiuolo de Plaisance était venu à la foire avec beaucoup de marchandises, sur un navire de vénitiens ; entendant que le capitaine de la garde demandait à qui étaient ces objets, il s'avança et dit en riant : « — Messire, ces objets sont à moi et je ne les vends point ; mais « s'ils vous plaisent, je vous les donnerai volontiers. — » Sicuran, en le voyant rire, soupçonna que ce marchand l'avait reconnu à quelqu'un de ses gestes ; mais néanmoins, faisant bonne contenance, il dit : « — Tu ris peut-être « parce que tu me vois, moi homme d'armes, questionner « sur ces objets de femme ? — » Ambrogiuolo dit :

« — Messire, je ne ris point de cela, mais je ris de la façon
« dont j'ai acquis ces objets. — » A quoi Sicuran dit :
« — Eh ! que Dieu te donne bonne aventure ; si c'est une
« chose qui puisse se dire, dis-moi comment tu les as
« eus. — » « — Messire — dit Ambrogiuolo — elles m'ont
« été données avec d'autres choses par une gente dame de
« Gênes, appelée madame Ginevra, femme de Bernabo Lo-
« mellin, une nuit que je couchai avec elle, et elle m'a prié
« de les garder pour l'amour d'elle. Or, je ris, pour ce que
« je me souviens de la sottise de Bernabo qui fut assez fol
« pour parier cinq mille florins d'or contre mille, que je
« n'amènerais pas sa femme à faire à mon plaisir, ce que je
« fis cependant et gagnant ainsi le pari ; quant à lui, qui
« aurait dû plutôt se punir de sa bêtise que de s'en
« prendre à sa femme d'avoir fait ce que toutes les femmes
« font, il s'en revint de Paris à Gênes, où, à ce que j'ai ap-
« pris depuis, il la fit occire. — »

« En entendant cela, Sicuran comprit aussitôt quel avait
été le motif de la colère de Bernabo contre sa femme, et reconnaissant clairement que cet homme était la cause de tous
ses malheurs, il résolut en soi-même de ne pas le laisser impuni. Il feignit donc d'avoir eu son récit comme agréable, et
se lia adroitement avec lui d'une étroite amitié, si bien que,
sur ses encouragements, Ambrogiuolo, la foire finie, le suivit à Alexandrie avec tout ce qu'il avait ; là, Sicuran lui
fit construire une boutique et lui donna un grand nombre
de ses propres deniers ; pour quoi, voyant qu'il en résultait
grand profit pour lui, Ambrogiuolo prolongeait volontiers
son séjour. Sicuran, désireux de prouver son innocence à
Bernabo, n'eut point de repos qu'il n'eût trouvé, grâce à
l'entremise de plusieurs gros marchands génois qui étaient
à Alexandrie, l'occasion de le faire venir ; et Bernabo étant

en assez pauvre état, il le fit accueillir en secret par un sien
ami, jusqu'à ce que le moment lui parût venu d'exécuter ce
qu'il avait l'intention de faire.

« Sicuran avait déjà fait raconter à Ambrogiuolo son histoire devant le soudan, dont ce dernier avait eu grand plaisir ; mais quand il vit que Bernabo était arrivé, il pensa
qu'il ne fallait point retarder davantage. Ayant choisi le moment favorable, il supplia le soudan de faire venir devant lui
Ambrogiuolo et Bernabo, et en présence de Bernabo, si cela
ne se pouvait faire de bon gré, d'exiger par la rigueur
qu'Ambrogiuolo dît la vérité au sujet de ce qu'il se vantait
d'avoir obtenu de la femme de Bernabo. C'est pourquoi,
Ambrogiuolo et Bernabo étant venus, le soudan, en présence
de nombreux assistants, ordonna d'un air sévère à Ambrogiuolo de dire la vérité, et comment il avait gagné cinq mille
florins d'or à Bernabo, là était aussi présent Sicuran, en
lequel Ambrogiuolo avait la plus grande confiance, et qui,
d'un air plus courroucé encore, le menaçait des plus cruels
supplices, s'il ne le disait. Pour quoi, Ambrogiuolo, doublement épouvanté, et se voyant contraint de parler, ne
s'attendant du reste à d'autre châtiment que la restitution
des cinq mille florins d'or et des objets volés par lui, raconta, en présence de Bernabo et de tous les autres, comment le fait s'était passé. Et quand Ambrogiuolo eut parlé,
Sicuran, comme s'il eût été l'exécuteur des volontés du soudan, se tourna vers Bernabo et dit : « — Et toi, que fis-tu
« à ta femme, à propos de cette tromperie ? — » A quoi
Bernabo répondit : « — Moi, irrité d'avoir perdu mon ar-
« gent, et de l'affront que je croyais avoir reçu de ma
« femme, je la fis tuer par un de mes familiers ; et, d'après
« ce que m'a raconté celui-ci, elle fut promptement dévorée
« par les loups. — »

« Toutes ces choses ayant été dites en présence du soudan, entendues et comprises par lui, sans qu'il sût encore à quoi Sicuran, qui avait tout ordonné et qui avait posé lui-même les questions, voulait en venir, celui-ci lui dit : « — Mon « seigneur, vous pouvez très clairement voir combien cette « bonne dame se peut glorifier de son amant et de son « mari ; car l'amant lui ravit l'honneur en même temps qu'il « détruit sa réputation et ruine son mari, et le mari, « croyant plus facilement au mensonge d'autrui qu'à la vé- « rité dont une longue expérience lui devait avoir donné la « certitude, la fait tuer et la donne à manger aux loups ; « en outre, l'affection que lui portent l'amant et le mari est « telle, qu'étant longtemps restés près d'elle, aucun ne la « reconnaît. Mais pour ce que vous savez maintenant fort « bien ce que chacun d'eux a mérité, si vous voulez me « permettre, comme une faveur spéciale, de faire punir le « trompeur et de pardonner au trompé, je ferai venir ici « cette dame devant vous et devant eux. — » Le soudan, disposé en cette circonstance à complaire jusqu'au bout à Sicuran, dit que cela lui plaisait, et qu'il fît venir la dame. Bernabo, qui croyait fermement que sa femme était morte, s'étonna beaucoup ; quant à Ambrogiuolo, prévoyant déjà son châtiment, et tremblant d'être réduit à chose pire encore qu'à rendre l'argent, il ne savait s'il devait souhaiter ou craindre que la dame vînt, et il attendait sa venue avec une grande anxiété.

« Le soudan ayant donc accordé à Sicuran ce qu'il deman- dait, celui-ci, pleurant et se jetant à ses genoux, quitta la voix d'homme, n'ayant plus désir de garder son déguise- ment masculin, et dit : « — Mon seigneur, je suis la mal- « heureuse Ginevra, obligée d'errer six ans par le monde à « l'aventure sous un déguisement d'homme, par ce traître

« d'Ambrogiuolo qui m'a faussement et déloyalement accu-
« sée, et par cet homme inique et cruel qui m'a livrée à son
« serviteur pour me tuer et me donner à manger aux loups. — »
Et déchirant le devant de ses habits et montrant sa poitrine,
elle fit voir ouvertement au soudan et à tous les autres qu'elle
était femme ; puis, se tournant vers Ambrogiuolo, elle lui demanda, en l'injuriant, s'il avait jamais couché avec elle,
comme il s'en était auparavant vanté. Celui-ci l'ayant déjà
reconnue, et devenu quasi-muet de honte, ne disait rien.

« Le soudan qui l'avait toujours tenue pour un homme, ce
voyant et entendant, tomba en un tel étonnement que, malgré
ce qu'il avait vu et entendu, il crut que c'était plutôt un songe
qu'une réalité. Mais pourtant, quand son étonnement fut
passé, reconnaissant la vérité, il combla d'éloges la vie, la
constance, les mœurs et la vertu de la Ginevra qu'il avait
jusque-là appelée Sicuran. Et après lui avoir fait apporter
de très riches habits et lui avoir donné des dames pour lui
tenir compagnie, suivant la demande qu'elle lui adressa il
fit grâce à Bernabo de la mort qu'il avait méritée. Ce dernier, ayant reconnu sa femme, se jeta à ses pieds en pleurant et en demandant pardon ; sur quoi, bien qu'il en fût
peu digne, elle le lui accorda avec bonté, et, le faisant lever,
l'embrassa tendrement comme son mari.

« Aussitôt après, le soudan commanda qu'incontinent Ambrogiuolo fut lié à un pal en un endroit élevé de la ville, et
enduit de miel, et qu'on ne l'en détachât pas qu'il n'en tombât de lui-même ; et ainsi fut fait. Puis il ordonna que tout
ce qui avait appartenu à Ambrogiuolo fût donné à la dame,
ce qui n'était pas peu de chose et ne valait pas moins de dix
mille roubles. Et après avoir fait préparer une très belle
fête, où il traita fort honorablement Bernabo en sa qualité
de mari de madame Ginevra, et madame Ginevra comme

18

une très valeureuse dame, il leur donna, tant en joyaux, qu'en vases d'or et d'argent et en espèces, pour une valeur de plus de dix mille autres roubles. Puis, la fête terminée, il leur fit préparer un navire et leur donna licence de retourner à Gênes quand cela leur plairait. Ils y revinrent très riches et dans une grande allégresse, et ils y furent accueillis avec de grands honneurs, spécialement madame Ginevra, que tout le monde croyait morte, et qui, pendant tout le temps qu'elle vécut, eut une grande réputation de vertu.

« Quant à Ambrogiuolo, le jour même où il fut lié au pal et enduit de miel, il fut tué et dévoré, à son grand supplice, par les mouches, les guêpes et les taons dont le pays est infesté ; et ses ossements blanchis et retenus seulement par les nerfs, restèrent pendant longtemps sans qu'on y touchât, comme un témoignage, pour quiconque les voyait, de sa méchanceté. Et ainsi le trompeur resta au pied de celui qu'il avait trompé. — »

NOUVELLE X

Paganino de Monaco enlève la femme de messer Ricciardo da Chinzica, lequel, ayant appris où elle est, va la redemander à Paganino. Mais elle ne veut pas retourner avec lui, et messer Ricciardo étant mort, elle devient la femme de Paganino.

Chacun, dans l'honnête compagnie, loua beaucoup, comme étant très belle, la nouvelle contée par la reine, et surtout Dioneo à qui seul il restait à raconter dans la présente journée. Après bon nombre d'éloges adressés au précédent récit, il dit : « — Belles dames, un endroit de la nouvelle de la reine m'a fait renoncer à vous en dire une que j'avais en l'esprit, pour vous en conter une autre, je veux dire la

bêtise de Bernabo — quelque bien qui lui en advînt — et
de tous les autres qui se laissent aller à croire ce qu'il paraissait croire lui-même, c'est-à-dire qui s'imaginent que
pendant qu'ils vont par le monde, se satisfaisant avec celle-ci
et celle-là, tantôt une fois, tantôt une autre, leurs femmes
restées à la maison se tiennent les mains à la ceinture,
comme si nous, qui naissons et grandissons au milieu d'elles,
nous ne savions pas ce qu'elles désirent. En vous disant
cette nouvelle, je vous montrerai du même coup quelle est
la sottise de ceux qui pensent ainsi, et combien plus grande
encore est celle de ceux qui, se croyant plus puissants que
la nature, s'imaginent pouvoir par des démonstrations fabu-
leuses suppléer à ce qu'ils ne peuvent faire, et s'efforcent
d'amener les autres au point où ils en sont, alors que la nature de celui qu'ils sollicitent ne le permet pas.

« Il y eut donc à Pise un juge doué de plus d'esprit que de
force corporelle, et dont le nom était messer Ricciardo di
Chinzica, lequel croyant peut-être pouvoir satisfaire les
femmes avec les mêmes moyens qu'il satisfaisait à l'étude,
mit, en homme très riche qu'il était, une extrême sollicitude
à prendre pour femme une belle et jeune dame, alors qu'il
aurait dû doublement repousser cette idée, s'il avait su se
conseiller soi-même comme il savait conseiller les autres. La
chose advint comme il voulut, pour ce que messer Lotto
Gualandi lui donna pour femme une sienne fille, nommée
Bartolomea, une des plus belles et des plus désirables jeunes
femmes de Pise, où il y en a bien peu qui ne ressemblent à
des lézards gris. Le juge l'ayant menée en grandissime fête
à sa maison, et ayant fait des noces magnifiques, se hasarda,
la première nuit à la toucher une fois pour consommer le
mariage, et encore s'en fallut-il de peu qu'il ne pût finir la
partie; pour quoi, le matin d'après, comme un homme mai-

gre, sec et de peu de souffle qu'il était, il lui fallut se réconforter avec du bon vin, des confitures fortifiantes et autres ingrédients, afin de se remettre en vie.

« Or ce messire le juge, meilleur estimateur de ses forces qu'il n'avait été avant son mariage, commença à enseigner à sa femme un calendrier bon pour les enfants qui apprennent à lire, et peut-être fabriqué jadis à Ravenne. En effet, selon qu'il lui montrait, il n'y avait pas dans ce calendrier un jour qui ne fût la fête d'un saint, mais de plusieurs, en révérence desquels il lui démontrait que l'homme et la femme se devaient abstenir de relations conjugales, y ajoutant encore les jeûnes, les quatre temps et vigiles des apôtres et de mille autres saints, et le vendredi et le samedi, et le dimanche du Seigneur, et tout le carême, et certains moments de la lune, et nombre d'autres exceptions, pensant peut-être qu'on pouvait faire avec les femmes dans le lit comme il faisait parfois lui-même en plaidant au civil. Il employa longtemps cette méthode, non sans grave mélancolie de la dame, qui n'en tâtait à peine pas plus d'une fois par mois, prenant bien garde qu'un autre ne lui apprît les jours de travail, comme il lui avait appris les jours de fête.

« Il advint qu'un jour, la chaleur étant grande, l'envie prit messer Ricciardo d'aller se promener en un sien domaine fort beau, voisin de Monte Nero, et d'y rester quelques jours pour prendre l'air avec sa belle dame. Et là, voulant lui donner quelque distraction, il fit un jour pêcher, et étant montés, lui sur une petite barque avec les pêcheurs, et elle sur une autre avec les autres dames, ils s'en allèrent voir ; et le plaisir les entraînant, ils s'éloignèrent, quasi sans s'en apercevoir, plusieurs milles en mer. Pendant qu'ils étaient le plus occupés à regarder, survint soudain une galère de Paganino da Mare, fameux corsaire d'alors, laquelle ayant vu les barques, se dirigea vers elles. Ces dernières ne purent s'enfuir assez vite que Paganino n'atteignît celle où étaient les femmes; et y voyant la belle dame, sans plus vouloir autre chose il la mit sur sa galère, sous les yeux de messer Ricciardo qui était déjà retourné à terre, et continua sa route. Ce que voyant messire le juge, lui qui était si jaloux qu'il avait peur de l'air même, il ne faut pas demander s'il fut désolé. Ce fut en vain, qu'à Pise et ailleurs, il se plaignit de la barbarie des corsaires, sans savoir qui lui avait pris sa femme et où on l'avait emmenée. Quant à Paganino, voyant la dame si belle, l'aventure lui semblait excellente; n'ayant pas de femme, il résolut de la garder toujours près de lui, et comme elle pleurait fort, il se mit à la consoler doucement. La nuit venue, le calendrier lui étant tombé de la ceinture et les fêtes et jours fériés lui étant sortis de la mémoire, il commença à la consoler par des actes, les paroles lui paraissant avoir fait peu d'effet dans le jour; et il la consola si bien, qu'avant qu'ils arrivassent à Monaco, le juge et ses lois étaient loin de l'esprit de la dame qui se mit à vivre le plus joyeusement du monde avec Paganino. Celui-ci l'ayant menée à Monaco, outre les consolations qu'il lui donnait de jour et de nuit, il la traitait honorablement comme sa femme.

« Au bout d'un certain temps, messer Ricciardo ayant appris où était sa femme, fut pris d'un ardent désir de la revoir; avisant que personne ne ferait aussi bien que lui ce qu'il fallait faire, il résolut d'aller la trouver lui-même, disposé à dépenser pour sa rançon tout l'argent qu'il faudrait. S'étant mis en mer, il s'en alla à Monaco, et là il vit sa femme et fut vu par elle qui, le soir même, en parla à Paganino et l'informa de ses intentions. Le lendemain matin, Messer Ricciardo, voyant Paganino, l'accosta, et lui fit sur-le-champ

de grandes démonstrations d'amitié, bien que Paganino, attendant où il voulait en venir, feignît de ne le point connaître. Pour quoi, quand le moment parut venu à messer
Ricciardo, il lui découvrit, du mieux qu'il sut et le plus gracieusement possible, le motif de sa venue, le priant de lui
demander ce qu'il lui plairait et de lui rendre la dame.
A quoi Paganino répondit d'un air joyeux : « — Messire,
« soyez le bien venu ; et pour vous répondre brièvement, je
« vous dis ceci : il est vrai que j'ai chez moi une jeune
« dame ; et je ne sais si elle est votre femme ou celle d'un
« autre, pour ce que je ne vous connais pas ni elle non
« plus, si ce n'est pour le peu de temps qu'elle a demeuré
« avec moi. Si vous êtes son mari, comme vous le dites,
« je vous conduirai vers elle, car vous me semblez être
« un aimable gentilhomme, et je suis certain qu'elle vous
« reconnaîtra bien. Si elle dit que les choses sont comme
« vous le prétendez, et qu'elle veuille s'en aller avec vous,
« vous me donnerez pour sa rançon ce que vous-même vou-
« drez ; si les choses ne sont pas ainsi, vous feriez une
« vilaine action en me la voulant ôter, pour ce que je suis
« jeune, et puis tout comme un autre avoir une femme, et
« surtout celle-ci qui est la plus plaisante que j'aie jamais
« vue. » — Messer Ricciardo dit alors : « — Certes, elle est
« ma femme, et si tu me mènes où elle est, tu le verras ;
« elle se jettera aussitôt à mon col ; et pour ce, je ne de-
« mande pas qu'il soit fait autrement que tu l'as toi-même
« proposé. — » « — Allons donc — dit Paganino. — »

« Ils se rendirent donc en la maison de Paganino, et étant
entrés dans une salle, Paganino fit appeler la dame. Celle-ci,
habillée et parée, sortit de sa chambre et étant venue dans
celle où était messer Ricciardo avec Paganino, elle n'adressa
pas plus la parole à messer Ricciardo qu'elle n'eût fait pour

un autre étranger qui serait venu avec Paganino chez lui. Ce que voyant, le juge qui s'attendait à être reçu par elle avec une grandissime fête, s'étonna fortement, et se mit à dire en lui-même : peut-être la mélancolie et le long chagrin que j'ai éprouvés après l'avoir perdue, m'ont tellement changé qu'elle ne me reconnaît pas. Pour quoi, il lui dit : « — Femme, « il m'en coûte cher de t'avoir menée à la pêche, pour ce « qu'on n'éprouva jamais douleur semblable à celle que j'ai « endurée depuis que je t'ai perdue, et toi, tu ne sembles « pas me reconnaître, tellement tu me fais un sauvage ac- « cueil. Ne vois-tu pas que je suis ton messer Ricciardo, « venu ici pour payer ce que voudra ce gentilhomme en la « maison de qui nous sommes, afin de te ravoir et de t'em- « mener; et qu'il veut bien te rendre à moi en échange de « ce que je voudrai lui payer? — » La dame s'étant tour- née vers lui, dit en souriant un peu : « — Messire, est-ce « à moi que vous parlez? prenez garde de me prendre pour « une autre; car, pour moi, je ne me souviens pas de vous « avoir jamais vu. — » Messer Ricciardo dit : « — Prends « garde à ce que tu dis, regarde-moi bien; si tu veux bien « te rappeler, tu verras bien que je suis ton Ricciardo di « Chinzica. — » La dame dit : « — Messire, vous me par- « donnerez, ce n'est peut-être pas chose honnête à moi, « comme vous vous l'imaginez, de tant vous regarder, mais « je vous ai néanmoins assez regardé pour bien savoir que « je ne vous ai jamais vu. — » Messer Ricciardo pensa qu'elle agissait ainsi par peur de Paganino, et qu'elle ne voulait pas avouer devant lui qu'elle le connaissait; pour quoi, après un moment, il pria Paganino de le laisser parler seul dans une chambre avec la dame. Paganino dit que cela lui plaisait, pourvu qu'il ne la dût point embrasser contre sa volonté; et il ordonna à la dame d'aller avec lui dans une chambre, d'écouter ce qu'il voulait lui dire et de lui répondre comme cela lui plairait.

« La dame et messer Ricciardo étant donc allés seuls en une chambre, dès qu'ils se furent assis, messer Ricciardo se mit à dire : « — Eh ! cœur de mon corps, ma douce âme, mon « espoir, ne reconnais-tu pas maintenant ton Ricciardo qui « t'aime plus que lui-même ? Comment cela peut-il se faire ? « suis-je tellement changé ? Eh ! mon bel œil, regarde-moi « un peu. — » La dame se mit à rire et sans en laisser dire plus, elle dit : « — Vous savez bien que je ne suis pas « si oublieuse que je ne reconnaisse que vous êtes messer « Ricciardo di Chinzica, mon mari ; mais vous, pendant que « j'ai été avec vous, vous avez montré que vous me connais- « siez très mal, pour ce que si vous aviez été sage, comme « vous voulez qu'on le croie, vous deviez bien avoir assez de « bon sens pour voir que j'étais jeune et fraîche et gaillarde, « et pour savoir par conséquent ce qu'il faut aux jeunes « femmes, en outre des vêtements et du manger, bien que, « par vergogne, elles ne le disent pas ; comment le faisiez- « vous, vous le savez ! Et si l'étude des lois vous était plus « agréable que votre femme, vous ne deviez pas la prendre ; « pour moi, vous ne me fites jamais l'effet d'un juge, mais « bien d'un crieur-juré de sacrements et de fêtes, de jeûnes et « de vigiles, tellement vous les connaissiez bien. Et je vous « dis que si vous aviez fait faire par les laboureurs qui tra- « vaillent vos domaines autant de fêtes que vous en faisiez « faire à celui qui avait mon petit champ à labourer, vous « n'auriez jamais récolté un grain de blé. Dieu, qui a pris « en pitié ma jeunesse, m'a fait rencontrer celui avec lequel « je demeure en cette maison, où l'on ne sait pas ce que « c'est qu'une fête — je dis ces fêtes que vous, plus dévôt à « Dieu qu'au service des dames, vous célébriez — et dont

« jamais n'ont franchi la porte, samedi ni vendredi, ni vi-
« giles, ni quatre temps, ni carême qui est chose si longue ;
« au contraire on y travaille de jour et de nuit, et l'on y bat
« la laine ; et cette nuit même, dès que matines ont sonné,
« je sais bien comment le fait est allé, une fois en sus.
« Donc, j'entends rester avec lui et travailler pendant que
« je suis jeune ; quant aux fêtes, aux pénitences et aux
« jeûnes, je me réserve de les observer quand je serai vieille ;
« et vous, allez-vous-en à la bonne aventure le plus tôt que
« vous pourrez, et faites sans moi autant de fêtes qu'il vous
« plaira. — »

« En entendant ces paroles, messer Ricciardo éprouva une
douleur insupportable ; et quand il l'eut vu se taire, il dit :
« — Eh ! ma douce âme, qu'est-ce que tu dis là ? n'as-tu
« point garde à l'honneur de tes parents et à ton propre
« honneur ? Veux-tu rester ici plus longtemps prostituée à
« cet homme et en péché mortel, tandis qu'à Pise tu es ma
« femme ? Celui-ci, quand il sera fatigué de toi, te chassera
« à ta grande honte ; moi, je t'aurai toujours pour chère, et
« toujours, encore que je ne le voulusse pas, tu seras Dame
« en ma maison. Dois-tu pour cet appétit désordonné et
« peu honnête, abandonner en même temps et ton honneur
« et moi qui t'aime plus que ma vie ? Eh ! ma chère espé-
« rance, ne parle plus ainsi ; consens à venir avec moi ; à
« partir d'aujourd'hui, puisque je connais ton désir, je
« m'efforcerai de le satisfaire ; donc, ô mon doux bien,
« change d'avis et viens-t'en avec moi, car je n'ai jamais
« éprouvé de joie depuis que tu m'as été enlevée. — » A quoi
la dame répondit : « — Quant à mon honneur, je n'entends
« que personne, maintenant qu'il n'en peut être autrement,
« se montre plus susceptible que moi ; que mes parents ne
« s'en sont-ils souciés, eux, quand ils me donnèrent à vous !

« S'ils ne furent point alors soucieux de mon honneur, je
« n'entends pas me soucier présentement du leur; et si je
« suis maintenant en péché mortier, j'y resterai quand même
« je serais en péché pilon ; n'en soyez pas plus en peine que
« moi. Et je vous dis ceci : ici, il me semble être la femme
« de Paganino, tandis qu'à Pise il me semblait être votre
« concubine, en voyant que pour les points de la lune et les
« mesures de géométrie, les planètes venaient se mettre entre
« vous et moi, tandis qu'ici Paganino me tient toute la nuit
« en ses bras, et m'étreint, et me mord ; et comme il m'ar-
« range, Dieu vous le dit ‚pour moi. Vous dites aussi que
« vous vous efforcerez; et de quoi? de le faire lever à coups
« de bâton? Je sais que vous êtes devenu un preux cheva-
« lier depuis que je ne vous ai vu. Allez, et efforcez-vous
« de vivre; car il me semble au contraire que vous vivez en
« ce monde en simple locataire, tellement vous me paraissez
« étique et malingre. Et je vous dirai plus encore : quand
« celui-ci me laissera — et il ne me paraît pas disposé à
« cela tant que je voudrai rester avec lui — je n'entends
« point pour cela retourner jamais à vous, dont en vous
« compressant tout entier on ne ferait pas une écuelle de
« sauce, pour ce qû'à mon très grand dommage et détri-
« ment j'y ai été une fois; je chercherai ma pitance ailleurs.
« Sur quoi, je vous le dis de nouveau: ici il n'y a fête ni
« vigiles, ce qui fait que j'entends y rester ; et pour ce, le
« plus tôt que vous pourrez, allez-vous-en à la garde de Dieu,
« sinon je croirai que vous voulez me faire violence. — »

« Messire Ricciardo se voyant en mauvais parti, et reconnaissant sa folie d'avoir pris une femme jeune alors qu'il
était épuisé, sortit de la chambre d'un air dolent et triste,
et dit à Paganino beaucoup de paroles encore qui n'aboutirent à rien. Enfin, sans avoir rien obtenu, il laissa la dame

et s'en retourna à Pise où il tomba tellement fou de douleur, qu'il s'en allait dans Pise ne répondant pas autre chose
à tous ceux qui le saluaient ou lui parlaient, sinon : le mauvais trou ne veut pas de fête ; et au bout de peu de temps il
mourut. Ce qu'ayant appris Paganino, et connaissant l'a-
mour que la dame lui portait, il la prit pour femme légitime,
et sans jamais observer fêtes ou vigiles, sans faire le carême,
ils travaillèrent tous deux tant que les jambes les purent
porter, et se donnèrent du bon temps. Pour quoi, mes chères
dames, il me paraît que Bernabo, dans sa discussion avec
Ambrogiuolo, chevauchait la chèvre à l'encontre de son penchant. — »

Cette nouvelle donna tellement à rire à toute la compagnie, qu'il n'y avait personne à qui les mâchoires ne fissent
mal, et d'un consentement unanime toutes les dames avouèrent que Dioneo disait vrai et que Bernabo avait été une
bête. Mais quand la nouvelle fut finie et que le rire se fut
apaisé, la reine ayant observé que l'heure était déjà tardive et que tous avaient conté la leur, qu'ainsi la fin de son
pouvoir était venue, ôta la couronne de dessus sa tête suivant le cérémonial adopté, et la posa sur la tête de Néiphile,
en disant d'un air joyeux : « — Que désormais, chère
« compagne, le gouvernement de ce petit peuple t'appar-
« tienne. — » Puis elle retourna s'asseoir. Néiphile rougit
un peu de l'honneur reçu ; son visage devint tel que se
montre la fraîche rose d'avril ou de mai aux premières lueurs
du jour, et ses yeux, légèrement baissés et pleins de désir,
brillèrent comme l'étoile du matin. Mais quand se fut apaisée
l'honnête rumeur par laquelle les assistants faisaient un
joyeux accueil à leur reine, celle-ci, ayant repris cœur et s'é-
tant assise un peu plus haut que d'habitude, dit : « — Puisque
« je suis votre reine, et pour ne pas m'écarter de la manière

« suivie par celles qui l'ont été avant moi, et dont vous avez
« par votre obéissance approuvé le commandement, je
« vous ferai connaître en peu de mots mon avis, et s'il est
« adopté par votre conseil, nous le suivrons. Comme vous
« le savez, c'est demain vendredi et après demain samedi,
« jours ennuyeux à la plupart des gens à cause des aliments
« qu'on a coutume d'y manger; sans compter que le ven-
« dredi est digne de tout notre respect pour ce que c'est le
« jour en lequel Celui qui est mort pour nous souffrit sa
« passion. Pour quoi, je pense qu'il serait juste et conve-
« nable qu'en l'honneur de Dieu, nous nous occupions ce
« jour-là plutôt de prières que de nouvelles. En outre, le
« samedi, les dames ont coutume de se laver la tête et de
« se débarrasser de la poussière et de la malpropreté qui
« peut leur être survenue par leurs travaux de la précédente
« semaine; et elles ont semblablement coutume de jeûner
« en l'honneur de la Vierge mère du fils de Dieu, et de ne
« se livrer à aucun travail à cause du dimanche suivant.
« Pour quoi, ne pouvant pleinement suivre en ce jour l'ordre
« de vivre adopté par nous, j'estime qu'il est bienséant de
« nous dispenser de conter ce jour-là des nouvelles. Après,
« pour ce que nous serons restés ici pendant quatre jours,
« si nous voulons éviter que de nouveaux venus nous arri-
« vent, je crois qu'il sera opportun de changer d'endroit et
« d'aller ailleurs, et j'ai déjà pensé et prévu où nous de-
« vrons aller. Quand donc nous serons réunis en ce nouvel
« endroit, dimanche, après la sieste — ayant eu aujourd'hui
« assez de loisir pour discourir et discuter — tant parce que
« vous aurez eu plus de temps pour y penser, que parce
« qu'il sera encore plus beau de restreindre un peu la li-
« cence de nos nouvelles, j'ai pensé que l'on devra deviser
« de ceux qui par leur industrie ont acquis ce qu'ils avaient

« longtemps désiré, ou qui ont recouvré ce qu'ils avaient
« perdu. Sur ce, que chacun pense à dire quelque chose
« qui puisse être utile ou tout au moins agréable à la com-
« pagnie, le privilège de Dioneo étant toujours sauve-
« gardé. — »

Chacun loua le langage de la reine et l'ordre proposé par
elle, et ils décidèrent qu'il en serait ainsi. Après quoi la
reine, ayant fait appeler son sénéchal, lui indiqua avec
précision où il devrait faire mettre les tables le soir, et ce
qu'il devait faire ensuite pendant tout le temps de son commandement. Et cela fait, s'étant levée ainsi que toute sa
compagnie, elle donna licence à chacun de faire ce qui lui
plairait le plus. Les dames et les hommes se dirigèrent en
conséquence vers un petit jardin, et là, après qu'ils se furent
un peu promenés, l'heure du souper venue, ils soupèrent
avec joie et plaisir ; et s'étant levés de table dès qu'il plut à
la reine, Émilia menant la danse, la canzone suivante fut
chantée par Pampinea, les autres dames lui répondant :

Quelle dame chantera, si non moi
    Qui suis satisfaite en tous mes désirs?

Viens donc, Amour, cause de tout mon bien,
    De tout espoir et de tout effet joyeux;
    Chantons ensemble un peu,
    Non les soupirs et les peines amères
    Qui me font présentement tes plaisirs plus doux,
    Mais bien le feu éclatant
    Au milieu duquel je brûle et je vis en liesse et en joie,
    T'adorant comme mon Dieu.

Tu m'as mis devant les yeux, ô Amour,
    Le premier jour que tes feux me pénétrèrent,
    Un jeune homme tel,
    Que, pour la beauté, l'ardeur, la vaillance,

I.   19

On n'en trouverait jamais un meilleur,
Ni même un qui l'égalerait.
Je m'enflammai tellement pour lui, qu'aujourd'hui
J'en chante avec toi, joyeuse, ô mon seigneur.

Et ce qui, en cela, m'est un souverain plaisir,
C'est que je lui plais autant qu'il me plaît,
Grâce à toi, ô Amour.
Pour quoi je possède en ce monde
Ce que je désire, et j'espère avoir la paix en l'autre,
A cause de l'entière fidélité
Que je lui porte. Dieu qui voit cela,
Dans son royaume nous le concèdera aussi.

Après celle-ci, on en chanta plusieurs autres, et l'on fit
plusieurs danses, et l'on sonna de divers instruments. Mais
la reine estimant qu'il était temps d'aller se reposer, chacun
s'en alla à sa chambre, précédé par les torches; et ayant
vaqué, les deux jours suivants, aux choses dont la reine
avait tout d'abord parlé, ils attendirent, le dimanche avec
impatience.

TROISIÈME JOURNÉE

La seconde Journée du DÉCAMÉRON finie, commence la troisième, dans laquelle, sous le commandement de Néiphile, on devise de ceux qui, par leur adresse, ont acquis ce qu'ils avaient longtemps désiré, ou qui ont recouvré ce qu'ils avaient perdu.

Déjà l'aurore, de vermeille qu'elle était, commençait à jaunir à l'approche du soleil, quand, le dimanche, la reine s'étant levée, fit lever toute sa compagnie. Le sénéchal qui depuis un bon moment déjà, avait envoyé à l'endroit où l'on devait aller une grande partie des choses nécessaires, ainsi que les gens qui devaient les y préparer, voyant la reine en chemin, fit promptement charger tout le reste comme si on eût quasi levé le camp de là, et s'en alla avec les bagages et le reste des serviteurs derrière les seigneurs et les dames. La Reine donc, accompagnée et suivie de ses dames et des trois jeunes gens, et guidée par le chant de peut-être vingt rossignols et autres oiseaux de toutes sortes, marchant à pas lents par un sentier peu fréquenté mais plein d'herbes vertes et de fleurs, lesquelles, le soleil survenant, commençaient toutes à s'ouvrir, prit son chemin vers l'occident et, tout en devisant, plaisantant et riant avec sa troupe, sans dépasser deux mille pas, les conduisit fort avant la troisième heure à un très beau et riche palais. Y étant entrés, ils le parcoururent en entier, et ayant vu les grandes salles et les belles chambres brillantes de propreté et pleines de tout ce qu'il leur fallait, ils admirèrent vivement ce palais et en tinrent le maître pour un seigneur magnifique. Etant ensuite descendus en bas, et ayant vu l'ample et joyeuse cour, les caves pleines de vins exquis et l'eau fraîche qui sourdait en abondance, ils l'admirèrent plus encore. Puis, désireux de se reposer un peu, ils allèrent s'asseoir sur une galerie qui dominait toute la cour et qui était remplie des fleurs que comportait la saison, ainsi que de verdure ; et là, le discret sénéchal les reçut avec de délicieux confetti et des vins exquis dont ils se réconfortèrent. Après quoi, s'étant fait ouvrir un jardin attenant au palais et qui était tout entouré de murs, ils y entrèrent, et, dès leur entrée, l'ensemble leur en paraissant d'une beauté merveilleuse, ils se mirent à en regarder plus attentivement les diverses parties. Ce jardin avait en de nombreux endroits, tout autour et au milieu, de très vastes allées droites comme des flèches et couvertes de vignes en treilles qui annonçaient devoir donner cette année force raisins ; et les fleurs répandaient par tout le jardin une si puissante odeur, mêlée qu'elle était au parfum des nombreuses autres plantes embaumant l'air, qu'il leur semblait être au milieu de toutes les épices qui naquirent jamais en Orient. Les bords de ces allées étaient quasi tout couverts de rosiers blancs et vermeils et de jasmins ; de sorte que, non-seulement pendant la matinée, mais alors même que le soleil était le plus haut, on pouvait aller partout sous une ombre odoriférante et agréable, sans être atteint par ses rayons. Combien nombreuses étaient les plantes de ce lieu, quelles elles étaient et dans quel ordre on les avait disposées, tout cela serait trop long à raconter ; mais il n'en était aucune de celles qu'on regarde comme précieuses et que notre climat peut supporter, qui ne s'y trouvât en abondance. Au milieu du jardin — ce qui n'est pas moins à louer que toutes les choses précédentes, mais bien plus encore — était un pré d'herbe menue et si verte qu'elle paraissait noire, tout émaillé de plus de dix mille espèces de fleurs, et clos tout à l'entour de cèdres et d'orangers très verts et très vigoureux, lesquels, portant en même temps des fruits mûrs, des fruits verts et des fleurs, non-seulement faisaient un plaisant ombrage pour les yeux, mais frappaient agréablement l'odorat. Au milieu de ce pré était une fontaine du marbre le plus blanc, avec de merveilleuses sculptures. Au centre, d'une figure posée sur une colonne qui était droit au milieu, jaillissait vers le ciel — je ne sais si c'était d'une veine naturelle ou artificielle — une eau si abondante et qui s'élevait si haut, pour retomber ensuite avec un doux bruit dans la claire fontaine, qu'il en aurait moins fallu pour faire tourner un moulin. Cette eau — je dis celle qui surabondait quand la fontaine était pleine — s'échappait du pré par une voie cachée et par de petits canaux très beaux et très habilement faits. Une fois hors du pré, revenue au grand jour, elle l'entourait complètement ; de là, elle parcourait tout le jardin par de semblables petits canaux, puis elle était recueillie en dernier lieu en un endroit d'où elle sortait enfin de ce beau jardin et précipitait ses eaux limpides vers la plaine, faisant, avant d'y arriver, tourner deux moulins avec beaucoup de force et au grand avantage du maître.

La vue de ce jardin, sa belle ordonnance, les plantes et la fontaine avec les petits ruisseaux qui en dérivaient, tout cela plut tellement aux dames et aux trois jeunes gens, qu'ils se mirent tous à affirmer que, si le paradis pouvait exister sur

19.

terre, ils ne savaient quelle autre forme on aurait pu lui
donner sinon celle de ce jardin, et qu'ils n'imaginaient pas
quelle autre beauté on aurait pu lui ajouter. Ils alláient donc
très contents tout à l'entour, se composant de très belles
guirlandes de feuillages variés, ce pendant qu'ils écoutaient plus de vingt sortes d'oiseaux, lesquels chantaient à
l'envi l'un de l'autre, quand ils furent frappés d'une plaisante beauté dont ils ne s'étaient pas encore aperçus, éblouis
qu'ils avaient été par les autres : à savoir qu'ils virent le jardin rempli de peut-être cent variétés de beaux animaux qu'ils
allaient se montrant les uns aux autres. D'un côté sortaient
les lapins, de l'autre couraient les lièvres ; là reposaient les
chevreaux couchés ; ailleurs les jeunes cerfs allaient paissant.
Et outre ceux-là, plusieurs espèces d'animaux inoffensifs allaient et venaient comme des bêtes quasi domestiques, chacune selon sa fantaisie. Toutes ces choses, venant après les
plaisirs précédemment goûtés, leur en procurèrent un bien
plus grand. Mais quand, regardant tantôt une chose, tantôt
une autre, ils eurent assez marché, ils firent dresser les tables autour de la belle fontaine, et après avoir chanté six
petites chansons et s'être livrés à quelques danses, ils allèrent
manger, selon le bon plaisir de la reine, et ayant été servis
dans un grand et bel ordre, et à leur loisir, de bonnes et délicates victuailles, devenus plus gais, ils se levèrent et se livrèrent de nouveau à la musique, aux chants et aux danses,
jusqu'à ce qu'il parut bon à la reine, la chaleur survenant,
que ceux à qui cela plairait allassent dormir. Les uns y allèrent ; les autres, séduits par la beauté du lieu, n'y voulurent
point aller, mais, demeurés là, se mirent qui à lire des romans, qui à jouer aux échecs, qui aux tables, pendant que
leurs compagnons dormaient. L'heure de none passée, après
s'être levés et s'être rafraîchi la figure avec de l'eau fraîche, ils

s'en vinrent dans le pré, suivant qu'il plut à la reine, et s'étant assis près de la fontaine, en leur mode habituel, ils attendirent le moment de dire des nouvelles sur le sujet proposé par la reine. Le premier d'entre eux à qui la reine imposa cette charge fut Philostrate, lequel commença de cette façon :

NOUVELLE I

Masetto de Lamporecchio s'étant fait passer pour muet, devient jardinier d'un couvent de nonnes qui finissent toutes par coucher avec lui.

« — Très belles dames, il y en a beaucoup de ces hommes et de ees femmes assez sots pour croire que dès qu'on a posé sur la tête d'une jeune fille le bandeau blanc et sur son dos la robe noire, elle n'est plus femme et ne se sent plus d'appétits féminins, comme si, en la faisant nonne, on l'avait fait devenir de pierre ; et si par hasard ils entendent dire quelque chose contre cette croyance qu'ils ont, ils se fâchent comme si un grand crime contre nature avait été commis, sans songer qu'eux-mêmes ne se peuvent rassasier par la pleine licence qu'ils ont de faire tout ce qu'ils veulent, ni sans vouloir réfléchir à la grande force de l'oisiveté et de la solitude. Et semblablement, il y en a encore beaucoup de ceux qui croient trop que la pioche, la bêche, la mauvaise nourriture et les fatigues enlèvent entièrement aux travailleurs de la terre les appétits de la concupiscence, et les rendent très grossiers d'intelligence et de jugement. Combien se trompent tous ceux qui pensent ainsi ! Mais il me plaît, puisque la reine me l'a commandé, et que je ne m'écarte pas du sujet proposé par elle, de vous le démontrer plus clairement par une petite nouvelle.

« Dans nos contrées était autrefois et est encore un cou-

vent de femmes très renommé pour sa sainteté, et que je ne
nommerai pas, pour ne diminuer en quoi que ce soit sa réputation. Il n'y a pas longtemps que dans ce couvent, où ne
se trouvaient alors que huit nonnes avec une abbesse, toutes
fort jeunes, était un pauvre homme chargé de cultiver un
beau jardin que les religieuses possédaient. Mécontent de
son salaire, il régla un beau jour ses comptes avec l'intendant des nonnes et s'en retourna à Lamporecchio, d'où il
était. Là, parmi ceux qui l'accueillirent joyeusement, était
un jeune ouvrier fort, robuste et, pour un campagnard, très
beau de sa personne, et qui avait nom Masetto. Ayant demandé au bonhomme où il était resté si longtemps, celui-ci,
qui s'appelait Nuto, le lui ayant dit, Masetto l'interrogea sur
ce qu'il faisait dans le couvent. A quoi Nuto répondit :
« — Je travaillais dans leur grand et beau jardin, et, en
« outre, j'allais quelquefois au bois pour la provision ; je
« puisais de l'eau et faisais quelques autres semblables be-
« sognes ; mais les nonnes me donnaient un si mince salaire
« que je pouvais à peine payer mes chaussures. En outre,
« elles sont toutes jeunes, et il me semble qu'elles ont le
« diable au corps, car on ne peut rien faire à leur goût. Au
« contraire, souvent, quand je travaillais au jardin, l'une
« disait : Porte ceci là, et l'autre disait : Porte-le ici ; une
« autre m'enlevait la bêche des mains et disait : Ceci n'est
« pas bien ; et elles me causaient tant de tracas que je lais-
« sais là l'ouvrage et que je sortais du jardin. De sorte que,
« soit pour une chose, soit pour une autre, je n'ai plus
« voulu y rester, et je m'en suis venu. Leur intendant,
« quand je suis parti, m'a prié, si j'avais sous la main quel-
« qu'un qui pût faire ce service, de le lui envoyer, et je le
« lui ai promis ; mais Dieu le fasse solide des reins comme
« je lui en chercherai et lui en enverrai un ! — »

« Quand Masetto eut entendu ce que lui disait Nuto, il lui vint en l'esprit un si grand désir d'être avec ces nonnes qu'il s'en consumait tout entier, comprenant bien aux paroles de Nuto qu'il pourrait venir à bout de ce qu'il désirait. Mais avisant qu'il n'y arriverait pas s'il ne lui parlait point, il lui dit : « — Eh ! comme tu as bien fait de t'en revenir ! Un homme « est-il fait pour vivre avec des femmes ? Il lui vaudrait mieux « vivre avec des diables. Elles ne savent pas, six fois sur « sept, ce qu'elles veulent elles-mêmes. — » Mais dès que leur entretien eut cessé, Masetto se mit à songer à la façon dont il s'y devait prendre pour s'introduire près d'elles ; et comme il se savait parfaitement apte aux services dont parlait Nuto, il ne craignit pas d'être refusé pour ce motif, mais parce qu'il était trop jeune et de bonne mine. Pour quoi, après avoir ruminé en soi-même de nombreux projets, il se dit : « — L'endroit est très loin d'ici et personne ne m'y connaît. Si je sais faire semblant d'être muet, certainement « j'y serai reçu. — » Et s'arrêtant à cette ruse, sa cognée au cou, sans dire à personne où il allait, il s'en vint au monastère comme un pauvre homme. Y étant arrivé, il y entra et trouva par hasard l'intendant dans la cour. Alors, par gestes, comme font les muets, il lui témoigna le désir d'avoir à manger pour l'amour de Dieu, lui donnant à. entendre que, s'il en avait besoin, il irait lui fendre du bois. L'intendant lui donna volontiers à manger, puis il le mit devant quelques souches que Nuto n'avait pas pu fendre, et que lui, qui était très robuste, fendit toutes en peu de temps. L'intendant, qui avait besoin d'aller au bois, l'emmena ensuite avec lui et, là, lui fit couper des fagots ; puis ayant mis l'âne devant lui, il lui fit comprendre par signes de le conduire au couvent. Masetto s'en acquitta fort bien ; pour quoi l'intendant le retint plusieurs jours pour certains travaux qu'il y avait à faire.

« Or il advint qu'un jour l'abbesse le vit et demanda à l'intendant qui il était. Celui-ci lui dit : « — Madame, c'est « un pauvre homme sourd et muet, qui, un de ces jours der-« niers, est venu me demander l'aumône, de sorte que je lui « ai fait du bien et lui ai donné à faire plusieurs choses qui « devaient être faites. S'il savait travailler le jardin et qu'il « voulût demeurer ici, je crois que nous aurions un bon ser-« viteur, car il nous en faut un et il ferait ce qu'il pourrait. « En outre, vous n'auriez point à craindre qu'il parlât à vos « jeunes nonnes. — » A quoi l'abbesse dit : « — Sur ma foi « en Dieu, tu dis vrai ; sache s'il sait travailler, et essaie de « le retenir ; donne lui quelque paire de mauvais souliers, « quelque vieux capuchon ; flatte-le ; soigne-le ; donne-lui « bien à manger. — » L'intendant dit qu'il le ferait. Masetto n'était guère loin, mais faisant semblant de balayer la cour, il entendait toute cette conversation, et, joyeux, il disait en lui-même : « — Si vous m'y introduisez, je vous travaillerai « si bien le jardin, que jamais il n'aura été travaillé de la « sorte. — » Bref, l'intendant ayant vu qu'il savait très bien travailler, et lui ayant demandé par signes s'il voulait rester, et Masetto lui ayant répondu également par signes qu'il y consentait, il l'occupa, lui enjoignit de travailler le jardin et lui montra ce qu'il avait à faire ; puis il alla vaquer aux au-tres affaires du couvent et le laissa.

« Masetto travaillant tous les jours, les nonnes commen-cèrent à le taquiner et à se moquer de lui, comme il arrive souvent qu'on fait avec les muets, et lui disaient les plus scélé-rates paroles du monde, croyant n'être pas entendues de lui ; et l'abbesse, qui pensait sans doute qu'il était sans queue comme sans parole, ne se préoccupait en aucune façon de cela. Il advint toutefois qu'un jour Masetto ayant beaucoup travaillé et se reposant, deux toutes jeunes nonnes qui se promenaient

par le jardin, s'approchèrent de l'endroit où il était et se mirent à le regarder pendant qu'il faisait semblant de dormir.
Pour quoi, l'une d'elles, qui était plus hardie, dit à l'autre :
« — Si je croyais que tu me gardasses le secret, je te dirais
« une pensée que j'ai eue plusieurs fois, et qui pourrait te
« faire aussi plaisir à toi. — » L'autre répondit : « — Parle
« en toute sûreté, car certainement je ne le dirai à per-
« sonne. — » Alors la jeune effrontée commença : « — Je ne
« sais si tu as réfléchi à la façon dont nous sommes tenues
« enfermées, et que jamais un homme n'ose entrer ici, si ce
« n'est l'intendant qui est vieux, et ce muet. Pour moi, j'ai
« plusieurs fois entendu dire à des dames qui sont venues
« nous voir, que toutes les autres douceurs du monde sont
« une plaisanterie en comparaison du plaisir que la femme
« goûte avec l'homme. Pour quoi, il m'est plus d'une fois
« venu à l'esprit, puisque je ne puis le faire avec d'autres,
« d'éprouver avec ce muet s'il en est ainsi. C'est l'homme le
« mieux du monde choisi pour cela, car, même quand il vou-
« drait, il ne pourrait ni ne saurait le redire. Tu vois que
« c'est un jeune sot, vigoureux plutôt qu'intelligent. Volon-
« tiers j'écouterai ce qu'il t'en semble. — » « — Hélas ! — dit
« l'autre — qu'est-ce que tu dis ? Ne sais-tu pas que nous avons
« promis notre virginité à Dieu ! — » « — Oh ! — dit la pre-
« mière — combien de choses on lui promet tout le long du
« jour, dont on ne tient aucune ! si nous la lui avons pro-
« mise, que les autres la tiennent. — » A quoi sa compagne
« dit : « — Et si nous devenions grosses, comment ferions-
« nous ? — » L'autre dit alors : « — Tu commences à penser
« au mal avant qu'il arrive. Quand il sera venu, alors on y
« pensera. Il y aura mille moyens de faire que cela ne se sache
« jamais, pourvu que nous ne le disions pas nous-mêmes. — »
« Entendant cela, l'autre, qui avait meilleure envie que

sa compagne d'éprouver quelle bête c'était que l'homme, dit : « — Or bien, comment ferons-nous ? — » A quoi la pre- « mière répondit : « — Tu vois que c'est l'heure de none ; « je crois que les sœurs sont toutes endormies, excepté nous. « Regardons par le jardin s'il n'y a personne, et nous n'au- « rons plus autre chose à faire qu'à le prendre par la main « et le mener dans cette cabane où il se met à l'abri de la « pluie ; et là, l'une se tiendra avec lui et l'autre fera la « garde. Il est si niais, qu'il fera comme nous voudrons. —» Masetto entendait toute cette conversation, et, disposé à obéir, n'attendait plus que d'être pris par l'une d'elles. Les jeunes nonnes ayant bien regardé partout, et s'étant assurées que d'aucun côté elles ne pouvaient être vues, celle qui avait pris d'abord la parole, s'approcha de Masetto et le réveilla ; aussitôt, il se leva tout debout. Sur quoi, lui prenant la main avec des airs engageants, et tandis qu'il riait d'un air niais, elle le mena dans la cabane où, sans se faire trop inviter, il fit ce qu'elle voulut. La nonne en loyale compagne, ayant eu ce qu'elle désirait, céda la place à l'autre, et Masetto se mon- trant toujours aussi simple, fit encore à leur volonté. Pour quoi, avant qu'elles s'en allassent, elles voulurent éprouver chacune plus d'une fois comment le muet savait chevaucher. Et depuis, causant souvent entre elles, elles disaient que c'était bien la plus douce chose dont elles eussent entendu parler ; et, prenant le temps à heure convenable, elles s'en allaient s'ébattre avec le muet.

« Il advint un jour qu'une de leurs compagnes, s'étant aperçue de la chose par la fenêtre de sa cellule, le fit remar- quer à deux autres. Toutes trois délibérèrent tout d'abord d'aller le dénoncer à l'abbesse ; mais bientôt, changeant d'avis, elles s'accordèrent avec leurs compagnes pour éprouver elles aussi la puissance de Masetto. Au bout d'un certain temps,

par suite de divers incidents, les trois autres nonnes vinrent se joindre aux premières. Enfin, l'abbesse, qui ne s'était pas encore aperçue de ces choses, se promenant un jour seule au jardin, par une chaleur grande, trouva Masetto — lequel, pour avoir trop chevauché la nuit, était assez peu disposé à travailler le jour — étendu tout endormi à l'ombre d'un amandier ; et comme le vent avait relevé le pan de devant de sa chemise, tout restait à découvert. Ce que regardant la dame, et se voyant seule, elle tomba dans ce même appétit où étaient tombées ses nonnains. Ayant réveillé Masetto, elle l'emmena avec elle dans sa chambre où, pendant plusieurs jours, au grand déplaisir des nonnes qui ne voyaient plus le jardinier venir travailler le jardin, elle le retint, éprouvant à diverses reprises cette douceur qu'elle avait auparavant coutume de blâmer chez autrui. Enfin, elle le renvoya de sa chambre à son logis ; mais comme elle voulait le revoir souvent, et qu'elle lui demandait plus que sa part, Masetto, ne pouvant satisfaire à telle besogne, s'avisa que son métier de muet pourrait bien, s'il durait plus longtemps, lui causer un dommage par trop grand. Et pour ce, une nuit qu'il était avec l'abbesse, rompant le silence, il se mit à dire : « — Madame, j'ai en-
« tendu dire qu'un coq suffit bien pour dix poules, mais que
« dix hommes peuvent mal satisfaire une seule femme : d'où
« je ne puis, moi, en servir neuf ; à quoi je ne pourrais
« durer : au contraire, en suis-je venu par ce que j'ai fait
« jusqu'ici, à un tel point, que je ne puis plus faire ni
« beaucoup ni peu. Et pour ce, laissez-moi aller à la grâce
« de Dieu, ou bien trouvez un moyen d'arranger cela. — »
La dame, entendant parler celui qu'elle tenait pour muet,
toute surprise, dit : « — Qu'est cela ? je croyais que tu
« étais muet. — » « — Madame — dit Masetto — je l'étais
« aussi, mais non de naissance ; la parole m'avait été enlevée

« par une maladie, et seulement de cette nuit je me la sens
« rendue ; dont je loue Dieu tant que je puis. — » La dame
le crut, et lui demanda ce qu'il voulait dire par ces neuf femmes qu'il avait à servir. Masetto lui dit le fait. Ce qu'entendant l'abbesse, elle s'aperçut qu'aucune de ses nonnes n'avait
été plus sage qu'elle ; pour quoi, en femme discrète, sans
laisser partir Masetto, elle résolut de s'entendre avec ses
nonnes pour trouver un moyen d'arranger les choses de façon
que le couvent ne fût pas couvert de scandale par le fait de
Masetto. L'intendant étant mort un des jours précédents, les
nonnes, d'un mutuel consentement, chacune sachant ce que
toutes avaient fait, et avec l'assentiment de Masetto, s'arran-
gèrent pour faire croire que, grâce à leurs prières et au
mérite du saint dont le couvent portait le nom, la parole
avait été rendue à Masetto après avoir été longtemps muet ;
elles le firent leur intendant, et lui répartirent la besogne de façon qu'il pût la supporter. Aussi, bien qu'il eût
engendré nombre de moinillons, les choses se passèrent cependant si discrètement, qu'on n'en sut rien, sinon après la
mort de l'abbesse, Masetto étant alors bien près d'être vieux,
et, devenu riche, fort désireux de s'en retourner chez lui.
La découverte de son aventure, lui facilita l'accomplissement
de ce désir. C'est ainsi que Masetto sur ses vieux jours s'en
revint, riche et père de famille sans avoir eu la peine de nourrir ses enfants et de les entretenir, et ayant su par sa prévoyance bien employer sa jeunesse, au lieu d'où il était parti
une cognée sur le cou, affirmant qu'ainsi le Christ traitait
quiconque lui posait des cornes au chapeau. — »

NOUVELLE II

Un palefrenier couche avec la femme du roi Agilulf. Ce dernier s'en aperçoit, retrouve le coupable et lui tond une mèche de cheveux. Le tondu tond à son tour ses camarades, et se tire ainsi de sa male aventure.

Philostrate étant arrivé à la fin de sa nouvelle qui avait parfois fait un peu rougir les dames et parfois les avait fait rire, il plut à la reine que Pampinea contât à son tour. Celle-ci, commençant d'un air riant, dit : — « D'aucuns sont assez peu discrets pour vouloir montrer qu'ils savent et connaissent ce qu'il ne leur appartient pas de savoir, et parfois, pour cela, reprenant les défauts dont personne ne s'est aperçu chez autrui, ils croient atténuer leur propre honte, tandis qu'ils l'accroissent à l'infini ; et que cela soit vrai, j'entends, amoureuses dames, vous le prouver en vous montrant, dans l'esprit d'un vaillant roi, une astuce qui ne doit pas être moins prisée peut-être que celle de Masetto.

« Agilulf, roi des Lombards, avait, comme ses prédécesseurs, placé le siège de son royaume à Pavie, cité de Lombardie, après avoir pris pour femme Teudelinge, restée veuve d'Autari qui avait été également roi des Lombards, laquelle fut une très belle dame, sage et honnête, mais malheureuse en amour. Grâce au courage et au grand sens de ce roi Agilulf, les affaires de Lombardie ayant été pendant un certain temps prospères et tranquilles, il advint qu'un palefrenier de la susdite reine, homme de condition très basse quant à la naissance, mais d'un esprit plus élevé que ne le comportait un aussi vil métier, et de sa personne beau et grand, s'énamoura sans mesure de la reine, tout comme s'il avait été le roi. Comme sa profession infime ne lui avait

pas empêché de reconnaître que son amour était hors de toute
convenance, en homme sage il ne s'en ouvrait à personne,
pas plus qu'il n'avait la hardiesse de le découvrir à la reine
par ses regards ; et quoiqu'il vécût sans aucune espérance de
devoir jamais lui plaire, cependant il se glorifiait en lui-
même d'avoir placé ses pensées en haut lieu. Et comme il
brûlait tout entier d'une amoureuse flamme, il s'étudiait à
faire, par dessus tous ses autres compagnons, tout ce qu'il
croyait devoir plaire à la reine. Pour quoi il se trouvait que
la reine, devant chevaucher, montait plus volontiers son palefroi que celui d'aucun autre ; ce que, quand cela arrivait, il regardait comme une grandissime faveur ; et jamais il ne lâchait
les étriers, se tenant pour heureux quand parfois il pouvait
toucher ses vêtements. Mais, de même que nous voyons souvent arriver que l'amour devient d'autant plus grand que
l'espérance est moindre, ainsi il advint dans le cœur de ce
pauvre palefrenier ; à tel point qu'il lui était très douloureux
d'être obligé de tenir son grand désir ainsi caché, comme
il faisait, sans être réconforté d'aucun espoir ; aussi plus
d'une fois, ne pouvant se guérir de cet amour, il résolut de
mourir. Songeant à quel moyen il aurait recours, il prit le
parti de s'arranger de façon que l'on vît bien qu'il mourait à
cause de l'amour qu'il avait porté et qu'il portait à la reine ;
et il décida que son entreprise serait telle, qu'il tenterait pour
elle la fortune afin de satisfaire tout ou partie de son désir.
Il ne se hasarda point à parler à la reine, ni à lui faire connaître son amour par lettre, car il savait qu'il parlerait et
qu'il écrirait en vain ; mais il voulut éprouver si, par ruse,
il pourrait coucher avec elle. Il n'y avait pas d'autre ruse ni
d'autre voie que de trouver le moyen de parvenir jusqu'à
la reine et de pénétrer dans sa chambre en se faisant passer
pour le roi, lequel, il le savait, ne couchait pas toujours

avec sa femme. Pour quoi, afin de voir de quelle façon le roi
s'y prenait, et quel costume il avait quand il allait la voir, il
se cacha à plusieurs reprises la nuit dans une grande salle
du palais qui était située entre la chambre du roi et celle de
la reine. Or, une nuit entre autres, il vit le roi enveloppé
dans un grand manteau et tenant d'une main une lumière
et de l'autre une baguette, sortir de sa chambre et aller à la
chambre de la reine, et là, sans dire mot, frapper une fois
ou deux à la porte avec cette baguette; et incontinent la
porte lui était ouverte et la lumière lui était enlevée des
mains. Ayant donc vu cela, et ayant vu aussi le roi s'en
retourner, il pensa à faire de même; et ayant réussi à se procurer un manteau semblable à celui qu'il avait vu au roi,
ainsi qu'une lumière et une petite baguette, et après s'être
lavé tout d'abord en un bain chaud, afin que l'odeur de l'é-
curie n'incommodàt pas la reine ou ne la fît s'apercevoir de
la ruse, il se cacha, ainsi qu'il en avait l'habitude, dans la
grande salle. Quand il vit que tout le monde dormait, et
quand le temps lui sembla venu de donner effet à son désir
ou de trouver la mort qu'il souhaitait, il fit un peu de feu
avec la pierre et l'amadou qu'il portait, alluma sa lumière,
et enveloppé hermétiquement dans son manteau, il s'en alla
à la porte de la chambre où il frappa deux coups avec la baguette. La chambre fut ouverte par une camériste à moitié
endormie qui lui prit la lumière des mains et l'éteignit; sur
quoi, lui, sans rien dire, étant entré, et ayant déposé son
manteau, il se glissa dans le lit où la reine dormait. L'ayant
saisie dans ses bras, et feignant d'être de méchante humeur,
pour ce qu'il savait que le roi quand il était de mauvaise
humeur ne prononçait pas un mot, sans rien dire et sans
qu'il lui fût rien dit, il connut plusieurs fois charnellement
la reine. Et bien qu'il lui semblât dur de s'en aller, cepen-

20.

dant, craignant qu'une trop longue séance lui fût occasion
de changer en tristesse le plaisir éprouvé, il se leva, et après
avoir repris son manteau et sa lumière, sans rien dire autre
chose, il s'en alla, et le plus tôt qu'il put regagna son lit.

« Il pouvait à peine y être revenu, quand le roi, s'étant
levé, alla à la chambre de la reine, ce dont celle-ci s'émerveilla fort ; et comme il était entré dans le lit et la saluait
joyeusement, elle prit hardiesse de sa bonne humeur et dit :
« — O mon seigneur, quelle nouveauté est-ce, cette nuit ?
« Vous venez à peine de me quitter, et, au delà de vos habi-
« tudes, vous avez pris de moi plaisir, et vous revenez de
« rechef si vite ? Prenez garde à ce que vous faites. — » Le
roi, entendant ces paroles, soupçonna soudain que la reine
avait été trompée par une ressemblance de manières et de
personne ; mais, en homme sage, il se garda bien, voyant
que la reine ni personne autre ne s'en était aperçue, de l'en
faire apercevoir. C'est ce que nombre de sots n'auraient pas
fait ; ils auraient dit au contraire : je ne suis pas venu ;
quel est celui qui est venu ? Comment est-il venu ? Qui est-ce ?
De quoi seraient survenues de nombreuses choses par lesquelles il aurait inutilement contristé la reine et lui aurait
donné l'idée de désirer une seconde fois ce qu'elle avait déjà
goûté : en taisant l'aventure, il ne pouvait lui en revenir
aucune honte, tandis qu'en parlant, il se serait attiré du
déshonneur. Le roi répondit donc, plus irrité au fond du
cœur que dans son air et dans ses paroles : « — Femme, ne
« vous semblé-je pas homme capable d'avoir été ici tantôt
« et d'y revenir une autre fois ? — » A quoi la reine répondit : « — Mon seigneur, si ; mais cependant je vous prie de
« prendre garde à votre santé. — » Alors le roi dit : « — Il
« me plaît de suivre votre conseil ; et pour cette fois, sans
« vous causer plus d'ennui, je vais m'en retourner. — »

Et le cœur plein de colère et de mécontentement à cause de l'affront qu'il voyait qu'on lui avait fait, il reprit son manteau, sortit de la chambre et songea à trouver sans bruit celui qui l'avait fait, pensant bien que c'était quelqu'un de sa maison, et que, quel qu'il fût, il n'avait pu encore en sortir.

« Ayant donc pris une petite lumière dans une petite lanterne, il s'en alla vers un vaste corps de logis qui était dans son palais au-dessus des écuries, et dans lequel dormaient en divers lits presque tous ses familiers. Et estimant que, quel que fût celui qui avait fait ce que la dame lui avait dit, son pouls et ses battements de cœur ne pouvaient être encore apaisés à cause de la rude besogne qu'il avait accomplie, il se mit à tâter sans bruit, en commençant par un des bouts de la salle, la poitrine de tous ses gens, pour savoir si le cœur battait vite à l'un d'entre eux. Tous dormaient fortement, hormis celui qui avait été avec la reine et qui ne dormait pas encore; pour quoi, voyant venir le roi, et comprenant ce qu'il cherchait, il se mit à trembler tellement, qu'au battement de cœur que la fatigue éprouvée peu avant lui avait occasionné, la peur en ajouta un plus grand; et il vit bien que si le roi s'en apercevait, il le ferait mourir sur le champ. Et bien que de nombreuses pensées lui allassent par l'esprit sur ce qu'il avait à faire, cependant, voyant le roi sans arme, il résolut de faire semblant de dormir et d'attendre ce que le roi ferait. Après avoir longtemps cherché, et n'en trouvant aucun qui lui parût être celui qu'il croyait, le roi arriva à notre homme, et voyant que le cœur lui battait fort, il se dit : c'est lui ! Mais, en homme qui n'entendait rien faire qui fût su, il se borna, avec une paire de ciseaux qu'il portait sur lui, à lui couper quelques mèches de cheveux qu'en ces temps on portait très longs, afin qu'à l'aide de cette marque il pût le reconnaître le lendemain matin ; cela fait, il s'en alla et regagna sa chambre.

« Le palefrenier qui avait tout vu, comprit clairement, en homme avisé qu'il était, pourquoi il avait été ainsi marqué. Aussi, s'étant levé sans plus attendre, et ayant cherché des ciseaux dont, par aventure, il y avait une paire dans la salle pour le service des chevaux, il alla doucement vers tous ceux qui étaient couchés, et leur coupa à tous les cheveux sur les oreilles de la même façon ; et cela fait, sans avoir été entendu, il s'en revint dormir.

« Le matin, le roi s'étant levé, ordonna qu'avant que les portes du palais s'ouvrissent, tous ses gens passassent devant lui ; ce qui fut fait. Et tous, sans rien avoir sur la tête, étant rangés devant lui, il se mit à les examiner pour voir lequel avait été tondu par lui ; et voyant le plus grand nombre d'entre eux avec les cheveux coupés de la même façon, il s'étonna et se dit en lui-même : « — Celui que je cherche, « bien qu'il soit de basse condition, montre bien qu'il est « d'un grand sens. — » Puis, voyant qu'il ne pouvait avoir sans faire d'esclandre celui qu'il cherchait, et peu disposé à vouloir, pour une petite vengeance, s'attirer grande vergogne, il se borna à avertir le coupable d'un mot seulement, et à lui faire voir qu'il s'était aperçu de la chose ; s'étant donc tourné vers tous ses gens, il dit : « — Que celui qui l'a fait « ne le fasse plus jamais, et allez avec Dieu. — » Un autre aurait voulu faire mettre à la gêne, torturer, examiner, questionner, et, ce faisant, aurait ébruité ce que chacun doit s'efforcer de cacher ; et l'ayant découvert, encore qu'il en eût pris entière vengeance, sa honte n'en aurait pas été diminuée mais fort accrue, et l'honneur de sa femme contaminé.

« Ceux qui entendirent ces paroles du roi s'étonnèrent et se demandèrent longtemps entre eux ce qu'il avait voulu dire

par là; mais nul ne les comprit, sinon celui à qui seul elles
s'adressaient; lequel, en homme sage, n'en ouvrit jamais la
bouche du vivant du roi, pas plus qu'il ne commit désormais sa vie au hasard en une semblable aventure. — »

NOUVELLE III

Sous prétexte de confession et de pureté de conscience, une dame énamourée d'un
jouvenceau pousse un moine, sans que celui-ci s'aperçoive de la supercherie,
à lui faciliter le moyen de voir son amant.

Déjà se taisait Pampinea, et l'audace et la prudence du
palefrenier avaient été louées par plus d'un des assistants,
ainsi que le bon sens du roi, quand la reine, s'étant tournée vers Philomène, lui ordonna de poursuivre; pour quoi
Philomène commença gracieusement à parler ainsi : « — J'entends vous raconter un bon tour qui fut justement fait
par une belle dame à un grave religieux, et qui doit d'autant plus plaire à tout séculier, que les religieux, très sots
le plus souvent et hommes d'habitudes et de mœurs étranges,
croient valoir et en savoir plus que les autres en toute chose,
alors qu'ils leur sont de beaucoup inférieurs, comme étant
des gens qui, par lâcheté d'âme, n'ayant pas, comme les
autres hommes, l'énergie de pourvoir à leurs besoins, se ré-
fugient là où ils peuvent avoir à manger, comme le porc.
Je raconterai cette nouvelle, ô plaisantes dames, non-seulement pour suivre l'ordre imposé, mais encore pour vous
faire voir que les religieux eux-mêmes, auxquels nous autres,
outre mesure crédules, nous accordons trop de confiance,
peuvent être et sont parfois bafoués, non pas seulement par
les hommes, mais par quelques-unes de nous.

« En notre cité, plus pleine de tromperies que d'amour et
de foi, fut, il n'y a pas encore beaucoup d'années, une gente
dame distinguée par sa beauté et ses belles manières, et autant que toute autre dotée par la nature d'un esprit élevé
et d'un jugement subtil. Je ne veux pas dire son nom, pas
plus qu'aucun de ceux qui sont cités dans la présente nouvelle, bien que je les sache, pour ce qu'il y a des gens qui
vivent encore qui s'en fâcheraient, alors qu'il n'y aurait qu'à
en rire et qu'à passer outre. Cette dame donc, qui était née
de haut lignage et qui se voyait mariée à un artisan lainier,
pour ce que son mari était artisan, ne pouvait surmonter le
dédain de son âme, car elle estimait qu'aucun homme de
basse condition, quelque richissime qu'il fût, n'était digne
d'une femme noble. Et voyant aussi que, malgré toutes ses
richesses, son mari n'était bon qu'à dévider un écheveau,
faire ourdir une toile, ou discuter avec une filandière de ce
qui avait été filé, elle résolut de ne plus vouloir en aucune
façon de ses embrassements, si non en tant qu'elle ne pourrait les lui refuser, et de chercher, pour sa propre satisfaction, quelqu'un qui lui parût plus digne de cela que le lainier ; et elle s'énamoura d'un fort brave homme d'âge moyen,
tellement que si elle ne l'avait pas vu dans le jour, elle ne
pouvait passer la nuit suivante sans ennui. Mais le brave
homme ne s'en apercevant pas, n'en avait cure, et elle, qui
était très prudente, n'osait le lui faire savoir ni par ambassade de femme, ni par lettre, craignant les dangers qui pourraient en advenir.

« Or, ayant appris qu'il avait de nombreuses relations avec
un religieux, lequel, bien qu'il fût un gros homme ignorant,
néanmoins, pour ce qu'il menait une très sainte vie, avait
auprès de tout le monde la réputation d'un très digne
moine, la dame pensa qu'il pouvait être un excellent inter-

médiaire entre elle et son amant. Après avoir bien pensé au moyen qu'elle devait prendre, elle s'en alla à l'heure convenable à l'église où il demeurait, et l'ayant fait appeler, elle dit que, quand cela lui plairait, elle désirait se confesser à lui. Le moine, la voyant, et la tenant pour femme noble, l'écouta volontiers, et, après la confession, elle lui dit :
« — Mon père, il me faut recourir à vous pour avoir aide
« et conseil dans ce que 'vous allez entendre. Je sais, puis-
« que je vous l'ai dit, que vous connaissez mes parents et
« mon mari, dont je suis aimée plus que la vie, et je ne dé-
« sire rien que je ne l'aie incontinent de lui, comme d'un
« homme très riche qui peut bien le faire. Et laissant de
« côté ce que je ferais, je dis que si je pensais seulement à
« quoi que ce fût contre son honneur ou son plaisir, au-
« cune femme ne serait jamais plus digne du bûcher que
« moi. Or, il y a quelqu'un, dont à vrai dire je ne sais pas
« le nom, mais qui me paraît une personne de bien, et qui,
« si l'on ne m'a pas trompée là-dessus, vous fréquente beau-
« coup. Il est beau et grand de sa personne, vêtu d'habits
« bruns très honnêtes, et ne sachant pas sans doute la ferme
« intention que j'ai, il semble avoir mis le siège autour de
« moi, de sorte que je ne puis me montrer à la porte ou à
« la fenêtre, ni sortir de la maison, sans qu'incontinent il ne
« se présente devant moi ; et je m'étonne qu'il ne soit pas
« maintenant ici ; ce dont je me plains fort, pour ce que ces
« sortes de choses, faites souvent sans la moindre faute,
« attirent le blâme aux honnêtes femmes. J'avais eu tout
« d'abord l'idée de le faire dire à mes frères, mais j'ai en-
« suite pensé que les hommes font parfois les commissions
« de façon que les réponses sont aigres, d'où naissent des
« altercations, et des altercations on en vient aux faits ;
« pour quoi, afin que mal et scandale n'en naissent, je me suis

« tue, et j'ai résolu de le dire plutôt à vous qu'à tout autre,
« tant parce que vous me semblez être son ami, que parce
« qu'il vous sied bien à vous de reprendre sur telles choses
« non pas seulement les amis, mais les étrangers. Pour quoi,
« je vous prie uniquement pour l'amour de Dieu, que vous le
« réprimandiez de cela et le priiez de ne plus tenir une pareille
« conduite. Il y a assez d'autres dames qui sont, d'aventure,
« disposées à ces choses, et à qui il conviendra d'être suivies et
« courtisées par lui, tandis qu'à moi ce m'est un très grave en-
« nui, n'ayant en aucune façon l'esprit disposé à tel sujet. — »

« Le digne moine comprit incontinent de qui elle parlait
vraiment, et ayant beaucoup loué la dame de ses bonnes dispositions, croyant fermement vrai ce qu'elle disait, il lui
promit d'opérer si bien et de telle façon qu'il ne lui serait
plus causé d'ennui par cette personne ; puis, comme il la
connaissait très riche, il vanta les œuvres de charité et d'aumône, lui racontant ses besoins. A quoi la dame dit : « — Je
« vous en prie pour Dieu, s'il niait, dites-lui sans crainte
« que c'est moi qui vous l'ai dit et que je suis venue m'en
« plaindre. — » Et sur ce, la confession étant faite et la pénitence prise, se rappelant les encouragements que lui avait
donnés le moine sur les œuvres de charité, elle lui remplit en
cachette la main de pièces de monnaie, le pria de dire des
messes pour l'âme de ses morts, et s'étant levée de ses pieds,
elle s'en retourna chez elle.

« Peu après, comme il en avait l'habitude, le brave homme
vint trouver le moine, lequel, après qu'ils eurent ensemble
parlé un certain temps d'une chose et d'une autre, le tira à
part et se mit à le reprendre très doucement sur la cour et
la poursuite qu'il croyait qu'il faisait à la dame, selon ce que
celle-ci lui avait donné à entendre. Le brave homme s'étonna
beaucoup, ne l'ayant en effet jamais guettée, et commença

à vouloir s'excuser en disant qu'il n'avait passé que très rarement devant la maison de la dame. Mais le moine ne le laissa point parler et lui dit : « — Il ne faut pas faire « semblant de t'étonner, ni perdre tes paroles à le nier, « pour ce que tu ne le peux ; je n'ai pas su cela par les « voisins ; c'est elle-même qui, se plaignant fortement de « toi, me l'a dit. Et outre que ces sottises ne te conviennent « plus bien désormais, je te dis à son sujet que si jamais « j'en trouvai une rebelle à ces folies, c'est elle ; aussi, pour « ton honneur et pour sa satisfaction, je te prie de cesser « tes poursuites et de la laisser. — » Le brave homme, plus avisé que le digne moine, comprit sans trop de peine la sagacité de la dame, et feignant quelque peu d'avoir honte, il dit qu'il ne s'en occuperait plus désormais ; et ayant quitté le moine, il s'en alla à la maison de la dame, laquelle se tenait constamment aux aguets à une petite fenêtre pour le voir, s'il venait à passer. En le voyant venir, elle se montra si joyeuse et si aimable, qu'il put fort bien comprendre qu'il avait saisi le véritable sens des paroles du moine. Et de ce jour, avec beaucoup de prudence, à son plaisir et à la très grande joie et satisfaction de la dame, faisant semblant d'en avoir l'occasion pour tout autre chose, il continua de passer par la même rue.

« Mais la dame, s'étant bien vite aperçue qu'elle lui plaisait autant qu'il lui plaisait à elle, et désireuse de l'enflammer davantage et de l'assurer de l'amour qu'elle lui portait, ayant choisi le lieu et le moment, s'en retourna vers le digne moine, et s'étant placé à ses pieds dans l'église, se mit à se plaindre. Ce voyant, le moine lui demanda avec intérêt quelle nouvelle elle avait. La dame répondit : « — Mon « père, les nouvelles que j'ai ne sont autres que de ce mau- « dit de Dieu, votre ami, dont je me suis plainte à vous

J.   21

« l'autre jour ; pour ce que je crois qu'il est né pour mon
« plus grand tourment et pour me faire faire chose dont je
« ne me consolerais jamais et pour laquelle je n'oserais ja-
« mais plus après me jeter à vos pieds. — » « — Comment !
« — dit le moine — ne s'est-il pas abstenu de te causer dé-
« sormais de l'ennui ? — » « — Certes, non — dit la dame —
« au contraire ; après que je m'en fus plainte à vous, comme
« s'il en avait eu du dépit, ayant probablement pris en mau-
« vaise part que je m'en fusse plainte, pour une fois qu'il
« passait avant, je crois qu'après il y est passé sept. Et
« maintenant plût à Dieu qu'il se fût borné à y passer et à
« me guetter ; mais il a été assez hardi et assez insolent
« pour m'envoyer, pas plus tard qu'hier, une femme m'ap-
« porter de ses nouvelles et me conter ses frasques, et comme
« si je n'avais pas des bourses et des ceintures, il m'a en-
« voyé une bourse et une ceinture ; ce que j'ai eu et j'ai si
« fort pour mauvais, que je crois, si je n'avais pas eu peur
« de pécher, et puis à cause de votre amitié pour lui, que
« j'aurais fait le diable ; mais pourtant je me suis calmée,
« et n'ai rien voulu faire avant de vous le faire savoir. En
« outre, j'avais déjà rendu la bourse et la ceinture à cette
« espèce de femme qu'il m'avait envoyée, pour qu'elle les
« lui reportât, et je lui avais donné un congé brutal, mais
« craignant qu'elle les gardât pour soi et lui dît que je les
« avais acceptées, comme j'entends dire qu'elles font quel-
« quefois, je les lui redemandai, et, pleine de dédain, je les
« lui enlevai des mains ; et je vous les ai apportées pour que
« vous les lui rendiez et lui disiez que je n'ai pas besoin de
« ses présents, pour ce que, grâce à Dieu et à mon mari,
« j'ai tant de bourses et de ceintures que je le noierais de-
« dans. Après cela, je vous en demande pardon comme à un
« père, mais s'il ne cesse pas son manège, je le dirai à mon

« mari et à mes frères, et advienne que pourra ; car j'aime
« beaucoup mieux qu'il reçoive un affront, s'il doit en rece-
« voir un, que d'être blâmée à cause de lui, n'est-ce pas,
« mon père ? — » Cela dit, et tout en pleurant beaucoup,
elle tira de dessous sa robe une très belle et riche bourse,
ainsi qu'une jolie et précieuse petite ceinture, et les jeta sur
les genoux du moine, qui les prit, croyant pleinement ce que
la dame disait, et, courroucé outre mesure, dit : « — Ma
« fille, si tu te tourmentes de ces choses, je ne m'en étonne
« point et je ne saurais t'en blâmer ; mais je loue fort qu'en
« ceci tu suives mon conseil. Je l'ai réprimandé l'autre jour
« et il a mal tenu ce qu'il m'avait promis. Pour quoi, au-
« tant pour cela que pour ce qu'il a fait de nouveau, je crois
« que je lui réchaufferai de telle façon les oreilles, qu'il ne
« te donnera plus de souci ; et toi, avec la bénédiction de
« Dieu, ne te laisse pas vaincre assez par la colère pour le
« dire à l'un des tiens, car il pourrait s'ensuivre trop de
« mal. Ne crains pas que de cela aucun blâme arrive jamais,
« car je serai toujours, et devant Dieu et devant les hommes,
« très ferme témoin de ton honnêteté. — » La dame fit semblant de se consoler un peu, et ayant laissé ce sujet, en
personne qui connaissait l'avarice du moine et celle de ses
autres confrères, elle dit : « — Messire, ces nuits dernières
« me sont apparus plusieurs de mes parents, et il me semble
« qu'ils sont en grandissime peine et ne demandent pas
« autre chose que des prières, et spécialement ma mère, qui
« me paraît si affligée et si malheureuse, que c'est une pitié
« de le voir. Je crois qu'elle souffre de très grandes peines
« de me voir en cette tribulation à cause de cet ennemi de
« Dieu, et pour ce je voudrais que vous me disiez pour
« leurs âmes les quarante messes de san Grigorio, et quel-
« ques-unes de vos propres prières, afin que Dieu les arrache

« à ce feu qui les châtie. — » Et ayant ainsi dit, elle lui mit
un florin dans la main. Le saint moine le prit joyeusement,
et par de bonnes paroles, et en lui citant de bons exemples,
il affermit sa dévotion ; puis, après lui avoir donné sa bénédiction, il la laissa aller.

« La dame partie, le moine ne s'apercevant pas qu'il était
bafoué, envoya chercher son ami, lequel étant venu, et le
voyant tout courroucé, s'avisa sur-le-champ qu'il aurait des
nouvelles de la dame, et attendit ce que le moine voulait lui
dire. Celui-ci, lui répétant les nouvelles plaintes que la
dame lui avait faites, et lui parlant de nouveau sur un ton
acerbe et irrité, le réprimanda beaucoup de ce que la dame
lui avait dit qu'il avait fait. Le brave homme, qui ne voyait
pas encore où le moine voulait en venir, niait assez faible-
ment avoir envoyé la bourse et la ceinture, afin de ne pas
enlever au moine cette croyance si par hasard la dame le lui
avait fait croire. Mais le moine, fortement fâché, dit :
« — Comment peux-tu le nier, méchant homme ? puisque
« c'est elle-même qui me les a rapportées en pleurant ; vois
« si tu les reconnais. — » Le brave homme, feignant d'a-
voir grande honte, dit : « — Mais oui, je les reconnais, et
« je confesse que j'ai mal fait, et je vous jure, puisque je la
« vois ainsi disposée, que vous n'entendrez plus jamais un
« mot de cela. — » Après bon nombre de paroles, l'imbécile de moine remit enfin à son ami la bourse et la ceinture,
et après l'avoir bien morigéné et l'avoir prié de ne plus se
livrer à ces choses, et en avoir obtenu la promesse, il le
renvoya.

« Le brave homme, très joyeux et de la certitude qu'il lui
semblait avoir de l'amour de la dame et du beau présent
qu'il avait reçu, dès qu'il eût quitté le moine, s'en alla avec
précaution en certain endroit où il fit voir à sa dame qu'il

avait l'un et l'autre objet, de quoi la dame fut très contente, et plus encore de ce qu'il lui paraissait que son stra-
tagème allait de mieux en mieux. Et comme elle n'attendait
plus que son mari s'en allât quelque part, pour compléter
son œuvre, il advint que pour une raison quelconque celui-
ci dut partir quelque temps après pour Gênes. Le matin
même où après être monté à cheval il était parti, la dame
s'en alla trouver le saint moine et après beaucoup de sima-
grées, elle lui dit en pleurant : « — Mon père, maintenant
« je vous le dis bien, je ne puis en supporter davantage ;
« mais comme l'autre jour je vous ai promis de ne rien faire
« avant de vous l'avoir d'abord dit, je suis venue pour m'en
« excuser auprès de vous ; et afin que vous croyiez que j'ai
« raison et de gémir et de me plaindre, je veux vous dire
« ce que votre ami, ou plutôt ce diable d'enfer, me fit ce
« matin il y a quelques instants. Je ne sais par quelle male
« aventure il a su que mon mari était parti hier matin pour
« Gênes ; toujours est-il que ce matin, à l'heure que je vous
« ai dite, il est entré dans mon jardin et a grimpé au moyen
« d'un arbre jusqu'à la fenêtre de ma chambre qui donne
« sur le jardin, et déjà il avait ouvert la fenêtre et voulait
« entrer dans ma chambre, quand m'étant réveillée soudain,
« je me levai et me serais mise à crier, j'aurais crié, si lui,
« qui n'était pas encore entré, ne m'eût demandé merci au nom
« de Dieu et au vôtre, me disant qui il était ; pour quoi, l'en-
« tendant, je me tus par déférence pour vous, et nue comme
« je vins au monde, je courus lui fermer la fenêtre au vi-
« sage. Quant à lui, je crois qu'il s'en est allé en sa male
« heure, pour ce que je ne l'ai plus entendu. Maintenant,
« si c'est là une chose belle et qu'il faille endurer, voyez-le
« vous-même. Pour moi, je n'entends pas la supporter plus
« longtemps ; je pense au contraire en avoir trop souffert de

21.

« sa part, par égard pour vous. — » Le moine, oyant cela,
fut l'homme le plus irrité du monde et ne savait que dire,
si ce n'est de lui demander à plusieurs reprises si elle avait
bien reconnu que c'était lui et non un autre. A quoi la dame
répondit : « — Loué soit Dieu, si je ne le reconnais pas
« d'avec un autre ! je vous dis que c'était lui, et quand il le
« nierait, ne le croyez pas. — » Le moine dit alors : « — Ma
« fille, il n'y a rien à dire cette fois, sinon que c'est là une
« hardiesse trop grande et une mauvaise action ; et toi tu as
« fait ton devoir, en le renvoyant comme tu l'as fait. Mais je
« te prie, afin que Dieu te garde de la honte, de même que tu
« as suivi deux fois mon conseil, de le suivre encore cette fois,
« c'est-à-dire de me laisser faire, sans te plaindre à aucun
« de tes parents, pour voir si je peux dompter ce diable
« déchaîné que je croyais être un saint. Si je puis faire tant
« que de le tirer de cette bestialité, ce sera bien ; et si je ne
« puis, je te donne maintenant, en même temps que ma béné-
« diction, ma parole que tu pourras faire ce que tu jugeras à
« propos, et que ce sera bien fait. — » « — Or, voici — dit
« la dame — pour cette fois je ne veux pas vous irriter ni
« vous désobéir ; mais faites en sorte qu'il se donne de garde
« de m'ennuyer davantage, car je vous promets de ne plus
« revenir à vous pour ce motif. — » Et sans en dire plus,
quasi toute courroucée, elle quitta le moine.

« La dame était à peine hors de l'église, que le brave homme
survint et fut appelé par le moine, qui, l'ayant pris à part,
lui dit les plus grandes injures qui eussent jamais été dites
à un homme, le traitant de parjure et de traître. L'autre,
qui déjà par deux fois avait reconnu ce que signifiaient les
reproches de ce moine, était aux écoutes, et par des réponses
embarrassées s'ingéniant à le faire parler, il lui dit tout d'a-
bord : « — Pourquoi ce courroux, messire ! ai-je crucifié le

« Christ? — » A quoi le moine répondit : « — Voyez le
déhonté! entendez ce qu'il dit! il parle ni plus ni moins
comme si un an·ou deux s'étaient passés, et comme si ses
méfaits et sa malhonnêteté eussent été oubliés par longueur
de temps. T'est-t-il donc, depuis ce matin jusqu'à présent,
sorti de la mémoire que tu avais outragé autrui? Où as-tu
été ce matin un peu avant le jour? — » Le brave homme répondit : « — Je ne sais où j'ai été ; mais la nouvelle vous en
« est arrivée bien vite. — » « — C'est vrai — dit le moine —
« que la nouvelle m'en est arrivée. Je m'avise que tu croyais
« que, parce que le mari n'y était pas, la gente dame dût te
« recevoir incontinent dans ses bras. Hé ! messire, en voilà
« un honnête homme ! il est devenu coureur de nuit, ou-
« vreur de jardin et grimpeur d'arbres. Croyais-tu par ton
« importunité vaincre l'honnêteté de cette dame, que tu vas
« grimper jusqu'à ses fenêtres la nuit le long des arbres?
« Rien ne lui déplaît plus au monde que toi ; cependant tu
« tentes de nouveau l'aventure. En vérité, laissons de côté
« qu'elle te l'a montré en beaucoup de choses, mais tu t'es
« bien amendé par mes admonestations ! Mais voici ce que
« je veux te dire. Jusqu'ici, non par l'amour qu'elle te
« porte, mais grâce à l'insistance de mes prières, elle a tû
« ce que tu as fait, mais elle ne le taira plus ; je lui ai ac-
« cordé la permission, si tu lui déplais encore en quoi que
« ce soit, de faire à sa guise. Que feras-tu, si elle le dit à
« ses frères? — »

« Le brave homme ayant suffisamment compris ce qu'il avait
besoin de savoir, apaisa le moine du mieux qu'il sut et qu'il
put par d'amples promesses, et prit congé de lui. Le lendemain matin il pénétra dans le jardin, grimpa sur l'arbre, et
ayant trouvé la fenêtre ouverte il entra dans la chambre où,
le plus tôt qu'il put, il se mit dans les bras·de sa belle

dame. Celle-ci, qui l'avait attendu avec le plus grand désir, le reçut joyeusement en disant : « — Grand merci à messer « le moine, qui t'a si bien enseigné le chemin pour venir « ici. — » Puis, prenant l'un de l'autre plaisir, causant et riant beaucoup de la simplicité de l'imbécile de moine, plaisantant les étoupes, les peignes et les cardes, ils se satisfirent ensemble à leur grand contentement. Et ayant combiné leurs plans, ils firent en sorte, sans plus avoir à retourner vers messer le moine, de se retrouver ensemble un grand nombre d'autres nuits avec un égal plaisir. Et je prie Dieu que sa sainte miséricorde m'en octroie de semblables à moi et à toutes les âmes chrétiennes qui en ont désir. — »

NOUVELLE IV

Don Felice enseigne à frère Puccio comment il deviendra bienheureux en faisant une certaine pénitence. Pendant que frère Puccio fait cette pénitence, don Felice se donne du bon temps avec la femme de celui-ci.

Lorsque, sa nouvelle finie, Philomène se tut, et que Dioneo, par de douces paroles, eût vivement loué l'esprit de la dame et surtout la prière faite en dernier lieu par Philomène, la reine se tourna en riant vers Pamphile et dit : « — Et maintenant, Pamphile, continue à nous amuser par quelque agréable récit. — » « — Volontiers — répondit aussitôt Pamphile — et il commença : « — Madame, il y a beaucoup de gens qui, s'efforçant d'aller en paradis, y envoient les autres sans s'en apercevoir. C'est ce qui advint, il n'y a pas encore longtemps, à une de nos voisines, comme vous pourrez l'entendre.

« Suivant ce que j'ai ouï dire, vivait autrefois, près de San

Brancazio, un brave homme fort riche, nommé Puccio di
Rinieri ; mais comme, en prenant de l'âge, il s'était complètement adonné à la dévotion, et qu'il s'était engagé parmi les
bigots de Saint-François, on l'appelait frère Puccio. Dans ce
genre de vie toute spirituelle, ne possédant pour famille qu'une
femme et qu'une servante, et n'ayant par conséquent besoin
de se livrer à aucune profession, il fréquentait beaucoup
l'église. Ignorant et d'une pâte grossière, il disait ses patenôtres, allait aux prêches, assistait à la messe, ne manquait
jamais de faire sa partie dans les cantiques que chantaient les
séculiers, jeûnait et se donnait la discipline, et passait pour
être de la confrérie des flagellés. Sa femme, qui avait nom
dame Isabetta, encore jeune, de vingt-huit à trente ans,
fraîche, belle et potelée comme une pomme d'api, faisait,
par suite de la sainteté de son mari et peut-être de son vieil
âge, de plus nombreuses et de plus longues diètes qu'elle
n'aurait voulu. Quand elle avait envie de coucher, ou plutôt
de se divertir avec lui, il lui racontait la vie du Christ, les
sermons de frère Nastagio, les lamentations de la Madeleine,
ou autres choses semblables.

« Sur ces entrefaites, arriva de Paris un moine appelé
don Felice, conventuel de San Brancazio, jeune et beau
de sa personne, d'esprit fin et de science profonde, avec
lequel frère Puccio se lia d'étroite amitié. Comme don
Felice lui éclaircissait tous ses doutes et se montrait un
fort saint homme, frère Puccio prit l'habitude de le mener
chez lui et de lui donner à dîner et à souper toutes les
fois qu'il en trouvait l'occasion. Quant à la dame, pour complaire à frère Puccio, elle était devenue l'amie de don Felice,
et l'accueillait très volontiers. Or, le moine, continuant à
fréquenter la maison de frère Puccio, et voyant sa femme si
fraîche et si rondelette, comprit quelle était la chose dont elle

devait manquer le plus, et songea, pour décharger frère
Puccio de toute fatigue, à le suppléer auprès d'elle. Lui ayant
à plusieurs reprises lancé d'adroites œillades, il fit tant qu'il
alluma dans le cœur de la dame le même désir qu'il avait
lui-même. Le moine s'étant aperçu de cela, se hasarda à lui
exprimer ses vœux. Mais quelque disposée qu'il la trouvât à
mener l'affaire à bonne fin, il ne pouvait trouver un moyen
d'y arriver, attendu qu'elle ne voulait lui donner rendez-vous
que chez elle, ce qui ne se pouvait pas, frère Puccio ne sortant jamais de la ville; de quoi le moine avait grand ennui.

« Après y avoir bien réfléchi, il imagina un moyen
de se rencontrer avec la dame dans sa maison même, sans
attirer le soupçon et malgré la présence de frère Puccio.
Celui-ci étant un jour allé le voir, il lui parla ainsi : « — J'ai
« déjà plusieurs fois compris, frère Puccio, que ton désir
« est de te sanctifier, à quoi il me semble que tu t'achemines
« par une voie très longue, alors qu'il en est une beaucoup
« plus courte. Le pape et les autres hauts prélats qui la con-
« naissent et en usent, ne veulent pas qu'on la dévoile, car
« le clergé qui vit surtout d'aumônes, serait tout de suite
« ruiné, si les séculiers ne lui venaient plus en aide par leurs
« aumônes. Mais comme tu es mon ami, et que tu m'as fort
« honorablement reçu, je te l'enseignerais si je croyais que
« tu ne dusses la révéler à qui que ce soit au monde, et que
« tu la suivisses. — » Frère Puccio, désireux de connaître
la chose, se mit aussitôt à le prier avec instance de la lui enseigner, et à lui jurer que jamais, à moins que cela ne lui
convînt, il n'en parlerait à personne, affirmant que, si cette
voie était telle qu'il pût la suivre, il le ferait. « — Puisque
« tu me le promets — dit le moine — je te la montre-
« rai. Tu sauras que les saints docteurs soutiennent que,
« pour devenir bienheureux, il faut faire la pénitence que tu

« vas entendre. Mais comprends-moi bien : je ne dis pas
« qu'après avoir accompli cette pénitence, tu ne seras pas
« moins pécheur que tu n'es ; mais il arrivera que les péchés
« que tu auras commis jusqu'au moment de ladite pénitence
« te seront tous effacés ou pardonnés, et que ceux que tu
« commettras après, ne te seront pas comptés pour ta dam-
« nation, mais s'en iront avec l'eau bénite, comme de simples
« péchés véniels. Il faut donc commencer la pénitence par te
« confesser en grande hâte de tes péchés, puis t'astreindre à
« une grande abstinence et à un jeûne de quarante jours,
« pendant lesquels tu devras non-seulement t'abstenir d'au-
« tres femmes, mais même de toucher à la tienne. En outre,
« il faut choisir dans ta propre maison un endroit d'où tu
« puisses voir le ciel pendant la nuit, et, à l'heure de com-
« plies, te rendre en cet endroit, et là, avoir une table très
« large, posée de façon que, te tenant debout, tu puisses y
« appuyer les reins et, tenant les pieds à terre, y étendre les
« bras, comme si tu était crucifié. Si tu veux soutenir tes
« bras avec une cheville, tu le peux faire. Dans cette posi-
« tion, regardant le ciel, tu te tiendras sans bouger jusqu'au
« matin. Si tu étais lettré, il te faudrait, pendant ce temps,
« dire certaines oraisons que je t'indiquerais ; mais comme
« tu ne l'es pas, il te faudra réciter trois cents *Pater noster*
« avec trois cents *Ave Maria*, en l'honneur de la Trinité.
« Pendant que tu regarderas le ciel, tu te rappelleras que
« Dieu a été le créateur du ciel et de la terre, et tu auras
« présente à la mémoire la passion du Christ, te trouvant
« dans la même position qu'il fut lui-même sur la croix.
« Puis, dès que matines sonneront, tu pourras, si tu veux,
« t'en aller et, tout habillé, te jeter sur ton lit et dormir. Dans
« la matinée, tu iras à l'église, et là, tu entendras au moins
« trois messes, et tu diras cinquante *Pater noster* et autant

« d'*Ave Maria*. Après cela, tu vaqueras naturellement à tes
« affaires si tu en as ; tu iras dîner, et, le soir, tu retourneras
« à l'église; et là tu diras certaines oraisons que je te don-
« nerai par écrit et sans lesquelles rien ne pourrait être fait.
« Enfin, à complies, tu recommenceras comme la veille. En
« faisant ainsi, comme je l'ai fait moi-même autrefois, j'espère
« qu'avant la fin de ta pénitence, tu éprouveras les meilleurs
« effets de la béatitude éternelle, si tu l'accomplis avec dévo-
« tion. — » Frère Puccio dit alors : « — Ce n'est chose ni
« trop dure, ni trop longue, et cela peut fort bien se faire.
« Pour ce, je veux, en l'honneur du saint nom de Dieu,
« commencer dimanche. — » Et s'étant séparé de don Felice,
il revint chez lui, où, avec sa permission toutefois, il conta
tout de point en point à sa femme.

« La dame comprit trop bien ce que le moine avait voulu
dire en recommandant à frère Puccio de ne pas bouger jusqu'au matin ; pour quoi, le moyen lui paraissant fort bon,
elle répondit à son mari que cette pénitence, comme tout ce
qu'il pouvait faire pour le salut de son âme, la réjouissait, et
que, pour que Dieu lui rendît sa pénitence profitable, elle
voulait jeûner avec lui, mais non faire plus. Tout étant donc
convenu, et le dimanche étant arrivé, frère Puccio commença sa pénitence, et messire le moine, après s'être entendu avec la dame, s'en venait, à l'heure où il ne pouvait
être vu, souper presque tous les soirs avec elle, ayant soin
toujours de bien manger et de bien boire, puis couchait avec
elle jusqu'au matin. Alors il se levait, s'en allait, et frère
Puccio regagnait son lit.

« L'endroit que frère Puccio avait choisi pour faire sa pénitence se trouvait tout à côté de la chambre où couchait la dame
et n'en était séparé que par une mince cloison. Une nuit que le
moine et la dame se trémoussaient par trop vigoureusement,

il sembla à frère Puccio que le plancher remuait. Sur quoi, comme il avait déjà dit cent *Pater noster*, il s'arrêta et, sans bouger, appela sa femme et lui demanda ce qu'elle faisait. La dame, qui était d'humeur plaisante, et qui en ce moment chevauchait probablement la bête de saint Benoît ou celle de saint Jean Gualberto, répondit : « — Ma foi, mon cher mari, je me « trémousse tant que je peux. — » Frère Puccio dit alors : « — Comment, tu te trémousses ! que signifie ce trémousse- « ment ? — » La dame, riant, et d'un air joyeux, car elle était gaillarde et avait sans doute ses raisons pour rire, répon- dit : « — Comment, vous ne savez pas ce que cela signifie ? « Je vous l'ai entendu dire mille fois : qui n'a pas soupé le « soir, se démène toute la nuit. — » Frère Puccio crut que le jeûne l'empêchait en effet de dormir et la faisait ainsi se retourner sur son lit; pour quoi, il lui dit naïvement : « — Femme, je te l'ai bien dit de ne pas jeûner; mais enfin « puisque tu as voulu le faire, ne pense pas à cela, et songe « à dormir. Tu donnes de telles secousses au lit, que tu fais « tout remuer dans la maison. — » La dame dit alors : « — Ne vous en inquiétez pas; je sais bien ce que je fais; « faites votre affaire en conscience, moi je ferai du mieux que « je pourrai. — » Frère Puccio se tut et se remit à ses pate- nôtres.

« A partir de cette nuit, la dame et messer le moine, ayant fait préparer un lit dans une autre partie de la maison, s'y fêtèrent grandement pendant tout le temps que dura la pénitence de frère Puccio. A l'heure dite, le moine s'en allait, la dame retournait à son lit et, peu après, frère Puccio re- venait de l'endroit où il faisait sa pénitence. Les choses con- tinuant de cette façon, frère Puccio faisant la pénitence et la dame et le moine prenant le plaisir, elle dit plusieurs fois à son compagnon : « — Tu fais faire à frère Puccio la péni-

I. 22

« tence grâce à laquelle nous avons gagné le paradis! — »
Et comme cela semblait plaire beaucoup à la dame qui avait
été longtemps tenue à la diète par son mari, elle s'habitua
si bien à la bonne chère que lui octroyait le moine, qu'une
fois la pénitence de frère Puccio finie, elle trouva moyen de
se rassasier ailleurs avec lui, et d'en prendre longuement et
à discrétion. Ainsi, pour que mes dernières paroles concor-
dent avec les premières, il advint que, tandis que frère Puccio
crut gagner le paradis en faisant pénitence, il y envoya et le
moine qui lui avait montré le chemin pour y aller, et sa
femme qui, auprès de lui, manquait par trop de ce que messer le moine, en homme charitable, lui dispensait copieuse-
ment. — »

NOUVELLE V

Le Magnifique donne son palefroi à messer Francesco Vergellesi, sous condition
de parler seul à seul avec sa femme. Celle-ci ne répondant pas, il fait lui-même
la réponse, dont l'effet ne tarde pas à s'ensuivre.

Pamphile avait, non sans avoir provoqué le rire des dames,
fini la nouvelle de frère Puccio, quand la reine ordonna
gracieusement à Elisa de poursuivre. Celle-ci plutôt d'un air
hautain qu'autrement — non par malice, mais par habitude
ancienne — commença à parler ainsi : « — Bon nombre de
gens s'imaginent que parce qu'ils savent beaucoup, les autres
ne savent rien, lesquels très souvent, tandis qu'ils croient
bafouer les autres, s'aperçoivent après coup que c'est eux
qui ont été bafoués par autrui. Pour quoi, je tiens pour
grande folie celle de quiconque se hasarde sans nécessité à
essayer les forces de l'esprit des autres. Mais comme peut-
être tout le monde n'est pas de mon opinion, il me plaît de

vous raconter, tout en suivant l'ordre imposé, ce qui en advint à un chevalier de Pistoie.

« Il y avait à Pistoie, dans la famille des Vergellesi un chevalier nommé messer Francesco, homme très riche, sage et avisé en tout, mais avare sans mesure; lequel, devant aller à Milan comme Podestat, s'était muni de tout ce qu'il fallait pour y aller honorablement, excepté d'un palefroi qui fût assez bon pour lui, et comme il n'en trouvait aucun qui lui plût, il en était tout préoccupé. Il y avait alors à Pistoie un jeune homme, nommé Ricciardo, de petite naissance, mais fort riche, et qui était si distingué et si accompli de sa personne, qu'il était généralement appelé par tous : le Magnifique. Il avait longtemps aimé et courtisé sans succès la femme de messer Francesco, laquelle était fort belle et très honnête. Pour l'heure, il possédait un des plus beaux palefrois de Toscane et y tenait beaucoup à cause de sa beauté. Comme chacun savait dans le public qu'il courtisait la femme de messer Francesco, quelqu'un dit à ce dernier que s'il demandait au Magnifique son palefroi, il l'obtiendrait à cause de l'amour que celui-ci portait à sa femme. Messer Francesco poussé par l'avarice, ayant fait appeler le Magnifique, lui demanda de lui vendre son palefroi, afin que le Magnifique lui en fît don. Le Magnifique, oyant cela, en ressentit du plaisir et dit au chevalier : « — Messire, quand vous me « donneriez tout ce que vous possédez au monde, vous ne « pourriez avoir mon palefroi par voie d'achat; mais vous « pouvez bien l'avoir dès qu'il vous plaira, à la condition « qu'avant de vous le livrer, je puisse, avec votre permission « et en votre présence, adresser quelques mots à votre femme, « mais assez loin de tout le monde pour que je ne sois en- « tendu de personne autre qu'elle. — » Le chevalier, poussé par l'avarice, et espérant se moquer de lui, répondit que cela

lui plaisait et que, dès qu'il le voudrait, la chose se ferait. Puis,
l'ayant laissé dans la salle de son palais, il alla dans la
chambre de sa femme, et après lui avoir dit comment il pouvait facilement gagner le palefroi, il lui ordonna de venir
écouter le Magnifique, mais il lui recommanda de se bien
garder de rien lui dire, ni de lui répondre peu ou prou. La
dame blâma beaucoup cela, mais pourtant, voulant se conformer aux désirs de son mari, elle dit qu'elle le ferait, et
suivant messer Francesco, elle alla dans la salle écouter ce
que le Magnifique voulait lui dire. Celui-ci, ayant renouvelé
ses conventions avec le chevalier, alla s'asseoir avec la dame
dans un coin de la salle, loin de tout le monde, et se mit à
dire ainsi :

« — Valeureuse dame, je suis certain que vous êtes assez
« avisée pour avoir depuis longtemps compris à quel amour
« pour vous m'a conduit votre beauté, laquelle, sans aucun
« doute, surpasse celle de toutes les autres femmes que
« j'aie jamais vues. Je passe sous silence les louables ma-
« nières et les singulières vertus qui sont en vous et qui suf-
« firaient à prendre le cœur de tout homme ; et pour ce, il
« n'est pas besoin que je démontre par mes paroles que mon
« amour est le plus grand et le plus fervent que jamais
« homme ait porté à aucune dame ; et j'irai ainsi, sans aucun
« doute, pendant tout le temps que ma misérable vie sou-
« tiendra mes membres et plus encore, car si l'on s'aime
« là-bas comme ici, je vous aimerai éternellement. Pour
« quoi, vous pouvez être sûre que vous n'avez nulle chose,
« qu'elle soit précieuse ou vile, que vous deviez estimer vôtre
« en toutes circonstances, autant que moi et tout ce qui
« m'appartient. Et afin que vous en ayez une preuve bien
« certaine, je dois vous dire que je considérerais comme la
« plus grande faveur que vous me commandassiez de faire

« quelque chose en mon pouvoir qui vous plût, car il
« faudrait, moi ordonnant, que tout le monde m'obéît
« promptement. Donc, si je suis ainsi à vous, comme vous
« entendez que je suis, je m'enhardirai non sans raison à
« adresser mes prières à votre beauté, de laquelle seule me
« peut venir toute ma paix, tout mon bien, tout mon salut,
« et non d'ailleurs. Et ainsi, ô mon cher bien et l'unique es-
« pérance de mon âme qui va se nourrissant de son amoureux
« feu et n'espère qu'en vous, je vous en prie comme un très
« humble serviteur, faites que votre bonté soit telle, et que la
« dureté que vous avez autrefois montrée envers moi qui suis
« vôtre, soit si adoucie, que je sois réconforté par votre pitié,
« et que je puisse dire que, de même que je suis devenu
« amoureux à cause de votre beauté, ainsi par elle j'ai reçu
« la vie qui, si votre esprit altier ne s'incline pas devant mes
« prières, sans aucun doute s'évanouira ; et alors je mourrai,
« et vous pourrez être accusée d'être mon meurtrier. Et sans
« compter que ma mort ne vous ferait point honneur, néan-
« moins je crois que votre conscience vous le reprochant
« parfois, il vous fâcherait de l'avoir fait, et que, parfois
« aussi, mieux disposée, vous vous diriez à vous-même : Hé !
« combien ai-je mal fait de ne pas avoir eu pitié de mon Ma-
« gnifique ! et ce repentir ne pouvant remédier à rien, vous
« serait une plus grande cause d'ennui. Pour quoi, afin que
« cela n'arrive pas, maintenant que vous pouvez me venir en
« aide, inquiétez-vous de cela, et loin de me laisser mourir,
« prenez-moi en miséricorde, pour ce qu'à vous seule il ap-
« partient désormais de me faire le plus heureux et le plus
« malheureux homme qui soit. J'espère que votre cour-
« toisie sera telle que vous ne souffrirez pas que, pour un si
« grand et si méritant amour, je reçoive la mort pour récom-
« pense, mais qu'avec une réponse joyeuse et pleine de

22.

« grâce vous réconforterez mes esprits lesquels, tout épou-
« vantés, tremblent à votre aspect. —» Et là, se taisant, il
répandit quelques larmes, poussa de profonds soupirs, et
attendit ce que la gente dame lui répondrait.

« La dame que la longue cour, les joutes, les aubades, et
les autres semblables choses que le Magnifique avait faites
pour l'amour d'elle, n'avaient pu émouvoir, fut émue par les
paroles de ce très fervent amant, et commença à sentir ce que
jamais elle n'avait senti auparavant, c'est-à-dire ce que c'était
que l'amour. Et bien que, pour suivre l'ordre de son mari,
elle se tût, elle ne put pour cela, grâce à quelques soupirs
qui lui échappèrent, cacher ce qu'elle aurait volontiers avoué
au Magnifique si elle lui avait répondu. Le Magnifique ayant
attendu un moment, et voyant qu'aucune réponse ne venait,
s'étonna tout d'abord, puis se mit à soupçonner la ruse du
chevalier ; mais pourtant, regardant la dame au visage, et
voyant que parfois elle lui lançait des coups d'œil, et en
outre s'apercevant des soupirs qu'elle s'efforçait de ne pas
laisser sortir de sa poitrine dans toute leur force, il en prit
bonne espérance, et s'appuyant là-dessus, il forma un nouveau
projet, et se mit à la place de la dame, et celle-ci l'écoutant
toujours, à se répondre à lui-même en cette façon :

« — Mon Magnifique, sans doute il y a grand temps que
« je me suis aperçue que ton amour pour moi est très grand
« et parfait, et maintenant je le vois encore plus par tes pa-
« roles, et j'en suis contente comme je le dois. Toutefois, si
« je t'ai paru dure et cruelle, je ne veux pas que tu croies
« qu'au fond de l'âme j'aie été ce que je paraissais être sur
« mon visage ; au contraire, je t'ai toujours aimé et je t'ai
« eu pour cher par-dessus tous les autres hommes ; mais il
« m'a fallu agir comme je l'ai fait par peur d'autrui, et pour
« conserver ma réputation d'honnêteté. Mais maintenant le

« temps est venu où je pourrai clairement te montrer si je
« t'aime, et te récompenser de l'amour que tu m'as porté et
« que tu me portes ; et pour ce, reprends courage et aie
« bonne espérance, car messer Francesco est sur le point
« d'aller dans peu de jours comme Podestat à Milan, comme
« tu sais, puisque pour l'amour de moi tu lui as donné le
« beau palefroi ; dès qu'il sera parti, je te promets sans faute,
« sur ma foi et pour le bon amour que je te porte, qu'au
« bout de peu de jours tu te trouveras avec moi, et que
« nous donnerons plaisir et entier achèvement à notre
« amour. Et de peur que je ne puisse pas une autre fois t'en-
« tretenir à ce sujet, je te dis dès à présent ceci : le jour où
« tu verras deux bonnets suspendus à la fenêtre de ma
« chambre qui donne sur notre jardin, le soir de la nuit
« suivante, prenant bien garde que tu sois vu, fais en sorte
« de venir me trouver par la porte du jardin ; tu me trou-
« veras t'attendant, et nous aurons toute la nuit fête et
« plaisir l'un de l'autre, comme nous le désirons. — »

« Quand le Magnifique eût ainsi parlé à la place de la dame,
il se mit à parler pour soi et répondit ainsi : « — Très chère
« dame, l'abondance de la joie que votre bonne réponse m'a
« causée, m'a tellement ravi ma force, qu'à peine je puis
« faire une réponse pour vous en rendre de justes grâces ; et
« si je pouvais parler comme je désire, je ne trouverais pas
« de réponse assez longue pour pouvoir vous rendre pleine-
« ment grâce comme je voudrais, et comme il me faudrait le
« faire ; et pour ce, je laisse à votre considération discrète de
« connaître ce que je ne peux, malgré mon désir, vous faire
« savoir par mes paroles. Je vous dis seulement que je pen-
« serai sans faute à faire comme vous me l'avez ordonné ; et
« alors peut-être plus rassuré par le don si grand que vous
« m'avez concédé, je m'ingénierai selon mon pouvoir, à vous

« rendre les plus grandes grâces qu'il me sera possible. Or,
« il ne nous reste plus rien à nous dire ici pour le moment ;
« et pourtant, ma très chère dame, Dieu vous donne cette
« alégresse et ce bien que vous désirez le plus, et je vous
« recommande à Dieu. — »

« Pour tout cela, la dame ne dit pas une parole ; sur quoi
le Magnifique se leva, et revint vers le chevalier qui, le voyant
levé, vint à sa rencontre et lui dit en riant : « — Que t'en
« semble ? t'ai-je bien tenu ma promesse ? — » « — Non, Mes-
« sire — répondit le Magnifique — car vous m'aviez promis
« de me faire parler avec votre femme, et vous m'avez fait
« parler à une statue de marbre. — » Cette parole plut beaucoup au chevalier qui, bien qu'il eût bonne opinion de la
dame, en prit encore une meilleure et dit : « — Maintenant,
« il est bien à moi, le palefroi qui était à toi ? — » A quoi le
Magnifique répondit : « — Oui, messire, mais si j'avais cru
« retirer de la faveur que vous m'avez faite le fruit que j'en
« ai retiré, je vous l'aurais donné sans vous la demander ; et
« maintenant plût à Dieu que j'eusse fait ainsi, pour ce que
« vous avez acheté le palefroi et que je ne vous l'ai pas
« vendu. — » Le chevalier rit de cela, et étant désormais
pourvu d'un palefroi, il se mit en route peu de jours après,
et s'en alla vers Milan pour y exercer la charge de Podestat.

« La dame restée libre dans sa maison, repensant aux paroles du Magnifique et à l'amour qu'il lui portait, ainsi
qu'au palefroi qu'il avait donné pour l'amour d'elle, et le
voyant passer souvent de sa fenêtre, se dit en elle-même :
« — Que fais-je ; pourquoi perdre ma jeunesse ? mon mari
« s'en est allé à Milan et ne reviendra pas de six mois ; et
« quand me compensera-t-il jamais de cette absence ? sera-
« ce quand je serai vieille ? et en outre, quand trouverai-je
« jamais un amant comme le Magnifique ? je suis seule et n'ai à

« craindre personne; je ne sais pourquoi je ne prends pas de
« bon temps pendant que je peux ; je n'aurai pas toujours
« la facilité comme je l'ai présentement ; personne ne le
« saura jamais ; et si toutefois cela se devait savoir, il vaut
« mieux faire et se repentir après, que se repentir de n'avoir
« pas fait. — » Et ayant pris en elle-même cette résolution,
elle suspendit un jour deux bonnets à la fenêtre du jardin,
comme le Magnifique le lui avait dit. Ce que voyant le Magnifique, il fut très joyeux, et dès que la nuit fut venue, il
s'en alla très secrètement et seul à la porte du jardin de la
dame et la trouva ouverte ; de là, il gagna une autre porte
qui donnait entrée dans la maison où il trouva la dame qui
l'attendait. Le voyant venir, elle se leva pour aller à sa rencontre et le reçut avec une grandissime fête ; et lui, l'accol-
lant et la baisant cent mille fois, il la suivit en haut par
l'escalier ; là, s'étant couchés sans plus de retard, ils con-
nurent les suprêmes jouissances de l'amour. Et bien que
cette fois fût la première, ce ne fut pas la dernière, pour ce
que tout le temps que le chevalier fut à Milan, et encore
après son retour, le Magnifique revint bon nombre de fois,
au grandissime plaisir de chacune des parties. — »

NOUVELLE VI

Ricciardo Minutolo aime la femme de Filippello Fighinolfo. Sachant qu'elle était
jalouse de son mari, il lui dit que Filippello a un rendez-vous le jour suivant
dans une maison de bains avec sa femme à lui. La dame ne manque pas d'y
aller et, croyant être avec son mari, elle couche avec Ricciardo.

Il ne restait plus rien à dire à Élisa quand, après avoir
loué la sagacité du Magnifique, la reine ordonna à la Fiam-

metta de poursuivre en en disant une. Celle-ci répondit tout en riant : « — Madame, volontiers. — » Et elle commença : « — Il faut sortir un peu de notre cité qui, de même qu'elle abonde en toute autre chose, est pleine d'exemples pour tout sujet et, comme Élisa a fait, raconter un peu les choses advenues dans le reste du monde. Et pour ce, nous transportant à Naples, je dirai comment une de ces bigotes qui se montrent si dédaigneuses des choses d'amour, fut amenée par l'ingéniosité d'un sien amant à sentir le fruit de l'amour avant d'en avoir connu les fleurs; ce qui, en même temps que cela vous donnera de la prudence pour les choses qui peuvent advenir, vous causera du plaisir par les choses advenues.

« A Naples, cité très ancienne, et peut-être aussi plaisante, ou même plus, qu'aucune autre d'Italie, fut jadis un jeune homme illustre par la noblesse du sang et signalé par ses grandes richesses, dont le nom était Ricciardo Minutolo, lequel, bien qu'il eût pour femme une très belle et très désirable jeune dame, s'amouracha d'une autre qui, suivant l'opinion de tous, surpassait de très loin en beauté toutes les autres dames napolitaines, et s'appelait Catella. C'était la femme d'un jeune homme également gentilhomme, appelé Filippello Fighiuolfo, qu'en femme très honnête elle aimait et estimait plus que toute autre chose.

« Ricciardo Minutolo aimant donc cette Catella, et faisant toutes les choses par lesquelles la faveur et l'amour d'une dame se doivent pouvoir acquérir, et, malgré cela, ne pouvant en rien parvenir à satisfaire ses désirs, était quasi désespéré; et ne sachant ou ne pouvant se défaire de son amour, il ne savait ni mourir ni trouver du plaisir à vivre. Comme il était en cette disposition d'esprit, des dames qui étaient ses parentes l'engagèrent un jour à s'abstenir d'un tel amour, pour ce qu'il luttait en vain, Catella n'ayant d'autre bien que Filippello, dont elle était si jalouse, qu'elle croyait que le moindre oiseau qui volait par l'air le lui allait enlever. Ricciardo, apprenant la jalousie de Catella, forma soudain un projet pour arriver à ses plaisirs, et se mit à feindre de ne plus espérer l'amour de Catella, et d'avoir placé son affection sur une autre gente dame, et, pour l'amour de celle-ci, il se mit à faire ostentation de joutes et de fêtes et à faire toutes les choses qu'il avait coutume de faire pour Catella. Il ne se passa guère de temps que quasi tous les Napolitains, et entre autres Catella, fussent persuadés que ce n'était plus Catella, mais cette nouvelle dame qu'il aimait passionnément ; et il persévéra si bien en cela, que non-seulement chacun le tenait pour certain, mais que Catella se départit de la sauvagerie qu'elle avait vis-à-vis de lui à cause de l'amour qu'il paraissait lui porter et que, dans ses allées et venues, elle se mit à le saluer gracieusement en voisin, comme elle faisait pour les autres.

« Or, il advint que, la saison étant chaude, et de nombreuses troupes de dames et de cavaliers étant allées s'établir sur le bord dé la mer, suivant l'usage des Napolitains, Ricciardo, sachant que Catella y était allée avec sa société, y alla aussi avec la sienne et fut reçue dans la société de Catella, après s'être fait longtemps inviter comme s'il n'eût guère été désireux d'y rester. Là, les dames, et Catella avec elles, se mirent à le plaisanter sur son nouvel amour, au sujet duquel, se montrant fort épris, il leur fournissait ample matière de raisonner. A la longue, les dames étant allées, qui ici, qui là, ainsi qu'on fait en ces sortes d'endroit, et Catella étant restée avec Ricciardo en petite compagnie, Ricciardo lui lança un mot piquant sur une certaine amourette qu'avait Filippello son mari, et pour lequel elle entra en soudaine jalou-

sie et se mit à brûler du désir de savoir ce que Ricciardo
voulait dire. Après s'être maîtrisée quelque temps, ne pouvant plus se retenir, elle pria Ricciardo, pour l'amour de la
dame qu'il aimait le plus, de lui faire le plaisir de l'éclairer
sur ce qu'il avait dit de Filippello. Ricciardo lui dit :
« — Vous m'avez prié au nom d'une personne telle que je
« n'ose vous refuser ce que vous me demandez ; et pour ce,
« je suis prêt à vous le dire, à condition que vous me pro-
« mettrez que vous n'en direz jamais rien ni à lui, ni à autrui,
« sinon quand vous aurez eu la preuve que ce que je vais
« vous conter est vrai ; donc, quand vous voudrez, je vous
« apprendrai comment vous pourrez le voir. — » Ce qu'il
demandait plut à la dame ; elle le crut vrai et lui jura de ne
jamais le dire.

« S'étant donc retirés à part, en un endroit où ils ne pussent
être entendus des autres, Ricciardo commença à parler ainsi :
« — Madame, si je vous aimais comme je vous ai aimée au-
« trefois, je n'aurais pas l'audace de vous dire quelque chose
« que je croirais devoir vous causer de l'ennui : mais comme
« cet amour est passé, j'aurai moins de souci de vous éclai-
« rer sur tout. Je ne sais pas si Filippello a jamais pris
« l'ombrage de l'amour que je vous ai porté, ou s'il a cru
« que j'aie jamais été aimé de vous ; mais, qu'il en ait été
« ou non ainsi, je n'en ai jamais rien montré dans ma per-
« sonne ; or, maintenant, attendant peut-être l'occasion, et
« croyant que j'ai moins de soupçon, il semble vouloir me
« faire à moi ce que je soupçonne qu'il craint que je lui aie
« fait, c'est-à-dire vouloir avoir ma femme à son plaisir et,
« suivant ce que je sais, depuis quelque temps, il l'a secrè-
« tement obsédée par bon nombre de messages, ce que j'ai
« entièrement su d'elle ; et même elle a fait les réponses se-
« lon que je le lui ai ordonné. Mais pourtant ce matin, avant

« que je vinsse ici, j'ai trouvé dans la maison de ma femme,
« en conversation intime avec elle, une personne que j'ai in-
« continent jugée pour ce qu'elle était; pour quoi, j'ai ap-
« pelé ma femme, et lui ai demandé ce que cette personne
« voulait. Elle me dit : « — C'est la poursuivante de Filippello
« qu'en me faisant lui répondre et lui donner espoir tu m'as
« mis sur le dos; et il dit qu'il veut savoir ce que j'entends
« faire, et que, quant à lui, dès que je le voudrai, il fera en
« sorte que je pourrai le rencontrer en secret dans une mai-
« son de bains de cette ville; et pour ce, il me prie et m'ob-
« sède; et n'était que tu m'as fait, je ne sais pourquoi, tenir
« tout ce trafic, je m'en serais débarrassée de façon qu'il
« n'aurait jamais guetté là où je me serais trouvée. — » Alors,
« il m'a paru qu'il allait trop loin, qu'il n'en fallait pas souf-
« frir davantage et que je devais vous le dire, afin que vous
« sachiez quelle récompense reçoit votre complète fidélité
« pour laquelle j'ai été jadis près de mourir. Et pour que vous
« ne croyiez pas que ce sont là des mots et des fables, mais
« que vous puissiez, quand l'envie vous en viendra, le voir
« et le toucher apertement, j'ai fait faire par ma femme à la
« personne qui l'attendait, cette réponse qu'elle était prête à
« aller demain, sur l'heure de none, quand tout le monde
« dormirait, à cette maison de bains; sur quoi, celle-ci,
« très contente, l'a quittée. Maintenant, je ne crois pas que
« vous croyiez que j'y enverrai ma femme; mais, si j'étais
« de vous, je ferais qu'il me trouvât en place de celle qu'il
« croit y trouver; et après que je serais restée quelque temps
« avec lui, je lui ferais voir avec qui il a été et je lui en ferais
« l'honneur qui lui convient; et, faisant ainsi, je crois qu'il
« en aurait une telle vergogne, qu'en une même heure, l'in-
« jure qu'il veut faire à vous et à moi serait vengée. — »

« Catella, entendant cela, sans prendre aucunement garde

à ce qu'était celui qui le lui disait ni à ses tromperies, ajouta
foi sur le champ, selon l'habitude des jaloux, à ces paroles,
et se mettant à rattacher à ce fait certaines choses advenues
auparavant, allumée d'une colère subite, répondit qu'elle le
ferait certainement ; que ce n'était pas si malaisé à faire, et
que s'il venait, elle lui ferait une telle honte que toutes les
fois qu'il verrait une femme, cela lui reviendrait à la mémoire. Ricciardo, enchanté de cela, et son projet lui paraissant bon et marcher admirablement, la confirma dans ce dessein par beaucoup d'autres paroles, et augmenta encore sa
crédulité, la priant néanmoins de se garder de dire jamais
qu'elle l'avait appris de lui ; ce qu'elle lui promit sur sa foi.
Le matin suivant, Richard s'en alla trouver une bonne femme
qui tenait la maison de bains dont il avait parlé à Catella ; i
lui dit ce qu'il entendait faire et la pria de lui être en cela auss
favorable qu'elle pourrait. La bonne femme, qui lui était
très obligée, dit qu'elle le ferait volontiers, et concerta avec
lui ce qu'elle avait à faire ou à dire. Il y avait dans la maison
de bains une chambre très obscure, pour ce qu'il n'y avait
aucune fenêtre par où la lumière pût entrer ; suivant les in-
structions de Ricciardo, la bonne femme l'arrangea, y fit
mettre du mieux qu'elle put un lit dans lequel Ricciardo,
ainsi qu'il était convenu, se mit et attendit Catella.

« La dame, ayant entendu les paroles de Ricciardo, et leur
ayant donné plus de créance qu'il n'était besoin, s'en retourna le soir pleine d'indignation chez elle où, d'adventure,
Filippello s'en revint de son côté préoccupé d'autre pensée,
et ne lui fit peut-être pas l'accueil amical qu'il avait coutume
de lui faire. Ce que voyant, elle entra en un soupçon plus
grand encore qu'elle n'était, se disant à soi-même : Vraiment, il a l'esprit à cette dame avec laquelle il croit avoir
demain plaisir et contentement ; mais certainement cela n'ar-

rivera pas. Et elle resta toute la nuit sur cette pensée, et songeant à ce qu'elle devrait lui dire quand elle serait avec lui.

« Mais que dire de plus ? L'heure de none venue, Catella ayant pris avec elle sa suivante et sans rien changer à son projet, s'en alla à cette maison de bains que Ricciardo lui avait indiquée, et là, ayant trouvé la bonne femme, elle lui demanda si Filippello était venu ce jour-là. A quoi, la bonne femme, stylée par Ricciardo, dit : « — Êtes-vous cette dame « qui devez venir lui parler ? — » Catella répondit : « — Oui, « je le suis. — » « — Donc — dit la bonne femme — « allez le trouver. — » Catella, cherchant ce qu'elle n'aurait pas voulu trouver, se fit mener à la chambre où était Ricciardo, y entra la tête couverte, et s'y enferma. Ricciardo, la voyant venir, se leva joyeux, et l'ayant reçue en ses bras, dit doucement : « — Bien venue soit mon âme ! — » Catella, pour mieux feindre ce qu'elle n'était pas, l'accola et le baisa et lui fit grande fête, sans prononcer une seule parole, craignant, si elle parlait, d'être reconnue par lui.

« La chambre était très obscure — de quoi chacun d'eux était content — et même après qu'on y était longtemps resté, les yeux n'en reprenaient pas plus de pouvoir. Ricciardo la mena sur le lit et, là, sans parler, de peur que la voix se pût reconnaître, ils restèrent longuement, au grand contentement et au grand plaisir de l'une et de l'autre partie. Mais lorsqu'il parut temps à Catella de donner libre cours à son indignation, elle commença à parler ainsi, enflammée d'une fervente colère : « — Ah ! combien est malheureux le sort « des femmes, et comme est mal employé l'amour que beau- « coup d'elles portent à leur mari ! Moi, malheureuse, voilà « déjà huit ans que je t'ai aimé plus que ma vie, et toi, « comme je l'ai vu, tu brûles tout entier, tu te consumes

« dans l'amour d'une femme étrangère, coupable et méchant
« homme que tu es. Or, avec qui crois-tu avoir été? Tu as
« été avec celle que, par de fausses caresses, tu as depuis
« trop longtemps trompée en lui montrant de l'amour, tan-
« dis que tu étais énamouré ailleurs. Je suis Catella; je ne
« suis pas la femme de Ricciardo, traître déloyal que tu es!
« Écoute si tu reconnais ma voix; c'est bien moi; et il me
« semble qu'il se passera plus de mille ans avant que nous
« soyons en plein jour, pour que je puisse te faire honte
« comme tu le mérites, vil chien maudit que tu es! Hélas!
« pauvre de moi; à qui ai-je pendant tant d'années porté
« un tel amour? à ce chien déloyal qui, croyant avoir en ses
« bras une autre femme, m'a fait plus de caresses et donné
« plus de preuves d'amour en si peu de temps que j'ai été
« avec lui, que pendant tout le reste du temps que je lui
« ai appartenu. Tu as été bien gaillard aujourd'hui, chien
« de renégat, tandis qu'à la maison tu as coutume de te
« montrer si débile et sans puissance. Mais, loué soit Dieu,
« car c'est ton champ, non celui d'autrui, comme tu croyais,
« que tu as labouré. Je ne m'étonne point, si cette nuit, tu
« ne m'as point approchée; tu attendais d'être ailleurs pour
« te décharger de ton fardeau, et tu voulais arriver frais ca-
« valier à la bataille; mais, grâce à Dieu et à ma pré-
« voyance, l'eau a pris son cours par en bas, comme elle
« devait. Pourquoi ne réponds-tu pas, homme coupable?
« Pourquoi ne dis-tu rien? Es-tu devenu muet en m'enten-
« dant? Sur ma foi en Dieu, je ne sais ce qui me retient de
« te planter les mains dans les yeux et de te les arracher.
« Tu as cru faire cette trahison très secrètement; par Dieu!
« les uns en savent autant que les autres; j'ai mis à tes
« trousses de meilleurs chiens que tu ne croyais. — »

« Ricciardo se réjouissait à part lui de ces paroles, et, sans

rien répondre, l'accolait et la baisait et lui faisait de plus grandes caresses que jamais. Pour quoi, elle, poursuivant ses invectives, disait : « — Oui, tu crois maintenant me trom-
« per avec tes caresses feintes, chien fastidieux que tu es,
« et m'apaiser et me consoler; tu te trompes. Je ne serai
« jamais consolée de cela que je ne t'en aie vitupéré en
« présence d'autant de parents et d'amis que nous en avons.
« Or, ne suis-je pas, méchant homme, aussi belle que l'est
« la femme de Ricciardo Minutolo? Ne suis-je pas aussi
« noble dame? Que ne réponds-tu, maudit chien? Qu'a-
« t-elle de plus que moi, elle? Éloigne-toi, ne me touche pas,
« car tu as trop accompli de faits d'armes pour aujourd'hui.
« Je sais bien qu'à présent que tu connais qui je suis, tu
« ferais par force ce que tu viens de faire; mais si Dieu
« m'accorde sa faveur, je t'en ferai encore endurer l'envie ;
« et je ne sais à quoi tient que j'envoie chercher Ricciardo
« qui m'a aimée plus que lui-même, et ne put jamais se
« vanter que je l'aie une seule fois regardé, et je ne sais
« pas quel mal il y aurait eu à le faire. Tu as cru avoir ici
« sa femme, et c'est comme si tu l'avais eue, en tant que ce
« n'est point par ta faute que cela n'est pas arrivé ; donc, si
« moi je l'avais eu, lui, tu ne pourrais avec raison m'en
« blâmer. — »

« Les paroles de la dame furent longues et longs aussi ses reproches ; à la fin pourtant, Ricciardo pensant que, s'il la laissait s'en aller sur cette croyance, il pourrait s'ensuivre beaucoup de mal, résolut de se faire connaître et de la tirer de l'erreur où elle était, et l'ayant reprise dans ses bras et si bien enlacée qu'elle ne pouvait partir, il dit :
« — Ma douce âme, ne vous courroucez point ; ce que
« je n'ai pu avoir simplement en vous aimant, Amour m'a
« appris à l'obtenir en vous trompant, et je suis votre Ric-

23.

« ciardo. — » Ce qu'entendant Catella, et reconnaissant la
voix, elle voulut soudain se jeter hors du lit, mais elle ne
put ; sur quoi, elle voulut crier ; mais Ricciardo lui ferma la
bouche des deux mains, et dit : « — Madame, il ne peut se
« faire désormais que ce qui a été n'ait pas été, dussiez-vous
« crier tout le temps de votre vie ; et si vous criez, ou si
« vous faites d'une façon quelconque savoir jamais cela à
« quelqu'un, deux choses en adviendront. L'une sera — dont
« vous ne devez pas vous soucier peu — que votre honneur
« et votre bonne réputation seront compromis, pour ce que,
« quand vous diriez que je vous ai fait venir ici par ruse, je
« dirai que ce n'est pas vrai, et qu'au contraire je vous y ai
« fait venir en vous promettant de l'argent et des cadeaux,
« et que ne vous les ayant pas donnés aussi largement que
« vous l'espériez, vous vous êtes fâchée et que c'est pour
« cela que vous faites cette rumeur et ces reproches. Et vous
« savez que le monde est plus disposé à croire le mal que
« le bien ; pour ce, on me croira plutôt que vous. Après
« cela, il s'ensuivra entre votre mari et moi une inimitié
« mortelle, et les choses pourront aller de façon que je le
« tuerai ou qu'il me tuera, de quoi vous ne sauriez plus être
« jamais joyeuse ni contente. Et pour ce, cœur de mon
« corps, renoncez à vous déshonorer vous-même, en
« même temps qu'à mettre en danger et en lutte votre mari
« et moi. Vous n'êtes pas la première qui a été trompée et
« vous ne serez pas la dernière, et moi je ne vous ai pas
« trompée pour vous enlever ce qui est à vous, mais à cause
« de la surabondance d'amour que je vous porte et que je
« suis disposé à vous porter toujours, comme je le suis à
« rester votre très humble serviteur. Et comme il y a grand
« temps que moi et tout ce que j'ai, et ce que je puis ou je
« vaux, sommes à votre service, j'entends qu'à partir de

« ce moment tout cela vous appartienne plus que ja-
« mais. Maintenant, vous êtes avisée pour toutes les autres
« choses, et ainsi je suis certain que vous le serez en
« celle-ci. — »

« Catella, pendant que Ricciardo parlait ainsi, pleurait fortement, et bien qu'elle fût grandement courroucée et qu'elle
se répandît en reproches, néanmoins la raison lui montrait
que ce que disait Ricciardo était vrai, car elle reconnut que
ce qu'il lui avait fait voir comme devant arriver était possible, et pour ce, elle dit : « — Ricciardo, je ne sais com-
« ment Dieu me donnera la force de supporter l'injure et la
« tromperie que tu m'as faites. Je ne veux pas crier ici où
« ma simplicité et ma jalousie excessive m'ont conduite ;
« mais sois certain que jamais je ne serai contente si, d'une
« façon ou d'une autre, je ne me vois vengée de ce que tu
« m'as fait ; et pour ce, laisse-moi aller, ne me retiens plus ;
« tu as eu ce que tu désirais, et tu m'as jouée tant qu'il t'a
« plu ; il est temps de me laisser ; laisse-moi, je t'en prie. — »
Ricciardo, qui voyait que son esprit était encore trop
courroucé, avait résolu de ne pas la laisser aller à moins
d'obtenir la paix d'elle ; pour quoi, se mettant à l'adoucir
avec de bonnes paroles, il dit tant, il pria tant, il conjura
tant, qu'il fit la paix avec elle, et, du consentement de tous
les deux, ils restèrent ensemble un assez long temps, à leur
grandissime satisfaction. Et la dame, reconnaissant alors
combien plus savoureux étaient les baisers de l'amant que
ceux du mari, ayant changé sa dureté en doux amour pour
Ricciardo, l'aima à partir de ce jour très tendrement ; et
agissant avec beaucoup de prudence, ils jouirent nombre de
fois de leur amour. Dieu nous fasse jouir du nôtre. — »

———

NOUVELLE VII

Tedaldo, irrité contre une sienne maîtresse, part de Florence. Il y revient quelque
temps après sous un déguisement de pèlerin ; il parle à sa maîtresse, lui fait
reconnaître son erreur, sauve la vie de son mari qui était accusé de l'avoir
tué, le réconcilie avec ses frères, et jouit en paix des faveurs de la dame.

Philomène, louée de tous, venait de se taire, quand la
reine pour ne point perdre de temps commit promptement
le soin de raconter à Émilia, laquelle commença : « — Il me
plaît de revenir à notre cité dont il a plu aux deux précédents
de sortir, et de vous montrer comment un de nos citadins
reconquit sa dame après l'avoir perdue.

« Il y eut donc à Florence, un noble jeune homme dont
le nom fut Tedaldo degli Elisei, lequel, amoureux outre mesure d'une dame appelée Monna Ermelina et femme d'un
Aldolbrandino Palermini, méritait par ses mœurs louables de
jouir de son désir. A ce plaisir pourtant la fortune, ennemie
des gens heureux, s'opposa, pour ce que, quelle qu'en fût la
raison, la dame, après avoir été quelque temps complaisante
à Tedaldo, se mit à ne plus vouloir lui complaire du tout, et
non-seulement à refuser de recevoir ses messages, mais de
le voir en aucune manière, de quoi il entra en une sombre
et déplaisante mélancolie ; mais son amour était tellement
caché, que nul ne s'imaginait que c'était là la cause de sa
mélancolie. Après qu'il se fut ingénié en diverses manières à
reconquérir l'amour qu'il lui semblait avoir perdu sans aucune faute de sa part, et voyant que toute sa peine était
vaine, il résolut de se retirer du monde, afin de ne pas
rendre joyeuse, par la vue de sa mort, celle qui était cause
de son mal. Et ayant pris l'argent qu'il put réunir secrète-

ment, sans en rien dire à aucun ami ou parent, hormis à un
sien compagnon qui savait toute la chose, il partit et se
rendit à Ancône, se faisant appeler Filippo di Sanlodeccio ; et
là, s'étant abouché avec un riche marchand, il se mit avec
lui comme serviteur, et le suivit sur son navire en Chypre.
Ses manières et sa conduite plurent tellement au marchand,
que non-seulement il lui assigna un bon salaire, mais qu'il
le fit en partie son compagnon, lui mettant en outre entre
les mains une grande partie de ses affaires lesquelles il géra
si bien et avec tant de soin, qu'il devint lui aussi en peu
d'années un bon et riche marchand fort renommé.

« Au milieu de ces occupations, encore qu'il se souvînt souvent de sa cruelle dame et fût grandement blessé d'amour, et
désirât beaucoup la revoir, il montra une telle persévérance
que pendant sept années, il vainquit cette bataille. Mais il
advint qu'entendant un jour, à Chypre, chanter une chanson
faite autrefois par lui, dans laqu'le était racontée l'amour
qu'il portait à sa dame, celui que sa dame lui portait, et le
plaisir qu'il avait d'elle, pensant qu'il ne pouvait pas se faire
qu'elle l'eût oublié, il brûla d'un tel désir de la revoir, que,
ne pouvant y tenir plus longtemps, il se disposa à retourner
à Florence. Ayant mis toutes ses affaires en ordre, il s'en vint
à Ancône, accompagné seulement d'un sien domestique, et
là tout ce qu'il possédait étant arrivé, il l'envoya à Florence
à un ami de son compagnon d'Ancône ; quant à lui, il s'en
vint ensuite avec son serviteur, secrètement, et sous l'apparence d'un pèlerin revenant du Saint-Sépulcre. Arrivés à
Florence, il descendit à une petite auberge tenue par deux
frères, et qui était voisine de la maison de sa dame. Il n'alla
tout d'abord nulle part ailleurs que devant la maison de celle-
ci, pour la voir, s'il pouvait ; mais il vit les fenêtres, les
portes et tout le reste fermés ; d'où il craignit fort qu'elle ne

fût morte, ou qu'elle eût changé de demeure. Pourquoi, très soucieux, il s'en alla à la maison de ses frères devant laquelle il vit quatre d'entre eux entièrement vêtus de noir, ce dont il s'étonna beaucoup, et se voyant tellement changé et d'habits et de personne de ce qu'il était quand il partit qu'il ne pourrait être facilement reconnu, il accosta résolument un cordonnier et lui demanda pourquoi ces gens étaient vêtus de noir. A quoi le cordonnier répondit : « — Ceux-ci « sont vêtus de noir parce qu'il n'y a pas encore quinze jours « qu'un de leurs frères, qui avait été pendant longtemps « absent, et qui avait nom Tedaldo, a été tué ; et il me « semble comprendre qu'ils ont prouvé à la cour que c'est « un nommé Aldobrandino Palermini, lequel est pris, qui « l'a tué parce que Tedaldo voulait du bien à sa femme et « qu'il était revenu incognito pour la rejoindre. — »

« Tedaldo s'émerveilla fort que quelqu'un lui ressemblât tellement qu'il eût été pris pour lui, et il fut peiné de la mésaventure d'Aldobrandino. Et ayant appris que la dame était vivante et en santé, comme il était déjà nuit, il s'en retourna à l'auberge plein de pensées diverses. Puis quand il eût soupé avec son serviteur, on le mit coucher au plus haut étage de la maison, et là, autant par les nombreuses pensées qui le stimulaient, que par la dureté du lit, et peut-être aussi à cause du souper qui avait été maigre, la moitié de la nuit était déjà passée, qu'il n'avait pas encore pu s'endormir ; pourquoi, étant éveillé, il lui sembla, vers minuit, entendre quelqu'un descendre du toit dans la maison, et peu après, par les fentes de la porte de sa chambre, il vit venir une lumière. Alors s'étant accoté sans bruit à la fente, il se mit à regarder ce que cela voulait dire, et il vit une jeune fille très belle qui tenait cette lumière, et venir à elle trois hommes qui étaient descendus par le toit. Après que ces gens se furent

fait mutuellement bon accueil, l'un d'eux dit à la jeune fille :
« — Nous pouvons désormais, grâce à Dieu, être tranquilles,
« pour ce que nous savons pertinemment que la mort de
« Tedaldo Elisei a été prouvée par ses frères comme venant
« d'Aldobrandino Palermini, que celui-ci l'a avoué, et que
« déjà la condamnation est écrite ; mais néanmoins, il faut se
« taire, pour ce que si jamais on savait que c'est nous, nous
« serions en même danger qu'Aldobrandino. — » Et cela
dit, ils descendirent avec la femme qui en parut fort joyeuse,
et s'en allèrent dormir.

« Tedaldo, oyant cela, se mit à réfléchir combien grandes
et quelles étaient les erreurs qui pouvaient tomber sur l'esprit des hommes, en pensant tout d'abord à ses frères
qui avaient pris et avaient enseveli un étranger pour lui,
puis à l'innocent faussement accusé et que de faux témoi-
gnages avaient fait condamner à mourir, et aussi à l'aveugle
sévérité des lois et des rhéteurs, lesquels trop souvent,
sous prétexte de chercher le vrai, font par leur cruauté
prouver le faux, et se disent ministres de la justice et de
Dieu, alors qu'ils sont les exécuteurs de l'iniquité et du
diable. Ensuite, il songea à sauver Aldobrandino et com-
bina en lui-même ce qu'il avait à faire. Et dès qu'il fut levé,
le matin, laissant son serviteur, il s'en alla tout seul, quand
le moment lui parut venu, vers la maison de sa dame ; et ayant
d'aventure trouvé la porte ouverte, il entra et vit sa dame
qui était assise par terre, dans une petite salle qui se trouvait
au rez-de-chaussée, toute remplie de larmes et de chagrin,
dont, par compassion, il pleura ; et s'étant approché d'elle,
il dit : « — Madame, ne vous tourmentez pas, votre paix est
« proche.—» La dame, entendant cet homme, releva les yeux
et dit en pleurant : « — Bon homme, tu me sembles un
« pèlerin étranger, que sais-tu de ma paix ou de mon afflic-

« tion ? — » Le pèlerin répondit alors : « — Madame, je
« suis de Constantinople, et je suis arrivé ici il y a peu de
« temps envoyé par Dieu pour convertir vos larmes en rire
« et pour sauver votre mari de la mort. — » « — Comment —
« dit la dame — si tu es de Constantinople, et si tu es venu
« ici depuis peu, sais-tu qui nous sommes, mon mari et
« moi ? — Le pèlerin, commençant par le bout, raconta
toute l'histoire de la mésaventure d'Aldobrandino, et lui
dit qui elle était, depuis combien de temps elle était mariée,
et bon nombre d'autres choses de ses affaires qu'il savait
bien ; de quoi la dame s'étonna fort, et le tenant pour un
prophète, s'agenouilla à ses pieds, le priant de par Dieu,
s'il était venu pour sauver Aldobrandino, qu'il fît promptement, pour ce que le temps était court.

« Le pèlerin, feignant d'être un très saint homme, dit :
« — Madame, relevez-vous et ne pleurez pas, et écoutez bien
« ce que je vous dirai, et gardez-vous de le dire jamais à per-
« sonne. Par ce que Dieu me révèle, la tribulation que vous
« avez vous est envoyée pour un péché que vous commîtes
« jadis et que Dieu a voulu en partie purger par cet ennui ; et
« il veut que vous le rachetiez tout entier, sinon vous retom-
« beriez dans un plus grand souci. — » La dame dit alors :
« — Messire, j'ai commis beaucoup de péchés et je ne sais
« celui que Dieu veut que je rachète plus qu'un autre ; et
« pour ce, si vous le savez, dites-le moi, et je ferai ce que je
« pourrai pour le racheter. — » « — Madame — dit alors le
« pèlerin — je sais bien quel est ce péché, et je ne vous inter-
« rogerai pas là-dessus pour mieux le savoir, mais pour que,
« en le disant vous-même, vous en ayiez plus de remords.
« Mais venons au fait ; dites-moi : Vous souvient-il que
« vous ayez jamais eu quelque amant ? — » La dame, oyant
cela, jeta un grand soupir et s'étonna fort, ne croyant pas

que personne l'eût jamais su, si ce n'est celui qui avait été
tué, et qui avait été enseveli comme s'il était Tedaldo, à
moins qu'on en eût entendu quelque chose par certaines
paroles imprudentes du compagnon de Tedaldo qui le savait;
et elle répondit : « — Je vois que Dieu vous montre tous
« les secrets des hommes, et pour ce je suis disposée à ne
« pas vous céler les miens. Il est vrai que dans ma jeunesse
« j'aimai extrêmement le malheureux jeune homme dont la
« mort est attribuée à mon mari, laquelle mort j'ai pleuré
« autant qu'elle m'a causé de chagrin, pour ce que, bien
« que je me sois montrée dure et sauvage envers lui avant
« son départ, ni son départ, ni sa longue absence, ni sa
« mort malheureuse ne me l'ont pu arracher du cœur. — »
A quoi le pèlerin dit : « — Ce n'est pas le malheureux jeune
« homme qui est mort que vous avez aimé autrefois, mais
« bien Tedaldo Elisei. Mais dites-moi, quelle fut la raison
« pour laquelle vous vous êtes fâchée contre lui? Vous
« offensa-t-il jamais? — » A quoi la dame répondit :
« — Certes, il ne m'offensa jamais, mais la cause de mon
« courroux, ce fut les paroles d'un maudit moine auquel je
« me confessai une fois; pour ce que, quand je lui dis
« l'amour que je portais à Tedaldo et les relations que
« j'avais avec lui, il me fit une telle sortie au nez que j'en
« suis encore épouvantée, me disant que, si je ne cessais,
« j'irais dans la bouche du diable au plus profond de l'enfer,
« et que je serais jetée dans le feu pour subir ma peine. De
« quoi il me vint une telle peur, que je résolus de ne plus
« vouloir de relations avec lui; et pour n'en plus avoir
« l'occasion, je ne voulus plus recevoir ses lettres ni ses
« messages. Comme je crois, s'il avait persévéré davantage,
« — mais, à ce que je présume, il partit désespéré — en le
« voyant se consumer comme fait la neige au soleil, ma dure

« résolution se serait ployée, pour ce que je n'avais pas de
« plus grand désir au monde. — »

« Le pèlerin dit alors : « — Madame, c'est ce péché-là qui
« seul vous tourmente aujourd'hui. Je sais pertinemment que
« Tedaldo ne vous contraignit aucunement : quand vous vous
« énamourâtes de lui vous le fîtes de votre · és·re volonté, car
« il vous plaisait ; et, comme vous le voulû··· ·vous-même, il
« vint à vous, et usa de votre amitié dans laquelle, et par
« paroles et par des faits, vous montrâtes éprouver tant de
« plaisir que, s'il vous avait aimé tout d'abord, vous fîtes bien
« redoubler mille fois son amour. S'il en fut ainsi — et je
« sais que cela fut — quel motif vous pouvait pousser à vous
« montrer si sévère ? Il fallait penser à cela tout d'abord, et
« si vous pensiez devoir vous en repentir, comme ayant mal
« fait, ne pas le faire. De même qu'il était devenu vôtre,
« ainsi vous étiez devenue sienne. Vous pouviez faire, selon
« votre bon plaisir, qu'il ne fût pas vôtre, comme étant à
« vous ; mais vouloir vous ôter à lui, vous qui étiez sienne,
« cela était un vol et une chose inconvenante, alors que sa
« volonté n'y était pas. Or, vous devez savoir que je suis
« moine, et pour ce que je connais toutes les habitudes des
« moines ; et si j'en parle quelque peu librement pour
« votre utilité, cela ne m'est pas défendu, comme cela le
« serait à un autre ; et il me plaît de vous en parler, afin
« que dorénavant vous les connaissiez mieux, ce que vous
« ne semblez pas jusqu'ici avoir fait. Il y eut autrefois
« de très dignes moines qui furent des hommes de valeur,
« mais ceux qui aujourd'hui s'appellent moines et veulent
« être tenus tels, n'ont pas autre chose des moines que
« la chape, laquelle n'est même pas d'un moine, pour
« ce que, tandis que les fondateurs des moines ordon-
« nèrent de les faire étroites, misérables et de grosse bure,

« afin de témoigner que leur esprit tenait les choses tempo-
« relles en un tel mépris qu'ils enveloppaient le corps d'un
« habit vil, ceux d'aujourd'hui les font larges, et doubles, et
« brillantes et de drap très fin, et en ont changé la forme sur
« un modèle gracieux et pontifical, afin qu'en se prélassant
« avec elles ..... les églises et sur les places publiques,
« ainsi que l..... .éculiers font avec leurs habits, ils ne puis-
« sent en avoir honte ; et de même que le pêcheur avec son
« filet attrappe dans les rivières beaucoup de poisson d'un
« coup, ainsi ceux-ci s'entourant dans les plis très amples
« de leur chape, s'efforcent d'attraper dessous nombre de
« dévots, de veuves, et d'autres sots, hommes et femmes, et
« ils ont plus de souci de cela que de tout autre exercice.
« Et pour vous parler plus vrai, ceux-ci n'ont pas les chapes
« des moines, mais seulement les couleurs des chapes. Et
« là où les anciens désiraient le salut des hommes, ceux
« d'aujourd'hui désirent les femmes et les richesses ; et ils
« ont placé tout leur désir, et ils le placent à épouvanter par
« leurs rumeurs et leurs images les esprits des sots, et à
« leur persuader que les péchés se rachètent par les au-
« mônes et par les messes, afin qu'on leur apporte — à eux
« qui, par fainéantise, et non par dévotion, se sont faits
« moines — sans qu'ils se donnent de peine, qui le pain,
« qui le vin, qui la pitance, pour l'âme de leurs trépassés.
« Et certes, il est vrai que les aumônes et les prières rachè-
« tent les péchés ; mais si ceux qui font les aumônes
« voyaient à qui ils les font, ou s'ils les connaissaient, ils
« les garderaient bien plutôt ou ils les jetteraient devant
« autant de pourceaux. Et pour ce qu'ils savent que moins
« les autres sont possesseurs de grandes richesses, plus ils
« sont, eux, à leur aise, ils s'ingénient par leurs clameurs et
« leurs épouvantails à détacher les autres de ces richesses

« auxquelles seules leurs désirs restent attachés. Ils crient
« contre la luxure des hommes, afin que ceux qui sont ainsi
« décriés renonçant aux femmes, les femmes restent à ceux
« qui décrient; ils condamnent l'usure et les mauvais gains,
« afin que, choisis pour restituteurs, ils puissent faire leurs
« chapes plus larges pour chasser les évêchés et les autres
« prélatures avec ces mêmes gains qu'ils ont déclaré mener
« à perdition ceux qui les possédaient. Et quand ils sont
« repris de ces choses et de beaucoup d'autres blâmables
« qu'ils font, ils estiment qu'avoir répondu : *faites ce que*
« *nous disons et non ce que nous faisons*, est une excuse
« suffisante pour les plus gros péchés, comme s'il était plus
« possible aux brebis d'être résistantes et de fer, qu'aux
« pasteurs. Et combien il y en a de ceux à qui ils font une
« telle réponse qui ne l'entendent pas de la façon qu'ils la
« disent, une grande partie d'entre eux le savent. Les moines
« d'aujourd'hui veulent que vous fassiez ce qu'ils disent,
« c'est-à-dire que vous emplissiez leurs bourses de deniers,
« que vous leurs confiiez vos secrets, que vous observiez la
« chasteté ; que vous soyiez patient, que vous pardonniez les
« injures, que vous vous gardiez de médire, choses toutes
« très bonnes, toutes très honnêtes, toutes très saintes;
« mais pourquoi vous disent-ils cela? Pour que, eux, ils puis-
« sent faire ce qu'ils ne pourraient pas faire si les séculiers
« le faisaient. Qui ne sait que sans argent leur fainéantise
« ne pourrait durer? Si tu dépenses ton argent pour tes
« plaisirs, le moine ne pourra fainéantiser dans l'ordre. Si
« tu vas avec les femmes d'alentour, les moines n'y pour-
« ront aller ; si tu n'es point patient ou si tu ne pardonnes
« pas les injures, le moine n'osera pas venir dans ta maison
« pour contaminer ta famille. Mais pourquoi vais-je m'ar-
« rêter sur chaque chose? Ils s'accusent toutes les fois qu'ils

« font cette excuse à ceux qui les entendent. Pourquoi ne
« restent-ils pas chez eux, s'ils ne croient pas pouvoir être
« saints et sobres ? Ou si pourtant ils veulent pratiquer ces
« vertus, pourquoi ne suivent-ils pas cette autre sainte
« parole de l'Évangile : *Le Christ commença par faire,*
« *puis il enseigna* ? Qu'ils fassent d'abord, eux aussi, puis
« qu'ils enseignent les autres. J'en ai vu des miens, des
« milliers, désireux, amateurs, visiteurs, non-seulement des
« femmes séculières, mais des religieuses ; et précisément
« de ceux qui jettent les plus hauts cris du haut de leurs
« chaires. Ceux donc qui sont ainsi faits, courrons-nous
« après ? Qui le fait, fait ce qu'il veut, mais Dieu sait s'il
« le fait sagement. Mais étant admis qu'il faille en cela
« concéder ce que vous dit le moine qui vous blâma, à savoir
« que c'est une faute très grave que de rompre la foi matri-
« moniale , n'est-ce pas une faute plus grande que de voler
« un homme ? n'est-ce pas une faute plus grande de le tuer
« ou de l'envoyer en exil traîner par le monde une vie misé-
« rable ? Cela, chacun l'accordera. Les relations d'un
« homme avec une femme sont péché naturel ; le voler ou
« le tuer, ou le chasser, provient d'une méchanceté d'âme.
« Que vous ayez volé Tedaldo en vous enlevant à lui vous qui
« étiez devenue sienne de votre volonté spontanée, je vous
« l'ai démontré plus haut. Je dis aussi qu'en tant qu'il a
« été de vous, vous l'avez tué, parce que il ne tint pas, à
« cause de vous qui vous montrâtes toujours plus cruelle,
« qu'il ne se tuât de ses propres mains ; et la loi veut que
« celui qui est cause du mal qui se fait, soit aussi coupable
« que celui qui fait le mal. Et que vous ne soyiez
« aussi cause de son exil et de sa vie misérable par le
« monde pendant sept ans, cela ne se peut nier. De sorte
« que vous avez commis un plus grand péché par l'une des

24.

« trois choses susdites, que vous n'en commîtes dans vos
« relations avec lui. Mais voyons : Tedaldo a-t-il peut-être
« mérité ces choses ? Certes non ; vous l'avez déjà vous-
« même confessé ; sans compter que je sais qu'il vous aime
« plus que lui-même. Nulle chose ne fut autant honorée,
« autant exaltée, autant applaudie que vous l'étiez par lui
« au-dessus de toutes les autres femmes, s'il se trouvait
« dans un endroit où il pût honnêtement et sans exciter le
« soupçon parler de vous. Tout son bien, tout son honneur,
« toute sa liberté, tout avait été remis par lui en vos mains.
« N'était-il pas noble et jeune ? N'était-il pas beau parmi
« tous ses autres concitoyens ? N'était-il point vaillant en
« toutes ces choses qui regardent les jeunes gens ? N'était-il
« pas aimé, tenu pour cher, volontiers vu par tous ? A cela
« vous ne direz pas non plus que non. Donc, comment, sur
« un mot d'un moine bête et envieux, avez-vous pu prendre
« contre lui une décision cruelle quelconque ? Je ne sais
« quelle erreur est celle des femmes qui fuient les hommes et
« les prisent peu, alors que voyant ce qu'elles sont elles-
« mêmes, et combien la noblesse que Dieu a donnée à
« l'homme est au-dessus de tout autre animal, elles devraient
« être glorieuses quand elles sont aimées de l'un d'eux, et
« devraient l'avoir pour souverainement cher, et s'ingénier
« avec toute sorte de soins à lui complaire, afin qu'il ne
« cessât jamais de les aimer ! Ce que vous avez fait mue par la
« parole d'un moine, lequel pour certain devait être quelque
« goulu, mangeur de tourtes, vous le savez. Et peut-être
« désirait-il se mettre lui-même à la place d'où il s'efforçait
« de chasser un autre. C'est donc là le péché que la divine
« justice, qui conduit à effet toutes ses opérations avec une
« juste balance, n'a pas voulu laisser impuni : et comme vous
« vous êtes efforcée sans motif de vous ravir à Tedaldo, ainsi

« votre mari, sans juste motif, a été et est encore en péril à
« cause de Tedaldo, et vous en tribulation. Si vous voulez
« en être délivrée, voici ce qu'il vous faut promettre et sur-
« tout ce qu'il vous faut faire. S'il advient jamais que Te-
« daldo revienne ici de son long exil, vous lui rendrez votre
« faveur, votre amour, votre bienveillante familiarité, et
« vous le remettrez dans la même situation où il était avant
« que vous ayez cru sottement au moine extravagant. — »

« Le pèlerin avait achevé de parler, quand la dame qui
recueillait attentivement ses paroles, pour ce que ses raisons
lui paraissaient très vraies et qui, en l'écoutant, s'estimait en
effet molestée pour ce péché, dit : « — Ami de Dieu, je
« reconnais bien vraies les choses dont vous parlez, et par
« vos démonstrations je vois en grande partie ce que sont
« les moines , tenus par moi jusqu'à présent pour des
« saints ; et sans aucun doute je reconnais que ma faute a
« été grande en agissant ainsi envers Tedaldo, et si cela se
« pouvait par moi, volontiers je le rachèterais de la façon
« que vous avez dite ; mais comment cela se pourrait-il
« faire ? Tedaldo ne pourra jamais revenir ici : il est mort ;
« donc, ce qui ne se peut faire, je ne sais pourquoi il est
« besoin que je vous le promette. — » A quoi le pèlerin
dit : « — Madame, Tedaldo n'est pas mort le moins du
« monde, à ce que Dieu me montre, mais il est vivant et
« sain, et en bon état pourvu qu'il ait votre faveur. — » La
dame dit alors : « — Prenez garde à ce que vous dites ; je
« l'ai vu mort devant ma porte, frappé de plusieurs coups
« de couteau, et je l'ai tenu dans mes bras, et j'ai arrosé son
« visage mort de mes nombreuses larmes lesquelles furent
« cause qu'on en parla autant qu'on en avait parlé malhon-
« nêtement jadis. — » Le pèlerin dit alors : « — Madame,
« quoi que vous disiez, je vous assure que Tedaldo est

« vivant, et si vous voulez promettre que vous l'accueillerez
« selon que je vous ai dit, j'espère que vous le verrez bien-
« tôt. — » La dame dit alors : « — Je le fais et je le ferai
« volontiers, et rien ne saurait advenir qui me fût joie pa-
« reille à celle que j'éprouverais à voir mon mari libre et
« hors de danger, et Tedaldo vivant. — »

« Il parut alors à Tedaldo qu'il était temps de se faire connaître et de réconforter la dame par une plus certaine espérance au sujet de son mari, et il dit : « — Madame, afin que
« je vous rassure sur votre mari, il me faut vous découvrir un
« secret que vous garderez sans que, de votre vie, vous en
« manifestiez jamais rien. — » Ils étaient seuls en un endroit
assez reculé, la dame ayant la plus grande confiance en la sainteté que le pèlerin paraissait avoir, pour quoi Tedaldo, ayant
tiré un anneau qu'il avait soigneusement conservé et que la
dame lui avait donné la dernière nuit qu'il avait passée
avec elle, le lui montra et dit : « — Madame, connaissez-vous
« ceci? — » Comme la dame le vit, elle le reconnut, et dit :
« — Oui messire, je le donnai autrefois à Tedaldo. — »
Alors le pèlerin se levant, rejetant rapidement la robe qu'il
avait sur le dos, et le chapeau qui lui recouvrait la tête, et
parlant florentin dit : « — Et moi, me connaissez-vous? — »

« Quand la dame le vit, reconnaissant que c'était Tedaldo,
toute abasourdie et ayant peur de lui comme on a peur des
morts qu'on voit marcher comme s'ils étaient vivants, elle
fut saisie de frayeur; aussi ne lui fit-elle pas accueil comme
à Tedaldo qui serait revenu de Chypre, mais comme à Tedaldo revenant du sépulcre, et elle voulut le fuir toute
tremblante. Sur quoi Tedaldo dit : « — Madame, ne crai-
« gnez rien, je suis votre Tedaldo vivant et bien portant, et
« je n'ai jamais été mort, quoique vous et mes frères puis-
« siez croire. — » La dame un peu rassurée et reconnais-

sant sa voix, le regarda un peu plus attentivement, et s'as-
surant elle-même que pour sûr c'était Tedaldo, se jeta à
son cou en pleurant, le baisa et dit : « — Mon doux Te-
« daldo sois le bien revenu. — » Tedaldo, l'ayant accolée
et baisée, dit : « — Or madame, il n'est pas temps de
« se faire plus chaleureux accueil ; je veux aller faire en
« sorte qu'Aldobrandino vous soit rendu sain et sauf, de
« quoi j'espère qu'avant demain soir vous entendrez des
« nouvelles qui vous plairont ; si véritablement j'ai, comme
« je le crois, de bonnes nouvelles pour sa délivrance, je
« veux pouvoir cette nuit venir jusqu'à vous et vous les
« conter plus à l'aise que je le puis présentement. — » Et
ayant remis sa robe et son chapeau, il embrassa une autre
fois la dame, et l'ayant réconfortée d'un bon espoir, il se
sépara d'elle, et s'en alla à l'endroit où Aldobrandino était
prisonnier, plus préoccupé de la peur de la mort qui l'attendait, que d'une espérance quelconque de salut. Comme
s'il fut venu pour le réconforter, il entra dans sa prison
avec le consentement des geoliers, et s'étant assis près
de lui, il lui dit : « — Aldobrandino, je suis un de tes amis
« envoyé à toi par Dieu pour te sauver, car à cause de
« ton innocence il lui est venu pitié de toi. Et pour ce, si
« par déférence pour lui, tu veux me concéder une petite
« faveur que je te demanderai, sans faute avant qu'il soit
« demain soir, au lieu de la sentence de mort que tu attends,
« tu entendras ton acquittement. — » A quoi Aldobrandino
répondit : « — Brave homme, puisque tu t'es occupé de mon
« salut, bien que je ne te connaisse pas et que je ne me sou-
« vienne pas de t'avoir jamais vu, tu dois être ami, comme
« tu le dis. Et, de vrai, le crime pour lequel on dit que je
« dois être condamné à mort, je ne l'ai pas commis ; j'ai fait
« autrefois beaucoup d'autres péchés, lesquels peut-être

« m'ont amené à cette fin. Mais je te dis ceci p ir révérence
« pour Dieu, s'il a présentement miséricorde de moi, je
« ferai volontiers une grande chose plutôt qu'une petite,
« bien plus que de la promettre ; et pour ce, demande ce
« qu'il te plaît, car sans faute, s'il arrive que j'en réchappe,
« je l'observerai fidèlement. — »

« Le pèlerin dit alors : « — Je ne veux pas autre chose
« sinon que tu pardonnes aux quatre frères de Tedaldo de
« t'avoir conduit à ce point, te croyant coupable de la
« mort de leur frère, et que tu les aies pour frères et amis
« s'ils te demandent de cela pardon. — » A quoi Aldobrandino répondit : « — Nul ne sait combien c'est douce
« chose que la vengeance, ni avec quelle ardeur on la dé-
« sire, sinon celui qui a reçu l'offense, mais toutefois,
« afin que Dieu pourvoie à mon salut, je leur pardon-
« nerai volontiers et je leur pardonne dores et déjà ; et si
« j'échappe vivant d'ici, je m'efforcerai de faire en cela
« comme il te sera agréable. — » Cela plut au pèlerin, et
sans en vouloir dire plus, il le pria d'avoir bon courage,
car pour sûr avant que le jour suivant s'achevàt, il appren-
drait des nouvelles très certaines de son salut. Et l'ayant
quitté, il s'en alla à la Seigneurie et parla ainsi secrètement
à un chevalier qui l'occupait : « — Mon Seigneur, chacun
« doit volontiers s'efforcer de faire que la vérité soit reconnue,
« et surtout ceux qui tiennent la place que vous occupez,
« pour que ceux-là qui n'ont point commis la faute ne por-
« tent pas les peines, et que les coupables soient punis. Afin
« qu'il en arrive ainsi, pour votre honneur et pour le châ-
« timent de qui l'a mérité, je suis venu ici vers vous. Comme
« vous savez, vous avez procédé avec rigueur contre Aldobran-
« dino Palermini, et il vous semble avoir découvert que c'est
« lui qui a tué Tedaldo Elisei, et vous êtes sur le point de

« le condamner ; ce qui est très certainement faux, si comme
« je crois, je réussis à vous le montrer avant qu'il soit mi-
« nuit, en vous mettant entre les mains les meurtriers de
« ce jeune homme. — »

« Le brave homme, que le sort d'Aldobrandino fâchait,
prêta volontiers l'oreille aux paroles du pèlerin ; et après
avoir causé de plusieurs autres choses avec lui, il fit sur
ses indications, prendre sur leur premier sommeil les deux
frères aubergistes et leur servante, sans que ceux-ci fissent
la moindre résistance ; et comme il s'apprêtait, pour savoir comment la chose s'était passée, à les faire mettre
à la torture, ils ne le voulurent attendre, mais chacun de
son côté d'abord, puis tous ensemble, ils avouèrent complètement que c'était par eux que Tedaldo, qu'ils ne connaissaient pas, avait été tué. Comme on leur en demanda le
motif, ils dirent que c'était parce qu'il avait tourmenté la
femme de l'un d'eux et voulu la forcer à satisfaire ses désirs
pendant qu'ils n'étaient pas dans l'auberge. Le pèlerin, ayant
su cela, prit congé du gentilhomme avec sa permission et
s'en alla en cachette à la maison de madame Ermellina ; il
la trouva seule qui l'attendait, également désireuse d'ouïr de
bonnes nouvelles au sujet de son mari, et de se réconcilier
pleinement avec son Tedaldo. Étant arrivé près d'elle, Tedaldo dit, d'un air joyeux : « — Ma très chère dame, réjouis-
« toi, car pour sûr tu auras ici demain ton Aldobrandino
« sain et sauf — » et pour lui donner de cela une plus entière croyance, il lui raconta tout ce qu'il avait fait. La
dame, que ces deux événements si subits, c'est-à dire revoir
vivant Tedaldo qu'elle croyait vraiment avoir pleuré mort, et
voir Aldobrandino délivré de tout péril, avaient rendue plus
joyeuse qu'une autre le fut jamais, accola affectueusement
et baisa son Tedaldo ; s'en étant allés ensemble au lit, ils

firent d'un commun bon vouloir une gracieuse et joyeuse
paix, prenant l'un de l'autre une délicieuse joie. Et comme
le jour devint proche, Tedaldo se leva après avoir expliqué à
la dame ce qu'il entendait faire, et l'avoir priée de nouveau de
tenir cela très secret, et sortit de chez elle sous son habit de
pèlerin, pour s'occuper, quand l'heure serait venue, des
affaires d'Aldobrandino. Le jour venu, la Seigneurie estimant avoir pleine information de l'affaire, délivra promptement Aldobrandino, et quelques jours après, fit trancher
la tête aux malfaiteurs à l'endroit même où le meurtre
avait été commis.

« Aldobrandino étant donc libre, à la grande joie de lui,
de sa femme et de tous ses amis et parents, et reconnaissant manifestement que cela était arrivé par l'interven-
tion du pèlerin qui était venu le trouver, il le mena chez
lui pour tout le temps qu'il lui plairait de rester en la cité ;
et là, tous ne pouvaient se rassasier de lui faire honneur et fête, et en particulier la dame, qui savait bien à qui
elle le faisait. Mais au bout de quelque temps, Tedaldo
croyant devoir remettre Aldobrandino en paix avec ses
frères qu'il savait non seulement avoir été blessés de
son acquittement, mais s'être armés par crainte, réclama
d'Aldobrandino l'exécution de sa promesse. Aldobrandino
répondit généreusement qu'il était prêt. Sur quoi le pèlerin
fit apprêter pour le jour suivant un beau festin, dans lequel
il lui dit qu'il voulait qu'il reçût en même temps que ses
parents et leurs femmes, les quatre frères et leurs dames,
ajoutant qu'il irait lui-même incontinent les inviter de sa
part au banquet donné en signe de paix. Aldobrandino ayant
consenti à tout ce qui plaisait au pèlerin, celui-ci s'en alla
sur-le-champ vers les quatre frères, et après avoir employé
auprès d'eux les arguments requis en pareille matière, il les

amena à la fin assez facilement, à force de raisons inexpu-
gnables, à reconquérir l'amitié d'Aldobrandino en lui demandant pardon ; cela fait, il les invita eux et leurs femmes
à dîner le lendemain matin avec Aldobrandino ; ceux-ci
s'étant assurés de sa bonne foi, acceptèrent franchement
l'invitation. Le lendemain matin donc, à l'heure du repas,
les quatre frères de Tedaldo d'abord, vêtus de noir comme
ils étaient, et quelques-uns de leurs amis, vinrent à la maison d'Aldobrandino qui les attendait ; et là, devant tous
ceux qui avaient été invités par Aldobrandino à leur faire
compagnie, ayant jeté leurs armes à terre, ils se remirent
aux mains d'Aldobrandino, demandant pardon de ce qu'ils
avaient fait contre lui. Aldobrandino les reçut affectueusement et tout en larmes, et les baisant tous sur la bouche, il
expédia l'affaire en peu de paroles et leur remit toute injure
reçue. Après ceux-ci, vinrent leurs sœurs et leurs femmes,
toutes de noir vêtues, et elles furent gracieusement accueillies
par madame Ermellina et les autres dames. Puis les hommes
et les dames furent magnifiquement servis au festin, où il
n'y eut rien que de louable, si ce n'est une sorte de taciturnité occasionnée par les vêtements noirs que portaient les
parents de Tedaldo à cause de leur récente douleur, ce qui
avait fait blâmer par quelques-uns l'idée et le banquet du
pèlerin, ce dont celui-ci s'était bien aperçu. Mais jugeant venu
le moment qu'il avait marqué en lui-même pour chasser
cette taciturnité, il se leva, les autres convives mangeant
encore les fruits, et dit : « — Rien n'a manqué à ce festin
« pour le rendre joyeux, si ce n'est Tedaldo, lequel, puisque
« vous ne l'avez pas reconnu bien que vous l'ayiez eu conti-
« nuellement avec vous, je veux vous montrer. — » Et
ayant rejeté sa robe et tous ses habits de pèlerin, il resta
avec une jupe de soie verte. Chacun l'ayant regardé, non

sans grandissime étonnement, on mit longtemps à le reconnaître avant de se risquer à croire que ce fût lui. Ce que voyant Tedaldo, il se mit à raconter beaucoup de choses concernant leur parenté et qui étaient advenues entre eux, ainsi que sur ses propres aventures. Pour quoi ses frères et les autres hommes, remplis de larmes d'alégresse, coururent l'embrasser, et les dames en firent ensuite autant, de même que les parents et les non parents, excepté madame Ermellina. Ce que voyant Aldobrandino, il dit : « — Qu'est-ce « que cela, Ermellina ? Pourquoi ne fais-tu pas fête à Te-« daldo comme les autres dames ? — » A quoi, tous l'entendant, la dame répondit : « — Il n'y en a aucun ici qui « lui aie fait et lui fasse plus volontiers fête, si je considère « que c'est par lui que je t'ai retrouvé ; mais les paroles « déshonnêtes qui ont été dites pendant les jours que nous « pleurions celui que nous croyions être Tedaldo, m'en font « abstenir. — » A quoi Aldobrandino dit : « — Va tou-« jours, crois-tu que je croie aux mauvaises langues ? En « poursuivant mon salut, il a trop bien montré que cela « était faux, pour que je le croie jamais ; lève-toi vite, « et va l'embrasser. — » La dame qui ne désirait rien autre, ne fut pas lente à obéir en cela à son mari ; pour quoi, s'étant levée, elle l'embrassa comme les autres avaient fait, et lui fit fête. Cette générosité d'Aldobrandino plut beaucoup aux frères de Tedaldo ainsi qu'à tous les hommes et à toutes les femmes qui étaient là, et tout ressentiment qui aurait pu naître dans les esprits de quelques-uns par les paroles qui avaient été précédemment dites, fut effacé. Chacun ayant donc fêté Tedaldo, il arracha lui-même les vêtements noirs que portaient ses frères, et les habits couleur sombre de ses sœurs et belles-sœurs, et ordonna qu'on leur apportât sur-le-champ d'autres vêtements. Quand ils en furent revêtus, on fit force ballets, chansons et autres amusements; pour quoi le festin, qui avait eu un commencement silencieux, eut une fin bruyante. Et avec une très grande alégresse ils s'en allèrent tous tant qu'ils étaient à la maison de Tedaldo, où ils soupèrent le soir; et ils continuèrent la fête de cette façon pendant plusieurs jours encore.

« Les Florentins regardèrent longtemps Tedaldo comme un homme ressuscité et comme une chose merveilleuse; et à beaucoup de gens, même à ses frères, il était resté en l'esprit certain doute si c'était lui ou non; ils ne le croyaient pas encore pleinement, et ils ne l'auraient peut-être jamais cru, si un cas ne fût advenu qui leur démontra clairement quel était celui qui avait été tué, et ce cas fut le suivant. Un jour que des fantassins de la Lunigiane passaient devant chez eux, ils aperçurent Tedaldo et se portèrent à sa rencontre en disant : « — Bonjour, Faziuolo ! — » A quoi Tedaldo, ses frères étant présents, répondit : « — Vous m'avez pris pour un autre. — » Ceux-ci, l'entendant parler, rougirent et lui demandèrent pardon en disant : « — En vérité, « vous ressemblez plus qu'homme que nous vîmes jamais à « un de nos compagnons appelé Faziuolo de Pontremoli, « qui vint ici il y a quinze jours à peine et dont nous n'a- « vons jamais pu savoir ce qu'il était devenu. Il est bien « vrai que nous étions étonnés de l'habit que vous portez, « pour ce qu'il était soldat comme nous. — » L'aîné des frères de Tedaldo, entendant cela, s'approcha et demanda comment était vêtu ce Faziuolo. Ceux-ci le dirent, et il se trouva justement avoir été comme ils le disaient. D'où il fut reconnu, tant par ces preuves que par d'autres, que celui qui avait été tué était Faziuolo et non Tedaldo; sur quoi, le doute que ses frères et les autres avaient à son sujet fut dissipé. Tedaldo donc, devenu richissime, persévéra dans son amour, et la dame agissant discrètement et sans plus se fâcher, ils jouirent longuement de leur amour. Dieu nous fasse jouir du nôtre. »

————

NOUVELLE VIII

Ferondo avale une certaine poudre et est enterré comme mort. Tiré du sépulcre par l'abbé qui jouit de sa femme, il est tenu par celui-ci en prison, et on lui fait croire qu'il est dans le purgatoire. Une fois ressuscité, il élève comme sien un fils que l'abbé avait eu avec sa femme.

La fin de la longue nouvelle d'Émilia étant venue, et cette nouvelle n'ayant point pour cela déplu par sa longueur, mais tous ayant reconnu qu'elle avait été rapidement contée eu égard à la quantité et à la variété des aventures qu'elle contenait, la reine, ayant d'un signe montré son désir à la Lauretta, lui donna occasion de commencer ainsi : « — Très chères dames, je crois que j'ai à vous raconter une histoire qui a beaucoup plus l'air d'un mensonge que d'une vérité, et elle m'est revenue en l'esprit quand j'ai entendu parler de celui qui avait été enseveli et pleuré pour un autre. Je dirai donc comment un vivant fut enseveli pour mort, et comment ensuite, bon nombre de gens et lui-même crurent qu'il était sorti du tombeau, non en personne vivante, mais en ressuscité, celui qui était cause de l'aventure étant adoré comme saint alors qu'il aurait plutôt dû être condamné comme coupable.

« Il y eut donc en Toscane, et il y a encore une abbaye comme nous en voyons beaucoup, et située dans un lieu peu fréquenté. De cette abbaye, fut fait abbé un moine qui en toute chose était très saint homme, hormis en ce qui con-

cernait le commerce des femmes; et il savait faire si prudemment, que quasi personne ne le soupçonnait, loin de
le savoir, pour ce qu'il était tenu pour très saint et juste
en toutes choses. Or, il advint que l'abbé étant lié avec un
fort riche paysan du nom de Ferondo, homme matériel et
grossier, sans éducation, et dont la fréquentation ne plaisait
à l'abbé que parce qu'il prenait parfois amusement de sa
simplicité, l'abbé s'aperçut que Ferondo avait pour épouse
une très belle femme dont il s'amouracha si ardemment qu'il
ne pensait jour et nuit à autre chose. Mais ayant entendu
dire que Ferondo, bien qu'il fût en tout le reste simple et
sot, était très avisé pour aimer sa femme et la surveiller, il
s'en désespérait quasi. Cependant, comme il était très adroit,
il fit si bien auprès de Ferondo, qu'il l'amena à venir parfois
avec sa femme se promener dans le jardin de l'abbaye; et là ils
raisonnaient ensemble modestement de la béatitude de la vie
éternelle, et des saintes œuvres d'un grand nombre d'hommes
et de femmes des temps passés, tellement que le désir vint
à la dame de se confesser à lui, et après en avoir demandé la
permission à Ferondo, elle l'obtint.

« La dame étant donc venue se confesser à l'abbé, au grandissime plaisir de celui-ci, et s'étant mise à ses pieds, elle
commença ainsi, avant de dire autre chose : « — Messire, si
« Dieu m'eût donné un vrai mari, ou s'il ne m'en eût pas
« donné, peut-être me serais-je rendue à vos exhortations
« d'entrer dans le chemin dont vous m'avez parlé et qui
« mène à la vie éternelle; mais quand je considère ce qu'est
« Ferondo et sa sottise, je puis me dire veuve, et pourtant
« je suis mariée en cela que, lui vivant, je ne puis avoir un
« autre mari; et lui, sot comme il est, sans que je lui en
« donne aucun motif, est tellement jaloux de moi, qu'à
« cause de cela je ne puis vivre avec lui, sinon dans les tri-

« bulations et les chagrins. Pour quoi, avant que j'en vienne
« à me confesser d'autre chose, je vous prie le plus hum-
« blement que je peux, qu'il vous plaise me donner à ce
« sujet quelque conseil, pour ce que, si de là ne surgit pas
« l'occasion pour moi de bien faire, il me servira peu de
« m'être confessée ou d'avoir accompli toute autre œuvre
« louable. — » Ce raisonnement toucha d'un grand plaisir
l'esprit de l'abbé, car il lui parut que la fortune avait ouvert
le chemin à son plus grand désir, et il dit : « — Ma fille, je
« crois que c'est un grand ennui pour une femme belle et
« délicate comme vous êtes, d'avoir pour mari un sot ; mais
« je crois que c'en est un bien plus grand encore d'en avoir
« un jaloux ; pour quoi, comme vous avez l'un et l'autre, je
« crois aisément à votre tribulation dont vous m'entretenez.
« Mais à cela, parlant brièvement, je ne vois ni conseil, ni
« remède, hors un, lequel est que Ferondo se guérisse de
« cette jalousie. Le remède pour le guérir, je le saurais trop
« bien faire, pourvu que vous ayiez la force de tenir secret
« ce que je vous dirai. — » La dame dit : « — Mon père,
« n'en doutez point, pour ce que je me laisserais plutôt
« mourir que de redire à autrui ce que vous m'aurez dit ;
« mais comment se pourra ce faire ? — » L'abbé répondit :
« — Si nous voulons qu'il guérisse, il faut de toute néces-
« sité qu'il aille en purgatoire. — » « — Et comment — dit
« la dame — pourra-t-il y aller vivant ? — » L'abbé dit : « — Il
« faut qu'il meure, et ainsi il ira ; et quand il aura souffert
« une assez grande peine pour qu'il soit guéri de sa jalousie,
« nous prierons Dieu avec certaines oraisons qu'il revienne
« en cette vie, ce qu'il fera. — » « — Donc — dit la dame —
« dois-je rester veuve ? — » « — Oui — répondit l'abbé —
« pour un certain temps, pendant lequel il faudra bien vous
« garder de vous laisser remarier à un autre, pour ce que Dieu

« l'aurait pour mauvais, et Ferondo étant revenu il vous fau-
« drait retourner avec lui, et il serait plus jaloux que ja-
« mais. — » La dame dit : « — Pourvu qu'il guérisse de
« cette maladie, comme il ne me convient pas de rester tou-
« jours enfermée, je serai satisfaite ; faites comme il vous
« plaira. — » L'abbé dit alors : « — Et je le ferai ; mais
« quelle récompense devrai-je avoir, moi, pour vous avoir
« rendu un tel service ? — » « — Mon père — dit la dame —
« ce qu'il vous plaira, pourvu que je le puisse ; mais que peut
« une femme comme moi pour un homme comme vous ? — »
A quoi l'abbé dit : « — Madame, vous pouvez faire non moins
« pour moi que je pourrai faire pour vous ; pour ce que,
« de même je suis disposé à faire tout ce qui pourra amener
« votre bien et votre consolation, ainsi vous pouvez faire ce
« qui sera mon salut et le bonheur de ma vie. — » La dame
dit alors : « — S'il est ainsi, je suis prête. — » « — Donc —
« dit l'abbé — vous me donnerez votre amour et contentement
« de vous pour laquelle je brûle et me consume tout en-
« tier. — » La dame, entendant cela, répondit tout effrayée :
« — Hé ! mon père, qu'est-ce que vous me demandez ! Je
« croyais que vous étiez un saint ; or convient-il aux saints
« de requérir pour telles choses les femmes qui vont leur
« demander conseil ? — » A quoi l'abbé dit : « — Ma belle
« âme, ne vous étonnez pas, car pour cela la sainteté n'en
« diminue point, pour ce qu'elle réside dans l'âme, et que
« ce que je vous demande est péché du corps. Mais quoi
« qu'il en soit, votre beauté désirée a eu tant de force, que
« l'amour me contraint à faire ainsi. Et je vous dis que vous
« pouvez, vous, être plus glorieuse de votre beauté que
« beaucoup d'autres femmes, en songeant qu'elle a plu aux
« saints qui sont habitués à voir les beautés du ciel ; et puis,
« bien que je sois abbé, je suis homme comme les autres,

« et, comme vous voyez, je ne suis pas encore vieux. Et
« cela ne doit pas vous être pénible à faire, au contraire
« vous devez le désirer, pour ce que, pendant que Ferondo
« sera en purgatoire, je vous donnerai, vous faisant la nuit
« compagnie, cette consolation qu'il devrait, lui, vous don-
« ner ; et jamais de cela personne ne s'apercevra, chacun
« croyant, et plus peut-être, que je suis ce que vous croyiez
« vous même que j'étais il y a un moment. Ne refusez pas
« la grâce que Dieu vous envoie, car elles sont nombreuses
« celles qui désireraient ce que vous pouvez avoir et ce que
« vous aurez, si vous croyez sagement mon conseil. En outre,
« j'ai de beaux joyaux et de belles pierreries, et je n'entends
« pas qu'ils soient à d'autres qu'à vous. Faites donc pour
« moi, ma douce espérance, ce que je fais pour vous vo-
« lontiers. — »

« La dame tenait le visage baissé ; elle ne savait comment le
refuser, et consentir ne lui paraissait pas bien ; pour quoi,
l'abbé voyant qu'elle l'avait écouté et qu'elle retardait sa réponse, pensant l'avoir déjà à moitié convertie, ajouta beaucoup d'autres paroles semblables aux premières et ne s'arrêta
pas qu'il ne lui eût mis en tête que ce serait bien agir ; pour
quoi, toute honteuse, elle dit qu'elle était à ses ordres, mais
qu'elle ne le pouvait faire avant que Ferondo fût en purgatoire. A quoi l'abbé, très content, dit : « — Et nous ferons
« qu'il y aille promptement ; vous ferez donc demain ou après-
« demain en sorte qu'il vienne ici me trouver. — » Et cela
dit, il lui mit en cachette un bel anneau au doigt et la congédia. La dame, joyeuse du présent, et s'attendant à en avoir
d'autres, rejoignit ses compagnes auxquelles elle se mit à
raconter de merveilleuses choses sur la sainteté de l'abbé,
et s'en revint avec elles à sa maison.

« Peu de jours après, Ferondo s'en alla à l'abbaye, où, dès

que l'abbé le vit, il songea à l'envoyer en purgatoire. Et ayant retrouvé une poudre d'une vertu merveilleuse qu'il tenait d'un grand prince des pays du levant — lequel affirmait qu'elle était employée d'habitude par le Vieux de la montagne quand il voulait envoyer, en l'endormant, quelqu'un dans son paradis ou l'en retirer, et que donnée à plus forte ou plus petite dose, elle faisait, sans produire aucune lésion, plus ou moins dormir celui qui l'avait prise, de telle façon que pendant que son action durait, on n'aurait jamais dit que le dormeur était vivant, — il en prit autant qu'il en fallait pour faire dormir trois jours, et l'ayant versée dans un verre de vin un peu trouble, il le donna à boire dans sa cellule à Ferondo, sans que celui-ci s'en fût aperçu ; puis il le mena dans le cloître où il se mit avec plusieurs de ses moines à se divertir de ses sottises.

« Il ne se passa guère de temps sans que, la poudre agissant, Ferondo fût pris d'un tel sommeil dans la tête qu'il dormait tout debout et qu'il tomba tout endormi. L'abbé feignant de se troubler de cet accident, le fit déshabiller, envoya chercher de l'eau froide, la lui jeta au visage, et fit faire beaucoup d'autres tentatives, comme s'il voulait lui ramener la vie et le sentiment que quelques vapeurs de l'estomac ou d'ailleurs lui avaient enlevés. L'abbé et les moines voyant qu'il ne donnait, malgré tout cela, aucun signe de vie, lui tâtant le pouls et ne lui en trouvant pas, eurent tous pour certain qu'il était mort ; pour quoi, l'ayant envoyé dire à sa femme et à ses parents ceux-ci accoururent tous sur-le-champ, et après qu'ils l'eurent pleuré quelque peu, l'abbé le fit mettre, vêtu comme il était, dans un cercueil. La dame s'en retourna chez elle et dit qu'elle n'entendait jamais se séparer d'un petit enfant qu'elle avait eu de lui ; et pour ce, restée en la maison, elle se mit à diriger le fils et la fortune qu'avait laissés Ferondo. Pendant la nuit l'abbé, accompagné d'un moine bolonais auquel il se confiait beaucoup et qui était arrivé le jour même de Bologne, se leva en cachette, tira Ferondo de son cercueil, et ils le portèrent tous deux dans un caveau où l'on ne voyait aucune lumière et qui servait de prison pour les moines qui avaient commis quelque faute ; puis, après lui avoir ôté ses vêtements et l'avoir vêtu comme un moine, ils le mirent sur un tas de paille et l'y laissèrent jusqu'à ce qu'il fût revenu à lui. Cela fait, le moine bolonais informé par l'abbé de ce qu'il aurait à faire, et personne autre n'en sachant rien, se mit à attendre que Ferondo reprît ses sens. Le jour suivant, l'abbé, accompagné d'un de ses moines, s'en alla sous prétexte de visite à la maison de la dame, qu'il trouva vêtue de noir et plongée dans la douleur, et après l'avoir un peu réconfortée, il lui rappela sa promesse. La dame se voyant libre et n'ayant plus l'empêchement de Ferondo ni de personne, ayant en outre vu au doigt de l'abbé un autre bel anneau, dit qu'elle était prête, et s'entendit avec lui pour qu'il vînt la nuit suivante. Pourquoi, la nuit venue, l'abbé, revêtu des habits de Ferondo, et accompagné de son moine, y alla, et coucha avec elle jusqu'au matin avec grandissime plaisir et contentement ; puis il s'en retourna à l'abbaye, faisant depuis très souvent le chemin pour le même service. Ayant dans ses allées et venues été rencontré par quelques personnes, on crut que c'était Ferondo qui allait ainsi par le pays pour faire pénitence ; ce qui fut l'objet de grosses nouvelles parmi les gens du village, et on le redit plusieurs fois à sa femme, laquelle savait bien, elle, ce que c'était.

« Ferondo ayant repris ses sens et se voyant dans le caveau sans savoir où il était, le moine bolonais y entra en prenant une voix horrible, tenant des verges à la main ; et l'ayant

saisi, il le battit grandement, Ferondo pleurant et criant, ne
faisait que demander : « Où suis-je ? — » A quoi le moine répondit : « — Tu es en purgatoire. — » « — Comment ! — dit
« Ferondo — suis-je donc mort ? — » Le moine dit : « — Mais
« oui. — » Sur quoi Ferondo se mit à pleurer sur lui-même,
sur sa femme et sur son enfant, disant les plus étranges
choses du monde. Alors le moine lui porta un peu à manger
et à boire ; ce que voyant Ferondo, il dit : « — Oh ! est-ce
« que les morts mangent ? — » Le moine dit : « — Oui, et
« voilà ce que je te porte ; la femme qui fut tienne, l'envoie
« chaque matin à l'église pour faire dire des messes pour ton
« âme, et Dieu veut qu'on te le donne ici. — » Ferondo dit
alors : « — Seigneur, donne lui le bon an, je lui voulais grand
« bien avant que je mourusse, tellement que je la tenais toute
« la nuit en mes bras et ne faisais que l'embrasser, et autre
« chose aussi quand l'envie m'en venait. — » Puis, ayant
grand besoin, il se mit à manger et à boire ; et le vin ne lui
paraissant pas trop bon, il dit : « — Seigneur, punis-la de
« ce qu'elle n'a pas donné au curé du vin du tonneau qui est
« contre le mur. — » Mais quand il eut mangé, le moine le
reprit de nouveau, et avec les mêmes verges lui redonna une
grande batterie. Sur quoi, Ferondo ayant beaucoup crié, dit :
« — Eh ? pourquoi me fais-tu cela ? — » Le moine dit :
« — Parce que Dieu a ordonné qu'on te le fasse deux fois par
« jour. — » « — Et pour quel motif, dit Ferondo ? — » Le
moine dit : « — Parce que tu fus jaloux, ayant pour femme la
« meilleure dame qui fût dans ta contrée. — » « — Hélas !
« dit Ferondo — tu dis vrai, et la plus douce ; elle était plus
« mielleuse que confiture, mais je ne savais pas que Dieu eût
« pour mauvais que l'homme fût jaloux, car je ne l'aurais point
« été. — » Le moine dit : « — Tu aurais dû t'apercevoir de
« cela pendant que tu étais là-haut, et t'en corriger. Et s'il ar-

« rive jamais que tu y retournes, fais en sorte d'avoir à l'esprit
« ce que je te fais aujourd'hui, et ne sois plus jamais jaloux. —»
Ferondo dit : « — Oh ! ceux qui meurent y retournent-ils
« jamais ? — » Le moine dit : « — Oui, ceux que Dieu
« veut. — » « — Oh ! — dit Ferondo — si j'y retourne jamais,
« je serai le meilleur mari du monde ; je ne la battrai jamais,
« je ne lui dirai jamais d'injures, excepté à propos du vin
« qu'elle m'a envoyé ici ce matin, et aussi parce qu'elle ne
« m'a point envoyé de chandelle, et qu'il m'a fallu manger
« dans l'obscurité. — » Le moine dit : « — Elle en avait bien
« apporté, mais on les a brûlées pour les messes. — »
« — Oh ! — dit Ferondo — tu dis vrai ; et pour sûr, si j'y re-
« tourne, je la laisserai faire ce qu'elle voudra. Mais dis-moi,
« qui es-tu, toi qui me fais cela ? — » Le moine dit : « — Je
« suis mort, moi aussi, et je fus de Sardaigne, et parce que
« j'ai jadis loué beaucoup un mien seigneur d'avoir été
« jaloux, j'ai été condamné par Dieu à cette peine de te
« donner à manger et à boire et de te battre ainsi, jusqu'à
« ce que Dieu en décidera autrement de toi et de moi. — »
Ferondo dit : « — N'y a-t-il personne autre que nous deux ? — »
Le moine dit : « — Si ; il y en a des milliers, mais tu ne
« peux ni les voir ni les entendre, de même qu'eux ne le
« peuvent pas pour toi. — » Ferondo dit alors : « — Et
« sommes-nous bien loin de notre pays ? — » « — Oh ! — dit
« le moine — un nombre infini de milliers de lieues. — »
« — Diable, c'est beaucoup — dit Ferondo — et pour ce
« qu'il me semble, nous devrions être hors du monde, tant
« il y en a. — »

« Or, au milieu de semblables discours, Ferondo fut tenu
dix mois, mangeant et battu, pendant lesquels l'abbé rendit
très souvent visite à la belle dame, et se donna avec elle le
meilleur temps du monde. Mais comme arrivent les mésa-

ventures, la dame devint grosse, et s'en étant vite aperçue
elle le dit à l'abbé ; pour quoi il leur parut à tous deux temps
de rappeler sans retard Ferondo du purgatoire à la vie, afin
qu'il revînt à sa femme et qu'elle pût se dire grosse de lui.
La nuit suivante donc, l'abbé fit avec une voix contrefaite
appeler Ferondo dans sa prison, et lui fit dire : « — Ferondo
« console-toi, car il plaît à Dieu que tu retournes au monde ;
« et y étant retourné, tu auras de ta femme un fils que tu
« nommeras Benedetto, pour ce qu'il t'a fait cette grâce par les
« prières de ton saint abbé et de ta femme, et pour l'amour de
« saint Benoît. — » Ferondo, entendant cela, fut très joyeux
et dit : « — Cela me plaît. Dieu lui donne le bon an à
« messire le bon Dieu, à l'abbé, à saint Benoît et à ma
« femme aimable, douce, suave. — » L'abbé lui ayant fait
donner, dans le vin qu'il lui envoyait, de la poudre en quantité suffisante pour le faire dormir pendant quatre heures,
on lui remit ses habits, et aidé du moine, il le porta secrètement de son caveau dans le cercueil où il avait été enseveli. Le matin, sur le point du jour, Ferondo reprit ses sens,
et vit un peu de jour par une fente du cercueil, ce qu'il
n'avait pas vu depuis dix bons mois ; pour quoi, lui paraissant
être en vie, il commença à crier : « — Ouvrez-moi, ouvrez-
« moi ! — » Et lui-même il se mit à heurter si fort de la tête
contre le couvercle du cercueil, qu'il commençait à le briser,
pour ce qu'il était mal joint, quand les moines, qui venaient
de dire matines, accoururent et reconnurent la voix de Ferondo et le virent déjà sorti du cercueil ; de quoi, épouvantés
par la nouveauté du fait, ils se mirent tous à s'enfuir et s'en
allèrent trouver l'abbé !

« Celui-ci feignant de se lever de prière, dit : « — Mes fils,
« n'ayez point peur ; prenez la croix et l'eau sainte, et venez
« derrière moi, et voyons ce que la puissance de Dieu veut

I.							26

« nous montrer. — » Et cela fut fait. Ferondo était tout pâle,
comme un homme qui était resté si longtemps sans voir le
ciel, et il était sorti de son cercueil. Dès qu'il vit l'abbé, il
courut se jeter à ses pieds et dit : « — Mon père, vos prières,
« selon qu'il m'a été révélé, celles de saint Benoît et de ma
« femme, m'ont tiré des peines du purgatoire et rappelé à
« la vie; de quoi je prie Dieu qu'il vous donne le bon an et
« les bonnes calendes, aujourd'hui et toujours. — » L'abbé
dit : « — Louée soit la puissance de Dieu. Va donc, mon
« fils, puisque Dieu t'a renvoyé ici, et console ta femme qui,
« depuis que tu avais passé de cette vie dans l'autre, a été
« en pleurs, et sois, à partir d'aujourd'hui, ami et serviteur
« de Dieu. — » Ferondo dit : « — Messire, il m'a bien été
« dit ainsi ; laissez-moi donc faire, car dès que je la verrai,
« je l'embrasserai, tant je lui veux du bien. — » L'abbé,
resté avec ses moines, feignit d'avoir une grande admiration
de cette aventure, et fit dévotement chanter le *miserere*.
Ferondo retourna à son village, où tous ceux qui le voyaient
s'enfuyaient, comme on a coutume de faire pour les choses
effrayantes ; mais lui, les rappelant, affirmait qu'il était
ressuscité. Sa femme avait également peur de lui. Mais
quand les gens se furent un peu rassurés à son sujet, et
virent qu'il était vivant, ils lui firent beaucoup de questions
comme à un sage revenu de loin ; et il répondait à tous, et
leur donnait des nouvelles des âmes de leurs parents, et
faisait, de sa propre invention, les plus belles fables du monde
sur ce qui se passe en purgatoire, et devant toute la population il raconta la révélation qui lui avait été faite par la
bouche de Ragnolo Braghiello, avant qu'il ressuscitât. Pour
quoi étant retourné chez lui avec sa femme, et rentré en
possession de ses biens, il l'engrossa à son plaisir, et d'aventure il advint qu'après un temps convenable — suivant l'opi-

nion des sots qui croient que la femme doit porter les enfants neuf mois — la dame accoucha d'un enfant mâle, qui
fut appelé Benedetto Ferondi. Le retour de Ferondo et ses
récits, chacun le croyant ressuscité, accrurent la renommée
de sainteté de l'abbé. Quant à Ferondo, qui avait reçu de
nombreux coups pour sa jalousie, comme s'il en eût été
guéri, selon la promesse faite par l'abbé à la dame, il ne fut
plus du tout jaloux par la suite. De quoi la dame satisfaite,
vécut honnêtement avec lui, comme d'habitude ; excepté que
vraiment quand cela se pouvait facilement, elle se retrouvait
volontiers avec le saint abbé qui l'avait bien et diligentement
servie dans ses plus grands besoins. — »

NOUVELLE IX

Giletta de Narbonne guérit le roi de France d'une fistule. Elle demande pour
mari Beltram de Roussillon, lequel l'ayant épousée contre sa volonté, s'en va
de dépit à Florence. Là, il fait la cour à une jeune fille et couche avec Giletta,
croyant coucher avec elle. Il en a deux fils ; pour quoi, par la suite, la tenant
pour chère, il l'honore comme sa femme.

La reine ne voulant point rompre le privilège de Dioneo,
il ne restait plus qu'à elle à parler, la nouvelle de Lauretta
étant finie. Pour quoi, sans attendre d'être sollicitée par les
siens, et toute disposée à parler, elle commença ainsi :
« — Qui dira désormais une nouvelle qui puisse paraître
belle après avoir entendu celle de Lauretta ? Certes, il a été
heureux pour nous qu'elle n'ait pas été dite la première, car
ensuite bien peu des autres auraient plu ; et je crains bien
qu'il en advienne ainsi de celles qui sont à raconter dans
cette journée. Mais cependant quelque belle qu'elle ait été,

je vous conterai celle qui me revient sur le sujet proposé.

« Au royaume de France, fut un gentilhomme qu'on appelait comte de Roussillon, lequel, pour ce qu'il n'était pas bien sain de corps, avait toujours auprès de lui un médecin appelé maître Gérard de Narbonne. Ledit comte avait un fils unique tout jeune appelé Beltram, lequel était très beau et plaisant, et qu'on élevait avec d'autres enfants de son âge, parmi lesquels était une petite fille dudit médecin, nommée Giletta. Cette enfant éprouva pour ce Beltram un amour infini et beaucoup plus ardent qu'il n'appartenait à son âge si tendre. Le comte étant mort, Beltram fut remis entre les mains du roi, et il lui fallut aller à Paris ; de quoi la jeune fille resta cruellement inconsolable ; et son père étant également mort peu de temps après, elle serait volontiers allée à Paris pour voir Beltram, si elle avait pu en trouver favorable occasion ; mais, étant sévèrement gardée, pour ce qu'elle était restée seule et riche, elle ne voyait pas un moyen honnête. Et comme elle était déjà en âge d'être mariée, n'ayant jamais pu oublier Beltram, elle avait refusé beaucoup de gens auxquels ses parents avaient voulu la marier, sans faire connaître la raison de son refus.

« Or, il advint que, comme elle brûlait plus que jamais d'amour pour Beltram, pour ce qu'elle avait entendu dire qu'il était devenu un très beau jeune homme, la nouvelle lui arriva qu'il était resté au roi de France, par suite d'une tumeur qu'il avait eue dans la poitrine et qui avait été mal soignée, une fistule dont il avait très grand ennui et très grande douleur, et pour laquelle il n'avait encore pu trouver de médecin, bien qu'un grand nombre s'y fussent essayés, qui l'en eût pu guérir ; tous, au contraire, avaient empiré le mal : pour quoi le roi désespérant d'en guérir, ne voulait plus recevoir conseil ni aide de personne. De quoi la jeune

fille fut contente outre mesure et pensa que, grâce à cette
circonstance, non-seulement elle aurait une occasion légitime d'aller à Paris, mais que si la maladie du roi était ce
qu'elle croyait, elle pourrait facilement arriver à avoir Beltram pour mari. C'est pourquoi comme elle avait jadis appris beaucoup de choses de son père, elle fit une poudre
avec certaines herbes convenables à la maladie qu'elle pensait qu'avait le roi, monta à cheval, et s'en alla à Paris.

« Elle ne s'occupa point d'abord d'autre chose que de chercher à voir Beltram ; puis, parvenue devant le roi, elle le
pria de lui montrer son mal. Le roi la trouvant belle et avenante jeune fille, ne sut pas le lui refuser, et le lui montra.
Dès qu'elle l'eût vu, elle fut aussitôt certaine de pouvoir le
guérir et dit : « — Monseigneur, quand il vous plaira, sans
« aucun ennui ou fatigue pour vous, j'ai espérance en Dieu
« de vous avoir en huit jours guéri de cette maladie. — »
Le roi se moqua en lui-même des paroles de celle-ci, disant : « — Ce que les plus grands médecins du monde n'ont
« pu ni su faire, comment une jeune femme le pourrait-elle
« savoir ? — » L'ayant donc remerciée de sa bonne volonté,
il répondit qu'il avait résolu de ne plus suivre conseil de
médecin. A quoi la jeune fille dit : « — Monseigneur, vous
« dédaignez mon art parce que je suis jeune et femme ; mais
« je vous rappelle que je ne médicamente pas avec ma
« science, mais avec l'aide de Dieu et avec la science de
« maître Gérard de Narbonne, lequel fut mon père et fa-
« meux médecin pendant sa vie. — » Le roi se dit alors en
lui-même : « — Peut-être celle-ci m'est-elle envoyée par
« Dieu ; pourquoi ne pas mettre à l'épreuve ce qu'elle sait
« faire, puisqu'elle dit devoir me guérir en peu de temps
« sans ennui pour moi ? — » Et s'étant décidé à l'éprouver, il dit : « — Damoiselle, et si vous ne me guérissez pas,

26.

« après m'avoir fait rompre ma résolution, que voulez-vous
« qu'il vous arrive ? — » « — Monseigneur — répondit la
« jeune fille — faites-moi garder, et si en huit jours je ne vous
« guéris pas, faites-moi brûler ; mais si je vous guéris, quelle
« récompense m'en reviendra-t-il ? — » A quoi le roi répondit : « — Vous paraissez être encore sans mari ; si vous
« faites cela, nous vous marierons bien et en haut lieu. — »
A quoi la jeune fille dit : « — Monseigneur, il me plaît vrai-
« ment que vous me mariiez, mais je veux un mari tel que je
« vous le demanderai, pourvu que je ne vous demande aucun
« de vos fils ou autre personne de la maison royale. — » Le
roi lui promit sur-le-champ de le faire.

« La jeune fille commença sa cure, et avant le terme fixé
elle ramena le roi à la santé. Sur quoi le roi se sentant
« guéri, dit : « — Damoiselle, vous avez bien gagné le
« mari. — » A quoi elle répondit : « — Donc, monseigneur,
« j'ai gagné Beltram de Roussillon que je me suis mise à
« aimer dès mon enfance, et que, depuis, j'ai souverainement
« aimé. — » Cela parut au roi chose grave de le lui donner ;
mais comme il l'avait promis, ne voulant pas manquer à sa
parole, il le fit appeler et lui dit : « — Beltram, vous êtes
« désormais grand et homme fait ; nous voulons que vous
« retourniez gouverner votre comté, et que vous emmeniez
« avec vous une damoiselle que nous vous avons donnée
« pour femme. — » Beltram dit : « — Et quelle est la da-
« moiselle, monseigneur ? — » A quoi le roi répondit :
« — C'est celle qui nous a, avec ses remèdes, rendu la
« santé. — » Beltram, qui la connaissait et l'avait vue, bien
qu'elle lui parût très belle, voyant qu'elle n'était pas d'un
lignage répondant à sa noblesse, dit tout dédaigneux :
« — Monseigneur, vous voulez donc me donner une femme
« médecin pour épouse ? A Dieu ne plaise que je prenne

« jamais une femme ainsi faite. — » A quoi le roi dit :
« — Donc, vous voulez que nous manquions à notre parole,
« laquelle afin de ravoir la santé nous donnâmes à la demoi-
« selle qui, en récompense de ce, vous a demandé pour
« mari ? — » « — Monseigneur — dit Beltram — vous pouvez
« m'ôter tout ce que je possède et me donner moi-même,
« comme étant votre homme, à qui vous plaît ; mais je vous
« assure que jamais je ne serai satisfait d'un tel mariage. — »
« — Si — dit le roi — vous le serez, pour ce que la damoiselle
« est belle et sage et vous aime beaucoup ; pour quoi nous
« espérons que vous aurez avec elle une existence beaucoup
« plus heureuse que vous n'auriez avec une dame de plus
« haute lignée. — » Beltram se tut et le roi fit faire de
grands préparatifs pour la fête des noces. Et le jour fixé
pour cela étant venu, bien que Beltram le fît peu volontiers,
il épousa, en présence du roi, la damoiselle qui l'aimait plus
que soi-même. Cela fait, comme quelqu'un qui a déjà pensé
à ce qu'il devait faire, prétextant qu'il voulait retourner dans
sa comté et y consommer le mariage, il demanda congé du
roi ; et, monté à cheval, il s'en alla, non pas dans sa comté,
mais en Toscane. Ayant su que les Florentins guerroyaient
avec les Siennois, il prit parti pour les premiers, qui le re-
çurent avec joie et honneur, et le firent capitaine d'un certain nombre de gens d'armes ; ayant donc reçu d'eux de
bonnes provisions, il resta un bon temps à leur service.

« La nouvelle épousée, peu satisfaite d'une telle aventure,
espérant, par ses bons soins, le faire revenir dans sa comté,
s'en vint en Roussillon, où elle fut reçue par tous comme
leur Dame. Là, trouvant par suite de la longue absence du
comte, toutes les affaires gâtées et en désordre, elle remit, en
femme sage, tout en ordre avec une grande diligence et un
grand soin ; de quoi ses sujets furent très contents, la tinrent

pour très chère et lui portèrent grand amour, blâmant fort le comte de ce qu'il n'était pas satisfait d'elle. La dame ayant remis tout le pays en ordre, elle le fit signifier au comte par deux chevaliers, le priant, si c'était à cause d'elle qu'il ne venait pas dans sa comté, de le lui faire savoir, et qu'alors pour lui complaire elle partirait. Le comte leur répondit très durement : « — Qu'elle fasse en cela à son plaisir ; pour « moi, je reviendrai habiter avec elle quand elle aura cet « anneau au doigt, et au bras un fils né de moi. — » C'était un anneau auquel il tenait fort et dont il ne se séparait jamais à cause de certaine vertu qu'on lui avait donné à entendre qu'il avait. Les deux chevaliers comprirent la dureté de ces deux conditions quasi impossibles à réaliser, et voyant que leurs paroles ne pouvaient le faire changer de résolution, ils s'en retournèrent vers la dame et lui rapportèrent la réponse.

« La dame, fort affligée, après avoir longuement réfléchi, résolut de voir si ces deux choses pouvaient se faire, où et comment, afin que, par conséquent, son mari revînt. Et ayant arrêté ce qu'elle devait faire, elle réunit une partie des plus grands et des principaux vassaux de sa comté, leur raconta avec ordre et avec de douces paroles ce qu'elle avait déjà fait pour l'amour du comte, et montra ce qui s'en était suivi ; elle finit en leur disant que son intention n'était point, par son séjour en ces lieux, de forcer le comte à rester en un perpétuel exil, qu'au contraire elle entendait passer le reste de sa vie en pèlerinages et en œuvres pieuses pour le salut de son âme ; puis elle les pria de prendre la garde et le gouvernement de la comté, et de faire savoir au comte qu'elle l'avait quittée et qu'après lui en avoir laissé la possession, elle s'était éloignée avec l'intention de ne plus jamais revenir en Roussillon. Pendant qu'elle parlait, les bonnes gens répan-

dirent de nombreuses larmes, et lui adressèrent de nombreuses prières pour qu'il lui plût de changer de résolution
et de rester ; mais ils n'obtinrent rien. Les ayant recomman-
dés à Dieu, elle se mit en route avec un sien cousin et une
suivante, tous trois en habits de pèlerins, bien munis d'argent et de bijoux, sans que personne sût où elle allait ; et elle
ne s'arrêta point qu'elle ne fût à Florence. Y étant d'aventure arrivée, elle se retira dans une petite auberge que tenait
une bonne dame veuve, tout comme si elle eût été une pauvre
pèlerine, et fort désireuse d'apprendre des nouvelles de son
seigneur.

« Or, il advint que le jour suivant, elle vit passer devant
son auberge Beltram à cheval avec sa compagnie, et, bien
qu'elle le connût beaucoup, elle demanda néanmoins à la
bonne dame de l'auberge qui il était. A quoi l'hôtesse répondit : « — Celui-ci est un gentilhomme étranger qui s'appelle
« le comte Beltram, plaisant et courtois et très aimé en cette
« cité, et il est l'homme du monde le plus énamouré d'une
« de nos voisines qui est une femme noble, mais pauvre.
« Vrai est que c'est une très honnête jeune femme, et à
« cause de sa pauvreté elle n'est pas encore mariée, mais
« elle vit avec sa mère, très sage et bonne dame ; et peut-être,
« n'était sa mère, aurait-elle fait ce qui aurait plu au
« comte. — » La comtesse entendant ces paroles, les retint
bien, et venant à examiner plus minutieusement chaque par-
ticularité, ayant tout bien compris, elle arrêta son projet.
S'étant fait enseigner la maison et le nom de la dame, ainsi
que celui de sa fille qui était aimée du comte, elle y alla un
jour secrètement en habit de pèlerine ; et ayant trouvé la
dame et sa fille très pauvrement logées, elle les salua, et dit
à la dame que, quand cela lui plairait, elle désirait lui parler.
La gente dame s'étant levée, dit qu'elle était prête à l'en-

tendre ; et étant entrées seules dans une chambre, et s'étant
assises, la comtesse commença : « — Madame, il me semble
« que vous êtes ennemie de la fortune, comme je suis moi-
« même ; mais si vous le voulez, vous pourriez d'aventure
« nous satisfaire vous et moi. — » La dame répondit qu'elle
ne demandait rien autre chose autant que de se soulager
honnêtement. La comtesse poursuivit : « — Il me faut votre
« parole ; mais si je m'y confie et que vous me trompiez, vous
« gâterez vos affaires et les miennes. — » « — Dites-moi sans
« crainte tout ce qu'il vous plaira — dit la gente dame —
« car jamais vous ne vous trouverez trompée par moi. — »

« Alors la comtesse, commençant par son premier amour,
lui raconta qui elle était et ce qui lui était advenu jusqu'à
ce jour, de telle sorte que la gente dame, ajoutant foi à ces
dires qu'elle avait entendus en grande partie d'autrui, se mit
à avoir compassion d'elle. Et la comtesse, ayant raconté ses
malheurs, poursuivit : « — Vous avez donc entendu parmi
« mes autres ennuis quelles sont les deux choses qu'il me
« faut conquérir si je veux avoir mon mari ; et je ne connais
« aucune autre personne qui me les puisse faire avoir si ce
« n'est vous, si ce que j'ai entendu est vrai, à savoir que le
« comte mon mari aime passionnément votre fille. — »
A quoi la gente dame dit : « — Madame, si le comte aime
« ma fille, je ne le sais, mais il en fait grand montre ; mais
« que puis-je faire en cela que vous désiriez ? — » « — Ma-
« dame — répondit la comtesse — je vous le dirai ; mais pre-
« mièrement je veux vous montrer ce que j'entends qu'il s'en-
« suive pour vous si vous me servez. Je vois votre fille belle
« et grande à marier, et par ce qu'il me semble avoir en-
« tendu et compris, c'est le manque de bien pour la marier
« qui vous la fait garder à la maison. J'entends, pour prix
« du service que vous me rendrez, lui donner sur-le-champ

« de mes deniers telle dot que vous estimerez vous-même
« convenable pour la marier honorablement. — »

« L'offre plut à la dame qui était dans le besoin, mais cependant, ayant l'âme noble, elle dit : « — Madame, dites-
« moi ce que je puis faire pour vous, et si c'est chose hon-
« nête à moi, je le ferai volontiers, et vous ferez ensuite ce
« qu'il vous plaira. — » La comtesse dit alors : « — J'ai
« besoin que vous fassiez dire au comte, mon mari, par une
« personne en qui vous ayez confiance, que votre fille est
« prête à satisfaire tous ses désirs, pourvu qu'elle puisse
« être assurée qu'il l'aime autant qu'il en fait montre, ce
« qu'elle ne croira jamais s'il ne lui envoie l'anneau qu'il
« porte à la main, et qu'elle a entendu dire qu'il aimait tant.
« S'il le lui envoie, vous me le donnerez ; puis vous lui
« manderez dire que votre fille est prête à faire selon son
« plaisir ; vous le ferez venir secrètement ici, et vous me
« mettrez en place de votre fille à ses côtés. Peut-être Dieu
« me fera la grâce de devenir grosse ; et ainsi, ayant son
« anneau au doigt et au bras un enfant engendré de lui, je
« le reconquerrai et je demeurerai avec lui, comme une
« femme doit demeurer avec son mari, et vous en serez
« cause. — » Cette chose parut grave à la gente dame, qui
craignait que peut-être il ne s'ensuivît du blâme pour sa
fille ; mais pourtant, songeant que c'était chose honnête de
donner la main à ce que la bonne dame pût ravoir son mari
et qu'elle se prêtait à faire cela pour une bonne fin, se fiant
à sa bonne et honnête affection, non-seulement elle promit à
la comtesse de le faire, mais au bout de quelques jours, avec
beaucoup de prudence et de mystère, suivant l'ordre qui lui
avait été donné, elle eut l'anneau — bien que cela parût dur
au comte — et elle la fit habilement coucher avec le comte
à la place de sa fille.

« Dans ces premiers embrassements très affectueusement
cherchés par le comte, la dame, comme cela plut à Dieu,
devint grosse de deux enfants mâles, ainsi que ses couches
venues en temps voulu le firent voir. La gente dame ne se
contenta pas seulement une fois des embrassements de son
mari, mais elle en jouit à plusieurs reprises, opérant si secrètement, qu'on n'en sut jamais rien. Quant au comte, il
croyait toujours avoir été, non avec sa femme, mais avec celle
qu'il aimait, et quand il était pour s'en aller le matin, il lui
donnait plusieurs beaux et précieux joyaux que la comtesse
gardait tous avec soin.

« La comtesse, se sentant grosse, ne voulut pas grever plus
longtemps la gente dame d'un tel service, mais elle lui dit :
« — Madame, grâce à Dieu et à vous, j'ai ce que je désirais,
« et pour ce il est temps que je fasse ce qui vous agréera,
« afin qu'après je m'en aille. — » La gente dame lui dit que
si elle avait ce qu'elle voulait, cela lui plaisait, qu'elle n'avait
agi par l'espoir d'aucune récompense, mais parce qu'il lui
paraissait qu'elle devait le faire, et que c'était bien. A quoi
la comtesse dit : « — Madame, cela me plaît fort, et d'un
« autre côté je n'entends pas vous donner comme une ré-
« compense ce que vous me demanderez, mais pour faire
« bien moi aussi, car il me paraît qu'il se doive faire ainsi. — »
Alors la gente dame, contrainte par la nécessité, lui demanda
avec une grande vergogne cent livres pour marier sa fille. La
comtesse, voyant son embarras, et entendant sa demande
discrète, lui en donna cinq cents et tant de beaux et précieux joyaux qu'ils en valaient bien autant ; de quoi la gente
dame, plus que contente, rendit le plus de grâces qu'elle pût
à la comtesse qui, s'étant séparée d'elle, s'en retourna à son
auberge. La gente dame, pour ôter à Beltram tout motif de
revenir jamais chez elle, s'en alla avec sa fille dans son pays,

rejoindre ses parents. Quant à Beltram, réclamé peu de temps après par ses vassaux, et apprenant que la comtesse s'était éloignée, il s'en retourna chez lui.

« La comtesse, sachant qu'il avait quitté Florence et qu'il était retourné dans sa comté, fut très satisfaite, et demeura à Florence jusqu'à ce que vînt le moment de ses couches, et elle accoucha de deux enfants mâles très ressemblants à leur père, et qu'elle fit nourrir avec soin. Puis quand le temps lui parut venu, s'étant mise en route, elle s'en vint à Montpellier sans être connue de personne, et s'y étant reposée plusieurs jours, elle s'informa du comte et de l'endroit où il était, et apprenant qu'il devait faire à Roussillon, le jour de la Toussaint, une grande fête de dames et de chevaliers, elle s'y rendit sous un habit de pèlerine, comme elle avait accoutumé. Et voyant les dames et les chevaliers réunis dans le palais du comte pour se mettre à table, elle monta, sans changer d'habits, dans la salle du festin avec ses deux fils sur les bras, et s'en alla, passant çà et là à travers les convives, jusqu'à la place où elle vit le comte ; et là, s'étant jetée à ses pieds, elle dit en pleurant : « — Mon seigneur, je suis ta « malheureuse épouse qui, pour te laisser revenir en ta de- « meure m'en suis allée longtemps errante. Je te requiers, « par Dieu, que tu observes les conditions que tu m'as im- « posées par les deux chevaliers que je t'envoyai, et voici « dans mes bras, non pas un fils de toi, mais deux, et voici « également ton anneau. Il est donc temps que je sois reçue « par toi comme ta femme, selon ta promesse. — »

« Le comte, entendant cela, s'étonna grandement et reconnut l'anneau ainsi que les enfants qui étaient si ressemblants à lui, mais cependant il dit : « — Comment tout ceci peut-il « être arrivé ? — » La comtesse, au grand étonnement du comte et de tous les autres assistants, lui conta avec ordre

ce qui s'était passé et comment cela s'était fait. Pour quoi,
le comte, sentant qu'elle disait la vérité, et voyant et son
grand sens et sa persévérance, et enfin deux petits enfants
si beaux, tant pour tenir ce qu'il avait promis que pour complaire à tous ses hommes et aux dames, qui tous le priaient
de la recevoir désormais et de l'honorer comme sa légitime
épouse, mit fin à son obstination cruelle, et fit lever la comtesse ; et l'ayant embrassée et baisée, il la reconnut pour sa
légitime femme et ceux-ci pour ses fils. Et l'ayant fait vêtir
de vêtements convenables à son rang, il fit, au grandissime
plaisir de tous ceux qui étaient là et de tous ses autres vassaux, une très grande fête, non-seulement tout ce jour, mais
pendant plusieurs autres encore ; et à partir de ce moment,
l'honorant toujours comme son épouse légitime, il l'aima et
l'eut pour souverainement chère. — »

NOUVELLE X

Alibech s'étant faite ermite, le moine Rustico lui apprend à remettre le diable
en enfer. Elle devient ensuite la femme de]Nécrbale.

Dioneo, qui avait écouté attentivement la nouvelle de la
reine, voyant qu'elle était finie et qu'à lui seul restait à raconter, se mit à dire en souriant, et sans en attendre l'ordre :
« — Gracieuses dames, vous n'avez peut-être jamais entendu
dire comment on remet le diable en enfer ; pour quoi, sans
me départir beaucoup du sujet sur lequel vous avez parlé
pendant toute cette journée, je vais vous le dire. Peut-être,
l'ayant appris, pourrez-vous en acquérir quelque esprit.
Vous pourrez aussi reconnaître que, bien qu'il habite plus

volontiers les palais joyeux et les moelleux appartements que les pauvres cabanes, Amour n'en fait pas moins parfois sentir ses forces jusqu'au milieu des bois épais, des montagnes sauvages et des cavernes désertes ; d'où l'on peut comprendre que tout est soumis à sa puissance.

« Donc, venant au fait, je dis que, dans la cité de Capsa, en Barbarie, fut jadis un homme très riche, lequel, parmi ses autres enfants, avait une fille belle et gracieuse, nommée Alibech. N'étant pas chrétienne, et ayant entendu vanter la religion du Christ et le service de Dieu par plusieurs chrétiens qui étaient dans la ville, Alibech demanda un jour à l'un d'entre eux de quelle façon et comment on pouvait le plus facilement servir Dieu. Il lui fut répondu que ceux qui le servaient le mieux étaient ceux qui fuyaient le plus possible les choses du monde, comme le faisaient les gens qui s'en étaient allés dans les solitudes des déserts de la Thébaïde. La jeune fille, on ne peut plus simple et qui était âgée de quatorze ans à peine, poussée moins par une volonté raisonnée que par un désir d'enfant, sans en rien dire à personne, partit le lendemain toute seule et en cachette pour le désert de la Thébaïde. Après de grandes fatigues, son désir persistant, elle atteignit au bout de quelques jours ces solitudes. Ayant vu de loin une cabane, elle y alla, et trouva sur le seuil un saint homme qui, étonné de la voir en ce lieu, lui demanda ce qu'elle cherchait. Elle répondit qu'inspirée par Dieu, elle désirait se mettre à son service, et qu'elle cherchait quelqu'un qui lui apprît comment il fallait le servir. Le brave homme, la voyant si jeune et si belle, et craignant, s'il la retenait, d'être séduit par le démon, loua ses bonnes dispositions, et après lui avoir donné à manger quelques racines, des pommes sauvages et des dattes, et à boire un peu d'eau, il lui dit : « — Ma fille, non loin d'ici est un

« saint homme qui est meilleur maître que moi pour ce que
« tu cherches ; va vers lui, — » et il la mit sur le chemin.
La jeune fille, parvenue vers l'autre solitaire, obtint de lui
la même réponse, et poursuivant sa route, elle arriva à la
cellule d'un jeune ermite, très digne et très dévot personnage, nommé Rustico, à qui elle fit la même demande qu'elle
avait faite aux autres.

« Celui-ci, voulant mettre sa fermeté à une grande épreuve,
ne la renvoya pas comme ses confrères, mais il la retint près
de lui dans sa cellule. La nuit venue, il lui fit un lit de
branches de palmier et l'engagea à s'y reposer. Ceci fait, les
tentations ne tardèrent pas à lui livrer bataille. Trahi bientôt par ses propres forces, il céda sans trop faire de résistance, et se déclara vaincu. Laissant de côté les saintes pensées,
les oraisons et les disciplines, il se mit à repasser en sa mémoire la jeunesse et la beauté de la jeune fille, et à réfléchir à
la façon dont il devait s'y prendre avec elle, afin d'en obtenir
ce qu'il désirait sans qu'elle le prît pour un homme dissolu.
Ayant tout d'abord hasardé quelques questions, il s'aperçut
bien vite qu'elle n'avait jamais connu d'homme, et qu'elle
était aussi simple qu'elle le paraissait. Pour quoi, il imagina
de la faire servir à ses plaisirs sous le prétexte de servir Dieu.

« Il commença, en de longs discours, à lui montrer combien le diable est l'ennemi de Dieu ; puis il lui donna à entendre que le service qui pouvait être le plus agréable à Dieu
était de remettre le diable dans l'enfer, auquel le Tout-
Puissant l'avait condamné. La jeune fille lui demanda comment cela se faisait. A quoi Rustico répondit : « — Tu le
« sauras tout à l'heure ; pour cela, fais ce que tu me verras
« faire. — » Et il se mit à se dépouiller du peu de vêtements qu'il avait, de sorte qu'il se trouva complètement nu.
La jeune fille en ayant fait autant, il la fit placer à genoux,

droit en face de lui, comme si elle voulait prier. Tous deux étant dans cette posture, et Rustico se sentant plus allumé que jamais de désir en la voyant si belle, survint la résurrection de la chair. Ce que voyant Alibech, elle dit, tout étonnée : « — Rustico, quelle est cette chose que je te vois « poindre si fortement en dehors, et que moi je n'ai pas ? — » « — O ma fille — dit Rustico — c'est là le diable dont je t'ai « parlé. Et vois-tu ? il me tourmente tellement, à cette « heure, que je puis à peine le supporter. — » La jeune fille dit alors : « — Loué soit Dieu ! je vois que je suis mieux « partagée que toi, car moi je n'ai pas ce vilain diable. — » Rustico reprit : « — Tu dis vrai, mais tu as autre chose « que je n'ai pas, moi, et tu l'as en place du diable. — » « — Et quoi donc — dit Alibech ? — » A quoi Rustico répondit : « — Tu as l'enfer, et je t'assure que je crois que « Dieu t'a envoyée ici pour le salut de mon âme, afin que, « tandis que ce diable me cause tant de tourments, tu aies « pitié de moi et consentes à ce que je le remette dans l'en- « fer. Tu me donneras un grand soulagement, et tu feras « un grandissime plaisir à Dieu, tout en le servant, si tu es « venue en ce lieu pour faire ce que je te dis. — » La jeune fille, dans sa naïve bonne foi, répondit : « — O mon père, « puisque j'ai l'enfer, ce sera quand il vous plaira. — » Rustico dit alors : « — Ma fille, sois bénie. Allons donc, « et remettons-l'y de façon qu'il me laisse ensuite tran- « quille. — » Ainsi dit, il mena la jeune fille sur un des deux lits et lui montra comment elle devait se tenir pour laisser emprisonner ce maudit de Dieu.

« La jeune fille, qui n'avait encore jamais mis aucun diable en enfer, ressentit la première fois un peu de douleur. Pour quoi elle dit à Rustico : « — Certes, mon père, ce diable « doit être bien méchant et véritablement ennemi de Dieu,

27.

« car, même dans l'enfer, il fait souffrir quand on l'y fait en-
« trer. — » « — Ma fille — dit Rustico — il n'en sera pas tou-
« jours ainsi. — » Et pour faire que cela n'arrivât plus, six
fois de suite, avant de descendre du lit, ils remirent le diable
en enfer, tant qu'enfin ils lui eurent fait baisser la tête, et
qu'il se tînt tranquille. Mais le lendemain, ils recommen-
cèrent à plusieurs reprises, et l'obéissante jeune fille se
prêtant toujours à la chose, il advint que le jeu commença à
lui plaire, et elle se mit à dire à Rustico : « — Je vois bien
« qu'ils disaient vrai, ces braves gens de Capsa, en préten-
« dant que servir Dieu était si douce chose. Et certes, je ne
« me souviens pas avoir jamais rien fait qui m'ait procuré
« un plaisir si grand que celui de remettre le diable en en-
« fer. Aussi j'estime que quiconque s'occupe de toute autre
« chose que de servir Dieu, est une bête. — » C'est pourquoi elle allait souvent trouver Rustico, et elle lui disait :
« — Mon père, je suis venue ici pour servir Dieu et non
« pour rester oisive ; allons remettre le diable en enfer. — »
Ce que faisant, elle disait parfois : « Rustico — je ne sais
« pourquoi le diable s'enfuit de l'enfer, car s'il y restait
« aussi volontiers que l'enfer le reçoit et le retient, il n'en
« sortirait jamais. — »

« En provoquant ainsi souvent Rustico, et en l'excitant au
service de Dieu, la jeune fille avait fini par lui tirer tellement le coton de la chemise, qu'il se sentait froid comme
glace là où tout autre aurait sué. Aussi se mit-il à dire à la
jeune fille que le diable ne devait être châtié et remis en
enfer que lorsqu'il levait la tête par orgueil ; « — Et nous
« l'avons — ajoutait-il — grâce à Dieu, tellement châtié, qu'il
« prie le Ciel de se tenir en paix. — » C'est ainsi qu'il imposa silence pendant quelque temps à la jeune fille. Celle-ci,
voyant que Rustico ne lui demandait plus de remettre le

diable en enfer, lui dit un jour : « — Rustico, si ton diable
« est châtié, et ne te cause plus d'ennui, moi, mon enfer ne
« me laisse pas de repos ; pour quoi, tu feras bien de m'ai-
« der à amortir la rage de mon enfer, de même que moi,
« avec mon enfer, je t'ai aidé à abattre l'orgueil de ton
« diable. — » Rustico, qui vivait de racines, d'herbe et
d'eau, ne pouvait que répondre mal à ces sollicitations. Il
lui dit qu'il faudrait trop de diables pour pouvoir apaiser
l'enfer, mais que, quant à lui, il ferait ce qu'il pourrait. Et
il la satisfaisait quelquefois, mais si rarement, que cela ne
produisait pas plus d'effet que s'il eût jeté une fève dans la
gueule d'un lion. De quoi la jeune fille, jugeant qu'elle ne
servait pas Dieu comme il voulait être servi, murmurait très
fort.

« Pendant qu'entre le diable de Rustico et l'enfer d'Alibech s'agitait cette question causée d'un côté par trop d'ardeur et de l'autre par manque de forces, il advint qu'un in-
cendie éclata dans Capsa et brûla dans sa propre maison le
père d'Alibech, tous ses enfants et tous ses serviteurs ; par
suite de quoi Alibech resta seule héritière de tous ses biens.
Aussitôt, un jeune homme, nommé Néerbale, et qui avait
dissipé toute sa fortune en prodigalités, apprenant qu'Alibech était encore en vie, se mit à sa recherche et la retrouva
avant que le fisc n'eût mis la main sur les biens de son père,
comme sur ceux d'un homme mort sans héritiers. Au grand
plaisir de Rustico et contre la volonté de la jeune fille, il la
ramena à Capsa et la prit pour femme, héritant, grâce à
elle, d'un patrimoine considérable. Interrogée par les dames,
avant qu'elle eût couché avec Néerbale, sur la façon dont
elle servait Dieu dans le désert, Alibech répondit qu'elle le
servait en remettant le diable en enfer, et que Néerbale avait
commis un grand péché en la détournant d'un tel service.

Les dames lui demandèrent alors : « — Comment remet-on « le diable en enfer? — » La jeune fille, par paroles et par gestes, le leur montra. De quoi elles se prirent si fort à rire, qu'elles en rient encore; et elles dirent : « — Ne t'afflige « pas, ma fille, car on en fait bien autant ici; Néerbale ser- « vira très bien Dieu avec toi. — » Puis les unes et les autres s'en allant conter l'aventure par la ville, donnèrent lieu à ce dicton que le plus agréable plaisir qu'on pût faire à Dieu, était de remettre le diable en enfer. Pour quoi, jeunes dames qui avez besoin d'être en grâce près de Dieu, apprenez à remettre le diable en enfer, pour ce que la chose est fort agréable à Dieu et à ceux qui la font, et qu'un grand bien peut en naître et en résulter. — »

Plus d'une fois, la nouvelle de Dioneo avait excité le rire des honnêtes dames. La nouvelle finie, la reine voyant que le terme de son commandement était arrivé, ôta la couronne de sa tête, la posa gracieusement sur celle de Philostrate, et dit : « — Nous allons voir si le loup conduira mieux les brebis, que les brebis n'ont conduit les loups. — » Ce qu'entendant Philostrate, il se mit à rire et dit : « — Si l'on avait voulu me croire, les loups auraient enseigné aux brebis à remettre le diable en enfer, tout aussi bien que Rustico le fit pour Alibech ; c'est pourquoi ne nous appelez pas loups, puisque vous n'avez pas été traitées en brebis. En tous cas, selon qu'il me sera donné de faire, je régirai le royaume qui m'est confié. — » A quoi Néiphile répondit : « — Écoute, Philostrate, en voulant nous instruire, vous auriez pu vous instruire vous-mêmes, comme il arriva à Mazetto da Lamporecchio avec les nonnes, et vous auriez dû reprendre si souvent la parole, que vos os auraient appris sans maîtres à siffler. — » Philostrate, voyant que chaque trait lancé avait prompte riposte, laissa là la plaisanterie et se mit à s'occu-

per du gouvernement du royaume commis à sa garde. Ayant
fait appeler le sénéchal, il voulut savoir à quel point en
étaient toutes les affaires. Puis il donna discrètement des
ordres pour que la compagnie fût bien servie et satisfaite
pendant tout le temps que sa royauté devait durer. Cela
fait, il se retourna vers les dames et dit : « — Amoureuses
dames, puisque, grâce à ma malechance, j'ai été assez malheureux pour que la beauté de quelqu'une de vous m'ait
toujours assujetti à l'amour, et puisque mon humilité, mon
obéissance, mon empressement à servir tous ses caprices
aussitôt que je les ai connus, m'ont valu d'abord d'être dé-
laissé pour un autre, puis d'être traité de mal en pis, de
sorte que je vois bien que cela me mènera à la mort, il me
plaît que, demain, on ne parle pas d'autre chose que de ce
qui est le plus en rapport avec mes propres infortunes, c'est-
à-dire de ceux dont les amours eurent une fin malheureuse.
Quant à moi, je m'attends à la longue, pour mes amours, à
une fin très misérable causée par celle qui sait bien qu'un
tel langage m'est imposé, ne fût-ce que par le nom dont on
m'appelle. — » Ayant ainsi parlé, il se leva et donna liberté
à chacun jusqu'à l'heure du souper.

Le jardin était si beau et si agréable, qu'il n'y eut personne qui songeât à en sortir pour aller chercher ailleurs un
plaisir plus grand. Au contraire, le soleil étant déjà assez
radouci pour qu'on n'éprouvât aucune fatigue à pourchasser
les chevreuils, les lapins et les autres animaux qui s'y trouvaient et qui, pendant qu'on était assis, étaient venus plus
de cent fois déranger les assistants en sautant au beau milieu d'eux, plusieurs se mirent à leur poursuite. Dioneo et
la Fiammetta entamèrent une chanson sur messer Guillaume
et la Dame del Vergiù ; Philomène et Pamphile s'attablèrent
devant des échecs, et qui faisant une chose, qui une autre,

le temps s'enfuit et l'heure du souper survint sans qu'on y eût presque songé. C'est pourquoi, les tables ayant été dressées tout autour de la belle fontaine, ils soupèrent en cet endroit on ne peut plus agréablement. Philostrate, pour ne pas s'écarter du chemin tenu par les reines qui l'avaient précédé, dès que les tables furent levées, ordonna à la Lauretta d'organiser une danse et de dire une chanson. « — Mon seigneur — dit-elle — je ne sais pas de chansons faites par les autres, et pour ce qui est des miennes, je n'en ai pas de présente à la mémoire qui convienne à si joyeuse compagnie. Si vous en voulez une de celles-là, je vous la dirai volontiers. — » A quoi le roi dit : « — Toute chose venant de toi ne peut être que belle et plaisante ; pour ce, dis-la telle que tu la sais. — » Alors, la Lauretta, d'une voix fort suave, mais sur un ton un peu plaintif, les autres dames lui répondant, commença ainsi :

Il n'est pas d'infortunée
    Qui ait à se plaindre autant que moi,
    Car, férue d'amour, je soupire, hélas ! en vain.

Celui qui meut le ciel et chaque étoile,
Me fit, de par sa volonté,
Amoureuse, charmante, gracieuse et belle,
Pour donner ici-bas à toute haute intelligence
Quelques marques de cette
Beauté qui se tient toujours devant lui.
Et l'imperfection humaine,
Me méconnaissant,
Non seulement ne m'accueille pas, mais me dédaigne.

Autrefois, il y avait quelqu'un qui m'eut pour chère, et volontiers
    Me prit toute jeune
    En ses bras, me donna toutes ses pensées
    Et s'alluma tout entier à mes yeux,
    Passant entièrement à m'adorer
    Le temps qui léger s'envole ;

Et moi, qui suis courtoise,
Je l'élevai jusqu'à moi.
Mais, maintenant, à mon grand regret, je l'ai perdu.

Puis vint à moi un présomptueux
Et fier jeune homme,
Se disant noble et valeureux.
Il m'a prise et me garde, et mu par un faux soupçon,
Il est devenu jaloux.
Et j'en suis, hélas ! quasi désespérée,
Voyant en vérité
Que, venue au monde pour le bonheur d'un grand nombre,
Je suis possédée par un seul.

Je maudis l'instant funeste
Où, pour changer d'habits,
Je prononçai le oui ; si belle et si joyeuse
Je me vis jadis, tandis que maintenant
Je mène une dure existence,
Et je suis réputée moins honnête qu'avant.
O douloureuse fête,
Que ne suis-je morte avant
De t'avoir éprouvée en pareil cas !

O cher amant, dont je fus d'abord
Plus satisfaite que toute autre,
Et qui es maintenant au ciel devant Celui
Qui nous créa, aies pitié
De moi qui, pour un autre,
Ne puis t'oublier ; fais que je sente
Que cette flamme n'est pas éteinte
Dont tu brûlas pour moi,
Et obtiens que là-haut j'aille te rejoindre.

Ici Lauretta termina sa canzone qui, louée par tous, fut
diversement comprise. Quelques-uns, voulant l'entendre à
la milanaise, soutinrent qu'un bon porc vaut mieux qu'une
belle fille. D'autres furent d'une opinion plus relevée, meilleure et plus vraie ; mais je n'ai point à en parler pour le

moment. Après cette chanson, le roi, ayant fait placer de nombreux flambeaux sur l'herbe et parmi les fleurs, en fit chanter plusieurs autres, jusqu'à ce que toutes les étoiles qui étaient sur l'horizon eurent disparu. Sur quoi, estimant qu'il était l'heure de dormir, il souhaita la bonne nuit et ordonna à chacun de regagner sa chambre.

QUATRIÈME JOURNÉE

La troisième Journée du DÉCAMÉRON finie, commence la quatrième, dans laquelle, sous le commandement de Philostrate, on devise de ceux dont les amours eurent une fin malheureuse.

Très chères dames, tant par les paroles que j'ai entendues des hommes sages, que par les choses plusieurs fois par moi vues et lues, j'estimais que le vent impétueux et ardent de l'envie ne devait frapper que les hautes tours ou les cimes les plus élevées des arbres, mais je me trouve trompé dans mon jugement ; pour quoi, fuyant, comme je me suis toujours efforcé de le faire, le souffle impétueux de ce vent plein de rage, je me suis ingénié d'aller non pas seulement par les plaines, mais aussi par les plus profondes vallées. C'est ce qui peut très manifestement apparaître à qui regarde les présentes nouvelles, lesquelles non-seulement sont écrites par moi en florentin vulgaire et en prose, sans titre aucun, mais encore dans le style le plus humble et le plus sobre que je puis. Cependant, malgré tout cela, je n'ai pu éviter d'être cruellement secoué par un tel vent qui m'a quasi déraciné, ni d'être tout déchiré par les morsures de

1.   28

l'envie. Par quoi, je puis très manifestement comprendre combien est vrai ce qu'ont coutume de dire les sages que seule la misère est sans envie dans les choses présentes.

Il y a donc eu des gens, discrètes dames, qui, lisant ces petites nouvelles, ont dit que vous me plaisiez trop, et que ce n'est pas chose honnête que je prenne tant de soin de vous plaire et de vous consoler ; et d'aucuns ont dit pis encore et m'ont reproché de vous louer, comme je fais. D'autres, semblant vouloir parler plus mûrement, ont dit qu'à mon âge il n'est pas bien séant de m'amuser désormais à ces choses, c'est-à-dire de parler des dames ou de chercher à leur complaire. Et beaucoup, se montrant fort soucieux de ma renommée, disent que je ferais plus sagement de me tenir avec les Muses sur le Parnasse, que de me mêler à vous avec ces sottises. Il y en a aussi qui, parlant avec plus de dépit que de sagesse, ont dit que je ferais plus discrètement de songer comment je pourrais avoir du pain, que de m'en aller poursuivant ces frasques et me repaissant de vent. Et certains autres, pour dénigrer mon travail, s'efforcent de démontrer que les choses sont tout autrement que je vous les raconte. Donc, valeureuses dames, pendant que je combats à votre service, c'est par de telles bourrasques, par d'aussi atroces coups de dents, par de telles blessures, que je suis battu, molesté et percé jusqu'au vif. Ces choses, Dieu le sait, je les écoute et je les prends d'un esprit impassible, et quoique en cela ma défense vous incombe tout entière, néanmoins je n'entends pas y épargner mes propres forces. Au contraire, sans répondre autant qu'il conviendrait, je veux m'en débarrasser les oreilles avec une légère réponse, et cela sans retard ; pour ce que, si déjà, bien que je ne sois pas encore arrivé au tiers de mon travail, mes contempteurs sont nombreux et affichent une grande présomption, m'est avis qu'avant que je parvienne à la fin, ils pourront se multiplier, de façon — n'ayant pas été repoussés tout d'abord — qu'ils auront peu de peine à me mettre à bas, ce que, quelques grandes qu'elles soient, vos forces ne suffiraient pas à empêcher.

Mais avant que j'en vienne à faire la réponse à d'aucuns, il me plaît de raconter en ma faveur, non une nouvelle entière — afin qu'il ne semble pas que je veuille mêler mes propres nouvelles avec celles d'une aussi louable compagnie que le fut celle dont je vous ai parlé — mais une partie de nouvelle, dont la défectuosité même prouvera qu'elle ne vient pas de cette compagnie; et, parlant à mes adversaires, je dis que dans notre cité, il y a déjà bon temps, fut un citadin nommé Filippo Balducci, homme de condition très humble, mais riche et bien parvenu, et expert dans les choses que sa profession comportait. Il avait une femme qu'il aimait tendrement et dont il était tendrement aimé, et tous deux menaient une vie tranquille, ne s'étudiant à autre chose davantage qu'à se plaire entièrement l'un à l'autre. Or, il advint, comme il arrive de tous, que cette bonne dame passa de cette vie, et ne laissa d'elle à Filippo qu'un seul fils, lequel était âgé d'environ deux ans. Filippo fut aussi inconsolable de la mort de sa femme que tout homme qui perdrait une chose aimée. Et se voyant resté seul, sans la compagnie qu'il aimait le plus, il résolut de ne plus vivre dans le monde, mais de se donner au service de Dieu, et de faire de même de son petit enfant. Pour quoi, ayant donné tout son bien pour Dieu, il s'en alla sans retard sur le mont Asinajo, et là, il se retira avec son fils dans une petite cabane où, vivant tous les deux d'aumônes, dans les jeûnes et les oraisons, il se gardait soigneusement de parler en présence de son fils d'aucune chose temporelle, ni de lui en laisser

voir aucune, afin qu'il ne fût pas détourné par elles du service de Dieu ; mais il l'entretenait sans cesse de la gloire de
la vie éternelle, et de Dieu et des saints, ne lui enseignant
rien autre chose que de saintes prières. Il le tint en ce genre
de vie pendant plusieurs années, ne le laissant pas sortir de
la cabane et ne lui montrant pas d'autre visage que le sien.

Le brave homme avait coutume de venir de temps en
temps à Florence d'où, après avoir été secouru selon ses
besoins par les amis de Dieu, il retournait à sa cabane. Or,
il advint que le jeune garçon ayant déjà dix-huit ans et Filippo étant vieux, son fils lui demanda un jour où il allait.
Filippo le lui dit. A quoi le garçon dit : « — Mon père, vous
« êtes maintenant vieux et vous pouvez mal supporter la
« fatigue ; pourquoi ne me menez-vous pas une fois à Flo-
« rence, afin que me faisant connaître les amis dévoués à
« Dieu et à vous, moi qui suis jeune et qui peux mieux sup-
« porter la fatigue que vous, je puisse ensuite, pour nos
« besoins, aller à Florence quand il vous plaira, tandis que
« vous resterez ici ? — » Le brave homme, songeant que
son fils était déjà grand et si habitué au service de Dieu que
les choses du monde pourraient désormais difficilement l'en
détourner, se dit en lui-même : Il dit bien. Pour quoi,
ayant besoin d'aller à Florence, il l'emmena avec lui.

Là, le jeune homme voyant les palais, les maisons, les
églises et toutes les autres choses dont la ville se voit toute
pleine, il commença à fortement s'émerveiller comme quelqu'un qui ne se souvenait pas d'avoir jamais rien vu de pareil,
et il ne cessait de demander à son père ce qu'étaient toutes
ces choses et comment elles s'appelaient. Le père le lui disait, et lui, ayant ouï la réponse, demeurait satisfait, puis
s'enquérait d'autre chose. Le fils questionnant ainsi et le
père répondant, ils rencontrèrent par aventure une troupe

de belles jeunes femmes marchant à la file et qui s'en revenaient d'une noce. Dès que le jeune homme les vit, il demanda à son père quelle chose c'était. A quoi le père dit :
« — Mon fils, baisse les yeux à terre ; ne les regarde pas,
« car c'est une mauvaise chose. » Le fils dit alors : « — Et
« comment s'appellent-elles ?—» Le père, pour ne pas éveiller
dans l'esprit du jeune garçon un désir de concupiscence rien
moins qu'utile, ne voulut pas les appeler de leur véritable
nom, c'est-à-dire : femmes, mais il dit : « — Elles se nom-
« ment oies. — »

Chose merveilleuse à entendre ! celui-ci qui jamais n'avait
vu de femmes, sans plus se soucier des palais, ni du bœuf,
ni du cheval, ni de l'âne, ni de l'argent, ni des autres choses
qu'il avait vues, dit soudain : « — Mon père, je vous prie de
« faire en sorte que j'aie une de ces oies. — » « — Hé ! mon
« fils — dit le père — tais-toi ; elles sont mauvaise chose. — »
A quoi le jeune garçon, toujours questionnant, dit :
« — Oh ! sont-elles ainsi faites, les mauvaises choses ? — »
« — Oui, — » dit le père. Et lui, alors, dit : « — Je ne
« sais ce que vous dites, ni pourquoi ces choses sont mau-
« vaises ; quant à moi, il ne me semble pas encore avoir vu
« chose si belle ni si plaisante que le sont celles-ci. Elles
« sont plus belles que les anges peints que vous m'avez plu-
« sieurs fois montrés. Ah ! si vous vous souciez de moi,
« faites que nous emmenions là-haut une de ces oies, et je
« lui donnerai la becquée. — » Le père dit : « — Je ne
« veux pas ; tu ne sais pas par où elles prennent leur bec-
« quée. — » Et il comprit incontinent que la nature avait
plus de force que tout son esprit, et il se repentit d'avoir
mené son fils à Florence.

Mais il me suffit d'en avoir dit jusqu'ici de la présente
nouvelle et je veux me retourner vers ceux à qui je l'ai ra-

28.

contée. Donc, aucuns de mes censeurs disent que je fais mal
en m'ingéniant trop à vous plaire et que vous me plaisez
trop. Lesquelles choses je confesse très ouvertement, à savoir que vous me plaisez et que je m'efforce de vous plaire.
Et je leur demande s'ils s'étonnent de cela, considérant, non
pas même que j'ai pu connaître les amoureux baisers, les
plaisants embrassements et les accointements délectables
que de vous, très douces dames, on prend souvent, mais seulement que j'ai vu et que je vois continuellement vos manières élégantes, votre désirable beauté, le bon goût de vos
parures, et, par-dessus tout cela, votre honnêteté aristocra-
tique, alors que celui qui nourri, élevé, grandi sur un mont
sauvage et solitaire, entre les murs d'une étroite cabane, sans
autre compagnie que celle de son père, dès qu'il vous voit,
vous désire seules, vous demande seules, vous suive seules de
son affection! Ceux-ci me reprendront-ils, me mordront-ils,
me déchireront-ils, si, moi, dont le ciel a formé le corps tout
exprès pour vous aimer et qui, dès mon enfance, vous ai
donné mon âme, sentant la vertu de la lumière de vos yeux,
la suavité des paroles méliflues et la flamme allumée par vos
soupirs compatissants, vous me plaisez, ou si je m'efforce de
vous plaire, considérant surtout que vous avez plu tout d'abord
par-dessus toute autre chose à un petit ermite, à un jeune
garçon sans sentiment, quasi un animal sauvage? Certes,
que celui qui ne vous aime pas et ne désire pas être aimé de
vous, ignorant des plaisirs et de la force de l'affection naturelle, me reprenne ainsi; pour moi, j'en ai peu cure.

Pour ceux qui vont parlant contre mon âge, ils montrent
qu'ils connaissent mal que si le poireau a la tête blanche il
a la queue verte. A ceux-là, laissant de côté la plaisanterie,
je réponds que jusqu'à l'extrême limite de ma vie, je n'aurai
vergogne de me complaire à ces choses en lesquelles Guido

Cavalcanti et Dante Alighieri, déjà vieux, et messer Cino da Pistoja, plus vieux encore, tinrent à honneur et eurent pour cher de mettre leur plaisir. Et n'était que ce serait sortir du mode ordinaire de raisonner, je produirais les histoires à l'appui, et je les montrerais toutes pleines d'hommes antiques et de valeur qui, précisément dans leurs années les plus mûres, se sont étudiés à complaire aux dames; ce que, si mes dénigreurs ne le savent pas, ils aillent l'apprendre.

Quant à devoir me tenir avec les Muses sur le Parnasse, je reconnais que le conseil est bon, mais nous ne pouvons toujours demeurer avec les Muses ni elles avec nous; et quand il advient que l'homme se sépare d'elles et qu'il se délecte à voir chose qui leur ressemble, cela n'est pas à blâmer. Les Muses sont femmes, et bien que les femmes ne vaillent pas ce que valent les Muses, cependant au premier abord elles ont une ressemblance avec elles; de sorte que, quand elles ne me plairaient pas pour autre chose, en cela elles devraient me plaire. Sans compter que jadis les dames m'ont été occasion de composer des milliers de vers, là où les Muses ne m'en fournirent jamais l'occasion. Il est vrai que celles-ci m'aidèrent bien et me montrèrent à composer ces milliers de vers; peut-être même pendant que j'écrivais ces contes, bien qu'ils soient très humbles, sont-elles venues plusieurs fois s'asseoir près de moi pour me servir et en l'honneur de la ressemblance que les dames ont avec elles; pour quoi, en les composant, je ne m'éloigne pas tant du mont Parnasse ni des Muses que, par aventure, beaucoup s'en avisent.

« Mais que dirons-nous à ceux qui ont tant souci de ma faim qu'ils me conseillent de me procurer du pain? Certes, je ne sais; sinon que, pensant en moi-même quelle serait leur réponse, si, par besoin, je m'adressais à eux, je m'avise

qu'ils diraient : Va, cherches-en parmi les fables. Et jadis,
les poètes en ont plus trouvé avec leurs fables que bien des
riches parmi leurs trésors ; beaucoup même, en inventant
leurs fables, firent fleurir leur âge là où, au contraire, nombre de gens, en cherchant à avoir beaucoup plus de pain qu'il
ne leur était besoin, ont péri malheureux. Quoi de plus ?
Qu'ils me chassent ceux-là, quand j'irai leur demander ; non,
Dieu merci, que j'aie besoin, mais si par hasard le besoin
survenait, je sais, suivant l'apôtre, supporter l'abondance et
la nécessité ; et pour ce, que personne ne se soucie de moi
plus que je ne m'en soucie moi-même.

Pour ceux qui disent que les choses n'ont pas été telles
que je les raconte, j'aimerais qu'ils rapportassent les origi-
naux, et si ceux-ci se trouvaient en désaccord avec ce que
j'écris, je reconnaîtrais le reproche pour juste et je m'effor-
cerais de m'amender moi-même. Mais jusqu'à ce qu'on me
montre autre chose que des paroles, je les laisserai avec
leur opinion, suivant la mienne, disant d'eux ce qu'eux-
mêmes disent de moi.

Et estimant pour cette fois avoir assez répondu, je dis
qu'avec l'aide de Dieu et le vôtre, très gentes dames, dans
lequel j'espère, et armé de bonne patience, je marcherai en
avant, tournant les épaules à ce vent et le laisserai souffler :
pour ce que je ne vois pas qu'il puisse en arriver autrement
de moi que ce qu'il advient de la poussière ténue, laquelle,
quand une trombe souffle, ou bien n'est pas soulevée de terre
par cette trombe, ou si elle est soulevée, est portée en haut,
et souvent sur la tête des hommes, sur les couronnes des rois
et des empereurs, et parfois sur les hauts palais et les tours
élevées, du haut desquelles, si elle tombe, elle ne peut descendre plus bas que d'où elle a été soulevée. Et si jamais je
me vouai à vous complaire en toute chose de toute ma force,

maintenant plus que jamais je m'y vouerai; pour ce que je connais qu'on ne pourra avec quelque raison rien dire autre chose, sinon que les autres et moi qui vous aimons, nous faisons chose naturelle. Pour vouloir s'opposer à ces lois, c'est-à-dire aux lois de la nature, il faut disposer de trop grandes forces, et il arrive parfois que non-seulement ces forces sont déployées en vain, mais tournent au très grand dommage de qui les déploie. Ces forces, je confesse que je ne les ai pas, et que je ne désire pas les avoir du moins dans ce but; et si je les avais, je les prêterais plutôt à autrui que je ne les emploierais pour moi-même. Pour quoi, que mes contempteurs se taisent, et s'ils ne peuvent s'enflammer, tellement ils vivent engourdis et enfoncés dans leurs plaisirs grossiers ou plutôt dans leurs appétits corrompus, qu'ils me laissent dans le mien durant cette briève vie qui m'est concédée. Mais, pour ce que nous avons assez divagué, il est temps de revenir, ô belles dames, à l'endroit d'où nous sommes partis et de poursuivre l'ordre commencé.

Le soleil avait déjà chassé toutes les étoiles du ciel et l'ombre humide de la nuit de dessus la terre, quand Philostrate s'étant levé, fit lever toute sa compagnie. Et étant allés dans le beau jardin, ils commencèrent à s'y promener; et l'heure de manger venue, ils dînèrent à l'endroit où ils avaient soupé le soir précédent. Puis, le soleil étant au sommet de sa course, ils se levèrent après avoir dormi, et allèrent s'asseoir à la manière accoutumée près de la belle fontaine. Là, Philostrate ordonna à la Fiammetta de donner commencement aux nouvelles, et celle-ci, sans plus attendre qu'on le lui dît, commença gracieusement ainsi :

NOUVELLE I

Tancrède, prince de Salerne, tue l'amant de sa fille, et envoie à celle-ci le cœur
de son amant dans une coupe d'or. La jeune fille boit du poison et meurt.

« — Notre roi nous a donné aujourd'hui un sujet pénible
à traiter, si nous réfléchissons qu'étant venus pour nous
réjouir, il nous faut raconter les larmes d'autrui, dont on
ne peut parler sans que ceux qui les disent ou ceux qui les
entendent n'en aient compassion. Peut-être l'a-t-il fait pour
tempérer un peu le plaisir éprouvé les jours précédents ;
mais quelque motif qui l'ait poussé, puisqu'il ne m'appartient pas de changer son bon plaisir, je raconterai un accident pitoyable, ou plutôt malheureux et digne de vos larmes.

« Tancrède, prince de Salerne, qui aurait été un seigneur
très humain et de nature bénigne si, dans sa vieillesse, il
n'avait pas trempé ses mains dans le sang de deux amants,
n'eut dans toute sa vie qu'une fille, et il aurait été plus heureux qu'il ne l'eût pas eue. Celle-ci fut aussi tendrement
aimée de lui qu'aucune autre fille le fut jamais de son père,
et précisément à cause de cette tendre affection, bien que
depuis plusieurs années elle eût dépassé l'âge où elle aurait
dû avoir un mari, il ne la mariait pas. Cependant, à la fin,
il la donna à un fils du duc de Capoue, avec lequel elle
demeura peu de temps, étant restée veuve ; pour quoi elle
retourna près de son père. Elle était très belle de corps et
de visage, autant qu'une autre femme le fut jamais, et jeune
et gaillarde, et savante plus que par aventure il n'était nécessaire à une femme. Elle vivait avec son tendre père
comme une grande dame, entourée de mille délicatesses ; mais

voyant que son père, pour l'amour qu'il lui portait, se souciait peu de la remarier, il ne lui parut pas honnête de l'en requérir ; aussi elle songea à se procurer secrètement, si c'était possible, un amant digne d'elle. Voyant beaucoup d'hommes nobles ou autres fréquenter la cour de son père, comme cela se voit d'ordinaire dans les cours, et ayant étudié les manières et les habitudes de bon nombre d'entre eux, il advint qu'un jeune valet de son père, dont le nom était Guiscardo, homme de naissance très humble, mais de cœur et de manières plus nobles que qui que ce fût, lui plut entre tous. Comme elle le voyait souvent, elle s'enflamma cruellement en secret pour lui, appréciant de jour en jour davantage ses manières d'agir. De son côté le jeune homme qui n'était pas peu avisé, l'ayant remarquée, l'avait reçue en son cœur d'une telle force qu'il en avait oublié toute chose, si ce n'est de l'aimer.

« S'aimant donc ainsi secrètement l'un l'autre, la jeune femme ne désirait rien tant que de se trouver avec lui ; mais ne voulant faire à personne la confidence de cet amour, elle s'efforça de trouver un moyen nouveau et ingénieux de le lui apprendre. Elle écrivit une lettre, dans laquelle elle lui indiqua ce qu'il avait à faire le jour suivant, pour se trouver avec elle ; puis ayant mis cette lettre dans l'intérieur d'une canne creuse, elle donna la canne à Guiscardo, en disant :
« — Tu en feras ce soir pour ta servante un soufflet avec
« lequel elle rallumera le feu. — » Guiscardo prit la canne, et pensant que ce n'était pas sans motif qu'elle la lui avait donnée et qu'elle lui avait parlé de la sorte, il prit congé d'elle et retourna chez lui avec la canne ; là, l'ayant examinée et voyant qu'elle était fendue, il l'ouvrit et y trouva la lettre ; l'ayant lue, et ayant bien compris ce qu'il avait à faire, il s'estima l'homme le plus heureux qui fut jamais, et s'ap-

prêta à aller vers la jeune femme par le moyen qu'elle lui avait indiqué.

« Il y avait, attenant au palais du prince, une grotte percée dans la montagne et existant depuis de très longues années. Cette grotte recevait un peu de lumière par un soupirail creusé de force dans la montagne, lequel soupirail, pour ce que la grotte était abandonnée, était quasi tout obstrué par les buissons et les herbes qui y avaient poussé. On pouvait descendre dans la grotte par un escalier secret donnant dans une des chambres du rez-de-chaussée du palais, et occupée par la dame, bien qu'elle fût fermée par une porte très forte. Cet escalier était tellement oublié de tous, n'ayant pas servi depuis des temps très éloignés, que personne qu'elle pour ainsi dire ne se souvenait qu'il existât. Mais Amour, aux yeux duquel rien n'est si caché qu'il ne le voie, l'avait remis à la mémoire de la dame énamourée, laquelle, afin que nul ne pût s'en apercevoir, avait travaillé pendant plusieurs jours de ses propres mains avant de venir à bout d'ouvrir cette porte. L'ayant enfin ouverte, et étant descendue seule dans la grotte et ayant vu le soupirail, elle avait mandé à Guiscardo de tâcher de venir par ce soupirail dont elle lui avait indiqué la hauteur depuis son ouverture jusqu'au sol. Pour ce faire, Guiscardo ayant promptement préparé une corde avec des nœuds et des coulants pour pouvoir descendre et remonter, et s'étant revêtu d'un manteau de cuir qui le défendît des buissons, sans rien faire savoir à personne, alla la nuit suivante au soupirail, et ayant solidement attaché l'un des bouts de la corde à un fort tronc qui avait poussé dans la bouche même du soupirail, il se glissa dans la grotte et attendit la dame. Celle-ci, le jour suivant, faisant semblant de dormir, renvoya ses damoiselles, et s'étant enfermée toute seule dans sa chambre, ouvrit la porte et descendit

dans la grotte, où, ayant trouvé Guiscardo, ils se firent l'un
à l'autre une merveilleuse fête. Puis étant venus ensemble
dans la chambre, ils y demeurèrent une grande partie de la
journée à leur grandissime plaisir ; et ayant tout arrêté prudemment pour que leurs amours restassent secrets, Guiscardo étant retourné dans la grotte et la dame ayant
fermé la porte, elle alla retrouver dehors ses damoiselles.
Quant à Guiscardo, la nuit venue, remontant par sa corde,
il sortit par le soupirail comme il était entré et retourna
à son logis.

« Ayant donc appris ce chemin, il y retourna plusieurs
fois pendant un certain espace de temps. Mais la fortune,
jalouse d'un si grand et si long plaisir, avec un douloureux
incident changea la joie des deux amants en tristes pleurs.
Tancrède avait coutume de s'en venir parfois tout seul dans
la chambre de sa fille, et là de rester quelque temps à causer
avec elle, puis il s'en allait. Un jour, après dîner, y étant
descendu pendant que la dame, qui avait nom Ghismonda,
était dans son jardin avec toutes ses damoiselles, il y entra
sans avoir été vu ni entendu de personne. Ne voulant pas la
déranger de son plaisir, et trouvant les fenêtres de la chambre
closes et les courtines du lit abattues, il alla s'asseoir au pied
du lit dans un coin sur un carreau, et après avoir appuyé la
tête sur le lit et tiré sur lui la courtine, comme s'il eût pris
soin de se cacher, il s'endormit.

« Pendant qu'il dormait ainsi, Ghismonda, qui ce jour là
avait par aventure fait venir Guiscardo, ayant laissé ses
damoiselles dans le jardin, entra doucement dans la chambre,
et l'ayant fermée sans s'apercevoir qu'il y avait quelqu'un,
elle ouvrit la porte à Guiscardo qui l'attendait. Étant allés
sur le lit, ainsi qu'ils en avaient l'habitude, et comme ils se
satisfaisaient et folàtraient ensemble, il advint que Tan-

crède se réveilla et entendit et vit ce que Guiscardo et sa fille faisaient. De quoi dolent outre mesure, il voulut tout d'abord crier; puis il prit le parti de se taire et de se tenir caché, s'il pouvait, afin de pouvoir plus secrètement exécuter avec une moindre honte pour lui ce qu'il lui était déjà venu dans l'esprit de faire. Les deux amants restèrent longtemps ensemble, suivant leur habitude, sans s'apercevoir de Tancrède, et quand il leur parut temps, ils descendirent du lit; Guiscardo s'en retourna dans la grotte et la jeune femme sortit de la chambre. Tancrède, bien qu'il fût vieux, en sortit à son tour par une fenêtre donnant sur le jardin, et, sans être vu de personne, dolent à la mort, s'en retourna dans sa chambre. Et sur son ordre, à la tombée de la nuit, comme il sortait du soupirail, Guiscardo, embarrassé qu'il était dans son manteau de cuir, fut fait prisonnier par deux de ses estafiers, et conduit secrètement à Tancrède.

« Celui-ci, dès qu'il le vit, dit, quasi tout en pleurs :
« — Guiscardo, ma bonté envers toi n'avait pas mérité l'ou-
« trage et la honte que tu m'as fait éprouver dans mes choses
« intimes, comme aujourd'hui je l'ai vu de mes propres
« yeux. — » A quoi Guiscardo ne dit rien autre que ceci :
« — Amour est plus puissant que vous ni moi ne le
« sommes. — » Alors Tancrède ordonna qu'il fût gardé secrètement dans une chambre du château ; et ainsi fut fait.
Le jour suivant venu, Ghismonda ne sachant rien de tout cela,
Tancrède ayant médité de nombreux et variés projets, alla
selon habitude après son repas dans la chambre de sa fille,
où, l'ayant fait appeler, et s'étant enfermé avec elle, il se
mit à dire en pleurant : « — Ghismonda, comme je croyais
« connaître ta vertu et ton honnêteté, il n'aurait jamais pu
« me venir à l'esprit, quelque chose qu'on m'eût dite, si je

« ne l'avais vu de mes yeux, que tu aies pu non pas te livrer
« à un homme mais même y penser, excepté à ton mari ; de
« quoi, pour ce peu de temps de vie que la vieillesse me ré-
« serve, je serai toujours dolent, me rappelant cela. Et main-
« tenant, plût à Dieu, puisque tu devais descendre à tant de
« dépravation, que tu eusses pris un homme digne de ta no-
« blesse ; mais entre tant qui fréquentent ma cour, tu as
« choisi Guiscardo, jeune homme de très vile condition, élevé
« dans notre cour quasi pour l'amour de Dieu, depuis son
« enfance jusqu'à présent ; par quoi, tu m'as mis en gran-
« dissime embarras d'esprit, ne sachant quel parti je dois
« prendre à ton sujet. Quant à Guiscardo, que j'ai fait
« prendre cette nuit quand il sortait du soupirail, et que je
« tiens en prison, j'ai déjà résolu ce que je dois faire ; mais
« de toi, Dieu le sait, je ne sais que faire. D'une part, je
« suis sollicité par l'amour que je t'ai toujours porté plus
« qu'aucun père ne porte à sa fille, et d'autre part je suis
« excité par une très juste indignation pour ta grande folie.
« L'un veut que je te pardonne, et l'autre veut que, contre ma
« nature, je sévisse envers toi ; mais avant que je prenne un
« parti, je désire entendre ce que tu as à dire sur cela. — »
Et cela dit, il baissa le visage, pleurant aussi fortement que
ferait un enfant bien battu.

« Ghismonda, entendant son père et voyant que non-seulement son amour secret était découvert, mais que Guiscardo
était prisonnier, éprouva une douleur inexprimable, et fut
tout près de la montrer par ses cris et ses larmes, comme font
la plupart des femmes ; mais pourtant son âme altière sur-
montant cette lâcheté, elle affermit son visage avec une force
merveilleuse, et elle résolut en elle-même, avant que de faire
la moindre prière pour elle, de ne plus rester vivante, croyant
déjà que son Guiscardo était mort. Pour quoi, non en femme

éplorée ou contrite de sa faute, mais comme une vaillante et
sans témoigner de crainte, d'un visage sec et ouvert, et nullement troublé, elle parla ainsi à son père : « — Tancrède, je
« ne suis disposée ni à nier, ni à prier, pour ce que l'un ne
« me servirait à rien, et que je ne veux pas que l'autre me
« serve. En outre, par aucun acte de soumission je n'entends
« me rendre bénévoles ta mansuétude et ton affection ; mais
« confessant la vérité, je veux d'abord, par de vraies raisons,
« défendre mon honneur, puis, par des faits, montrer la
« grandeur de mon âme. Il est vrai que j'ai aimé et que
« j'aime Guiscardo, et tant que je vivrai, ce qui sera peu, je
« l'aimerai ; et si après la mort on s'aime, je ne cesserai pas
« de l'aimer. Mais à cela ce n'est pas tant ma fragilité de
« femme qui m'a conduite, que ton peu de sollicitude à me
« remarier, et sa propre vertu. Tu aurais dû comprendre,
« Tancrède, étant toi-même de chair, que tu avais engendré
« une fille de chair et non de pierre ou de fer ; et tu devais,
« tu dois te rappeler, bien que tu sois vieux maintenant,
« quelles sont, et combien nombreuses et avec quelle force
« viennent les lois de la jeunesse ; et bien que toi, homme,
« tu te sois exercé dans les armes une partie de tes meilleures
« années, tu ne devais pas moins savoir ce que peuvent les
« oisivetés et les douceurs de la vie chez les vieux non moins
« que chez les jeunes. Je suis donc, comme étant née de toi,
« de chair, et j'ai si peu vécu que je suis encore jeune, et,
« pour l'une et l'autre cause, je suis remplie de concupiscence
« et de désir ; à quoi est venue ajouter de merveilleuses forces
« cette circonstance que déjà, pour avoir été mariée, j'ai
« connu quel plaisir c'est que de satisfaire ce désir.
« Auxquelles forces ne pouvant résister, je me suis laissée
« aller à ce vers quoi elles me tiraient comme jeune et comme
« femme, et je suis devenue amoureuse. Et certes, en cela

« j'opposai toute ma vertu, ne voulant pas, autant qu'il était
« par moi possible, que le penchant qui m'entraînait vers ce
« péché naturel, nous fît honte ni à toi, ni à moi. A cette
« fin, l'amour pitoyable et la fortune amie m'avaient montré
« une voie très cachée par laquelle, sans que personne s'en
« aperçût, je parvenais à satisfaire mes désirs ; et cela, quel
« que soit celui qui te l'ait montré, ou le moyen par lequel
« tu l'as su, je ne le nie point. J'ai pris Guiscardo, non par
« hasard, comme beaucoup font, mais après mûre réflexion
« je l'ai choisi par-dessus tout autre, et je l'ai introduit près
« de moi de propos délibéré ; et avec une sage persévérance
« de lui et de moi j'ai satisfait longuement mon désir. Dont
« il semble que, outre la faute d'avoir péché par amour,
« suivant plus volontiers la vulgaire opinion que la vérité, tu
« me reprennes plus amèrement en me disant — comme si
« tu n'aurais pas dû être ému si j'avais choisi un homme
« noble — que je me suis commise avec un homme de basse
« condition. En quoi tu ne vois pas que ce n'est point ma
« faute que tu reprends, mais celle de la fortune qui très
« souvent élève haut les indignes et laisse les plus dignes en
« bas. Mais laissons maintenant cela, et regarde quelque peu
« au principe des choses : tu verras que notre chair à tous est
« faite d'une masse de chair, et que toutes les âmes ont été
« créées par un même créateur avec des forces et des puis-
« sances égales, et une égale vertu. C'est la vertu qui tout
« d'abord nous distingue car nous naquîmes et nous naissons
« tous égaux ; et ceux qui en eurent et en acquirent la plus
« grande part furent appelés nobles, et le reste resta non
« noble. Et bien qu'un usage contraire ait par la suite
« obscurci cette loi, elle n'est pas encore abolie ni détruite
« par la nature et les bonnes coutumes ; et pour ce, celui
« qui se conduit avec vertu, se montre vraiment gentilhomme,

29.

« et si on l'appelle autrement, c'est celui qui appelle et non
« celui qui est appelé qui commet une faute. Regarde parmi
« tous tes gentilhommes et examine leur vertu, leurs mœurs
« et leurs façons de vivre, et d'autre part, regarde celle de
« Guiscardo : si tu veux juger sans animosité, tu diras qu'il
« est très noble et que tous tes nobles sont des vilains. Sur
« la vertu et la valeur de Guiscardo, je n'ai pas cru au juge-
« ment d'aucune autre personne, qu'à celui de tes paroles et
« de mes yeux. Qui le recommanda jamais autant que toi,
« alors que tu le louais dans toutes les choses où un vaillant
« homme doit être loué ? Et certes ce n'était pas à tort ;
« car si mes yeux ne m'ont point trompée, il n'est pas un éloge
« que tu lui aies donné, que je ne lui aie vu mériter et bien
« plus que tes paroles ne pouvaient l'exprimer. Et si toute-
« fois j'avais été trompée en cela, c'est par toi que j'aurais
« été trompée. Diras-tu donc que je me suis commise avec
« un homme de basse condition ? tu ne dirais pas la vérité ;
« mais si par aventure tu disais que c'est avec un homme
« pauvre, on pourrait te l'accorder à ta honte, puisque tu
« n'as pas su mettre en meilleur état un vaillant homme
« ton serviteur ; mais la pauvreté n'enlève la noblesse à per-
« sonne, ce que fait parfois la richesse. Beaucoup de rois,
« beaucoup de grands princes ont été pauvres ; et beaucoup
« de ceux qui bêchent la terre et qui gardent les troupeaux,
« furent autrefois très riches, comme il en est encore au-
« jourd'hui. Quant au dernier doute que tu agitais, à savoir
« ce que tu devais faire de moi, chasse-le tout à fait, si dans
« ton extrême vieillesse tu es disposé à faire ce que tu n'as
« pas fait étant jeune, c'est-à-dire à devenir cruel. Use sur
« moi ta cruauté que je ne suis disposée à détourner par
« aucune prière, puisque tu en trouves la première occasion
« dans cette faute, si c'est une faute, parce que je t'assure

« qué ce que tu auras fait ou feras de Guiscardo, si tu n'en
« fais autant de moi, mes propres mains le feront. Or donc,
« va pleurer avec les femmes, et persistant dans ta cruauté,
« tue-nous d'un même coup lui et moi, s'il te paraît que
« nous ayions ainsi mérité. — »

« Le prince connut la grandeur d'âme de sa fille, mais il
ne crut pas pour cela qu'elle fût si fortement résolue à faire
ce que ces paroles disaient. Pour quoi, sorti d'auprès d'elle,
et ayant écarté la pensée de la faire en rien souffrir, il pensa
à refroidir son ardent amour dans le sang d'autrui, et il ordonna aux deux gardiens de Guiscardo de l'étrangler sans
bruit la nuit suivante, et, après lui avoir arraché le cœur, de
le lui apporter, ce que ceux-ci firent comme il leur avait été
commandé. Le jour suivant venu, le prince ayant fait venir
une grande et belle coupe d'or, et y ayant mis le cœur de
Guiscardo, l'envoya à sa fille par un de ses familiers secrets,
auquel il donna ordre de lui dire en le lui donnant : « — Ton
« père t'envoie ceci, pour te consoler de la chose que tu
« aimes le plus, de même que tu l'as consolé, lui, de ce
« qu'il aimait le plus. — »

« Ghismonda, non revenue de son cruel projet, se fit, dès
que son père l'eut quittée, apporter des herbes et des racines
vénéneuses, qu'elle distilla et réduisit dans l'eau, afin de
l'avoir toute prête si ce qu'elle craignait arrivait. Le familier
étant venu la trouver avec le présent et le message du prince,
elle prit la coupe avec un visage fort et l'ayant découverte,
comme elle vit le cœur et entendit les paroles, elle eut pour
certain que c'était le cœur de Guiscardo. Pour quoi, ayant
levé les yeux sur le familier, elle dit ceci : « — Il ne fallait
« pas une sépulture moins digne que l'or à si grand cœur, et
« en cela mon père a discrètement fait. — » Et ayant ainsi
dit, elle l'approcha de sa bouche, l'embrassa, et puis dit :

« — En toutes choses, toujours et jusqu'à cette fin suprême
« de ma vie, j'ai trouvé l'amour de mon père très tendre pour
« moi, mais aujourd'hui plus que jamais, et pour ce tu lui
« rendras de ma part pour un si grand présent, les dernières
« grâces que je doive jamais lui rendre. — » Cela dit, s'étant
retournée sur la coupe qu'elle tenait serrée, et regardant le
cœur elle dit : — « Ah ! doux tombeau de tous mes plaisirs,
« maudite soit la cruauté de celui qui maintenant me force à
« te voir avec les yeux du corps ! Ce m'était assez de te re-
« garder à toute heure avec ceux de la pensée. Tu as fourni
« ta course et ainsi que le sort l'avait marqué, tu t'es hâté et
« te voici à la fin à laquelle chacun court ; tu as laissé les mi-
« sères du monde et ses fatigues, et de ton ennemi lui-même
« tu as obtenu la sépulture que ta valeur t'a méritée. Rien
« ne te manquait pour avoir des funérailles complètes, si-
« non les larmes de celle que de ton vivant tu as tant aimée ;
« afin que tu eusses ces larmes, Dieu a mis dans la pensée
« de mon impitoyable père de t'envoyer à moi, et je te les
« donnerai, bien que j'eusse résolu de mourir les yeux secs
« et le visage dépouillé de toute peur. Et quand je te les
« aurai données, je ferai en sorte que mon âme rejoigne sans
« retard aucun celle que tu as si longtemps précieusement
« gardée. Et en quelle autre compagnie qu'avec elle pourrais-
« je partir plus contente ou plus rassurée, pour les lieux
« inconnus ? Je suis sûre qu'elle est encore en toi, et qu'elle
« regarde les lieux témoins de ses plaisirs et des miens, et
« que, comme — j'en suis persuadée — elle m'aime encore,
« elle attend la mienne dont elle est souverainement
« aimée. — » Ayant ainsi dit, non autrement que si elle
avait eu une fontaine dans la tête, sans faire aucune de ces
clameurs habituelles aux femmes, elle s'inclina sur la coupe,
et, gémissant, elle se mit à verser tant de larmes que ce fut

chose merveilleuse à regarder, et à baiser une infinité de fois le cœur mort.

« Ses damoiselles qui se tenaient autour d'elle, ne comprenaient pas ce que c'était que ce cœur ou ce que voulaient dire ces paroles, mais vaincues de pitié, elles pleuraient toutes et lui demandaient en vain avec un air de compassion la cause de ses pleurs, et, du mieux qu'elles savaient et pouvaient, s'ingéniaient à la consoler. Quand il lui parut avoir assez pleuré, elle releva la tête, essuya ses yeux et dit : « — O cœur « tant aimé, j'ai rempli mon devoir tout entier envers toi ; « il ne me reste plus autre chose à faire que d'aller avec mon « âme faire compagnie à la tienne. — » Et cela dit, elle se fit donner la fiole dans laquelle était l'eau qu'elle avait préparée d'avance, et ayant versé cette eau dans la coupe où le cœur avait été lavé par ses abondantes larmes, elle la porta sans peur aucune à sa bouche, la but toute, et l'ayant bue, elle monta sur son lit la coupe à la main, s'enveloppant le plus honnêtement qu'elle put dans ses vêtements ; puis après avoir placé sur son cœur le cœur de son amant sans rien dire, elle attendit la mort.

« Ses damoiselles ayant vu et entendu ces choses, bien qu'elles ne sussent point ce qu'était l'eau qu'elle avait bue, avaient envoyé tout dire à Tancrède, lequel, craignant ce qui venait de se passer, descendit sur-le-champ dans la chambre de sa fille et y arriva au moment où elle montait sur le lit. Alors il se mit, mais trop tard, à la réconforter par de douces paroles, et voyant en quel état extrême elle était, il se mit à pleurer douloureusement. A quoi la dame dit : « — Tancrède, réserve ces larmes pour un sort moins « désiré que celui-ci, et ne les donne pas à moi, car je ne « les souhaite point. Qui vit jamais quelqu'un, sinon toi, « pleurer sur ce qu'il a voulu ? Mais pourtant, si un reste

« de cet amour que tu m'as autrefois porté vit encore en
« toi, accorde-moi comme dernière faveur, puisqu'il ne t'a
« pas plu que je vécusse secrètement et en cachette avec
« Guiscardo, que mon corps soit enterré publiquement avec
« le sien, quelque part que tu l'aies fait jeter après sa
« mort. — » L'angoisse de ses pleurs ne permit pas au
prince de répondre. Alors la jeune femme sentant
sa fin venue, serrant le cœur mort sur sa poitrine,
dit : « — Restez avec Dieu, car moi je m'en vais. — » Et
ayant fermé ses yeux et perdu tout sentiment, elle quitta
cette vie de douleur. Ainsi eut douloureuse fin l'amour de
Guiscardo et de Ghismonda, comme vous l'avez entendu.
Après avoir beaucoup pleuré sur eux, Tancrède se repentant trop tard de sa cruauté, les fit, au milieu de la douleur
générale des Salernitains, honorablement ensevelir tous
deux dans un même tombeau. — »

NOUVELLE II

Frère Alberto fait croire à une dame que l'ange Gabriel est amoureux d'elle, et
se faisant passer pour l'ange Gabriel, il couche plusieurs fois avec la dame.
Surpris par les parents de cette dernière, il se sauve de chez elle et se réfugie
chez un pauvre homme qui, le lendemain, le conduit sur la place sous le
déguisement d'un homme sauvage. Là, il est reconnu, pris et mis en prison.

La nouvelle contée par la Fiammetta avait plus d'une
fois tiré les larmes des yeux de ses compagnes, mais quand
elle fut finie, le roi dit d'un air sombre : « — Je croirais
faire un bon marché, s'il me fallait donner ma vie pour la
moitié du plaisir que Guiscardo eut avec Ghismonda, et pas
une de vous ne s'en doit étonner, puisqu'à chaque heure de

mon existence je ressens mille morts, sans que pour toutes ces heures douloureuses il me soit concédé la moindre parcelle de plaisir. Mais laissant pour le moment ce qui me concerne, je veux qu'avec de tristes récits, en partie semblables à mes propres malheurs, Pampinea continue. Si elle poursuit comme la Fiammetta a commencé, je me mettrai sans aucun doute à sentir quelque rafraichissement tomber sur le feu qui me consume. — » Pampinea voyant que l'ordre lui était venu, comprit plutôt par son affection pour elles le désir de ses compagnes, que par ses paroles celui du roi, et pour ce, plus disposée pour les récréer un peu que pour contenter le roi uniquement sur son ordre, à dire une nouvelle pour rire sans sortir du sujet proposé, elle commença :

« — Le vulgaire use d'un proverbe ainsi fait : Qui est mauvais et tenu pour bon, peut faire le mal sans qu'on y croie. Ce proverbe me fournit ample matière à parler sur le sujet qui m'a été imposé, comme aussi à montrer combien grande est l'hypocrisie des religieux. Ceux-ci avec leurs longs et larges habits, leur visage artificiellement pâli, leur voix humble et douce quand ils sollicitent, mais hautaine et forte pour blâmer chez autrui leurs propres vices et pour persuader qu'eux prenant et les autres donnant, tous arrivent à salvation, et, qui plus est, avec leur art de concéder à chaque mourant, selon la quantité d'argent que celui-ci leur donne, une place plus ou moins bonne en paradis, non comme des hommes qui ont le paradis à acquérir aussi bien que nous, mais comme s'ils en étaient possesseurs et maîtres, s'efforcent de tromper d'abord eux-mêmes s'ils croient à tout cela, puis ceux qui ajoutent foi à leurs paroles. Et à ce sujet, s'il m'était permis de le démontrer autant qu'il conviendrait, je ferais voir bientôt ce qu'ils tiennent caché sous leurs larges capes. Mais plût à Dieu, qu'à propos de leurs jongleries, il leur en advint à tous, comme à un frère mineur, non pas jeune, mais de ceux qui à Venise étaient tenus pour les meilleurs casuistes, et duquel il me plaît souverainement de parler, pour relever un peu, en vous forçant peut-être à rire, vos âmes remplies de compassion par la mort de Ghismonda.

« Donc, valeureuses dames, il y eut dans Imola un homme de vie scélérate et corrompue, lequel s'appelait Berto della Massa, dont les œuvres blâmables très connues des habitants de la ville, le signalèrent tellement, que personne dans Imola ne croyait plus non seulement à ses mensonges, mais aux vérités qu'il disait ; pour quoi, voyant que ses tromperies ne pouvaient plus prendre en ce pays, il s'en alla en désespoir de cause à Venise, réceptable de toute ignominie, et là il imagina de prendre un nouveau moyen pour exercer ses méfaits, ce qu'il n'avait pu faire ailleurs. Et comme s'il avait été mordu par sa conscience pour les malversations commises auparavant par lui, se montrant pris d'une extrême humilité, et devenu en outre plus dévôt que quiconque, il alla se faire frère mineur, et se fit appeler frère Alberto da Imola ; et sous cet habit, il se mit à simuler une vie de privations et à prêcher beaucoup la pénitence et l'abstinence, ne mangeant jamais de viandes, ne buvant pas de vin, quand il n'en avait pas qui lui plût. A peine l'eut-on remarqué, que de voleur, de ruffian, de faussaire, d'homicide, il devint subitement grand prédicateur, sans avoir pour cela abandonné les vices susdits, se proposant de les pratiquer en cachette quand il pourrait. En outre s'étant fait prêtre, il était toujours à l'autel, et quand il célébrait, s'il était vu de beaucoup de gens, il pleurait sur la passion du Sauveur, comme quelqu'un à qui les larmes coûtaient peu quand il le voulait. Et en peu de temps, par ses prédications et ses larmes, il sut

capter tellement les Vénitiens, qu'il était nommé fidéi-com-
mis et dépositaire de tout testament qui se faisait, gardien
des deniers de beaucoup de gens, confesseur et conseiller
quasi de la meilleure partie des hommes et des femmes ; et
ainsi faisant, de loup il était changé en pasteur, et sa réputation de sainteté était devenue à Venise bien plus grande
que ne le fut jamais celle de saint François à Assises.

« Or, il advint qu'une jeune dame, simple et sotte, qui
était appelée madame Lisetta da Caquirino, femme d'un gros
marchand qui était parti avec des galères pour la Flandre,
alla, avec d'autres dames, se confesser à ce saint moine. Laquelle dame étant à ses pieds, et ayant, comme une Vénitienne qu'elle était — et elles sont toutes sans cervelle, —
dit une partie de ses péchés, frère Alberto l'interrogea et lui
demanda si elle n'avait pas quelque amant. A quoi elle, d'un
air indigné, répondit : « — Eh ! messire le moine, n'avez-
« vous pas des yeux en tête ? Mes beautés vous paraissent-
« elles faites comme celles des autres ? j'aurais trop d'amants
« si j'en voulais ; mais mes beautés ne sont pas faites pour
« être aimées de celui-ci ou de celui-là. Combien en voyez-
« vous dont les beautés soient faites comme les miennes,
« moi qui serais belle dans le paradis même ? — » Et par-
dessus cela, elle dit tant de choses de sa beauté, que c'était
fastidieux à entendre. Frère Alberto connut incontinent que
celle-ci était atteinte de sottise, et comme elle lui parut ter-
rain propice à ses desseins, il s'amouracha d'elle soudain et
outre mesure. Mais réservant les cajoleries pour un temps
plus favorable, et afin de se donner pour un saint, il se mit
pour cette fois à la reprendre et à lui dire que c'était là une
vaine gloire, et autres choses de ce genre. Pour quoi, la
dame lui dit qu'il était une bête et qu'il ne savait pas distinguer une beauté d'une autre. Alors frère Alberto, ne voulant

pas trop la courroucer, la confession étant finie, la laissa
aller avec les autres pénitentes.

« Quelques jours après, ayant pris avec lui un de ses fidèles compagnons, il alla à la maison de madame Lisetta, et
s'étant retiré à part avec elle dans une salle où il ne pouvait
être vu de personne, il se jeta à ses genoux et dit : « — Ma-
« dame, je vous prie, de par Dieu, de me pardonner ce que
« dimanche, alors que vous parliez de votre beauté, je vous
« ai dit, pour ce que j'en ai été si cruellement châtié la nuit
« suivante, que, depuis, je n'ai pu me lever si ce n'est au-
« jourd'hui. — » La dame niaise dit alors : « — Et qui vous
« a châtié ainsi ? — » Frère Alberto dit : « — Je vous le
« dirai. Etant la nuit en prière, comme j'ai l'habitude d'être
« toujours, je vis subitement dans ma cellule une grande
« splendeur, et avant que j'eusse pu me retourner pour voir
« ce que c'était, je vis au-dessus de moi un jeune homme
« d'éclatante beauté, un gros bâton à la main, qui me prit
« par la tête, me jeta à ses pieds, et me bâtonna tellement
« qu'il me brisa tout entier. Je lui demandai après pourquoi
« il avait agi ainsi, et il répondit : « — Parce que tu as osé
« aujourd'hui reprendre les célestes beautés de madame
« Lisetta, que j'aime, fors Dieu, au-dessus de toute chose. — »
« Et moi, je lui demandai alors : « — Qui êtes-vous ? » —
« A quoi il répondit qu'il était l'ange Gabriel. « — O mon sei-
« gneur — dis-je — je vous prie de me pardonner. — » Et lui
« dit alors : « — Eh bien, je te pardonne, à cette condition
« que tu iras la trouver le plus tôt que tu pourras, et que
« tu t'en feras pardonner ; et si elle ne te pardonne pas, je
« reviendrai ici, et je te donnerai tant de coups, que je te
« rendrai impotent pour tout le temps que tu vivras ici-
« bas. — » Ce qu'il me dit ensuite, je n'ose vous le dire, si
« vous ne me pardonnez tout d'abord. — »

« La dame à la cervelle éventée, et qui était aussi un peu douce de sel, se réjouissait tout en entendant ces paroles, et les croyait toutes très vraies ; au bout d'un moment, elle dit : « — Je vous disais bien, frère Alberto, que mes beautés « étaient célestes ; mais Dieu me soit en aide, j'ai pitié de « vous, et pour qu'il ne vous soit plus fait de mal, je vous « pardonne présentement, si vous me dites exactement ce « que l'ange vous a dit ensuite. — » Frère Alberto dit : « — Madame, puisque vous m'avez pardonné, je vous le « dirai volontiers ; mais je vous prie de vous souvenir d'une « chose, c'est que, quoi que je vous dise, vous vous gardiez « d'en parler à qui que ce soit au monde, si vous ne voulez « gâter vos affaires, car vous êtes la'plus heureuse femme qui « aujourd'hui soit sur terre. L'ange Gabriel m'a dit de vous « dire que vous lui plaisiez tant, que plusieurs fois il serait « venu coucher la nuit avec vous, s'il n'avait craint de vous « épouvanter. Maintenant il vous mande par ma bouche « qu'il veut venir vous trouver une nuit et rester quelque « temps avec vous ; et pour ce qu'il est ange, et qu'en venant « sous la forme d'ange vous ne pourriez pas le toucher, il dit « que, par amour pour vous, il veut venir sous une forme « d'homme, et pour ce il dit que vous lui mandiez dire quand « vous voulez qu'il vienne, et sous la forme de qui ; alors il « viendra ; de quoi vous pouvez, plus que toute autre femme « vivante, vous tenir heureuse. — » Madame la niaise dit alors qu'il lui plaisait beaucoup que l'ange Gabriel l'aimât, pour ce qu'elle l'aimait bien, lui aussi, et qu'elle ne manquait jamais d'allumer, devant les endroits où elle voyait son image, une chandelle d'au moins un matapan ; et que quelle que fût l'heure où il voudrait venir la voir, il serait le bienvenu ; qu'il la trouverait toute seule dans sa chambre, mais à la condition toutefois qu'il ne la délaisserait pas pour la Vierge

Marie, qu'on lui avait dit lui vouloir beaucoup de bien, ainsi
que cela paraissait du reste, puisque chaque fois qu'elle le
voyait elle se mettait à genoux devant lui. Elle ajouta qu'il
pouvait venir sous la forme qu'il voudrait, car elle n'aurait
pas peur.

« Frère Alberto dit alors : « — Madame, vous parlez sage-
« ment, et j'ordonnerai tout pour le mieux avec lui selon que
« vous me dites. Mais vous pouvez me faire une grande
« grâce qui, à vous, ne vous coûtera rien, et cette grâce, la
« voici : consentez à ce qu'il vienne avec mon corps. Et écou-
« tez en quoi vous me ferez ainsi une grâce : il me tirera
« l'âme du corps et la mettra en paradis, et il entrera en
« moi, et tout autant qu'il sera avec vous, autant mon âme
« restera en paradis. — » La dame peu fine, dit alors :
« — Cela me plaît très bien ; je veux qu'en dédommagement
« des coups qu'il vous a donnés à mon occasion, vous ayez
« cette consolation. — » Frère Alberto dit alors : « — Donc
« faites que cette nuit il trouve la porte de votre demeure
« disposée de façon qu'il puisse entrer, pour ce que, venant
« sous un corps d'homme, il ne pourra entrer autrement
« que par la porte. — » La dame répondit que ce serait fait.
Frère Alberto partit, et elle resta si transportée de joie que
le cul ne lui touchait pas la chemise, et qu'il lui semblait
qu'il se passerait mille ans avant que l'ange Gabriel vînt la
trouver.

« Frère Alberto, pensant que cette nuit il lui faudrait faire
office de cavalier et non d'ange, commença par se réconforter
avec des confetti et d'autres bonnes choses, afin de ne pas
être trop facilement jeté bas de son cheval. Ayant donc obtenu permission, dès qu'il fut nuit, il alla avec un de ses compagnons dans la maison d'une de ses amies, d'où il avait
plus d'une fois pris sa course quand il allait courir les ju-

ments, et de là, quand le moment lui parut venu, il se rendit à la demeure de la dame, où ayant pénétré, il se transforma en ange avec les habits qu'il avait apportés, puis monta en haut et entra dans la chambre de la dame. Celle-ci, dès qu'elle vit cette chose toute blanche, s'agenouilla devant elle, et l'ange l'ayant bénie, la releva et lui fit signe d'aller au lit. Elle, empressée d'obéir, le fit prestement, et l'ange se coucha auprès de sa dévote. Frère Alberto était bel homme et robuste de corps, et sa personne se tenait bien sur ses jambes ; pour quoi se trouvant avec madame Lisetta qui était fraîche et tendre, il lui fit une autre contenance que son mari et vola pendant la nuit bon nombre de fois sans ailes ; de quoi elle se tint pour fortement contente ; et de plus, il lui dit beaucoup de choses sur la gloire céleste. Puis, le jour approchant, ayant préparé son retour, il sortit sous ses habits ordinaires et rejoignit son compagnon, auquel, afin qu'il n'eût pas peur en dormant seul, la bonne femme de la maison avait fait amicale compagnie.

« La dame, dès qu'elle eût déjeuné, ayant pris sa suivante, alla trouver frère Alberto et lui dit des nouvelles de l'ange Gabriel, et ce qu'elle avait entendu de lui sur la gloire de la vie éternelle, et comme il était fait, ajoutant à cela de merveilleuses fables. A quoi frère Alberto dit : « — Je ne « sais comment vous avez été avec lui ; je sais bien que cette « nuit, quand il est venu à moi et que je lui ai eu fait votre « ambassade, il transporta subitement mon âme parmi tant « de fleurs et tant de roses, que jamais on en vit autant ici-« bas, et je restai jusqu'à ce matin en un des plus agréables « lieux qui fut jamais ; ce que mon corps est devenu pendant « ce temps, je ne sais. — » « — Ne vous le dis-je pas — dit « la dame — votre corps a été toute la nuit dans mes bras « avec l'ange Gabriel ; et si vous ne me croyez pas, regardez-

30.

« vous sous le sein gauche, à l'endroit où j'ai donné un
« grandissime baiser à l'ange, tellement que la trace en res-
« tera plusieurs jours. — » Frère Alberto dit alors :
« — Bien ferai-je aujourd'hui une chose que je n'ai pas
« faite depuis longtemps, je me dévêtirai pour voir si vous
« dites vrai. — » Et après bon nombre de sottises, la dame
s'en retourna chez elle, où, sous forme d'ange, frère Alberto
alla souvent depuis, sans trouver aucun empêchement.

« Cependant il advint qu'un jour, madame Lisetta étant
avec une de ses commères, et devisant avec elle sur la
beauté, elle dit, pour mettre la sienne au-dessus de toute
autre, en femme qui avait peu de sel en la cervelle : « — Si
« vous saviez à qui ma beauté plaît, en vérité vous vous tai-
« riez sur celle des autres. — » La commère, désireuse
d'apprendre, et qui la connaissait bien, dit : « — Madame,
« vous pouvez dire vrai, mais cependant, ne sachant pas quel
« est celui-là, d'aucuns ne le croiraient pas aussi légère-
« ment. — » Alors la dame, qui avait peu d'esprit, dit :
« — Commère, cela ne se doit pas dire, mais mon amant
« est l'ange Gabriel qui m'aime plus que lui-même, comme
« étant la plus belle dame, à ce qu'il me dit, qui soit au
« monde ou dans la Maremme. — » La commère eut alors
envie de rire, mais elle se retint pour la faire parler davantage, et dit : « — Sur ma foi en Dieu, Madame, si l'ange
« Gabriel est votre amant et vous a dit cela, il doit bien en
« être ainsi ; mais je ne croyais pas que les anges faisaient
« ces choses. — » La dame dit : « — Commère, vous êtes
« dans l'erreur ; par les plaies de Dieu, il le fait mieux que
« mon mari. Il me dit aussi que cela se fait ainsi là-haut ;
« mais pour ce que je lui parais plus belle qu'aucune autre
« qui soit au Ciel, il s'est énamouré de moi et vient coucher
« avec moi bien souvent : comprenez-vous maintenant ? — »

« La commère ayant quitté madame Lisetta, il lui sembla
vivre mille ans avant d'être en un endroit où elle pût redire
ces choses ; et s'étant trouvée à une fête en compagnie d'une
nombreuse société de dames, elle leur raconta de tous points
la nouvelle. Ces dames le dirent à leurs maris et à d'autres
dames, et celles-ci à d'autres encore, et ainsi en moins de
deux jours, Venise en fut toute remplie. Mais parmi ceux
aux oreilles de qui vint la chose, se trouvèrent les beaux-
frères de la dame, lesquels, sans rien lui dire, eurent à cœur
de connaître cet ange Gabriel et de savoir s'il savait voler, et
s'embusquèrent pendant plusieurs nuits à cet effet.

« Il advint que de tout ceci rien ne parvint aux oreilles de
frère Alberto, qui s'en fut une nuit retrouver la dame. Mais
à peine se fût-il déshabillé, que les beaux-frères de celle-ci
qui l'avaient vu venir, furent à la porte de sa chambre pour
l'ouvrir. Ce que frère Alberto entendant, et s'apercevant de
ce que c'était, il se leva, et n'ayant pas d'autre moyen de se
sauver, ouvrit une fenêtre qui donnait sur le grand canal et
se jeta à l'eau. Il y avait beaucoup de fond et il savait bien
nager, de sorte qu'il ne se fit aucun mal ; et ayant nagé de
l'autre côté du canal, il entra prestement dans une maison
qui était ouverte, où il pria un bon homme qui s'y trouvait,
de lui sauver la vie pour l'amour de Dieu, lui racontant une
fable pour lui expliquer comment il se trouvait là à cette
heure et tout nu. Le bon homme, mu de pitié, et ayant à
aller à ses affaires, le mit dans son lit et lui dit d'y rester
jusqu'à son retour, puis, l'ayant enfermé, il alla à ses affaires. Quant aux beaux-frères de la dame, étant entrés dans
la chambre, ils trouvèrent qu'après y avoir laissé ses ailes,
l'ange Gabriel s'était envolé ; de quoi tout déconfits, ils firent
de grands reproches à la dame, et la laissant désolée, s'en
retournèrent chez eux, avec la défroque de l'ange Gabriel.

« Sur ces entrefaites, le jour étant venu, le bon homme
se trouvant sur le Rialto, entendit dire comment, la nuit
précédente, l'ange Gabriel avait été coucher avec madame
Lisetta, et que, trouvé par ses beaux-frères, il s'était, de
peur, jeté dans le canal, et qu'on ne savait ce qu'il était devenu ; pour quoi il s'avisa soudain que c'était lui qu'il avait
en sa demeure. Y étant retourné et l'ayant reconnu, après
lui avoir parlé de beaucoup de choses, il lui dit que s'il ne
voulait pas qu'il le livrât aux beaux-frères, il lui fît apporter
cinquante ducats ; ce qui fut fait. Puis, frère Alberto désirant sortir de là, le bon homme lui dit : « — Il n'y a pas
« d'autre moyen que celui-ci : nous faisons aujourd'hui une
« fête dans laquelle chacun mène un homme vêtu soit en
« ours, soit en sauvage, ou en tout autre déguisement ; et
« nous faisons une chasse sur la place Saint-Marc, après la-
« quelle chasse, la fête est terminée, et chacun s'en va où il
« lui plaît avec celui qu'il a mené. Si vous voulez, afin qu'on
« ne puisse deviner qui vous êtes, je vous mènerai là dans un
« de ces déguisements, et je pourrai ensuite vous conduire
« où vous voudrez. Autrement je ne vois pas comment vous
« pourriez sortir d'ici sans être reconnu, car les beaux-frères
« de la dame, avisant que vous êtes caché en quelque endroit
« des environs, ont mis partout des sentinelles pour vous
« avoir. — »

« Bien qu'il parût dur à frère Alberto d'aller sous un tel
déguisement, la peur qu'il avait des parents de la dame
l'amena à accepter, et il dit à son hôte où il voulait être
conduit, et qu'il serait content pourvu qu'il l'y conduisît.
Celui-ci après l'avoir tout enduit de miel, le couvrit par
dessus de plumes légères, puis lui ayant mis une chaîne
dans la bouche, et lui ayant donné à tenir d'une main un
grand bâton et de l'autre deux grands chiens qu'il avait

menés de la boucherie, il envoya quelqu'un au Rialto publier à son de trompe que quiconque voudrait voir l'ange
Gabriel allât sur la place de saint Marc ; et voilà la loyauté
vénitienne ! Cela fait, il le fit sortir, le faisant marcher devant
lui, et le tenant derrière par la chaîne, non sans une grande
rumeur de la foule qui répétait à l'envie : Qu'est-cela, Qu'est-
cela ? Il le conduisit sur la place, où il y avait des gens à
l'infini qui tous étaient venus sur l'avis entendu au Rialto.
Parvenu là, dans un endroit élevé, faisant semblant d'attendre la chasse, il lia à une colonne son homme sauvage auquel les mouches et les taons, pour ce qu'il était enduit de
miel, causaient un grand ennui. Mais quand il eut vu la
place bien pleine, feignant de vouloir détacher son homme
sauvage, il ôta le masque à frère Alberto, disant : « — Sei-
« gneurs, puisque le sanglier ne vient pas à la chasse, et
« qu'ainsi on n'en fait pas, je veux, pour que vous ne soyez
« pas venus en vain, que vous voyiez l'ange Gabriel, lequel
« descend du ciel la nuit pour consoler mesdames les Vé-
« nitiennes. — »

« Dès que le masque fut ôté, frère Alberto fut aussitôt reconnu de tous, et chacun lui adressait les mots les plus ou-
trageants et les plus grandes injures que l'on eût dites
jamais à un fourbe. En outre, chacun lui jetait au visage,
qui une ordure, qui une autre. Et on le tint ainsi un grand
espace de temps, jusqu'à ce que la nouvelle fût venue par
aventure à ses frères. Enfin six d'entre eux arrivèrent le
chercher, et lui ayant jeté une cape sur le dos après l'avoir
enchaîné, ils le menèrent non sans une grande rumeur derrière lui, à leur couvent, où il fut mis en prison, et où l'on
croit qu'il mourut après avoir mené une vie misérable. C'est
ainsi que tenu pour saint et faisant le mal sans qu'on le crût,
il osa se faire passer pour l'ange Gabriel, et déguisé en

homme sauvage, il finit par être vitupéré, comme il l'avait
mérité, et pendant longtemps pleura en vain ses péchés.
Plaise à Dieu qu'à tous les autres il puisse en arriver
ainsi. — »

NOUVELLE III

Trois jouvenceaux aiment trois sœurs et s'enfuient avec elles en Crète. L'aînée
tue son amant par jalousie ; la seconde lui sauve la vie en couchant avec le
duc de Crète. Son amant l'ayant su, la tue et s'enfuit avec la sœur aînée. Le
troisième amant et la troisième sœur sont accusés du meurtre ; ils sont mis en
prison, corrompent le gardien et se sauvent à Rhodes, où ils meurent dans la
misère.

Philostrate, ayant entendu la fin de la nouvelle de Pampinea, resta quelque temps silencieux, puis dit en se tournant vers elle : « — Il y a eu un peu de bon, et cela m'a plu,
à la fin de votre nouvelle ; mais auparavant, il y a eu trop à
rire, ce que j'aurais voulu n'y point voir. — » Puis s'étant
tourné vers la Lauretta, il dit : « — Madame, continuez avec
une meilleure, si cela se peut. — » La Lauretta dit en riant :
« — Vous êtes trop cruel envers les amants si vous désirez
uniquement qu'ils aient une fin malheureuse. Moi, pour
vous obéir, je conterai une nouvelle au sujet de trois amants
qui finirent également mal après avoir peu joui de leur
amour. — » Et ayant ainsi dit, elle commença : « — Jeunes
dames, comme vous pouvez clairement le reconnaître, tout
vice peut tourner au plus grand dommage de celui qui en
use, et souvent au dommage d'autrui ; et parmi tous les
autres vices, il me semble que celui qui nous jette dans les
périls à rênes abandonnées, c'est la colère, laquelle n'est pas
autre chose qu'un mouvement soudain et inconsidéré, mu

par sentiment de tristesse qui chasse toute raison, et ayant aveuglé de ténèbres les yeux de l'esprit, allume notre âme d'une immense fureur. Et bien que cela arrive souvent chez les hommes, et plus souvent chez les uns que chez les autres, néanmoins ce vice s'est vu aussi avec de plus grands dommages chez les femmes, pour ce que les soupçons s'allument plus facilement chez elles, y brûlent d'une plus vive flamme et les émeuvent avec moins de retenue. Et il n'y a rien d'étonnant à cela, car, si nous voulons regarder, nous voyons que de sa nature le feu prend plus vite aux choses légères et faibles, qu'aux choses dures et plus résistantes. Pour nous,— et les hommes ne le prennent pas pour un mal — nous sommes plus délicates qu'eux et beaucoup plus mobiles. C'est pourquoi, considérant que nous sommes portées naturellement à cela, et que d'un autre côté notre mansuétude et notre bonté procurent grande tranquillité et grand plaisir aux hommes avec lesquels nous avons à vivre, et aussi que la colère et la fureur sont une source de grand ennui et péril, et afin que nous nous en gardions d'un cœur plus fort, j'entends par ma nouvelle vous montrer comment l'amour de trois jeunes hommes et d'autant de dames, comme j'ai dit ci-dessus, de très heureux devint très malheureux par suite de la colère de l'une d'elles.

« Marseille, comme vous savez est située en Provence sur le bord de la mer. C'est une antique et très noble cité, et et qui fut jadis plus remplie d'hommes riches et de gros marchands qu'on n'y en voit aujourd'hui. Parmi ces derniers, il en fut un appelé Narnald Cluada, homme de naissance infime, mais de grande bonne foi et loyal marchand, riche sans mesure de domaines et de deniers, lequel avait eu de sa femme plusieurs enfants, dont trois étaient des filles et beaucoup plus agées que les autres qui étaient des garçons.

Deux d'entre elles, nées le même jour, étaient âgées de
quinze ans ; la troisième en avait quatorze. Leurs parents
n'attendaient pour les marier que le retour de Narnald qui
était allé avec ses marchandises en Espagne. Les noms des
deux premières étaient pour l'une Ninetta, et pour l'autre
Maddalena ; la troisième s'appelait Bertella. De la Ninetta,
un jeune homme nommé Restagnone, gentilhomme quoique pauvre, s'était amouraché autant qu'il pouvait, et la
jeune fille s'était à son tour éprise de lui, et tous deux
avaient su si bien s'y prendre, que, sans que personne au
monde le sût, ils jouissaient de leur amour. Et ils en jouissaient déjà depuis un certain temps, quand il advint que deux
jeunes compagnons, dont l'un s'appelait Folco et l'autre
Ughetto, et dont les pères étaient morts en les laissant très
riches, s'énamourèrent l'un de la Maddalena l'autre de la Bertella. De quoi s'étant aperçu Restagnone — la Ninetta le lui
ayant montré — il songea à avancer ses propres affaires,
grâce à leur amour. S'étant lié avec eux, il les accompagnait
tantôt l'un, tantôt l'autre, tantôt tous deux à la fois, pour
voir leurs dames en même temps qu'il venait voir la sienne ;
et quand il lui parut être assez leur ami, il les fit venir un
jour dans sa demeure et leur dit : « — Très chers jeunes
« gens, notre fréquentation peut vous avoir assurés combien
« est grande l'amitié que je vous porte, et que je ferais pour
« vous ce que je ferais pour moi-même ; et comme je vous
« aime beaucoup, j'entends vous dire ce qui m'est venu en
« l'esprit ; puis, vous et moi, nous prendrons ensemble là-
« dessus le parti qui vous semblera le meilleur. Si vos pa-
« roles ne mentent pas, et par ce que j'ai aussi compris de
« vos allures de jour et de nuit, vous brûlez d'un grandissime
« amour pour les deux jeunes filles que vous aimez, et dont
« moi j'aime la troisième sœur. A cette ardeur, si vous voule

« vous y prêter, mon cœur me donne de trouver très doux
« et plaisant remède qui est celui-ci : vous êtes de richis-
« simes jeunes gens, ce que moi je ne suis pas ; si vous voulez
« réunir vos richesses en une et m'en faire avec vous troi-
« sième possesseur, puis choisir en quelle partie du monde
« vous désirez que nous allions mener joyeuse vie avec nos
« maîtresses, sans aucun doute je ferai que les trois sœurs,
« avec une grande partie des biens de leur père, s'en vien-
« dront avec nous où nous voudrons aller. A vous mainte-
« nant de prendre un parti et de vous satisfaire par ce
« moyen ou de le laisser. — »

Les deux jeunes gens qui brûlaient outre mesure, entendant qu'ils obtiendraient leurs jeunes maîtresses, ne se fatiguèrent pas trop à délibérer, mais dirent que si ce résultat
devait s'ensuivre, ils étaient prêts à faire ainsi. Restagnone
ayant obtenu cette réponse des jeunes gens se rencontra
avec la Ninetta auprès de laquelle il ne pouvait s'introduire
sans grandes difficultés, et après être demeuré quelque temps
avec elle, il lui exposa ce qu'il avait dit aux jeunes gens, et
s'efforça par de nombreux raisonnements de la rendre favorable à cette entreprise. Mais cela lui fut peu malaisé, pour ce
qu'elle désirait encore plus que lui de le voir sans entraves ;
pour quoi elle lui répondit sans hésiter que cela lui plaisait et
que ses sœurs, surtout en cette occasion, feraient ce qu'elle
voudrait, et elle l'engagea à préparer le plus tôt possible tout
ce qui était nécessaire à l'accomplissement de ce projet. Restagnone étant retourné vers les deux jeunes gens qui le pous-
saient vivement à faire ce dont il leur avait parlé, leur dit
que, pour ce qui concernait leurs dames, la besogne était en
bonne voie. Alors, ayant résolu entre eux d'aller en Crète, ils
vendirent quelques domaines qu'ils possédaient, sous prétexte
d'avoir des deniers comptants pour faire le commerce, et

ayant fait argent de tous leurs autres biens, ils achetèrent un navire léger, l'armèrent en secret d'une façon complète et attendirent l'heure du départ. De son côté, la Ninetta qui connaissait très bien le désir de ses sœurs, les disposa si bien à l'aventure par de douces paroles, qu'elles ne croyaient jamais pouvoir vivre jusque-là. Pour quoi, la nuit étant venue où l'on devait monter sur le navire, les trois sœurs ayant ouvert un grand coffre appartenant à leur père, y prirent une très grande quantité d'argent et de bijoux, et toutes trois étant sorties sans bruit de la maison suivant l'ordre convenu, elles allèrent retrouver leurs trois amants qui les attendaient. Elles montèrent sans retard avec eux sur le navire, on donna des rames dans l'eau et l'on partit ; sans s'arrêter nulle part, ils arrivèrent le lendemain soir à Gènes, où les nouveaux amants prirent tout d'abord joie et plaisir de leur amour. Après s'être ravitaillés de tout ce dont ils avaient besoin, ils poursuivirent leur route, et d'un port à l'autre, avant le huitième jour, ils arrivèrent sans encombre en Crète où ils achetèrent de grands et beaux domaines tout près de la ville de Candie, sur lesquels ils firent batir de très belles et plaisantes habitations. Là, avec un nombreux domestique, des chiens, des oiseaux et des chevaux, ils se mirent à vivre joyeusement en noces et festins, avec leurs dames, en hommes les plus heureux du monde et comme de grands seigneurs.

« Sur ces entrefaites, de même que nous voyons chaque jour arriver que les choses les plus agréables ennuient quand on les a en trop grande abondance, il advint que Restagnone, qui avait beaucoup aimé la Ninetta et qui pouvait l'avoir à son plaisir et sans aucune crainte, se mit à s'en lasser et par conséquent à manquer d'amour pour elle. S'étant trouvé à une fête, il vit une jeune fille du pays ; celle-ci lui ayant souverainement plu, car elle était belle et gente dame, il la poursuivit de ses assiduités et se mit à donner pour elle de merveilleuses fêtes et galanteries ; de quoi la Ninetta s'apercevant, elle conçut à son sujet une telle jalousie qu'il ne pouvait faire un pas sans qu'elle le sût et ne le harcelât ensuite par ses reproches et ses invectives. Mais de même que l'abondance des choses devient fastidieuse, la privation de ce qu'on désire augmente l'appétit ; ainsi les invectives de la Ninetta accroissaient les flammes du nouvel amour de Restagnone ; et comme par la suite du temps il advint — soit que Restagnone eût obtenu ou n'eût pas obtenu les faveurs de la dame aimée — que la Ninetta, qui que ce fût qui le lui rapportât, le tint pour vrai et qu'elle tomba dans une telle tristesse et de là dans une telle colère, puis dans une telle fureur, que l'amour qu'elle portait à Restagnone s'étant changé en haine acerbe, elle résolut, consumée par sa colère, de venger par la mort de Restagnone l'injure qu'elle s'imaginait avoir reçue. Et étant allée trouver une vieille Grecque, grande maîtresse en la composition des poisons, elle l'amena par promesses et par dons à faire une eau mortifère que, sans plus hésiter, elle donna à boire un soir à Restagnone qui avait chaud et qui ne se méfiait point de cela. La puissance de cette eau fut telle qu'avant que le matin fut venu, elle l'eut tué.

« Folco et Ughetto, ainsi que leurs dames, apprenant cette mort, sans savoir que leur ami était mort par le poison, pleurèrent amèrement avec la Ninetta, et le firent honorablement ensevelir. Mais, peu de jours après, il advint que, pour un autre méfait, la vieille qui avait composé l'eau empoisonnée pour la Ninetta fut prise, et parmi ses autres crimes, ayant été mise à la question, confessa celui-là, démontrant pleinement ce qui était advenu pour Restagnone. Sur quoi, le duc de Crète, sans rien dire, s'en fut secrètement une nuit au palais de Folco et, sans causer la moindre rumeur, sans ren-

contrer le plus petit obstacle, emmena la Ninetta prison-
nière. De celle-ci, et sans avoir nullement besoin de la sou-
mettre à la question, il sut très vite ce qu'il voulait savoir
sur la mort de Restagnone. Folco et Ughetto avaient été informés en secret par le duc et avaient redit à leurs dames
pourquoi la Ninetta avait été emprisonnée, ce qui leur déplut fort; aussi ils mirent tous leurs soins à faire que la Ninetta échappât au bûcher auquel ils prévoyaient qu'elle serait condamnée, comme une malheureuse qui l'avait très
bien gagné. Mais tous leurs efforts n'aboutirent à rien,
pour ce que le duc persistait à vouloir faire justice.

« La Maddalena, qui était une belle jeune femme et qui
avait été longuement courtisée par le duc sans avoir jamais
voulu faire ce qu'il désirait, s'imaginant qu'en se montrant
complaisante pour lui elle pourrait soustraire sa sœur au
bûcher, lui fit dire par un messager discret qu'elle se tenait
à son commandement si deux choses devaient s'ensuivre : la
première que sa sœur lui serait rendue sauve et libre, l'autre
que cette affaire resterait secrète. Le duc, ayant ouï l'ambassade et celle-ci lui ayant plu, réfléchit longuement sur ce
qu'il devait faire; puis à la fin il consentit et dit qu'il était
prêt. Ayant donc, du consentement de la dame et comme
s'il voulait s'informer auprès d'eux, fait arrêter une nuit
Folco et Ughetto, il alla coucher secrètement avec la Maddalena. Et après avoir tout d'abord fait semblant de faire
mettre la Ninetta dans un sac, et de la faire cette nuit
même noyer dans la mer, il la ramena avec lui à sa sœur,
et, pour prix de cette nuit, la lui remit, en la priant le matin avant de la quitter, de faire en sorte que cette nuit, qui
avait été la première de leur amour, ne fût pas la dernière;
en outre, il lui imposa de renvoyer la coupable, afin qu'on
ne le blâmât point ou qu'il ne fût pas forcé de sévir contre elle.

« Le matin suivant, Folco et Ughetto ayant entendu dire que pendant la nuit la Ninetta avait été noyée et croyant que c'était vrai, furent mis en liberté ; sur quoi, ils retournèrent chez eux pour consoler leurs dames de la mort de leur sœur. Mais bien que la Maddalena s'efforçât de tenir celle-ci cachée, Folco s'aperçut qu'elle était dans la maison, de quoi il s'étonna beaucoup et soudain devint soupçonneux ; ayant déjà appris que le duc avait aimé la Maddalena, il lui demanda comment il pouvait se faire que la Ninetta fût là. La Maddalena ourdit une longue fable pour le lui expliquer, mais elle fut peu crue par lui, car il était rusé, et il la contraignit à dire la vérité ; enfin, après beaucoup de paroles, elle la lui dit. Folco, vaincu par la douleur et enflammé de colère, tira son épée et, pendant qu'elle lui demandait en vain pardon, il la tua ; puis, craignant la colère et la justice du duc, il alla à l'endroit où était la Ninetta, et feignant un air joyeux, lui dit : « — Vite, allons-nous en là où il a été con- « venu avec ta sœur que je te mènerais, afin que tu ne tom- « bes plus entre les mains du duc. — » Ce que croyant, la Ninetta qui dans sa terreur désirait vivement partir, se mit en route avec Folco sans prendre autrement congé de sa sœur, la nuit étant déjà venue. Et avec l'argent sur lequel Folco put mettre les mains, ce qui fut peu de chose, ils coururent vers la mer, montèrent sur une barque et jamais on ne sut où ils étaient arrivés.

« Le jour suivant venu, et la Maddalena ayant été trouvée morte, d'aucuns par envie et haine pour Ughetto allèrent sur-le-champ le dire au duc ; pour quoi, le duc qui aimait beaucoup la Maddalena, accourut tout enflammé de colère, et s'emparant d'Ughetto et de sa dame qui ne savaient encore rien de toutes ces choses, c'est-à-dire du départ de Folco et de la Ninetta, il les contraignit de confesser qu'ils étaient les complices de Folco dans la mort de la Maddalena. Craignant à cause de cet aveu d'être mis à mort, Ughetto et sa dame corrompirent à grand peine ceux qui les gardaient en leur donnant une certaine quantité d'argent qu'ils avaient caché dans leur demeure pour les cas opportuns, et en compagnie de leurs gardiens, sans avoir le temps de rien prendre de ce qui leur appartenait, étant montés sur une barque, ils s'enfuirent de nuit à Rhodes, où ils vécurent, non longtemps, dans la pauvreté et dans la misère. Ainsi donc le fol amour de Restagnone et la colère de la Ninetta les conduisirent à une telle fin, eux et leurs compagnons. — »

NOUVELLE IV

Gerbino, malgré la parole donnée par son aïeul le roi Guiglielmo, attaque un navire du roi de Tunis pour enlever la fille de ce dernier. Celle-ci est tuée par ceux qui étaient sur le navire. Gerbino les tue tous, et a, à son tour, la tête tranchée par ordre de son aïeul.

Sa nouvelle finie, la Lauretta se tut, et dans la compagnie chacun causant avec l'un ou avec l'autre, se lamentait du malheur des amants ; qui blâmait la colère de la Ninetta, et qui disait une chose, et qui une autre, quand le roi, comme s'il se fût débarrassé d'un penser profond, leva les yeux et fit signe à Élisa de continuer, laquelle commença modestement : « — Plaisantes dames, il y en a beaucoup qui croient qu'Amour ne lance ses flèches qu'après avoir été allumé par les yeux, et qu'on ne peut devenir amoureux par ouï dire. Combien ceux-là se trompent, c'est ce qui apparaîtra très manifestement dans une nouvelle que je veux

dire. Vous y verrez que non-seulement la renommée agit
seule sans que les amants se fussent jamais vus, mais qu'elle
les conduisit tous deux à une mort misérable.

« Guillaume, deuxième roi de Sicile, eut, ainsi que le veulent les Siciliens, deux enfants, l'un mâle, nommé Ruggieri,
et l'autre du sexe féminin, appelé Costanza. Ce Ruggieri
étant mort avant son père, laissa un fils nommé Gerbino
qui élevé avec soin par son aïeul, devint un très beau jeune
homme, fameux en prouesse et en courtoisie. Non-seulement
sa renommée ne resta pas enfermée dans les limites de la
Sicile, mais éclatant en diverses parties du monde, elle était
très répandue en Barbarie, laquelle, en ces temps, était tri-
butaire du roi de Sicile. Parmi les autres personnes aux
oreilles de qui était venue la magnifique renommée de courage et de courtoisie de Gerbino, fut une fille du roi de Tunisie, laquelle, selon l'avis de quiconque l'avait vue, était
une des plus belles créatures qui eût jamais été formée par
la nature, la plus affable et de noble et grand esprit. Comme
elle écoutait volontiers parler des hommes vaillants, elle accueillit avec tant de plaisir les récits faits par l'un et par
l'autre sur les exploits de Gerbino que, s'imaginant en elle-
même comment il devait être fait, elle s'énamoura fortement de lui et en parlait de préférence à tout autre, de
même qu'elle écoutait plus volontiers qui en parlait. D'autre part, la grande renommée de sa beauté et de sa valeur
était parvenue également en Sicile et avait frappé non sans
grand plaisir et non en vain les oreilles de Gerbino; si bien
qu'il ne s'enflamma pas moins pour elle que la jeune fille ne
s'était enflammée pour lui. Pour quoi, jusqu'à ce qu'une
honnête occasion se présentât de demander à son aïeul la
permission d'aller à Tunis, il imposait à tous ceux de ses
amis qui y allaient d'exprimer à la jeune princesse, autant

qu'il serait possible, et par le moyen qui leur paraîtrait le meilleur, son secret et grand amour, et de lui rapporter de ses nouvelles. L'un d'eux le fit d'une façon très sagace; sous prétexte de porter des joyaux pour les dames, comme les marchands font, il apprit à la jeune princesse l'amour de Gerbino et s'offrit pour exécuter ses ordres. Celle-ci reçut d'un visage joyeux l'ambassadeur et l'ambassade, et lui répondit qu'elle brûlait d'un pareil amour, lui envoyant en témoignage un de ses plus précieux joyaux. Gerbino le reçut avec autant d'allégresse que n'importe quelle chose précieuse du monde; il lui écrivit plusieurs fois par le même messager et lui envoya des présents très riches, échangeant avec elle des promesses certaines de se voir et de s'aboucher si la fortune le lui permettait.

« Pendant que les choses allaient de cette façon, tirant un peu plus au long qu'il n'était besoin, et la jeune fille et Gerbino brûlant d'amour chacun de leur côté, il advint que le roi de Tunisie la maria au roi de Grenade; de quoi elle fut courroucée outre mesure, pensant que non-seulement une grande distance allait la séparer de son amant, mais qu'elle lui était entièrement ravie; et si elle en avait vu le moyen, afin d'éviter que cela arrivât, elle se serait volontiers enfuie de chez son père et serait allée trouver Gerbino. Gerbino de son côté apprenant ce mariage, en fut dolent outre mesure, et songeait souvent en lui-même s'il ne trouverait pas un moyen de l'enlever de force, s'il advenait qu'on l'envoyât par mer à son mari. Le roi de Tunisie avait appris quelque chose de cet amour et du projet de Gerbino; doutant de sa propre valeur et de sa puissance, et le temps où il devait faire partir sa fille approchant, il envoya un messager au roi Guillaume pour lui signifier ce qu'il entendait faire, et qu'il ne le ferait qu'autant qu'il serait assuré par lui de n'en être empêché ni par Gerbino, ni par un autre. Le roi Guillaume, qui était vieux et qui n'avait rien su de l'amour de Gerbino, ne soupçonnant pas que c'était pour cela qu'on lui demandait une telle sûreté, l'accorda libéralement, et en signe de consentement envoya son gant au roi de Tunis. Celui-ci, dès qu'il eut reçu le gage, fit apprêter dans le port de Carthagène un grand et beau navire, y fit mettre tout ce qui était nécessaire à celle qui devait y monter, et le fit armer et préparer pour envoyer sa fille à Grenade ; puis il n'attendit plus qu'un temps favorable. La jeune femme qui voyait et savait tout cela, envoya secrètement un de ses serviteurs à Palerme, et lui donna l'ordre d'aller saluer de sa part le beau Gerbino et de lui dire qu'avant peu de jours elle devait partir pour Grenade ; pour quoi on verrait maintenant s'il était aussi vaillant homme qu'on disait et s'il l'aimait autant qu'il l'avait déclaré plusieurs fois.

« Celui à qui avait été confié l'ambassade la fit très bien et revint à Tunis. Gerbino, apprenant cela, et sachant que le roi Guillaume son aïeul avait donné un gage de sûreté au roi de Tunis, ne savait que faire ; mais pourtant, aiguillonné par son amour, ayant entendu les paroles de la dame et craignant de paraître lâche, il s'en alla à Messine où il fit rapidement armer deux galères, y plaça de vaillants hommes d'armes et se dirigea avec elles vers la Sardaigne, pensant que le navire de la dame devait passer par là. Le fait ne tarda pas à lui donner raison ; il n'était pas là de quelques jours, que le navire, poussé par un petit vent, arriva à l'endroit même où il s'était arrêté pour l'attendre. Gerbino, le voyant, dit à ses compagnons : « — Seigneurs, si « vous êtes aussi vaillants que je vous tiens, je crois qu'aucun « de vous n'est sans avoir senti ou sans sentir l'amour, sans « lequel, comme je l'estime moi-même, nul mortel ne peut

« avoir ni vertu ni bien ; et si vous avez été ou si vous êtes
« amoureux, il vous sera facile de comprendre ce que je dé-
« sire. J'aime, et Amour me pousse à vous donner la pré-
« sente fatigue ; l'objet que j'aime est dans le navire que
« vous voyez devant vous. Ce navire, avec ce que je désire le
« plus, est plein de grandissimes richesses, dont, si vous êtes
« de vaillants hommes, avec peu de peine et en combattant
« virilement, nous pouvons nous rendre maîtres. De cette vic-
« toire, je ne cherche qu'une part pour moi, c'est-à-dire une
« dame pour l'amour de qui j'ai pris les armes ; tout le reste
« vous appartiendra libéralement. Allons donc, et attaquons
« vaillamment le navire. Dieu, favorable à notre entreprise,
« le tient arrêté ici sans lui prêter le secours du vent. — »

« Il n'était pas besoin au beau Gerbino de tant de paroles,
pour ce que les Messiniens qui étaient avec lui, ardents de
rapine, étaient déjà disposés dans leur idée à faire ce à quoi
Gerbino les engageait par ses paroles. Pour quoi, à la fin
de son discours, un grand cri de : Qu'il en soit ainsi ! s'éleva,
et les trompettes sonnèrent, On prit les armes, et battant
l'eau des rames, on parvint au navire. Ceux qui étaient sur le
navire, voyant de loin venir les galères, et ne pouvant fuir,
s'apprêtèrent à se défendre. Le beau Gerbino leur fit dire
qu'on envoyât les patrons du navire sur les galères, s'ils ne
voulaient pas accepter le combat. Les Sarrazins, ayant reconnu qui ils étaient et ce qu'ils demandaient, dirent qu'on
les attaquait contre la foi donnée à leur roi, et pour le prouver, ils montrèrent le gant du roi Guillaume, et refusèrent,
à moins d'y être contraints par force, de se rendre ou de
donner quoi que ce soit de ce qui était sur le navire. Gerbino
qui avait vu sur la poupe du navire la dame, bien plus belle
encore qu'il ne pensait, et plus enflammé qu'avant, répondit
quand on lui montra le gant, qu'il n'y avait point là de fau-

cons, partant qu'il n'était pas besoin de gants, et que, puisqu'ils ne voulaient pas donner la dame, ils s'apprêtassent à
recevoir la bataille, laquelle sans plus attendre ils commencèrent en se lançant mutuellement des traits et des pierres.
Ils combattirent longuement de la sorte, au grand dommage
des deux partis; enfin Gerbino voyant qu'on faisait peu de
besogne, prit un petit navire qu'il avait amené de Sardaigne,
et y ayant mis le feu, il s'approcha avec les deux galères tout
contre le navire. Ce que voyant les Sarrazins, et comprenant
qu'il leur fallait se rendre ou mourir, ils firent venir sur le
pont la fille du roi qui pleurait dans sa cabine, et l'ayant
menée à la proue du navire ils appelèrent Gerbino et la
tuèrent à ses yeux pendant qu'elle criait aide et merci; puis
ils la jetèrent à la mer, disant : « — Prends-là; nous te la
« donnons telle que nous pouvons et que ta trahison l'a mé-
« ritée. — » Gerbino en voyant la cruauté de ceux-ci,
désireux de mourir et n'ayant souci ni des flèches ni des
pierres, fit accoster le navire, et y étant monté malgré
ceux qui y étaient, non autrement qu'un lion famélique,
tuant tantôt celui-ci, tantôt celui-là, assouvissant sa colère
des dents et des ongles, l'épée d'une main, taillant tantôt
l'un tantôt l'autre des Sarrasins, en occit cruellement un
grand nombre; et le feu mis au navire augmentant, après
avoir fait enlever par ses matelots tout ce qui pouvait leur
servir de paiement, il en redescendit ayant obtenu une vic-
toire, mais peu joyeuse, sur ses adversaires. Ayant fait retirer de la mer le corps de la belle dame, il la pleura avec
d'abondantes larmes, et s'en retournant en Sicile, il la fit
honorablement ensevelir à Ustica, petite île quasi en face
de Trapani; puis il s'en revint chez lui plus dolent que quiconque.

« Le roi de Tunis ayant su la nouvelle, envoya au roi

Guillaume ses ambassadeurs vêtus de noir qui se plaignirent de ce que la parole qu'il lui avait donnée avait été mal observée, et lui racontèrent comment cela était arrivé. De quoi le roi Guillaume fortement ému, et ne voyant pas comment il pourrait refuser la justice qui lui était demandée, fit saisir Gerbino et, sans que les prières d'aucun de ses barons pussent le fléchir, il le condamna lui-même à perdre la tête, qu'il lui fit trancher en sa présence, préférant rester sans petit-fils qu'être tenu pour un roi sans foi. Ainsi donc misérablement et en peu de jours, les deux amants, sans avoir goûté aucun fruit de leur amour, moururent de male mort, comme je vous ai dit. — »

NOUVELLE V

Les frères de Lisabetta tuent l'amant de celle-ci. Il lui apparaît en songe et lui montre l'endroit où il est enterré. Elle le retrouve, lui coupe la tête et l'enterre dans un pot de basilic sur lequel elle ne cesse de pleurer. Ses frères lui enlèvent le pot de basilic, et elle meurt peu après de chagrin.

La nouvelle d'Elisa finie, et le roi l'ayant fort louée, ordre fut donné à Philomène de conter à son tour. Celle-ci, encore toute remplie de compassion pour le malheureux Gerbino et pour sa dame, poussa un soupir d'attendrissement et commença ainsi : « — Ma nouvelle, gracieuses dames, ne parlera pas de gens d'aussi haute condition que ceux dont Elisa vous a raconté les malheurs, mais elle n'en sera pas moins touchante. C'est en entendant prononcer il y a peu d'instants le nom de Messine, que je me suis rappelé l'endroit où se passa le triste événement dont je vais vous entretenir.

« Il y avait donc à Messine trois jeunes frères, tous trois

marchands, et restés très riches après la mort de leur père, lequel était de San Gimignano. Ils avaient une sœur appelée Lisabetta, jeune fille fort belle et de bonnes manières, qu'ils n'avaient pas encore mariée bien qu'ils en eussent trouvé l'occasion. Les trois frères avaient aussi dans leur maison de commerce, un jeune Pisan nommé Lorenzo, qui conduisait toutes leurs affaires. Ce jeune homme était très beau et très agréable de sa personne, et Lisabetta l'ayant vu plusieurs fois, il arriva qu'il lui plut extraordinairement ; de quoi Lorenzo ayant fini par s'apercevoir, il se mit aussi, ses autres amours étant laissés de côté, à lui consacrer toutes ses pensées. Comme ils se plaisaient également l'un à l'autre, la besogne alla si vite, qu'il ne se passa pas longtemps sans qu'ils se fussent assurés de leurs sentiments et sans qu'ils eussent fait ce que chacun d'eux désirait le plus. Ils continuèrent à se voir, prenant tous deux beaucoup de bon temps et de plaisir ; mais ils ne surent pas faire si secrètement, qu'une nuit que Lisabetta était allée dans la chambre où couchait Lorenzo, l'aîné de ses frères l'aperçut sans qu'elle le vît. Le frère, en homme prudent, bien que ce qu'il avait découvert lui causât grand ennui, et mu par un sentiment d'honneur, attendit jusqu'au matin sans rien témoigner ni rien dire, et roulant dans son esprit toutes sortes de pensées. Le jour venu, il raconta à ses frères ce qu'il avait vu pendant la nuit entre Lisabetta et Lorenzo. Après en avoir longuement délibéré ensemble, ils résolurent, pour qu'il n'en rejaillît aucun déshonneur sur eux et sur leur sœur, de tenir la chose secrète et de feindre jusqu'à ce que le moment propice se présentât où ils pourraient, sans dommage et sans danger pour eux, écarter de devant leurs yeux cette honte avant qu'elle allât plus loin. Dans cette disposition d'esprit, ils continuèrent à rire et à plaisanter comme d'habitude avec Lorenzo, et, un jour, ayant fait semblant d'aller tous les trois hors de la ville pour une partie de plaisir, ils l'emmenèrent avec eux. Parvenus en un lieu reculé et tout à fait désert, et voyant le moment propice, ils tuèrent Lorenzo qui ne se défiait de rien, l'enterrèrent de façon que personne ne pût s'en apercevoir, et revenus à Messine, répandirent le bruit qu'ils l'avaient envoyé quelque part pour une affaire, ce qui fut cru facilement, attendu qu'ils avaient l'habitude de l'envoyer souvent dans les environs.

« Lorenzo ne revenant pas, et Lisabetta en ayant demandé plusieurs fois et instamment des nouvelles à ses frères, comme quelqu'un à qui cette absence était fort pénible, il arriva qu'un jour où elle renouvelait sa demande, un de ses frères lui dit : « — Que veut dire ceci? Qu'as-tu à faire de Lorenzo, « que tu nous demandes si souvent de ses nouvelles? Si tu « nous en demandes encore, nous te ferons la réponse qu'il « convient. — » Sur quoi la jeune fille, dolente et triste, craignant et ne sachant quoi, n'osait plus interroger. Elle appelait souvent son amant pendant la nuit et le suppliait de revenir, et parfois se plaignait avec force larmes de sa longue absence, et, sans se consoler un instant, attendait toujours. Il advint qu'une nuit qu'elle avait longtemps gémi sur Lorenzo qui ne revenait pas, et qu'elle s'était endormie en pleurant, Lorenzo lui apparut en songe, pâle et tout défait, les vêtements déchirés et ensanglantés; et il lui sembla qu'il lui disait : « — O Lisabetta, tu ne fais que m'appeler; tu t'at- « tristes de ma longue absence, et tu m'accuses de cruauté « par tes larmes. Sache donc que je ne peux plus revenir ici, « car le dernier jour que tu me vis, tes frères m'ont tué. — » Et lui ayant désigné le lieu où ils l'avaient enterré, il lui dit de ne plus l'appeler et de ne plus l'attendre, et il disparut.

« La jeune fille s'étant réveillée et ajoutant foi à sa vision, pleura amèrement. Le matin venu, ne voulant rien dire à ses frères, elle résolut d'aller à l'endroit indiqué et de voir si ce qui lui était apparu en songe était vrai. Ayant obtenu la permission d'aller se promener un peu hors de la ville en compagnie d'une servante qui avait été autrefois au service de sa famille et qui savait tous ses secrets, elle se rendit le plus vite qu'elle put à l'endroit susdit, et là, après avoir enlevé les feuilles sèches qui y étaient, elle creusa à la place où la terre lui paraissait le moins dure. Elle ne creusa pas longtemps sans trouver le corps de son malheureux amant qui n'était encore en rien défiguré ni corrompu, par quoi elle reconnut manifestement que sa vision avait dit vrai. Bien qu'elle fût la plus désespérée des femmes, elle comprit que ce n'était pas le moment de se lamenter. Si elle avait pu, elle aurait emporté le corps tout entier pour lui donner une sépulture plus convenable; mais voyant que cela ne se pouvait pas, elle coupa du mieux qu'elle put la tête avec un couteau, l'enveloppa dans un linge, et après avoir rejeté la terre sur le reste du corps, elle la mit dans le tablier de sa servante. Alors, sans avoir été vue par personne, elle quitta ces lieux et revint chez elle. Là, s'étant enfermée dans sa chambre avec cette tête, elle pleura si longuement et si amèrement sur elle, lui donnant partout mille baisers, qu'elle finit par la laver avec ses pleurs. Elle prit alors un grand et beau vase, de ceux dans lesquels on plante la marjolaine et le basilic, et y plaça la tête de son amant enveloppée dans un drap fin; puis elle la recouvrit de terre dans laquelle elle planta quelques pieds d'un très beau basilic de Salerne qu'elle arrosait uniquement d'eau de rose ou de fleur d'oranger, ou bien de ses larmes.

« Elle avait pris l'habitude de se tenir constamment assise

à côté du pot de fleurs et de le contempler avec tendresse, comme si son Lorenzo y eût été enfermé. Quand elle l'avait bien regardé ainsi, elle se penchait sur lui et se mettait à pleurer longuement jusqu'à ce que le basilic se trouvât baigné de pleurs. Le basilic, tant par le soin continuel qu'elle en prenait, que par la fertilité de la terre engraissée par la décomposition de la tête qu'elle recouvrait, devint très beau et très odoriférant. La jeune fille continuant d'agir de la sorte, fut aperçue plusieurs fois par ses voisins qui en prévinrent ses frères, lesquels étaient tout étonnés de voir la beauté de leur sœur se flétrir à tel point que les yeux paraissaient lui sortir de la tête. « — Nous nous sommes aperçus — « leur dirent les voisins — que chaque jour elle fait la même « chose. — » Ce qu'entendant et voyant, les trois frères, après l'avoir plusieurs fois gourmandée en vain, firent enlever en cachette le pot de fleurs. La jeune fille ne le retrouvant plus, le réclama à plusieurs reprises avec de très vives instances, et comme on ne le lui rendait pas et qu'elle ne cessait de gémir et de répandre des larmes, elle tomba malade, et, dans sa maladie, elle ne demandait pas autre chose que son pot de fleurs. Les jeunes gens s'étonnaient fort de cette demande et voulurent enfin voir ce que contenait ce pot. Ayant enlevé la terre, ils virent le drap et la tête qui était dedans non encore assez rongée pour qu'à sa chevelure bouclée ils ne pussent reconnaître que c'était celle de Lorenzo. De quoi ils s'étonnèrent beaucoup et craignirent que cette aventure ne vint à se savoir. Ils enterrèrent la tête sans rien dire, et après avoir tout ordonné pour leur départ, ils quittèrent Messine et s'en allèrent à Naples. La jeune fille ne cessant de se plaindre et demandant toujours son pot de fleurs, mourut en se lamentant ; et ainsi se termina sa mésaventure d'amour. Au bout d'un certain temps, cette histoire ayant été connue de beaucoup de gens, quelqu'un composa cette chanson que l'on chante encore aujourd'hui, c'est-à-dire :

> Quel est le mauvais chrétien
> Qui m'a dérobé le pot de fleurs
> Où était mon basilic de Salerne! etc[1].

NOUVELLE VI

L'Andreuola aime Gabriotto. Ils se racontent chacun un songe qu'ils ont eu ; après quoi Gabriotto meurt dans les bras de sa maîtresse. Pendant que celle-ci, aidée de sa servante, le porte chez lui, elles sont prises par les gens de la Seigneurie. Le podestat veut lui faire violence ; mais elle ne le souffre pas. Son père l'ayant appris, et son innocence ayant été reconnue, elle est mise en liberté. Ne voulant plus vivre dans le monde, elle se fait religieuse.

La nouvelle que Philomène avait dite fut très chère aux dames, pour ce qu'elles avaient souvent entendu chanter

1. Boccace n'a pas donné la chanson en entier, parce que, de son temps, elle était sue de tout le monde. Elle était écrite en dialecte sicilien. En voici la traduction d'après le texte qui se trouve dans un manuscrit du quatorzième siècle :

> Quel est le mauvais chrétien
> Qui m'a dérobé le pot de fleurs
> Où était mon basilic de Salerne !
> Il avait poussé avec vigueur.
> C'est moi qui le plantai de ma main
> Le jour même de ma fête.
> Qui vole le bien d'autrui, commet une lâcheté.

> Qui vole le bien d'autrui, commet une lâcheté,
> Et le péché est très grand.
> O malheureuse ! qui m'étais
> Semé un pot de fleurs !
> Il était si beau, que je m'endormais à son ombre.
> Tout le monde me l'enviait ;
> Il m'a été volé, et devant ma porte.

> Il m'a été volé, et devant ma porte :
> Et j'en ai été très douloureusement affligée.

32.

cette chanson et n'avaient jamais pu, même en questionnant, savoir quelle était la cause pour laquelle elle avait été faite. Mais le roi ayant entendu la fin de la nouvelle, ordonna à

> Malheureuse ! que ne suis-je morte,
> Moi qui m'y étais si chèrement attachée !
> C'est seulement l'autre jour que je fis mauvaise garde,
> A cause de messire que j'aime tant.
> Je l'avais tout entouré de marjolaine.
>
> Je l'avais tout entouré de marjolaine
>   Pendant le beau mois de mai.
>   Je l'arrosais trois fois par semaine :
>   Aussi, je vis comme il prit bien.
>   Maintenant, il est certain qu'on me l'a volé.
>
> Maintenant, il est certain qu'on me l'a volé ;
>   Je ne puis plus le cacher.
>   Si j'avais su d'avance
>   Ce qui devait m'arriver,
>   Je me serais endormie sur le seuil de ma porte,
>   Pour garder mon pot de fleurs.
>   Le Dieu tout-puissant pourrait bien me venir en aide.
>
> Le Dieu tout-puissant pourrait bien me venir en aide,
>   Si cela lui plaisait,
>   Contre celui qui s'est rendu si coupable envers moi.
>   Il m'a mis en peine et en tourment,
>   Celui qui m'a volé mon basilic
>   Qui avait un si doux parfum.
>   Son parfum me ragaillardissait toute.
>
> Son parfum me ragaillardissait toute,
>   Tant il répandait de fraîches odeurs.
>   Et le matin, quand je l'arrosais,
>   Au lever du soleil,
>   Tout le monde s'étonnait,
>   Disant : D'où vient une telle odeur ?
>   Et moi, par amour pour lui, je mourrai de chagrin.
>
> Et moi, par amour pour lui, je mourrai de chagrin,
>   Par amour pour mon pot de fleurs.
>   Si quelqu'un voulait me dire où il est,
>   Je le rachèterais volontiers.
>   J'ai cent onces d'or dans ma bourse,
>   Volontiers je les lui donnerais,
>   Et je lui donnerais un baiser, s'il le désirait.

(Note du traducteur.)

Pamphile de poursuivre dans l'ordre convenu. Pamphile dit alors : « — Le songe raconté dans la précédente nouvelle me fournit matière à en raconter une dans laquelle sont mentionnés deux songes qui s'appliquèrent aux choses à venir, comme celui-ci avait eu trait aux choses déjà arrivées, et à peine ces songes eurent-ils été racontés par ceux qui les avaient vus, que l'effet de tous les deux se produisit. Et pourtant, amoureuses dames, vous devez savoir que c'est une tendance générale à tout ce qui vit, de voir des choses diverses dans un songe, lesquelles choses, quoiqu'elles paraissent dans le sommeil on ne peut plus vraies à celui qui dort, dès que celui-ci est réveillé, lui paraissent quelques-unes vraies, quelques autres vraisemblables, et une partie contraire à toute vérité, et néanmoins il se trouve que beaucoup sont arrivées. Pour quoi, beaucoup prêtent à tous les songes la même foi qu'ils accorderaient aux choses qu'ils verraient dans la veille ; et ils s'attristent ou se réjouissent à cause de leurs songes mêmes, selon qu'à cause d'eux ils craignent ou espèrent. Et, au contraire, il y en a qui ne croient à aucun, si ce n'est après être tombés dans le péril qui leur avait été montré en songe. De quoi je n'approuve ni les uns ni les autres, pour ce qu'il y a parfois des songes qui sont vrais et parfois d'autres qui sont faux. Qu'ils ne soient pas tous vrais, très souvent chacun de nous a pu le connaître ; et que tous ne soient pas faux, cela a été déjà démontré par la nouvelle que vient de dire Philomène, et, comme je l'ai dit, j'entends aussi le démontrer par ma nouvelle. Pour quoi, je juge qu'en vivant et en agissant vertueusement, on ne doit redouter aucun songe contraire, ni pour cela négliger les bons avertissements ; dans les choses perverses ou mauvaises, quoique les songes leur paraissent favorables, et par des démonstrations propices réconfortent

ceux qui les voient, il ne faut en croire aucun ; et de même
pour les choses contraires, on ne doit pas accorder pleine
croyance à tous les songes. Mais venons à la nouvelle.

« Dans la cité de Brescia fut jadis un gentilhomme nommé
messer Negro da Ponte Carraro, lequel, parmi ses autres
enfants, avait une fille nommée Andreuola, jeune et fort
belle, et sans mari, laquelle par aventure s'énamoura d'un de
ses voisins qui avait nom Gabriotto, homme de basse condition mais rempli de bonnes manières, beau et plaisant de sa
personne. Avec l'aide et l'appui de la servante de la maison,
la jeune fille fit si bien que non-seulement Gabriotto sut qu'il
était aimé de l'Andreuola, mais qu'il fut introduit plusieurs
fois, au grand plaisir de la jeune fille, dans un beau jardin
que possédait le père de celle-ci. Et afin que rien, sinon la
mort ne pût leur empêcher de goûter les douceurs de l'a-
mour, ils devinrent secrètement mari et femme. Leurs rendez-vous continuant ainsi furtivement, il advint qu'une nuit
la jeune fille eut en dormant un songe dans lequel il lui sembla
qu'elle était dans son jardin avec Gabriotto et que, au grand
plaisir de tous les deux, elle le tenait dans ses bras. Et pendant
qu'ils étaient ainsi, il lui semblait voir sortir du corps de son
amant une chose obscure et terrible dont elle ne pouvait reconnaître la forme, et il lui paraissait que cette chose prenait
Gabriotto et le lui arrachait malgré elle des bras avec une force
étonnante et disparaissait sous terre avec lui, sans qu'elle
pût jamais revoir ni l'un ni l'autre ; de quoi elle ressentit
une très grande et inestimable douleur qui la réveilla. Etant
réveillée, bien qu'elle fût joyeuse de voir qu'il n'en était pas
comme elle avait rêvé, néanmoins elle eut peur du songe vu
par elle. Et pour ce, Gabriotto voulant venir la trouver la nuit suivante, elle s'efforça tant qu'elle put d'empêcher qu'il vînt. Mais pourtant, voyant son désir et afin

qu'il ne soupçonnât pas autre chose, elle le reçut la nuit dans son jardin, où après avoir cueilli beaucoup de roses blanches et vermeilles, car c'était la saison, elle alla s'asseoir avec lui au pied d'une très belle fontaine qui y était. Et là, après qu'ils eurent fait ensemble une grande et longue fête, Gabriotto lui demanda la raison pour laquelle elle voulait l'empêcher de venir. La jeune fille lui racontant le songe qu'elle avait eu la nuit précédente et la crainte qu'elle en avait ressentie, le lui dit.

« Ce qu'entendant Gabriotto, il en rit et dit que c'était grande sottise que d'ajouter la moindre foi aux songes, pour ce qu'ils arrivent par surabondance ou par défaut de nourriture, et qu'on voyait tous les jours qu'ils étaient tous vains. Puis il dit : « — Si j'avais écouté aussi les songes, je ne serais « pas venu, non à cause du tien, mais à cause d'un que j'ai « fait l'autre nuit et que voici : il me semblait être dans une « belle et plaisante forêt où je m'en allais chassant, et avoir « pris une chevrette si belle et si agréable qu'aucune autre « pareille ne se vit jamais ; et il me semblait qu'elle était « plus blanche que la neige, et qu'en peu de temps elle de- « venait si familière avec moi qu'elle ne me quittait plus « d'un pas. De mon côté elle m'était si chère, à ce qu'il me « paraissait, qu'afin qu'elle ne me quittât point, je lui avais « mis autour du col un collier d'or, et que je la tenais en « main avec une chaîne d'or. Et puis, cette chèvre se repo- « sant une fois sur moi et tenant sa tête sur ma poitrine, il « me semblait voir sortir je ne sais d'où une panthère noire « comme charbon, affamée et d'un aspect épouvantable, qui « s'en venait vers moi. Aucune résistance ne me paraissait « possible ; pour quoi, il me semblait qu'elle posait son mu- « seau sur mon sein gauche, et qu'elle le rongeait tellement « qu'elle parvenait jusqu'au cœur qu'elle cherchait à m'ar-

« racher pour l'emporter avec elle. De quoi je sentais une
« telle douleur, que mon sommeil se rompit et une fois ré-
« veillé, je m'empressai de tâter avec la main mon côté pour
« voir s'il n'y avait rien ; mais n'y voyant aucun mal, je me
« moquai de moi-même pour avoir cherché. Mais que veut
« dire cela? Des songes pareils et de plus épouvantables,
« j'en ai déjà bien vus, et il ne m'en est pour cela advenu
« ni plus ni moins ; pour ce laissons-le aller et pensons à
« nous donner du bon temps. — »

« La jeune fille, très épouvantée déjà par son rêve, entendant cela, le fut encore plus ; mais pour ne pas effrayer Gabriotto, elle cacha sa peur le plus qu'elle put. Et pendant
qu'avec lui, l'embrassant et le baisant à plusieurs reprises et
par lui embrassée et baisée, elle se satisfaisait, craignant et
ne sachant quoi, elle tenait ses yeux fixés sur son visage plus
que d'habitude, et parfois regardait par le jardin si elle ne
voyait pas quelque chose de noir venir de quelque endroit.
Et tandis qu'ils étaient ainsi, Gabriotto, jetant un grand soupir, l'embrassa et dit : « — Hélas! mon âme, aide-moi, car
« je meurs ; — » et ayant ainsi dit, il retomba à terre sur
l'herbe du pré. Ce que voyant la jeune fille, elle le releva,
l'attira sur son sein et dit quasi tout en pleurs : « — O mon
« doux seigneur que te sens-tu ? — » Gabriotto ne répondit
pas, mais tremblant et couvert de sueur, au bout d'un court
espace de temps il passa de la présente vie.

« Combien cela fut cruel et fâcheux pour la jeune femme
qui l'aimait plus qu'elle-même, chacun peut le penser. Elle
pleura beaucoup et l'appela en vain plusieurs fois; mais
quand elle eut reconnu qu'il était bien mort, l'ayant palpé
par tout le corps et l'ayant trouvé froid, ne sachant que faire
et que dire, toute en pleurs et pleine d'angoisses, elle alla
appeler sa servante qui connaissait son amour, et lui expli-

qua sa misère et sa douleur. Et après qu'ensemble elles eurent pleuré quelque temps sur le visage de Gabriotto mort, la jeune femme dit à la servante : « — Puisque Dieu m'a « enlevé celui-ci, j'entends ne plus rester en cette vie; mais « avant que j'en vienne à me tuer, je voudrais que nous « prissions un moyen convenable pour garder mon honneur « et conserver secret l'amour qui a existé entre nous deux, « et que le corps dont la gracieuse âme est partie, fût ense-« veli. — » A quoi la servante répondit : « — Ma fille, « ne dis pas que tu veux te tuer, pour ce que si tu l'as ici-« bas perdu, en te tuant tu le perdrais encore dans l'autre « monde, car tu irais en enfer, là où je suis certaine que son « âme n'est point allée, pour ce qu'il fut un bon jeune « homme. Mais il vaut bien mieux te réconforter et songer « à aider son âme par des prières et d'autres offrandes, si « par hasard il en a besoin pour quelque péché commis. Il « y a moyen de l'ensevelir promptement dans ce jardin, ce « que personne ne saura jamais parce que personne ne sait « qu'il y soit jamais venu; et si tu ne le veux pas ainsi, « mettons-le hors du jardin et laissons-le; il sera trouvé « demain matin et porté à sa demeure, et ses parents le « feront ensevelir. — »

« La jeune femme, bien qu'elle fût pleine d'amertume et qu'elle pleurât constamment, écoutait cependant les conseils de sa servante; n'en approuvant pas la première partie, elle répondit à la seconde en disant : « — A Dieu ne plaise « que je souffre qu'un aussi cher jeune homme tant aimé de « moi et qui fut mon mari, soit enseveli comme un chien « ou abandonné sur un chemin. Il a eu mes pleurs, et autant « que je pourrai, il aura ceux de ses parents; et déjà j'ai « dans la pensée ce que nous devons faire en cette circon-« stance. — » Et elle l'envoya bien vite chercher une pièce

de drap de soie qu'elle avait dans un coffre. La servante
étant de retour, elles étendirent le drap sur la terre, et y
placèrent le corps de Gabriotto après lui avoir posé la tête
sur un oreiller; puis elles lui fermèrent les yeux et la bouche
avec force larmes, lui firent une couronne de roses et le cou-
vrirent de toutes les roses qu'elles avaient pu cueillir, et la
jeune fille dit à la servante : « — D'ici à la porte de sa maison
« il y a peu de chemin, et pour ce, toi et moi, ainsi que
« nous l'avons imaginé, nous l'y porterons et nous le pla-
« cerons devant la porte. Il ne se passera guère de temps
« que le jour ne vienne et il sera recueilli; et ainsi, bien
« que ce ne doive être d'aucune consolation pour les siens,
« ce me sera à moi, dans les bras de qui il est mort, un
« plaisir. — » Et ayant ainsi dit, elle se jeta sur son visage
avec d'abondantes larmes, et pleura un long espace de temps.
Enfin, pressée par sa servante pour ce que le jour venait,
elle se leva, retira de son doigt le même anneau avec lequel
Gabriotto l'avait épousée, et le mit au doigt de celui-ci,
disant au milieu de ses pleurs : « — Mon cher seigneur,
« si ton âme voit maintenant mes larmes, ou si quelque
« connaissance ou quelque sentiment reste au corps après
« le départ de celle-ci, reçois avec bienveillance le dernier
« don de celle que, de ton vivant, tu as tant aimée. — »
Et ceci dit, elle retomba évanouie sur le cadavre. Revenue à
elle quelques instants après et s'étant levée, elle prit avec
la servante le drap dans lequel le corps gisait, et elles sortirent du jardin avec ce fardeau et se dirigèrent vers la
maison de Gabriotto.

« Comme elles allaient ainsi, il advint par hasard qu'elles
furent rencontrées et prises avec le corps du mort par les
familiers du Podestat, lesquels à cette heure faisaient une
ronde à cause de quelque accident survenu. L'Andreuola,

plus désireuse de mourir que de vivre, ayant reconnu les
familiers de la Seigneurie, dit franchement : « — Je connais
« qui vous êtes, et je sais qu'il ne me servirait à rien de
« chercher à vous fuir ; je suis prête à aller avec vous devant
« la Seigneurie et à lui raconter l'affaire ; mais que nul de
« vous ne soit assez hardi pour me toucher, si je vous obéis,
« ni pour rien déranger à ce corps, s'il ne veut pas être
« accusé par moi. — » Pour quoi, sans avoir été touchée par
aucun d'eux, elle alla vers le palais avec le corps de Gabriotto.
Le Podestat, apprenant cet événement, se leva, et l'ayant
fait amener dans sa chambre, s'informa de ce qui était arrivé. Ayant fait examiner par plusieurs médecins si le brave
homme n'avait pas été tué par le poison ou autrement, tous
affirmèrent que non ; mais ils dirent qu'un abcès près du
cœur s'était crevé et que c'était ce qui l'avait tué. Le Podestat, entendant ceci, et comprenant que cette femme n'é-
tait coupable que de peu de chose, s'efforça de lui persuader
qu'il lui donnerait ce qu'il ne pouvait lui vendre, et dit que
si elle voulait consentir à ses désirs, il la mettrait en liberté ;
mais ses paroles n'ayant servi à rien, il voulut, contre toute
convenance, user de la force ; mais l'Andreuola, enflammée
d'indignation et rendue forte, se défendit virilement, le re-
poussant avec des paroles de mépris et de hauteur.

« Le plein jour étant venu, et ces choses ayant été contées
à messer Negro, dolent à la mort, il s'en alla au palais avec
beaucoup de ses amis, et là informé par le Podestat de tout
ce qui c'était passé, il demanda que sa fille lui fût rendue.
Le Podestat voulant tout d'abord s'excuser de la violence
qu'il avait voulu faire à la jeune femme, avant d'être accusé
par elle, commença par louer sa constance et dit que ce qu'il
avait fait était pour l'éprouver. Pour quoi, la voyant d'une
telle fermeté, il lui avait porté un grand amour et si cela

plaisait à lui qui était son père, ainsi qu'à elle, bien qu'elle
eût eu un mari de basse condition, il la prendrait volontiers
pour sa femme. Pendant que celui-ci parlait de la sorte,
l'Andreuola fut amenée devant son père et se jeta en pleurant à ses pieds, et dit : « — Mon père, je ne crois pas qu'il
« soit besoin que je vous raconte l'histoire de mon amour et
« de mon malheur, car je suis certaine que vous l'avez en-
« tendue et que vous le savez; et pour ce, autant que je
« peux je vous demande humblement pardon de ma faute,
« c'est-à-dire d'avoir sans que vous le sachiez pris le mari
« qui me plaisait le plus. Et je ne demande pas ce don pour
« que ma vie soit pardonnée, mais pour mourir votre fille
« et non votre ennemie. — » Et ainsi pleurant, elle tomba
« à ses pieds.

« Messer Negro qui était vieux déjà et homme de nature
bénigne et aimante, entendant ces paroles se mit à pleurer
et releva tendrement sa fille en disant : « — Ma fille, il m'au-
« rait été plus agréable que tu eusses un mari selon qu'il
« m'eût semblé t'être convenable, et si tu en avais pris un
« tel qu'il te plaisait, cela encore m'aurait plu, mais que tu
« me l'aies caché par ton peu de confiance, cela me fait peine,
« et plus encore de voir que tu l'as perdu avant que je l'aie
« su. Mais pourtant, puisqu'il en est ainsi, ce que je lui
« aurais fait volontiers, lui vivant, pour te contenter, c'est-à-
« dire honneur comme à mon gendre, que cela lui soit fait
« après sa mort. — » Et s'étant retourné vers ses enfants et
ses parents, il leur ordonna d'apprêter pour Gabriotto des
obsèques grandes et honorables. Sur ces entrefaites, les parents et les parentes du jeune homme, qui avaient su la nouvelle, et presque tous les hommes et toutes les femmes de la
ville étaient accourus. Pour quoi, le corps ayant été placé au
milieu de la cour sur le drap de l'Andreuola, avec toutes ses

roses, il fut pleuré non-seulement par elle et par ses parents,
mais publiquement quasi par toutes les femmes de la ville et
par un grand nombre d'hommes; et comme si c'eût été non
un plébéien mais un seigneur, il fut porté de la cour publique jusqu'au lieu de sa sépulture, sur les épaules des
plus nobles citadins, avec les plus grands honneurs.

« Quelques jours après, le Podestat, persévérant dans ce
qu'il avait demandé, et messer Negro en ayant parlé à sa fille,
celle-ci ne voulut rien entendre; mais son père voulant en
cela lui complaire, elle et sa servante se rendirent en un monastère très renommé pour sa sainteté, où elles se firent
religieuses et où elles vécurent ensuite honnêtement un long
espace de temps. — »

NOUVELLE VII

La Simone aime Pasquino; ils se donnent rendez-vous dans un jardin. Pasquino
s'étant frotté les dents avec une feuille de sauge, meurt. La Simone est prise,
et voulant montrer au juge comment est mort Pasquino, elle se frotte les dents
avec une feuille de sauge et meurt à son tour.

Pamphile libéré de sa nouvelle, le roi, sans montrer la
moindre compassion pour l'Andreuola, regarda Émilia et lui
fit signe qu'il lui serait agréable qu'elle succédât à ceux qui
avaient déjà parlé. Celle-ci, sans mettre aucun retard, commença : « — Chères compagnes, la nouvelle de Pamphile
m'amène à en dire une tout à fait semblable à la sienne sauf
un point : de même qu'Andreuola perdit son amant dans
un jardin, ainsi arriva-t-il à celle dont je dois vous conter
l'histoire; mais ayant été emprisonnée comme Andreuola,
elle se délivra de ses juges non par sa force et son courage,

mais par une mort soudaine. Et comme cela a été dit déjà
entre nous, bien qu'Amour habite volontiers les demeures
des nobles, il ne refuse pas de séjourner dans celle des pauvres ; au contraire, il y manifeste parfois sa force, tout comme
il se fait craindre dans les plus riches en maître souverain.
C'est ce qui se verra, sinon entièrement du moins en grande
partie, dans ma nouvelle, grâce à laquelle il me plaît de revenir à notre cité dont nous nous sommes tant éloignés aujourd'hui pour traiter des sujets variés et parcourir diverses
contrées du monde.

« Il n'y a donc pas grand temps que vivait à Florence une
jeune fille très belle et très gracieuse eu égard à sa condition,
née d'un père pauvre, et qui avait nom Simone. Bien qu'il
lui fallût gagner de ses propres mains le pain qu'elle mangeait, et vivre en filant de la laine, elle n'était cependant
point d'un esprit si bas, qu'elle ne brûlât de recevoir en
son cœur Amour qui, sous les traits et par les paroles
aimables d'un jeune garçon d'aussi petite condition qu'elle et
chargé de porter de la laine à filer pour le compte de son
maître, montrait depuis longtemps bonne envie d'y entrer.
L'ayant donc reçu sous l'aspect charmant du jeune garçon
qui l'aimait, et dont le nom était Pasquino, désirant et n'o-
sant pas aller plus loin, elle filait, et à chaque brassée de
laine filée qu'elle enroulait autour de son fuseau, elle poussait mille soupirs plus cuisants que du feu, au souvenir de
celui qui la lui avait donnée à filer. Le jeune garçon, de son
côté, désireux que la laine appartenant à son maître fût bien
filée, surveillait plus spécialement, et même uniquement celle
que filait la Simone, comme si elle devait seule servir au
tissage. Pour quoi, l'un surveillant, et l'autre contente d'être
surveillée, il advint que, le premier prenant plus d'audace
qu'il n'en avait d'habitude, la seconde chassant la crainte et

la vergogne qui lui étaient naturelles, ils s'unirent en des plaisirs communs. Ces plaisirs leur furent si chers que non-seulement ils n'attendaient pas que l'un y fût invité par l'autre, mais que tous deux se rencontraient dans une mutuelle provocation.

« Leur bonheur se continuant ainsi et ne faisant que s'augmenter de jour en jour, il advint que Pasquino dit à la Simone qu'il voulait absolument qu'elle trouvât moyen de venir dans un jardin où il désirait la conduire, pour qu'ils pussent s'y voir plus à l'aise et plus sûrement. La Simone dit que cela lui plaisait, et, un dimanche, après le repas, ayant donné à entendre à son père qu'elle avait l'intention d'aller au pardon de San Gallo, elle se rendit avec une de ses compagnes nommée la Lagina, au jardin que lui avait indiqué Pasquino. Elle l'y trouva accompagné d'un de ses camarades qui avait nom Puccino, mais qu'on appelait le Stramba. Là, une nouvelle liaison amoureuse s'étant formée entre le Stramba et la Lagina, ils s'enfoncèrent dans une partie du jardin pour s'y livrer à leurs plaisirs, et laissèrent le Stramba et la Lagina dans l'autre.

« Il y avait, dans la partie du jardin où Pasquino et la Simone s'étaient retirés, un grand et beau buisson de sauge, au pied duquel ils s'assirent. Après s'être longuement satisfaits tous les deux et avoir beaucoup causé d'un goûter qu'ils avaient l'intention de faire à sens reposés dans ce même jardin, Pasquino se tourna vers le buisson de sauge, y cueillit une feuille et se mit à s'en frotter les dents et les gencives, en disant que la sauge les lui nettoyait parfaitement de tout ce qui y était resté après qu'il avait mangé. Quand il les eut frottées quelque temps, il revint à parler du goûter dont il avait été d'abord question. Mais à peine avait-il prononcé quelques mots, qu'il commença à changer de visage, et

33.

presque aussitôt, perdant la vue et la parole, il tomba mort.
Ce que voyant la Simone, elle se mit à se lamenter et à crier,
et à appeler le Stramba et la Lagina. Ceux-ci vinrent en
toute hâte, et voyant Pasquino non-seulement mort, mais
tout enflé et la figure ainsi que le corps couverts de taches
noires, le Stramba de crier aussitôt : « — Ah ! méchante
« femme, tu l'as empoisonné ! — » Le bruit qu'il faisait
était si grand, qu'il fut entendu d'un grand nombre de personnes qui habitaient dans le voisinage. Ces gens accoururent à la rumeur, et trouvant Pasquino mort et enflé, entendant le Stramba se lamenter et accuser la Simone de
l'avoir traîtreusement empoisonné, voyant que celle-ci, quasi-
folle de douleur par suite de l'accident qui lui avait enlevé
son amant d'une façon si subite, ne pouvait se disculper, ils
furent tous persuadés que les choses s'étaient passées comme
le disait Stramba. C'est pourquoi s'étant saisis d'elle qui
continuait à pleurer fortement, ils la menèrent au palais du
Podestat. Là, sur l'insistance du Stramba, de l'Atticciato et
du Malagevole, camarades de Pasquino, qui étaient survenus, un juge, sans porter plus de retard à l'affaire, se mit
à interroger la jeune fille sur l'événement.

« Comme il ne pouvait croire qu'en cette circonstance elle
eût agi méchamment et qu'elle fût coupable, il voulut voir
en sa présence le cadavre du mort et le lieu où elle disait
que la chose s'était passée, car il ne comprenait pas bien ce
qu'elle racontait. L'ayant donc fait conduire sans bruit à
l'endroit où le corps de Pasquino gisait encore gonflé comme
un tonneau, il s'y rendit lui-même aussitôt, et après s'être
étonné de cette mort subite, il lui demanda comment cela
s'était fait. Simone s'étant approchée du buisson de sauge,
et ayant raconté toute l'histoire, afin de faire comprendre
plus complètement ce qui était arrivé, fit comme avait fait

Pasquino, et se frotta les dents avec une feuille de sauge. Alors, tandis que le Stramba, l'Atticciato et les autres amis et compagnons de Pasquino traitaient ses explications de frivoles et de vaines, prétendaient qu'elle se moquait de la présence du juge, et ne réclamaient rien moins que le supplice du feu pour punir une telle perversité, la malheureuse, déjà toute tremblante de douleur d'avoir perdu son amant et de peur du supplice réclamé par le Stramba, tomba soudain morte de la même façon que Pasquino, non sans grand étonnement des personnes présentes.

« O âmes fortunées, à qui, dans un même jour, il fut donné de goûter l'amour le plus fervent et de quitter la vie ! Plus heureuses encore si vous êtes allées ensemble en un même lieu, et si — s'aime-t-on dans l'autre vie ? — vous vous y aimez comme vous vous aimiez ici-bas ! Mais heureuse par dessus tout — du moins à notre avis, nous qui vivons après elle — l'âme de la Simone, dont l'innocence ne succomba point sous le témoignage du Stramba, de l'Atticciato et du Malagevole, cardeurs de laine ou de plus vile profession encore. En étant frappée de la même mort que son amant et en suivant dans l'autre monde l'âme de Pasquino tant aimé par elle, Simone eut une fin plus honnête et fut délivrée de leur infâme accusation.

« Le juge, stupéfait, comme tous ceux qui étaient là, de ce nouvel incident, et ne sachant que dire, resta longtemps immobile : puis, ayant recouvré ses esprits, il dit : « — Ceci « montre que cette sauge est vénéneuse, ce qui n'arrive pas « d'habitude à la sauge. Mais pour qu'elle ne puisse plus « nuire de la même façon à personne, qu'on la coupe jus- « qu'aux racines et qu'on la jette au feu. — » Ce à quoi le gardien du jardin procédant en présence du juge, on n'eut pas plutôt abattu le buisson, que la cause de la mort des deux malheureux amants apparut à tous. Il y avait sous ce buisson de sauge un crapaud prodigieusement gros, dont on vit bien que le venin avait empoisonné la plante. Personne n'ayant envie de s'approcher du crapaud, on fit autour de lui un grand amas de bois sec et on le brûla avec le buisson de sauge ; et c'est ainsi que prit fin l'enquête de messer le juge sur la mort du malheureux Pasquino. Le corps de ce dernier, ainsi que celui de la Simone, encore tout enflés, furent ensevelis ensemble dans l'église de San Paolo par le Stramba, l'Atticciato, Guccio Imbratta et le Malagevole, qui, par aventure, en étaient paroissiens. — »

NOUVELLE VIII

Girolamo aime la Salvestra. Cédant aux prières de sa mère, il va à Paris ; quand il revient, il trouve la Salvestra mariée. Il pénètre en cachette chez elle et meurt à ses côtés. On le porte à l'église où la Salvestra meurt à son tour à côté de lui.

La nouvelle d'Émilia avait pris fin, quand, par le commandement du roi, Néiphile commença ainsi : « — A mon avis, valeureuses dames, il y a des gens qui croient en savoir plus que les autres et qui en savent moins ; et pour ce, non-seulement ils sont assez présomptueux pour opposer leur avis aux conseils des hommes, mais encore à la nature même des choses, de quelle présomption il est déjà résulté de très grands malheurs, tandis qu'on n'en a jamais vu résulter aucun bien. Et pour ce qu'entre les autres choses naturelles, celle qui reçoit le moins les conseils ou les contradictions, c'est l'amour, dont la nature est telle qu'il se consume plutôt

de soi-même que de s'arrêter en chemin sur un avertissement reçu, il m'est venu à l'esprit de vous raconter une nouvelle d'une dame, laquelle, en cherchant à être plus savante
qu'il ne lui appartenait et qu'elle n'était, et aussi que ne le
comportait la chose dans laquelle elle s'étudiait à montrer
son avis, et en croyant chasser l'amour d'un cœur énamouré
où il avait peut-être été mis par les étoiles, parvint à chasser
en même temps et l'amour et l'âme du corps de son fils.

« Il fut donc en notre cité, selon ce que racontent les
anciens, un très gros marchand fort riche, dont le nom
était Leonardo Sighieri. Il eut de sa femme un fils appelé
Girolamo, après la naissance duquel, ses affaires ayant été
soigneusement mises en ordre, il passa de cette vie. Les tuteurs, ainsi que la mère, gérèrent bien et loyalement les
affaires de l'enfant qui, grandissant avec ceux de ses voisins,
se lia plus particulièrement avec une jeune enfant de son âge,
fille d'un tailleur. L'âge venant, leur liaison se changea en un
amour si fort et si tenace que Girolamo ne se sentait pas bien,
sinon quand il voyait son amie ; et certainement elle ne l'aimait pas moins qu'elle n'en était aimée. La mère du jeune
garçon s'étant aperçue de cela, à plusieurs reprises l'en réprimanda et l'en châtia. Mais, par la suite, Girolamo ne pouvant s'en empêcher, elle s'en plaignit à ses tuteurs, et comme
si elle croyait, grâce à la grande richesse de son fils, tirer
une orange d'un prunier, elle leur dit : « — Notre enfant,
« qui a à peine quatorze ans, est si énamouré de la fille d'un
« tailleur notre voisin, nommée la Salvestra, que si nous ne
« la lui ôtons pas de devant les yeux, il la prendra d'aven-
« ture un jour pour femme sans que personne le sache, ce
« dont je ne me consolerai jamais ; ou bien il se consumera
« pour elle s'il la voit marier à un autre. Et pour ce, il me
« semble que, pour fuir ce danger, vous devez l'envoyer loin

« d'ici, quelque part, servir dans une boutique ; parce que,
« en l'éloignant de façon qu'il ne puisse plus la voir, elle
« lui sortira de l'esprit, et nous pourrons ensuite lui donner
« pour femme quelque jeune fille bien née. — »

« Les tuteurs dirent que la dame parlait bien et qu'ils feraient dans ce sens selon qu'ils pourraient ; et ayant fait appeler le jeune garçon dans la boutique, l'un d'eux se mit à
lui dire très affectueusement : « — Mon fils, tu es mainte-
« nant grandet ; il est bon que tu commences à voir par toi-
« même dans tes affaires ; pour quoi, nous serions fort con-
« tents que tu allasses un peu à Paris où tu verras com-
« ment se trafique une grande partie de ta richesse, sans
« compter que là-bas tu deviendras meilleur, mieux élevé et
« plus homme de bien que tu ne ferais ici, en voyant ces
« seigneurs, ces barons et ces gentilshommes qui y vivent en
« grand nombre, et en apprenant leurs belles manières ; puis
« tu pourras revenir ici. — » Le jeune garçon écouta attentivement, et répondit d'un ton bref qu'il n'en voulait rien faire,
pour ce qu'il croyait pouvoir aussi bien qu'un autre rester à
Florence. Les braves gens, entendant cela, le réprouvèrent
encore avec plus de paroles ; mais ne pouvant en tirer une
autre réponse, ils le dirent à la mère. Celle-ci, très irritée
de cela, non de ce qu'il ne voulait pas aller à Paris, mais de
son amoureux entêtement, lui fit de grands reproches ; puis,
l'amadouant par de douces paroles, elle se mit à le flatter et
à le prier doucement qu'il consentît à faire ce que voulaient
ses tuteurs ; et elle sut tant lui dire, qu'il consentit à s'en
aller pendant un an, mais non plus ; et ainsi fut fait.

« Girolamo étant donc allé à Paris, fièrement énamouré,
y fut retenu deux ans, toujours renvoyé d'aujourd'hui à demain. Quand il en revint, plus amoureux que jamais, il trouva
la Salvestra mariée à un bon jeune homme qui construisait

des tentes, de quoi il fut dolent outre mesure. Mais enfin,
voyant qu'il ne pouvait en être autrement, il s'efforça de s'en
consoler. Ayant découvert l'endroit où était sa maison, il
commença, selon l'habitude des jeunes amoureux, à passer
devant chez elle, croyant qu'elle ne l'avait pas plus oublié
qu'il ne l'avait oubliée elle-même. Mais les choses allaient
de toute autre façon ; elle ne se souvenait pas plus de lui que
si elle ne l'avait jamais vu ; et si pourtant elle se le rappelait quelque peu, elle témoignait bien du contraire, de quoi
en peu de temps le jeune homme s'aperçut, et non sans
grandissime douleur. Néanmoins il faisait tout ce qu'il pouvait pour cacher ce chagrin dans son âme ; mais ne pouvant
y parvenir, il résolut, dût-il en mourir, de lui en parler à
elle-même. S'étant informé auprès de quelque voisin comment la maison de son amie était faite, un soir qu'elle et son
mari étaient allés veiller avec leurs voisins, il y entra sans
être vu, se cacha dans sa chambre derrière des toiles à tentes
qu'on y avait étendues, et attendit jusqu'à ce qu'ils fussent
de retour et qu'ils se fussent mis au lit.

« Quand il vit le mari endormi, il s'en alla à l'endroit où il
avait vu que la Salvestra s'était couchée, et lui ayant posé la
main sur la poitrine, il lui dit doucement : « — O mon âme,
« dors-tu déjà ? — » La jeune femme, qui ne dormait pas,
voulut crier ; mais le jeune homme se hâta de dire : » — Pour
« Dieu, ne crie pas, car je suis ton Girolamo. — » Ce qu'entendant celle-ci, elle dit, toute tremblante : « — Eh ! pour
« Dieu, Girolamo, va-t'en. Il est passé ce temps de notre
« enfance où il ne nous était pas défendu de nous aimer. Je
« suis, comme tu vois, mariée ; par conséquent ce n'est plus
« bien à moi de penser à un autre homme qu'à mon mari.
« Pour quoi, je te prie, au nom de Dieu, de t'en aller ; car
« si mon mari t'entendait, encore qu'un autre mal n'en ad-

« vînt, il s'ensuivrait que je ne pourrais plus jamais vivre
« en paix avec lui, alors qu'aimée de lui, je demeure avec lui
« en tout bien et tranquillité. — » Le jeune homme, entendant ces paroles, ressentit une violente douleur. Il eut beau
lui rappeler le temps passé et son amour nullement oublié
malgré la distance, et y mêler de nombreuses prières et de
grandes promesses, il n'obtint rien. Pour quoi, désireux de
mourir, il la pria finalement qu'en faveur de tant d'amour,
elle souffrît qu'il se couchât à côté d'elle, jusqu'à ce qu'il pût
se réchauffer un peu, car il s'était tout gelé en l'attendant,
lui promettant qu'il ne lui dirait rien, qu'il ne la toucherait
pas, et qu'il s'en irait dès qu'il serait un peu réchauffé. La
Salvestra, ayant quelque compassion de lui, le lui permit aux
conditions fixées par lui-même. Le jeune homme donc se
coucha à côté d'elle sans la toucher; là, songeant au long
amour qu'il lui avait porté et à sa dureté présente, à son espérance perdue, il résolut de ne plus vivre; et retenant en lui
ses esprits, sans dire mot, il ferma les poings et mourut à
côté d'elle.

« Au bout de quelques instants, la jeune femme s'étonnant de sa contenance craignant que son mari ne se reveil-
lât, se mit à dire : «—Eh ! Girolamo, pourquoi ne t'en vas-tu
« pas? — » Mais ne l'entendant pas répondre, elle pensa
qu'il s'était endormi. Pour quoi, ayant étendu la main pour
le réveiller, elle se mit à le tâter et, le touchant, elle le
trouva froid comme glace, de quoi elle s'étonna vivement.
Alors le touchant plus fortement, et sentant qu'il ne remuait
pas, elle connut qu'il était mort; de quoi dolente outre mesure, elle fut en grand embarras de savoir que faire. Enfin
elle résolut de voir ce que son mari dirait de faire comme
s'il s'agissait d'une autre personne; et l'ayant réveillé, elle
lui raconta, comme étant arrivé à une autre, ce qui venait

de lui arriver ; puis, elle lui demanda quel conseil il lui donnerait si cela lui était arrivé à elle. Le bon homme répondit qu'il pensait que le mort devrait être porté sans bruit à sa demeure et qu'on devrait le laisser là, sans porter aucun tort à la dame qui ne lui semblait pas avoir failli. Alors la jeune femme dit : « — Eh bien ! c'est ainsi qu'il « faut que nous fassions. — » Et lui ayant pris la main, elle lui fit toucher le jeune homme mort. De quoi, tout ému, il se leva, alluma une lumière, et sans entrer dans de nouvelles explications avec sa femme, il revêtit le corps de ses habits, puis sans retard, persuadé de l'innocence de sa femme, il le mit sur ses épaules, le porta devant la porte de sa maison, où il le déposa sur le seuil et le laissa.

« Le jour venu, quand on vit cet homme mort devant sa porte, cela fit une grande rumeur et spécialement de la part de la mère ; et ayant partout cherché et regardé, et ne lui trouvant ni plaie ni coup aucun, les médecins déclarèrent unanimement qu'il était mort de douleur, comme cela était. Le corps fut donc porté dans une église, et là vint la douloureuse mère avec beaucoup d'autres dames, parents et voisins, et sur lui on commença, selon nos usages, à pleurer et à se lamenter fortement. Et pendant qu'on faisait ces grandes lamentations, le bon homme dans la maison duquel il était mort, dit à la Salvestra : « — Mets un manteau sur « ta tête, et va dans cette église où on a transporté Giro« lamo ; mêle-toi aux femmes et tu écouteras ce qu'on dit « de cette aventure ; moi j'en ferai autant parmi les hommes, « afin que nous voyions si l'on dit quelque chose contre « nous. — » Cela plut à la jeune femme prise d'une pitié tardive, car elle désirait voir mort celui auquel elle n'avait pas voulu de son vivant faire plaisir d'un seul baiser, et elle y alla.

« Chose merveilleuse à penser combien sont difficiles à expliquer les forces de l'amour ! Ce cœur que la fortune prospère de Girolamo n'avait pu ouvrir, sa fortune malheureuse l'ouvrit et, les anciennes flammes s'y étant toutes réveillées, changea la Salvestra en tant de pitié quand elle vit le visage du mort, que cachée sous son manteau et mêlée aux femmes, elle ne s'arrêta pas avant d'être parvenue jusqu'auprès du corps. Et là poussant un grand cri, elle se jeta le visage sur le jeune homme mort qu'elle n'eut pas le temps de baigner de beaucoup de larmes, car à peine l'eut-elle touché que, comme cela était arrivé à Girolamo, la douleur lui avait enlevé la vie. Puis — comme les femmes la réconfortaient et lui disaient de se lever, ne l'ayant pas encore reconnue — quand on voulut la relever et qu'on la trouva immobile, ce fut seulement alors qu'on reconnut la Salvestra et qu'elle était morte. De quoi toutes les femmes qui étaient là, vaincues d'une double pitié, se remirent à pleurer encore davantage. La nouvelle s'étant répandue hors de l'église parmi les hommes, elle parvint aux oreilles du mari qui était au milieu d'eux, et qui, sans vouloir écouter de consolations ou prendre aucun confort, pleura longtemps. Et ayant raconté à un grand nombre de ceux qui l'entouraient, l'histoire arrivée la nuit précédente à ce jeune homme, la cause de sa mort fut manifestement connue de tout le monde, ce dont tous furent affligés. La jeune femme morte ayant donc été prise et ayant été parée comme on a coutume de le faire pour les morts, on la plaça sur le même lit à côté du jeune homme, et là, après qu'elle eût été longuement pleurée, tous deux furent ensevelis dans un même tombeau ; et ceux que, vivants, l'amour n'avait pu unir, la mort les unit d'un inséparable lien. — »

NOUVELLE IX

Messer Guiglielmo Rossiglione donne à manger à sa femme le cœur de messer Guiglielmo Guardastagno qu'il a tué et qu'elle aime. La dame l'ayant su, se jette par la fenêtre et se tue. Elle est ensevelie avec son amant.

« La nouvelle de Néiphile étant terminée, non sans avoir grandement ému de compassion toutes ses compagnes, le roi qui ne voulait pas abolir le privilège accordé à Dioneo, voyant qu'il n'y avait plus personne à parler, commença : « — Compatissantes dames, puisque les infortunes d'amour ont le don de vous émouvoir, j'ai toute prête une nouvelle qui ne vous touchera pas moins que la dernière ; attendu que ce que je vais vous raconter arriva à des gens de plus haute qualité que ceux dont il a été parlé déjà, et par un accident plus cruel encore.

« Vous saurez donc que suivant ce que racontent les Provençaux, il y eut autrefois en Provence deux nobles chevaliers qui possédaient tous deux castels et vassaux. L'un avait nom messire Guiglielmo Rossiglione, et l'autre messire Guiglielmo Guardastagno ; et pour ce que l'un et l'autre étaient très habiles dans les armes, ils s'aimaient beaucoup et avaient coutume d'aller toujours ensemble à tous les tournois, joutes ou autres passes d'armes, et portant les mêmes couleurs. Comme ils habitaient chacun dans son château, et qu'ils étaient éloignés l'un de l'autre de dix bons milles, il advint que messire Guiglielmo Rossiglione ayant pour femme une très belle et très appétissante dame, messire Guiglielmo Guardastagno, nonobstant l'amitié et la camaraderie qui existaient entre eux, s'en amouracha hors de toute mesure et fit si bien par un moyen ou par un autre, que la dame s'en aperçut, et le tenant pour un très valeureux chevalier, se mit à l'aimer de telle façon qu'il était son seul désir, son seul amour, et qu'elle n'attendait que le moment d'être mise à réquisition par lui, ce qui ne tarda guère. Ils eurent plusieurs rendez-vous, où ils se donnèrent de fortes preuves d'amour. En ayant, par la suite, usé moins discrètement, il advint que le mari s'en aperçut et en fut tellement indigné, que la grande amitié qu'il portait à Guardastagno se changea en haine mortelle. Mais il sut la tenir cachée mieux que les deux amants n'avaient su tenir caché leur amour, et il résolut de le tuer.

« Rossiglione étant en cette disposition d'esprit, il advint qu'un grand tournoi fut publié en France, ce que Rossiglione fit sur-le-champ connaître à Guardastagno, en lui faisant dire que si cela lui plaisait, il vînt le voir pour délibérer s'ils iraient à ce tournoi et comment. Le Guardastagno, tout joyeux, répondit qu'il irait sans faute souper avec lui le jour suivant. Le Rossiglione, à cette nouvelle, pensa que le moment était venu de le tuer. Le lendemain, s'étant armé, il monta à cheval suivi d'un de ses familiers, et s'embusqua dans un bois situé à environ un mille de son castel et par où le Guardastagno devait passer. Après l'avoir attendu assez longtemps, il le vit qui s'avançait sans armes et accompagné de deux familiers désarmés aussi, comme quelqu'un qui ne se défiait de rien. Quand il le vit arrivé à l'endroit où il voulait, le félon, plein de rage, sortit de sa cachette et courut à lui la lance à la main, criant : « — Tu es mort ! — » Prononcer ces paroles et lui plonger la lance dans le sein, ne furent qu'un. Le Guardastagno, sans pouvoir se défendre ni dire un mot, tomba transpercé et mourut. Quant à ses familiers, ayant fait faire volte-face à leurs chevaux, ils s'enfuirent le plus vite qu'ils purent vers le castel de leur maître, sans

avoir reconnu qui avait commis le meurtre. Alors le Rossiglione, descendit de cheval, ouvrit avec son couteau la
poitrine du Guardastagno, et, de ses propres mains, lui
arracha le cœur qu'il enveloppa dans le pennon d'une
lance et qu'il donna à porter à un de ses familiers, auxquels il défendit d'avoir la hardiesse de dire un seul mot
de cela. Puis il remonta à cheval et comme il était déjà nuit,
il revint à son castel.

« La dame, qui avait entendu dire que le Guardastagno
devait venir dîner le soir, et qui l'attendait avec une grande
impatience, ne le voyant pas arriver, s'en étonna beaucoup,
et dit à son mari : « — Comment se fait-il, messire, que le
« Guardastagno n'est pas venu ? » — A quoi le mari dit :
« — Femme, il m'a fait dire qu'il ne pourra être ici que
« demain. » — De quoi la dame fut toute troublée. Le Rossiglione descendu dans son appartement, fit appeler le cuisinier et lui dit : « — Prends ce cœur de sanglier, et fais en
« sorte d'en faire un ragoût le meilleur et le plus appétissant
« que tu sauras ; et quand je serai à table, envoie-le moi sur
« un plat d'argent. — » Le cuisinier ayant pris le cœur, le
hacha menu, l'assaisonna de force poivre, et y appliquant
tout son art et tous ses soins, en fit un ragoût excellent.

« L'heure du souper venue, messire Guiglielmo se mit à
table avec sa femme ; mais poursuivi par le souvenir du
crime qu'il avait commis, il mangea peu. Le cuisinier lui
ayant envoyé le ragoût, il le fit placer devant la dame, pré-
tendant que ce soir il n'avait pas faim, et le lui recommanda
vivement. La dame, qui avait bon appétit se mit à en goûter, et comme il lui parut bon, elle le mangea tout entier.
Quand le chevalier eut vu que la dame l'avait mangé tout
entier il dit : « — Femme, comment avez-vous trouvé ce
plat ? — » La dame répondit : « — Monseigneur, il m'a plu

34.

« beaucoup, sur ma foi. — » « — Par Dieu, je vous crois —
dit le chevalier — et je ne m'étonne point si vous avez trouvé
« bon mort ce qui, vivant, vous a plu par-dessus tout. — »
A ces mots, la dame resta un moment immobile, puis elle dit :
« — Comment ? Qu'est-ce que vous m'avez fait manger ? — »
Le chevalier répondit : « — Ce que vous avez mangé, c'est le
« cœur de messire Guiglielmo Guardastagno, que vous,
« femme déloyale, avez tant aimé. Soyez assurée que c'est
« bien lui, car de ces propres mains je le lui ai arraché de
« la poitrine, avant de revenir ici. — »

« Si la dame, apprenant cela au sujet de celui qu'elle
aimait par-dessus tout, fut saisie d'une horrible douleur, il
ne faut pas le demander. Après quelques instants elle dit :
« — Vous avez agi comme un déloyal et mauvais chevalier ;
« c'est moi qui, sans qu'il m'y ait en rien forcée, lui
« avais donné mon amour, et, de cet outrage envers vous,
« ce n'était pas lui, mais moi qui devais supporter le châti-
« ment. Mais à Dieu ne plaise que sur une aussi noble
« nourriture que le cœur d'un chevalier vaillant et courtois,
« comme le fut messire Guiglielmo, une autre nourriture
« vienne jamais se poser. — » Et s'étant levée, elle se précipita par une fenêtre qui se trouvait derrière elle. La fenêtre
était très élevée au-dessus du sol ; pour quoi, la dame en
tombant, non-seulement se tua, mais se brisa tous les
membres. Ce voyant, messire Guiglielmo fut comme abasourdi
et comprit qu'il avait mal fait. Craignant le courroux des
voisins et surtout du comte de Provence, il fit seller des chevaux et s'enfuit. Le lendemain matin, on sut par toute la
contrée ce qui était arrivé ; c'est pourquoi les gens du castel
de messire Guiglielmo, et ceux du castel de la dame, recueil-
lirent les corps des deux victimes, qui furent ensevelis, au
milieu des pleurs et de la douleur générale, dans l'église du

château de la dame et dans un même tombeau. On y inscrivit des vers relatant le nom de ceux qui y étaient renfermés, ainsi que la cause et la nature de leur mort. — »

NOUVELLE X

La femme d'un médecin met dans un coffre son amant endormi et qu'elle croit mort. Deux usuriers emportent le coffre chez eux. L'amant est découvert et pris pour un voleur. La servante de la dame raconte à la Seigneurie que c'est elle qui l'a mis dans le coffre volé par les usuriers, de sorte qu'il échappe à la potence ; les usuriers sont condamnés à l'amende pour avoir volé le coffre.

Le roi ayant fini son récit, il ne restait plus qu'à Dioneo à remplir sa tâche ; ce que voyant, et le roi lui ayant commandé, il commença : « — Les malheurs que l'on vient de raconter au sujet des amants infortunés, ne vous ont pas contristé le cœur et les yeux à vous seules, mesdames, mais bien à moi aussi ; pourquoi, j'ai vivement désiré qu'on en vînt au bout. Maintenant, Dieu soit loué, car, ils sont finis, à moins que je ne voulusse encore ajouter à cette mauvaise marchandise, ce dont Dieu me garde. Sans insister donc sur un sujet si douloureux, je commencerai par quelque chose de plus joyeux et de meilleur, donnant l'exemple peut-être à ce qui devra être raconté dans la journée de demain.

« Vous saurez donc, très belles jeunes dames, qu'il n'y a pas encore longtemps, il y avait à Salerne un très grand médecin en chirurgie, dont le nom fut maître Mazzeo della Montagna, lequel parvenu déjà à l'extrême vieillesse, avait pris pour épouse une belle et gente jeune femme de sa ville et la tenait fournie de riches vêtements, de joyaux et de tout

ce qui peut plaire à une dame, plus que toute autre de la
ville. Vrai est que, la plupart du temps elle restait indifférente
à tout cela, en femme qui dans le lit était mal couverte par
le maître. Celui-ci, comme messer Ricciardo di Chinzica,
dont nous avons parlé et qui enseignait à sa femme à observer les fêtes, disait à la sienne que pour avoir couché avec
une femme, on mettait je ne sais combien de jours à réparer
ses forces, et semblables sottises. De quoi elle vivait très
mécontente ; et comme elle était avisée et de très grand esprit,
elle résolut, pour épargner le bien de la maison, de saisir la
première occasion et de goûter d'un autre. Ayant observé
plusieurs jeunes hommes, elle en trouva à la fin un en qui
elle plaça toute son espérance, tout son cœur et tout son
bien. De quoi le jeune homme s'étant aperçu, et cela lui
plaisant fort, il mit semblablement tout son amour sur elle.
On l'appelait Ruggieri da Jeroli ; il était de naissance noble,
mais de mauvaise vie et de conduite blâmable, tellement qu'il
n'avait parent ni ami qui lui voulût du bien, ni qui consentît à le voir ; et dans tout Salerne, il était accusé de vols
et d'autres méfaits aussi vils, de quoi la dame eut peu cure, car
il lui plaisait pour autre chose. Aidée de sa servante, elle fit
si bien qu'ils purent se trouver ensemble. Au bout de quelque temps qu'ils eurent pris tous deux leurs ébats, la dame se
mit à le blâmer de sa vie passée et à le prier, pour l'amour
d'elle, de se défaire de pareilles habitudes, et pour lui faciliter à le faire, elle commença à lui subvenir, tantôt d'une
somme d'argent, tantôt d'une autre.

« Pendant qu'ils continuaient ainsi tous deux fort discrètement, il advint qu'il tomba entre les mains du médecin un
malade qui avait mal à une jambe. Le maître ayant vu son cas,
dit à ses parents que, si on ne lui enlevait pas un os pourri
qu'il avait dans la jambe, il faudrait la lui couper ou sinon

qu'il mourrait, et qu'en lui extrayant l'os, il pourrait guérir, mais qu'il ne l'entreprendrait qu'en le considérant déjà comme un homme mort. A quoi ceux à qui le malade appartenait ayant consenti, ils le lui laissèrent pour être opéré dans ces conditions. Le médecin, avisant que le malade ne pourrait endurer la peine sans être endormi, ou ne se laisserait pas panser, et devant attendre après vêpres pour procéder à cette opération, fit dès le matin distiller une certaine eau de sa composition, qui, bue par le malade, devait le faire dormir autant qu'il pensait mettre de temps à l'opérer. Puis ayant fait porter cette eau chez lui, il la plaça dans sa chambre, sans dire à personne ce que c'était. L'heure de vêpres venue, et le maître se disposant à aller vers son malade, il lui arriva un messager envoyé par quelques-uns de ses grands amis de Malfi, avec prière de ne pas manquer, pour quelque cause que ce fût, de s'y rendre sur le champ, parce qu'il y avait eu une grande rixe où beaucoup de gens avaient été blessés. Le médecin, renvoyant au lendemain matin le pansement de la jambe, monta sur une petite barque et alla à Malfi. Pour quoi, la dame, sachant qu'il ne devait pas revenir la nuit à la maison, y fit venir Ruggieri selon qu'elle en avait l'habitude, et le mit dans sa chambre où elle le garda jusqu'à ce que les autres personnes de la maison fussent allées se coucher.

« Ruggieri étant donc dans la chambre attendant la dame, et ayant, soit par fatigue endurée dans le jour, soit pour avoir mangé trop salé, soit peut-être simplement par habitude, ressenti une grande soif, il vit par hasard sur la fenêtre cette fiole d'eau que le médecin avait préparée pour son malade, et croyant que c'était de l'eau bonne à boire, il la porta à sa bouche et la but tout entière. Il ne tarda guère à être pris d'un grand sommeil, et à s'endormir. La dame, aussitôt qu'elle put, s'en vint dans la chambre, et trouvant Ruggieri

endormi, elle se mit à le secouer et à lui dire à voix basse de
se lever, mais en vain ; il ne lui répondait pas ni ne bougeait.
Pour quoi la dame, quelque peu courroucée, le secoua avec
plus de force, disant : «—Lève-toi, affreux dormeur ; si tu
« voulais dormir, tu devais t'en retourner chez toi et non venir
« ici. —» Ruggieri, ainsi secoué, tomba à terre, d'une chaise
sur laquelle il était, et ne donna pas plus signe de vie que
n'aurait fait un corps mort. De quoi quelque peu épouvantée,
la dame essaya de le relever et se mit à le secouer plus fort,
à le prendre par le nez et à le tirer par la barbe ; mais tout
était vain ; il avait attaché son âne à une bonne cheville.

« Alors la dame commença à craindre qu'il fût mort ; cependant elle se remit encore à lui pincer aigrement la peau et à le
brûler avec une chandelle allumée, mais toujours en vain.
Pour quoi elle, qui n'était pas médecin, bien qu'elle eût un
médecin pour mari, crut sans plus de doute qu'il était mort.
Aussi, l'aimant par-dessus tout comme elle faisait, il ne faut
pas demander si elle fut affligée ; n'osant faire de bruit, elle
se mit à pleurer en silence sur lui, et à se lamenter d'une telle
mésaventure. Mais après quelques instants, craignant d'ajouter la honte à son malheur, elle pensa qu'il fallait sans retard
trouver un moyen de porter ce mort hors de la maison ; et ne
sachant qu'imaginer pour ce faire, elle appela sans bruit sa
servante, et lui faisant part de sa mésaventure, elle lui demanda conseil.

« La servante, fort étonnée, se mit elle aussi à le tirer et à
le pincer, mais le voyant sans sentiment, elle dit ce qu'avait
dit la dame, c'est à dire qu'il était vraiment mort, et lui con-
seilla de le faire sortir de la maison. A quoi la dame dit :
«— Et où pourrons-nous le porter, pour que personne ne
« soupçonne demain matin, quand on le verra, que c'est d'ici
« qu'on l'a porté? —» A quoi la servante répondit : «—Ma-

« dame, j'ai vu ce soir, fort tard, devant la boutique de ce
« menuisier, notre voisin, un coffre qui n'est pas trop grand
« et qui, si son maître ne l'a pas rentré chez lui, viendra trop
« à point pour notre cas, car nous pourrons y mettre le corps,
« après lui avoir donné deux ou trois coups de couteau, et
« nous l'y laisserons. Celui qui l'y trouvera, ne saura pas si
« c'est ici ou ailleurs qu'il y aura été mis ; au contraire, on
« croira, pour ce qu'il fut un mauvais garnement, qu'en com-
« mettant quelque méfait il aura été occis par un de ses en-
« nemis et mis dans le coffre. — » Le conseil de la servante
plut à la dame, excepté de lui donner des coups de couteau ;
elle dit que pour rien au monde elle n'aurait le courage de
faire cela, et ayant envoyé la servante voir si le coffre était
toujours là où elle l'avait vu, celle-ci revint et dit que oui.
La servante donc qui était jeune et vigoureuse, aidée de la
dame, mit Ruggieri sur ses épaules, et sa maîtresse marchant
devant pour regarder si personne ne venait, elles arrivèrent
au coffre, mirent le corps dedans et l'ayant refermé, elles le
laissèrent.

« Le même jour, un peu auparavant, étaient rentrés chez
eux deux jeunes gens qui prêtaient à usure et qui, désireux
de gagner beaucoup et de dépenser peu, se trouvaient avoir
besoin de meubles. Ils avaient vu la veille le coffre et avaient
projeté ensemble, si on l'y laissait pendant la nuit, de l'emporter chez eux. Minuit venu, ils sortirent de leur logis et
trouvant le coffre à la même place, sans l'examiner davantage, ils le portèrent promptement chez eux, encore qu'il leur
parût lourd, et le placèrent à côté d'une chambre où leurs
femmes dormaient, sans songer pour le moment à le ranger
convenablement ; et l'ayant laissé là, ils s'en allèrent dormir.

« Le matin venu, Ruggieri, qui avait fait un grand somme
et avait déjà digéré le breuvage et éprouvé jusqu'au bout sa

vertu, se réveilla, et bien que le sommeil fût rompu et que
ses sens eussent recouvré leur pouvoir, il lui restait cependant dans la cervelle une stupéfaction qui, non-seulement
cette nuit, mais pendant quelques jours, le tint tout étourdi.
Ayant ouvert les yeux et ne voyant rien, il étendit les mains de
çà de là, et se trouvant dans ce coffre, il se mit à rappeler ses
souvenirs et à se dire : « — Qu'est cela ? Où suis-je ? Dors-je
« ou suis-je éveillé ? Je me souviens pourtant que ce soir je
« suis entré dans la chambre de ma dame, et maintenant il
« me semble que je suis dans un coffre. Que veut dire ceci ?
« Le médecin serait-il revenu, ou un autre accident serait-il
« arrivé pour lequel la dame, pendant que je dormais, m'au-
« rait caché là-dedans ; je le crois, et très certainement il en
« aura été ainsi. — » Et pour ce, il se mit à rester tranquille
et à écouter s'il n'entendait rien. Étant demeuré ainsi assez
longtemps et se trouvant fort mal dans le coffre, qui était petit, se sentant tout meurtri du côté sur lequel il était couché,
il voulut se tourner sur l'autre ; mais il le fit si adroitement
qu'il heurta des reins une des parois du coffre qui n'avait pas
été posé sur un plancher bien égal, et qu'il le fit basculer et
tomber. En tombant, le coffre fit grand bruit, pour quoi les
femmes qui dormaient à côté se réveillèrent et eurent peur, et
de peur se turent.

« Ruggieri ne savait que penser de la chute du coffre ; mais
le voyant ouvert par sa chute même, il pensa qu'il valait
mieux, si autre chose survenait, en être hors que dedans. Et
comme il ne savait où il était, imaginant tantôt une chose,
tantôt une autre, il se mit à aller à tâtons par la maison, pour
voir s'il trouverait une porte ou un escalier par où il pût s'en
aller. Les femmes, qui étaient réveillées, entendant le bruit
qu'il faisait, se mirent à dire : « — Qui est là ? — » Ruggieri, ne reconnaissant pas la voix, ne répondit pas ; pour

quoi, les femmes se mirent à appeler les deux jeunes gens.
Mais ceux-ci, pour ce qu'ils avaient trop veillé, dormaient
fortement et n'entendaient rien de tout ce qui se passait. Alors
les femmes, devenues plus peureuses, s'étant levées, coururent à une fenêtre et se mirent à crier : « — Au voleur ! au
« voleur ! — » Pour quoi, bon nombre de voisins accoururent
de tous côtés et entrèrent dans la maison, qui par le toit, qui
d'un côté, qui d'un autre ; et semblablement les jeunes gens,
réveillés à ce bruit, se levèrent, et voyant là Ruggieri quasi
hors de lui d'étonnement, et qui ne voyait pas par où il devrait
ou pourrait fuir, ils le mirent aux mains des familiers du gouverneur de la ville, qui étaient déjà accourus au bruit. Et
ayant été mené devant le gouverneur, celui-ci, comme il était
tenu pour un très mauvais homme, le fit mettre sur-le-champ
à la torture et confesser qu'il était entré dans la maison des
usuriers pour voler ; pour quoi, le gouverneur pensa qu'il convenait de le faire pendre par la gorge sans le moindre retard.

« La nouvelle se répandit dans la matinée par tout Salerne
que Ruggieri avait été pris à voler dans la maison des usuriers ; ce que la dame et sa servante apprenant, elles furent
remplies d'un tel étonnement qu'elles étaient bien près de se
persuader à elles-mêmes que ce qu'elles avaient fait la nuit
précédente elles ne l'avaient pas fait, mais qu'elles l'avaient
rêvé ; en outre, la dame éprouvait un tel chagrin du péril où
se trouvait Ruggieri, qu'elle était sur le point d'en devenir
folle.

« Un peu après la troisième heure, le médecin, de retour de
Malfi, demanda qu'on lui apportât son eau pour ce qu'il voulait panser son malade ; voyant la fiole vide, il fit un grand
vacarme, disant qu'on ne pouvait rien conserver dans cette
maison. La dame, qui était stimulée d'une autre douleur, lui
répondit en colère : « — Que diriez-vous, maître, pour une

« chose importante, puisque vous faites si grand bruit pour
« une fiole d'eau renversée ? — » A quoi le maître dit :
« — Femme, tu crois que cette eau était de l'eau claire ;
« mais il n'en est pas ainsi ; bien au contraire, c'était une
« eau travaillée pour faire dormir. — » Dès que la dame eut
entendu cela, elle s'avisa que Ruggieri l'avait bue et que c'é-
tait pour cela qu'il lui avait paru mort, et elle dit : « — Maître,
« nous ne le savions pas ; pour ce faites-en d'autre. — »
Le maître, voyant qu'il ne pouvait en être autrement, en fit
faire une nouvelle.

« Peu après, la servante qui, par ordre de la dame était
allée savoir ce que l'on disait de Ruggieri, revint et lui dit :
« — Madame, tout le monde dit du mal de Ruggieri, et
« d'après ce que j'ai pu entendre, il ne se trouve aucun pa-
« rent, aucun ami qui se soit dérangé ou qui veuille se dé-
« ranger pour lui venir en aide, et l'on croit bien que demain
« le Stadico le fera pendre. Et, en outre, je veux vous dire
« une chose, car il me semble avoir compris comment il est
« arrivé dans la maison des usuriers, et écoutez comment :
« Vous connaissez bien le menuisier devant lequel était le
« coffre où nous le mîmes ; il était tout à l'heure avec un
« individu qui prétendait que le coffre lui appartenait, car
« il lui en réclamait le prix, et le menuisier disait qu'il
« n'avait pas vendu le coffre, mais qu'il lui avait été volé
« pendant la nuit. A quoi celui-ci disait : « — Il n'en est
« pas ainsi, mais tu l'as vendu aux deux jeunes usuriers,
« ainsi qu'ils me l'ont dit cette nuit, quand je l'ai vu chez
« eux au moment où Ruggieri a été pris. — » A quoi le me-
« nuisier disait : « — Ils mentent, pour ce que je ne le leur ai
« jamais vendu ; mais ce sont eux qui, la nuit dernière, me
« l'ont volé. Allons les trouver. — » Et ils sont allés d'un
« commun accord à la maison des usuriers, et moi je suis ve-

« nue ici. Et, comme vous pouvez voir, je comprends
« bien de quelle façon Ruggieri a été transporté là où il a
« été trouvé ; mais comment il est ressuscité, je ne puis le
« voir. — » La dame, comprenant alors parfaitememt comment la chose était arrivée, dit à la servante ce qu'elle avait
appris du maître et la pria de l'aider à faire échapper Ruggieri
en femme qui, si elle voulait, pouvait d'un seul coup délivrer
Ruggieri et lui conserver l'honneur à elle. La servante dit :
« — Madame, enseignez-moi comment, et je ferai volontiers
« tout ce qu'il faudra faire. — »

« La dame, aiguillonnée par sa passion, ayant avisé
rapidement ce qu'il y avait à faire, en informa de tous points
la servante. Celle-ci s'en alla tout d'abord trouver le médecin,
et, pleurant, elle se mit à lui dire : « — Messire, je dois
« vous demander pardon d'une grande faute que j'ai com-
« mise envers vous. — » Le maître dit : « — Et qu'est-
« ce ? — » Et la servante, ne s'arrêtant pas de pleurer, dit :
« — Messire, vous savez quel homme c'est que Ruggieri da
« Jeroli ; lui ayant plu, autant par peur que par amour, j'ai
« consenti il y a quelque temps à devenir sa maîtresse. Sa-
« chant qu'hier vous n'étiez pas ici, il me pressa tellement,
« que l'introduisant chez vous, je le menai coucher avec moi
« dans ma chambre ; et comme il avait soif, et que je n'avais
« pas le temps de chercher de l'eau ou du vin, ne voulant
« pas d'ailleurs que votre femme qui était au salon me vît,
« et me rappelant avoir vu dans votre chambre une fiole d'eau,
« j'allai la chercher et je la lui donnai à boire, puis je la
« remis où je l'avais prise ; et je vois que vous avez fait à ce
« sujet un grand bruit dans la maison. Et certes, je confesse
« que je fis mal ; mais quel est celui qui n'a pas mal agi
« quelquefois ? Je suis très marrie d'avoir fait cela ; non pas
« tant pour la chose elle-même, que pour ce qui s'en est

« suivi, car Ruggieri est sur le point d'en perdre la vie. Pour
« quoi, autant que je peux, je vous prie de me pardonner et
« de me permettre d'aller lui venir en aide en ce que par moi
« se pourra. — » Le médecin, entendant cela, quelque colère qu'il eût, répondit en souriant : « — Tu t'en es donné
« toi-même le châtiment, puisque, là où tu croyais avoir cette
« nuit un jeune homme qui t'aurait bien secoué la pelisse,
« tu as eu un méchant dormeur ; et pour ce va, et vois à sau-
« ver ton amant, et dorénavant garde-toi de plus le mener
« dans la maison, car je te paierais de cette fois et de
« l'autre. — »

« La servante estimant que, pour la première tentative,
elle avait bien opéré, aussitôt qu'elle put, s'en alla à la prison
où était Ruggieri, et séduisit tellement le geôlier, que celui-ci
la laissa parler au prisonnier. Dès qu'elle l'eût informé de ce
qu'il devait répondre au Stadico s'il voulait échapper au
péril, elle fit si bien qu'elle parvint jusqu'au juge criminel,
lequel avant de consentir à l'écouter, pour ce qu'elle était
fraîche et gaillarde, voulut attacher son croc à la pauvre fille
du bon Dieu. Elle, pour en être plus favorablement écoutée,
ne fut nullement revêche, et la besogne faite, elle dit :
« — Messire, vous avez ici Ruggieri da Jeroli, pris pour un
« voleur, et ce n'est pas vrai. — » Et commençant par le
commencement, elle lui conta l'histoire jusqu'au bout ; comment elle, étant sa maîtresse, l'avait mené dans la maison du
médecin, et comment elle lui avait donné à boire l'eau préparée, ne sachant ce qu'elle était, et comment le croyant
mort, elle l'avait mis dans le coffre. Puis, elle lui dit ce
qu'elle avait entendu entre le menuisier et le propriétaire du
coffre, lui montrant par cela de quelle façon Ruggieri avait
été introduit dans la maison des usuriers. Le juge voyant
qu'il était facile de vérifier si c'était la vérité, s'informa d'abord

près du médecin si ce qu'elle avait dit de l'eau était vrai, et vit qu'il en était ainsi ; puis il manda le menuisier et celui à qui avait appartenu le coffre, ainsi que les usuriers, et après plusieurs investigations, il fut établi que la nuit précédente les usuriers avaient volé le coffre et l'avaient porté chez eux. Enfin, il fit venir Ruggieri, et lui ayant demandé où il avait été hébergé le soir précédent, celui-ci répondit qu'il ne savait pas où il avait été hébergé, mais qu'il se souvenait bien qu'il était allé coucher avec la servante de maître Mazzeo, dans la chambre de laquelle il avait bu de l'eau, à cause de la grande soif qu'il avait ; mais pour ce qui était advenu de lui après, si non quand en s'éveillant chez les usuriers il s'était trouvé dans un coffre, il ne le savait pas. Le juge, entendant ces choses, en éprouva une grande satisfaction, et les fit redire plusieurs fois à la servante, à Ruggieri, au menuisier et aux usuriers. A la fin, reconnaissant que Ruggieri était innocent, il condamna à dix onces d'amende les usuriers qui avaient volé le coffre, et rendit la liberté à Ruggieri. Si cela fut agréable à ce dernier, que personne ne le demande ; mais cela fut agréable outre mesure à sa dame, laquelle par la suite avec son amant et sa chère servante qui avait d'abord voulu lui donner des coups de couteau, en rit souvent ; et ils festoyèrent joyeusement, continuant leur amour et leurs ébats de mieux en mieux ; et je voudrais qu'il m'advînt ainsi, mais non toutefois d'être mis dans le coffre. — »

Si les premières nouvelles avaient contristé le cœur des dames amoureuses, la dernière dite par Dioneo les fit tellement rire, et spécialement quand il raconta que le juge avait attaché son croc, qu'elles purent se refaire de la compassion que les autres nouvelles leur avaient inspirée. Mais le roi voyant que le soleil commençait à pâlir et que le terme de son commandement était venu, s'excusa par d'agréables paroles

auprès des dames de ce qu'il avait fait, c'est-à-dire de les
avoir obligées de raconter sur un sujet aussi dur que l'infortune des amants. L'excuse faite, il se leva, ôta la couronne de
sa tête, et comme les dames attendaient de savoir à qui il la
donnerait, il la posa délicatement sur la tête blonde de la Fiammetta en disant : « — Je te donne cette couronne, comme à
celle qui dans la journée de demain saura le mieux consoler
nos compagnes de l'âpre journée d'aujourd'hui. — »

La Fiammetta, dont les cheveux crépus, longs et dorés
retombaient sur ses blanches et délicates épaules, et dont le
visage rondelet était tout resplendissant d'une blancheur de
lis mêlée aux roses vermeilles, avec deux yeux à fleur de tête
semblables à ceux d'un faucon voyageur, et une toute petite
bouche dont les lèvres semblaient être deux rubis, répondit
en souriant : « — Et moi, Philostrate, je la prends volontiers, et afin que tu t'aperçoives mieux de ce que tu as fait,
dès maintenant je veux et j'ordonne que chacun se prépare
à parler demain de ce qui est advenu d'heureux aux amants,
après quelques cruels et malencontreux accidents. — »
Cette proposition plut à tous. Et après qu'elle eût fait venir
le sénéchal, et disposé avec lui des choses opportunes, toute
la société s'étant levée se dispersa joyeusement jusqu'à l'heure
du souper.

Tous donc, partie par le jardin dont la beauté ne devait
pas les fatiguer de longtemps, partie vers les moulins qui
moulaient en dehors, se mirent à prendre qui de çà, qui de
là, suivant leurs fantaisies, des amusements divers jusqu'à
l'heure du souper, laquelle étant venue, tous se réunirent,
comme d'habitude, près de la belle fontaine, où ils soupèrent
et furent bien servis et à leur grandissime plaisir. Levés de
là, selon leur habitude aussi, ils se mirent à danser et à
chanter, et Philomène menant la danse, la reine dit : « — Phi-

lostrate, je n'entends pas dévier de ce qu'ont fait mes prédécesseurs, mais, de même qu'ils ont fait, j'entends que par
mon ordre on chante une chanson ; et pour ce que je suis
persuadée que tes chansons ressemblent à tes nouvelles,
afin qu'il n'y ait pas d'autres jours que celui-ci troublé
par le récit de tes infortunés amants, nous voulons que tu
en dises une qui te plaira le plus. — » Philostrate répondit
qu'il le ferait volontiers ; et sans retard il se mit à chanter
en cette guise :

En pleurant, je montre
    Combien se plaint avec raison un cœur
    De ce qu'Amour soit trahi dans sa foi.

Amour, alors que premièrement
    Tu as placé en mon cœur celle pour qui je soupire,
    Sans en espérer de salut,
    Tu me l'as montrée si remplie de vertu,
    Que j'estimai léger tout martyre
    Qui, dans mon esprit resté dolent,
    Par toi me serait advenu.
    Mais mon erreur,
    Je la connais maintenant, et non sans douleur

Ce qui m'a fait connaître mon erreur,
    C'est de me voir abandonné de celle
    En qui seule j'espérais ;
    Car alors que je pensais être le plus
    Dans sa faveur, et son favori,
    Je m'aperçus que, sans se soucier de la peine
    Que me causerait ma future disgrâce,
    Elle avait recueilli en son cœur
    La beauté d'un autre, et qu'elle m'en avait chassé.

Comme je connus que j'en étais chassé,
    Naquit en mon cœur une plainte douloureuse
    Qui y reste encore ;
    Et je ne cesse de maudire le jour et l'heure

Où m'apparut pour la première fois son visage amoureux,
Orné d'altière beauté ;
Et plus que jamais je me sens enflammé.
Ma croyance en elle, mon espoir, mon ardeur,
Mon âme qui se meurt s'en va blasphémant tout cela.

Combien ma douleur est sans confort,
　　Seigneur, tu peux le sentir, tant je t'appelle
　　Avec une douloureuse voix ;
　　Et je dis que je me sens tellement brûler,
　　Que, pour diminuer ma souffrance, j'appelle la mort.
　　Qu'elle vienne donc, et d'un seul coup,
　　Termine ma vie cruelle et malheureuse
　　Ainsi que ma fureur ;
　　Car, où que j'aille, je souffrirai moins.

Nulle autre vie, nul autre confort
　　Ne me reste plus que la mort pour guérir ma douleur.
　　Qu'on me la donne donc désormais.
　　Mets fin, Amour, par elle à mes peines,
　　Et dépouille mon cœur d'une vie si misérable.
　　Ah ! fais-le, puisqu'à tort
　　Toute joie m'est enlevée et ravie.
　　Fais-la heureuse, elle, en me faisant mourir, seigneur,
　　Comme tu l'as faite heureuse d'un nouvel amant.

O ma chanson, si personne ne t'apprend,
　　Je n'en ai cure, pour ce que personne
　　Comme moi ne peut te chanter.
　　Une seule peine je veux te donner :
　　Que tu retrouves Amour, et qu'à lui seul,
　　Combien m'est déplaisante
　　La triste vie amère
　　Tu montres pleinement, le priant qu'en meilleur
　　Port il me mette par sa valeur.

En pleurant, je montre, etc.

Les paroles de cette canzone montrèrent très clairement
l'état de l'âme de Philostrate et quelle en était la raison. Et

peut-être l'aurait mieux montré encore le visage de telle dame qui était dans la danse, si les ténèbres de la nuit survenue n'avaient pas caché la rougeur qui était montée à son visage. Mais quand il eut fini sa chanson, beaucoup d'autres furent chantées, jusqu'à ce qu'enfin l'heure d'aller dormir fût venue ; pour quoi, la reine l'ayant ordonné, chacun se rendit dans sa chambre.

FIN DU TOME PREMIER

TABLE DES MATIÈRES

DU TOME PREMIER

DEUXIÈME JOURNÉE

TROISIÈME JOURNÉE

QUATRIÈME JOURNÉE

FIN DE LA TABLE DES MATIÈRES.

Paris. — Imp. E. CAPIOMONT et V. RENAULT, rue des Poitevins, 6.

29 decembre 14

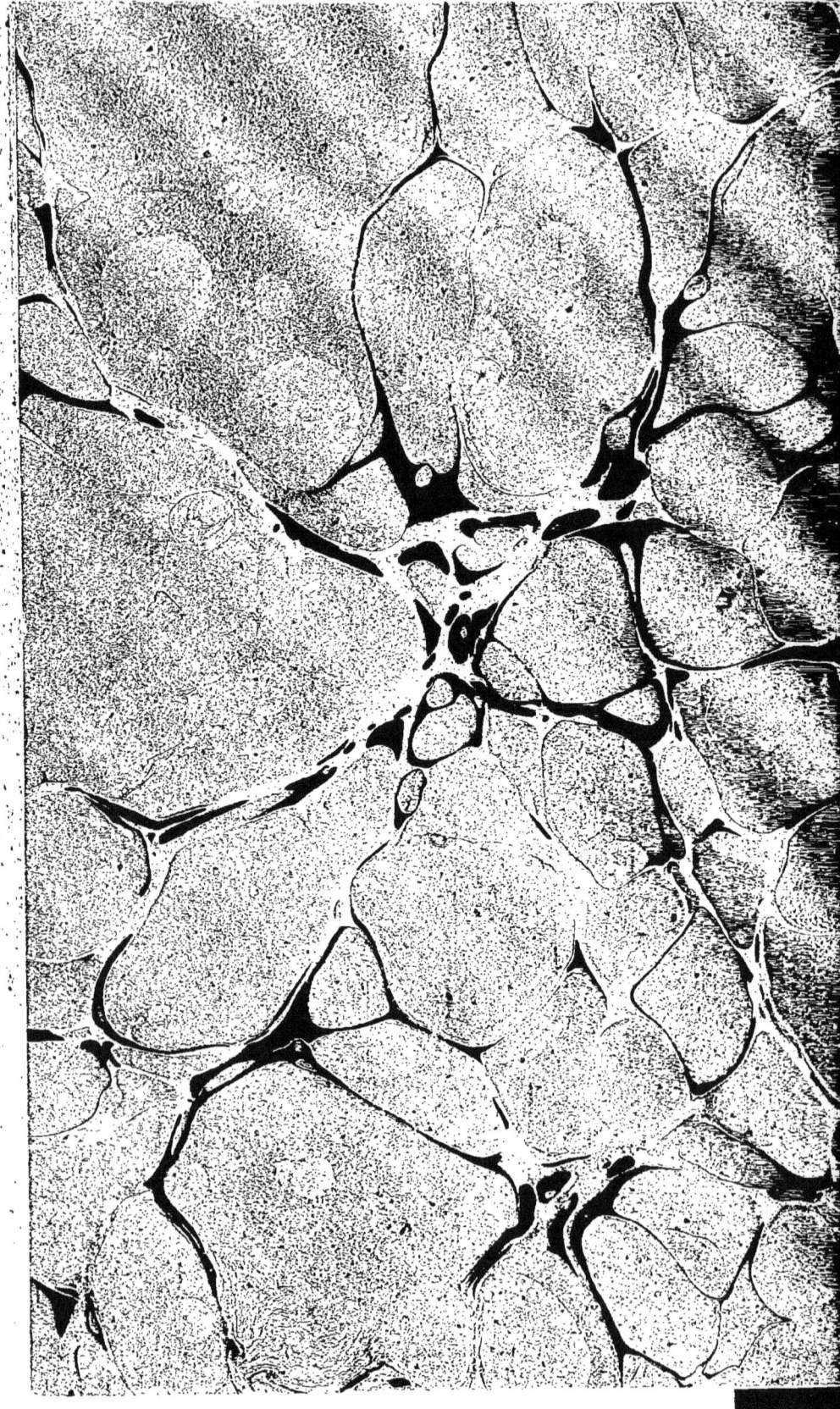

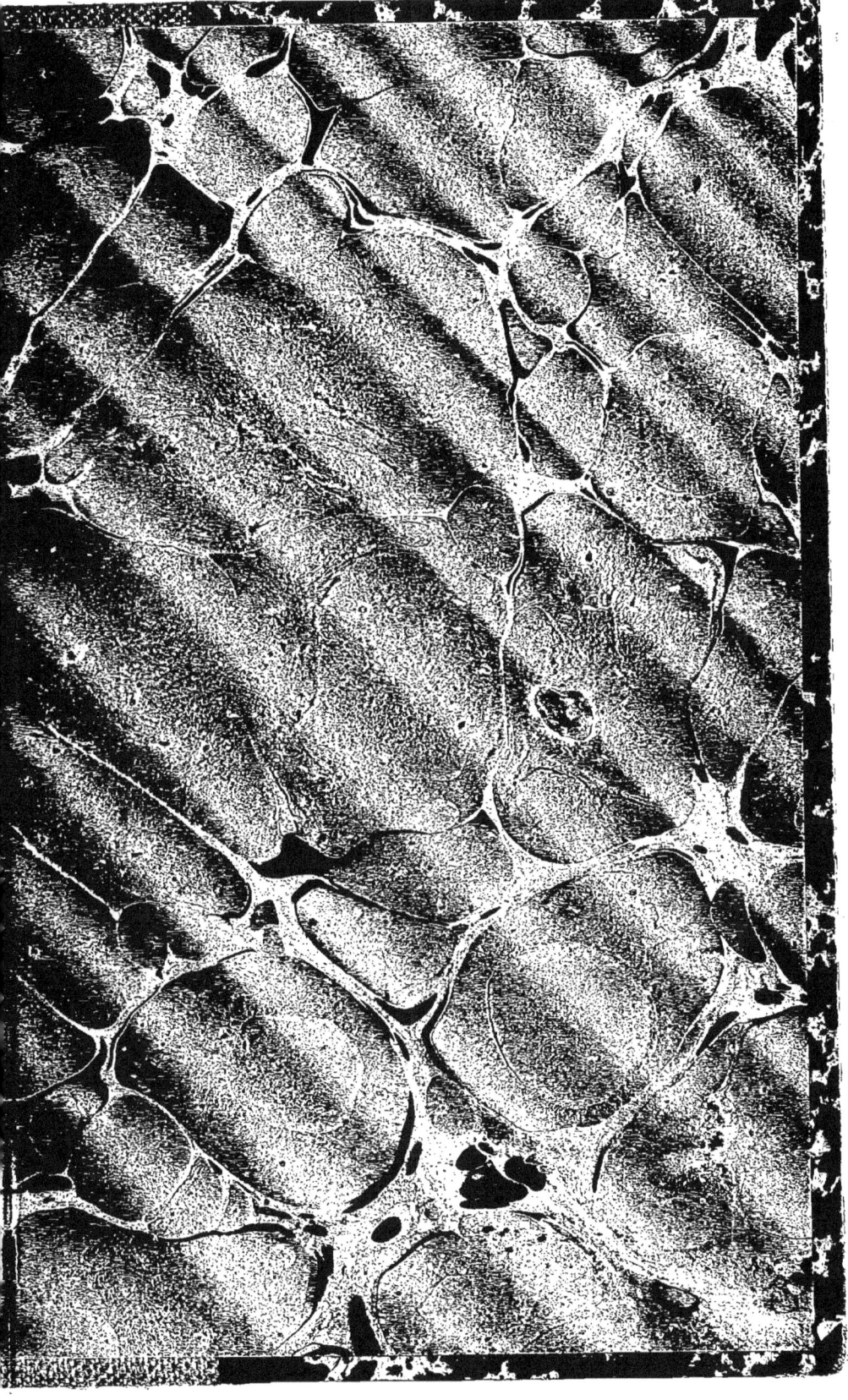

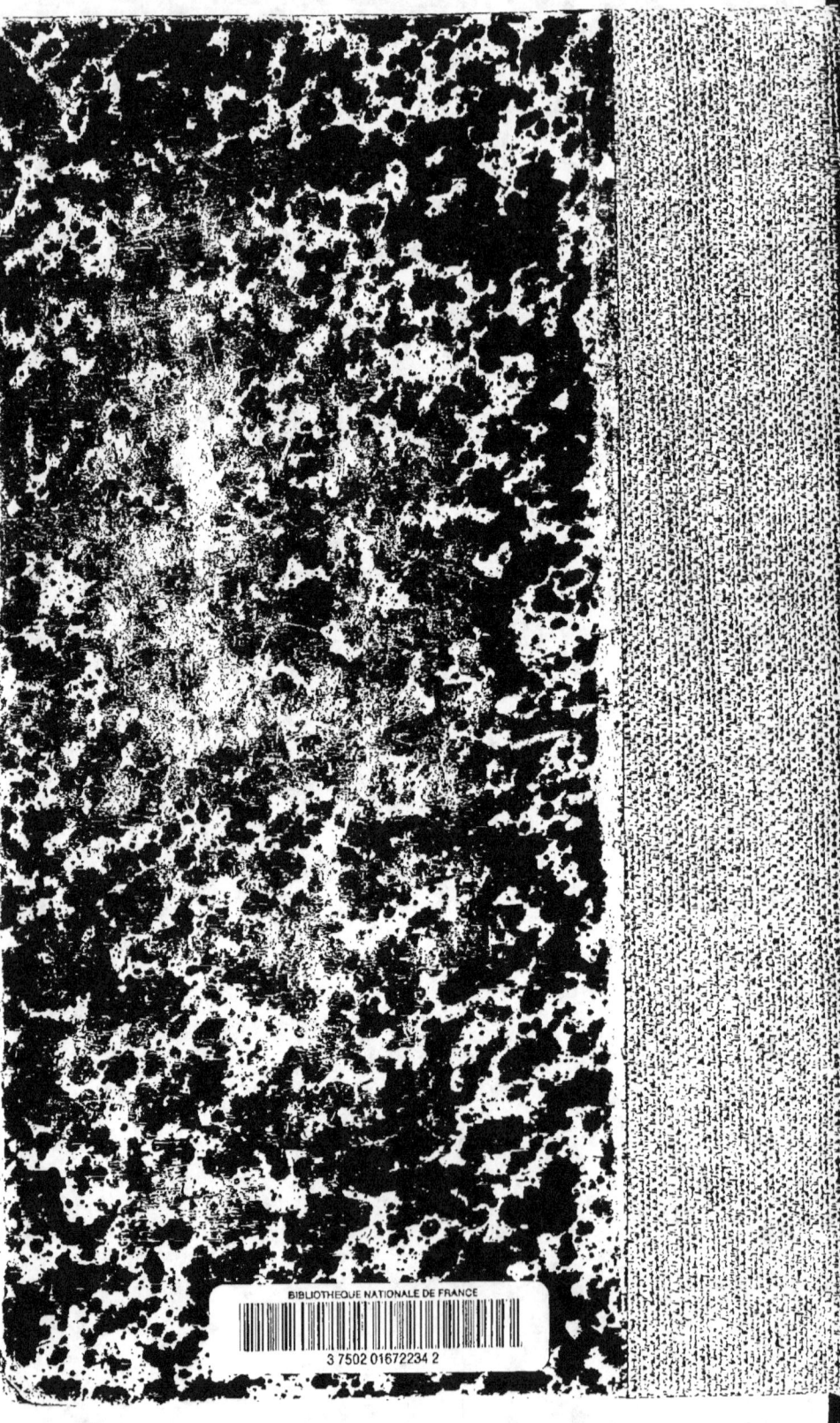

www.ingramcontent.com/pod-product-compliance
Lightning Source LLC
Chambersburg PA
CBHW070753030726
47504CB00003B/535